Jens-Uwe
Sommerschuh

TARANTELLA

»Was soll das für einen Sinn haben, zu beichten,
wenn man nicht bereut?«

Michael Corleone

»Der Tanz, welcher die Tarantella genannt wird, ist im Süden unter den Mädchen der geringen und Mittelklasse allgemein. Es gehören Wenigstens ihrer drey dazu: die Eine schlägt das Tamburin, und schüttelt von Zeit zu Zeit die Schellen an demselbigen ohne darauf zu schlagen, die andern beyden mit Kastagnetten in den Händen machen die Schritte des Tanzes.«

Johann Wolfgang von Goethe

Jens-Uwe Sommerschuh

TARANTELLA

SALOMO

IMPRESSUM

salomo publishing
1. Auflage: März 2019

Weimarische Str. 7, 01127 Dresden
www.salomo-publishing.de
kontakt@salomo-publishing.de

Cover-Fotos: Jens-Uwe Sommerschuh
Cover/Layout: Jörg Hausmann • www.heizfrosch-werbung.de
Satz: salomo publishing
Druck und Bindung: Printgroup sp. z.o.o.

ISBN: 978-3-941757-93-6

»Voll der
wollüstigsten Anmuth
athmet die Tarantella nichts als
Liebe und Vergnügen.
Das Weib sucht durch Grazie
und Lebhaftigkeit
die Liebe ihres Tänzers
zu erwecken, während
dieser seinerseits sich bemüht,
sie durch
Gewandtheit,
Zierlichkeit und Beweise
von Zärtlichkeit zu gewinnen. Und dazu
ertönt noch eine Musik, welche mit ihren
starkmarkirten, sich wiederholenden
Trioletts in 6/8 Tact,
Sterbende elektrisiren könnte.
Die Tarantella
soll zuerst als Heilmittel
gebraucht worden sein.
Wer nämlich das Unglück hat,
von der Tarantel gebissen zu werden,
muß, will er anders gerettet werden,
stark schwitzen, was nur durch
eine gewaltsame Bewegung eintreten kann.
Nun habe man gefunden,
daß das einzige Reizmittel,
um die Leidenden zur Anstrengung
aller ihrer Kräfte zu vermögen,
die Musik sei:
dieß die Entstehung
der Tarantella.«

Damen Conversations Lexikon
Leipzig, 1834

Der Liebe gewidmet.
Sie ist nicht berechenbar.

EINS

Ist dein Blut vergiftet, sagen die Sizilianer, dann musst du tanzen. Willst du etwas wiederfinden, was du sehr vermisst, dann musst du suchen.

Wenn es so einfach wäre ... Der Schlamassel begann im September, als Mimi sich einfach in Luft auflöste. Wir hatten die Tage und Nächte in Rom fast nur im Bett verbracht und uns nicht aus den Augen, aus den Händen gelassen. Dann war sie allein unterwegs gewesen, nur dieses eine Mal, und nicht zurückgekehrt.

Sie blieb verschwunden. Das fühlte sich falsch und irrational an. Meine Welt hatte für eine wunderbare Weile nur noch aus Mimi bestanden, aus ihrer Wärme, ihrem Witz, ihrer Stimme, ihrem Geruch, ihrem Lachen, ihrem Stöhnen, ihrem Schweiß, ihrem Honig, ihrer Hitze. Und plötzlich war diese Welt kalt und leer.

Ein paar Tage später schoss jemand auf mich, und ich nahm es als Zeichen. Ich haute ab aus Rom, ich zog mit all meiner Habe in den Süden, nach Palermo zunächst. Nicht, dass ich einen Sattelschlepper gebraucht hätte. Was ich aus unserer Absteige in Trastevere mitzunehmen hatte, passte in die kleine Tasche, die dann doch nicht ganz leicht war, wegen der Beretta, von der ich mich noch nicht hatte trennen können, und der Munition. Das Säckchen mit den Diamanten wog hingegen fast nichts. Die Steine waren noch die geringste Last.

Von größerem Gewicht waren die Erinnerungen. An die Turbulenzen in Frankreich, die mich fast das Leben gekostet hatten, und die Frau, die mich wochenlang begleitet und sich nun in Luft aufgelöst hatte, Mimi Chevalier, die Verrückte aus Marseille. Dazu die Gewissheit, dass nichts vergessen und einem nichts vergeben wurde, solange die Gläubiger noch da draußen unterwegs waren, die Leute, denen du eine Nase gedreht hast. Es ist kein Zufall, wenn in einer Millionenstadt wie Rom plötzlich auf dich geschossen wird.

Es geschah spät abends in der Nähe des Scherbenhügels von Testaccio, in der Gegend, in der früher Roms riesige Schlachthöfe lagen. Ich hatte die billigen Tavernen dort nach einer Spur durchstreift, ratlos und unruhig. Und vergebens. Als ich dann traurig Richtung Sestius-Pyramide trottete, um die Bahn Richtung Trastevere zu nehmen, peitschte ein Schuss durch die Nacht, und unmittelbar darauf schlug etwas mit einem trockenen Geräusch in den Stamm der Platane ein, neben der ich stand wie ein Clown, der sein Lachen verloren hatte. Es war dunkel, die Laternen standen so weit auseinander, dass sie sich nicht hätten unterhalten können, wenn ihnen danach gewesen wäre. Laternenlatein, ein Flüstern in der Nacht. Doch sie schwiegen, und einige waren kaputt. Ich sah niemanden. Es war unwirklich. Schüsse gehörten ins Kino, ins Fernsehen, in Kriege, die woanders geführt wurden. Doch manchmal war es eben, wie es war. Dann ging es nur noch darum, nicht getroffen zu werden.

Beim zweiten Schuss hörte ich die Kugel pfeifen. Ich rannte, Haken schlagend, Richtung Bahnhof Ostiense, immer an der Mauer des protestantischen Friedhofs entlang, wo der Dichter Shelley und der Sohn Goethes beerdigt lagen. Für mich war das nichts. Ich war weder Protestant noch Dichter und hatte auch nicht vor, den Geist aufzugeben.

Als mich auch der dritte Schuss nicht traf, dämmerte mir, dass ein Amateur zugange war, der es nicht konnte, oder ein Profi, der danebenschießen wollte. Aber sicher konnte ich mir nicht sein.

Selten kommt eine Straßenbahn, wenn du sie brauchst, doch die hier erschien genau im richtigen Augenblick. Quietschend bog sie aus Richtung Circus Maximus um die Ecke und hielt gegenüber der Pyramide. Die Tür schloss sich hinter mir, und erst als die Bahn kreischend wieder Fahrt aufnahm, tauchte der Kerl auf der anderen Seite der Kreuzung auf. Er verlangsamte seine Schritte, er schien zu begreifen, dass ich für den Moment außer Reichweite war, er hatte nicht vor, auf die Bahn zu schießen. Ich konnte nur hoffen, dass er seinen Wagen nicht in der Nähe geparkt hatte.

An der ersten Haltestelle jenseits des Tiber sprang ich raus, ich hastete durch die Gassen hinter dem einstigen Waisen- und Armenhaus, in dem jetzt ein Ministerium residierte, und warf hin und wieder einen Blick zurück. Niemand schien mir zu folgen.

Eine halbe Stunde später stopfte ich in der Absteige, die immer noch nach Mimi zu riechen schien, meine sieben Sachen in die Tasche, ich checkte aus, ohne dass es einer mitbekam. Zwischen Campo de' Fiori und Torre Argentina, eine Ecke, die nie ganz unbelebt ist, schlug ich mir die Nacht um die Ohren. Als es hell wurde, fuhr ich mit dem Bus zum Bahnhof Termini, nahm den ersten Zug nach Neapel und von dort das Schiff nach Sizilien.

Mimi hatte mir mal zugeflüstert, dass ich sie, falls sich unsere Wege trennten, in Marseille oder Palermo suchen sollte. Sie hatte nicht gesagt, wieso, und ich hatte nicht nachgefragt. Es war einer dieser wohligen, matten Momente zwischen zwei Höhepunkten himalayischer Dimension gewesen, in jenen Tagen schienen wir alle Zeit der Welt zu haben. Wir redeten ohnehin nicht viel, wir besprachen weder unsere gemeinsame Zukunft noch die Vergangenheit, manchmal unterhielten wir uns über Bilder oder Musik, doch oft brachen wir mitten im Satz ab. Im Grunde vögelten wir ohne Unterlass, und es hatte nicht viel gefehlt, und wir wären verhungert.

Manchmal fragte ich mich, ob ich das nicht alles nur geträumt hatte.

Marseille oder Palermo?

Nach Marseille brachten mich keine zehn Pferde, ich war mir sicher, dass ich dort nicht überleben würde, nach allem, was Mimi und ich dort angestellt hatten. Ich machte es wie der

Typ, der seine Geldbörse im Dunkeln verloren hatte, sie aber unter der Laterne suchte, weil dort mehr Licht war. Ich traute mich nicht nach Marseille, also suchte ich Mimi in Palermo. Manchmal tat ich das Richtige, ohne zu wissen, warum.

Zwei Tage nach den Schüssen zog ich mir in meinem neuen Zimmer ein frisches T-Shirt an und packte die Beretta in den Schranksafe. Die Diamanten versteckte ich unter den Dielen. Die Herberge lag im Herzen Palermos, unweit der Vucciria, in einem verwinkelten Viertel, das aus dem Mittelalter zu stammen schien. Die Zeit war nicht stehen geblieben, wie der Safe bewies. Ich hatte sogar eine eigene Dusche.

»Es gibt nichts Schöneres«, hatte Mimi mal gesagt, »als am Leben zu sein. Abgesehen natürlich von all den noch schöneren Sachen, die man anstellen kann, wenn man am Leben ist.«

Daran hielt ich mich. Mimi irgendwann wieder am Ohrläppchen zu zupfen oder anderswo, das war nicht die schlechteste Option. Bis dahin würde ich mich den naheliegenden Dingen widmen. Mich nicht finden lassen. Am Leben bleiben. Und Mimi suchen.

ZWEI

Ausdauer ist manchmal wichtiger als Kraft, zumindest wenn du weißt, wo du ansetzen musst. Wenn du es nicht schaffst, dass sich dir eine Seele öffnet, wenn es dir nicht gelingt, dass jemand weich wird unter deinen Händen, Blicken und Worten, dann kannst du mit einer dicken Limousine vorfahren, mit Scheinen um dich werfen oder die Muskeln spielen lassen, wie du willst. Du wirst nicht weit kommen, nicht dorthin, wo die wirklich saftigen Früchte wachsen.

Wenn du aber, um im Bild zu bleiben, ein Vorspiel hinlegst, dass der Honig nur so tropft, und es kommt nichts nach, dann hast du erst recht verloren. Das gilt nicht nur in der Liebe, sondern auch, wenn du irgendwo Fuß fassen oder bei einem Coup mitmischen willst. Erst mal musst du reinkommen in den Garten. Und dann darfst du nicht warten, dass das Obst von selber runterfällt. Du musst stark genug sein, die Bäume zu schütteln, und ausreichend gewandt, in die Wipfel zu klettern und die Pflaumen zu pflücken. Gegebenenfalls. Aber warte nicht darauf, dass dich jemand nach deinen Stärken fragt. Darüber zu reden, bringt gar nichts. Am Ende zählen nur Taten.

Nichts geht mir so auf den Zeiger wie das Gefühl, nichts tun zu können. In den ersten Tagen in Palermo empfand ich das sehr stark, und es machte mich wütend. Das war eine meiner Schwächen. Doch wer seine Schwächen nicht zu verbergen weiß, hat ohnehin schlechte Karten. Nicht nur in Palermo. Aber dort todsicher. Immerhin hatte ich einen Plan, das war mehr, als die meisten von sich behaupten können.

Es war Zeit fürs Praktische: Ich brauchte einen Job. Da ich ahnte, wie straff die Geschäfte in Palermo organisiert sind, versuchte ich zunächst, in einer Bar unterzukommen. Während ich den Leuten ihren Espresso, Cappuccino oder Macchiato reichte, konnte ich Informationen aufschnappen, mir Gesichter merken und früher oder später Kontakte knüpfen.

Wider Erwarten klappte es schon beim zweiten Anlauf. Ich bekam, nachdem ich in einem Bistro an der Oper abgewiesen worden war, eine Stelle in einer Café-Bar im Stadtteil Castellammare, an der Piazza San Domenico, mit kalter Küche und Eisverkauf, unweit der Bude, in der ich logierte. Sie ließen mich auf Probe ran, sechs Stunden täglich. Ich arbeitete vormittags ab sieben oder abends bis halb zehn. Ich bekam zu essen und zu trinken, aber, vom Trinkgeld abgesehen, zunächst keinen einzigen Cent. Ab der zweiten Woche stand ich auf der Lohnliste, wie mir die Frau des Padrone, Donna Aurora, augenzwinkernd versicherte. Als ich dann den ersten Umschlag öffnete, den sie mir überreicht hatte, und die Scheine zählte, wusste ich, dass ich hier nicht reich werden würde. Doch es genügte, um Fuß zu fassen und mich umzutun. Es kamen viele Leute vorbei.

Die süßen Teilchen, die die Palermitaner morgens zum Kaffee zu verputzen pflegten, wurden von einer Pasticceria in der Via Roma geliefert, Cornetti vor allem, weiche Hörnchen, die mit Marmelade, Vanille- oder Schokocreme gefüllt waren und eins fünfzig kosteten. Der Espresso kam achtzig und der Cappuccino eins dreißig. Donna Aurora thronte an der Kasse dem Tresen gegenüber, sie hatte stets den Überblick, und sie war fast immer da. Nachmittags, denn wir hatten auch in der Siesta-Zeit geöffnet, ließ sie sich manchmal von ihrer Tochter Paloma vertreten, die achtzehn war und lavendelfarbene Fingernägel hatte, an denen sie unentwegt herumfeilte. Abends halb acht ging Donna Aurora heim, um zu kochen. In der Zeit übernahm ihr Sohn Peppino die Kasse. Der war Mitte zwanzig und trug rosafarbene Hemden, womit er dem Fußballverein der Stadt die Ehre erwies, der seine Heimspiele in rosa Trikots bestritt.

Meist traten die Einheimischen, nachdem sie bei Donna Aurora oder ihren Kindern bezahlt hatten, noch mal an den Tresen, um ein, zwei Münzen hinzulegen oder in ein Glas fallen zu lassen, das zu diesem Zwecke dort stand. Touristen aber ließen das Wechselgeld meist an der Kasse. Im Unterschied zu Mutter und Tochter, die das Trinkgeld zur Seite legten und später, wenn sie sich die Beine vertraten, ins Glas warfen, steckte Peppino alles in die Kasse. Vermutlich nicht, weil er uns das nicht gönnte, sondern weil er zu faul war oder gar nicht darüber nachdachte. Wir, das waren Cristina, Silvio, Mahmud und eben ich.

Cristina, ein temperamentvoller Lockenkopf mit braunen Kulleraugen, stammte aus Galizien im Nordwesten Spaniens und studierte hier irgendwas mit Kultur und Sprachen. Sie hatte einen kleinen Hund, den sie über alles liebte. Ansonsten war sie solo, was mich erstaunte, denn sie sah süß aus, Geschmacksrichtung Marzipan. Zum Anbeißen, hätte man früher kokettiert, aber eine Frau ist keine Praline, sagten die Feministinnen, und die hatten natürlich recht.

Silvio, ein Sizilianer aus Corleone, war schon etwas älter und oft recht brummig, vermutlich, wie mir die kleine Paloma anvertraute, seit ihm die Verlobte davongelaufen war, was aber schon eine Weile zurücklag.

Mahmud war um die dreißig und aus Tunesien, doch schon einige Jahre in der Stadt. Der Padrone nannte ihn Matteo, weil er sich, wie er behauptete, den arabischen Zungenbrecher nicht merken konnte.

Der Padrone war mal da und mal unterwegs, doch wenn er anwesend war, verrichtete er im Grunde die gleichen Arbeiten wie wir anderen, nur etwas langsamer. Er machte Kaffee, leerte die Spülmaschine und quetschte Blutorangen, Zitronen oder Pampelmusen aus. Denn bei uns gab es Spremuta, frisch gepressten Saft aus Zitrusfrüchten. Zu diesem Zweck hatten wir eine Handpresse, die man nach jeder einschlägigen Bestellung reinigen musste, weswegen ich nicht begeistert war, wenn jemand eine Spremuta bestellte. Doch sie schmeckte himmlisch und war sehr gefragt. Ich presste immer ein bisschen zu viel und trank selbst, was übrig war, als Trost für die unumgängliche Putzerei.

Unabhängig davon, ob der Padrone zugegen war, arbeiteten wir Angestellten stets zu zweit. In Spitzenzeiten war am Tresen gut zu tun. Gewöhnlich kümmerte sich einer um die Bestellungen, während der andere räumte, putzte oder Tramezzini und Panini machte, die dreieckigen Sandwiches und die Brötchen, die mit Schinken, Salami, Mortadella, Mozzarella oder Thunfisch belegt wurden. Ab und zu standen kleine Botengänge an, mit denen vorzugsweise Mahmud und ich betraut wurden. Wenn Donna Auroras Handy »*Azzurro*« in der Version von Adriano Celentano anstimmte, ein Klingelton, mit dem ich leben konnte, während mir das Katzen-Miauen von Palomas Smartphone fürchterlich auf den Zeiger ging, wenn also Adriano loslegte und die Chefin kein langes Gespräch führte, sondern das Telefonat nach zwei, drei Sätzen beendete, war klar, dass jemand im Viertel Kaffee, Granita, Eis oder eine Kleinigkeit zu essen haben wollte.

Zwar hatte ich mit Botendiensten schlechte Erfahrungen gemacht, denn mein Job im Sommer in Frankreich war darauf hinausgelaufen, obskure Lieferungen zu erledigen, die mich letztlich in Teufels Küche gebracht hatten. Doch das hier war etwas anderes, ich übernahm diese Wege gerne.

Ich dachte mit Unbehagen an den Juli zurück. In Toulouse hatte ich Pülverchen ausgeliefert, die unters Betäubungsmittelgesetz fielen. Später waren Mimi und ich mit einem Lieferwagen unterwegs gewesen, der dann vor einer Schönheitsklinik in die Luft flog, wovon einige Patientinnen, die sich über vergrößerte Brüste oder verkleinerte Nasen freuten, weitere Deformationen erlitten, die ihnen weniger zusagten, eine hatte sogar ein Bein verloren. Zwischen Avignon und Marseille hatte ich dann Diamanten durch die Gegend getragen, von denen ich bis heute nicht wusste, wem sie gehörten. Hier aber ging es ausschließlich um Speis und Trank. Zumindest sah es anfangs so aus.

Zu den Stammkunden für diese Lieferungen gehörten zwei Juweliere, die ihre Geschäfte in der schmalen Straße hatten, die von der Piazza hinunter zum Hafen führte, ein Buchhändler und ein Tabakverkäufer aus der Via Roma, beide schon etwas grau, sowie eine schnittige junge Dame, die eine Reiseagentur führte und von allen Signora Annarita genannt wurde. Ihren Nachnamen wusste ich zunächst nicht. Über dem Schaufenster stand groß »*Annarita Travel*«.

Der Buchhändler wollte vormittags einen Latte macchiato, nachmittags zwei Tassen Espresso, einen für sich und einen für seine Mitarbeiterin, gegen fünf schließlich einen Aperol, und er zahlte immer passend. Der Tabakmann und der eine

Juwelier nahmen unregelmäßig Kaffee und manchmal ein Tramezzino, und sie geizten nicht. Der andere Juwelier bestellte mitunter ein ganzes Tablett, mit dem er dann seine Kundschaft bewirtete, und er bezahlte nie. Womöglich hatte er Kredit, oder Donna Aurora führte Buch und holte sich von Zeit zu Zeit einen Ring oder eine Brosche. Vielleicht gehörte ihm auch das Haus, in dem sich das Café befand, und er verrechnete es mit der Miete. Er trug sehr teure Anzüge.

Kostbar gekleidet war auch Signora Annarita, die oft wegen einer Granita anrief und sich jedes Mal erkundigte, welche Sorten wir heute hätten und ob sie frisch wären. Dass sie am Apparat war, merkte ich daran, dass Donna Aurora die Augen verdrehte und mit leicht leiernder Stimme sagte: »Ja, meine Schöne, alles heute wieder frisch, und zwar Limone, Kaffee, Mandel, Melone, Erdbeere und Feige, alles ganz frisch zubereitet, Schätzchen, Sie werden begeistert sein.«

Es war ein Ritual, denn die ersten drei Sorten hatten wir immer und die anderen meistens, manchmal auch Granatapfel oder Mango, doch das Feigensorbet war der Hammer, und das wollte sie dann meistens auch haben, außerdem stets einen Espresso mit viel Zucker.

Ich ging gern zu ihr, sie war stets gut drauf und zwinkerte mir zu, wenn ich die Tür zu ihrer Agentur mit der Schulter aufschob, sorgsam darauf bedacht, nichts von der kalten Köstlichkeit oder dem Kaffee zu verschütten. Es lief immer ähnlich ab. »Oh, da kommt meine Erfrischung«, raunte sie und schaute mich von oben bis unten lächelnd an, als wäre ich nicht als Getränkebote gekommen. Sie mochte Ende zwanzig, Anfang dreißig sein, sie hatte ihr nussbraun getöntes Haar stets zu einem Knoten hochgesteckt, und sie trug zu ihren meist karamell- oder champagnerfarbenen Kostümen leuchtend farbige Seidenblusen mit tiefen Ausschnitten.

»Ja«, erwiderte ich schmunzelnd, »den Espresso gibt es heiß und süß und die Granita fruchtig und eiskalt, da kennen wir nichts.«

»Heiß und kalt«, fügte sie gern hinzu, »das geht in Ordnung, mein Lieber. Hauptsache, nicht lauwarm. Ich hasse Dinge, die lauwarm sind.«

Dass ihr Blick dabei die Knopfleiste meiner Jeans streifte, bildete ich mir vielleicht nur ein, doch allein schon die Vorstellung war anregend, ein Moment, der wie geschaffen dafür war, Nonchalance zu beweisen. Sie drückte mir großzügig vier Euro in die Hand, legte mir dabei die Hand an den Oberarm, und ich atmete ihr teures Parfüm ein. Dann eilte ich beschwingt zurück ins Café, lauter schöne Gedanken im Kopf. Nicht, dass ich mir etwas ausmalte, ich schlief noch immer jede Nacht mit der Vorstellung ein, Mimi in den Armen zu halten, doch ein sachter Flirt war wie ein Lächeln, und das Leben hatte mich zuletzt nicht verwöhnt. Immerhin war noch vor Kurzem auf mich geschossen worden.

DREI

Es wurde Oktober, die heißen Tage schienen vorbei zu sein, die Nachfrage nach Eis und Granita ging spürbar zurück. Ich fand mich inzwischen in der Stadt gut zurecht, die Leute waren alles in allem freundlich zu mir oder ließen mich in Ruhe. Manchmal leerte ich in der Vucciria, dem chaotischen Viertel unterhalb der Via Roma, abends zwei, drei Gläser. In meiner zweiten Woche hatte mich Cristina nach der Schicht in die *Taverna Azzurra* mitgenommen, wo sie sich mit Freunden traf. Genau genommen, traf man sich *vor* der Kneipe, die Gäste standen lachend, schwatzend oder schweigend in der Gasse vor der Taverne, die sie nur betraten, um sich Nachschub zu holen: Wein, Bier, Aperol, das Übliche.

Das Publikum war gemischt, Studenten, Künstler und Leute, die dafür gehalten werden wollten, standen neben Advokaten, Bankern und Beamten, die rasch einen Drink kippten, bevor sie heim zur Gattin oder Mama fuhren. Den Mann aus dem Tabakladen sah ich hier manchmal, auch andere Bewohner des Viertels, das zwar schäbig wirkte, aber voller Leben steckte. Die paar Touristen, die sich hierher trauten, zogen meist rasch weiter. Cristina hatte mich ihren Freunden als Kollegen aus der Bar vorgestellt, sie war beliebt, alle mochten ihre ansteckende, oft übersprudelnde gute Laune, und dieser Bonus färbte auf mich ab. Wenn sie mich hier anschleppte, konnte ich kein schlechter Mensch sein. Einem Burschen, der mich fragte, was ich sonst so mache, sagte ich, dass ich jeden Abend vorm Einschlafen meine Diamanten zähle. Das fand er witzig, er konnte nicht ahnen, wie nahe das der Wahrheit kam, er hörte gar nicht wieder auf zu kichern. Er hatte seinen ersten Flaum zu einem fussligen Vollbart wuchern lassen, alle Muttersöhnchen trugen jetzt Bärte, und die meisten von den anderen auch. Hätte ich ihm erzählt, dass ich jeden Freitag meine Beretta auseinandernahm und putzte, hätte er noch mehr gekichert. Oder auch nicht.

An diesem Abend war ich alleine dort, und ich staunte nicht schlecht, als die Betreiberin der Reiseagentur, Signora Annarita, die Gasse herunterkam, die schmale, leicht gekrümmte Via Maccherronai, und direkt auf mich zusteuerte. Sie hatte ich hier noch nie gesehen. Es war ein Dienstag, ich hatte am Vormittag gearbeitet und jetzt frei. Es mochte gegen neun sein, ich war unschlüssig, was den weiteren Verlauf des Abends betraf, und dachte über einen zweiten Drink nach. Sie trug ein blaugraues Kostüm und darunter eine Bluse, diesmal nicht in blumigem Rot oder Orange, sondern in einem gedeckten Schiefergrau. Dass sie dadurch unauffällig wirkte, wäre gelogen gewesen. Sie würde niemals unauffällig aussehen, ganz gleich, was sie anhatte. Es war die Art, wie sie ging und sich umschaute. Ihre Bewegungen wirkten fließend und geschmeidig, und ihr leicht verhangener Blick hatte etwas Unausweichliches. Jedenfalls blieb es ringsum nicht unbemerkt, dass sie vor mir stehen blieb. Genau genommen, bescherte es mir mehr Aufmerksamkeit, als mir lieb war. Sie strich sich eine Strähne hinters Ohr, die sich aus dem Knoten gelöst hatte, schaute mich zögernd an und schien kurz zu überlegen. Sie war nur einen halben Kopf kleiner als ich, wenn auch mit Absätzen, doch sie brauchte nicht auf einen Stuhl zu klettern, um sich zur Geltung zu bringen.

»Guten Abend, Giovanni«, sagte sie und berührte mich mit der Hand am Oberarm. »Ich wusste, dass ich Sie hier treffe. Ich habe eine kleine Bitte.«

Ich fragte mich, woher sie meinen Namen kannte, also den, unter dem ich mich in Palermo eingeführt hatte. Aber vielleicht hatte ihn Donna Aurora mal am Telefon erwähnt.

»Das freut mich, Signora«, erwiderte ich und grüßte ebenfalls. »Woher wussten Sie das?«

Ich war nicht jeden Abend hier, und ich hatte es niemandem gegenüber erwähnt, es war eine spontane Idee gewesen.

»Ach, das ist Intuition«, meinte sie und lachte. »Ich bin Hellseherin, wissen Sie? In meinem Beruf weiß man immer, wo die Menschen hinwollen, und dann verkaufe ich ihnen die Reise dorthin.«

Sie wurde gleich wieder ernst.

»Schön wär's«, sagte sie. »Nein, ich habe Ihre kleine Kollegin gefragt, die hübsche Spanierin mit dem Lockenschopf, als sie mir heute Nachmittag einen Kaffee brachte. Sie wollte erst nicht mit der Sprache heraus, aber ich musste sie nicht lange foltern, bis sie mir verriet, dass Sie abends manchmal hier sind.«

Gut zu wissen, dachte ich, wie es um Cristinas Diskretion stand. Umso besser, dass ich bislang für mich behalten hatte, wo ich wohnte. Ich mochte es nicht, wenn mich Fremde aus dem Schlaf rissen.

»Worum geht es? Springt Ihr Wagen nicht an?«

Ich hätte wetten mögen, dass sie einen Mini Cooper fuhr, rot oder cremefarben.

»Doch, der springt sogar sehr gut an«, sagte sie und schürzte die Lippen. »Und wenn Sie wollen, können Sie sich gleich davon überzeugen. Ich wollte Sie nämlich bitten, mich zu begleiten. Alles Weitere würde ich Ihnen unterwegs erzählen.«

Ich sah, wie ihre Zunge über die Lippen huschte und ihnen feuchten Glanz verlieh.

Keine Ahnung, welcher Teufel mich ritt. Wahrscheinlich konnte ich einfach nicht Nein sagen. Sie flirtete zwar ein bisschen, doch mein Instinkt verriet mir, dass es darum nicht ging. Wieso meinte sie, dass ausgerechnet ich ihr helfen konnte? Das ließ sich freilich hier zwischen all den Typen, die inzwischen Stielaugen hatten, schlecht erörtern.

Hätte ich die Achseln gezuckt und den Kopf geschüttelt, dann wäre alles anders gekommen. Doch ich nickte freundlich, und so nahm das Schicksal seinen Lauf. Ich habe mich später oft gefragt, wie alles gekommen wäre, hätte ich ihr damals die kalte Schulter gezeigt.

»Okay«, sagte ich und leerte mein Glas, »also dann. Viel Zeit haben wir aber nicht. Morgen früh um sieben muss ich wieder im Café sein. Für den Fall, dass Sie nach Monte Carlo wollen.«

Ihr Wagen stand am Giardino Garibaldi, der grünen Insel aus Oleander, Palmen und riesigen Gummibäumen auf der Piazza Marina. Es war kein niedlicher Mini Cooper, rot oder cremefarben, sondern ein großer silbergrauer BMW. Sie warf mir die Schlüssel zu, nachdem sie die Verriegelung hatte aufspringen lassen, woher sollte sie auch wissen, dass ich keinen Führerschein besaß, und stieg auf der Beifahrerseite ein.

»Nur zu«, meinte sie lächelnd, »ich sage Ihnen, wo es langgeht. Ich nehme nicht an, dass Sie die Adresse kennen.«

Es war nicht weit, und wir brauchten nicht lange, was keineswegs selbstverständlich war, denn in Palermo kam man zu gewissen Zeiten zu Fuß am schnellsten voran. Doch jetzt war nicht mehr viel los, ich gab dem BMW die Sporen, und wir erreichten die Straße, die ein Stück oberhalb des Teatro Massimo auf einem Hügel lag, auf dem Monte di Pietà, um genau zu sein, in weniger als zehn Minuten.

Hinter einer Kreuzung, über die drei mächtige Zedern ihre ausladenden Kronen breiteten, ließ sie mich halten. Hohe Mauern und Gitterzäune überall. Ein Armenviertel war das nicht. Sie machte keine Anstalten auszusteigen. Sie saß da und schien nachzudenken. Ich saß neben ihr und überlegte, was Mimi in dieser Situation tun würde. Mimi wäre vermutlich gar nicht mitgefahren, nicht mit Signora Annarita.

»Die Sache ist im Grunde ganz einfach«, sagte die nach einer halben Ewigkeit. »Ich brauche heute Nacht einen Mann im Haus.« Sie schaute geradeaus, doch ich spürte, dass sie mich aus den Augenwinkeln beobachtete. Sie schien auf eine Reaktion zu warten.

Ich zuckte mit keiner Wimper.

»Ich bin Witwe«, sagte sie schließlich leise, und ihre Stimme zitterte ein bisschen. »Seit einem Jahr schon. Mein Mann war sehr wohlhabend, und er kam letztes Jahr bei einem Verkehrsunfall ums Leben.«

Sie schwieg wieder, schien nach Worten zu suchen.

»Einsamkeit ist eine schwere Bürde«, sagte ich, »mein Beileid«, und wartete.

»Ich habe einen guten Freund«, erklärte sie nach einer Weile, »einen sehr einflussreichen Freund. Er ist …«

Ihr gingen schon wieder die Formulierungen aus.

»Er tröstet Sie hin und wieder«, half ich ihr, »doch er ist im Moment nicht da.«

»Woher wissen Sie das?« Für ein paar Sekunden schien sie um Fassung zu ringen, dabei hatte ich geraten. Ihr Liebhaber war mit dem Flugzeug verreist, vermutete ich, und hatte ihr seinen BMW überlassen. Das sagte ich ihr und fügte hinzu, dass sie auf mich nicht wie eine unbemannte Frau wirke.

»Nicht unbedingt im Sinne von Ehefrau«, präzisierte ich, weil es komisch geklungen hatte, »sondern …«

»Sondern im Sinne von Raumschiff? Wirke ich auf Sie wie ein bemanntes Raumschiff?« In ihrer Stimme war nun etwas Chili.

»Verzeihen Sie«, erwiderte ich rasch, »das war ungeschickt. Ihr Privatleben geht mich nichts an. Ich möchte nur wissen, wieso Sie bei dem berechtigten Wunsch, einen Mann im Haus zu haben, ausgerechnet auf mich kommen. Auch auf die Gefahr hin, dass Sie sich nie wieder ein Getränk bringen lassen: Vielleicht haben Sie einen Verehrer, von dem Ihr einflussreicher Freund nichts weiß, vielleicht aus früheren Zeiten. Der hat spitzgekriegt, dass der Kater aus dem Haus ist, und Sie haben nun Angst, dass er Ihnen ins Fenster steigt.«

»Nicht schlecht«, meinte sie, »wirklich nicht schlecht. Wenn man bedenkt, dass Sie in einem Café arbeiten.«

In ihrer Stimme schwang ein Unterton mit, der mich hellhörig machte.

»Sie liegen im Prinzip richtig«, fuhr sie fort, »nur dass es andersherum ist. Mein Freund, der nach Mailand geflogen ist, weiß von dem Kerl, der mir seit Wochen nachläuft. Der weiß alles. Aber da wir unser Verhältnis äußerst diskret handhaben, ahnt dieser Verehrer nichts davon. Kommen Sie noch mit?«

»Ins Haus?«

Sie warf mir einen Blick zu, der mir Löcher in die Haut gebrannt hätte, wäre ich dünnhäutig gewesen.

»Auch. Das ist ja der Plan. Aber ich meinte: Können Sie meiner Geschichte noch folgen?«

Ich nickte brav, und dann erzählte sie, dass sie besagten Verehrer, der Maurizio heiße, bereits aus ihrer Jugendzeit kenne, damals auch mit ihm ausgegangen sei, und er sich, vielleicht nicht einmal unberechtigt, einige Hoffnungen gemacht habe. Dann aber habe sie geheiratet.

»Nachdem nun Maurizio vom Tod meines Gatten erfahren hatte, begann er, mir abermals Avancen zu machen.« Neuerdings streiche er abends ums Haus. Gestern habe er gerufen, er werde sie diesmal bekommen, und sei es mit Gewalt.

Die Polizei einzuschalten, ziehe sie selbstverständlich nicht in Betracht, sagte sie. »Mein Freund wollte erst einen seiner Leute zu meinem Schutz abstellen, aber das will ich genauso wenig. Es würde so oder so geredet. Man kann das keinen Sizilianer machen lassen, und schon gar keinen Palermitaner. Und dann sind wir auf Sie gekommen.«

»*Wir?*« Ich fasste es nicht.

»Ich habe Emilio von Ihnen erzählt, Don Fazio, wie ihn die meisten nennen. Schon vor drei, vier Wochen. Wie man so etwas halt erwähnt. *Bei Donna Aurora ist jetzt ein neuer Mann im Café.* So in der Art. Und als ich gestern Abend mit ihm telefonierte und ihm meine Sorge schilderte, Maurizio könnte zudringlich werden, sagte er, ich solle Sie um Hilfe bitten. Sie seien für so etwas genau der richtige Mann.«

Ich konnte das in dem Moment noch nicht einordnen. Mir ging nicht sofort auf, dass da mitschwang, dieser ominöse einflussreiche Freund könnte mehr über mich wissen, als sie ihm beiläufig erzählt hatte. Jedenfalls war, noch bevor ich ihm das erste Mal persönlich begegnete, Don Fazio in mein Leben getreten.

»Gut«, sagte ich mit gespielter Gelassenheit, »wenn Sie sich das beide richtig überlegt haben, dann werde ich Sie diese Nacht behüten. Ich hoffe, wir werden keine Waffe brauchen. Ich habe nämlich nichts dabei.«

»Ach, daran soll es nicht scheitern«, erwiderte sie. »Auch wenn wir das nicht hoffen wollen. Wenn jemand bei mir ist, wird er sich nicht trauen. Und Sie werden es nicht bereuen.« Was auch immer sie damit meinte.

Ihr Plan war in seiner Schlichtheit unübertrefflich. Ich sollte ihren Liebhaber spielen. Vielleicht war es ein Fehler, dass ich nicht nach einer Bezahlung fragte. Es hätte dem Job einen sachlicheren Anstrich verliehen. Noch hätte ich zurückgekonnt, doch das wusste ich in dem Augenblick nicht. Ich hatte keine Ahnung, wie sich die Sache entwickeln würde.

VIER

Ich war spät dran, als ich den Hügel hinuntereilte, viel zu spät, und ich war ein bisschen durch den Wind. Es war nach acht, und ich hätte längst im Café sein müssen. Zum Glück hatte Signora Annarita die Nummer meiner Arbeitsstelle in ihrem Handy gespeichert. Donna Aurora war nicht begeistert gewesen, als ich anrief und ihr beichtete, dass ich verschlafen hatte. Doch sie schien es zu honorieren, dass ich ihr nicht mit einer fadenscheinigen Ausrede kam, sondern die Sache klipp und klar auf meine Kappe nahm. Sie hatte mir gleich zu Beginn eingeschärft, am allerersten Arbeitstag, als sie mir die Kaffeemaschine und alles erklärte, dass immer mal etwas passieren könne und sie als waschechte Palermitanerin nichts so sehr verabscheue wie Lug und Trug.

»Wir alle drücken mal den falschen Knopf«, hatte sie gesagt, »und wir verwechseln mal links mit rechts, Zucker mit Salz oder Granita Limone mit Granita Melone. Aber wir stehen dazu, wir entschuldigen uns, und dann war's das. Wenn was schiefgeht, mein Junge, dann raus mit der Sprache. Der erste Fehler geht aufs Haus. Beim zweiten ziehe ich den Schaden vom Lohn ab. Erst beim dritten wirst du erschossen.« Und sie hatte dröhnend gelacht. Diesmal lachte sie nicht, sie meinte nur, ich solle die Beine in die Hand nehmen, Silvio stehe kurz vorm Kollaps, und dann legte sie auf.

Mein Gott, das hier war Palermo. Manchmal hätte man,

um pünktlich zu sein, eine Stunde eher als gedacht losgehen müssen. Doch wer wusste das schon? Man hatte meistens vorher gar keine Zeit. Ich zum Beispiel hatte noch geschlafen.

Dass ich den vermeintlich kürzesten Weg wählte, erwies sich als Fehler. In dem archaischen Gassengewirr zwischen Kathedrale und Teatro Massimo, Flohmarkt und Quattro Canti hatte ich mich schon mehr als einmal verlaufen. Oder ich blieb, wie diesmal, im Gewimmel stecken. Auf der schmalen Via Sant'Agostino, die schräg durch das Viertel schnitt, und in den angrenzenden Gassen drängte sich schon beizeiten die Kundschaft des Mercato del Capo. Daran hatte ich nicht gedacht, und als ich mittendrin war, stand Umkehren nicht mehr zur Debatte.

Auf dem Capo-Markt holten sich die Anwohner wie vor hundert Jahren ihre Auberginen, Tomaten und Pfefferschoten, Fleisch, Fisch und Käse, Salat, Pflaumen und Pfirsiche, hielten ihren Schwatz mit den Händlern und prüften die Früchte mit den Fingern, wobei sie sich über die Karren und Stände beugten und mit ihren Hintern und Einkaufsbeuteln Passanten wie mir, die es eilig hatten, den Weg versperrten. Zum Glück passten keine Autos durch, niemand wäre auf die Idee gekommen, es auch nur zu versuchen. Das Gewimmel war rein menschlich.

In diesen Gassen tummelten sich zu der Stunde überwiegend ältere Leute, die man nicht nur am grauen Schopf oder der gebeugten Gestalt erkannte, sondern vor allem daran, dass sie sich furchtbar langsam bewegten. Die kauften schon am Morgen ein, weil sie seit vier Uhr wach waren und dann Langeweile hatten. Sie stammten aus der Gegend, und sie verließen sie nur selten.

Dem Lebensmittelhandel in Palermo lag ein mysteriöses System zugrunde, so unsichtbar wie die uralten Grenzen der Viertel im Herzen der Stadt. Sie wurden bis heute, wie mir mein Kollege Silvio erklärt hatte, von gewissen *Familien* kontrolliert, beschützt, verwaltet. Jeder kannte und respektierte sie, vor allem ihre Oberhäupter. Manche fürchteten sie. Es kam auf den Blickwinkel an. Und in Palermo waren die Strukturen komplexer als anderswo. In seiner Heimatstadt Corleone, hatte Silvio erzählt, war nur eine Sippe am Drücker, ihr Oberhaupt war der Boss und fertig. Ähnlich lief es in Messina, Catania, Trapani oder Agrigento. Palermo aber war im Großen und Ganzen unter sieben Familien aufgeteilt, drei herrschten über die Vorstädte, und hier im Zentrum stießen die seit Jahrhunderten bestehenden Viertel Kalsa, Albergheria, Castellammare und Seralcadio aneinander, die alle ihren eigenen Boss hatten. Ohne dass es Uneingeweihten auffalle, hatte mir Silvio versichert, sei alles bis ins kleinste Detail geregelt. Wo die Früchte herkommen und welche Kaffeesorte verkauft wird. Wer wo seinen Stand hat, wer sauber macht, die Preise und die Abgaben. Hier werde niemand belästigt oder gar bestohlen. Prostitution zum Beispiel sei geächtet, einige Typen, die sich als Zuhälter versucht hatten, waren mit gebrochenem Unterkiefer davongekommen, andere hatten nicht so viel Glück. Darüber sprach man nicht. In den Gassen ging das Leben seinen einfachen und allem Anschein nach harmonischen Gang. Aber es blieb auch keiner unbemerkt, der nicht hierhergehörte.

Nicht zu übersehen war die Frau vor mir. Sie war jünger als die meisten hier und hatte ein fein geschnittenes, schmales Gesicht mit großen, dunklen Augen. Aber gut aussehende Frauen um die dreißig waren in Palermo so selten nicht, und es war nicht üblich, sie anzustarren. Bei ihr war das anders, was nicht an ihrer Aufmachung lag. Sie trug ein schlichtes Kleid in einem Blauton zwischen Kornblume und Lavendel, das mich vage an Mimi erinnerte, die diese Farben auch mochte. Die dunkelblonden Haare, die lange nicht gekämmt worden waren, hatten gleichfalls nichts Extravagantes, es gab da keine violetten Strähnen. Nein, es hatte einen anderen Grund, dass ich die Augen aufriss und den Blick nicht wenden konnte. Es lag an ihrer Begleitung, an dem Tierchen, das sie dabeihatte. Mir war zum Thema Tierliebe schon einiges untergekommen. Ich hatte dralle, aufwendig frisierte weibliche Wesen in hautengen Einteilern beobachtet, kreischend rosa und mit tiefem Ausschnitt, die Hunde hinter sich herschleiften, kaum größer als Küken. Ich hatte mal einen einbeinigen Seemann gesehen, der einen kunterbunten Papagei auf der Schulter trug, einen Ara mit rotem Kopf, gelber Brust und dreifarbig gefiedertem Schwanz. Einmal war ich einem grünhaarigen Wesen begegnet, einer Melange aus Frau und Mann und Punk, die eine Kuh an der Leine führte, wie ich zunächst annahm. Dann aber hatte sich das Tier als Hund entpuppt, als Mischung aus Dogge, Dalmatiner und Fabelwesen, eine Züchtung, die ihrem schlecht rasierten Frauchen bis zu den Brüsten reichte.

Die Frau vor mir, die an der engsten Stelle der Marktstraße so langsam ging, als wäre sie kurz vorm Einschlafen, die hatte weder Hund noch Kuh dabei. Sie trug nur eine Katze auf der Schulter, eine getigerte Katze, wie man sie zu Tausenden sah. Doch die meisten waren nicht mit Augenklappe unterwegs.

Die Katze hockte auf der schmalen Schulter, als wäre das nichts. Sie schien keine Angst zu haben herunterzufallen. Furchtlos und gelassen musterte sie mit dem linken Auge ihre Umgebung. Ihr einäugiger Kontrollblick hatte auch mich gestreift und so streng gewirkt, dass ich beschloss, weder zu drängeln noch einen Spruch zu machen. Ich würde mich bis zur nächsten Quergasse in Geduld fassen und mich dann zu einer Parallelstraße durchschlagen, hoffentlich ohne mich zu verirren wie neulich, als ich kurz das Gefühl hatte, nach Algier geraten zu sein.

Als wollte sie die Sache auf die Spitze treiben, blieb die Frau mit der Schulterkatze vor einem Obstkarren stehen und griff sich eine Honigmelone. Sie betastete und beklopfte sie vorsichtig, nahm sich eine zweite, dann eine dritte, an denen sie ebenfalls herumpochte wie eine Storchenmutter an den Eiern ihres Geleges, um Kontakt zu den Storchenkindern aufzunehmen und mit der Erziehung anzufangen, ehe es zu spät war. Allerdings bekam die Frau keine befriedigende Antwort, sodass sie die Melonen wieder hinlegte, nicht ohne der Katze einen fragenden Seitenblick zu schenken. Mir schien, als hätte die Katze unmerklich den Kopf geschüttelt.

Ich konnte es nicht riskieren, mich noch mehr zu verspäten. Bislang liefen die Dinge gut, man begann meine Arbeit zu schätzen, ich hatte nicht vor, Donna Aurora zu verärgern, ich war schließlich kein Narr.

»Sie gestatten«, brummte ich, hielt die Frau mit beiden Händen an der Hüfte fest, damit ich sie, während ich mich vorbeischob, nicht auf das Obst stieß. Sie fühlte sich zierlich an, ich spürte, wie sie sich unter meinem forschen Griff kurz versteifte, und fing einen Hauch ihres Duftes ein, irgendwas mit Sandelholz. Nach zwei, drei Herzschlägen ließ ich sie wieder los, dann war ich schon so gut wie vorbei.

»Kein Problem«, sagte sie und warf mir einen raschen Blick zu, »ist wirklich ganz schön eng hier.«

Für einen Moment kam sie mir bekannt vor, was natürlich Unsinn war. Ich hatte diese Frau nie zuvor gesehen.

»Ich wollte nicht drängeln«, erklärte ich lahm, »und ich wollte auch nicht, dass Sie Ihre kranke Katze verlieren. Hab's aber schrecklich eilig.«

»Ist ein Kater«, erwiderte sie. »Otello hat eine Bindehautentzündung. Das rechte Auge eitert ein bisschen, und so etwas ist buchstäblich ein gefundenes Fressen für die Fliegen. Darum die Klappe.«

»Otello ist ein schöner Name«, hörte ich mich sagen, während die Sekunden verrannen. Ich fasste es nicht. »Aber war der nicht schwarz? Ich meine, der Typ bei Shakespeare oder Puccini, dieser Feldherr.«

»Bei Verdi. Die Oper ist von Verdi. Aber, wie gesagt, er hier ist ein Kater. Da spielt die Farbe keine Rolle. Der Mann in dem Drama hieß ja nicht Otello, weil er schwarz war, sondern weil seine Mutter ihn so genannt hat, oder?«

Stark, dieser Unterton. Manche Frauen begnügten sich nicht damit, recht zu haben. Sie zelebrierten es.

Wieder fing ich einen Hauch dieses Duftes ein, ich atmete tief durch. Sandelholz war definitiv dabei, Sandelholz und etwas Frisches, Fruchtiges. Das konnte aber auch vom Obst auf dem Karren stammen. Zum Glück hatte ich nicht beim Fischhändler zum Überholen angesetzt.

»Wenn ihr euch über Oper unterhalten wollt, Kinder, gut und schön«, dröhnte eine Stimme. Sie gehörte einer Frau, die so dick war, dass ich mich fragte, wie sie es bis hierhin geschafft hatte. Sie war nicht mehr die Jüngste, sie wollte den Einkauf hinter sich haben, ehe im Frühstücksfernsehen ihre Serie anfing. »Aber dann geht in ein Café. Ich muss nämlich weiter, ihr Süßen.« Dazu lachte sie kollernd.

Ringsum grinsten einige. Selbst der Obsthändler, der gerade seine Erdbeeren besprühte, damit sie ihr Gewicht hielten, schmunzelte verschmitzt. Ich wurde rot und erklärte, ich sei selber in Eile. Dann machte ich, dass ich fortkam.

Ich erreichte meinen Arbeitsplatz gegen halb neun, ich murmelte etwas von einer Frau mit einem Kater, Donna Aurora schüttelte missbilligend den Kopf, doch sie sagte nichts.

Während ich die Spülmaschine ausräumte, die Hörnchen in der Auslage auffüllte und den ungefähr hundert Leuten, die sich zu dieser Stunde die Klinke in die Hand gaben, ihren Kaffee machte, versuchte ich, so wenig wie möglich an den vergangenen Abend und die Nacht zu denken. Es funktionierte nicht. Zu unwirklich war die Sache gewesen.

Wie von Geisterhand hatte sich, als wir schließlich auf das Haus zurollten, in dem sie wohnte, das Gittertor geöffnet und dann auch die Garage, die sich im Untergeschoss befand und durch eine steile Asphaltkurve erreichen ließ. Da ich lange keinen Wagen mehr gefahren hatte und schon gar nicht einen so großen, musste ich mich konzentrieren, weder Pfeiler noch Mauern zu streifen. Aber mir fiel niemand auf, das Haus hatte im Dunkeln gelegen, bis die Scheinwerfer die

Zufahrt in weißes Licht tauchten, und keiner sprang hinter einen Busch, um nicht erkannt zu werden.

Über ein weitläufiges Foyer gelangten wir in einen gediegen eingerichteten Salon, den, abgesehen von schlichten, eleganten Möbeln, ein Gemälde von Guttuso zierte, eine seiner üppigen Marktszenen, die er in Palermo gemalt hatte. Ihr verstorbener Mann, dachte ich, schien außer über Geld auch über Geschmack verfügt zu haben.

Ohne vorher die Vorhänge zuzuziehen, schaltete die Signora das Licht an. Sie entschied sich für die große Festbeleuchtung, was vermutlich Teil ihres Plans war. Sie zeigte mir die Bar und meinte, ich solle mich bedienen, sie wolle sich kurz frischmachen und etwas Leichteres überwerfen. Sie sei gleich wieder da.

Ehrlich gesagt, hatte ich nicht richtig zugehört, mir waren zwei, drei Details aufgefallen, die ich nicht einordnen konnte: Auf einer Anrichte lagen ein paar Bücher herum, so wie Bücher liegen bleiben, wenn man in ihnen blättert und sie kurz weglegt, um dann später weiterzulesen. Es war weder Belletristik noch Reiseliteratur. Das eine hatte mit Finanzen zu tun, es ging in dem ellenlangen Titel um Fonds, Anleihen und Optionsscheine. Das nächste befasste sich mit Landwirtschaft, Getreide- und Obstgroßhandel. Die anderen beiden waren Biografien von König Umberto I. und Benito Mussolini, alles nicht unbedingt das, was ich hier erwartet hatte. Außerdem roch es nach Zigarre, nicht penetrant, aber auch nicht so, dass ich mich täuschen konnte. Wenn der Hausherr letztes Jahr für immer mit dem Rauchen aufgehört hatte, dann musste kürzlich jemand hier zu Gast gewesen sein, der ab und zu eine Havanna oder etwas in der Art paffte. Zigarren waren aus der Mode gekommen, doch ich war mir sicher, dass es kein Zigarettenrauch war, der sich hier breitgemacht hatte. Und ich konnte mir nicht vorstellen, dass …

Was dann zur Tür hereinkam, brauchte ich mir nicht vorzustellen. Das war überaus real, und es verschlug mir den

Atem. Signora Annarita hatte mit ihrer beiläufigen Ankündigung stark übertrieben. Das war nichts Leichtes, was sie da übergeworfen hatte, das war im Grunde gar nichts.

Der Vormittagsbetrieb im Café hielt mich auf Trab, und da ich spürte, dass Donna Aurora ein Auge auf mich hatte, leistete ich mir keine weiteren Träumereien. Ich würde später sortieren, was die Nacht gebracht hatte und was nicht, und was das alles bedeutete. Vielleicht ergab die Sache doch noch einen Sinn. Vielleicht hatte sie sich diesen Fazio und diesen Maurizio ausgedacht. Vielleicht war sie einfach eine junge Witwe, der nach Besuch zumute gewesen war, die mal wieder ihre Reize ausprobieren mochte, ohne sich dafür gleich den Mühen einer Affäre zu unterziehen. Tief in meinem Innern wusste ich aber, dass es so nicht war.

Gegen zehn kam ein Stammkunde herein, und während er sein Hörnchen verdrückte, erzählte er, dass es am Bahnhof eine Massenschlägerei gegeben hätte. Tunesier und Libyer seien aufeinander losgegangen, doch Allah allein wisse, was den Tumult ausgelöst hatte und worüber sie sich in die Haare geraten waren. Er sprach zwar zu Donna Aurora, doch er redete so laut, dass es alle mitbekamen.

»Vermutlich wussten das die meisten der Marrocchini selber nicht, die da aufeinander eingedroschen haben«, meinte der Mann mit leicht verächtlichem Unterton, und er verwendete den Sammelbegriff, den ich hier häufig hörte und der alle Nordafrikaner in einen Topf steckte, ganz gleich, aus welchem Land sie wirklich stammten. Ihm war anzumerken, dass er sie samt und sonders nicht mochte, die Männer von der Südseite des Mittelmeers. Er hatte in der Via Roma einen Hemdenladen der gehobenen Preisklasse, und vermutlich waren Einwanderer kein wesentlicher Umsatzfaktor. Ich fragte mich, ob er auch so gesprochen hätte, stünde Mahmud hinterm Tresen, unser Tunesier, den der Padrone Matteo nannte.

Donna Aurora ließ das freilich durchgehen, getreu der Devise, dass Kunden erzählen durften, was sie wollten, solange sie nicht Gott lästerten oder den Kaffee kritisierten, denn beide waren über jeden Zweifel erhaben. Sie erkundigte sich nur, ob die Polizei eingeschritten sei.

Wie sich herausstellte, hatten sich die Bullen rausgehalten und die Prügelei aus einem Wagen beobachtet. Dann aber war ein Einsatzfahrzeug der Carabinieri vorgefahren, der Trupp in Blauschwarz war ausgeschwärmt, was zur Folge hatte, dass die Raufbolde in Windeseile Richtung Kalsa abhauten, das Viertel zwischen Bahnhof und Hafen. Zwei oder drei Verletzte waren einkassiert worden, einer hatte wohl einen Messerstich abbekommen, eine Fleischwunde, mehr nicht.

»Das bringt so einen nicht um«, sagte der Hemdenhändler, »das sind die im Grunde gewöhnt.«

Wieder widersprach ihm niemand.

»Ich habe auch etwas Komisches erlebt«, hörte ich mich in die Stille hinein sagen. »Als ich heute Morgen über den Markt ging«, fuhr ich fort, als sich mir die Köpfe zuwandten, »habe ich eine Frau getroffen, die einen Kater mit Augenklappe auf der Schulter hatte, der Otello hieß ...«

Ich bereute es sofort. Keine Ahnung, was mich geritten hatte.

»Hört, hört«, ließ sich Donna Aurora vernehmen, während mir Silvio einen finsteren Blick zuwarf. »Unser Giovanni trifft in aller Herrgottsfrühe auf Märkten Frauen mit Katern mit Augenklappen und findet sogar die Zeit, sich nach dem Namen zu erkundigen!«

»Otello«, sagte der Hemdenmann, »war das nicht auch ein Marrocchino?«

»Nein, nein«, widersprach ihm ein hagerer Typ, den Donna Aurora immer mit Dottore anredete, obwohl er, glaube ich, weder Arzt noch sonst ein Akademiker war, sondern Buchhalter. Er galt als belesen und pflegte sich gewählt auszudrücken. »Nein, nein, Otello dürfte ein Neger in Diensten der Venezianer gewesen sein«, sagte er, »zumindest ist das so überliefert. Aber da muss man vorsichtig sein, denn die Venezianer damals, die hielten vermutlich alles, was südlich von Rom lebte, für Neger. Vielleicht war Otello ja Palermitaner.«

Er schmunzelte schief. Doch keiner lachte. Vielleicht hatten sie den kleinen Seitenhieb auch gar nicht verstanden. Er winkte ab, zwinkerte mir zu, bezahlte und ging. Der andere machte sich auf in sein Geschäft. Eine Gruppe von Frauen mittleren Alters drängte herein, kichernd und schwatzend, hier änderte sich die Atmosphäre aller Nase lang, und es war mir ganz recht.

Gegen Mittag, kurz nachdem der Padrone sich eingefunden hatte, tauchte Mahmud auf. Er hatte ein blaues Auge, eine geschwollene Unterlippe, und er redete undeutlich, was vor allem daran lag, dass ihm zwei Schneidezähne fehlten. Der Padrone nahm ihn beiseite, telefonierte dann, und ich hörte ihn sagen, er werde Matteo vorbeischicken, der brauche dringend neue Beißer, man möge alle verfügbaren Zauberkünste aufbieten, die Rechnung per Brieftaube, ciao, ciao.

»Giovanni kann Mahmuds Schicht übernehmen«, meinte Donna Aurora dann, »er hat sicherlich am Nachmittag nichts vor.«

Ich war begeistert, wie gut sie über meine persönlichen Pläne Bescheid wusste, und nickte brav. Schließlich war ich heute zu spät gekommen.

Kurz darauf sang Adriano Celentano sein »*Azzurro*«, ein Anruf für Donna Aurora. Mir war sofort klar, um wen es sich handelte. Ich überlegte bereits, was für eine Miene ich aufsetzen sollte, wenn ich der Frau, die letzte Nacht hatte nicht allein sein wollen, ihren Espresso reichte, als Donna Aurora zu meiner Überraschung Silvio beauftragte. Ich glaubte mich verhört zu haben, denn Silvio war, seit ich hier arbeitete, noch nie zu Signora Annarita geschickt worden. Doch er schien nichts dabei zu finden.

Kaum war Silvio mit dem Tablett zur Tür hinaus, faltete der Padrone die Zeitung zusammen, in der er gelangweilt geblättert hatte, und sagte halblaut, er gehe zur Bank. Ich war allein mit der Chefin. Angeregt sortierte ich Kaffeelöffel. Ich versuchte, an Mimi zu denken, aber es schoben sich immer wieder diese kaum verhüllten Brüste aus der vergangenen Nacht dazwischen. Sie hatten ein bisschen gehangen, waren aber dennoch ein prächtiger Anblick gewesen, ich konnte mir auch jetzt noch sehr gut vorstellen, wie sie sich in den Händen anfühlten. Rubens und Rembrandt hatten so etwas gemalt. Mimis Brüste hatten mich eher an Botticellis Venus erinnert. Doch was waren schon Bilder gegen das pulsierende, zappelige Leben? Mimis kleine Titten hatten in gewissen Momenten aufs Allerfeinste gezappelt und …

»Alles in Ordnung, Giovanni?«

»Klar. Wieso nicht?«

Ich versuchte mich zusammenzureißen.

»Ich frage nur«, meinte Donna Aurora, »weil ich das Gefühl habe, dass lieber *du* Signora Annarita versorgt hättest.«

Ich fragte mich, ob sie mich schon immer duzte.

»Ist doch egal«, sagte ich trocken, »wer der Witwe ihren Espresso bringt.«

»Welcher Witwe?« Sie schenkte mir ein maliziöses Lächeln. »Signora Annarita ist noch nie Witwe gewesen«, fügte sie hinzu, so leise, dass nur ich es hören konnte. »Gestern war sie jedenfalls noch eine ganz normale Ehefrau. Oder sollte ihrem Gatten über Nacht etwas zugestoßen sein? Das Ableben von Don Vito Acaro, der die Geschicke von Seralcadio, unserem Nachbarviertel, lenkt, das hätte sich gewiss sofort herumgesprochen. Oder weißt du mehr als ich und alle anderen hier? Ich habe mich freilich schon gefragt, wieso mein neuester Angestellter mich des Morgens mit Signora Annaritas Handy anruft, um mir zu sagen, dass er sich verspäten wird.«

FÜNF

Die nächsten Tage ließ ich es ruhig angehen. Ab und zu regnete es, die Stadt kühlte sich weiter ab. Ich übernahm bis zum Wochenende zusätzlich Mahmuds Dienste, was den schönen Nebeneffekt hatte, dass der Umschlag mit dem Wochenlohn so gut gefüllt war wie noch nie, denn Donna Aurora bezahlte mir anstandslos jede Stunde, die ich gearbeitet hatte, zum selben Satz. Am Montag tauchte gegen Mittag Mahmud wieder auf. Das Veilchen war noch nicht komplett verheilt, aber er grinste gut gelaunt und zeigte sein strahlend weißes und wieder lückenloses Gebiss. Der Dentist hatte ganze Arbeit geleistet, und als ich Mahmud fragte, was das gekostet hatte, zuckte er verlegen die Achseln und murmelte, da müsse ich den Padrone fragen.

Silvio grummelte, er werde sich auch mal ins Getümmel stürzen, ein paar neue Beißer kämen ihm gerade recht. Bei ihm wäre das zwar nur halb so teuer, denn er habe nicht so riesige Pferdezähne wie Mahmud, doch vermutlich würde ihn der Padrone dann auf den Kosten sitzen lassen, denn den Marrocchini schiebe man es derzeit hinten und vorne rein, während ein guter Sizilianer sehen müsse, wo er bleibe. Dabei zwinkerte er Mahmud zu, und der kapierte und grinste noch breiter.

»Wenn du willst«, sagte er, »klopfe ich dir gleich ein paar von deinen Mäusezähnen raus, und dann fragst du unseren Padrone, was du machen sollst. Wahrscheinlich sagt er, du sollst Joghurt essen. Da musst du nicht beißen.«

»Frecher Hund«, schimpfte Silvio und drohte mit der Faust. »Komm du mal nach Corleone, dann wirst du …«

Die Chefin ging dazwischen und drohte, alle beide zu entlassen, wenn sie nicht sofort mit dem Blödsinn aufhörten. Silvios Schmunzeln war ihr offenbar entgangen. Der schien zu wissen, womit sich Mahmud das Wohlwollen des Padrone verdiente, und damit klarzukommen. Mir war das gleich. Alles hatte seinen Preis.

Dank Mahmuds Rückkehr hatte ich am Nachmittag frei und stattete gegen halb fünf *Annarita Travel* einen Besuch ab. Sie hatte mich neulich gebeten, sie niemals anzurufen, und da Donna Aurora derzeit nur noch Silvio oder Cristina zu ihr schickte, war ich ihr seit jenem Morgen nicht mehr begegnet.

Sie schien zu erschrecken, als ich eintrat und sie mich erkannte, fing sich aber sofort. Ihre Agentur bestand aus anderthalb Räumen, die früher einen Laden beherbergt haben mochten. Die Wände zierten Poster, auf denen der Eiffelturm, die Pyramiden von Gizeh und die Golden Gate Bridge zu sehen waren. Falls man noch keine Idee hatte. Ein Hauch von Zigarrenrauch hing in der Luft, eine Andeutung nur, ich konnte mich auch täuschen.

»Giovanni«, sagte sie und blieb, nachdem sie sich erhoben hatte, zögernd neben ihrem Schreibtisch stehen. Es fiel mir schwer, in ihr jene Frau wiederzuerkennen, die mich in ihrem Haus bei der Hand genommen und zum Fenster geführt hatte, bekleidet mit einem Hemdchen, zarter als Spinnwebe, und mir dann auf die Pelle gerückt war. Ihre Brustwarzen hatten emporgeragt wie Hummeln, ich wäre nicht verwundert gewesen, hätten mich beide gestochen, als sie sich an mich schmiegte. Sie hatte sich rasch wieder von mir gelöst, doch sollte sich da draußen im Dunkeln ein Maurizio die Augen aus dem Kopf gestarrt haben, wusste er danach Bescheid. Mehr oder weniger.

Dann hatte sie uns einen Whisky eingeschenkt, ein Glas nur, mich zu einem Sessel geführt und sich dann auf meinen Schoß gesetzt. Alles bei voller Beleuchtung.

Ganz kurz hatte es so ausgesehen, als wollte sie sich, um die Show glaubwürdig zu komplettieren, von mir küssen lassen. Ihre Lippen waren mir so nahe gekommen, dass ich fast zu schielen angefangen hätte. Es war einer dieser aufreizenden

Momente, in denen ich unfähig war, eine Entscheidung zu treffen. Genauer gesagt, es wäre mir äußerst schwer gefallen, die Gelegenheit verstreichen zu lassen, denn kein Kuss war wie der andere, so wie für eine Biene keine Blüte der nächsten glich. Das war wissenschaftlich bewiesen. Die Bienen wussten das aber sowieso.

Mimis Küsse hatten etwas von Schmetterlingen gehabt, ihre Zunge flatterte so leicht und geschwind, dass mir davon manchmal schwindlig geworden war. Bisweilen hatte sie dann plötzlich innegehalten und an meinen Lippen gesaugt und mich mit winzigen Bissen traktiert, bis sie abermals die Zitronenfalter und Tagpfauenaugen freiließ. Die Erinnerung daran vermischte sich mit anderen Empfindungen, weil ich bei den meisten dieser Küsse bereits ihre ruhelosen Hände an mir gespürt hatte oder schon tief in ihre Unterwelt vorgedrungen war, in die Spalte, in der klitschnasse Monster zuckend Party feierten. Beim Vögeln zu küssen, das war, als würde ich bei Petrus ans Himmelstor klopfen, um dann aber von Venus empfangen zu werden. So etwas würde ich vielleicht nie mehr erleben. Es sei denn, ich fand heraus, wo Mimi steckte. Falls sie mich dann überhaupt noch wollte.

Die Küsse von Signora Annarita hingegen, hatte ich mir in jener Nacht gedacht, würden weich und fruchtig schmecken, wie reifer Pfirsich vielleicht, und wie sie da auf mir gesessen hatte, war ich in den Genuss gekommen, ihren festen und überraschend breiten Hintern zu spüren, wenn auch nicht lange genug, um mich mit ihm anzufreunden, denn kaum dass wir das Glas geleert hatten, war sie wieder auf den Füßen gewesen. Kein Küssen. Leider. Zum Glück. Ich hatte mir umsonst Sorgen gemacht, der Situation nicht gewachsen zu sein. Alles Laszive war blitzartig aus ihren Blicken und Bewegungen verschwunden, sie hatte sich von einer Sekunde auf die andere in eine Frau verwandelt, die zwar kaum etwas anhatte, doch weit entfernt davon war, Verlangen auszustrahlen. Kühl wirkte sie auch jetzt.

»Guten Tag, Signora Annarita«, sagte ich, und dabei streifte mein Blick unwillkürlich ihre Brüste, die heute in einer weinroten Bluse zu Hause waren, deren Fenster weit offen standen. Sie gefielen mir immer noch. Manchmal war das einfach so, ein Blickfang war ein Blickfang, und es kam dann darauf an, geschickt zu verbergen, dass man in Gedanken Knöpfe öffnete. Also fixierte ich einen imaginären Punkt auf ihrer Stirn, ein guter Trick, die Beherrschung zu wahren, und sagte leichthin: »Ich wollte mich erkundigen, ob es Ihnen gut geht. Ob Sie seither störungsfreie Nächte hatten.«

Seither. Bei dem Wort schien sie zu erröten, dann nickte sie. Ihr Lächeln war eins von der schmaleren Sorte.

»Ferner wollte ich Sie bitten, Ihrem verstorbenen Gatten meine ehrerbietigen Grüße zu übermitteln. Wenn Sie möchten, könnten Sie ihm ausrichten, dass seine Witwe wirklich passabel aussieht und sich gelegentlich aufführt wie ein Engel, der aus dem Paradies geflogen ist.«

Einen Moment war es ganz still, und ich hörte sie atmen. Sie runzelte die Stirn.

»Okay, ich habe Sie wohl unterschätzt«, sagte sie schließlich. Sie musterte mich wie ein Rennpferd, das zum Verkauf stand. »Vielleicht dachte ich, Sie wären so wortkarg wie Lady Chatterleys Gärtner. Doch man kann nicht alles haben. Ihre Unverschämtheit sei Ihnen verziehen. Wer wie ich nicht mit offenen Karten spielt, hat es wohl nicht anders verdient. Schwamm drüber.«

Sie schwieg wieder, sie suchte offenbar nach Worten, um zum Eigentlichen zu kommen.

»Wundern Sie sich nicht«, meinte sie schließlich, »wenn ich etwas aushole. Aber Fazios Idee, mit Ihnen in Abwesenheit meines tatsächlich kerngesunden Gatten dieses kleine Stück zu inszenieren, hat mir zunächst durchaus nicht gefallen. Normalerweise zeige ich mich wildfremden Typen nicht auf diese Weise. Außerdem ist es eine Sache, das Oberhaupt einer einflussreichen Familie damit zu kompromittieren, dass man dokumentiert, wie ihm angeblich Hörner aufgesetzt werden. Es ist aber eine andere Sache, selbst die Frau auf den Fotos und die Gattin dieses Bosses zu sein. Fazio hat mir zwar versichert, dass er die Fotos nicht verwenden, sondern nur für alle Fälle in der Hinterhand haben wolle, heikel ist das dennoch. Sie wissen, dass es Sie den Hals kosten würde, sollten Sie es herumerzählen. Sie sind zwar kein Palermitaner und sich damit vielleicht der Gefahr gar nicht bewusst, doch ich muss sagen, dass Sie sich alles in allem tadellos benommen haben, auch für den Rest der Nacht, obwohl meine Schlafzimmertür nicht abgeschlossen war und Sie nicht wissen konnten, dass da eine geladene Pistole lag. Und dass ich, für den Fall der Fälle, freie Hand hatte. Einbrecher auf frischer Tat ... Sie wissen, was ich meine. Sie waren außerdem seitdem sehr diskret. Dass Donna Aurora argwöhnisch war, lag an mir, die Sache mit dem Handy war mein Fehler. Und ja, das will ich Ihnen abschließend nicht vorenthalten: Ich fand diesen kurzen Moment nicht unangenehm, selbst wenn er Teil einer Intrige war.«

Das war eine lange Rede gewesen, und ich hatte so viel Offenheit nicht erwartet. Freilich wusste ich, dass sie noch nicht fertig war.

»Und jetzt hören Sie bitte genau zu, Giovanni, oder wie Sie wirklich heißen, denn ich werde das nur einmal sagen, und dann werden wir beide nie wieder über diese Dinge sprechen: Don Vito Acaro ist nicht nur mein Gatte, sondern auch und vor allem der Boss von Seralcadio. Das ist in Palermo allgemein bekannt. Spätestens jetzt wissen Sie es auch. Wir sind hier aber in Castellammare, dem Nachbarviertel, wo die Provenzanos die Fäden ziehen, zu denen Don Emilio Fazio gehört. Auch das ist natürlich allen klar, so wie es kein Geheimnis ist, dass er, obgleich er mit seinen sechsunddreißig Jahren noch recht jung ist, der kommende Mann des Viertels sein wird und auch jetzt schon über großen Einfluss verfügt. Don Fazio ist, anders als mein Gatte Vito, kein Mann der alten

Schule, der nur sein Quartier rein hält. Er ist exzellent vernetzt, seine Kontakte reichen bis Rom, Marseille und Málaga. Also: Don Fazio lässt ausrichten, dass Sie ab sofort für ihn tätig sind. Haben Sie verstanden? Sie arbeiten für ihn! Sie gehen einstweilen weiter in das Café, es ändert sich zunächst nichts. Wenn er Sie braucht, wird er Sie das wissen lassen.«

Sie warf mir einen Handkuss zu, in ihren Augen lag ein Hauch von Traurigkeit, aber vielleicht machte ich mir auch etwas vor. Leicht benommen wandte ich mich ab und verließ die Agentur. Mir schien, als hätte ich gerade eine verdammt weite Reise gebucht.

SECHS

Mitte Oktober wurde es noch einmal richtig warm, Temperaturen deutlich über zwanzig Grad waren keine Seltenheit, der Sommer schien zurückgekehrt zu sein. So fuhren wir die Produktion von Eis und Granita wieder hoch, und die kühlen Delikatessen fanden reißenden Absatz.

Ansonsten passierte zunächst nicht viel, außer dass Cristinas Hund krank wurde und sie sich den ganzen Tag über Sorgen machte, er könnte abends, wenn sie heimkam, gestorben sein. Er habe keinen Appetit, sagte sie, ihm fehle der Glanz in den Augen, und er rieche anders als sonst. Alles Zeichen, versicherte sie uns, dass mit ihm etwas nicht stimme, man müsse mit dem Schlimmsten rechnen. Eine Nachbarin schaute während Cristinas Schicht ab und zu nach ihm, denn Donna Aurora hatte nicht vor, das strikte Hundeverbot, das im Café galt, außer Kraft zu setzen. Selbst wenn er ein Kuscheltier wäre, das nach Jasmin dufte oder seinen Namen sagen könne, hatte sie erklärt, als Cristina vorsichtig nachhakte, Hund bleibe Hund, da spiele sich überhaupt nichts ab.

Ende der Woche schien eine Wende eingetreten zu sein, Cristina rannte nicht mehr mit Leichenbittermiene durch die Gegend, und am Samstag, als ich nach der Arbeit auf ein Glas an der *Taverna Azzurra* vorbeischaute, hockte sie da auf der Fensterbank, zwischen den Knien den kleinen schwarzen Racker, dem nichts mehr zu fehlen schien, und strahlte wie ein Honigkuchenpferd. Neben ihr saß eine rotblonde Frau mit heller, fast rosafarbener Haut, die ebenfalls grinste, was das Zeug hielt. Sie hatte schmale Hüften und kräftige Arme, und ihr voller, schön geschwungener Mund stand in eigenwilligem Kontrast zu den schmalen Augen. Die waren sehr hell und lagen ein wenig schräg, aber nicht so wie bei manchen Asiaten, sondern andersherum, die äußeren Augenwinkel ragten tiefer herab. Sie trug einen kleinen silbernen Ring im rechten Nasenflügel, der ihr etwas Verwegenes verlieh.

Amy sei Irin, verkündete mir Cristina freudestrahlend, und sie studiere hier in Palermo Veterinärmedizin, das müsse man sich mal vorstellen.

Dass Cristina so aufgekratzt war, konnte daran liegen, dass diese Amy eine positive Diagnose gestellt und zur Genesung des Hündchens beigetragen hatte. Doch als ich mit meinem Drink aus der Kneipe kam, küssten sich die beiden. Die Irin hatte ihre Linke auf Cristinas Bauch gelegt, die Hand war groß und kräftig, der Hund zwischen den Knien seines knutschenden Frauchens hatte den Kopf eingezogen, und über ihm ging die Post ab, die beiden wirkten, als hätten sie allerhand nachzuholen. So etwas sah man in den Straßen Palermos eher selten. Doch hier in der Vucciria, in der mäßig beleuchteten, krummen Via Maccherronai, war alles ein bisschen anders. Hier wurde nach wie vor die Rettung der Welt besprochen, die Revolution war immer noch ein Thema, wenn auch nicht das vorherrschende, und der Ausbruch aus tradierten Geschlechterrollen galt als eine Möglichkeit, die jedem Individuum offenstand wie die Wahl zwischen Fisch oder Fleisch, Pizza oder Spaghetti, die veganen Gerichte nicht zu vergessen.

Als die beiden kurz voneinander abließen, wobei Cristina nach Luft schnappte und sich Amy mit dem Handrücken den Lippenstift abwischte, richtete der Hund erleichtert seine Ohren auf. Er war nach Cristinas Aussage eine hochwertige Mischung aus Pudel und Hirtenhund und hieß Lollo. Silvio, der das Tierchen schon länger kannte, hatte einmal eingeworfen, der Kleine könnte auch als missglücktes Nebenprodukt der Schafzucht gelten, eine auf Wolle abzielende Rasse, in die ein notgeiler Köter hineingefunkt hätte. Da war Cristina nicht zugegen gewesen, glücklicherweise, denn ich wette, sie hätte ihn schlagfertig widerlegt.

Bevor Cristina und Amy erörterten, wie sie Lollo rasch ins Bettchen bringen konnten, da der Hund, nach Amys Ansicht, schon sehr müde sein musste, und wo sie, so Cristinas Idee, dann tanzen gehen könnten, ließ mich die kleine Galizierin noch wissen, dass Mahmud im Auftrag des Padrone morgen irgendwo hinfahre, sie eigentlich dessen Frühschicht schieben solle, sich aber frage, ob nicht ich für sie einspringen könnte. Sie zwinkerte mir zu, und ich zwinkerte zurück, womit das geklärt war.

Hätte ich nicht Cristinas Frühschicht übernommen, wer weiß, wie alles gekommen wäre.

Der Tag war noch jung, doch er nahm rasch Fahrt auf, als die Tote hereinkam.

»Ich bin tot«, sagte sie nämlich, als sie an den Tresen trat, »geben Sie sich keine Mühe, ich bin mausetot, ich bin im Grunde gar nicht da.«

Nicht, dass ich sie danach gefragt hätte.

Ich nickte ihr kurz zu. Natürlich hatte ich sie wiedererkannt. Der dunkelblonde Schopf, das schmale Gesicht, die Art, wie sie den Kopf hielt. Und der Kater. Auf neutrale

Beobachter wirkte sie vielleicht einfach nur wie eine Frau, die einen Kater hatte. Doch ich war nicht neutral, ich spürte es deutlich, da war ein leises Knistern in meinen Nervenbahnen. Von wegen *gar nicht da*. Das hörte sich an, als wollte sie, dass ihr jemand widersprach.

Das Café war fast leer. Silvio polierte Besteck. Donna Aurora beschäftigte sich halbherzig mit einem Kreuzworträtsel. Staat in Lateinamerika mit sechs Buchstaben, drei davon ein A, *Guatemala* war zu lang, und *Kanada* war es auch nicht. Ich war ans andere Ende des Tresens gegangen, um eine frische Großpackung Kaffee aus der Schublade zu nehmen. Ich behielt die Frau mit dem Kater im Blick.

Sie sah gut aus. Sie sah nicht schlecht aus. Na ja, vielleicht doch. Sie wirkte angeschlagen, aber es schien nicht so, als hätte sie nichts mehr zuzusetzen.

Ich bin tot. Ich mochte solche Sprüche nicht besonders. Wie wenn ein Schauspieler nach der Aufführung in seine Stammkneipe kam und als Erstes ganz laut sagte: *»Ich war heute so schlecht!«* Damit ihn alle, ob sie das Stück nun gesehen hatten oder nicht, vom Gegenteil überzeugten.

Das Blöde war, dass sie mir gefiel, ohne dass ich wusste, wieso. Wieder hatte ich kurz das Gefühl, sie von früher zu kennen. Ich musterte sie, unauffällig, wie ich meinte, aber mit einer gewissen Sorgfalt. Sie hatte etwas Knabenhaftes, trotz der hochgesteckten Haare. Das weite brombeerfarbene Baumwollshirt verhüllte nicht, dass sie von schmaler, zierlicher Statur war. Die Nase, flankiert von zwei Wangengrübchen, hatte einen sanften Schwung. Unmerklich hoben und senkten sich die Schultern, der Atem ging gleichmäßig, ein Totenschein wäre eine Fälschung. Am Hals ein kräftiger Kratzer, fast verheilt, der Schorf würde bald abbröckeln, ich kannte mich aus mit alten Wunden.

Sie bestellte eine Milch. In ihrem Arm hielt sie den Kater, der mich gelassen musterte. Er schien genesen zu sein, jedenfalls war er ohne Augenklappe unterwegs. Sein Fell war blaugrau getigert, eine Mischung aus Raubtier und Siamprinz, und sein Blick offenbarte uralten, über tausend Katzengenerationen unverdünnten Adel. Ich zwinkerte ihm zu. Er ließ mich nicht aus den Augen.

Sie kramte nervös in ihrer Tasche, brachte ein Päckchen Zigaretten zum Vorschein, eine Sonnenbrille, dann eine Packung Tampons, etwas, was hier selten auf den Tresen kam, und schließlich legte sie ein Stück Papier daneben, ein Ticket der Gesellschaft *Liberty Lines*, die den Verkehr zu den Inseln betrieb.

»Wollen Sie mit dem Schiff weg?« Tolle Frage. Aber man hatte immer drei Versuche. Mindestens.

»Raumschiff«, sagte sie, und ihre Stimme, die etwas Raues hatte, aber ohne Schärfe war, klang weniger müde als erwartet. »Wir warten auf unser Raumschiff.« Ihre Augen waren dunkel, braun wahrscheinlich, aber sie stand im Gegenlicht, ich konnte mir nicht sicher sein.

»Tja«, erwiderte ich. Im Stillen ging ich ein paar Antworten durch, ohne große Hoffnung, dass mir etwas Gescheites einfallen würde. »Da wird sich«, sagte ich dennoch, »bis zum Wochenende nichts mehr tun. Die *Niobe* nach Alpha Centauri ist vorgestern raus, voller Aliens mit Heimweh, die *Nike* zum Mars wäre heute Morgen fällig gewesen, aber die hat ein halbes Jahr Verspätung, und Frauen mit Katzen wollen da sowieso nicht hin. Bliebe die *Nitril* zur Venus. Am Wochenende hin und ciao. Von der Venus gibt es kein Zurück. Genau das Richtige für Leute, die aufs Verglühen aus sind.«

Hätte ich mal die Klappe gehalten. Wenn ich den Blick Silvios richtig las, fand er, dass ich einen Besuch beim Arzt vertragen konnte. Ich stellte das Glas Milch auf den Tresen.

»Das ist keine Katze«, sagte sie. »Das ist ein Kater. Und was soll jetzt der Quatsch mit dem Glas Milch? Soll Otello vielleicht an einem Strohhalm nuckeln?«

Wutentbrannt räumte sie Kippen, Tampons und Ticket wieder in die Tasche, in deren Tiefen sie einen Euro fand. Sie warf ihn voller Verachtung zwischen die benutzten Tassen, die ich bei Gelegenheit in die Spülmaschine räumen wollte.

»Geben Sie mir eine Schüssel oder einen Teller! Und wenn es geht, noch heute! Sehe ich aus wie jemand, der Milch trinkt?«

Nein, sie sah aus wie jemand, der Streit suchte. Doch da konnte ich ihr auch nicht helfen. Bei mir war da nichts zu holen.

Ich förderte aus einem Schieber einen der flachen Teller zutage, auf denen wir die Tramezzini und Panini herausgaben, wenn die Leute sie nicht mitnehmen, sondern hier essen wollten, und kippte etwas Milch drauf, nicht ohne ein paar Tropfen zu verschütten.

»Wohl bekomm's«, sagte ich und legte den Euro daneben, den ich zwischen den schmutzigen Tassen hervorgefischt hatte. »Bezahlen ist an der Kasse. Reicht eh nicht. Milch kostet zehn Euro. Milch auf Tellern sogar zwanzig. Es sei denn, Sie bestellen einen Kaffee dazu. Dann ist die Milch inbegriffen. Wenn Sie die Milch nicht austrinken, kann ich sie Ihnen gern einwickeln. Das ist ebenfalls gratis.«

Sie starrte mich entgeistert an. Wie vermutlich die meisten Leute, die erzählten, sie seien schon tot, schien sie nicht zu Scherzen aufgelegt zu sein. Doch dann zuckte sie die Schultern und setzte den Kater auf den Tresen. Otello warf mir einen prüfenden Blick zu, dann schlabberte er los.

Inzwischen hatten weitere Kunden das Café betreten und beäugten die Szene mit einer Mischung aus Amüsiertheit und Abneigung, einer schüttelte ungläubig den Kopf.

»Was ist denn hier los? Ich glaube, ich sehe nicht recht! Nehmt sofort das Viech da runter!« Donna Aurora hatte sich – Fluss in der Po-Ebene, zwei Buchstaben – von ihrem Kreuzworträtsel losgerissen und mit einem Blick die Szenerie erfasst. Sie kam hinter der Kasse hervor und stemmte die Fäuste empört in die Hüften. Neuerdings ging ihr einiges gegen den Strich, aber das hier sprengte die Grenzen dessen, was sie zu ertragen gewillt war. »Erst will meine beste Servicekraft ihren kranken Hund mitbringen, dann nimmt sie kurzfristig einen freien Tag, einfach so, weil angeblich ihre Tante nach Palermo gekommen ist. Und das, obwohl der Padrone Mahmud in Familienangelegenheiten nach Siracusa geschickt hat. Und nun hockt da auch noch eine verdammte Katze auf dem Tresen und schlabbert Milch! Ist heute der Papst in der Stadt, um alle Bekloppten zu segnen? Giovanni, sag mal, und lüg mich nicht an: Hast du sie nicht mehr alle?«

Ich fand das nun nicht so schlimm, ich hatte hier schon Typen am Tresen lehnen sehen, die eine erheblich stärkere Beeinträchtigung des Ambientes darstellten als dieser Kater. Außerdem gefiel mir sein Frauchen. Doch ich war nicht so bescheuert, mich mit der Chefin anzulegen. Manchmal kam alles zusammen, und dann musste es ein kleiner, unschuldiger Kater ausbaden. Wer Otello hieß, dachte ich still für mich, hatte das Glück ohnehin nicht unbedingt gepachtet.

Inzwischen eskalierten die Dinge. Bei dem Wort *Viech* war der Katerfrau die Zornröte ins Gesicht geschossen. Als von einer *verdammten Katze* die Rede war, schnappte sie nach Luft, und als meine Chefin auf *alle Bekloppten* zu sprechen kam, griff sie sich das Glas, das noch halb voll war, und kippte Donna Aurora die Milch mit Schwung ins Gesicht. Dann schleuderte sie den Teller, den Otello leer geleckt hatte, in meine Richtung. Ich duckte mich, und Silvio, der hinter mir stand, bekam ihn an die Stirn. Benommen suchte er nach Halt und wischte, weil er mit den Armen ruderte, ein Dutzend Gläser aus dem Regal. Sie zersprangen auf dem Boden, es schepperte gewaltig, und falls Scherben Glück brachten, war die Glücksphase noch nicht zu Ende. Mit der Linken griff sich die Frau ihren Kater, mit der Rechten schlug sie die Zuckerschale vom Tresen. Die riss einige Tassen und Gläser mit sich, es war wie auf einem Polterabend, nur ohne Braut und Bräutigam, und dann schickte sich die Tote an, uns zu verlassen. Silvio aber hatte etwas dagegen. Er war im Handumdrehen bei ihr, versuchte sie festzuhalten, doch er hatte sie unterschätzt. Er bekam immerhin ihr Shirt zu fassen, und da sie weiterlief und Silvio nicht losließ, gab der Stoff nach. Sie schrie auf und fuhr herum. Dann griff sie an. Mit dem Kater im Arm sprang sie nach vorn, täuschte einen Fausthieb an und trat stattdessen zu. Sie schien zu wissen, wo ein Mann seine schwache Stelle hatte. Silvio ging mit einem leisen Gurgeln zu Boden.

Das war der Moment, in dem einer der Gäste das Handy zückte, um die Polizei zu alarmieren, während drei andere die Frau festhielten.

Die Bullen brauchten nicht lange. Zeitgleich mit dem Streifenwagen traf der Padrone ein, perfektes Timing, wie ich fand. Donna Aurora hatte nicht mit ihm telefoniert, sondern sich um Silvio gekümmert, der verhalten wimmerte.

Der Padrone ließ sich alles erzählen, mit finsterer Miene zunächst, doch dann winkte er grinsend ab. »Frauen lieben es, einen Anlass zu haben, sich umzuziehen«, meinte er mit Blick auf seine Gattin. »Und Silvio kann nichts groß passieren«, fügte er halblaut hinzu, »denn wer aus Corleone stammt, hat eh keine Eier, und der Schmerz lässt nach drei Tagen nach.«

Zum Glück schien Silvio, der nun stöhnend am Tresen lehnte, das nicht gehört zu haben.

Dann machte der Padrone den Bullen wortreich klar, dass er mitnichten Anzeige erstatten werde. Das Ganze sei ein Missverständnis gewesen. Sie waren zunächst nicht bereit, die Sache auf sich beruhen lassen. Doch als der Padrone den Streifenführer beiseitenahm und ihm vermutlich geduldig erklärte, wer in diesem Viertel das Sagen hatte und wer nicht, entspannte sich die Situation. Die vier Uniformierten tranken brav die Tässchen leer, die der Padrone ihnen spendierte, und trollten sich. »Und du, meine Liebe«, sagte er zu Donna Aurora, »gehst nach Hause, ziehst dir was Trockenes an und nimmst die Sache nicht so tragisch.«

Sie entschwand ohne Widerwort, was mich verwunderte. Normalerweise ließ sie sich nichts befehlen.

Die Schuldige an dem ganzen Tohuwabohu hockte draußen auf dem Fenstersims. Während der Padrone die Kasse übernahm und Silvio sich zurück an den Tresen schleppte, ging ich zu ihr. Sie hatte Federn gelassen. Das T-Shirt war derart zerrissen, dass sie es festhalten musste.

»Alles okay?«

»Nichts ist okay«, erwiderte sie. »Was soll der blöde Spruch?«

Ich reichte ihr den Pullover, den ich in der Morgenkühle auf dem Weg zur Arbeit getragen hatte.

»Hier, nehmen Sie den«, sagte ich. »Mit dem zerfetzten Ding kommen Sie nicht weit. Sie können mir den Pullover ja irgendwann zurückbringen. Ist aber nicht wichtig.«

»Ich habe Sie schon mal gesehen«, sagte sie. »Neulich auf dem Markt.«

Sie erhob sich, drückte mir zu meiner Verblüffung den Kater in die Arme, griff sich den Pullover und streifte ihn sich mit einer fließenden Bewegung über. Dann nahm sie mir Otello wieder ab, nickte mir zu und verschwand Richtung Via Roma. Das Schiffsticket war nicht für heute gewesen, ich hatte das Datum gesehen. Sie blieb noch etwas in der Stadt.

Inzwischen wusste ich, wieso ich das Gefühl hatte, sie zu kennen: Sie erinnerte mich an Mimi.

In der Nacht kletterte ich durch die Luke am oberen Ende des Treppenaufgangs aufs Dach des Hauses. Mein Zimmer befand sich im zweiten Stock. Die gesamte Etage war, wie mir mein Nachbar, ein Holländer, erzählt hatte, bis vor zwei Jahren von einer greisen Palermitanerin als Herberge geführt worden, mit fünf Zimmern, einer kleinen Küche und einem Gemeinschaftsbad. Offiziell hatte das *Paradiso* als Hotel gegolten, mit einem Stern, doch die Geschäfte waren nicht mehr gut gelaufen. Die Touristen waren weggeblieben, da sie heutzutage nicht mehr über den Gang flitzen wollten, wenn sie nachts mal mussten. Nachdem die Signora die Etage ihrem Enkel vererbt hatte, ließ der die Zimmer renovieren und mit Nasszelle, Schranksafe und Fernseher ausstatten und nannte das Ganze nun *Eden Rooms*. Die vermietete er vorzugsweise an Gäste, die länger blieben. Der Holländer, der schon Stammgast im *Paradiso* gewesen war, hatte mir gezeigt, wie man aufs Dach kam.

Von dort hatte ich einen grandiosen Ausblick. Bei Tage konnte ich rechter Hand die Kathedrale sehen, die nicht weit entfernt war, und dahinter den Normannischen Palast. Halb links breitete sich der Hafen mit seinen zahllosen Molen und Kais aus, und ganz links erstreckten sich, zum Monte Pellegrino hin, die westlichen Vorstädte mit ihren Betonblöcken, die einen Anstrich in erdigen Farben hatten, ähnlich wie in Rom, rötlich oder ockerbraun, was der Architektur etwas von ihrer Wucht und Härte nahm.

Palermo war laut und staubig und ziemlich chaotisch, aber grau war Palermo nicht. Obwohl ich hier nur Station zu machen gedachte, nach all der Hatz für eine Weile Fuß zu fassen versuchte, begann ich die Stadt zu mögen. Die Phönizier, die sie gegründet hatten, auch als Karthager bekannt, nannten sie *Ziz*. Das bedeutete *Blume*. Die Griechen hatten es nie geschafft, sie ganz in ihre Gewalt zu bringen, nur König Pyrrhos hatte sie für kurze Zeit besetzt. Das war rund dreihundert Jahre vor der Kreuzigung Christi gewesen, und damals war der griechische Name aufgekommen, *Panhormos*, was soviel wie *Haupthafen* hieß. Jetzt lag die uralte Stadt in einem verschwommenen Halbdunkel, das von den Straßenlampen, die ein mildes gelbliches Licht verströmten, und den Scheinwerfern unten am Hafen nur mäßig aufgehellt wurde. Über mir funkelte das Firmament, und ich fragte mich, ob Mimi auch die Sterne sehen konnte. Mein Gefühl ließ mich daran zweifeln. Ich stellte mir vor, dass sie in einer fensterlosen Zelle hockte, mit Handschellen an einen Ring in der Wand gekettet, und ich konnte nur hoffen, dass ich mich irrte.

Ich war keiner von den notorischen Romantikern, die mit blutendem Herzen herumrannten, weil sie gerade entweder unglücklich verliebt oder unter dramatischen Umständen verlassen worden waren, jedoch unerschütterlich an dem Glauben festhielten, vom großen Halleluja der Glückseligkeit nur ein paar Schritte entfernt zu sein. Ich hatte in meinem Leben genug einstecken müssen, dass ich die kleinen Freuden zu schätzen wusste. Mir gefiel es sehr, mit welcher Begeisterung sich Cristina in ihr Abenteuer mit Amy stürzte, mit welcher Rückhaltlosigkeit sie die handfeste Irin knutschte, ohne sich zu fragen, wie viele Tagen oder Wochen das halten und wie lange es dauern würde, bis die Küsse schal schmeckten oder sie wieder allein mit ihrem Hündchen war. Ich hatte nicht gewusst, dass sie auf Frauen stand. Aber vielleicht stand sie auch einfach nur auf Amy, weiß der Teufel.

Ich stand auf Mimi, und das war damals nach ein paar Sekunden klar gewesen, im Sommer in Toulouse, auch wenn ich selber es erst später geschnallt hatte. Ich hatte mich in jener Nacht blitzartig in ihre kleinen Ohrläppchen verguckt und in ihr verschmitztes Lächeln. Ich liebte ihre blitzenden Augen, die manchmal grün wirkten und manchmal ganz dunkel wurden, vor allem, wenn sie die Freude übermannte oder die Traurigkeit. Ich liebte ihre kleinen Brüste und ihre kratzige Stimme. Mimi konnte feinfühlig sein, aber auch knallhart. Ich hatte erlebt, wie sie einem Mann zwischen die Beine geschossen hatte, immer wieder, ich würde ihren hasserfüllten Blick nie vergessen. Getötet hatte sie den Kerl nicht, ihren Ex-Gatten, der sie benutzt und missbraucht und betrogen hatte. Sie hatte ihn nur gedemütigt. Doch was hieß *nur*? Ob er dahintersteckte, dass sie verschwunden war?

Wir hatten uns im vergangenen Sommer kennengelernt, als wir beide galaktische Schwierigkeiten hatten. Um unsere Schulden abzuarbeiten, hatten wir uns von einer obskuren Londoner Firma anwerben und für Botendienste einspannen lassen, die uns kreuz und quer durch Südfrankreich führten. Die Aufträge liefen schon bald aus dem Ruder. Spätestens, als ein Wagen in die Luft flog, den ursprünglich ich in Toulouse vor einer Schönheitsklinik hatte parken sollen, war uns beiden klar geworden, dass wir tiefer denn je in die Bredouille geraten waren. Mimi hatte statt meiner den Lieferwagen dort abgestellt, und sie war dabei beobachtet worden. Auf unserer Flucht über Avignon und Marseille waren wir dann in den Besitz von Diamanten gelangt, die uns das Leben letztlich auch nicht erleichterten. Mimi hatte die Steine zwar jenen Leuten zugespielt, die sich als deren Eigentümer betrachteten, doch sie hatte entschieden, ein paar der Klunker einzubehalten. Finderlohn. Ich würde meine Hand nicht dafür ins Feuer legen, dass das diesen Leuten gefallen hatte. Als Mimi in Rom verschwunden war, hatte sie die Steine nicht dabeigehabt. Die hatte sozusagen ich geerbt.

Ehrlich gesagt, konnten mir diese Diamanten gestohlen bleiben. Ich war zwar nicht so blöd, sie wegzuwerfen. Ich hatte auch noch nicht versucht, sie zu verkaufen, vor allem freilich, weil ich wusste, wie gut vernetzt die Branche war, und weil ich keine schlafenden Hunde wecken wollte. Aber ich hätte die Steine mit Kusshand hergegeben, wenn ich dafür erfahren hätte, dass Mimi wohlauf war und wo sie steckte.

Vielleicht war sie meiner überdrüssig und hatte es nur vorgezogen, sich einen förmlichen Abschied zu ersparen? Ich konnte mir das nicht vorstellen, vor allem wenn ich daran dachte, mit welcher Heftigkeit wir unser Wiedersehen in Rom gefeiert und wie wir die Tage und Nächte dort verbracht hatten. Ich war noch nie mit einer Frau so abgeflogen, und ich war mir sicher, dass sie dieses Feuer nicht gespielt haben konnte. Derart glänzende Augen ließen sich nicht vortäuschen. Doch wo war sie nun?

»*Was man sucht, es lässt sich finden.*« Sophokles. »*Willst du dein Glück finden, überlass die Suche keinem anderen noch dem Zufall.*« Sokrates. Die klugen alten Griechen, sie hatten für alles einen Spruch gehabt. Doch wie fand ich Mimi?

»*Wenn du nicht weißt, wo du suchen sollst*«, sagte eine innere Stimme, »*musst du nach ihr fragen.*«

Und wenn du nicht weißt, wo du fragen sollst?

Plötzlich hatte ich eine Idee. Ich hätte schon eher darauf kommen können, doch so war das manchmal. Die besten Einfälle hatte ich, wenn ich nicht mehr mit ihnen rechnete.

SIEBEN

Ich schlief nicht besonders, und da Cristina sich krank gemeldet hatte und Mahmud von den *Familienangelegenheiten*, wie es Donna Aurora ausgedrückt hatte, noch nicht zurück sein würde, kam auf mich, wie es schien, eine lange Schicht zu. Soviel ich wusste, hatte Mahmud keine Angehörigen auf Sizilien, weder in Palermo noch anderswo. Vermutlich war mit *Familie* etwas anderes gemeint.

Zum Glück war ich nicht alleine. Silvio hatte sich so weit erholt, dass er den Herausforderungen halbwegs gewachsen war. Doch er zog ein Gesicht, als hätte man ihn gezwungen, seine eigene Pisse zu trinken, er war nicht gut drauf und riss sich nur mit Mühe zusammen. Noch schlechtere Laune als er hatte die Chefin. Sie trug ein unansehnliches Kleid in der Farbe von Spülwasser, das ich noch nie an ihr gesehen hatte, es wirkte, als hätte ein Gärtner, der für seine herrlichen Blumen bekannt war, die Nerven verloren und beschlossen, alles zuzubetonieren. Sie schien nicht auszuschließen, dass wir abermals Gäste haben würden, die mit Getränken warfen.

Mich behandelte sie mit einer gewissen Reserviertheit, sie schien mir den Vorfall mit Otello nicht komplett anzulasten, aber auch nicht der Ansicht zu sein, dass ich mich mit Ruhm bekleckert hatte. Sie schickte mich zu den beiden Juwelieren und zum Tabakmann, denn Silvio hatte angedeutet, dass weite Wege heute nicht sein Ding wären. Als Adriano Celentano abermals loslegte und Donna Aurora die Granita-Sorten runterbetete, dachte ich, nun sei der Moment gekommen, den ersten Punkt des Plans abzuarbeiten, den ich in der Nacht entworfen hatte. Aber Pustekuchen. Ohne Widerspruch zu dulden, scheuchte sie Silvio los, eine Granita Limone und einen Espresso in Signora Annaritas Agentur zu bugsieren, und ich musste mir etwas Neues einfallen lassen.

Kurz nach Mittag traf der Padrone ein und verordnete Silvio eine Siesta. Kaum war der verschwunden, hielt ein Wagen direkt vorm Café. Normalerweise war das nicht erlaubt. Der Platz vor der Kirche San Domenico, der von drei prächtigen hochstämmigen Palmen geschmückt wurde, war für Autos gesperrt. Die einzigen Ausnahmen betrafen Hochzeiten und Leichenfeiern, zum einen wegen der Stöckelschuhe der Bräute, nahm ich an, und zum anderen wegen des Gewichtes der Särge. Für Polizisten und Carabinieri galt das Verbot freilich nicht, sie hockten hier oft zu viert in ihren Streifenwagen, um die Einhaltung der öffentlichen Ordnung zu überwachen, gern bei einer Runde Kaffee oder Granita, die ihnen der Padrone persönlich brachte, ohne Geld zu nehmen. Aber jetzt war keiner von denen da, stattdessen dieser fette BMW.

Heraus sprang niemand anderes als Mahmud. Hinter ihm stiegen zwei junge Frauen aus, die sich reckten und streckten, als wären sie stundenlang nonstop unterwegs gewesen. Aber auch ohne ihre Gymnastik hätten die beiden ein gewisses Aufsehen erregt. Mir blieb beim Blick aus dem Fenster fast die Spucke weg. Die Frauen waren nicht gekleidet, als kämen sie von der Arbeit, abgesehen natürlich von Jobs, bei denen man so etwas trug. Vielleicht hatte Mahmud sie von einer Modenschau für Nacht- und Erotikunterwäsche abgeholt, ohne ihnen Zeit zu lassen, sich etwas weniger Durchsichtiges überzuwerfen.

»Padrone, ciao, wie gut, dass Sie da sind«, rief Mahmud, kaum dass er durch die Tür war. Er grüßte Paloma, die ihre

Mutter an der Kasse abgelöst hatte und dabei war, eine neue Sorte Nagellack auszuprobieren, ihre Wahl war auf Hellblau gefallen. »Ich weiß nämlich nicht«, fuhr er fort, »wohin ich diese beiden Bräute aus Siracusa bringen soll.«

»Das ist jetzt nicht so günstig, Matteo«, murmelte der Padrone und kratzte sich am Hinterkopf. »Ich schätze, da hast du was falsch verstanden. Die solltest du nicht hierher, sondern ins … äh … du weißt schon … ins Dings bringen.«

»Ins Kloster?«

Mahmud hatte keinen Schimmer, wie mir schien. So wie die beiden gekleidet und geschminkt waren, hatten die nicht vor, das Gelübde abzulegen.

»Ja, genau«, sagte der Padrone zu meiner Überraschung, »die sollten … äh … zu den Schwestern von Santa Orsola gebracht werden. Gesundheitscheck. Und dann ins Wohnheim draußen in der Via Ragusa. Aber warte, ich habe da noch eine andere Idee.«

Er öffnete die Tür und winkte die beiden Frauen heran. Sie trugen extrem kurze, glitzernde Röcke und miederähnliche Oberteile aus einem Material, das nicht ganz so transparent wie Zellophan war, dafür aber elastisch und anschmiegsam, Meisterwerke der Enthüllungskunst. Die Blonde war fast einen Kopf größer als die andere, sie hatte hohe Wangenknochen, und zwischen den pampelmusenschweren Brüsten hing an einem Lederbändchen ein reich verziertes Kreuz. Die andere hatte einen bitterschokoladenbraunen Schopf mit einer purpurfarbenen Strähne, darunter große, fast schwarze Augen, die ein wenig vorstanden, und einen Kirschmund. Sie sah exotischer aus als die Blonde, und sie wirkte intelligenter. Ihre Figur war eher knabenhaft, fast mager, aber in der Art, wie sie näher kam, lag etwas unglaublich Laszives. Silvio war nicht der Einzige, dem der Mund offen stand.

»Hallo, ihr Schönen«, sagte der Padrone lässig, nachdem er die beiden eher sachlich gemustert hatte. »Willkommen in Palermo! Versteht ihr mich?«

Die Blonde schaute ihn unsicher an, doch die Dunkle nickte, also fuhr er fort: »Ich schätze, dass ihr euch im Kultur- und Dienstleistungsgewerbe gut auskennt. Aber hat eine von euch eventuell auch Erfahrung mit Bedienung, also ich meine, mit Gastronomie? Konkret vielleicht schon mal in einem schönen Café gearbeitet?«

»Habe ich«, sagte die Dunkle. Sie hatte einen süßen gaumigen Akzent. »Bevor ich von der Agentur angeworben wurde und nach Europa kam, habe ich in Batavia in einer Bar gekellnert.« Sie lachte glockenhell, es schien, als belustige sie die Erinnerung, und ich fragte mich, ob sie bei der Arbeit in Indonesien auch solche Sachen getragen hatte.

»Ich war jetzt mehr auf eine Art Studio gefasst«, sagte sie selbstbewusst, »aber so ein Café, noch dazu mitten in der Stadt, das hat auch etwas. Wann soll ich anfangen?«

Sie nannte sich Miyu, und sie war ein Naturtalent. Der Padrone drückte seiner Tochter Paloma einen Hunderter in die Hand und beauftragte sie, »der neuen Mitarbeiterin etwas von oben bis unten Dezenteres« zu kaufen, und als die beiden nach einer Stunde wieder da waren, lernte er Miyu persönlich an. Die tat alles, was sie tat, mit einem strahlenden Lächeln. Den Bogen mit der Kaffeemaschine hatte sie rasch raus, was auch kein Wunder war, selbst ich hatte das am ersten Tag kapiert. Aber auch sonst war sie sofort auf der Höhe. Und die Kunden liebten sie auf Anhieb. Der Padrone rieb sich vergnügt die Hände. Ich war mir noch nicht sicher, wie das ausgehen würde, auch wenn es mich nichts anging. Erstens würde sie womöglich dort fehlen, wo die andere inzwischen war. Zweitens hatte bislang Donna Aurora die Einstellungen überwacht, und die wusste noch nichts von der neuen Situation. Drittens hatte ich den BMW wiedererkannt, mit dem Mahmud vorgefahren war, ein Umstand, den ich noch nicht recht einordnen konnte.

Nachdem er die Blonde ihrer Bestimmung zugeführt hatte, was auch immer das war, stieg auch Mahmud wieder in den

Betrieb ein, er löste mich, ohne mit der Wimper zu zucken, hinterm Tresen ab, und ich hatte endlich frei.

Ich vergeudete keine Zeit, ich ging schnurstracks zu Signora Annarita und sagte ihr ohne Umschweife, ich würde sehr gern einen Freund von ihr sprechen, *den Freund*, sie wisse schon, und es sei dringend. Sie schaute mich an, als hätte ich versucht, eine Reise zum Mond zu buchen. Als ich mein Anliegen wiederholte, lachte sie seltsam. Es war ein unschönes Lachen, und ich fragte mich, wie es hatte geschehen können, dass ich diese Frau noch kürzlich auf dem Schoß und Freude daran gehabt hatte. Aber es gab Momente im Leben, da schluckte man aus Gier oder Dummheit die Pflaume mit Kern, und dann dauerte es Tage, bis man ihn wieder los war, oder man kam unters Messer. Ich entschied, mir die Sache zu verzeihen und zu hoffen, dass ich die Nebenwirkungen vertrug. Sie sagte kühl, sie werde es ausrichten.

Am nächsten Tag hatte ich wieder Frühschicht, zunächst mit Silvio, dem es besser ging. Wenn er halbwegs guter Laune war, dann kam ich mit ihm wunderbar zurecht. Ich mochte Leute, die nicht viele Worte machten und die Spülmaschine einräumten, ohne durchblicken zu lassen, dass sie dafür eigentlich überqualifiziert waren. Punkt zehn tauchte Miyu auf, relativ schlicht gekleidet, was aber nichts zur Sache tat, so wie sie guckte. Donna Aurora, die offenbar die Kaderentscheidung ihres Gatten abgesegnet hatte, empfing sie mit einem hintergründigen Schmunzeln.

»Da bist du ja, Kindchen«, sagte sie freundlich, »und keine Minute zu früh. Die Männer werden dir noch dies und das zeigen. Das Technische, das hast du ja, wie mein Mann mir berichtete, schon drauf. Entscheidend ist, dass die Kundschaft sich beachtet weiß, dass jeder das Gefühl hat, hier gern gesehen zu sein und seine Wünsche zügig erfüllt zu bekommen. Das heißt nicht, dass du in Hektik verfallen oder übertrieben freundlich sein solltest. Die meisten halten sich nicht länger als fünf Minuten auf, sie schlürfen ihren Kaffee und verdrücken ihr Hörnchen, und weg sind sie wieder. Doch dabei sollen sie sich wohlfühlen. Der Kunde mag König sein, aber du bist die Königin. Denn du hast den Kaffee, den er trinken möchte. Ich werde dich im Auge behalten, Kindchen. Doch darüber musst du dir nicht den Kopf zerbrechen, denn das tue ich mit allen. Wenn mir etwas nicht gefällt, sage ich es. Wenn dir etwas nicht passt, musst du selbst entscheiden, ob du dich deswegen mit mir oder dem Padrone anlegen willst.«

Sie zwinkerte ihr zu.

Im Verlaufe des Vormittags, während wir zu dritt umeinander herumwuselten, fiel mir auf, dass unsere verehrte Kundschaft sich heute mitnichten nach wenigen Minuten wieder ins Getümmel stürzte. Insbesondere die Männer hielten sich länger auf als sonst, sie schwenkten versonnen den Kaffee in den Tassen, als wäre er zu kostbar, um ihn sich einfach so in den Hals zu kippen, manche tranken gleich noch einen zweiten oder dritten, oder sie aßen ihr Tramezzino, das sie sonst immer mitgenommen hatten, am Tresen, und sie kauten langsam und gründlich, so wie das die Ernährungswissenschaftler seit Jahren vorschlugen.

Miyu bewegte sich leicht und geschwind wie eine Gazelle, nur dass Gazellen vermutlich anders rochen. Da es eng zuging zwischen Kaffeemaschine, Kühlschrank und Auslage, fing ich immer wieder diesen Duft auf. Ich stellte mir vor, wie sie sich vor der Arbeit den ganzen Körper mit einer Salbe oder einem Öl eingerieben hatte, um uns gefügig zu machen. Falls mir meine Sinne keine Streiche spielten, waren Kokos, Mandel und Moschus beteiligt gewesen, als es darum ging, dieser Substanz ihre Zauberkräfte zu verleihen.

Nach dem Mittagsansturm wurde es ruhiger, Donna Aurora gab Silvio frei, und ich erkundigte mich bei ihr, ob es Cristina besser gehe und wie wir uns die nächsten Tage in die Dienste teilen würden.

»Cristina ging es nie besser«, sagte die Chefin und lachte kollernd, »und sie war auch nicht krank. Verliebt ist sie, unsere kleine Spanierin, und zwar bis über beide Ohren. Hat wohl gedacht, wir kriegen das nicht mit. Als würde in Palermo irgendetwas verborgen bleiben. Ich gönne es ihr ja von Herzen. Im Frühling hatte sie eine Deutsche, so eine Kämpferin, wie sie in diesen furchtbaren Wagner-Opern vorkommen, und ich bin mir nicht sicher, ob die ihr gutgetan hat. Sie hat immer nur von ihrem Hündchen gesprochen, wie niedlich und kuschelig der sei, und sie hatte Ringe unter den Augen. Doch dann war dieser Körperkultur-Kongress vorbei, die Deutsche musste zurück nach Germanien, wo sie Sportlehrerin ist. Und jetzt hat unsere Cristina diese Irin. Silvio hatte angeblich auch mal eine Irin, und er hat gesagt, dass sie eine der interessantesten Erfahrungen seines Lebens war. Aber vielleicht hat er sich das auch nur ausgedacht. Ich denke manchmal, dass er, außer bei der Sizilianerin, die ihm davongelaufen ist, und zwar bestimmt nicht ohne Grund, keine speziellen Erfahrungen gesammelt hat. Was mich auch nicht wundert, wenn ich bedenke, dass er aus Corleone stammt, wo die einzigen Eier, die weit und breit zu finden sind, von Hühnern gelegt werden.«

Wieder lachte sie laut.

Miyu hatte staunend zugehört, ihr Mund stand offen, sodass ich ihre schicken Hasenzähne bewundern konnte. Ihre mittleren Schneidezähne waren wirklich ziemlich groß, was den kindlichen Ausdruck, der mir an ihr schon aufgefallen war, noch verstärkte. Dabei verrieten die Fältchen um ihre Augen, dass sie der Teenagerzeit schon länger entwachsen war. Manchmal trat, vor allem, wenn sie sich unbeobachtet fühlte, in ihren Blick etwas Wissendes, Abgeklärtes. Doch jetzt riss sie vor Verwunderung die ohnehin schon großen Augen ganz weit auf, sie schien schwer beeindruckt zu sein, wie hoch im Kurs hier die Diskretion stand, besonders, was das Liebesleben der Mitarbeiter betraf. Da ich Donna Aurora als clevere Chefin einschätzte, verstand ich ihre Auslassungen als Signal.

Pass auf, Kleine, konnte das heißen, *pass auf, was du preisgibst. Hier haben dich alle im Blick. Und was der eine weiß, das wissen bald alle anderen auch.*

Das Café war leer ansonsten. Außer Miyu und mir hatte es keiner gehört.

»Wie auch immer«, sagte Donna Aurora, »unsere Spanierin nimmt sich eine Auszeit. Und Miyu vertritt sie einstweilen. Falls jemand fragt: Miyu war daheim in Batavia Lehrerin unter anderem für Fremdsprachen, weswegen sie uns so prima versteht, und sie musste aufgrund ihres christlichen Glaubens flüchten. Und wir lassen eine gute Katholikin nicht im Stich. Nicht wahr, Giovanni?«

Ich nickte, auch wenn mich das nicht wirklich betraf. Palermo, das war die Heimat der Barmherzigen, ich hatte es immer schon gewusst.

Am Nachmittag traf ich mich mit Silvio in der *Focacceria San Francesco*. Das alte Restaurant lag keine zehn Minuten vom Café entfernt im Kalsa-Viertel gegenüber der dem heiligen Franz von Assisi geweihten Basilika, und es war eine Instanz. Obgleich nicht serviert wurde, war das kein gewöhnlicher Selbstbedienungsimbiss. Die noble Einrichtung und die Fotos an den Wänden zeugten von einer ruhmreichen Geschichte. Von der hohen Decke hing ein Kronleuchter, die Wände waren dunkel getäfelt, und im hinteren Teil des Gastraumes führte eine Treppe hinauf zu einer Galerie, auf der man die Speisen und Getränke, die man unten erworben hatte, in Ruhe verzehren konnte, mit Balkonblick auf die Zubereitung des Stammgerichts. An einem kleinen Tresen gab es Wein, Wasser, Bier, Cola und andere Getränke, an einem größeren, der mit Kühlvitrinen ausgestattet war, Pizza, Teigtaschen und die gefüllten Reisbälle mit der panierten Kruste, die *Arancini*. In der Mitte aber bereitete der Koch vor aller Augen die *Meúsa* zu, Schafsmilz, die in einem riesigen Tiegel vor sich hin brutzelte und die er auf einem vorgewärmten

Brötchen verteilte, der *Focaccia*, dann streute er etwas Käse darüber, gab ein paar Spritzer Zitrone dazu, und fertig war das *Pane c'a Meúsa*, eine palermitanische Delikatesse, die aromatisch schmeckte und noch aromatischer roch und sicherlich gewöhnungsbedürftig war. Zwei-, dreimal die Woche aß ich hier, auch wenn die Spezialität an Straßenständen oder in einigen Imbissbuden des Viertels um einen halben Euro billiger war. Dafür blickte einem hier die Tradition über die Schulter. An den dunklen Holzwänden hingen unzählige Fotos von lächelnden Film- und Opernstars, von Komikern und Schlagersängern, die hier eingekehrt waren, um eine echte *Focaccia* zu verzehren und damit ihre Verbundenheit mit Palermo und, wenn sie nicht von hier stammten, eine gewisse kulinarische Furchtlosigkeit zu demonstrieren. Nahezu das gesamte Showbusiness des Landes war auf den Bildern versammelt, Claudia Cardinale, Ornella Muti und natürlich Adriano Celentano, aber auch Caruso, Pavarotti und der Radfahrer Pantani, der mit nur vierunddreißig Jahren an einer Überdosis Koks gestorben war. Die italienischen Berühmtheiten des zwanzigsten Jahrhunderts hatten sich hier blicken und dabei fotografieren lassen, wie sie, mit mehr oder weniger Genuss, ein Milzbrötchen verspeisten, wobei manchem das Fett vom Kinn tropfte und fast allen die Augen glänzten, denn es war schön in dieser Kneipe, es war etwas Besonderes, selbst für Stars, die sonst Menüs zu sieben Gängen auftafeln ließen.

Silvio hatte nicht gewartet, er war schon so gut wie fertig und machte einen zufriedenen Eindruck. Ich holte mir ebenfalls eine Portion. Wie zu erwarten, moserte Silvio, mir hätten sie wieder viel mehr Fleisch aufs Brötchen gepackt als ihm, das sei jedes Mal so, langsam gehe ihm das auf die Nerven, die dächten wohl, mit einem aus Corleone könnten sie es machen. Ich schlug ihm vor, das an Ort und Stelle zu klären, doch er winkte ab, die würden sich wieder nur rausreden, er könne es ja nicht beweisen, da er alles aufgegessen habe.

»Wie findest du die Neue?«

»Sie riecht nach Kokos, finde ich«, erwiderte er. »Und abgesehen davon, glaube ich, dass sie die Leute ganz schön wuschig macht. Wenn das so weitergeht, kriegt unsere komplette männliche Kundschaft einen Herzkasper, weil alle plötzlich dreimal so viel Kaffee trinken wie sonst. Dabei hat die überhaupt keine Titten.«

»Hat sie nicht?«

Vielleicht hatte Silvio nicht richtig hingeguckt, da sich schon in ihrem Gesicht so viel abspielte, die Mandelaugen, die Kirschlippen, das süße Lächeln.

»Hat sie nicht. Sie ist vollkommen flach. Hätte nie gedacht, dass man damit trotzdem Kohle machen kann. Also in Pornos, meine ich. Ich dachte immer, wenn man dort mitmischen will, könnten die Titten nicht groß genug sein, also bei den Weibern jetzt, bei den Nutten.«

»Jetzt mal langsam«, sagte ich. Frauen, die Pornos drehten, gingen nicht zwangsläufig auch auf den Strich, doch mir schien, als würde die Klärung der Begriffe nichts bringen. »Willst du andeuten, unsere Miyu hätte eine Filmkarriere an den Nagel gehängt, um stattdessen an Palermos edler Piazza San Domenico Kaffee auszuschenken?«

»*Unsere Miyu!* Du müsstest dich mal hören«, spottete er. »Als wäre sie deine oder meine Miyu. Wenn, dann ist sie die Miyu der Familie, und ihr Schicksal liegt in den Händen von Don Fazio, dem Vize-Capo von Castellammare.«

»Du spinnst«, sagte ich. »Was soll denn der damit zu tun haben? Hast du mir nicht selber erzählt, dass die Sippe, die in unserem Viertel das Sagen hat, keine Rotlichtgeschäfte duldet? Und immer das Gerede von diesem Don Fazio. Ich habe den noch nie gesehen.«

Dass ich am Vortag um eine Audienz gebeten hatte, erwähnte ich nicht.

»Leck mich doch am Arsch! Sei froh, dass du den noch nicht kennst! Das ist nichts, was dich glücklicher machen würde.

Unser Padrone ist ständig am Lavieren, um sich nicht Fazios Unwillen zuzuziehen. Und was das Rotlicht und all das betrifft – ich habe dir erzählt, dass sie drüben in Seralcadio nicht dulden, wenn Mädchen auf den Strich geschickt werden. In Seralcadio, hörst du? Nicht in Castellammare! Seralcadio ist das Viertel von Don Vito. Und *der* ist alte Schule, nicht Don Fazio. Kapierst du das?«

»Aber Seralcadio ist doch nur ein paar Schritte entfernt«, wandte ich ein.

»Ja, es beginnt oberhalb der Via Maqueda. Das ist genau der Punkt. Was glaubst du, warum unterhalb der Via Maqueda, in den Seitenstraßen der Via Roma zum Beispiel, am alten Olimpia und gegenüber der Sparkasse, bei Wind und Wetter die Mädchen stehen? Weil es nämlich in Castellammare und Kalsa erlaubt ist. Und Leute wie Fazio sind nicht nur dick im Geschäft, sondern frohgemut dabei, das System zu modernisieren.«

»Und was hat das jetzt mit Miyu zu tun? Wie kommst du auf die Porno-Geschichte?«

»Sagen wir mal so: Mir ist zu Ohren gekommen, dass es im Internet einige delikate Bildgeschichten gibt. Wenn du mich fragst, wurde Mahmud nach Siracusa geschickt, um diese Mädchen herzuholen. Der Padrone weiß natürlich Bescheid. Vielleicht hat Fazio die zwei gekauft oder beim Kartenspiel gewonnen oder weiß der Teufel, wie es zusammenhängt. Siracusa ist die einzige größere Stadt auf Sizilien mit einer offenen Struktur. Sie untersteht keiner Familie und ist auch nicht unter mehreren aufgeteilt. Dort macht jeder Geschäfte, wie er will, das haben die dort vor längerer Zeit mal so ausgekegelt, und sie halten sich dran. Einige verdienen derzeit mit Internet-Pornos richtig viel Kohle. Und ich vermute mal, dass Fazio davon Wind bekommen hat und nun in dieser Branche auch mitmischen will. Also hat er diese Frauen hergeholt. Vielleicht sind Miyu und die Große mit den Riesenmöpsen nicht die Ersten? Vielleicht kommen noch mehr? Mahmud schweigt ja eisern, was das betrifft. Er hängt halt an seinem Leben.«

»Okay«, sagte ich, »das ergibt Sinn. Doch wieso landet dann Miyu statt in einem Studio mit Kameras, Scheinwerfern und Gleitcreme hinter unserem guten alten Tresen?«

»Was weiß ich«, sagte Silvio und zuckte die Achseln. »Weil das hier Palermo ist? Weil hier jeder jeden argwöhnisch beäugt? Weil vielleicht außer der Gleitcreme noch gar nichts da ist, was man so braucht, um Pornofilme zu drehen? Weil man den Aufenthalt einer so exotischen Schnecke wie Miyu erst mal legitimieren muss?«

Wenn das so war, dachte ich, dann hatte ich mir genau den Richtigen gesucht, um nach Mimi zu fragen. Sollte dieser Don Fazio etwas über sie wissen, wäre ich ganz bestimmt der Allerletzte, den er einweihen würde.

Doch nun konnte ich nicht mehr zurück. Noch hatte er sich nicht herabgelassen, mich zu empfangen. Signora Annarita hatte ihm gewiss unverzüglich von meinem Vorstoß erzählt, und das war ja auch mein Plan. Fragte sich nur, wie lange er mich zappeln ließ. Und ob mir gefallen würde, was dann geschah. Wenn ich Pech hatte, konnten sich die Dinge zum Schlechteren wenden. Damit hatte ich Erfahrung.

Ich zog eine Grimasse.

»Was gibt es da zu grinsen?« Silvio schüttelte den Kopf. »*Piss die Wand an*, sagt man bei uns in Corleone. *Piss die Wand an, dann weißt du, warum sie nass ist und stinkt.*«

ACHT

Ob es am Wetterumschwung lag oder daran, dass ich am Abend ein Glas zu viel gehabt hatte, jedenfalls wachte ich mit fürchterlichen Kopfschmerzen auf, und als ich einen Blick aus dem Fenster warf und den Nieselregen sah, der alle Konturen verwischte, kroch ich ins Bett zurück, fest entschlossen, mich so lange tot zu stellen, bis Mimi kam und mich wach küsste.

Doch Mimi kam nicht.

Immerhin klopfte es. Der Holländer aus dem Nachbarzimmer steckte seine Nase durch die Tür, die abzuschließen ich vergessen hatte, und meinte, eben sei ein Junge da gewesen und habe eine Nachricht hinterlassen. Er ließ ein Kuvert auf den winzigen Tisch fallen. Dann war er schon wieder verschwunden.

Dieser Bursche sagte nur das Nötigste. Er grüßte nie. »Wer immer grüßt«, hatte er mir mal in einem Anfall von Gesprächigkeit erklärt, »und es dann einmal vergisst, steht sofort als unhöflich da. Das ist wie mit diesen Liebespaaren, die dreimal am Tag zueinander *Ich liebe dich* sagen und *Ich dich auch*. Von dem Tag an, da sie es nur zweimal sagen, geht die Liebe den Bach runter. Inflation und Deflation.«

Er war ein komischer Vogel. Hatte irgendwas mit Software zu tun. Mir bereitete schon das reale Leben Probleme, in der virtuellen Welt würde ich vollends verrückt werden.

In dem Umschlag steckte ein Zettel: »*Bar Luce del Porto, Via Amari, 11:30*« Die Notiz war an einem Computer geschrieben und ausgedruckt worden, der Absender gab sich nicht zu erkennen. Ich hatte so meine Vermutungen.

Nachdem ich kalt geduscht und mir etwas übergezogen hatte, eilte ich aus dem Haus. Ich war immer noch verpeilt, und mein Schädel hämmerte. Obwohl der Nieselregen fast aufgehört hatte, tigerte ich gesenkten Kopfes die Straße hinunter. Manchmal lagen Kisten herum oder Hunde, die von der Müdigkeit überrascht worden waren, ich wollte nicht stolpern, dies war ein Tag, der mich Kraft kosten würde, ich hatte wirklich nichts zu verschenken. An der Einmündung in die Via Venezia stieß ich mit einer Frau zusammen, die ebenfalls nicht aufgepasst hatte. Sie stieß einen Schreckensschrei aus und sprang einen Schritt zurück. Ich verlor für einen Moment die Fassung, offenbar war es so weit, ich sah Gespenster.

»Mimi?«

Sie blickte mich an, als wäre bei mir eine Schraube locker. Wir erkannten uns quasi gleichzeitig, wobei sie eher unwillig guckte und ich eher enttäuscht. Das war nicht Mimi. Ich hatte sie wohl nur verwechselt, weil ich nicht Herr meiner Sinne war, und sie hatte ihren Kater nicht dabei.

»Hast du dir wehgetan?«

In meiner Verwirrung hatte ich sie geduzt.

Sie schüttelte den Kopf.

»Tut mir leid, ich war in Gedanken«, sagte ich. »Oder auch nicht. Eher vollkommen gedankenlos.«

»Das kenne ich«, erwiderte sie und grinste schief. »Absolute Leere, totale Schwärze. Wie Stromausfall und keine Kerzen im Haus.«

»Neulich waren Sie so gut wie tot«, meinte ich. »Haben Sie jedenfalls behauptet. Sind Sie in dieser Hinsicht weitergekommen?«

»Nun entscheide dich mal«, entgegnete sie. »Sie oder Du? Ständig hin und her, das ist mir heute echt zu anstrengend.« Sie zwinkerte mir zu. Meine Frage hatte sie ignoriert.

»Wo ist Otello?«

»Du oder Sie?«

»Wo hast du Otello gelassen?«

»Der ist mir weggelaufen. Das ist die optimistische Variante. Oder er wurde gekidnappt.«

»Und mir ist Mimi weggelaufen.«

»Vermutlich keine Katze, oder?«

»Wieso?«

»Weil du mich mit ihr verwechselt hast.«

»Vielleicht ist sie gar nicht weggelaufen. Vielleicht ist sie entführt worden. Vielleicht steckt sie in Schwierigkeiten. Sie steckte ständig in Schwierigkeiten.«

»Vielleicht, vielleicht, vielleicht. Du hast vielleicht nicht gut auf sie aufgepasst.«

Wir gingen einen Kaffee trinken, klugerweise nicht an der Piazza San Domenico, wir liefen ein Stück die Via Roma hoch, und während wir den Espresso schlürften, der nicht halb so gut schmeckte wie der, den es dort gab, wo ich arbeitete, erzählte ich, dass Mimi eines Nachmittags unser gemeinsames Zimmer in Rom verlassen und ich seither von ihr nichts mehr gesehen und gehört hatte.

»Garantiert entführt«, sagte sie und lachte.

»Was gibt es da zu lachen?« Ich runzelte die Stirn.

»Sorry. Scherz misslungen. Wollte sagen: Einen wie dich verlässt man doch nicht.« Sie zog eine Augenbraue hoch und lachte wieder. »Ist nicht zwangsläufig ironisch gemeint. Vielleicht aber doch. Ich habe so eine Neurose. Dinge, die andere nur denken, spreche ich aus. Oder tue ich.«

»Das ist aber anstrengend«, stellte ich fest.

»Wem sagst du das ...« Sie schniefte. Dann hielt sie mir die Rechte hin, die klein und schmal wirkte. »Marcella«, erklärte sie. »Ich bin Marcella.« Sie hatte lange Finger, und ihr Händedruck war fest.

»Man nennt mich Giovanni«, erklärte ich, ohne nähere Angaben zu machen, wie das gemeint war. Dann fragte ich sie, ob sie ihr Schiffsticket zurückgegeben hätte.

Sie hob abermals die Braue. Statt zu antworten, fischte sie aus ihrer Tasche einen Stift, schnappte sich vom Tresen eine Papierserviette und schrieb etwas darauf.

»Ich muss los, Giovanni«, sagte sie. »Sollte es dich auf die

Inseln verschlagen, findest du mich vielleicht dort. Ich habe noch deinen Pullover. Konnte ja nicht ahnen, dass ich dich treffe.«

Sie knüllte die Serviette zusammen und schob sie mir in die Hand. Sie blickte mir in die Augen, länger als nötig, um die Farbe herauszufinden, aber nicht lange genug, um die Wimpern zu zählen oder Gedanken zu lesen. Dann drehte sie sich wortlos um und ging. Zurück blieb ein Hauch von Sandelholz und Mango.

Behutsam glättete ich die Serviette. Da stand so etwas wie eine Adresse, und sie gehörte tatsächlich zu einer der Inseln vor der Nordküste Siziliens: »*Isola di Stranezza, Cuntrata Corvo, Olivia Cosenza*«

Ich warf das Papier in den Abfallkorb, ich hatte anderes zu tun. Was sollte ich auf den Inseln? Falls alles gut ging und ich Glück hatte, würde ich heute erfahren, wo Mimi steckte. Freilich ging selten alles gut. Und noch seltener hatte ich Glück.

Die Via Amari führte vom Teatro Politeama direkt hinunter zum Hafen, doch man hatte die Straße für den Verkehr gesperrt. Sie war an mehreren Stellen aufgerissen, gigantische Maschinen waren dabei, sich bohrend, baggernd, beißend in die Tiefe zu fressen. Angeblich hing das mit dem Bau einer Metro zusammen, die, wie Silvio gespottet hatte, Palermo und Melbourne miteinander verbinden sollte, zwecks Familienzusammenführung. Falls stimmte, was er sagte, lebten dort mehr ausgewanderte Sizilianer und deren Nachfahren, als Palermo und Corleone zusammen Einwohner hatten. Vielleicht war das auch nur einer seiner Scherze.

Kein Scherz war der Kerl, der mich in der Bar *Luce del Porto* erwartete. Er erinnerte mich auf kuriose Art an Otello, obwohl er kein Kater war, eher ein Bär, ein Gorilla, ein Schrank von einem Mann. Doch auch er trug eine Augenklappe.

So hatte ich mir Don Fazio nicht vorgestellt, den Vize-Capo von Castellammare und Geliebten von Signora Annarita, falls das überhaupt stimmte. Und er war es auch nicht. Obwohl ich zu früh dran war, packte mich der Hüne, kaum dass ich die Bar betreten hatte, am Arm und bedeutete mir unwirsch, ihm zu folgen. Der Boss warte nicht gern, nuschelte er.

In einer Seitenstraße hatte er seinen Motorroller stehen, eine Vespa, die zwanzig Zentimeter in die Knie ging, als er sich draufsetzte. Er bedeutete mir, ebenfalls aufzusteigen, und dann düste er los. Zunächst fuhr er auf dem Gehweg, und es schien ihm nichts auszumachen, dass ein Mann, der arglos aus einem Laden trat, sich nur um Haaresbreite retten konnte.

Wir rasten hinunter zum Hafen, bogen aber vor der monumentalen Einfahrt nach rechts Richtung La Cala ab. Das war eine halbkreisförmige Bucht, in der gut tausend Boote aller Bauarten und Preisklassen lagen. Ganz in der Nähe, an der Piazza Marina, hatte neulich der BMW gestanden, in dem sich Signora Annarita von mir hatte heimbringen lassen.

Vor einem Gittertor stoppte der Augenklappenbär. Er ließ mich absteigen und brummte, ich solle mich nicht vom Fleck rühren, man werde mich holen. Dann knatterte er davon.

Kurz darauf tauchte auf der anderen Seite des Zauns ein schlaksiger Bursche auf. Er mochte achtzehn, neunzehn sein, er trug eine verspiegelte Sonnenbrille, und in der Hand schwenkte er ein Schlüsselbund. Er verzog keine Miene, während er das Vorhängeschloss öffnete, die Kette abnahm, das Tor einen Spalt aufzog und mich durchwinkte.

Wir kamen zu einer Reihe von Yachten, die gesondert lagen, ein Stück abseits der einfacheren Boote. Vor einem Exemplar, das nicht besonders groß war, aber schnittig aussah, blieb der Typ stehen. Die Yacht war weiß und hatte einen hellblauen Streifen, der den Namen unterstrich. Sie hieß *Castellammare*.

Ich grinste. Wenn das Don Fazios Eigentum war, dann wirkte die Wahl des Namens wie wenn sich Napoleon, bevor er französischer Imperator wurde, in einem Boot herumrudern lassen hätte, das *Frankreich* hieß.

Der Bursche kniff die Lippen zusammen und runzelte die

Stirn. Vielleicht nahm er an, dass mir bald der Spaß vergehen würde.

Ich weiß nicht, was ich erwartet hatte. Der Mann, der mich unter Deck empfing, war nicht besonders imposant, und er wirkte auch nicht furchteinflößend. Ich schätzte ihn auf Anfang vierzig. Sein dunkles kurz geschnittenes Haar begann an den Schläfen zu ergrauen, der Dreitagebart schimmerte schwarz. Der Anzug, vermutlich Leinen, war beige, das T-Shirt hellblau. Der Mann war fast so groß wie ich, und er hielt sich sehr gerade. Mit der Andeutung eines Lächelns trat er auf mich zu.

»Giovanni, nehme ich an. Freut mich sehr.«

Sein Händedruck war straff.

»Pippo, du kannst uns hinausbringen«, sagte er dann zu dem Jungen. »Kurs Cefalù. Zwei Meilen vor der Küste beidrehen. Aber lass dir Zeit. Nicht, dass uns der Champagner aus den Gläsern schwappt.«

War wohl ein Scherz, denn es gab nur Wasser, San Benedetto, immerhin *frizzante*, die prickelnde Version.

Er forderte mich auf, Platz zu nehmen, und ließ sich in den anderen Sessel fallen. Sie waren mit cremefarbenem Leder bezogen und am Boden der Kajüte festgeschraubt. Sollte noch jemand kommen, müsste der mit der schmalen Bank zwischen den Bullaugen vorliebnehmen. Doch es kam keiner mehr.

»Giovanni, ich habe entschieden«, sagte er, während die *Castellammare* langsam Fahrt aufnahm, »dass es an der Zeit ist, uns miteinander bekannt zu machen. Darum habe ich dich kommen lassen.«

Das war schlau. Er tat so, als hätte nicht ich um diese Unterredung gebeten, er gab das Treffen als seine Idee aus, mehr noch, er ließ durchblicken, dass ich nur hier war, weil er das so wollte. Dass er mich duzte, wunderte mich nicht. Auch der Padrone hatte es von Beginn an so gehalten, ohne dass mir auch nur im Traum eingefallen wäre, es ihm gleichzutun.

Ich entschied, das Spiel mitzuspielen und zu warten, bis mein Moment gekommen war. Denn ich hatte eine Frage.

»Das ist sehr freundlich von Ihnen«, erwiderte ich lächelnd. Und schwieg. Das schien ihn zu irritieren.

»Wie dir die bezaubernde Signora Graziani schon mitgeteilt haben dürfte, verbindet uns beide, dich und mich, ein Kontrakt.«

Ich warf ihm einen fragenden Blick zu.

»Annarita Graziani. Du kennst sie ja, vielleicht sogar besser, als manchem lieb sein dürfte. Die Gattin des verehrten Don Vito Acaro, der den Respekt von ganz Palermo genießt, zumindest den der Bewohner von Seralcadio, dem Nachbarviertel von Castellammare.«

»Oh, das wusste ich nicht«, erwiderte ich, was nur zum Teil gelogen war. »Ich hätte vermutet, die Gemahlin Don Vitos heiße ebenfalls Acaro.«

»In Italien behalten die Frauen ihren Namen. Eine Frage der Würde. Also, um zur Sache zu kommen: Annarita Graziani hat dich, so will mir scheinen, bereits wissen lassen, dass ich dir gestatte, in meinem Viertel zu arbeiten. Für mich zu arbeiten. Für die Familie. Das ist, wie du erraten haben wirst, eine Ehre.«

Er machte eine Pause, nickte bedeutungsvoll. Ich hörte das gleichmäßige Brummen der Maschine. Draußen flog die Küste vorbei, wir hatten inzwischen ein straffes Tempo drauf.

»Oh, und ich dachte, ich arbeite für den Padrone und für Donna Aurora …«

Das hätte ich mir schenken können. Er zog die Luft scharf durch die Zähne und atmete dann langsam aus. Es wirkte, als müsste er sich beruhigen, als versuchte er, die Fassung zu wahren, obwohl er allen Grund hätte, sich maßlos aufzuregen. Es war Theater, eine Demonstration, aber ich wusste nicht genau, woran ich mit ihm war. Er konnte mich umlegen und meine Leiche ins Meer werfen lassen. Vermutlich wäre Pippo nicht abgeneigt, seinem Herrn zu Diensten zu sein. Aus unerfindlichen Gründen nahm ich die Sache noch immer auf die leichte Schulter, ich hatte, wie mir bald aufgehen würde, den Ernst der Lage nicht begriffen.

»Du arbeitest in diesem Café, Giovanni, weil *mir* das recht ist. Aber sag mir bitte: Wieso bist du nach Palermo gekommen? Ist es dir in Rom zu heiß geworden? Und warum Palermo? Warum Castellammare?«

Ich saß da wie versteinert. Wie konnte er wissen, dass ich aus Rom kam? Was wusste er noch? Ich hatte damit gerechnet, dass er auf den Abend mit Signora Annarita zu sprechen kommen würde, nicht aber damit. Ein Gutes hatte es: Wenn er so gut über mich Bescheid wusste, dann wusste er vielleicht auch, wo …

»Ich habe dich dort erst einmal Fuß fassen lassen, um dich im Auge zu behalten. Für die Zukunft habe ich etwas anderes mit dir vor, dein Einverständnis vorausgesetzt.«

Mein Einverständnis? Ich spitzte die Ohren.

Er lächelte fein, sehr darauf bedacht, mich spüren zu lassen, dass ich einen kultivierten Mann vor mir hatte. Dann sprang er auf und entnahm der Anrichte ein Kuvert, das er mir hinhielt.

Die Fotos waren die Arbeit eines Profis. Auf den ersten beiden Bildern war das Antlitz der Signora gut zu erkennen. Das Gesicht des Mannes, den sie, wie es aussah, innig umarmte, lag im Schatten. Ich hatte vergessen, dass ich mich, vermutlich vor lauter Überraschung, mit beiden Händen an ihrem Hintern festgehalten hatte. So etwas ließ sich kaum hineinfälschen, auch nicht mein freches Grinsen auf dem dritten Foto, das nun keinen Zweifel ließ, wer sich dort am Fenster mit der Gattin von Don Acaro vergnügte. Und sie hatte wirklich nicht viel angehabt. Die letzten beiden Aufnahmen zeigten die Sesselszene, und wie sie da auf mir hockte, das sah schon sehr lasziv aus. Mir war schleierhaft, wie sich ihre rechte Brust in meine linke Hand verirrt hatte, doch da gab es nichts zu leugnen, der Fotograf hatte das äußerst scharf hinbekommen. Ehrlich gesagt, war das alles entschieden weniger erotisch gewesen, als es jetzt aussah, doch das half mir im Moment auch nicht weiter.

»Sie wollte das«, murmelte ich kleinlaut. »Das ging von ihr aus. Sie gab sich als Witwe aus, die einen Verehrer abschrecken wollte. Das alles war ihre Idee.«

»Nein, war es nicht«, erwiderte er munter. »Denn es war meine Idee.«

Er sagte es so, als käme für gute Ideen in Palermo ohnehin nur einer in Betracht.

Ich nickte, als wäre es die einleuchtendste Sache der Welt, wenn ein Mann von gehobenem Einfluss und Geschmack, für den er sich zweifellos hielt, seine Geliebte dazu anstiftete, einen wie mich zu umhalsen, um dann von der Szene Fotos machen zu lassen.

»Hätte ich gewusst, dass sie Ihnen so nahesteht ...«

Es klang nicht besonders clever.

»Falls Signora Graziani«, sagte er, »dir gegenüber angedeutet haben sollte, ich sei ihr Geliebter – vergiss es. Wunschdenken, Giovanni, reinstes Wunschdenken.«

Er schmunzelte schmallippig, und ich fragte mich, ob er außer seiner Eitelkeit noch andere Schwächen hatte. Er schien sehr von sich eingenommen zu sein.

»Nein, sie ist mir schlicht und ergreifend verpflichtet«, fuhr er fort, »sie schuldet mir ein paar Gefälligkeiten, doch es würde zu weit führen, das jetzt im Einzelnen erörtern. Wäre Signora Graziani meine Geliebte, verehrter Giovanni, dann säßen wir jetzt nicht gemeinsam beim Champagner.«

Es ging doch nichts über einen prickelnd feuchten Witz.

Er nahm einen Schluck Mineralwasser und lächelte maliziös. Ich fragte mich, ob er diesen speziellen Humor hatte, den sie nur in ausgewählten Apotheken führten und für den man ein Rezept vom Psychiater brauchte. Ich wurde das Gefühl nicht los, dass bei ihm eine Schraube locker war.

»Wäre es an dem«, dozierte er, »dann würdest du jetzt, nachdem ich dir mit meiner Magnum das Gemächt weggeschossen hätte, der *Castellammare* an einer Trosse folgen. Bevor du aber ertrunken, verblutet oder von den kleinen gierigen Haien zerfetzt worden wärest, die hier im Tyrrhenischen Meer gern herumtollen, hätte Pippo dich wieder herausgezogen, denn so schnell würde ich dich nicht davonkommen lassen. Ich würde dir die Haut in Streifen abziehen lassen, hättest du dich an meiner Geliebten vergriffen.«

»Schon klar«, sagte ich, »das leuchtet mir ein.«

Ein Weile herrschte Stille. Aus dem Fenster rechter Hand sah ich, dass wir uns inzwischen weit draußen befanden. Sizilien war nur noch als schemenhafter blauer Streifen zu erkennen. Schließlich holte ich tief Luft und bat ihn, mich in den tieferen Sinn seiner Idee einzuweihen.

»Warum nicht?«, erklärte er aufgeräumt. »Wie schon erwähnt, ist Signora Graziani die Gattin des ehrenwerten Don Vito Acaro. Der alte Mann stellt für Seralcadio das dar, was mein nicht minder ehrbarer Onkel Vincenzo Provenzano, bekannt als Don Enzo, für Castellammare ist. Die allerhöchste Respektsperson. Der König. *Der Adler*. Da Don Enzo kinderlos geblieben ist und seit einiger Zeit an einer ganzen Reihe von Gebrechen laboriert, führe ich, Sohn seines verstorbenen Bruders Arduccio, der auch als *der Falke* bekannt war, die Geschäfte.«

Hier beerbte, wie es schien, ein Raubvogel den anderen. Und was war ich? Die Taube auf dem Dach? Der Spatz in der Hand?

»Don Vito Acaro ist alte Schule. Mein verehrter Onkel leider auch. Wir müssen aber, wenn wir im freien Spiel der Kräfte mithalten wollen, umdenken.«

Sodann ließ er mich wortreich wissen, dass er Verantwortung für das ganze Viertel habe, für all die Menschen und Geschäfte, für die zu sorgen der Staat komplett überfordert sei, »der Staat, dieses Monstrum aus brüchigen Knochen und faulem Fleische«, wie er formulierte, ein Mann nicht ohne Sinn für Poesie. Sich vor der großen Verantwortung nicht zu drücken, das hieße, Gelder zu verteilen und umzuverteilen, Gelder, die freilich erst erwirtschaftet werden mussten. Früher, meinte er, sei vieles über Bauaufträge gelaufen, auf die man Einfluss genommen habe und die dann im großen Maßstab Gewinne einspielten. »Doch damit ist es im Grunde vorbei, es gibt derzeit keine spektakulären Projekte, weder neue Autobahnen noch ausgedehnte Vergnügungs- und Einkaufszentren, nur kleine Baustellen hier und da.« Und mit dem *pizzo*, dem Kleingeld aus dem Lebensmittelhandel, der Gastronomie und von anderen kleinen Geschäftsleuten, den Abgaben, die als *Schutzgeld* in Verruf geraten seien, klagte er, lasse sich das Leben eines traditionsreichen Viertels wie Castellammare nun wirklich nicht reibungsfrei organisieren.

Ich sagte nichts, schaute ihn nur aufmerksam an. Noch nie hatte mir einer persönlich erklärt, wie unverzichtbar das Wirken der *Cosa Nostra* war, ohne sie beim Namen zu nennen, welch hoher ethischer Anspruch sich hinter dem verbarg, was Leute wie Don Fazio taten. Das Wort mit M war in den letzten Wochen kein einziges Mal gefallen, und auch er schien sich nicht für einen Mafioso zu halten.

»Ich sollte dir das gar nicht alles zumuten, Giovanni, denn zum einen muss ich nichts, was ich tue, begründen, und zum anderen kann Wissen tödlich sein. Doch du bist, wie mir scheint, ein kluger Bursche, ein Mann, der noch weiß, was ein Geheimnis ist, und darum erzähle ich dir das. Motivierte, aufgeweckte Angestellte sind besser als Leute, die nur schafstreu ihre Befehle befolgen, ohne zu wissen, wie der Hase läuft.«

Er machte eine Pause, vielleicht stellte er sich vor, wie ein Hase läuft, etwas, was man in Palermo nicht alle Tage sieht. Dann nickte er zufrieden und redete weiter.

»Um unsere Geschäftsfelder auszuweiten, habe ich Beziehungen in andere Städte geknüpft, nach Neapel und Marseille zum Beispiel, aber auch nach Rom, wo derzeit ein frischer Wind weht. Wenn wir aus Castellammare aber auf dem Hochtechnologiesektor oder im Rohstoffhandel mitmischen wollen oder im Filmgeschäft, in das wir derzeit einzusteigen im Begriff sind, dann ist es wichtig, dass die Kühnheit des Gedankens nicht durch das Veto von Traditionalisten gebremst oder zunichtegemacht wird.«

Mir schwante, dass er die Finger im Waffen- und Drogenhandel hatte, es wirkte kurios, wie er es umschrieb und verklausulierte, um als seriöser Geschäftsmann dazustehen. Ich sah allerdings noch immer nicht, was das alles mit den Fotos zu tun hatte, die vor uns lagen, und das ließ ich ihn so behutsam wie möglich wissen.

»Nennen wir die Bilder eine Argumentationshilfe«, er versuchte, nicht unwirsch zu klingen, was ihm aber misslang, »denn wenn ich Don Vito durch die Blume von der Existenz gewisser Fotos Kenntnis gebe, von Bildern, die beweisen würden, dass seine bezaubernde Gattin ihm Hörner aufsetzt, ihm aber versichere, diese Fotos unter Verschluss zu halten, so lange er mir nicht in die Quere kommt, wird er seinen guten Ruf nicht aufs Spiel setzen. Er wird bis zu einem gewissen Maß mitspielen, denke ich, und mir keine Knüppel zwischen die Beine werfen. Gewiss wird er seine Frau überwachen lassen, aber da sie, soviel ich weiß, zumindest leiblich treu ist wie ein Bär seinem Honigtopf, wird er sie nicht überführen können. Die Furcht, diese Bilder, die ihn zum Trottel machen, könnten publik werden, wird ihn gefügig halten. Männer seiner Art wollen nicht hintergangen werden. Vor allem aber wollen sie, dass es nicht bekannt wird, wenn sie bereits hintergangen worden sind.«

»Sie wollen ihm die Fotos gar nicht geben?«

Ich musste gestehen, dass der Mann es verstand, um die Ecke zu denken. Allerdings bezweifelte ich, dass das funktionierte. Schätzten Sizilianer nicht eher die direkte Ansage? Doch wer war ich, einen Palermitaner zu belehren? Ich konnte heilfroh sein, wenn diese Bilder nicht die Runde machten.

»Nicht unbedingt«, erwiderte er. »Da ich aber weiß, was er mit demjenigen anstellen würde, der zusammen mit seiner

Gattin auf den Bildern zu sehen ist, mit der Hand an Stellen, die sich kein Ehemann derartig gewürdigt wünscht, gibt mir die Existenz der Fotos die Sicherheit, dass auch du, Giovanni, das tun wirst, was ich dir auftrage.«

Wenn ich bedachte, dass ich eigentlich hier war, um ihm eine bestimmte Frage zu stellen, musste ich zugeben, dass ich bereits eine Menge Antworten erhalten hatte, Antworten auf ganz andere Fragen.

»Falls du wissen willst«, sagte er, »um was für Aufträge es sich dabei handelt, muss ich dich vertrösten. Das werde ich dir sagen, wenn die Zeit reif ist. Ich hatte den Eindruck, dass du anfingst nervös zu werden, und da wollte ich, dass wir uns schon einmal begegnen. Außerdem könnte ich mir vorstellen, dass dich brennend interessiert, was aus deiner Freundin Mimi Chevalier geworden ist. Nur so viel: Sie ist in guten Händen. Klar soweit?«

Ich starrte ihn an, ich war wie versteinert. Doch mir blieb kaum Zeit, über die Botschaft nachzudenken.

»Wir machen jetzt noch einen Test«, sagte er, »denn bei den Jungs, denen ich heikle Jobs anvertraue, will ich sicher sein, dass sie die Zähne zusammenbeißen können. In meinem Umfeld kann ich keine Weicheier gebrauchen.«

Er rief nach Pippo. Der kam mit teilnahmsloser Miene die kleine Treppe herunter. Schmaler Mund. Sonnenbrille. Er sah aus, als wäre er in der kurzen Zeit, seit ich an Bord war, noch länger und noch dünner geworden.

»Don Fazio?«

»Sind wir schon vor Cefalù?«

»So gut wie.«

»Dann geleite unseren Gast hinaus.«

Pippo trat auf mich zu, hob seinen rechten Arm, und ich sah, dass etwas Dunkles in seiner Hand schimmerte, ein Stein, ein Aschenbecher, etwas Hartes jedenfalls, wie ich kurz darauf wusste. Dann sah ich nichts mehr. Ich kam wieder zu mir, als ich ins Meer fiel.

NEUN

Wie weit Cefalù von Palermo entfernt lag, wusste ich nicht genau. Sie maßen so etwas hier nicht in Kilometern, sondern in Stunden. Mit dem Schnellboot eine halbe, mit dem Auto und dem Zug eine Stunde oder mehr. Wenn Stau war oder jemand auf den Schienen lag, dauerte es länger. Letztlich blieben das vage Anhaltspunkte. Man war da, wenn man da war. Das galt auf der ganzen Welt und insbesondere auf Sizilien. Vor der Küste erst recht.

Nach meinem Dafürhalten hatte ich bereits eine Stunde auf den gigantischen Felsen von Cefalù zugehalten, unter dem sich der Dom aus der Normannenzeit duckte. Ich hatte zwischen Kraulen, Brust- und Rückenschwimmen gewechselt und mir nur kurze Ruhepausen gegönnt, doch weder der Felsen noch der Dom waren größer geworden. Ich hatte den Eindruck, dass Sizilien sich über mich lustig machte und sich immer wieder um genau dieselbe Distanz zurückzog, die ich geschwommen war. Vielleicht hatte es mit der Strömung zu tun? Oder meine Sinne spielten mir Streiche, indem sie mir vorgaukelten, ich käme nicht vom Fleck? Um das zu überprüfen, sagte ich mir, müsste ich nur mal eine Weile in die Gegenrichtung schwimmen. Wenn dann der Dom und der Felsen kleiner wurden, stimmte die Vermutung. Wenn nicht, war es nur ein Wahrnehmungsphänomen. Ich ließ das aber bleiben, denn ich war nicht zu Forschungszwecken unterwegs. Ich wollte an Land, und zwar lieber früher als später.

Freilich hatte ich mich selbst in diese Lage gebracht, und in einer ruhigen Minute musste ich unbedingt mal darüber nachdenken, an welcher Stelle meine Naivität in gefährliche Blödheit umgeschlagen war. Im Grunde war mir klar, dass ich das alles nur für Mimi gemacht hatte und dass ich sie in jeder Hinsicht abschreiben konnte, wenn ich jetzt hier ertrank. Dieser Gedanke und mein Selbsterhaltungstrieb, gepaart mit der absurden Gier nach einem Brötchen mit ganz viel Schinken animierten mich, weiterzumachen.

Das Meer war, obwohl der Herbst bereits mit einigen kühlen Oktobernächten hatte dienen können, noch ziemlich warm. Die Wasseroberfläche wurde vom Wind leicht gekräuselt, doch es war glücklicherweise nur eine schwache Brise, nichts, worüber die Fische ein Wort verloren hätten, falls sie je übers Wetter sprachen. Meine Jeans und das T-Shirt hatten sich vollgesaugt, was das Schwimmen arg erschwerte. Vielleicht wäre es mir irgendwie gelungen, die Kleidung abzustreifen, doch dann stellte ich mir den Anblick vor, wie ich nackt den Fluten entstieg, ich malte mir aus, wie das auf das wachsame Volk von Cefalù wirken würde. Aufsehenerregend. Und so ließ ich es bleiben.

Ich änderte meine Technik, ich wechselte nicht mehr zwischen den Stilen, sondern blieb nun bei Brust. Ich machte lange Züge und nach jeder siebten Streckung eine Pause, und ich hielt nicht mehr direkt auf den Dom zu, diese religiöse Trutzburg der Normannen, sondern peilte eine Stelle leicht links davon an.

Nach einer kleinen Ewigkeit, einer Stunde mindestens, wenn meine innere Uhr nicht vorging, riskierte ich einen Blick und fand, dass sich Felsen und Dom um fast ein Drittel vergrößert hatten. Inzwischen begannen sich meine Hände zu verändern, sie fühlten sich an, als würden zwischen meinen Fingern Schwimmhäute wachsen. Als später die Kräfte schwanden und mir klar wurde, dass ich es nicht an Land schaffen würde, geriet ich nicht in Panik. Ich empfand angenehme Gelassenheit. Mittlerweile hatte Musik eingesetzt, ein wehender, sphärischer Gesang, vermutlich von Sirenen, Nymphen oder anderen sensiblen Seewesen, und ich dachte, ich hätte es schlimmer treffen können, zumindest in musikalischer Hinsicht. Ich genoss es, die Augen zu schließen und mich treiben zu lassen. Ich schätzte von jeher diese Momente, in denen Zeit keine Rolle mehr spielte und alle Unrast abfiel, und dies schien so einer zu sein, vielleicht der letzte. Ich entschied, ihn mir nicht durch Selbstmitleid zu verderben.

Staunend gewahrte ich, dass Mimi sich zugesellt hatte und nun neben mir schwamm. Sie lächelte mich an. Es war ein trauriges Lächeln, welches nicht dazu passte, dass wir uns nach so langer Trennung endlich wiedergefunden hatten. Aber vielleicht war sie einfach nur nachdenklich, da sie, im Gegensatz zu mir, einen Fischschwanz hatte. Der setzte direkt unter ihrem Nabel an, die Bewegungen wirkten kraftvoll und elegant zugleich. Wenn ich bedachte, was wir in den Tagen und Nächten in Rom alles miteinander angestellt hatten, musste ich eingestehen, dass vieles davon so nicht mehr drin war. Ihr fein geschnittenes Gesicht aber war ihr geblieben. Die Ohrläppchen, die ich so liebte, die Arme und Hände, der schlanke Hals, die schmalen Schultern und die kleinen, sanft geschwungenen Brüste, das war alles in allem sehr viel Mimi und ziemlich wenig Fisch, das war mehr Mimi, als ich zu hoffen gewagt hatte. Wir befanden uns nicht mehr an der Oberfläche des Meeres, sondern glitten nun in die grünlich schimmernde Tiefe. Sie öffnete den Mund, der plötzlich riesig wirkte, und sie zeigte ihre Zähne, und das waren überraschend viele und sehr spitze Zähne …

Ein Schatten schob sich unvermittelt über uns, ich hörte dröhnenden Lärm. Ich sah noch, wie Mimi herumschnellte und dann zähnefletschend in der abgründigen Finsternis verschwand. Im selben Moment traf mich etwas Hartes am Kopf.

Als ich zu mir kam, lag ich auf dem Rücken. Der Schädel dröhnte, und über mir nahm ich schemenhaft ein weibliches Wesen wahr, eine schwarzhaarige junge Frau, die auf meinem Schoß hockte. Sie streckte sich und schnappte nach Luft. Dann beugte sie sich herunter, als wollte sie mich küssen, sie hielt mir mit der einen Hand die Nase zu und mit der anderen das Kinn fest, sie drückte ihre Lippen auf meine, und als ich mich gerade fragte, ob ich in meiner Verfassung einen Zungenschlag überhaupt würde schätzen oder gar erwidern können, blies sie in meinen Mund. Sie pustete wie eine Verrückte, als wären die ersten Gäste zum Kinderfest schon da, aber der große Luftballon, Hauptattraktion der Party, noch nicht aufgeblasen. Abermals richtete sie sich auf, atmete tief ein und machte sich wieder über mich her. Sie war, wie ich blinzelnd feststellte, nicht besonders groß, aber ganz schön schwer, und ich fragte mich, wie lange das noch so weitergehen sollte.

»So wird das nichts, Franzi«, ließ sich eine tadelnde Stimme vernehmen. »Du machst das nicht richtig. Du musst laaaangsamer blasen, aus dem Bauch heraus. Lass mich mal!«

»Klar! Lass Julia ran«, hörte ich. »Wenn es ums Blasen geht, macht ihr keiner was vor.«

Dem Kichern zufolge schien eine ganze Gruppe den Vorgängen beizuwohnen, dem Sound nach eine rein weibliche Gruppe, falls nicht ein Bursche darunter war, der noch auf seinen Stimmbruch wartete.

Die Schwarzhaarige räumte das Feld, und als ich durch meine Wimpernschlitze sah, was da statt ihrer auf mich zukam, etwas sehr viel Größeres, Gewaltigeres, Gigantischeres, das da nun über mir aufragte und mich beatmen wollte, hustete ich wie wild, bäumte mich kurz auf und öffnete die Augen.

»Es lebt!«

»Ein Wunder!«

»Es atmet!«

»Und alles noch dran. Der Hai hat nichts abbekommen.«

»Meinst du wirklich, das war ein Hai? Vielleicht war es ein Thunfisch.«

»Nee du. Ich habe die Schnauze gesehen. Solche Zähne hat kein Thunfisch.«

»Wäre das kein Boot, sondern ein Bus, dann hätten wir beide überfahren und könnten nachschauen, ob das andere ein Hai war. Es hat ganz schön gebumst. Haben wir ihn mit der Stoßstange an der Omme erwischt?«

»Ein Boot hat keine Stoßstange, sondern einen Vordersteven, Sandy. Und nur Prolls sagen zum Kopf Omme.«

»Schon klar, und beim Elefanten heißt der Vordersteven Rüssel, ich weiß, und der Kopf Nischel. Ich hab's nicht so mit dem Maritimen. Ich bin nur mitgekommen, weil wir so eine geile Gruppe sind. Und du bist die tollste Gruppenführerin, die ich überhaupt kenne, Julia. So klug wie schwer.«

Sie feixte und zwinkerte mir zu, als Julia korrigierte, das sei keine Gruppe, sondern ein Team, ein Kollektiv, ein Kurs, alles Mögliche, nur ganz gewiss keine Gruppe.

»Vielleicht ist das ja Odysseus«, ließ sich eine aus dem Hintergrund vernehmen. Alle schienen mitzudenken, mehr oder weniger.

»Quatsch! Das mit Odysseus war, falls es überhaupt stimmt, drüben bei Messina. Außerdem ist das endlos her, der schwimmt nicht mehr, der ist längst gestorben.«

»Und wenn wir dem hier nicht ganz schnell die nassen Klamotten ausziehen, stirbt der auch, Odysseus oder nicht, dann nippelt der uns am Ende doch noch ab. Dann hätten wir ihn vor einem Hai gerettet, um ihn an einer Lungenzündung draufgehen zu lassen. Was für eine Blamage wäre das denn, Mädels?«

»Es heißt Lungen*ent*zündung, nicht Lungenzündung, Süße.«

»Odysseus, war das nicht der, der seine Mutter flachgelegt hat?«

»Du erzählst vielleicht einen Müll! Los jetzt, runter mit seinen Klamotten! Franzi, hol ein Handtuch! In meiner Sporttasche. Da müssten Leggings und ein Ersatztrikot drin sein. Und die Schere. Bring auch die Schere her!«

Offensichtlich war Julia diejenige, die den Ton angab, die Teamleiterin oder Scharführerin oder was auch immer.

Franzi war rasch wieder zur Stelle, die Dunkle, die sich bei der Beatmung so viel Mühe gegeben hatte. Zwei andere hatten mir inzwischen das triefende T-Shirt über den Kopf gezogen und rackerten sich nun mit den Jeans ab, die an meinen Schenkeln klebten, als wären sie festgewachsen.

»Gott, ich habe noch nie einen Kerl ausgezogen«, sagte eine der beiden und prustete, dass ihr die Tränen kamen, »den ich beim Fischen erbeutet habe. Sonst gab's die immer beim Vogelschießen.«

»Sandy, labere nicht rum«, ging Julia dazwischen. »Du und Vogelschießen, dass ich nicht lache! Eulenschießen vielleicht, mit dir als Zielperson. Pass lieber gut auf jetzt, du wirst gleich zum ersten und vielleicht zum letzten Mal in deinem Leben einen nackten Mann zu Gesicht bekommen. Nicht erschrecken, ist alles Natur. Und jetzt Platz da!«

Sie schob die beiden, die an meinen Jeans gescheitert waren, beiseite. Es herrschte, wie mir deuchte, ein offener, fast rüder Ton an Bord, woran sich aber keine von ihnen zu stören schien. Julia schwang die große Schere, die sie sich von Franzi hatte reichen lassen, ein Instrument mit spannenlangen Klingen, nichts, womit man sich die Nägel kürzte. Ohne mit der Wimper zu zucken, schnitt sie meine Hose auf, sie begann am rechten Fußgelenk, arbeitete sich die Wade entlang, am Knie vorbei, den Oberschenkel hinauf, und als ich das kalte Metall an der Hüfte spürte, erschauerte ich. Dann schien sie keine Lust mehr zu haben, sie reichte Sandy die Schere, und die arbeitete sich grinsend an meinem linken Bein hinauf. Sie schaffte es, dabei auch mein dezentes schwarzes Unterzeug zu durchtrennen. Zu dritt zerrten sie mir, unter den mehr oder weniger interessierten Blicken der anderen, die Textilreste vom Leib. Sie warfen die Fetzen auf den Boden des Bootes und trockneten sich dann die Hände an dem Handtuch ab.

»Ein recht ordentlicher Vordersteven«, sagte Sandy und feixte, »wenn man bedenkt, dass er kein Boot ist. Wäre das Ödipus, dann hätte es seine Mutter sicherlich gut gehabt. Aber bei Odysseus weiß ich nicht, wer profitiert hat. Bin bei Goethe nicht sattelfest.«

Während die anderen sie aufklärten, dass nicht Goethe, sondern einer der alten Griechen die Geschichte aufgeschrieben hatte, Euripides, Sophokles oder Homer, da waren sie sich auch nicht sicher, entriss Franzi mit ernster Miene Sandy das Handtuch und rubbelte mich mit derselben linkischen Gründlichkeit ab, mit der sie meine Atmung in Gang zu bringen versucht hatte. Dann zog sie mir die Sachen über, die offenbar Julia gehörten. Die Leggings, die bei Julia vermutlich hauteng saßen, ließen mir allerhand Spielraum, ich würde sie beim Gehen gut festhalten müssen, um sie nicht zu verlieren.

»Danke«, sagte ich und richtete mich auf, um das Anlegen des Trikots zu erleichtern.

»Es spricht«, quietschte Sandy. »Also lebt es. Wenn wir es jetzt wieder ins Wasser schmeißen, ist das nicht mehr unterlassene Hilfestellung, sondern Mord. Wie aufregend!«

»Hilfe*leistung* heißt das, du Brot«, herrschte Julia sie an. »Und wenn wir *dich* reinwerfen, dann nennt sich das Tierquälerei. Denn du wärst ein Schock für die Fische.«

Ich stellte mir kurz vor, ich wäre eine Frau und von einem Boot voller Männer gerettet worden. Es scheiterte daran, dass ich mir nicht vorstellen konnte, eine Frau zu sein.

»Was hast du nur hier draußen gemacht?«

In Franzis Stimme schwang weniger Neugier als Mitgefühl mit. Hätte eine von den anderen gefragt, wäre ich womöglich mit der Story gekommen, dass ich mich auf dem Heimweg von Troja in der Richtung vertan hatte. So aber hielt ich die Lüge an der kurzen Leine und gab vor, ich wäre von Bord gefallen und hätte vorgehabt, nach Cefalù zu schwimmen.

Das Boot war schlicht, aber klein war es nicht. Es hatte keine Kabine, jedoch ein Segeltuchverdeck, das etwas Schatten warf. Am Außenbordmotor hockte eine Frau, rotblond und von strammer Statur, die ich schon mal gesehen hatte. Falls auch sie mich wiedererkannt hatte, ließ sie es sich nicht anmerken. Bei unserer ersten Begegnung war sie aber so auf

Cristina fixiert gewesen, dass ihre Ahnungslosigkeit nicht gespielt sein musste. Ich zählte zwölf Frauen, die zwischen zwanzig und Mitte dreißig sein mochten. Sie kannten sich alle von der Uni in Palermo, wie mir Franzi erzählte, speziell von den Yoga-Kursen, die Julia ins Leben gerufen hatte. Julia hatte auch die Idee mit dem Bootsausflug nach Cefalù gehabt. Jetzt waren sie auf dem Heimweg.

»Ich habe dich und den Hai zuerst gesehen und ›Halt!‹ gerufen«, verkündete Sandy. »Aber wie mir inzwischen gesagt wurde, hat ein Boot keine Bremse. Und darum haben wir dich gerammt, Odysseus.«

Sie kamen, wie mich Franzi aufklärte, von verschiedenen Fakultäten und stammten aus aller Welt. Julia, Kanadierin mit sizilianischen Vorfahren, war Dozentin für Englisch. Amy aus dem irischen Südwesten, wo ihr Vater eine Seilbahn zu einer vorgelagerten Insel betrieb, machte ein Aufbaustudium in Veterinärmedizin. Sandy war Britin und widmete sich der Sozialpädagogik. Franzi selbst, die eigentlich Francesca hieß und eine der drei Einheimischen an Bord war, studierte Geschichte, Altertums- und Religionswissenschaften. Ferner gab es zwei Chemikerinnen, und Sandy informierte mich, dass diese beiden ausgekochte Freaks seien und Mittel und Wege gewusst hätten, im Falle meines Ablebens die Leiche spurlos verschwinden zu lassen, ohne das Meer zu belasten.

»Die mögen keine Männer«, raunte sie mir zu, »und es wäre ihnen sicherlich ein Vergnügen gewesen, mal einen in Salzsäure aufzulösen.«

»Das habe ich gehört, Sandy«, rief eine der beiden. »Ich habe nichts gegen Männer«, fügte sie hinzu, »und manche sind fast so intelligent wie wir Frauen. Aber sie sehen eben einfach nicht so gut aus.«

Alle lachten. Alle, bis auf Franzi und Amy, die missfällig die Stirn runzelte. Franzi schien sich aus der ganzen Diskussion nichts zu machen, sie hatte einen Joghurtbecher geköpft und wollte mich mithilfe eines kleinen rosa Plastiklöffels füttern.

Das war dann doch zu viel des Guten. Dankend nahm ich ihr den Becher aus der Hand.

»Würden Frauen durchweg aussehen wie du, Elvira«, ließ sich Amy vernehmen, »dann müsste ich wohl oder übel auf Männer umschwenken.« Sie warf ihr rotblondes Haar mit einer forschen Kopfbewegung zurück und tat so, als schüttelte sie sich vor Unbehagen.

Wieder lachten fast alle, diesmal mit Ausnahme von Franzi und Elvira.

Ganz so weit würde ich nicht gehen, dachte ich, nicht einmal, wenn Männer schöne Brüste hätten, aber Elvira war wirklich ein herber Anblick. Ich stellte sie mir mit weißem Kittel und Schutzbrille im Chemielabor vor, und schon war es auszuhalten. Es gab nicht den geringsten Grund, warum mir Elvira gefallen musste, also brauchte ich sie auch nicht hässlich zu finden.

Die Frauen zelebrierten später ein paar Übungen, sie verhielten sich, als wäre ich gar nicht da, mit Ausnahme von Franzi, die offenbar die Patenschaft übernommen hatte. Beiläufig gab sie mir zu verstehen, dass sie mir die Geschichte, ich sei ins Meer gefallen, nicht abnehme.

Als wir bei Bagheria um die Landzunge bogen und sich Palermo in frühabendlicher Pracht darbot, als wäre nichts geschehen, wurde mir regelrecht warm ums Herz.

Nachdem wir im Bootshafen angelegt hatten, ich also zum Ausgangspunkt meines denkwürdigen Ausflugs zurückgekehrt war, bedankte ich mich brav. Julia winkte ab und sagte mir, wo ich ihre Klamotten hinbringen sollte. Franzi schließlich fragte mich nach meinen Plänen und ob sie mir noch irgendwie helfen könne.

Gern hätte ich sie auf einen Drink eingeladen, aber der Zwanziger, nach dem ich in den nassen Taschen der zerschnittenen Jeans suchte, blieb unauffindbar. Vermutlich hatte ihn Pippo herausgenommen, bevor er mich ins Meer stieß, als

Unkostenbeitrag für die Tour oder weil er glaubte, ich würde ihn eh nicht mehr brauchen.

»Ach, Odysseus«, rief plötzlich Sandy, die vorausgegangen war und sich nun umdrehte, »das hier hätte ich fast vergessen. Das habe ich in deinen Jeans gefunden. Vielleicht brauchst du es noch.«

Sie drückte mir ein aufgeweichtes Stück Pappe in die Hand, an das ich mich nicht erinnern konnte, eine Visitenkarte womöglich. Vorn war ein Name aufgedruckt, dazu eine Adresse und vielleicht eine Telefonnummer, alles kaum noch leserlich. Auf die Rückseite hatte jemand etwas mit Kugelschreiber geschrieben. Die Schrift war zwar verlaufen, doch ich konnte die Botschaft entziffern.

»*Gut gemacht*«, stand da. »*Gruß, Mimi.*«

ZEHN

Weit war ich noch nicht gekommen, als ich strauchelte. Mein Kopf schmerzte stärker und mir war auch ein bisschen schwindlig. Keine Ahnung, ob das von dem Schlag kam, den Pippo mir verpasst hatte, von der Kollision mit dem Boot oder von der Erschöpfung. Ich hatte die breite Uferstraße überquert und stand an der Ecke des Parks an der Piazza Marina. Franzi, die mich offenbar nicht aus den Augen gelassen hatte und herzugeeilt war, bugsierte mich in die schattige Anlage, die laut Schild den Namen Garibaldis trug. Sie verfrachtete mich auf eine Bank unter den riesigen Gummibäumen, die dort vermutlich seit über hundert Jahren standen. Ich kam mir selber wie ein Hundertjähriger vor. Wir saßen einfach da, Franzi schwieg, und ich genoss den

Moment der Ruhe. Mir schossen absurde Gedanken durch den Kopf, chaotisch und zusammenhanglos.

»Was in aller Welt hat Garibaldi mit diesen Gummibäumen zu tun?«

»Das sind eigentlich gar keine Gummibäume«, erwiderte sie, die Art heiße *Ficus macrophylla*, was *Großblättrige Feige* bedeute. »Sie stammt von der Ostküste Australiens, und diese beiden Exemplare sind vor mehr als hundertfünfzig Jahren gepflanzt worden, nicht lange nachdem Garibaldi Sizilien erobert hatte, der erste Schritt zur Neugeburt Italiens.« Doch sei der Park nicht nur wegen dieser tropischen Riesen berühmt. »Hier wurde 1909 Leutnant Giuseppe Petrosino erschossen, der zu einer Sondereinheit gegen das Organisierte Verbrechen gehörte.« Er sei der *Mano Nera* auf der Spur gewesen, der *Schwarzen Hand*, einer besonders brutalen Fraktion der *Cosa Nostra*. »Das war der erste Polizistenmord in deren Annalen«, fügte sie hinzu, »aber nicht der letzte.«

»Lernt man das in Religionsgeschichte?«

»Das weiß man«, antwortete sie, »wenn man in dieser Stadt studiert und sich für sie interessiert und nicht, so wie die meisten ihrer Bewohner, krampfhaft die Augen verschließt vor den dunklen Seiten.«

»Aber das ist doch lange her«, sagte ich, und ich merkte, dass mein Schwindelgefühl noch immer nicht weg war. »Heute ist Palermo eine Großstadt wie viele andere auch.«

»Wenn du es sagst …« Sie musterte mich seltsam. Dann setzte sie sich plötzlich sehr gerade hin und unterbreitete mir, ich hätte jetzt zwei Möglichkeiten. »Entweder bringe ich dich ins Krankenhaus, damit sie dich durchchecken«, sagte sie mit fester Stimme, »oder aber du kommst mit zu mir, und ich werde mich um dich kümmern, bis du wieder fit bist.«

So begab es sich, dass ich keine halbe Stunde später in ihrem Bett lag, in Kalsa, wo sie sich mit zwei anderen Studentinnen in einem mittelalterlich anmutenden Haus eine winzige WG teilte. Der Name des Viertels ging auf das arabische *Al*

Chalisa zurück, hatte sie mir erzählt, denn vor über tausend Jahren hatte in diesem Teil der Stadt der Emir residiert. Bis zur Eroberung 1072 durch die Normannen hatte Palermo, das damals *Balarm* hieß, fast zweieinhalb Jahrhunderte unter islamischer Herrschaft gestanden.

Der schiefe Dreigeschosser wirkte auf den ersten Blick stark einsturzgefährdet, war aber im Innern noch ganz gut in Schuss. Es gab sogar Strom, und im Gegensatz zur Fassade waren die Zimmerwände verputzt und bunt angestrichen.

Franzi murmelte eine Entschuldigung. Sie könne sich was Schickeres nicht leisten, meinte sie, und sie hoffe, ich komme damit klar. Die Mitbewohnerinnen seien nett, hier stelle niemand Fragen. Es klang, als wüsste sie, dass mir das ganz recht war.

Erst als ich mich hinlegte, merkte ich, wie fertig ich war. Ich verließ das Bett in den nächsten zwei Tagen und Nächten so gut wie nicht, und selbst wenn ich mal musste, wich sie mir kaum von der Seite, voller Sorge, ich könnte straucheln und mir den Kopf am Waschbecken aufschlagen, was mir den Rest gegeben hätte. Sie hatte die ganze Woche frei und außer dem Ausflug mit der Yoga-Gruppe nichts geplant gehabt. Sie müsse ein Buch über das Erste Konzil von Nicäa lesen, sagte sie, dem wir das Dogma von der Dreifaltigkeit Gottes verdankten. Sie sitze an einem Vortrag über die sich wandelnden Auffassungen zum Heiligen Geist von der Spätantike bis zur Neuzeit, mit Schwerpunkt auf den Schriften von Blasius. Ich nickte kennerisch, als hätte ich alles von Blasius gelesen. Dabei hatte ich noch nie von dem gehört.

Obwohl sie ein gutes Stück jünger war als ich, strahlte sie etwas aus, das fast mütterlich wirkte. Einen Teil ihrer Kindheit hatte sie in Deutschland verbracht und sich dort die Abkürzung *Franzi* eingefangen. Nach dem frühen Tod des Vaters war die Mutter mit den fünf Kindern nach Sizilien zurückgekehrt. Da war Franzi dreizehn gewesen.

Dass sie für mich, einen Fremden in Schwierigkeiten, Interesse zeigte, mochte mit ihrer eigenen Erfahrung zusammenhängen. Sie war, wie mir schien, nicht auf ein Abenteuer aus, was ich beruhigend fand. Meine Abwehrkräfte waren geschwächt, und es hätte mir gerade noch gefehlt, wenn sie meine Dankbarkeit missverstanden hätte. Vermutlich war ich eine Art Projekt. Aus ihrer Sicht stimmte etwas mit mir nicht, und ich war angeschlagen. Sie hatte sich vorgenommen, mich wieder auf die Beine zu bringen und dies und das über mich herauszufinden. Doch ich hüllte mich in Schweigen. Und ich genoss es, mich um nichts kümmern zu müssen und einfach in der Koje liegen zu können, allein und ungestört, zumindest tagsüber.

Sie schien nämlich kein Problem damit zu haben, in der Nacht ihr Bett mit mir zu teilen. Ich hatte angeboten, es mir auf den Dielen in ihrem Schlafsack gemütlich zu machen, doch das ließ sie nicht zu. Irgendwann gegen Mitternacht brach sie ihre wissenschaftlichen Arbeiten ab, schlüpfte aus ihren Sachen, warf sich ein langes Baumwollhemd über, und dann kroch sie neben mich. Dabei achtete sie darauf, mir nicht allzu sehr auf den Pelz zu rücken.

Wäre Mimi hereingeplatzt und hätte gesehen, wie wir da beieinanderlagen, dann hätte sie vielleicht nicht dasselbe klare Bild von der Situation gehabt wie ich. Da das Bett schmal war und ich mit dem Gesicht zur Wand einzuschlafen versuchte, blieb Franzi, wollte sie nicht rausfallen, gar nichts anderes übrig, als sich an mir festzuhalten, sich ein wenig anzuschmiegen. Es war im Grunde wie Motorradfahren, nur im Liegen und ohne Helm und Fahrtwind. Manchmal kitzelten mich ihre langen Haare, außerdem spürte ich im Nacken ihren sanften Atem. Auch ihre kleinen, spitzen Brüste, die sich mit meinen Schulterblättern anzufreunden versuchten, hatten eine Aktie daran, dass ich lange nicht einschlafen konnte. Also zählte ich lautlos bis siebenundsiebzig, immer wieder, und hoffte, dass die Studentin im Nachbarzimmer nichts von der hübschen Erektion ahnte, die sich quasi vor ihrer Nasenspitze abspielte.

Ich hatte tagsüber durch die offene Tür gesehen, dass die Betten sozusagen Wand an Wand standen.

Wäre das Mimi gewesen, deren Herz an meiner Schulter pochte, hätte ich mich rumgedreht und meiner kleinen Gehirnerschütterung durchaus ein großes knochenknackendes Bettenbeben zugemutet. Aber es war nicht Mimi, die mir mit ihrem Bauch die Lenden wärmte. Irgendwann muss ich trotzdem eingeschlafen sein.

Am nächsten Morgen bedachte mich Franzi mit einem freundlichen Lächeln. Am übernächsten auch. Am dritten schaute sie ungewöhnlich ernst drein. Sie hatte meine zerschnittenen Jeans geflickt und das T-Shirt gewaschen, und als ich verkündete, mich dem Leben da draußen wieder gewachsen zu fühlen, schüttelte sie den Kopf.

»Das Leben da draußen …« Sie wirkte besorgt, etwas schien sie zu bedrücken. »Einerseits scheint die Sonne, als wäre nichts geschehen. Andererseits … Es hat einen Mord gegeben. In Castellammare ist gestern eine Frau umgebracht worden. Und keiner hat etwas gesehen.«

Ich erschrak, mir schossen tausend Gedanken durch den Kopf, doch ich versuchte mir nichts anmerken zu lassen. Ich hatte Signora Annarita vor Augen, mit durchgeschnittener Kehle hinter ihrem Schreibtisch, der voller Blut war. Hatte Don Fazio ihrem ehrenwerten Gatten einen der Abzüge zugespielt? »Wo hast du das her? Wer hat das erzählt? Weiß man, wer das Opfer ist?«

»Ich war einkaufen. Bei dem Araber hier um die Ecke. In dem Laden sprachen alle darüber. Man habe die Leiche oberhalb der Via Roma gefunden, in der Nähe von Postamt und Museum. Ahmed, der Ladenbesitzer, sagte zu einem Kunden, im Radio hätten sie weder Namen noch sonst ein Detail genannt, es sei nur von einem Gewaltverbrechen die Rede gewesen, das sich am späten Nachmittag ereignet habe, und dass das Opfer weiblich sei.«

Post und Museum waren zehn Minuten von der Reiseagentur entfernt. Hätte sich die Signora zu Fuß auf den Heimweg begeben, hinauf in Richtung Monte di Pietà, dann wäre sie durchaus dort entlanggekommen. Aber Laufen passte nicht zu ihr, und es war die falsche Zeit, denn sie war eigentlich immer bis nach sieben in ihrer Agentur. Doch konnte ich das mit Bestimmtheit sagen? Eigentlich wusste ich nichts über Annarita Graziani. Außer, wie sie ihren Kaffee trank. Und wie sie im Nachthemd aussah. Immerhin.

Sollte ihr etwas passiert sein und sollte das mit dieser Fotogeschichte zusammenhängen, ging das aber auch mich etwas an. Falls Don Vito Acaro sie wegen ihrer vermeintlichen Untreue hatte umbringen lassen, dann war auch das Leben des Typen, mit dem sie sich angeblich versündigt hatte, keinen Pfifferling mehr wert. Das würde ich freilich nicht herausfinden, wenn ich weiter auf der Bettkante einer Geschichtsstudentin hockte.

Ich zwängte mich in die Hosen, die durch die Reparatur noch enger geworden waren, und versprach Franzi, in den nächsten Tagen vorbeizuschauen. Sie umarmte mich, als würde ich in den Krieg ziehen, und dann war ich schon unten in der Gasse.

Ich machte einen Abstecher zu meiner eigenen Bude, wo mir der Holländer kundtat, dass an jedem der letzten drei Abende jemand aufgekreuzt sei und nach mir gefragt habe, ein Schrank von einem Kerl, einäugig zudem. Ihn schien nicht zu verwundern, dass ich für eine Weile weg gewesen war, doch der Typ mit der Augenklappe hatte ihm nicht gefallen. Obwohl ich geahnt hatte, dass man nach mir suchen würde, und mir im Stillen gratulierte, dass ich unter Franzis Fittichen Kräfte sammeln konnte, irritierte es mich doch. Es sah so aus, als würde Don Fazio keine Ruhe geben.

Nachdem ich mich vergewissert hatte, dass meine Steine und die Kanone an Ort und Stelle lagen, zog ich mich um und steckte das Kärtchen mit dem mysteriösen Mimi-Gruß ein. Name, Adresse und Telefonnummer waren nur fragmentarisch zu erkennen, doch vielleicht konnte mir Silvio helfen.

Der Padrone, an und für sich ein gelassener Mann, starrte mich an, als ich die Tür hinter mir zufallen ließ, als wäre ihm ein Geist erschienen. Donna Aurora wuchtete sich hinter der Kasse hervor und umarmte mich, dass mir die Luft wegblieb. Es war ein Empfang, den ich in dieser Herzlichkeit nicht erwartet hatte. Eigentlich hatte ich mich auf ein Donnerwetter eingestellt, auf Vorhaltungen, meine Unzuverlässigkeit betreffend, und hätte mich Donna Aurora einfach rausgeschmissen, denn von Kündigungsfristen hielt man in Palermo nicht viel, hätte mich das auch nicht gewundert. Stattdessen wurde ich begrüßt wie ein verlorener Sohn. Cristina, die mit Silvio hinterm Tresen stand, stellte mir meinen Cappuccino allerdings wortlos hin und ohne mich anzublicken, was nicht zu ihr passte. Ich wollte sie schon fragen, warum sie so rote Augen hatte, doch Silvio, der neben mir stand und mich beobachtet hatte, raunte mir zu, ich solle den Mund halten, sie habe ein ernstes Problem, und zwar ein irisches.

Donna Aurora und der Padrone machten Smalltalk mit mir und versicherten, wie schön es sei, dass ich so frisch und munter vor ihnen stehe, unversehrt und bei bester Gesundheit. Mir war mulmig zumute, mein Verdacht verstärkte sich, dass es sich bei der Toten tatsächlich um unsere beliebte Lieferkundin handelte und meine Verstrickungen schon die Runde gemacht hatten. Schließlich hatte Donna Aurora nach der bewussten Nacht etwas spitzgekriegt. Manchmal hing das Leben an einem seidenen Faden.

»Ich hörte«, sagte ich mit belegter Stimme, »dass es hinter der Post einen Mord gegeben hat.« Ich versuchte, so beiläufig zu klingen, als erkundigte ich mich nach den Lottozahlen.

»Ja, das ist furchtbar«, meinte Donna Aurora und seufzte schwer. Doch es klang anders, als ich erwartet hatte. Zu wenig Drama in der Stimme, keine echte Betroffenheit.

»Jemand, den wir kannten?«

»Mahmud vielleicht«, meinte Silvio trocken, »obwohl ich es nicht glaube. Es hat da eine junge Syrerin oder Libanesin oder so erwischt, eine von denen, die kein Kopftuch tragen. Man sagt, sie hatte einen Freund, der ihrer Sippe nicht passte. Jedenfalls haben sie ihr die Kehle durchgeschnitten.«

Die Welle der Erleichterung tief in meinem Innern war noch gar nicht ganz verebbt, da durchfuhr mich tiefe Scham angesichts meiner Verrohung. Hatte doch jene Tat, so grauenvoll sie war, für den Moment alles Bedrohliche verloren, da sie mich nicht persönlich betraf. Plötzlich hatte ich wieder bessere Karten. Ein Ehrenmord mit orientalischem Hintergrund, soso.

Ich ließ mir nichts anmerken.

»Warum wirkte es vorhin fast so«, hakte ich nach, »als hättet ihr alle gedacht, *mir* wäre etwas passiert?«

»Lieber Giovanni«, sagte Donna Aurora, »vorgestern tauchte das Gerücht auf, und gestern verdichtete es sich, dass jemand vor Cefalù ertrunken sei, ein Barkeeper aus Castellammare, der nicht von hier stammte. Keiner wusste, wer es zuerst erzählt hatte, aber da du spurlos verschwunden warst ...«

»Ich habe ein paar Leute angerufen«, ließ sich der Padrone vernehmen, »die in solchen Fällen ganz gut Bescheid wissen. Und die haben mir das bestätigt. Ein Bekannter von mir will sogar gesehen haben, wie du vor drei Tagen mit einem Boot hinausgefahren bist ...«

Interessant, was für Leute er kannte. Ich lachte laut. Vielleicht eine Spur zu laut. »Da bin ich also mit dem Boot rausgefahren, dann vor Cefalù ertrunken, doch nun, nach der üblichen Wartezeit für Auferstehungen, bin ich wieder da. Da wird sich die Jungfrau aber freuen.«

Donna Aurora runzelte die Stirn. So etwas kam hier nicht so gut an. Obwohl kaum einer von ihnen jeden Sonntag zur Messe ging, ließen sie auf Maria und deren früh verstorbenen, aber gottlob wiederauferstandenen Sohn nichts kommen.

Der Padrone hatte unterdessen sein Mobiltelefon aus der Hosentasche gefischt, eine Kurzwahltaste betätigt und teilte nun irgendwem mit, dass es gute Neuigkeiten gebe.

»Unser Giovanni ist wohlauf«, sagte er. »Keine Ahnung, was Ihre Leute da gesehen oder gehört haben. Wenn einer vor Cefalù ertrunken sein sollte, dann war das jemand anderes.«

Er hörte eine Weile zu, was der andere zu sagen hatte, und es schien ihn zu irritieren.

»Okay«, erwiderte er dann zögernd. »Okay, gut, ich werde das natürlich berücksichtigen.«

Nachdenklich blinzelnd beendete er das Gespräch.

Zu meiner Überraschung gaben sie mir weitere zwei Tage frei. Der Padrone sagte nur, ich solle mich hin und wieder blicken lassen.

Ich wartete, bis Cristina und Silvio von Miyu und Mahmud abgelöst wurden, mit denen sich die Atmosphäre hinterm Tresen sofort veränderte. Die beiden gaben ein exotisches Gespann ab, was aber zum deutlich geringeren Teil an Mahmud lag. Miyu brachte etwas ins Spiel, was schwer zu beschreiben war. Vielleicht hatte sich ja Silvio die ganze Porno-Geschichte nur ausgedacht? Aber so, wie Miyu manchmal guckte, brauchte sich keiner vorzustellen, wie sie nackt aussah oder scharfe Sachen anstellte. Allein ihr Blick war eine Verheißung, die Leuchtkraft ihrer großen dunklen Augen schien vor nichts haltzumachen. Sie blickte mich an, die vollen Lippen zu einem sinnlichen Flunsch gekräuselt, als wäre ich der Auserwählte. Den anderen Männern schien es nicht anders zu gehen. Was auch immer sie da im fernen Batavia gelernt hatte, Hypnose oder etwas in dieser Richtung gehörte ganz gewiss dazu. Aber vielleicht ließ diese Wirkung, wenn man länger mit ihr zu tun hatte, von selbst nach, und sie war dann einfach nur noch das nette Mädchen mit den Kulleraugen und der knabenhaften Figur.

Ich lud Cristina und Silvio ein, zusammen irgendwo etwas essen zu gehen. Doch Cristina hatte keinen Appetit, sie wollte nach Hause zu ihrem Hund und vielleicht auch heim nach Spanien, wie sie andeutete, es schien sie wirklich böse erwischt zu haben.

»War diese Irin so toll«, sinnierte ich, als ich mit Silvio die Via Maqueda hinauflief, »oder ist es die Schmach, verlassen worden zu sein?«

»Ach, da steckst du nicht drin«, erwiderte er. »Im Grunde ist sie gar nicht verlassen worden. Sie hat die Irin mit einer anderen im Bett erwischt, mit einer potthässlichen Chemikerin namens Elvira, wie sie heute Morgen in einem schwachen Moment verraten hat. Und wenn ich sie richtig verstanden habe, dann sieht diese Elvira mit gebrochener Nase auch nicht schlimmer aus als vorher. Sie hätte diese Säurepanscherin umgebracht, hat sie geschworen, wenn Amy sie nicht daran gehindert hätte. Diese Irin heißt Amy.«

»Ich weiß«, rutschte es mir heraus. Dass ich sie kürzlich erst gesehen hatte, nebst besagter Elvira, behielt ich für mich. Stattdessen fragte ich ihn nach Don Fazio. Ich wollte mehr über den Kerl wissen, in dessen Netz ich mich verfangen hatte.

Wir waren zum Ballarò gegangen, einem weiteren dieser urwüchsigen Märkte, die sich über mehrere Plätze, Straßen und Gassen erstreckten. Er lag im Viertel Albergheria, das sich oberhalb der Via Maqueda zwischen der Kathedrale und dem Bahnhofsgebiet erstreckte. Es war eine auf den ersten Blick ziemlich heruntergekommene Gegend, die aber vitalen, ruppigen Charme und den Vorteil hatte, dass uns hier im Grunde keiner kannte. Wir waren aus Castellammare, das zwar nur einen Pfeilschuss entfernt lag, aber zu einem anderen Planetensystem zu gehören schien.

»Als ich nach Palermo kam, war dieser Typ noch nicht so am Drücker«, erzählte Silvio, während wir uns über zwei Kilo Weintrauben hermachten, die hier fast so günstig waren wie im Schlaraffenland. »Er tauchte ab und zu in unserem Café auf, und alle nannten ihn Don Fazio. Dann aber erfuhr ich, dass er zur Sippe der Provenzanos gehörte. Bei diesem Namen läuft es vielen immer noch kalt den Rücken runter, obwohl kaum jemand Bernardo Provenzano persönlich kannte. Der hatte über dreißig Jahre in einem Versteck gehaust. Es heißt, er sei dann verraten worden. Nach seiner Festnahme hat er noch zehn Jahre im Norden in einem Hochsicherheitsknast gesessen. Letztes Jahr ist er dort gestorben. Als junger Mann hat er das getan, was man *pulire* nannte, sauber machen, aufräumen. Man sagt, er hätte über fünfzig Menschen auf dem Gewissen, Verräter, Abtrünnige, Konkurrenten oder einfach Leute, die nicht mitspielten. Später wurde er selbst der Boss. Als *Capo dei capi* soll er die *Cosa Nostra* aus seinem Versteck heraus dirigiert haben, bis er letztlich aufgespürt wurde. Doch das ist Unsinn oder zumindest übertrieben. Die Familien hatten nie wirklich einen Oberboss. Man hat sich halt abgestimmt, und er war eine Autorität, die von manchen gefürchtet und von den meisten respektiert wurde – selbst in Abwesenheit. Aber er war ja da, irgendwo im Hinterland von Palermo, und er wusste gut Bescheid, was so lief. Von den neueren Geschäftsfeldern, hört man, hatte er freilich so viel Ahnung wie Columbus von der Raumfahrt. Sein Halbbruder kümmerte sich ab den späten Sechzigern um Castellammare, starb aber in der Blüte seiner Jahre an einer Fischvergiftung, was so schnell ging, dass er seine Nachfolge nicht mehr regeln konnte.«

Er war lauter geworden, weil ganz in der Nähe ein Bursche angefangen hatte, den Fisch zum halben Preis auszurufen. Die Gemüse- und Obsthändler ließen sich das nicht bieten und brüllten nun ihrerseits, dass sie ab sofort drei Zucchini zum Preis von zweien herausrückten, zwei Kilo Wein zum Preis von einem, und der Paprika sei fast geschenkt.

Silvio wartete, bis sich das von Gelächter durchbrochene Marktgeschrei wieder etwas gelegt hatte. Dann erzählte er weiter.

»Angeblich verfügte Bernardo Provenzano in einem seiner Kassiber, mit denen er jahrzehntelang Botschaften und Befehle aus dem Unterschlupf verschickte, dass die Söhne seines Halbbruders die Macht erben sollten, und tatsächlich wurde hier Don Arduccio der neue Boss, danach dessen Bruder Don Enzo. Der sitzt im Rollstuhl und weiß nicht mehr so genau, was draußen abgeht. Aber sein Neffe weiß es – womit wir bei Don Fazio wären.«

Ich starrte Silvio an. Er wusste verdammt gut Bescheid, und was er erzählte, deckte sich weitgehend mit dem, was ich auf der Yacht gehört hatte. Es sah ganz so aus, als sollte ich an Don Fazio nicht vorbeikommen.

»Man sagt«, fuhr Silvio fort, »er sei ein unehelicher Sprössling Arduccios, der nie verheiratet war. Deswegen heißt Fazio auch nicht Provenzano, was mitunter wohl kein Nachteil ist. Sie haben Emilio Fazio erst nach Oxford gesteckt, was allerdings schiefging, wie man sich erzählt, weil er einen Professor, der sich über sein Englisch lustig machte, beinahe erwürgt haben soll. Er hat dennoch weiter im Ausland studiert, zuletzt in Marseille, und er hat exzellente Kontakte in die Provence, nach Neapel und sogar nach Andalusien, wo die Camorra inzwischen eine starke Filiale unterhält. Bernardo Provenzano war also, falls das alles stimmt, der Halbbruder von Fazios Großvater. Dass der legendäre Boss sein Großonkel war, sichert Fazio womöglich eine Art Adelsstatus. Nicht nur hier, denn so etwas spricht sich auch bis Spanien und Frankreich rum, zumindest in den einschlägigen Geschäftskreisen.«

Für einen Mann aus Corleone, der in Castellammare in einer Bar arbeitete, war Silvio erstaunlich gut informiert. Vielleicht wusste er noch mehr. Ich zeigte ihm das ominöse Kärtchen. »Ist ja ganz nass gewesen«, meinte er. »Warst wohl doch im Meer? Und wer ist Mimi?«

»Das ist jetzt nicht von Belang«, erwiderte ich. »Mir geht's um das Gedruckte.«

Von der Kirche, die mitten auf dem Platz stand und deren alte graue Mauern Tag für Tag vom Markttreiben umspült wurden, schlug die Glocke eins. Mittag war vorüber, der Trubel war abgeflaut, die Kundschaft aus dem Viertel hatte sich zur Siesta zurückgezogen, und die Touristen hockten anderswo vor überteuerten Nudelgerichten. Viele der Händler aber, die vermutlich von außerhalb kamen, aus dem Hinterland und den Bergdörfern der Madonie, harrten unverzagt aus. Nach vier würde der Strom der Käufer und Neugierigen wieder anschwellen.

»Der Name ist kaum noch zu erkennen«, murmelte Silvio, »nur das *Dttr.*, das für *Dottore* stehen dürfte. In der ungewöhnlich langen Anschrift sehe ich ein L und ein C und ein M, und hinter allen dreien den gleichen Buchstaben, ein kleines A, würde ich sagen. Also *La* und *Ca* und *Ma* vielleicht.« Er kratzte sich am Kopf und überlegte. Plötzlich lächelte er. »Ich tippe auf den Largo Cavalieri di Malta. Das ist ein kleiner länglicher Platz ganz in der Nähe unseres Cafés. Hinter San Domenico, dort, wo einer unserer beiden Juweliere sein Geschäft hat, beginnt eine Straße, die schräg hinunter zum Hafen führt. Auf halber Strecke verbreitert sie sich zu diesem Largo. Vermutlich hat der Malteserorden dort einst seinen Sitz gehabt. Und die Nummer? Was meinst du? Vielleicht 15 oder 18? Das ist wirklich kaum noch sichtbar. Könnte auch 75 oder 78 sein, aber so lang ist der Largo nicht. Beim Namen kann ich beim besten Willen nicht mehr als ein großes L erkennen und weiter hinten Doppel-C. Ein ähnlicher Name wie der von Donna Aurora.«

»Aurora schreibt sich doch nicht mit L und Doppel-C.«

»Lieber Gott im Himmel«, rief er und legte theatralisch den Kopf in den Nacken, »lass es heute Grips regnen und diesen Mann draußen stehen!« Dann kriegte er sich wieder ein. »Aurora ist der Vorname. Sie ist eine Lucchesi.«

Ich runzelte die Stirn, denn ich wusste, dass der Padrone Mazzullo hieß und nicht Lucchesi. Doch dann fiel mir wieder ein, dass die Frauen ja nach der Heirat ihren Nachnamen behielten. Wie hatte Don Fazio gesagt? Eine Frage der Würde?

»Es ist vermutlich Quatsch«, sagte er, »denn die wohnen

nicht da unten. Aber vielleicht hat Donna Aurora einen Bruder? Da du mir nicht verrätst, was es mit dem gut gewaschenen Kärtchen und dem Namen Mimi auf sich hat, wird das wohl genauso ein Geheimnis bleiben wie das um dein mehrtägiges Verschwinden, und ich frage lieber nicht. Aber wenn du willst, können wir uns dort mal umschauen.«

Zehn Minuten später waren wir wieder in Castellammare, und wir fanden den Largo sofort. Silvio hatte recht gehabt, allzu viele Hausnummern gab es hier nicht. An der Westseite stand eine unscheinbare Kirche mit einem schiefen Campanile, den man in die Ecke des Platzes gequetscht hatte. Die Häuser Nummer 18 oder 15 brachten nichts, in der 14 war parterre eine kleine Kneipe untergebracht. Interessant war Nummer 13, ein unauffälliger, gelblich verputzter Dreigeschosser zwischen Kneipe und Kirchturm, und es gab ein Klingelschild mit fünf Namen. Der oberste fiel auf, weil *Opoku Ampomah* nicht italienisch klang. Ansonsten sprang mir der unterste ins Auge.

»Bingo«, sagte Silvio und grinste. »Da hast du deinen geheimnisvollen Unbekannten. Nicht Lucchesi, sondern Lucchini. Damit ist Donna Aurora nicht mehr im Lostopf. Aber wir haben ihn. Willst du klingeln?«

Ich war mir nicht schlüssig. Während ich überlegte, ging die Tür auf, ein Schwarzer kam heraus, Herr Opoku Ampomah vermutlich oder jemand, der ihn gerade besucht hatte.

»Wissen Sie, ob Dottor Lucchini da ist?«

Während ich noch Maulaffen feilhielt, hatte Silvio die Initiative ergriffen.

»Vielleicht du meinen alter Mann?«

»Vielleicht ich meinen alter Mann«, erwiderte Silvio, »falls der eventuell Lucchini heißen sollte.«

»Heißen nicht mehr. Tot wie tote Maus sein. Mausetot. Schon manchen Monat. Aber du können fragen den Enkelsohnmann von alter Mann. Haben gesehen. Sein da. Haben gehört. Reden unter mir. Erster Stock klopfen. Nicht Klingel noch gehen. Klingel auch tot wie tote Maus sein. Tür 1B. Nicht sagen, dass wissen von Opoku.«

Silvio versicherte ihm, er werde schweigen wie ein Grab, »wie Grab von tote Maus«, und dann ließ uns Opoku, der die Tür nicht ins Schloss gedrückt hatte, eintreten. Er schaute sich nicht nach uns um, als er den Platz überquerte.

Wir gingen die schmale Treppe hinauf, es waren nur ein paar Stufen bis zum ersten Absatz. An der Tür rechter Hand stand 1B, aber kein Name. Dahinter waren Stimmen zu hören.

Silvio klopfte. Drinnen verstummten die Stimmen. Schritte trappelten, eine Tür quietschte. Dann war Ruhe.

Silvio klopfte wieder. Nichts.

»Wir kommen wegen der Yacht«, sagte ich. Nicht, dass ich brüllte, aber ich sprach laut genug, dass man mich durch die alte Holztür hören konnte. Es war nur so eine Idee. Das Kärtchen musste mir an Bord der *Castellammare* zugesteckt worden sein. Es war unwahrscheinlich, dass jemand weit draußen vor Cefalù an mich herangeschwommen war, um es mir unbemerkt in die nasse Hosentasche zu schmuggeln. »Wegen der Yacht von Don Fazio. Wir wollten Signor Lucchini sprechen.«

Die Tür ging auf, langsam, und wir blickten in die Mündung einer Knarre, die auf uns gerichtet war, einer Glock 22, wenn ich mich nicht täuschte, und wir schauten in das schmale Antlitz von Pippo. In seine Augen blickten wir nicht, denn er trug wieder die verspiegelte Sonnenbrille. Oder immer noch. Vielleicht hatte er sie Tag und Nacht auf. Manche Leute wollten ihre Augen nicht zeigen, die Fenster zur Seele.

»So sieht man sich wieder«, sagte ich und wedelte mit dem Kärtchen. »Ich wollte mich für die Post bedanken.«

Er nickte wortlos und winkte uns herein. Silvio hatte er nur kurz gemustert, mir war fast so, als kannten sich die beiden. Er steckte die Knarre weg und forderte uns mit einer knappen Geste auf, voranzugehen.

Das Zimmer war karg möbliert. Rechter Hand stand ein abgewetztes Sofa, an der Wand gegenüber hing ein riesiger Fernsehmonitor, im Moment lief ein Hunderennen. Über dem Sofa prangte ein ziemlich buntes Marienbildnis, die heilige Jungfrau stillte ihren Jesus, der so süß war, dass man dazu den Kaffee ohne Zucker trinken konnte. Neben dem Flachbildschirm war noch Platz für eine schmale Tür, und durch die trat nun ein Typ, der so breit war, dass er mit den Schultern die Türpfosten streifte. Er trug eine Augenklappe. Das war hier fast wie auf einem Klassentreffen. Lange nicht gesehen, dennoch alle wiedererkannt.

»Du hast Nerven«, nuschelte er. »Tanzt einfach hier rein und dann nicht mal alleine. Aber gut, das spart uns Wege. Wir dachten schon, dich fressen die Fische.«

»Dachten wir nicht«, sagte Pippo. Seine Stimme war überraschend tief für einen schlaksigen Burschen von höchstens zwanzig Jahren. »Der Boss hat gesagt, dass der das schafft irgendwie. Wer in Marseille drei Männer kaltmacht, und zwar härtestes Kaliber, der säuft auch nicht so einfach ab.«

Was für eine Ansage.

Es schien müßig zu sein, die Jungs darüber aufzuklären, dass das Massaker in Marseille nicht auf meine Kappe ging. Ich hatte mich allenfalls in der Nähe aufgehalten. Und mich kurz darauf schnappen lassen. Geschossen hatte ich nicht. Und selbst wenn ich es gewesen wäre, der diesen Ex-Söldner und seine beiden Leibwächter ausgeknipst hatte, hieß das noch lange nicht, dass ich gut schwimmen konnte. Mein Leben verdankte ich einzig und allein dem Bootsausflug dieser Yoga-Truppe.

»Egal«, fistelte Augenklappe und wandte sich direkt an mich. »Ist mir egal, was du woanders angestellt hast. Jedenfalls hast du die Probe bestanden. Er wird ja wissen, was er mit dir vorhat. Und er hat was vor mit dir! Komm morgen dorthin, wo du mich schon einmal getroffen hast, vor deinem Geschwimme, und dann wird dir dein neuer Job erklärt.«

»Ich steige nicht wieder in dieses Boot«, sagte ich, und ich versuchte, entschlossen zu klingen.

»Keine Sorge«, meinte er, »diesmal geht es nicht aufs Meer. Diesmal geht es in die Berge. Sei Schlag zehn dort. Jemand wird dich erwarten. Und du, Corleone-Mann, du vergisst diese Adresse, du vergisst, was du gesehen und gehört hast, aber du vergisst nicht, dass du in Castellammare bist. Eure Zeiten hier sind vorbei. Man hörte übrigens, du hättest dir von einer Tussi in die Eier treten lassen. Also, pass gut auf, denn wenn *ich* dir in die Eier trete, dann war's das. Für immer.«

Interessant, dass er, im Gegensatz zum Padrone, Silvio zubilligte, welche zu haben, das klang fast nach Respekt. Mir schien, als wüsste Silvio, wie der Hase läuft. Und einiges mehr.

Als die Haustür ins Schloss gefallen war und wir wieder auf dem Platz standen, dem Largo Cavalieri di Malta, lachte Silvio trocken. »Unterschätze diese Burschen nicht«, sagte er, »auch wenn sie manchmal etwas schlicht wirken. Ich weiß nicht, wie oft du ihnen schon begegnet bist. Der junge Pippo wird oft zu Leuten geschickt, die sich querstellen, und er nimmt sich immer zwei, drei Jungs mit, die noch jünger sind als er. Noch keiner von denen, die er besucht hat, ist danach rückfällig geworden. Die spuren alle, und sie reden nicht darüber, was Pippo gesagt oder gemacht hat. Seit Längerem, heißt es, habe es im Herzen Palermos keinen Mord mehr gegeben, der offenkundig auf das Konto einer der Familien ginge. Doch manchmal verreisen Leute, und einige kehren nie zurück ...«

ELF

Silvio meinte, er wolle mir etwas zeigen. Er führte mich zur Kirche San Domenico, in der ich, obwohl sie vis-à-vis unseres Cafés stand, noch nie gewesen war. Wir traten durch das Portal, und ich staunte, nachdem sich meine Augen an das Dämmerlicht gewöhnt hatten: Sie wirkte viel größer als von draußen. Wir schlenderten durchs linke Seitenschiff bis zum Altar und dann auf der Südseite zurück, wir beäugten eine Kapelle nach der anderen, und ich fragte mich, wozu er mir all diese Grabmäler und Gedenksteine vorführte. Wollte er mir einen berühmten Ahnen zeigen? Unwahrscheinlich, dass hier jemand aus Corleone begraben war.

»San Domenico ist die Kirche des Dominikanerordens, und hier sind viele große Bürger Palermos bestattet oder mit Büsten und Tafeln geehrt worden.«

Er zeigte mir diesen und zeigte mir jenen. Es waren Dutzende Namen, doch keiner von ihnen sagte mir etwas.

Schließlich standen wir vor der Büste eines gewissen Antonio Mongitori, der ein Gelehrter von Rang gewesen und 1743 gestorben war. Aber um den ging es gar nicht.

Auf dem Boden davor befand sich eine Gedenkplatte viel neueren Datums, flankiert von zwei weiteren Tafeln, die an den Säulen hingen. Die große Platte war dem Richter Giovanni Falcone gewidmet. Auf der Tafel links stand: »*In Erinnerung an die Opfer des Anschlags von Capaci. 23. Mai 1992*« Darunter waren fünf Namen aufgelistet: Giovanni Falcone, Francesca Morvillo, Rocco di Cillo, Antonio Montinaro, Vito Schifani.

Die Tafel gegenüber sah ganz ähnlich aus: »*In Erinnerung an die Opfer des Anschlags in der Via D'Amelio, Palermo. 19. Juli 1992*« Diesmal sechs Namen: Paolo Borsellino, Agostino Catalano, Walter Eddie Cosina, Vincenzo Li Muli, Emanuela Loi, Claudio Traina.

Totenstille in der riesigen Kirche, wir waren ganz allein. Ich schwieg. Das da, das war erst rund zwei Jahrzehnte her. Es hatte damals nicht nur Italien erschüttert. Doch eines war mir neu, und es ging mir ziemlich unter die Haut: Bei den Sprengstoffanschlägen auf Falcone und Borsellino, zwei Beamte, die Jagd auf die Spitzen der *Cosa Nostra* gemacht hatten, waren nicht nur die beiden gestorben, denen die Attentate gegolten hatten.

»So viele Tote gab es damals? Es waren sogar Frauen unter den Opfern«, sagte ich leise, »das habe ich nicht gewusst.«

»Da bist du nicht der Einzige«, erwiderte er. »Das wissen heute viele nicht mehr: In Capaci war Falcones Frau dabei, Francesca Morvillo, ebenfalls eine bekannte Richterin. Die anderen drei waren Polizisten, die das Ehepaar, das an jenem Samstagnachmittag aus Rom kam, vom Flughafen in die Stadt eskortieren sollten. Zwei waren noch ziemlich jung. Der dritte hatte vier Kinder.«

Seine Stimme klang belegt, die Sache schien ihn, obwohl sie so weit zurück lag, sehr zu beschäftigen.

»Man hatte eine halbe Tonne TNT in einem Abflussrohr unter der A29 deponiert. Fernzündung«, sagte er. »Es war ein Massaker. Drei Fiat Croma, ein brauner, ein weißer und ein blauer. Den ersten erwischte es direkt. Den zweiten fuhr Falcone selbst, der seinen Fahrer auf den Rücksitz beordert hatte, damit seine Frau, der manchmal schlecht wurde, vorn neben ihm sitzen konnte. Weil er hinten saß, überlebte der Chauffeur schwer verletzt. Auch die drei Leibwächter im hinteren Wagen kamen mit dem Leben davon.«

»Und der andere Anschlag?«

»Zwei Monate später flog an einem Sonntagnachmittag in Palermo in der Via D'Amelio ein mit sechzig Kilo Sprengstoff beladener Fiat in die Luft und tötete Falcones Kollegen Paolo Borsellino und seine fünf Leibwächter, darunter die Polizistin Emanuela Loi. Sie war vierundzwanzig, eine lebenslustige rothaarige Sardin aus der Nähe von Cagliari. Catalano, der Chef der Eskorte, hatte zwei oder drei Kinder, wenn ich mich recht entsinne. Traina war ebenfalls verheiratet, sein Sohn damals noch ein Baby. Auch hier überlebten einige. Aber nun genug davon!«

Kalkweiß sah er aus, leichenblass, was aber auch an der fahlen Beleuchtung liegen konnte, und seine Stimme klang gepresst.

Er warf mir einen seltsamen Blick zu. Dann ließ er mich einfach stehen und ging davon, hinaus auf den Platz. Mir war klar, wie wenig ich über all das wusste. Ich hatte gehört, dass der alte Bernardo Provenzano, der damals schon untergetaucht war, die Attentate als krassen Fehler bezeichnet hatte. Aber vielleicht war das auch nur Spekulation eines Journalisten gewesen. Ich hatte mich damit nie weiter befasst. Mir war auch nicht bewusst, wie sehr das noch nachwirkte. Und es schien komplizierter zu sein, als es von außen aussah. Wie sonst konnten die alte Strukturen weiterexistieren, obwohl doch damals Hunderte verhaftet worden waren?

Als ich ins Freie trat, blendete mich die Nachmittagssonne, ich kniff die Augen zusammen. Erst allmählich gewann der Platz wieder Konturen. Gegenüber die hohen, schlanken Palmen und davor der elegante Obelisk, dahinter ein klobiger Palazzo mit düsteren Wänden. Rechts ein Kaufhaus, links unser Café. Von Silvio war nichts mehr zu sehen. Wieso wusste er über diese Dinge so gut Bescheid? Corleone war, wenn ich dem Padrone glauben durfte, eine unbedeutende Kleinstadt, ein Kaff in den Bergen südlich von Palermo, »ein Nest für zehntausend komische Vögel«, wie er gespottet hatte, »von denen kein einziger fliegen und mindestens die Hälfte nicht lesen und schreiben kann«. Silvio war nicht in der Nähe gewesen. Der Padrone lästerte gern über Leute, die nicht da waren. Über Cristina hatte er mal gesagt, sie hätte großes Glück, dass sie hier gelandet sei, wo man richtig sprechen könne.

Spanisch sei eigentlich keine Sprache, sondern der Versuch zurückgebliebener Iberer, mit einer Kartoffel im Mund Italienisch zu reden.

»Was machst du denn hier? Ich hatte nicht gedacht, dich so schnell wiederzusehen.«

Ich zuckte zusammen. Es dauerte einen Moment, bis ich Franzi erkannte. Sie hatte ihr dunkles Haar hochgesteckt und trug eine Sonnenbrille, deren Gläser groß wie Untertassen waren.

»Du wirst es nicht glauben«, sagte ich, »ich habe grad über die seltsame Berühmtheit der Kleinstadt Corleone nachgedacht. Und über Vorurteile. Und über diesen düsteren Klotz da drüben.«

»Das ist der Palazzo Moncada di Paternò, und ich finde ihn auch hässlich«, sagte sie. »Er ist erst Anfang des vorigen Jahrhunderts von einer der einflussreichsten Adelsfamilien Siziliens errichtet worden«, fügte sie an und fiel dabei in den leiernden Ton einer Reiseleiterin, die von ihrer Gruppe genervt ist und nur widerwillig ihren Text herunterspult. »Die Moncadas stammten aus Spanien und rissen sich Mitte des 15. Jahrhunderts größere Ländereien unter den Nagel. Ihre rund um den Ätna verstreuten Lehen wurden später zum Fürstentum Paternò zusammengefasst, mit dem Grafen Moncada als … Aber das willst du gar nicht wissen.«

»Ich kann mir das sowieso nicht merken«, erwiderte ich und grinste. »Anfangs habe ich sogar den Namen dieses Platzes hier immer wieder vergessen. San Lorenzo? San Giorgio? San Geronimo? San Domenico? Alle mit zwei O, also leicht zu verwechseln. Ich habe es dann erst dank einer Eselsbrücke behalten.«

»Und wie geht die?«

»Die Palmen.«

»Ach so.«

»Aber ich hab dir den Trick doch noch gar nicht verraten!«

»Na ja, das ist ja nun leicht. An Palmen wachsen Datteln.

Und die fangen mit D an. Wie Domenico.« Sie lachte und erklärte, sie verwende gern solche Eselsbrücken. »Zum Beispiel, welcher König eher regierte – Vittorio Emanuele II. oder Umberto I.«

»Den Trick kenne ich wiederum auch«, verkündete ich stolz. »Eigentlich kommt U vor V und die Eins vor der Zwei, aber hier ist es andersrum.«

»Ach herrje«, meinte sie und lachte. »So habe ich das noch gar nicht betrachtet. Bei mir kommt der zuerst, der mehr Buchstaben hat.«

Wir gingen hinunter in die Vucciria, vorbei an der *Taverna Azzurra*, die noch geschlossen hatte, und sie führte mich in ein Studentencafé, in dem sie, wie sie versicherte, eine unschlagbare Granita machten, und zwar aus Maulbeeren.

»Wieso hast du mir eigentlich geholfen?«

»Ich habe nicht lange darüber nachgedacht«, erwiderte sie, ohne zu zögern, »denn du brauchtest Hilfe. Und du hast auf mich nicht wie einer gewirkt, der das auszunutzen versucht. Das war freilich nur so ein Gefühl. Den Ausschlag aber gab der Zettel, die Nachricht von dieser Mimi, genauer gesagt: deine Reaktion darauf. Ich habe dir angesehen, dass das was Ernstes ist, das mit dir und Mimi, denn du warst für ein paar Sekunden völlig verstört.«

Ich spürte, wie ich errötete.

Die Kellnerin brachte die Granita, die Franzi bestellt hatte, mit zwei Löffeln. Ich probierte. Es war ein Genuss, die tiefrote, eiskalte, halbflüssige Masse am Gaumen schmelzen zu lassen. Die Frucht war unglaublich dominant.

»Ich weiß übrigens deshalb so viel über Palermo«, wechselte sie elegant das Thema, »weil ich mir mit Führungen ein bisschen Geld dazuverdiene. Manchmal arbeite ich noch als Aushilfe im Krankenhaus, denn ich habe ursprünglich Krankenschwester gelernt, und die Stationen sind immerzu unterbesetzt. Aber den Touristen Kirchen und Palazzi zu erklären oder mit ihnen durch die Gassen und über die Märkte zu streifen, das ist letztlich leichter als Verbände zu wechseln, Tabletten zu verabreichen, Laken abzuziehen. Durch mein Studium stehe ich ganz gut im Stoff. Und es bringt mich dazu, vieles nachzulesen oder zu erfragen.«

»Apropos«, sagte ich, »vielleicht kannst du mir helfen. Diese Leute, von deren Boot ich neulich …« Ich rang um eine unverbindliche Formulierung. »… ins Meer gefallen bin, die haben mir jetzt einen Job angetragen, den ich im Grunde nicht ablehnen kann. Ich habe letztlich keine Wahl. Doch bevor ich mir anhöre, was genau ich da tun soll, wüsste ich gern, was das für Leute sind und was es damals mit den Attentaten auf Falcone und Borsellino auf sich hatte. Also, dass die *Cosa Nostra* dahintersteckte, ist mir klar, aber wer genau von denen?«

»Nicht so laut! Bist du denn verrückt geworden?«

Sie machte große Augen, und es stimmte, ich hatte die Stimme gehoben, die Emotionen waren mit mir durchgegangen, ich hatte für einen Moment alle Vorsicht vergessen.

»Ich meine, du bist hier in Palermo«, fuhr sie halblaut fort, »genauer gesagt: in Castellammare, und hier wird nach wie vor wöchentlich abkassiert. Fast alle zahlen Schutzgeld, früher oder später, die Klügeren lassen es lieber nicht zur Mahnung kommen. Du weißt sicherlich, wie das läuft. Abends liegt eine Spielkarte vor der Tür, eine verschlüsselte Botschaft. Und es sieht für einen Wirt oder Ladenbesitzer nicht gut aus, wenn da ein Pik-Ass liegt. Aber du hast nach den Anschlägen von 1992 gefragt …«

Ich hatte wirklich keine Ahnung. Bei uns vorm Café hatte noch nie eine Karte gelegen. Vielleicht waren der Padrone und Donna Aurora so eng mit der Familie verzahnt, dass sie gar nicht zu zahlen brauchten, zumindest nicht auf diese Tour. Oder sie gehörten sogar dazu. Ich sollte den Padrone mal fragen.

Bei dem Gedanken musste ich unwillkürlich lachen. Galgenhumor. Man würde mich vielleicht wieder ins Meer werfen. Nur weiter draußen, wo keine Yoga-Gruppe vorbeituckerte.

»Also, pass auf«, sagte Franzi. »Im Herbst 1991 traf sich mehrmals die Regionalkommission der *Cosa Nostra*«, setzte sie an, »auch *cupola* genannt. Sizilien besteht, wie du vermutlich weißt, aus neun Provinzen, wenn man die Metropolitanstädte Palermo, Catania und Messina nebst Umland mitzählt.«

Ich stöhnte unwillkürlich. Schon Mimi hatte diesen Hang zur Ausführlichkeit gehabt. Sie hatte in Avignon versucht, mir die Geschichte der Päpste des 14. Jahrhunderts zu erzählen. Um ein Haar wäre ich im Stehen eingeschlafen. Jetzt war ich wieder auf so eine Schlaue gestoßen.

»Was stöhnst du? Ich kann gerne aufhören. Doch wenn du die Zusammenhänge nicht kennst, verstehst du auch nicht, was ich meine. Soll ich weitermachen?«

Ich nickte und beschloss, künftig leiser zu stöhnen. Auch Mimi war, was das betraf, furchtbar hellhörig gewesen.

»Die *Cosa Nostra* hatte also diese Kommission gebildet, die *cupola*, in der sich theoretisch Abgesandte aus allen Provinzen trafen. Theoretisch deshalb, weil sich manche komplett raushielten. Aber warte!«

Sie zog einen winzigen Laptop aus ihrer Tasche, klappte das Teil auf, und zu meinem Erstaunen fuhr es nicht nur von alleine hoch, sondern loggte sich auch sofort selbst ins WLAN-Netz des Cafés ein. Sie klickte zwei ihrer Lesezeichen an, und binnen Sekundenbruchteilen luden sich die Seiten. Sie nickte zufrieden.

»So kann ich dir das Wichtigste mit Namen und Adressen sagen. Also: Die Treffen im Herbst 1991 wurden hier in Palermo abgehalten, und zwar in Brancaccio, einem Viertel, das sich südöstlich des Bahnhofs über die Industriebrachen bis in die Vororte erstreckt. Bei diesen Treffen hatte Totò Riina das Sagen. Er war der Capo von Corleone und stand zugleich der *cupola* vor, war also inoffizielles Oberhaupt aller Gruppierungen. Außer ihm und den Gastgebern aus Brancaccio, vertreten durch die Brüder Graviano, sollen dort vor allem Abgesandte aus Trapani und Leute wie Salvatore Biondino das Sagen gehabt haben. Der stammte aus San Lorenzo im Nordwesten von Palermo.«

Sie blickte auf und runzelte die Stirn.

»Ich weiß, das ist furchtbar detailliert. Aber halbe Sachen sind darüber schon genug verbreitet worden. Und nur so kapierst du, wer da wirklich mit drinhing, wer vielleicht und wer nicht. Ich habe das gespeichert, weil ich das wichtig finde. Vieles davon ist im Netz frei zugänglich, aber kaum jemand macht sich die Mühe. Hier steht viel mehr drin«, sie zeigte auf den kleinen Monitor, »als Richter Falcone je wusste. Also, hör zu! Von Palermos fünfundzwanzig Stadtteilen ist Castellammare die Nummer eins, Seralcadio, auch Monte Pietà genannt, die Nummer zwei. Und jetzt kommt es: Keine der Familien hier aus dem Zentrum, das belegen alle Aussagen von Beteiligten, die später auspackten, war damals dort vertreten. Jedenfalls beschloss man auf einem dieser Treffen, wohl auf Vorschlag von Totò Riina, vier mächtige Gegner der *Cosa Nostra* mit größtmöglicher Wirkung für die Öffentlichkeit umzubringen. Als Abschreckung. Die Botschaft war eiskalt und unmissverständlich: *Wer sich mit uns anlegt, wird liquidiert.* Die ersten beiden auf der Liste waren die Richter Falcone und Borsellino. Biondino aus San Lorenzo soll bei der Vorbereitung der Anschläge eine besondere Rolle gespielt haben. Die Bombe unter der Straße vom Flughafen nach Palermo hat höchstwahrscheinlich Giovanni Brusca gezündet.«

Sie warf mir einen schrägen Blick zu, wohl um sich zu vergewissern, dass ich noch folgen konnte.

»Habe von ihm gehört«, sagte ich. »Er soll an die zweihundert Leute getötet haben, einmal sogar ein Kind, den Sohn von einem aus seinem Umkreis, der auspacken wollte.«

»Er war ein Schlächter. Viele seiner Opfer gehörten ursprünglich selbst zur *Cosa Nostra*. Er hat nach seiner Verhaftung irgendwann tatsächlich zugegeben, dass er weit über hundert Menschen umgebracht hat. Er stammt aus San Giuseppe Jato, einer kleinen Stadt in den Bergen gleich hinter Palermo. Dort hatte sein Vater Karriere gemacht, er selbst wurde dann aber Vertrauter von Totò Riina und war dabei, als man in Brancaccio die Attentate beschloss. Interessant ist, dass nicht er der Nachfolger von Totò Riina wurde, nachdem der Mitte der Neunziger verhaftet worden war, sondern der im Verborgenen waltende Bernardo Provenzano. Der befahl dann 1995 die sofortige Einstellung der Gewalt, das Ende der Attentate und Morde, und selbst Brusca, diese Bestie, gehorchte.«

»Also war der alte Provenzano am Ende fast ein Guter?«

»Na ja, damals änderte er halt den Kurs. Weil all diese Gewalt, wie er nun merkte, den Geschäften nur schadete. Doch früher war auch er ein Killer. Als die Corleoneser sich an die Spitze der *Cosa Nostra* manövrierten, ist viel Blut geflossen. Es ist legendär, wie Provenzano einmal abwartete, bis sein damaliger Boss damit fertig war, einem anderen Capo die Hände zu schütteln. Dann erschoss er den anderen aus zwei Metern Entfernung. Der Händedruck war das vereinbarte Zeichen. Nein, die Sache mit Gut und Böse ist relativ. Giovanni Bruscas Bruder Emanuele zum Beispiel hat vermutlich nie jemanden getötet, aber er war der Kontaktmann zu den Abgeordneten, die für die *Cosa Nostra* arbeiteten, zu den Leuten des ehrenwerten Ministerpräsidenten Andreotti: Salvatore Lima und die Brüder Ignazio und Nino Salvo. Verbrecher in Nadelstreifen. Keinen Deut besser.«

»Das machst du mit Absicht, oder?« Ich stöhnte. »Wenn du nicht aufhörst, mich mit Namen zu bombardieren, schreie ich. Ich hatte dir eine einfache Frage gestellt.«

»Und manchmal gibt es eben keine einfachen Antworten. Viele dieser Einzelheiten sind überhaupt nicht mehr zu beweisen. Größtenteils stammen die Informationen von den *pentiti*, den *Reumütigen*. Aber schon dieser Begriff lügt. Die meisten von denen bereuten gar nichts, die wollten nur ihren Kopf aus der Schlinge ziehen. Nimm Brusca, dieses Schwein. Er hat den elfjährigen Sohn des abtrünnigen Santino di Matteo entführt und ihn über zwei Jahre gefangen gehalten. Dem Vater, der bereit war, auszupacken, wurden in der Haft sogar Fotos des gefangenen, gefolterten Jungen zugespielt. Er hat trotzdem ausgesagt. Dann hat Brusca den Jungen, der inzwischen vierzehn war, erwürgen und die Leiche in Säure auflösen lassen. Vielleicht hat er es sogar selbst getan. Bestrafung für den abtrünnigen Vater. Und dann? Nachdem er und sein sauberer Bruder 1996 geschnappt worden waren, fing er selbst an auszupacken. Insgesamt haben mehrere hundert Ehemalige letztlich kooperiert, und darauf basiert ein Gutteil dessen, was hier steht. Ich habe das aus vielen Quellen zusammengetragen, aber es gibt keine Garantie, dass alles stimmt. Vielleicht hatten die führenden Familien aus dem Zentrum Palermos mit der Abschlachtung von Falcone und Borsellino wirklich nichts zu tun. Oder sie haben sich einfach rausgehalten. Es gibt noch eine andere These …«

Ich ächzte wieder, ich konnte gar nicht anders, ich fürchtete, sie würde mich nun mit den nächsten neunundneunzig Namen bewerfen. Doch ich unterbrach sie nicht. Sie hatte vor Eifer rote Wangen.

»Dass nämlich auch Totò Riina und die anderen aus der *cupola* gar nicht die eigentlichen Auftraggeber, sondern selbst nur Ausführende waren. Dass die Hintermänner im Umfeld von Giulio Andreotti zu suchen waren. Der war bis Mitte 1992, als die Morde verübt wurden, Ministerpräsident, wollte sogar Staatspräsident werden. Niemand ahnte damals, wie eng er mit der *Cosa Nostra* verbunden war, und viele Details dieser Verflechtung konnten auch nie bewiesen werden. Erst zehn Jahre später wurde der Herr, inzwischen dreiundachtzig Jahre alt und Senator auf Lebenszeit, zu vierundzwanzig Jahren Haft verurteilt. Er ging in Berufung und wurde mangels Beweisen freigesprochen. Einfach so! Dabei weiß heute jeder, dass der mit drinsteckte. Er soll sich einst sogar mit Totò Riina getroffen haben, doch angeblich fehlen auch dafür hieb- und stichfeste Belege. Ihm ist nichts passiert. Gar nichts! In dem Zusammenhang ist es bemerkenswert, dass rund um das Attentat auf Falcone vieles bis heute unklar ist. Wer konnte wissen, wann Falcone an dem Abend in Palermo landen würde? Das hatte höchste Geheimhaltungsstufe. Wer ließ später das Tagebuch Falcones verschwinden? Wer drang nach seinem Tod in sein Arbeitszimmer ein und löschte Unmengen von Dateien auf seinem Computer? Manche meinen, dass Leute wie Riina, Biondino oder Brusca dafür gar nicht pfiffig genug waren. Und die Arbeitsräume Falcones waren Hochsicherheitsgebiet … Aber nun lasse ich dich damit in Ruhe.«

»Danke«, sagte ich.

Mir schwirrte der Kopf. Wenn ich in Don Fazios Dienste trat, arbeitete ich vielleicht nicht für einen Killer, aber dennoch für einen von denen. Für ein System, an dem eine Menge Blut klebte. Und wie es aussah, konnte ich nicht einfach Nein sagen.

Wirklich nicht?

»Was hatte es denn nun mit dem Zettel auf sich?« Franzi schien noch keine Ruhe zu geben. »Ich erinnere mich genau: *Gut gemacht. Gruß, Mimi.* Du wirst aus dem Meer gefischt und dann erschrickst du wahnsinnig über so eine nette Botschaft.«

»Die Typen«, sagte ich zögernd, »bei denen ich über Bord gegangen bin, müssen mir das zugesteckt haben. Würde ich es schaffen, an Land zu kommen, würde ich das lesen können, sonst nicht – so müssen sie sich das gedacht haben. *Die* haben das geschrieben, nicht meine Freundin Mimi. Sie gaben mir damit nur zu verstehen, dass ich einen allerersten Schritt geschafft hatte, Mimi irgendwann wiederzusehen. Entweder haben die sie – oder sie wissen, wo sie steckt. Und sie setzen mich damit unter Druck. Also werde ich morgen den Job annehmen. Ich habe keine Wahl.«

»Das musst du wissen. Ich denke, man hat immer eine

Wahl. Vielleicht bluffen sie? Vielleicht zwingen sie dich zu Dingen, die dich nur noch tiefer reinziehen? Vielleicht haben sie gar nicht vor, dass du diese Mimi je wiedersiehst?«

Sie stand auf. Ich fand, sie sah jetzt müde und traurig aus.

»Mach's gut«, sagte sie. »Viel Glück! Ich muss los. Ich habe dann eine Gruppe, die ich durch die wunderschöne Innenstadt führen muss. Man schlägt sich so durch. Falls du mich brauchst ... du weißt, wo du mich findest.«

Sie reckte sich und gab mir einen winzigen Kuss auf die Wange. Dann war sie weg.

Ich starrte auf mein leeres Glas. Ich hatte fast vergessen, wie die Granita geschmeckt hatte. Ich zahlte und trat hinaus in die Gasse. Castellammare. Herz von Palermo.

ZWÖLF

Die Nacht in meinem eigenen Bett war nicht das Wahre. Nicht, dass ich Franzis warmen Bauch ernsthaft vermisst hätte. Oder vielleicht doch? Ein bisschen schon. Franzi war in dieser Woche, wenn ich es recht bedachte, der einzige Lichtblick gewesen, ein Wesen mit Herz. Aber ich genoss es, ohne Zwiespalt in einem hinreichend geräumigen Bett zu liegen. Nur wollte der Schlaf nicht kommen. Vielleicht, weil ich wusste, dass Augenklappe hier gewesen war und jederzeit wieder aufkreuzen konnte. Sicherlich auch, weil Don Fazio über das, was Mimi und ich im Sommer in Südfrankreich abgezogen hatten, auf dem Laufenden war. Vor allem aber, weil er zu wissen schien, wo sie steckte.

Den späten Nachmittag hatte ich genutzt, um mit dem Bus hinauf in die Berge südwestlich von Palermo zu fahren. Ich war dann über eine kleine Landstraße zu Fuß in ein Dorf namens Sagana gelangt. Es machte nicht viel her, außer dass es auf einem Kamm lag, von dem aus man weit ins Hinterland blicken konnte. Fast mir zu Füßen, keine fünf Kilometer entfernt, lag San Giuseppe Jato. In der Kleinstadt dort unten war Giovanni Brusca groß geworden, der Killer, der Hunderte Menschen auf dem Gewissen hatte.

Weit oberhalb von Sagana verzog ich mich in einen Olivenhain. Ich holte die Beretta hervor und schob ein volles Magazin hinein. Allzu viel Munition hatte ich nicht mehr, doch wenn es eng wurde, reichte eine Kugel, um Wesentliches zu klären.

Ich war ein lausiger Schütze, und ich brauchte fünf Versuche, bis ich den alten Ölbaum traf. Mit dem siebten Schuss erwischte ich das Astloch, auf das ich es abgesehen hatte. Dann ging ich zurück nach Monreale und nahm den nächsten Bus hinunter nach Palermo.

Vielleicht konnte ich auch deshalb nicht schlafen? Wenn es ans Schießen ging, hörte der Spaß auf. Mimi hatte mir einmal sinngemäß gesagt: *Wenn man nicht treffen will, sollte man die Waffe gar nicht erst ziehen.* Ich fürchtete, dass ich eines Tages würde treffen müssen.

Später war mir, als würde ich träumen, und ich freute mich, dass ich offenbar doch noch eingeschlafen war. Die Freude hielt aber nicht lange vor.

Mimi und ich waren mit einem dieser alten Ozeanriesen unterwegs, vielleicht war es die »Queen Mary«. Die »Titanic« war es jedenfalls nicht. Wir hatten eine Außenkabine, konnten das Meer sehen, waren aber eingeschlossen. Normalerweise verkehrten diese Luxusliner auf dem Atlantik, aber Mimi meinte, wir hätten, nachdem wir in den vergangenen Wochen Häfen in Indien und Indonesien angelaufen waren, nun Kurs auf die Südsee genommen.

Wir hatten die ganze Zeit nichts zu essen oder zu trinken bekommen, die schienen uns, nachdem sie uns eingeschlossen hatten, vollkommen vergessen zu haben. Wir hätten längst gestorben sein müssen, und daher nahm ich an, dass etwas nicht stimmte. Ich fragte Mimi, ob sie auch das Gefühl habe, dass wir das alles nur träumten. Doch sie zuckte bloß die Achseln, sagte: »Du vielleicht …« Und dann lachte sie auf ihre unverwechselbare kratzige Art.

Langweilig war uns nicht. Mimi schien unersättlich zu sein, und wir hatten die helle Freude aneinander. Einmal, als wir uns küssten und zwischendurch nach Luft schnappten, fragte sie japsend, ob ich das auch spüren würde oder nur ihr es so vorkomme, als schwanke das ganze Schiff.

Sie täuschte sich nicht, und als wir voneinander abließen, um zu lauschen, wurde mir klar, dass nicht wir das riesige Schiff so zum Schlingern gebracht hatten. Draußen tobte ein Orkan, die Urgewalten waren entfesselt und türmten haushohe Wellen auf. Das Licht über dem Meer war unheimlich, weinrot bis violett, und immer wieder trafen heftige Stöße den Schiffsleib, sie fühlten sich an wie Tritte eines Monsters. Eine besonders heftige Woge schien uns auszuheben, dann krachte es martialisch, Metall kreischte, ein Stöhnen ging durch den Körper des Kolosses, und plötzlich war, bis auf ein eigenartiges Zittern, jede Bewegung erstorben. Wir saßen auf einem Riff fest.

Das Zittern wurde stärker, dann klang es, als würde Holz zersplittern, Bretter, Balken, Säulen. Unsere Kabine erbebte, dann riss eine Wand, die Tür sprang auf und flog aus den Angeln. Das Schiff schien auseinanderzubrechen.

Halb nackt, wie wir waren, rannten wir hinaus, stolperten Hand in Hand den Gang entlang, Treppen hinauf, weitere Gänge, noch mehr Treppen. Von einem Zwischendeck gelangten wir ins Freie, zu einer der Galerien, von denen aus die Rettungsboote zu erreichen waren. Zu erreichen gewesen wären, wenn …

Doch die waren nicht mehr da. Das kolossale Schiff hatte sich, als es in die bizarren Klippen geschossen war, offenbar die Boote wegrasiert, abgestreift, runtergekratzt.

Es herrschte ohrenbetäubender Lärm. Der Orkan jaulte und brüllte, die See toste, Brecher knallten gegen die Felsen. Mimi schrie, wir sollten auf die Klippen hinausklettern. Sie versuchte es, aber es war zu weit. Sie sagte, sie würde springen. Und weg war sie. Ich sprang hinterher – und verfehlte die Klippe. Ein Strudel schien mich in die Tiefe zu reißen. Dann verlor ich das Bewusstsein.

Als ich erwachte, saß ich mit anderen auf einer Lichtung, dreißig, vierzig Leute schätzungsweise, es war heller Tag, die Sonne brannte, und wir waren paarweise aneinandergebunden. Zwischen Palmen, die etwas Schatten spendeten, liefen Riesen herum. Nicht etwa große Menschen, nein, richtige Riesen. Zwanzig Meter hoch, grob geschätzt. Zwischen uns Gefangenen stand ein zylindrisches Gefäß aus Metall und Glas, das an einen Mixer erinnerte, nur dass ich noch nie einen vier Meter hohen Mixer gesehen hatte. Daneben ein doppelt so hoher Kessel. Nichts Protziges, aber geräumig genug, um eine Rinderbrühe aus zwanzig kompletten Kühen zuzubereiten. Doch Rinder gab es hier nicht.

Und dann fingen die Riesen wirklich an, sich ein Mahl zu kochen.

Mimi hatten sie an eine Frau gebunden, die ich ebenfalls kannte. Ich hatte nicht gewusst, dass auch Annarita Graziani an Bord gewesen war. Dann entdeckte ich ein weiteres Gesicht, das mir bekannt vorkam, nicht nur wegen der Augenklappe. Es gehörte einem der Riesen.

Sollten wir paar Gefangenen wirklich die einzigen Überlebenden des Schiffbruchs sein?

An dem Gefäß, das einem Mixer glich, steckte ein Stromkabel, dick wie ein Gartenschlauch. Und es gab einen Einschaltknopf, den jetzt einer der Riesen drückte, und zwar der mit der Augenklappe. Das Gerät sirrte los. Das Geräusch war schon im Leerlauf kaum zu ertragen. Dann griff sich der Riese ein Gefangenenpaar und anschließend noch eins und warf sie in den Mixer. Es knirschte und knackte, als würde man einen Grönland-Erdbeer-Smoothie aus gefrorenen Früchten und Eiswürfeln zubereiten. Farblich ging es auch in diese Richtung. Doch die Riesen schienen sich nichts aus Erdbeeren zu machen. Fleischfresser, derzeit dabei, die überlebenden Passagiere zu pürieren.

Als ich drankam, lebte Mimi noch. Augenklappe hielt mich und meinen Fesselkumpan über den Mixer, dann stutzte er …

Ich wollte ihn anschreien. Vielleicht schrie ich auch. Jedenfalls wachte ich auf. Schweißgebadet, aber intakt. Mir war so schlecht, dass ich kurz darauf in der Küche hockte, unfähig, einen Bissen zu essen.

Der Holländer schaute vorbei, fragte mich, ob alles okay sei, und erzählte dann, es habe in den frühen Morgenstunden ein Erdbeben gegeben. »Nichts Ernstes. Das Gewackel hat mich geweckt, und im Radio ist es inzwischen auch gekommen, Stärke 4,7. Und du? Was ist mit dir? Du hast vorhin gebrüllt. War es was Schlimmes?«

»Kannibalen«, sagte ich. »Manchmal träume ich von Kannibalen.« Schlimmer wäre es, dachte ich, würde ich von Gefahren träumen, die es wirklich gab.

Kurz vor zehn betrat ich die Bar in der Via Amari. Die Temperatur war wieder gestiegen, das Schauthermometer einer Apotheke, an der ich vorbeigekommen war, hatte fünfundzwanzig Grad angezeigt, ich konnte froh sein, dass ich rechtzeitig losgegangen war und nicht rennen musste.

Ich hatte damit gerechnet, dass Augenklappe oder Pippo mich erwarteten, doch ich hatte mich geirrt. Suchend blickte ich mich um. Neben mir stand ein älterer Mann, der mich anblinzelte. Ich kannte ihn nicht. Er wirkte freundlich und sah unauffällig aus: grauer Scheitel, graue Augen, graue Hose. Das Hemd war immerhin hellblau. »Ganz schön warm für den Herbst«, meinte er. »Finden Sie nicht auch?«

»Ja, stimmt«, erwiderte ich, »und erst recht, wenn man bedenkt, dass bald November ist.«

»In den Bergen dürfte es kühler sein«, sagte der Mann. »Sie wollen nicht zufällig in die Berge?«

»Doch«, sagte ich, »eigentlich schon. Das Schönste an Sizilien sind die Berge.«

»Da haben Sie recht«, pflichtete er mir bei. »Da haben Sie vollkommen recht, Giovanni. Wenn Sie wollen, nehme ich Sie mit. Ich heiße Filippo. Als ich noch klein war, riefen mich alle Filippino oder Pino. Das ist hängen geblieben. In der Familie nennt man mich auch *u Quetu*. Das heißt *der Ruhige*. Weil ich die Ruhe bewahre. Aber das müssen Sie sich nicht merken. Nennen Sie mich Pino.«

Fünf Minuten später stiegen wir am Teatro Politeama in einen alten Fiat Croma, der einmal weiß gewesen war. Ich erinnerte mich, was Silvio erzählt hatte: Giovanni Falcone hatte am Ende auch in einem weißen Fiat Croma gesessen.

Wir fuhren zunächst am Meer entlang Richtung Osten, bogen dann bei Termini Imerese auf die Autobahn, die nach Catania führt, verließen sie aber nach einer knappen Stunde wieder, wir nahmen die Ausfahrt bei Enna. Auf einer schmalen Landstraße, zur Linken die Berge der Madonie, zur Rechten in der Ferne der Ätna, passierten wir Ortschaften, die, wie die Schilder verrieten, Calascibetta und Leonforte hießen. Hier war ich noch nicht gewesen, ich hatte diese Nester, deren Häuser graubraun auf felsigen Bergkuppen hockten, nie zuvor gesehen. Dann näherten wir uns einer Stadt, die ich hier nicht erwartet hatte. Als ich das Hinweisschild las, »*Nicosia 6 km*«, musste ich lachen.

»Was ist so lustig?« Pino runzelte die Stirn.

»Ich dachte, das wäre auf Zypern«, erwiderte ich. »Andere Insel.«

»Ja, die haben auch eins. Oder hatten … Die nennen es nicht mehr so. Heißt bei denen jetzt Levkosia. Habe mal da Urlaub gemacht. Der Name stammt von Nikos, dem Heiligen, nehme ich an. Und den haben wir halt auch, auch wenn wir ihn Nicolo nennen.«

Er schwieg wieder. Schnell fuhr er nicht, aber zügig. Ab und zu rauchte er eine.

Dann kam die Stadt in Sicht. Sie sah bizarr aus. Der Berg, auf dem sie sich befand, wirkte wie ein gezogener Backenzahn, ein Molar, der seine Wurzeln in die Höhe reckte. Über einem der Eckfelsen ragten die Ruinen einer Burg auf. Auf einem anderen thronte eine Kirche.

Pino fuhr unvermittelt rechts ran und stoppte ein paar Schritte vor einem alten Mann, der dort im Schatten an einer Mauer lehnte. Er rief etwas durchs Beifahrerfenster, und der Alte, ein Schäfer oder Bauer, wie mir schien, schlurfte heran. Sie wechselten ein paar Worte. Ich verstand so gut wie nichts. Der Mann schüttelte den Kopf, woraufhin Pino zufrieden nickte.

»Was war denn das für eine Sprache?«

»Ach, nichts Besonderes«, sagte er. »Die haben hier einen speziellen Dialekt. Auf Sizilien wird in jedem Tal und an jeder Ecke anders gesprochen. Die Normannen holten, nachdem sie die Sarazenen besiegt hatten, Siedler aus Norditalien hierher, um die verwaiste Gegend wieder zu beleben. Lombardei, Piemont, Ligurien. Und die haben ihren Dialekt mitgebracht, der sich hier bis heute gehalten hat. Ein Rest Mittelalter. Angeblich sind sogar gallische Wörter dabei. Und sie betonen ganz anders als wir Palermitaner. Sie sagen zum Beispiel *Nekoschia*. Wir sagen *Nicusía*. Aber egal … Ich habe ihn nur gefragt, ob an der Einfahrt zur Stadt noch gebaut wird. Da war voriges Jahr nach einem Bergrutsch die halbe Straße verschwunden. Die Ampel an der Baustelle funktionierte so gut wie nie, und man kam besser hinten herum, auf einem Schleichweg aus dem Nachbartal, ins Zentrum. Aber es ist alles wieder in Ordnung. Die Familie hat die Sache in die Hand genommen.«

Ich fragte nicht, welche er meinte. Ich hatte keine Ahnung, wer hier, vom Staat mal abgesehen, zuständig war. Vermutlich hielt er das für Allgemeinwissen.

Er kurvte behutsam durch die engen Gassen, und mehrmals kam es mir vor, als wären wir im Kreis gefahren, doch plötzlich bog er auf einen Platz ein, der überraschend groß war und sich etwas vom Glanz der alten Zeiten bewahrt hatte. Da war das Rathaus im Schmuck dreier Flaggen, der europäischen, der italienischen und der sizilianischen. Die Uhr war fünf vor zwölf stehen geblieben. Mitten auf dem Platz gab es einen Brunnen mit Löwenköpfen, die wohl früher Wasser gespien hatten. Jetzt waren die Mäuler trocken.

»Ich bleibe hier«, meinte Pino, »bis Sie zurückkommen.«

Ich schaute ihn verständnislos an. Woher denn zurück?

»Man erwartet Sie, mein Junge«, sagte er.

Das half mir auch nicht weiter. Offenbar konnte sich Pino nicht vorstellen, dass einer, den er hierhergebracht hatte, nicht auf dem Laufenden war, wo man sich in Nicosia traf.

»Na, dort«, sagte er, als er mein fragendes Gesicht sah. Er zeigte auf ein Café am anderen Ende des Platzes. Vor dem Eingang stand ein Mann. Ich erkannte ihn. Neben ihm stand eine Frau. Und die erkannte ich auch.

DREIZEHN

Zunächst dachte ich an eine Täuschung, eine Halluzination, die mir von den Träumen und Erinnerungen der letzten Wochen beschert wurde. Wenn das dort, der Mann in dem grauen Leinenanzug, Don Fazio aus dem Provenzano-Clan war, und das andere, die Frau in dem bunten Kleid, wirklich Mimi Chevalier, dann stellte sich nicht mehr die Frage nach einem Zufall. Mimi war in Rom verschwunden. Jetzt stand sie hier mitten in Nicosia, einer Stadt, von deren

Existenz ich bis vor einer Stunde nichts gewusst hatte. Vermutlich war sie nicht hier, um sich den Dom anzuschauen.

»Wollen Sie Wurzeln schlagen, Junge? Ich würde an Ihrer Stelle nicht länger trödeln«, hörte ich Pino sagen. »Don Fazio lässt man nicht warten«, fügte er halblaut hinzu.

Mimi, dachte ich, Mimi schon gar nicht.

Als ich näher kam, spürte ich, wie mein Herz klopfte und mein Atem schneller ging. Eine Mischung aus Freude und Beklemmung. Mimis Augen wirkten größer und dunkler, als ich sie in Erinnerung hatte. Vielleicht lag es daran, dass sie schmaler geworden war und sehr blass aussah. In ihrem Blick tanzten Trotz und Zweifel den Walzer der gemischten Gefühle. Ich war mir nicht sicher, ob sie der Situation misstraute oder mir. Sie trug ein Kleid in den Farben Siziliens, ein gelbes Fähnchen mit roten Punkten. Sonne und Blut. Sie schaute mir fest in die Augen. Mir war, als wollte sie mir ein Zeichen geben. Vielleicht wusste sie nicht, dass ich ihren Begleiter schon kannte.

Zwei Schritte vor den beiden blieb ich stehen. Ich nickte Don Fazio zu, ohne ihn anzuschauen, mein Blick galt Mimi allein.

»Schickes Kleid«, sagte ich, und meine Stimme hörte sich kratzig an. »Doch die Farben stehen dir nicht. Sie machen dich blass.«

»Ich *bin* blass«, erwiderte sie, und sie starrte mich dabei an, als wollte sie mich hypnotisieren. Don Fazio beobachtete uns und sagte kein Wort. »Das Kleid hat der Signore da ausgesucht.« Sie deutete mit dem Kinn zu dem Mann aus Castellammare. »Er ist ein echter Gentleman. Ich durfte sogar duschen, bevor ich es anzog. Das erste Mal seit Wochen.«

Sie machte mir keine Vorwürfe, dass ich sie nicht eher gefunden hatte. Genau genommen, hatte ich sie gar nicht gefunden. Man zeigte sie mir. Sie schien das zu wissen.

»Sei still, mein Engel«, sagte Don Fazio, »und genieß den Moment, den besonderen Augenblick. Denn dieser Mann hier wird vielleicht dafür sorgen, dass du in Bälde freikommst. Er wird für dich arbeiten. Präziser ausgedrückt, wird er *mir* zu Diensten sein, damit *du* deine Freiheit wiedererlangst.«

Er ignorierte mich demonstrativ, er hatte nur Augen für Mimi, doch mir war klar, dass seine Rede auch mir galt. Vor allem mir. »Ich würde dich ja sofort gehen lassen«, sagte er zu Mimi, »aus reiner Sympathie, denn du hast mich auf den ersten Blick fasziniert. Und was ich über dich gehört habe, ist gleichfalls faszinierend. Doch genau da hat die Sache ihren Haken. Du hast im Sommer in Frankreich eine derart faszinierende Scheiße gebaut, dass ich dich, selbst wenn ich wollte, nicht laufen lassen kann. Meine Freunde in Marseille, die sich die Finger nach dir ablecken, würden mir das nie verzeihen. Ich könnte dich an sie verkaufen. Es wäre ein gutes Geschäft. Doch das tue ich nicht. Du stehst unter meinem Schutz, gleichwohl nicht ganz umsonst ...«

Erstmals blickte er mich direkt an, wenn auch nur kurz.

»Giovanni hier wird die Schutzgebühr aufbringen. Genauer gesagt, er wird sie abarbeiten. Falls nicht ...«

Sein Lächeln war, gelinde gesagt, andeutungsvoll.

Ich konnte mir gratulieren, dass ich die Beretta in meinem Zimmer in Castellammare gelassen hatte. Das war so ein Moment, in dem ich womöglich die Beherrschung verloren und versucht hätte, uns den Weg freizuschießen.

Ohne Waffe war das Unsinn. Mit Waffe wäre es Wahnsinn gewesen. Da gab es feine Unterschiede.

»Ich weiß jedoch«, fuhr er fort, »dass dies für euch beide keine ganz einfache Situation ist. Bedenkt: Ich mache das nicht für mich, sondern für die Familie, für Castellammare, für unser aller Zukunft. Das Schicksal hat mir euch zwei in die Hände gespielt, also nehme ich dieses Geschenk dankend an. Die Einzelheiten besprechen wir besser an einem stilleren Ort. Bitte folgt mir.«

Mir ging seine Höflichkeit auf die Nerven, zumal der Unterton nicht zu überhören war. Er war ein Zyniker und spielte uns einen Mann vor, der Verantwortung übernommen hatte, um einer guten Sache zu dienen, und der es nicht nötig hatte, andere mit schlechten Manieren zu brüskieren. Er würde das, was er tat, nicht als kriminell betrachten. Er hielt sich für legitimiert, das zu tun, was auch immer es im Detail war, und er hielt sich für clever. Jetzt schien er sich seiner Sache so sicher zu sein, dass er einfach vorausschlenderte, offenbar fest davon überzeugt, dass wir brav folgen würden. Natürlich hatte er seine Leute hier irgendwo.

Ich fragte mich, wieso wir derart weit gefahren waren. Hatte er Mimi hier oben am Fuße der Berge versteckt gehalten?

»Ich habe lange darauf gewartet«, sagte sie leise und fasste meine Hand. Mit knappen Worten erzählte sie, was ihr widerfahren war. Wie man sie in Rom am helllichten Tage in einen Wagen gezerrt und dann nach Sizilien gebracht hatte. Dass sie die meiste Zeit gefesselt und eingesperrt gewesen war. Bis Don Fazio auf den Plan trat, der Gentleman aus Castellammare. »Es ist noch lange nicht vorbei«, sagte sie. »Dieser Typ ist gefährlich. Er ist bösartiger, als sein kultiviertes Gehabe uns weismachen will. Immerhin dürfen wir uns sehen. Ein paar schöne Minuten lang. Aber wir haben keine Chance. Wir können denen nicht entkommen. Nicht hier. Schau dich mal um!«

Don Fazio lief zehn Schritte vor uns, und er war allein. Ich äugte über die Schulter. Zwei Männer folgten uns, wenn auch in einigem Abstand. Dank des leuchtend gelb-roten Kleids war Mimi auch von fern nicht zu übersehen.

»Du hast nicht einmal versucht, mich zu küssen«, stellte sie fest. »Aber vielleicht warst du zu sehr damit beschäftigt, unsere Flucht zu planen …«

»Stimmt«, erwiderte ich leise. »Ich hatte überlegt, uns den Weg freizuschießen. Ich habe die Beretta noch. Allerdings liegt sie in Palermo.«

»Bloß gut«, meinte sie und lachte matt, »bei deinen Schießkünsten.«

»Ich habe geübt«, protestierte ich, »erst gestern wieder. Aber du liegst sicherlich nicht falsch. Vermutlich hat Don Fazio eine halbe Armee dabei. Und was das Küssen betrifft: Ich hatte heute Nacht so heftigen Sex mit dir, dass ich noch ganz benommen bin.«

»Mit *wem* hattest du Sex?«

»Mit dir. Sagte ich doch. In einer Schiffskabine. Alles, was du dir vorstellen kannst. Doch dann sind wir mit diesem Luxusliner auf ein Riff gelaufen, über Bord gesprungen, und als ich dich wiedersah, warst du in der Gewalt von riesigen Menschenfressern. Ich auch. Noch so ein Beispiel, wie ich dich nicht retten konnte. Vermutlich wurden wir in einem Mixer geschreddert. Im Tode vereint. Als *Puree d'amour*.«

»Du spinnst! Hast du *das* geträumt? Erst Sex, dann Tod? Wie elementar! Und dass wir Schiffbruch erlitten haben, ist super, fast wie im wirklichen Leben. Aber sag nicht: alles, was *ich* mir vorstellen kann. Das kannst du nämlich gar nicht wissen. Du hast ja überhaupt keine Ahnung, was ich mir alles vorstellen kann.« Sie ließ meine Hand los. Das hatte ich von meiner Ehrlichkeit.

Die Gasse verengte sich. Mimi ging rechts neben mir. Unvermittelt zwickte sie mich in die Seite. Ich schnappte mir ihre Linke, die kleine Übeltäterin, ich packte fest zu. Ihre Finger zappelten, sie tat, als wollte sie sich befreien, aber das war nur Show. Ich konnte aus den Augenwinkeln sehen, dass ihre Mundwinkel zuckten. Sie brütete etwas aus. Vermutlich würde sie gleich etwas Verrücktes anstellen. Ich kannte sie gut genug.

Nach einer Linkskrümmung der Gasse, als uns die beiden Wächter kurz aus den Augen verloren, passierte es. Links von uns stand eine Tür offen, eine alte, schwere Holztür, hinter der eine Steintreppe hinunter zum Souterrain führte. Mimi verpasste mir einen Stoß, ich taumelte durch den Eingang und stolperte die Stufen hinab. Eher zufällig erwischte ich das Geländer und sah, kaum dass ich den Sturz mit Müh und

Not verhindert hatte, wie Mimi die solide Tür hinter sich ins Schloss zog. Augenblicklich wurde es dunkel, ich hörte, wie sie einen Riegel vorschob, es war das schleifende Geräusch von Metall auf Metall. Dann kam sie auf Zehenspitzen herunter. Es war stockfinster.

Sie schmiegte sich an mich, legte mir ihre schlanken Arme um den Hals, und dann spürte ich ihre Lippen, die sich langsam und genüsslich öffneten. Feucht. Warm. Einladend. Mir lief das Wasser im Mund zusammen. Ich schnappte mir mit beiden Händen ihren kleinen Hintern, deutete eine Tanzbewegung an, um sie zu verwirren, und dann ließ ich ohne Vorwarnung meine Zunge hurtig zwischen ihre Lippen gleiten.

Mimis Zunge antwortete mit einem wilden Flattern, es war, als hätte sie Unterricht bei Kolibris genommen. Dann entzog sie sich, was mir eine dunkle Woge des Bedauerns bescherte.

Oben vor der Tür waren indes erregte Stimmen zu hören, die eine zornig, die andere eher ratlos. Wir wurden schon vermisst.

Meine Augen begannen sich an die Dunkelheit zu gewöhnen, ich erahnte die Treppe. Hinter uns schien ein Laden oder Lager zu sein, es roch nach geräuchertem Schinken. Mimi kniete nun, und ich hoffte, dass sie keinen Schwächeanfall erlitten hatte. Oft brachen Gefangene zusammen, wenn sie nach wochenlanger Haft wieder unter Menschen kamen. Doch das war es nicht. Mit einer Vehemenz, die alle Befürchtungen bezüglich ihrer Kraftreserven zerstreute, riss sie mir die Knopfleiste auf und die Hose herunter. Falls mir beim Küssen nicht aufgefallen war, dass sich der nach mir zweitgrößte Verehrer Mimis bereits riesige Hoffnungen gemacht hatte, so bestand daran kein Zweifel, als sie ihn in den Mund nahm. Sie schien im Dunkeln seine Ausmaße unterschätzt zu haben, denn sie röchelte kurz. Fehlte noch, dass sie erstickte.

Ich wich vorsorglich zurück, doch sie gab mir mit den Händen zu verstehen, dass sie alles im Griff hatte und mich nicht freizugeben gedachte. Umso besser. Ich bewegte mich nur leicht, ihre Lippen schienen zu pulsieren, was mich, gelinde gesagt, an den Rand des Wahnsinns trieb. Nachdem sie ihre Atmung wieder unter Kontrolle hatte, lutschte sie, dass es eine Freude war, und ließ mich sanft ihre Zähne spüren. Ich krallte meine Finger in ihren Schopf und riss ihr ein paar Haare aus, doch sie schien bereit zu sein, das eine oder andere Opfer zu bringen. Sie hatte angefangen zu singen, mit einer fremdartigen Kopfstimme, wie diese Bulgarinnen, wobei die aber den Mund, soviel ich wusste, frei hatten.

Das Geschimpfe in der Gasse wurde lauter. Jemand hämmerte an die Tür. Dann ging es schnell. Mimi ließ meinen Freund aus ihrem Mund flutschen, sie riss mich mit einer Art Judogriff zu Boden. Kurz fürchtete ich, die Treppenstufe ramponiert zu haben, auf die ich mit dem Kopf geschlagen war. Ein Schmerz, der heftig war, mir aber noch lange nicht den Tag verdarb. Ich ächzte nicht und verkniff mir jede Klage, ich wollte die Sache nicht verpatzen, die in wundersamer Weise ihren Lauf nahm.

Von der Hose gefesselt, die mir bis zu den Knöcheln gerutscht sein musste, lag ich auf dem Rücken. Ich streckte die Hände aus, dorthin, wo ich Mimi vermutete. Ich sah sie vor mir, schemenhaft nur, meine Fantasie besorgte den Rest. Ich fühlte den Stoff ihres Kleides und spürte ihre Haut, und dann entfuhr mir ein Schrei, unwillkürlich und nicht laut im Grunde, doch er schallte durchs Gewölbe und übertönte Mimis Stöhnen, zumindest anfangs.

Sie hatte es geschafft, sich aufzuspießen. Nun vollzog sie eine Art Bauchtanz, sie ließ ihre Hüften kreisen, zucken, zappeln und vibrieren. Ich machte gar nicht viel, doch ich machte mit. Das Wort *Ansporn* kriegte einen neuen starken Sinn.

Leider währte das nicht ewig. Mit einem Jauchzer flog sie ab oder kam, es war egal, wie ich das nannte. Ich merkte nur, wie ich ihre Seele besprühte, falls die in dieser heißen Spalte wohnte, ich spürte, wie ich mich in sie ergoss. Ich hatte ein so heftiges Feuerwehrgefühl, dass ich mir vorstellte, wie ich ihr das brennende Herz mit weißem, heißem Honig bespritzte und so vorm Abfackeln rettete. Was mich betraf, war dies der schnellste Orgasmus, von dem ich je gehört hatte, und ich empfand einen Hauch von Stolz, dass es meiner gewesen war.

»Irre«, murmelte Mimi, die nun mit ihrem ganzen Gewicht auf mir saß und ihre Muschi im Sekundentakt pulsieren ließ, als wäre Silvester und sie für den Countdown zuständig, bevor das Feuerwerk gezündet wurde, die Raketen flogen und die Böller krachten. »Total irre.«

Dann sprang sie auf, und noch ehe ich meine Gedanken ordnen konnte, ganz zu schweigen von der Kleidung, ging das Licht an.

VIERZEHN

Knapp war das schon gewesen. Als die alte Frau, die den Schalter betätigt haben musste, um die Ecke bog, hatte ich meine Hose wieder hochgezogen. Auch Mimi hatte es gerade so geschafft, ihr Kleidchen zu richten, das ein paar Knöpfe verloren hatte, im letzten Moment verstaute sie ihre aufgeregten Brüste hinter der rot gepunkteten Baumwolle.

»Was macht ihr zwei denn hier?« Die Alte schüttelte den Kopf. »Meine Ladentreppe ist viel zu hart für so etwas. Habt ihr kein Bett? Meine Güte!«

Sie schlug ein Kreuz und schmunzelte dabei. Die Freuden des Lebens schienen ihr nicht unbekannt zu sein, vielleicht hatte sie ein gutes Gedächtnis. Sie war mindestens achtzig. Hinter ihr sah ich im Schein der Glühbirne Dutzende Schinken, die von der Decke hingen. Ich verspürte plötzlich heftigen Hunger.

»Ist das hier ein Parmaschinkenladen?«, fragte Mimi.

Mir war klar, dass sie versuchte, Zeit zu gewinnen. Wieder wummerte es oben an die verriegelte Ladentür.

»Doch kein Parma, Schätzchen! Das ist Schinken von den Nebrodi-Schweinen. Von den kleinen schwarzen Waldschweinen, weißt du? Wenn du diesen hier einmal gegessen hast, rührst du in deinem ganzen Leben keinen Parma mehr an. Wollt ihr welchen haben?«

Oben war man dazu übergegangen, die Tür aufzubrechen. Die schienen sich sicher zu sein, dass wir hier waren.

»Halt, halt«, brüllte das Großmütterchen mit überraschend kräftiger Stimme, »so warte doch! Wenn du die Tür kaputt machst, bringt mein Sohn dich um. Was willst du überhaupt? Es ist Siesta-Zeit. Ich mache erst halb fünf wieder auf.«

Offenbar hatten wir Glück gehabt, dass sie vergessen hatte, den Riegel vorzuschieben. Das hatten dann wir erledigt. Im Grunde hatten wir etwas gut bei ihr.

»Wir suchen wen«, verkündete der eine Kerl hinter der Tür.

»Hier ist niemand«, erwiderte sie, »nur lauter Schinken. Und ich habe jetzt Siesta.«

»Das sagten Sie schon«, ließ sich der Mann vernehmen, es klang zögernd, er schien zu überlegen, ob es den Ärger wert war. »Ist aber wichtig. Wir würden gerne nachsehen.«

»Gut, gut«, rief die Frau zurück. »Ich komme. Aber hör auf, an der Tür zu rütteln, sonst hole ich meinen Sohn, und der erschießt dich, und zwar schneller, als du die Madonna um die Vergebung deiner Sünden bitten kannst. Du wärst nicht der Erste, der seine schlechten Manieren bitter bereut. Wir sind eine friedliche Gasse und bereit, Opfer zu bringen, damit das so bleibt.«

Mit einer Kopfbewegung, eigentlich nur einer Andeutung, gab sie uns zu verstehen, dass wir durch den Laden verschwinden sollten. Die Sache mit dem Schinken mussten wir vertagen, was ich im Grunde sehr bedauerte.

Wir schlugen Haken, gerieten in eine Abstellkammer, fanden dann eine Tür, hinter der eine Stiege nach oben führte, hinauf ins Obergeschoss. Ehe wir uns versahen, standen wir in einer Küche.

Ich sah mich unschlüssig um.

»Was war das für ein Wurf, mit dem du mich aufs Kreuz gelegt hast? War das Judo?«

»Ein abgewandelter Ko-uchi-maki-komi, du Blitzmerker«, erwiderte Mimi, »aber wir sollten jetzt nicht über Technik reden. Was wollen wir tun?«

Ich sagte es ihr, und sie nickte lächelnd. Sie trat ganz nah an mich heran, und dieser Kuss war behutsam und zärtlich. So viel Zeit musste sein. Wenn wir Pech hatten, war es der letzte für sehr lange Zeit.

Wir fanden den Hinterausgang der Wohnung, gelangten in einen düsteren Hof und durch eine Toreinfahrt in eine Gasse. Nach meinem Gefühl verlief sie parallel zu der anderen. Wir eilten bergauf, bogen nach rechts und wieder nach links – und standen plötzlich vor Don Fazio.

Er nickte uns zu, nachdenklich, und er runzelte die Stirn. Dann verzog er das Gesicht zu einer Grimasse, mehr ein Grinsen als ein Lächeln. »Ich wusste es«, sagte er, und es klang süffisant. »Ich ahnte, dass ihr nichts anbrennen lasst. Nun ja, ich schätze Leute, die Mut beweisen, aber auch merken, wann es genug ist. Dass ihr derart aneinander hängt, macht die Sache leichter. Doch nun Schluss mit diesen Spielchen! Folgt mir! Oben an der Ruine erfahrt ihr alles Weitere.«

Die Gasse ging in einen gepflasterten Weg über, der durch grünes Ödland führte. Darüber thronte auf dem steilen Felsen die Ruine eines normannischen Kastells. Als wir am Tor angekommen waren, schickte er die Wächter, die nun aufgeschlossen hatten, auf eine Runde durch die Ruine. Als sie außer Hörweite waren, kam er zur Sache und eröffnete mir, was er von mir erwartete. Je länger ich zuhörte, umso unwirklicher klang sein Plan.

Kurz gesagt, sollte ich mich auf einer der Inseln vor Siziliens Nordküste niederlassen und dort in aller Abgeschiedenheit eine Art Zwischendepot einrichten, ein Lager für gewisse Handelswaren. Als ich fragte, ob es da um irgendwelches Pulver gehe, schnalzte er entrüstet mit der Zunge und schüttelte den Kopf. Himmel, nein, erklärte er, das klinge ja fast, als verdächtige ich ihn des Drogenhandels. Was hier zu tun sei, laufe nahezu legal ab, vom Fiskus und ein paar Ein- und Ausfuhrbestimmungen abgesehen, aber er wolle mich nicht mit unnötigen Details belasten.

Dass er Mimi alles mithören ließ, brachte mich auf die törichte Idee, er würde diesen Job uns beiden anvertrauen. Auch sie spitzte die Ohren, sie hörte mit wachsendem Interesse zu und schien sich Hoffnungen zu machen. Doch diesen Zahn zog er uns rasch.

»Damit kein falscher Eindruck entsteht: Ich habe euch heute etwas Leine gelassen, damit ihr euch in Zukunft wirklich vermissen werdet. Um es mit einem Gleichnis aus der Welt der französischen Karten zu sagen: Die Herz-Dame wird verwahrt, die wird sozusagen eingemischt, die kommt in den Stapel, bis der Pik-Bube seine Stiche macht. Bei den alten sizilianischen Karten ist die Dame übrigens ein Pferd, und der Bube ist Soldat. Ein Pferd wird geritten. Ein Soldat befolgt Befehle. Nur wenn er sein Spiel macht und die Regeln einhält, bekommt der Soldat das Pferd zurück. Soweit alles klar?«

Er warf mir einen kalten Blick zu, trat dann, ohne mich aus den Augen zu lassen, unvermittelt neben Mimi und fasste ihr an die Brust. Das ging so schnell, dass ich es erst richtig begriff, als er schon wieder zurückgetreten war. Mir war, als hätte er sie und damit auch mich mit einer Peitsche geschlagen.

Mimi hatte mit keiner Wimper gezuckt. Sie räusperte sich, trat auf ihn zu und spuckte ihm mitten ins Gesicht. Sie verfehlte sein linkes Auge knapp, der Rotz lief ihm die Wange herab in den Dreitagebart. Ansatzlos schlug er zu. Mit der flachen Hand. Mimis Wange rötete sich.

Ich war im Begriff, mich auf ihn zu stürzen, ihm an die Kehle zu gehen, ihm den Arm zu brechen. Im letzten Moment fing ich Mimis Blick auf. *Der will nur provozieren*, las ich. *Mach ihm nicht die Freude. Der will zeigen, wer das Sagen hat. Wer dazu so primitive Mittel braucht, der ist eigentlich schwach. Ich halte das aus. Das schaffst du auch. Lass uns auf unsere Stunde warten.*

Vielleicht dachte sie auch etwas ganz anderes. Egal. Wesentlich war, dass ihr Blick mich hatte innehalten lassen. Ich verschränkte wie Mimi die Hände hinterm Rücken. Die Wächter blickten herüber und schienen zu überlegen, ob sie eingreifen sollten. Don Fazio winkte sie heran.

»Bringt die Kleine zurück«, sagte er. »Lasst sie nicht wieder entwischen. Und Finger weg! Wer sie anrührt, ist ein toter Mann. Ich werde sie fragen.«

Mich übermannte abermals die Wut, es kostete mich viel Kraft, nichts zu sagen, nichts zu tun. Mimi hob eine Augenbraue und zuckte die Achseln, als wollte sie andeuten, dass es schlimmer hätte kommen können. Vielleicht hatte sie einfach bessere Nerven als ich.

»Pass auf dich auf«, sagte sie leise. »Wir sehen uns.« Dann wandte sie sich ab und ging grußlos Richtung Tor davon. Die Wächter folgten ihr.

Don Fazio musterte mich aus kalten Fischaugen. Wir waren nun allein.

»Giovanni, das war nicht schlecht«, sagte er in das Schweigen hinein, und der freundliche Tonfall klang falsch.

Ich wusste nicht, was er meinte, und ich hatte auch keine Lust, das zu erörtern.

»Vor Cefalù habe ich mich vielleicht ein wenig verkalkuliert. Kann sein, dass die Strömung im Herbst stärker ist, als ich sie in Erinnerung hatte. Aber glaub mir, dass ich diese Probe selbst auch hinter mir habe. Mein eigener Onkel hat mich dort ins Meer gestoßen, Don Enzo, der Adler von Castellammare. Ist schon ein paar Jahre her, und womöglich war es etwas näher zur Küste hin. Hätte ich es nicht geschafft, stünde ich nicht hier.«

Ich nickte. Das war logisch. Allerdings hatte *ich* es *nicht* geschafft. Und stand trotzdem hier. Ich schwieg.

»Unsere Leute in Cefalù sollten ein Auge auf dich haben, wenn du an Land gehst. Ich wollte ja nicht, dass du Aufsehen erregst. Doch dann bist du dort gar nicht aufgekreuzt. Wir haben erst im Nachhinein, nachdem du drei Tage später in Palermo wieder aufgetaucht warst, herausgefunden, dass dich diese Yoga-Truppe aus dem Meer gefischt hatte. Und das auch nur, weil du dich mit einer von denen noch einmal getroffen hast. Stell dir vor, diese Francesca wollte, um dich zu schützen, kein Wort sagen. Ich erwähne das, um dir klarzumachen, dass du in Zukunft achtgeben solltest, wen du in deine Geschichten mit reinziehst. Am Ende hat sie uns alles erzählt, was wir wissen wollten. Selbst, dass du dich für die Anschläge auf Falcone und Borsellino interessierst, hat sie letztlich ausgeplaudert. Studentinnen für alte Geschichte, Religion inbegriffen, lernen zwar viel über Heilige und Märtyrer, sind aber selten selber welche. Übrigens hatten die Familien von Castellammare und Seralcadio nichts mit den Attentaten zu tun. Don Enzo hat einmal gesagt, dass diese Anschläge unserer Sache mehr geschadet haben als alle Aktionen des Staates bis dahin zusammen. Ich sehe das auch so.«

»Was habt ihr mit der Studentin gemacht? Sie hat doch keinem etwas getan!«

Wieder schoss der Zorn in mir hoch, doch was sollte ich tun?

»Denkst du, wir haben sie gefoltert? Zigaretten auf ihren Titten ausgedrückt, Finger abgeschnitten und all das? Vergiss es. So was tun wir nicht. Wir haben ihr nur glaubwürdig vermittelt, dass wir vermuten, sie könnte uns etwas über dich erzählen. Und dass wir das wissen wollen, *unbedingt* wissen wollen. Das Spiel mit der Furcht vor Schmerzen, das ist doch Mittelalter. Im 21. Jahrhundert läuft das mehr so … mental ab. Bedenken, Gewissen, Mitschuld. Wir haben ihr gesagt, dass dein Leben in Gefahr ist. Ihr weisgemacht, dass wir von der Antimafia sind und dich schützen wollen, weil du in Schwierigkeiten steckst. Stimmt ja auch, das mit den Schwierigkeiten.«

»Antimafia? Das hat sie euch abgekauft?«

»Hat sie. Wir haben gute Papiere. Echte Papiere, wenn du es genau wissen willst. Und ich kann sehr überzeugend sein. Es war ihr ein Bedürfnis, uns zu erzählen, wie wachsam und misstrauisch du bist.«

Er schmunzelte schmal. Ich sagte nichts. Franzi wusste offenbar nicht, wie Don Fazio aussah. Und als er vor ihr stand, hatte sie nicht gewusst, dass er es war.

»Wir haben sie ein bisschen eingeschüchtert. Dass es sie den Studienplatz kosten könnte, wenn sie uns, den Guten, nicht helfen würde. Wir wissen also von dieser Yoga-Truppe, die dich rausgefischt hat. Wir wissen, dass du die Nächte, in denen wir dich schon als ertrunken verbucht hatten, bei ihr verbracht hast. Sie steht auf dich. Aber du hast ja Mimi. In all den Wochen, seit sie in Rom kassiert wurde, sagte man mir, habe sie immer nach dir gefragt. Sie hat gewittert, dass das alles miteinander zusammenhängt. Und du würdest alles für sie tun, nicht wahr? Was ist da in Frankreich nur gelaufen? Was ist das zwischen euch? Sagst du es mir? Du bist in die Höhle des Löwen gekommen, um etwas über sie zu erfahren. Du hältst es aus, dass ich sie vor deinen Augen anfasse. Du möchtest mir an die Kehle gehen, du möchtest mich töten, doch du weißt, dass du ihr schaden würdest, wenn du die Beherrschung verlierst. Sie ist dir so wichtig, dass du das hinnimmst. Ich musste das tun, um dich zu prüfen. Du hast geglüht vor Wut. Ich habe deine Augen gesehen. Doch du hast dich zusammengerissen. Ich denke, wir können nun miteinander arbeiten.«

Er lächelte und ließe seine Zähne sehen.

»Worum es geht, habe ich angedeutet. Es gibt jedoch ein Detail, das ich noch nicht erwähnt habe, und ich weiß nicht, ob es dir gefallen wird. Du wirst diesen Auftrag nämlich nicht allein ausführen. Ich zeige dir nachher, wo du künftig deine Lieferungen übernehmen sollst. Wir fahren getrennt. Geh zurück zur Piazza Garibaldi. Pino weiß, wo er dich hinzubringen hat. Wir sehen uns.«

FÜNFZEHN

Keine Ahnung, ob Pino den Hund zu spät gesehen hatte oder ob er zu bremsen für Zeitverschwendung hielt – er erwischte das Tier jedenfalls mit voller Wucht. Ich zuckte bei dem Aufprall zusammen und zog im Reflex den Kopf ein, obwohl der Fiat Croma alles andere als ein Cabrio war. Der Hund wurde emporgeschleudert und segelte über uns hinweg. Pino hielt in aller Seelenruhe an und ging nachsehen. Noch ganz benommen vor Schreck folgte ich ihm steifbeinig. Der Hund blutete nicht, er lag im grauen Staub am Straßenrand, als wäre er eingeschlafen, alle viere von sich gestreckt. Viele Hunde hielten auf diese Art im Schatten Siesta. Der hier nicht. Der hatte sich zur letzten Ruhe hingelegt.

Wir hatten, wenn ich Pino glauben durfte, eine Abkürzung genommen. Wir waren über enge Bergstraßen gekurvt und an winzigen Nestern vorbeigekommen, die Villadoro und Cacchiamo hießen und verloren und vergessen wirkten. Kurz hinter Calascibetta, das hoch oben auf einer Felskuppe thronte wie eine mittelalterliche Raubritterburg, waren wir auf eine besser ausgebaute Straße eingebogen und sofort auf den Hund gekommen.

»Immer diese Selbstmörder«, knurrte Pino. »Hätte ich gebremst, lägen *wir* jetzt da unten.«

Er deutete mit dem Daumen in Richtung Böschung. Hinter den dürren Sträuchern ging es steil hinunter. Am Straßenrand standen Disteln, zwischen ihnen blühte in leuchtendem Rot eine einzelne Mohnblume.

Pino zuckte mit den Schultern. Bevor wir wieder einstiegen, prüfte er Stoßstange und Kotflügel. Welche Delle neu war, ließ sich schwer sagen, der rechte Scheinwerfer jedenfalls war in Nicosia noch heil gewesen.

Wir fuhren zügig weiter, passierten mit einigem Abstand Enna, die einzige größere Stadt im Herzen Siziliens. Sie hockte rechter Hand auf einem lang gestreckten Höhenzug und wirkte, mit den schroffen Festungsmauern und den uralten Türmen, wie ein Relikt aus längst vergangenen Zeiten. Im Nordosten reckte sich der Ätna. Der Vulkan mit seiner dünnen Rauchfahne hatte etwas Unwirkliches und Bedrohliches, ein unruhig schlafender Riese.

Ein paar Kilometer hinter Enna, in einem Ort namens Pergusa, bogen wir von der Staatsstraße ab und fuhren einen breiten Asphaltweg hinunter, bis wir an eine geschlossene Schranke kamen. Wir stiegen aus. Im Hintergrund schimmerte das Wasser eines Sees. Direkt vor uns ragten Emporen und Tribünen auf, die an ein Stadion erinnerten.

Wir krochen unter der Schranke hindurch, und dann standen wir auf einer gut zwanzig Meter breiten Fahrbahn, die zwischen den steilen Tribünen hindurchführte und sich in einer Linkskurve verlor. Weit und breit war kein Mensch zu sehen.

Pino steckte sich eine Zigarette an und ließ den Blick schweifen. Er lächelte versonnen, als verbinde er schöne Erinnerungen mit diesem seltsamen Ort. Mir kam das alles nicht geheuer vor, und ich fühlte mich unwohl. Ich hatte nach Wochen Mimi wiedergesehen. Ich hatte sie gespürt. Nun war sie erneut verschwunden. Als hätte ich das alles nur geträumt.

»Was ist das denn hier?«

Ich merkte selbst, wie gereizt ich klang.

»Das ist das Autodrom von Pergusa«, erwiderte Pino gelassen. »Stammt aus den Fünfzigerjahren und ist immer noch in Betrieb. Mein Vater hat erzählt, dass hier sogar Formel-1-Rennen stattfanden. Aber soweit ich weiß, gibt es heute nur noch Motorrad- und Tourenwagenrennen. Vor fünfzehn Jahren war ich hier, auf dem Ferrari-Festival. Da röhrten hier auch die alten Rennwagen um die Kurven, die historischen Kisten, Ferraris und Bugattis und was weiß ich noch, diese rundlichen Flitzer aus den Vierzigern und Fünfzigern.«

Er sah, dass ich verstohlen gähnte. Um ihn nicht zu ärgern, hielt ich mir schnell die Hand vor den Mund.

»Jedenfalls saß damals alles, was in Sizilien Rang und Namen hatte, hier auf den Tribünen. Es war ein riesiges Event. Jeder wusste das, es war das Gipfeltreffen der großen Familien, ganz gleich, ob sie zusammenarbeiteten oder verfeindet waren. Es machte sogar das Gerücht die Runde, dass man den alten Provenzano eingeschmuggelt hatte, den Boss der Bosse. Der war ja damals schon über zwanzig Jahre untergetaucht, und angeblich konnte keiner mehr genau sagen, wie er aussah.«

Pino lachte. Er schien die Vorstellung kurios zu finden, dass dieser Mann, den damals ganz Italien suchte, da oben auf der Tribüne zwischen all den anderen gesessen haben könnte. Neun Jahre später erst hatte man ihn in der Nähe von Corleone aufgespürt.

Wir schwangen uns über eine hüfthohe Barriere, kamen an einigen Flachbauten vorbei und gerieten schließlich auf einen schmalen, staubigen Pfad, der ins Schilf führte und an einer Anlegestelle endete. Dort war ein Boot angebunden mit einem faserigen Strick. Es schien nicht mehr ganz dicht zu sein, denn am Boden unter der Ruderbank hatte sich Wasser gesammelt, doch die beiden Ruder waren da. Wir standen nur einen Steinwurf von der Rennstrecke entfernt, doch plötzlich wirkte die Szenerie wie ein Naturparadies. Im Schilf schnatterten ein paar Enten, ansonsten war es still.

»Ist der einzige natürliche See auf ganz Sizilien«, sagte er, »von ein paar Teichen abgesehen. Staubecken gibt es einige, aber das hier, das ist ein uralter Vulkankrater, der vor Tausenden von Jahren vollgelaufen ist. Eine antike Legende spielt an diesem Ort. Der Gott der Unterwelt soll hier eine schöne Frau entführt haben. Proserpina hieß sie. Sie wurde am Ufer dieses Sees gekidnappt, also muss damals schon Wasser drin gewesen sein. Angeblich ist er nur zwölf Meter tief, sagen die Wissenschaftler. Die alten Leute aber wissen, dass er bodenlos ist. Wer hier ertrinkt, den zieht es direkt in die Hölle.«

»Und was machen wir hier?«

»Wir warten«, erwiderte er.

»Worauf denn? Dass die Hölle sich auftut?«

»Damit scherzt man nicht! Nicht *worauf.* Wir warten auf kein Ereignis, wir warten auf den Boss.«

Wie hatte ich nur fragen können!

Im Schilf schimpfte eine Ente mit ihren Kindern. Dann drehte sie mit ihnen eine Runde, und die Kleinen gaben sich alle Mühe, den Anschluss nicht zu verlieren und den Schnabel zu halten, was ihnen aber nicht gelang. Kinder eben.

Eine halbe Stunde später hörten wir ein Motorengeräusch, das rasch näher kam. Wir waren zur Rennstrecke zurückgekehrt und hatten uns auf die innere Tribüne gesetzt. Wie von Zauberhand öffnete sich die Schranke, vor der wir den alten Fiat abgestellt hatten, und ließ einen Wagen durch, der nun langsam auf die Rennstrecke einbog und genau vor der Ziellinie stehen blieb.

Sollte ich damit gerechnet haben, dass Don Fazio mit einem Ferrari oder Lamborghini aufkreuzte, einem blitzenden Flitzer, der seine Position im Schattenkabinett Palermos unterstrich, hätte ich mich nun korrigieren müssen. Dies hier war ein nicht mehr ganz neuer Mercedes, eierschalenfarben wie in manchen Ländern die Taxis, und als er, ohne dass ihm jemand die Tür geöffnet hätte, aus dem Fond stieg und dann seinen Kopf ins Fahrerfenster steckte, sah er aus wie ein Fahrgast, der seine Tour bezahlen wollte. Auf der anderen Seite war noch jemand ausgestiegen, hatte sich aber, kaum dass die

Tür zugefallen war, gebückt oder hingekauert, sodass ich nicht erkennen konnte, wer Don Fazio begleitete. Der schlug mit der flachen Hand leicht auf das Dach, so wie man ein Pferd nach dem Absatteln mit einem Klaps auf die Weide schickt, und dann fuhr der Mercedes langsam davon und verschwand hinter der ersten Kurve der Rennstrecke. Die Gestalt, nun nicht mehr verdeckt, richtete sich auf. Es war eine Frau, und ich sah, wonach sie sich gebückt hatte. Sie nahm eine Katze hoch, hielt sie wie ein Baby in den Armen, flüsterte ihr etwas zu. Die Katze war grau getigert, ein Kater, um genau zu sein, denn auch ohne Augenklappe erkannte ich das Tierchen wieder. Ich hatte ihn bislang zweimal gesehen, erst auf dem Markt und dann im Café, wo es seinetwegen zum Eklat gekommen war. Er musste es sein, denn bei der Frau, die ihn an sich drückte, bestand kein Zweifel. Hatte sie nicht auf eine dieser Inseln fahren wollen? Was hatte sie mit Don Fazio zu schaffen? Es wurde immer verrückter. Ich erhob mich und ging den Neuankömmlingen zögernd entgegen. Pino steckte sich eine weitere Zigarette an und blieb sitzen. Er hatte wahrlich die Ruhe weg, nicht nur, wenn er Hunde überfuhr.

Don Fazio schien nicht geneigt zu sein, mir seine Begleiterin vorzustellen. Ich ließ mir nicht anmerken, dass ich sie kannte. Sie tat ebenfalls nicht dergleichen. Sie war unauffällig gekleidet, trug Jeans und ein schwarzes Sweatshirt, und sie war nicht geschminkt. Ich fragte mich, ob Don Fazio aufgefallen war, dass sie Mimi ähnelte. Oder kam nur mir das so vor?

»Komm mit«, meinte er, und das schien an mich gerichtet zu sein, »wir gehen zur Boxengasse. Dort wird der Wagen stehen.«

»Jetzt?«

»Nicht jetzt. Dieser Tage, nächste oder übernächste Woche. Wenn es so weit ist. Wenn eine Lieferung ansteht«, fuhr er fort, »steigst du hier in den Transporter, der Schlüssel wird stecken, und dann fährst du ihn nach Materazzo.«

»Nach Materazzo?«

Dass ich keinen Führerschein hatte, behielt ich für mich.

»Ja. Im Winterhalbjahr gehen keine Schiffe von Palermo zu den Inseln, also machen wir das über Materazzo. Pino fährt nachher die Strecke mit dir ab, genau die Route, die du dann nehmen wirst. Ist scheinbar ein Umweg, weil sie östlich um den Ätna herum führt, aber es ist fast komplett Autobahn. Da hält dich keiner an. Zwei Minuten von hier, unterhalb von Enna, fährst du auf die A19, dann immer nach Osten bis Catania, wo du direkt auf die A18 kommst, die zwischen Ätna und Meer nordwärts bis Messina führt. Und auch dort musst du nicht runter, sondern fährst direkt weiter auf der autobahnähnlichen E90 bis Materazzo. Der Transporter wird einen Maut-Chip haben, du kannst also durch die elektronische Schranke fahren wie die Busse und die meisten anderen Transportfahrzeuge auch. Du hast alles in allem etwa zweihundertdreißig Kilometer Autobahn, vorher das Stück Landstraße und am Ende noch ein paar Kilometer hinunter bis zum Hafen. Dazwischen bist du zwei Stunden auf der Piste, ohne einmal anzuhalten, maximal drei mit voller Ladung, den zähflüssigen Verkehr an den Baustellen eingerechnet. Und in Materazzo fährst du morgens um sechs einfach aufs Schiff. Das Ticket ist kein Problem. Entweder hast du es dann schon oder es liegt im Handschuhfach. Du holst also die Fuhre hier nachts ab. Und am frühen Nachmittag bist du schon auf Stranezza.«

Ich folgte ihm, und die Frau, die den Kater nun auf ihrer rechten Schulter platziert hatte, schloss sich uns wortlos an. Hinter seinem Rücken zwinkerte sie mir zu. Mir wurde eigentümlich warm. Wieso brachte Don Fazio ausgerechnet sie ins Spiel? Wie war sie an ihn geraten? Mir war ihr Name wieder eingefallen. Marcella. Und der Kater hieß Otello.

Die Sache mit den Transporten klang einfach. Allerdings war mir schleierhaft, wie es auf der Insel weitergehen sollte. Und ich hatte keinen Schimmer, was Marcella damit zu schaffen hatte.

Plötzlich machte es klick, tief drinnen in meinem Gedächtnis ging ein kleines Licht an, als wäre ich an den Schalter gekommen. Ich erinnerte mich, was mir Marcella bei unserer letzten Begegnung auf eine Serviette geschrieben hatte. Den Namen genau dieser Insel: Stranezza. Und sie hatte gesagt, dass sie bald dorthin fahre. Die Insel Stranezza war der Berührungspunkt, nach dem ich gesucht hatte.

Wir erreichten das, was Don Fazio großspurig Boxengasse genannt hatte. Mit dem, was man von den glamourösen Formel-1-Rennen kannte, hatte es nicht viel Ähnlichkeit. Immerhin gab es eine von der Hauptstrecke abzweigende Fahrspur, die an einer Reihe nummerierter Garagen vorbei und dann wieder auf die Piste führte. Falls man hier nachtanken konnte, befanden sich die Zapfsäulen vermutlich hinter den schäbigen Toren, die jedoch verschlossen zu sein schienen. Zwischen den Ritzen der Betonplatten wuchs Gras.

Don Fazio machte sich an einem Kästchen zu schaffen, und dann öffnete sich das Rolltor einer der Garagen. Er gab uns per Handzeichen zu verstehen, dass wir warten sollten, und ging hinein.

»Was hast du mit dieser Sache hier zu schaffen?«

Ich hatte leise gesprochen, aber sie stand nun auch direkt neben mir. Ich fing einen Hauch des Sandelholzduftes ein, der mir schon beim ersten Mal an ihr aufgefallen war. Otello wandte den Kopf und musterte mich. Sie blickte geradeaus und tat scheinbar nicht dergleichen.

»Dasselbe könnte ich auch dich fragen«, murmelte sie. »Ich habe übrigens deinen Pullover wieder nicht dabei.«

»Wohnst du auf dieser Insel, weil du für ihn arbeitest? Oder bist du hier, weil du die Insel kennst? Meinen Pullover kannst du ja das nächste Mal mitbringen.«

»Mach dir nicht so viele Gedanken«, sagte sie leise. »Zuerst war, glaube ich, nur vorgesehen, dass ich auf der Insel ein Auge auf dich haben sollte. Ob du klarkommst und so. Offenbar haben sie umdisponiert. Es muss etwas passiert sein.

Ich sollte meine Rückreise verschieben, hieß es erst, dann war sogar die Rede davon, dass die Sache ganz abgeblasen wird. Aber gestern haben sie mich geholt und mir gesagt, es gehe nun doch los. Keine Ahnung …«

Don Fazio schien immer noch da drin beschäftigt zu sein.

»Vielleicht haben sie angenommen, ich wäre ertrunken«, raunte ich. »Kommt manchmal vor, dass Leute es nicht bis an Land schaffen, nachdem man sie auf hoher See über Bord geworfen hat. Haben sie so etwas mit dir auch gemacht?«

»Oh, das tut mir leid. Nein, schwimmen musste ich nicht. Sie haben mich mal nach Modica im Süden Siziliens gebracht und ohne einen Cent vorm Rathaus abgesetzt. Ich sollte in der Altstadt etwas aus einem Antiquitätengeschäft stehlen, eine kleine Alabasterstatue, eine Miniatur nach Michelangelos Pietà, du weißt schon, die Mutter mit dem toten Sohn, und mich dann damit bis Palermo durchschlagen.«

»Und? Hast du?«

»Was?«

»Na, dich durchgeschlagen.«

»Das ja. Aber ich habe die Skulptur nicht gestohlen. Ich bin nicht mal eingebrochen.«

»Sondern?«

»Ich habe jemandem die Geldbörse geklaut und Maria und Jesus gekauft. Mit der Kreditkarte, die ich in dem Portemonnaie gefunden hatte. Und mit dem Bargeld habe ich das Busticket …«

Sie brach ab, denn Don Fazio war herausgetreten.

»Schluss mit der Plauscherei«, sagte er. »Ihr werdet noch hinreichend Gelegenheit haben, euch auszutauschen.« Dazu lachte er und sagte mit öliger Stimme: »Denn hiermit erkläre ich euch feierlich zu Mann und Frau!«

SECHZEHN

Marcella blickte erst mich, dann ihn völlig perplex an, und auch ich machte kein besonders gescheites Gesicht. Otello gähnte. Hochzeiten schienen den Kater zu langweilen. Erst jetzt sah ich, dass Don Fazio zwei Pässe in der Hand hielt. Es waren dunkelrote EU-Pässe mit dem italienischen Wappen, und sie sahen auf den ersten Blick ziemlich echt aus. Gönnerhaft lächelnd klappte er sie auf und zeigte uns die Seiten mit den Personalien. Die Fotos waren einwandfrei. Sie schienen aktuell zu sein. Ich überlegte, wann jemand von mir Passbilder gemacht haben könnte. Ihrer war auf Marcella Cassani ausgestellt, meiner auf Giovanni Viani. Dass ich im Sommer noch Vian geheißen hatte, Noah Vian, schien sich bis Palermo herumgesprochen zu haben. Sie hatten Humor bewiesen, und sie hatten mich, was schmeichelhaft war, fast fünf Jahre jünger gemacht. Aber das war kein Trost. Mich hatte niemand nach meinem Jawort gefragt.

»Das kommt für mich nicht infrage«, erklärte ich und runzelte die Stirn. »Ich kann gut für mich selber sorgen.«

»Man soll den Tag nicht vor dem Abend loben«, erwiderte er und grinste. »Von Ehe war auch nicht direkt die Rede, sondern von Mann und Frau. Ihr seid von nun an ein Paar. Wie ihr das handhabt, liegt ganz bei euch. Jedenfalls werdet ihr zusammen auf Stranezza wohnen, und wenn die Insulaner annehmen, dass ihr verheiratet seid, dann ist das ganz in meinem Sinne. Ihr habt dort ein Haus geerbt. Klein und entlegen. Leider ohne Strom und fließend Wasser. Und abgesehen von der Terrasse nur ein Zimmer. Aber …«

Er machte eine Pause wie ein Auktionator, bevor er den Hammer niedersausen ließ. »… es ist eures.«

Er zückte einen dicken Umschlag und reichte ihn mir.

»Das sind die Dokumente. Die Schlüssel bekommt ihr im Laden von … Das sage ich euch noch. Ist gleich am Hafen. Außerdem findest du hier drin Kreditkarte, etwas Bargeld und ein Prepaid-Handy. Alle für euch wichtigen Nummern sind gespeichert. Bei Anrufen wird nie ein Name genannt. Es sind auch ein paar Instruktionen in der Tüte, die du auswendig lernst und dann vernichtest. Noch Einwände?«

Die Frage war rhetorisch. Ich hörte es an seiner Stimme.

Vor ein paar Stunden hatte ich noch Mimi in den Armen gehalten, und jetzt war ich quasi verheiratet. Hausbesitzer war ich auch. Dass alles nur fingiert war und dazu dienen sollte, dunkle Geschäfte zu bemänteln, änderte nichts an meinem Unbehagen. Doch ich schwieg.

»Das Paar darf sich jetzt küssen«, sagte er und lachte. »Ihr müsst aber nicht. Lasst euch Zeit mit dem Kennenlernen. Ihr sollt es schließlich ein paar Wochen miteinander aushalten. Vielleicht Monate …«

Er winkte Pino zu sich und nahm ihn beiseite. Der nickte hin und wieder, runzelte einmal die Stirn, zuckte dann die Achseln. Anschließend telefonierte Don Fazio, und Sekunden später rollte der eierschalenfarbene Mercedes heran, der offenbar hinter der Kurve gewartet hatte. Don Fazio stieg hinter dem Fahrer ein. Ich konnte nicht erkennen, ob noch jemand im Wagen war. Sie fuhren unter der Schranke hindurch und entschwanden unseren Blicken. Ich atmete auf. In seiner Gegenwart hatte ich das Gefühl gehabt, etwas von seinem Wesen, seiner Art könnte auf mich überspringen.

»Ich soll euch eigentlich auf der Autobahn über Catania und Messina nach Materazzo bringen« brummte Pino. »Allerdings muss ich vorm Dunkelwerden wieder in Palermo sein, und das würde ich nicht schaffen. Aber ich habe eine Idee … Übrigens wird es vorerst keinen Transport geben. Ihr solltet euch ein Zimmer am Hafen von Materazzo nehmen und morgen auf die Inseln übersetzen. Sie weiß ja, wie der Hase läuft.« Er warf Marcella einen Blick zu, dem ich entnahm, dass er über sie im Bilde war. »Ich fahre auf einen Sprung hinauf nach Enna. Habe da einen Cousin, der mir noch einen Gefallen schuldet. Ich bin in einer Stunde wieder hier. Rührt euch bis dahin nicht vom Fleck.«

Marcella kickte einen Kieselstein weg. Sie schien wütend zu sein. Otello hatte Mühe, sich auf ihrer Schulter zu halten, verzog aber keine Miene. Ein Kater im Vollbesitz seiner Würde.

»Die bilden sich ein, dass sie nur mit den Fingern schnipsen müssen! Erst darf ich nicht zurück auf die Insel, nun plötzlich doch. Heute Mittag, als sie mich holten, sollte ich alles stehen und liegen lassen, und sie meinten, ich bräuchte nichts, weil ich am Abend wieder zurück in Palermo wäre. Und nun? Ich habe nichts dabei. Gar nichts.«

Sie fischte ein Päckchen Zigaretten aus ihrer Tasche. *Gar nichts* war das nicht, aber auch nicht viel.

»Du hast immerhin Otello«, sagte ich. »Und tröste dich: Ich habe auch nichts dabei. Nicht mal einen Kater.«

»Dafür eine Frau.«

Sie leistete sich den Anflug eines Grinsens, blickte dann aus den Augenwinkeln zu Otello und steckte die Zigarette wieder weg. Vielleicht hatte sie kein Feuer und wollte nicht fragen.

»Das ist doch schon mal was«, sagte ich ironisch. »Ein Mann und eine Frau. Seit Adam und Eva der Klassiker der Schöpfung.« Ich schüttelte den Kopf. »Ich bin schon im normalen Leben für so was denkbar ungeeignet. Und ich kann das erst recht nicht zum Schein, ich bin Einzelgänger, ich …«

»Da habe ich ja Glück, dass du das so siehst. Aber letztlich hat dich keiner nach deiner Meinung gefragt. Du wirst genauso mitspielen wie ich. Wenn wir uns querstellen … Ich weiß nicht, womit sie dich am Haken haben. Mir haben sie gedroht, meinem Kater wehzutun, dann meiner Mutter und schließlich … Otello hatten sie schon in der Mache. Schau dir seinen Schwanz an.«

Ich hatte darauf bislang nicht geachtet. Sein Schwanz baumelte hinter ihrer Schulter. Sie drehte sich um, damit ich gucken konnte. Der war vermutlich mal länger gewesen. Das Ende war verbunden.

»Mir hat er heute meine Freundin gezeigt«, erwiderte ich und beschloss, nicht allzu sehr ins Detail zu gehen. »Sie war lange verschwunden, aber …«

»Sprichst du von Mimi?«

»Kennst du sie etwa?« Ich machte große Augen.

»Nein, aber du hast neulich von ihr erzählt. Nur damit du es weißt: Don Fazio sagte mir erst auf der Herfahrt, dass ich einen Auftrag bekomme und einen Partner, um den ich mich kümmern soll. Dass du das sein würdest, wusste ich bis eben nicht. Aber es überrascht mich nicht besonders.«

»Du meinst, dass das kein Zufall ist?«

»Genau«, erwiderte sie nach kurzem Zögern. »Sie haben mich schon vor Wochen auf dich angesetzt. Damals … in deinem Café … das war inszeniert. Und auch die anderen beiden Male sind wir uns nicht zufällig begegnet. Ich sollte ein Auge auf dich haben, aber ich war vielleicht nicht die Einzige. Sie suchen sich die Leute für solche Jobs lange und sorgfältig aus. Doch dass ich hier schon wieder auf dich treffen würde, das wusste ich vorher nicht. Tage gibt es, da bleibt mir wirklich nichts erspart.« Sie hob eine Augenbraue und grinste mich an.

»Das wirft auf alles ein neues Licht«, sagte ich. »Du warst so auffällig auf diesem Markt in der Via Agostino, da wäre ich nie drauf gekommen, dass … Ich meine, ein Kater mit Augenklappe?«

»Ach, das!« Sie lachte. »Das hat mir Ärger eingebracht. Mir hat natürlich keiner geglaubt, dass Otello eine Bindehautentzündung hatte. Stimmte ja auch nicht. Das sollte ein Scherz sein. Diese Leute haben eben keinen Humor. Ohne Essen und Trinken komme ich eine Weile klar, aber nicht ohne Spaß. Wer nicht lacht, ist schon so gut wie gestorben.«

Wir gingen hinunter zu der alten Anlegestelle, die es vermutlich schon gegeben hatte, als das Autodrom noch nicht einmal geplant war. Wir zogen die Schuhe aus und hielten die Füße in den See. Das Wasser war überraschend kühl.

»Pino, der Mann, der mich hergebracht hat …«, setzte ich an.

»Ich kenne Pino«, unterbrach sie mich, »er hat auch mich schon herumgefahren. Er ist einer von den wenigen Netten in dieser ganzen Bande. Entschuldige, dass ich dir ins Wort gefallen bin. Das ist keine Unhöflichkeit, also keine vorsätzliche. Ich mache das immer, wenn ich das Gefühl habe, dass jemand nicht ganz auf dem Laufenden ist. Wird also wieder passieren.«

»Sehr freundlich von dir. Pino jedenfalls hat gesagt, dass an diesem See eine antike Legende spielt. Der Gott der Unterwelt soll hier eine Frau entführt haben.«

»Ach du lieber Himmel, ja«, erwiderte sie und lachte schallend. Sie lachte so heftig, dass Otello erschrocken von ihrer Schulter hüpfte und fast in den See gefallen wäre. Er warf mir einen vorwurfsvollen Blick zu, als wäre ich schuld an dem Gelächter. »Das lernt man in Sizilien schon in der Schule. Ich mag solche Geschichten, aber ich bin ziemlich vergesslich. Also, wenn ich dir was erzähle, muss das nicht stimmen. Nicht, dass ich ständig schwindeln würde. Ich hasse eigentlich Lügen, außer zum Spaß. Doch ich bringe oft etwas durcheinander.«

»Ja, schon gut«, murmelte ich.

»Bei den Griechen hieß sie Persephone, bei den Römern aber Proserpina. Dass die alten Römer, die eigentlich die gleichen Götter anhimmelten wie die noch älteren Griechen, sie alle umbenennen mussten, macht mich immer ganz wuschig.« Sie seufzte und schaute mich an, als brauche sie mein Mitgefühl.

»Ja, das ist anstrengend«, sagte ich, »wenn eine Göttin heute Aphrodite heißt und morgen plötzlich Venus. Aber das ist ja mit den Namen der Menschen ähnlich. Hier heiße ich Giovanni, in Frankreich Jean, in England John und bei den Griechen Jannis. Und was war nun mit Proserpina?«

»Eine Mutter muss schon ganz schön einen an der Klatsche haben«, meinte Marcella, »wenn sie ihr Mädchen ausgerechnet Proserpina nennt. Oder aber es war eine extrem seltsame Geburt. Der Name kommt nämlich von *hervorschlängeln*. Es gab mal einen Film über einen Weißen, der bei den Sioux lebte, Amerika jetzt, und die nannten ihn *Der mit dem Wolf tanzt*. Ceres aber war eine römische Göttin und kann die Indianerbräuche nicht gekannt haben, oder? Dennoch nannte sie ihre Tochter *Die sich hervorgeschlängelt hat*. Würde man mir weissagen, dass sich mein Baby, wenn es dann so weit ist, zwischen meinen Beinen hervorschlängeln wird, also schönen Dank, da würde ich lieber verhüten. Jedenfalls wuchs die Hervorgeschlängelte zu einem hübschen Mädchen heran, sie hatte von der Mama das feine Gesicht und von Papa die kräftigen Schenkel geerbt. Und einmal pflückte sie an einem See in Sichtweite des Ätna, also genau hier, Blumen aller Art. Und dann kam Pluto.«

Sie hielt inne und dachte nach. Ich hoffte, dass sie nicht den Faden verloren hatte. Es war nicht leicht, ihr zu folgen. Aber ich mochte den amüsierten Schmelz in ihrer Stimme.

»Für mich ist Pluto eigentlich ein Hundename«, murmelte sie entschuldigend, »und das hat mich rausgebracht. Die Römer sagten nämlich zu Hades, der bei den Griechen für die Hölle zuständig war, einfach Pluto. Kam also dieser Pluto des Wegs, der Chef der Unterwelt. Manche meinen, er kam geritten, andere behaupten, er habe einen Vierspänner mit schwarzen Pferden gelenkt, was ein ganz neues Licht auf diese Rennstrecke wirft. Stell dir mal vor, die hätte es damals schon gegeben! Pluto hätte hier für ein Wagenrennen trainiert, Runde um Runde, und als die Rappen hungrig und durstig wurden, lenkte er sie in die Boxengasse, damit sie Getreide tanken konnten, und dann tränkte er sie am See.«

Sie lachte schon wieder.

»Und dabei sah er die hübsche Proserpina, schnappte sie sich und entführte sie in die Unterwelt, wo er sie zu seiner Frau machte. Frauen lassen sich von den komischsten Typen heiraten, Hauptsache Vierspänner, aber Proserpina fand das nicht so gut, denn sie würde die Sonne nie wieder sehen. Auch ihre Mama war stinksauer, weil Obergott Jupiter, der ja noch mit allen möglichen anderen Göttinnen Kinder hatte, sich um diese Sache zunächst überhaupt nicht kümmerte. Väter gibt es, denen das Schicksal ihrer Töchter völlig egal ist, glaub mir, ich weiß, wovon ich spreche. Erst als ihm Ceres eine Szene machte, lenkte Jupiter ein. Vielleicht war sie gut im Bett oder konnte prima kochen, jedenfalls war ihm ihre Meinung nicht egal. Und so machte er Pluto klar, dass der sie nicht ganz und für immer wegsperren dürfe.«

Sie schaute mich an, als wollte sie mich auf die Folter spannen.

»Und?«

»Die Hälfte des Jahres durfte Proserpina wieder auf Erden verbringen«, verkündete sie. »Und so nannte sie sich überirdisch Marcella und nahm sich einen Freund, der Giovanni hieß, und sie verbrachten in Sichtweite des Ätna ein paar geile Monate, in denen sie nur darauf achten mussten, sich weder einen Sonnenbrand noch eine Schwangerschaft einzufangen.«

Schmunzelnd schwieg sie und guckte auf den See, wo zwei Entenmütter Neuigkeiten aus der Entenerziehung auszutauschen schienen, ihr Geschnatter schwankte zwischen Entrüstung und Besserwisserei.

»Schon klar«, sagte ich. »Und das hast du alles in der Schule gelernt.«

»Solche Geschichten brauchen immer etwas Fantasie«, sagte sie mit trotzigem Unterton. »Ist doch klar, dass die antiken Schriftsteller vieles weggelassen haben, allein schon deshalb, weil die Zeit knapp war, denn damals hatten die Kneipen bereits ab Mittag geöffnet. Und es kann dir nicht schaden, wenn du weißt, mit wem du es zu tun hast. Sieh dich vor«, sie verlieh ihrer Stimme jetzt ein dunkles Raunen, einen drohenden Unterton, »*dönn vülleicht verbrrringe ich ja wirrrklich die Hälfte meiner Zeit in der Unterrrwelt.* Kein Scherz jetzt: Mach dir keine Illusionen, ich bin nicht immer so sonnig aufgelegt wie heute. Wenn nämlich Gram an meinem Herzen nagt und die Verzweiflung meine Züge entgleisen lässt, dann wird es dunkel um mich. Dann musst du stark sein. Zum Glück haben wir ja viel zu tun. Kriminell zu sein, hat einen großen Vorteil: Man hat oft keine Zeit zu grübeln.«

»Man sollte meinen, du machst den ganzen Tag nichts anderes, als Geschichten aus der Unterwelt nachzuerzählen«, sagte ich grinsend.

»Ach, das täuscht«, meinte sie. »Aber wenn man sich vorstellt, wie dieser Typ sie sich mit Gewalt nimmt und sich dadurch ihr ganzes Leben ändert, das ist schon der Hammer. Bei solchen Geschichten fange ich Feuer. Das ist ja nichts Abstraktes, nichts Abgehobenes, bloß weil es aus der Antike stammt. Das ist ein Schicksal.«

Sie starrte auf das Wasser zu unseren Füßen.

»Schon Ovid hat die Stadt Enna und den See erwähnt«, sagte sie nach einer Weile. »Und Homer, der Grieche, hat die Szenerie beschrieben. Rosen, Krokus und schöne Veilchen, Iris, Hyazinthen und Narzissen. Die Narzissen brachten sie fast um den Verstand: Tausende gelbe Blüten, die einen so süßen Duft verströmten«, sie hob die Stimme und verfiel in einen Singsang, »dass der ganze weite Himmel droben und die ganze Erde lachten und die salzige Flut des Meeres. Das Mädchen streckte beide Hände aus, die Pracht zu greifen. Doch dann brach die Erde auf, und Pluto, der bei Homer noch Hades hieß, kam mit seinen Rossen angedonnert. Das Mädchen flehte um Erbarmen, doch das half nichts, es wurde in den goldenen Wagen gezerrt. Ist grausig und schön zugleich, oder?«

Hinter uns hupte es. Pino war zurückgekehrt. Marcella schnappte sich den Kater, der erschrocken die Augen aufriss, als sie ihn auf ihre Schulter verfrachtete.

Ich folgte ihr. Groß war sie nicht. Aber sie hatte, wie mir schien, eine Menge Energie. Ich hoffte nur, ich würde mir keinen Stromschlag holen.

SIEBZEHN

Pino, der sich von mir per Handschlag verabschiedete und von Marcella mit einem Lächeln, hatte es tatsächlich geschafft, seinen Cousin in Enna aufzustöbern, einen jungen, finsteren Typen, der sich Drago nannte. Den schien es anzuöden, dass Pino ihm den Job aufgedrückt hatte. Doch der zuckte nur die Schultern und meinte, quitt seien sie damit noch lange nicht. Drago schien ihm einiges zu schulden. Marcella erklärte, sie wolle vorne sitzen, hinten werde ihr oft schlecht, ganz zu schweigen von ihrem Kater, doch Drago schüttelte nur schweigend den Kopf. Wortlos öffnete er beide Hintertüren und wartete, bis wir eingestiegen waren.

Otello hielt durch, Marcella auch. Sie war schnell eingeschlafen, und bei dem Kater wusste ich sowieso oft nicht, ob er pennte oder nur vor sich hin döste. Er blinzelte ab und zu von Marcellas Schoß zu mir herauf, ließ sich aber nicht anmerken, was er von mir hielt.

Als wir Materazzo erreichten, war es längst Nacht. Drago war gefahren, als wäre der Teufel hinter ihm her, doch die Strecke um den Ätna herum hatte ihre Zeit gebraucht. Die Straßen der kleinen Stadt an der Nordküste Siziliens wirkten wie ausgestorben. Doch am Hafen war noch eine Bar geöffnet. Ohne uns zu fragen, bestellte Drago, der die ganze Fahrt über keinen Mucks gesagt hatte, drei Kaffee. Der Barkeeper, ein Mann mittleren Alters mit dickem Bauch und freundlichen Augen, die er weit aufgerissen hatte, als Marcella gähnend hereinstolziert war, mit verrutschtem T-Shirt, zerzaustem Schopf und einem Kater auf der Schulter, stellte uns ruckzuck die Tassen vor die Nase. Dann kratzte er sich am Kopf und erkundigte sich bei Marcella, was ihr schmucker Kater bevorzuge: Wein, Wasser, Whisky oder doch Milch.

»Milch«, verkündete sie freudestrahlend. »Nach Mitternacht trinkt er nie Alkohol.«

Im Handumdrehen stand ein Tellerchen vor ihr, das er bis zum Rand füllte, ein paar Tropfen gingen daneben.

»Darf er hier? Auf dem Tresen?«

Marcella wollte offenbar sichergehen.

»Aber ja, meine Schöne«, meinte der Mann. »Du willst doch deinen Kaffee auch nicht auf dem Fußboden schlürfen. Katzen waren früher heilig. Wenn du jetzt eine Giraffe dabeihättest oder ein Nashorn, würde ich noch mal drüber nachdenken. Aber so? Prost.«

Drago schüttelte den Kopf, ob verständnislos oder missbilligend, das war nicht zu erkennen. Er legte wortlos ein paar Münzen auf die Theke, nickte dem Wirt kaum merklich zu und ging hinaus. Uns würdigte er keines Blickes.

Kurz darauf hörte ich die Wagentür, dann den Motor. Er ließ ihn aufheulen, vielleicht als Abschiedsgruß, und dann schoss er davon. Drago der Geschwätzige.

»Wissen Sie«, fragte Marcella den Barkeeper, »wie wir morgen nach Stranezza kommen? Gibt es ein Schiff dorthin?«

Das Schiff laufe fünf Uhr morgens aus, erwiderte er, brauche aber Stunden und erreiche Stranezza, die westlichste der Inseln, erst am Nachmittag. Das erste Aliscafo, eine Art Tragflügelboot, gehe um sechs und habe auf Lipidone, der Hauptinsel des Archipels, Anschluss zu den anderen. »Falls es nicht kaputt ist oder Verspätung hat oder wegen hoher See oder eines Streiks im Hafen bleibt.«

»Gibt's hier in der Nähe ein diskretes Hotel«, fragte Marcella, »wo um diese Zeit noch jemand wach genug ist, uns reinzulassen?« Ich fragte mich, was ein *diskretes* Hotel von einem normalen unterschied.

»Die Straße links hinunter«, antwortete der Mann. Dort fänden wir das *Hotel California*. Er grinste. »Wenn ihr bar bezahlt, stellen die keine Fragen.«

Das *Hotel California* sah aus, als wäre hier seit Jahren niemand mehr abgestiegen, und nirgends brannte Licht.

Marcella drückte entschlossen auf den Knopf neben der rostigen Eisentür. In der Ferne klingelte es. Das Milchglasfenster hatte einen Sprung, ein Heftpflaster verhinderte, dass die Scheibe herausfiel, zumindest schien das die Idee zu sein. Auf der Schwelle hatte sich ein Hund erleichtert.

Die Frau, die uns öffnete, blinzelte. Sie wirkte zerzaust, als hätte sie schon geschlafen, und sie hatte ein Veilchen.

In elf von zwölf Fällen deutete so ein blaues Auge auf Beziehungsprobleme hin, und in zehn von elf Fällen behauptete die betreffende Frau, wenn man sie fragte, sie wäre gestürzt oder hätte sich gestoßen. Wir fragten nicht danach, sondern nur nach einem Zimmer.

»Alles belegt«, sagte sie und grinste schief.

Warum hatte sie uns dann geöffnet? Hatte sie auf eine Pizza gewartet oder auf den Postboten? Nachts kurz vor eins? Und was gab es da zu grinsen?

Sie hatte hohe Wangenknochen, eine Himmelfahrtsnase und einen Akzent, den ich nicht einordnen konnte. Polin? Serbin? Rumänin? Jedenfalls keine Kalifornierin.

»Oh, schade«, meinte Marcella, und ich staunte, wie gelassen sie es nahm. Keine Ahnung, wieso mir in genau diesem Augenblick einfiel, dass in meinem Zimmer in Palermo nicht nur meine Klamotten und die Zahnbürste lagen, sondern auch die Beretta und die Steine. Den Oktober hatte ich im Voraus bezahlt, aber was dann? Würden sie mich ausquartieren? Die Diamanten hatte ich unter den Dielen versteckt, die Pistole lag im Schranksafe.

Vielleicht wäre die Knarre jetzt nützlich gewesen? Mir schien, dass diese Frau, wenn man ihr ein bisschen Druck machte, doch noch ein Zimmer übrig hätte.

»Hier, bar auf die Hand«, sagte Marcella und hielt ihr zwei Zwanziger hin. »Wir sind morgen früh beizeiten wieder verschwunden.«

»Na ja, vielleicht ganz oben«, sagte die Frau. »Kann aber sein, dass die Dusche nicht richtig geht. Heißes Wasser kommt sowieso nicht, und das kalte setzt manchmal aus. Dann muss man gegen die Leitung treten.« Sie ließ uns herein, fischte einen Schlüssel vom Brett und reichte ihn Marcella. Es hingen noch mehr da. Neben der Rezeption stand eine Tür offen, aus der Zigarettenrauch drang. Jemand hatte den Fernseher laufen und zappte durch die Kanäle.

»Wie lange dauert das denn, verdammte Scheiße?«

Eine harsche, herrische Männerstimme, passend zum Veilchen. Wir sahen zu, dass wir die Treppe hinaufkamen.

»Oh, das Bett ist frisch bezogen«, sagte Marcella, und kaum dass der Satz verklungen war, wurde mir seine Nebenbedeutung bewusst. *Das* Bett. Es gab nur eins, ein mäßig breites Doppelbett mit lediglich einem großen Laken zum Zudecken.

»Ich schlafe am Fenster«, verkündete Marcella, nachdem sie Otello abgesetzt hatte, »doch vorher springe ich noch unter die Dusche«, und begann unverzüglich, sich ihrer Sachen zu entledigen. Sie schälte sich nicht ohne Mühe aus den engen Jeans und zog sich dann mit dem unverkennbar weiblichen Kreuzgriff das schwarze Sweatshirt über den Kopf, eine Bewegung, die mich dank ihres linkischen Charmes regelrecht rührte. Ich hatte noch nie eine Frau getroffen, die sich ihr Shirt wie ich am Halsbündchen über den Scheitel zerrte. Manche wunderten sich, wenn sie das Teil später wieder anziehen wollten, dass es immer noch linksrum war. Auch Marcella betrachtete das Shirt versonnen und wendete es dann seufzend. Sie ahnte wohl, dass sie dieser Herausforderung am Morgen nicht gewachsen sein würde.

Ich kam nicht umhin, ihren hauchzarten hellblauen Slip zu bewundern und das ärmellose dunkelgraue Hemdchen, auf dem in feuerroten Lettern »*minimal music*« aufgedruckt war.

Sie fing meinen Blick auf, und obwohl die Deckenlampe kein Flutlicht verbreitete, sah ich, dass sie errötete.

»Verzeih mir«, sagte sie verlegen, »und ich kann es dir nicht verübeln, wenn du das komisch findest. Aber ich bin manchmal ziemlich schamhaft. Könntest du dich bitte kurz auf den Bauch drehen, während ich mich ...«

Ich konnte. Es war eigentlich auch keine Frage gewesen.

Sekunden später vernahm ich das unregelmäßige Rauschen des Wassers, ich hörte sie eine Melodie pfeifen, die Vivaldis *Frühling* nahekam. Plötzlich schrie sie auf, und das klang so panisch, dass ich vom Bett sprang, die Tür der Dusche aufriss und somit Zeuge wurde, wie sie mit der nackten Ferse etwas kleines Dunkles erlegte. Sie schüttelte sich unwillkürlich, während sie mit dem großen Zeh das, was sie soeben zerquetscht hatte, Richtung Abfluss schob. Ich konnte mich, obwohl rasch klar war, dass ihr Leben nicht in unmittelbarer Gefahr war, von dem Anblick nicht sofort lösen. Und ich schaute ihr nicht auf die Füße. Ich starrte ihr auch weder auf den schaumbedeckten Schoß noch auf die nassen Brüste, die sie mir geistesabwesend präsentierte, sondern in ihre weit aufgerissenen Augen, in denen immer noch panischer Schrecken tobte. Ich hatte sie für mehr oder weniger braun gehalten. Doch jetzt sahen sie grün aus, genau wie bei Mimi in besonderen Momenten.

»Ach je«, sagte sie tonlos. »Ich wollte diese Spinne nicht umbringen. Tut mir wirklich leid. Vielleicht hatte sie Kinder.«

»Schon gut«, sagte ich, »das hätte mir auch passieren können. Manchmal kommt man nicht dagegen an, das ist ein uralter Reflex. Besser, als wenn sie qualvoll ertrunken wäre.«

Und dann riss ich mich los von diesen Augen und allem anderen und schloss leise die Tür.

Nach einer Weile nahm sie ihr Pfeifkonzert zögernd wieder

auf, und ich hörte das Wasser unregelmäßig rauschen. Es zog mir die Augen zu, der Tag war lang und ereignisreich gewesen, ich war nun hundemüde.

Ich schreckte hoch, als ich ihre Stimme ganz nahe hörte. In ein Badetuch gehüllt, stand sie neben dem Bett. Ich hatte sie nicht kommen hören und starrte sie verständnislos an.

»Ich sagte, du solltest dir diese Chance nicht entgehen lassen«, meinte sie. »Auf der Insel gibt es nämlich so etwas nicht, nicht da oben, wo wir wohnen werden. Weder Dusche noch Wasserhahn. Und nun gute Nacht ... Mann.«

Sie kicherte und ließ sich dann ansatzlos neben mich fallen, das Bett quietschte erschrocken, und sie imitierte augenblicklich ein sanftes Schnarchen.

Sie hatte vermutlich recht. Zögernd schlüpfte ich aus meinen Klamotten. Falls ich noch einen Hauch von Mimis Geruch an mir hatte, würde ich ihn nun wegspülen. Aber so war das manchmal.

Als ich zwei Minuten später tropfnass zurückkehrte, denn offenbar gab es kein weiteres Handtuch, klang Marcellas Atem ruhig und regelmäßig. Otello hatte es sich am Fußende gemütlich gemacht, er schien nicht damit zu rechnen, dass sie im Schlaf strampelte. Sie lag immer noch auf dem Bauch. Das Tuch, das als Decke diente, war verrutscht und gab ihren schmalen Rücken zur Hälfte frei. Unter dem linken Schulterblatt sah ich eine kleine Tätowierung, ein Symbol oder ein Zeichen in einer mir unbekannten Schrift.

Ich löschte das Licht und machte mich lang, sorgsam darauf bedacht, sie nicht zu wecken. Ich zählte lautlos Schafe, und irgendwann holte sich der Schlaf die Herde und verwandelte sie in etwas ganz anderes. Es hatte grüne Augen.

ACHTZEHN

Es grenzte an ein Wunder, dass wir das Boot nicht verpassten. Da wir keinen Wecker besaßen und wir die Frau mit dem Veilchen nicht darum gebeten hatten, gegen fünf an unsere Tür zu klopfen, eine Dienstleistung, die sie vermutlich sowieso verweigert hätte, wäre das Handy eine Option gewesen. Doch ich hatte schlicht vergessen, den Weckruf zu aktivieren, und Marcella hatte auch nicht daran gedacht. Allerdings war sie kurz vor sechs aus einem Albtraum hochgeschreckt und sah, kaum dass sie die Monster abgeschüttelt hatte, die ihr nach dem Leben trachteten, wie spät es war. Sie machte einen Riesenkrawall. Es war ein grausamer Start in den Tag, aber da wir ohne Gepäck reisten, schafften wir es samt Kater, Sekunden vor der Abfahrt zwei Tickets zu ergattern und an Bord des Bootes zu hüpfen, das unmittelbar darauf auslief.

Die See war bewegt, ich hoffte insgeheim, dass ich nicht wieder schwimmen musste. Manchmal wurde man nicht gefragt.

Wir erreichten den Hafen von Lipidone trotz des heftigen Geschaukels nahezu ohne Verspätung, doch dort stellte sich heraus, dass das Anschlussboot, das die westlichen Inseln einschließlich Stranezza anlaufen sollte, gestrichen worden war. Das Gerücht hatte schon beim Aussteigen die Runde gemacht, denn wir waren nicht die einzigen Passagiere, die weiter wollten.

Wir tigerten in das Schaltergebäude am Kopf der Mole, um uns zu vergewissern, und erkundigten uns nach dem Stand der Dinge. Der Mann hinter der Luke war sichtlich genervt. »Leute, ich kann nichts dafür«, knurrte er, »dass ihr nach Stranezza wollt. Stranezza und Siricuri könnt ihr heute vermutlich vergessen, da draußen im Westen ist richtig was los.

Selbst wenn das Boot es bis dorthin schaffen würde, könnte es nicht anlegen. Wir haben halt Schirokko.«

»Aber das Meer ist doch glatt«, wandte Marcella ein und wies auf die Bucht, »und die Überfahrt von Materazzo hierher war nun auch nicht so problematisch.«

»Ach, Herzchen«, grummelte der Typ und zog die Mundwinkel herab, »überlass die Sache mit dem Wind und den Wellen doch besser denen, die was davon verstehen. Ich rede dir dafür bei deiner Muschi nicht rein.« Er wies auf Otello, der in Marcellas Armen pennte. Sie holte tief Luft, ihre Augen blitzten wütend, aber letztlich beherrschte sie sich.

»Die Hafenbucht zeigt nach Norden«, sagte er und schlug einen freundlicheren Ton an, »und der Schirokko kommt von Süden. Auf dem Stück hierher hattet ihr noch Windschatten von den Bergen im Hinterland. Bis Bolina mag es grad noch gehen, und vielleicht lassen sie das Boot um elf dorthin auch fahren, aber weiter im Westen pfeift es mächtig, und es bauen sich Wellen auf, die Neptun den Dreizack verbiegen würden, wenn er sich bei diesem Wetter über Wasser blicken ließe. Ich kann euch die Tickets auf morgen umschreiben, da sie sonst verfallen. Und ansonsten macht Platz, denn es warten noch mehr Leute, die mir auf die Nüsse gehen wollen.«

Kaum standen wir auf der von Palmen gesäumten Uferpromenade, versuchten ein Zausel und eine hagere Frau, beide um die sechzig, uns Unterkünfte aufzuschwatzen. Sie unterboten sich abwechselnd und priesen die Vorzüge der Zimmer in höchsten Tönen, doch Marcella war nicht interessiert und zog mich weiter.

»Schlepper am Hafen«, sagte sie und schürzte die Lippen, als wollte sie einen Gedanken küssen, »das bringt nichts. Oft liegen die Zimmer dann zwei, drei Kilometer außerhalb, mit Blick auf einen Schuppen, vor dem die ganze Nacht ein geisteskranker Hund bellt. Lass uns irgendwo einen Kaffee trinken, und dann machen wir aus der Not eine Tugend.«

»*Not* ist schon klar«, erwiderte ich, »das ist ein Wort, das ich verstehe. Aber was meinst du mit *Tugend*?«

Ich hatte gar nicht beabsichtigt, sie zum Lachen zu bringen.

»Dass wir hier hängen bleiben, gibt mir die Chance, ein paar frische Höschen und T-Shirts aufzutun, Zahnbürste und Nagelschere nicht zu vergessen. Denn wenn wir auf Stranezza ankommen, haben wir dort zwar ein Haus, falls Don Fazio uns nicht veralbert hat, ansonsten aber ...« Sie verstummte und breitete bedauernd die Arme aus.

»Willst du andeuten, dass es auf Stranezza keinen Laden gibt?«

»Nein, ganz und gar nicht.« Sie klang wie eine Fischverkäuferin, die gefragt worden war, ob ihr Fisch überhaupt frisch sei, und behauptete, der wäre soeben erst gefangen worden. Obwohl er schon roch. »Auf Stranezza haben sie fünf Super- und sechs Baumärkte, sieben Tankstellen und ein elfstöckiges Warenhaus, wo es von der Socke bis zur Bommelmütze alles gibt, sodass es den achtundneunzig Insulanern an nichts fehlt.« Sie kicherte. »Nein, im Ernst, was glaubst du denn? Sie haben dort am Hafen zwei winzige Lebensmittelläden, in denen du Nudeln und Tomaten kaufen kannst. Brot auch, falls das Boot kommt. Kaffee, Milch und Käse. Ansonsten sieht es eng aus. Doch glaub mir, nach ein paar Tagen vermisst du kaum noch etwas. Nur habe ich keinen Bock darauf, jeden Abend mit nacktem Po an der Schüssel zu stehen und mein Schlüpferchen auszuwaschen in der Hoffnung, dass es bis zum Morgen trocknet.«

»Na, hoffentlich haben die Schüsseln«, sagte ich, »und Wasser. Und die erste Idee war gut. Die mit dem Kaffee meine ich.«

Nachdem wir uns in einer kleinen Café-Bar, die ihre Bohnen selber röstete, mit Unmengen Espresso und Otello mit einem Viertelliter Milch versorgt hatten, trödelten wir den Corso hinauf, eine weitere nach dem ruhmreichen König

Vittorio Emanuele II. benannte Einkaufsmeile. Abgesehen von ein paar Lieferfahrzeugen blieben Autos hier ausgesperrt. Ein ernst dreinblickender Schutzmann wachte darüber und machte den Lieferanten Druck, die bis spätestens neun Uhr mit ihren Pick-ups zu verschwinden hatten. Zuwiderhandelnde werde er eigenhändig erschießen, versicherte er in strengem Tonfall einem Gemüsehändler, der Zucchini, Auberginen, Sellerie und Knoblauch ablud und sich trotz der Drohung Zeit ließ. Wahrscheinlich wusste er, dass der Polizist gar keine Waffe trug. Sie sahen einander verblüffend ähnlich, vielleicht waren es Brüder, von denen der eine der Sicherheit und der andere der Sättigung der Bürger diente. Das Leben, es war ein Geben und Nehmen.

Zunächst zogen wir an einem Geldautomaten Bargeld, dann hielten wir »Ausschau nach einem reizenden Fachgeschäft für niveauvolle Damenwäsche«, wie Marcella es ausdrückte. Zwischen einem Reisebüro, das für nächtliche Bootsfahrten zur feuerspuckenden Vulkaninsel Stromboli warb, und einer Fleischerei, in der drei halbe Schweine an Haken von der Decke hingen, wurden wir fündig, mussten uns aber gedulden, bis eine Blondine mit pinkfarben lackierten Fingernägeln sich anschickte, das Paradies zu öffnen. Der Laden hieß wirklich so: *Paradiso di Eva*. Eigentlich bescheuert, dachte ich, denn Eva war, bis sie den Apfel vom Baum der Erkenntnis gezupft hatte, noch nackt gewesen und danach mit einem Feigenblatt ausgekommen, falls die Informationen stimmten, die Moses verbreitet hatte.

Als ich sah, wie winzig die sieben zarten Dinger waren, die sich Marcella einpacken ließ, staunte ich, wie viel Geld so wenig Stoff kostete. Meine drei schwarzen Baumwollbuxen hingegen, die es fünf Türen weiter bei einem Chinesen gab, waren ein Schnäppchen, und die vierte gab es als Dankeschön gratis dazu. Chinesen mochten es offenbar, wenn man zufrieden war. Ich fragte mich, ob das in China auch so war und wieso es diesen hier ins Mittelmeer verschlagen hatte.

Marcella hatte gerade die Frage aufgeworfen, ob wir uns eine Siesta gönnen und zu dem Zweck nun doch ein Zimmer suchen sollten, als der Mann vom Ticketschalter vorübereilte, der uns vorhin einen Vortrag über Wind und Neptuns Dreizack gehalten hatte.

»Oh, das wird euch gefallen«, rief er, ohne stehen zu bleiben. »Ich habe eben erfahren, dass nun doch am Nachmittag ein Boot geht. Sie versuchen es zumindest bis Siricuri. An eurer Stelle würde ich es riskieren. Schlimmstenfalls seid ihr am Abend wieder hier. Doch vielleicht packt der Kapitän auch Stranezza. Ich kenne ihn, er ist ein guter Seemann, und an der Crew ist es noch nie gescheitert.«

Marcella zuckte die Schultern, machte aber ein langes Gesicht. Sie lag wohl in Gedanken schon im Bett. Doch dann nickte sie, und wir folgten dem Mann.

Gut zwei Stunden später sprangen wir von Bord der *Kalliope* auf die stählerne Landungsbrücke und betraten den Boden der Insel Stranezza. Es war kurz vor sechzehn Uhr. Der dritte und letzte Anlauf, wie der Kapitän verkündet hatte, war von Erfolg gekrönt gewesen. Ursprünglich hatte er nach dem zweiten gescheiterten Versuch abdrehen und nach Lipidone zurückkehren wollen. Marcella hatte ihn angefleht, es doch noch einmal zu wagen, sie hatte sich unheimlich ins Zeug gelegt, seine Zweifel zu zerstreuen und an seinen Stolz zu appellieren. Er hatte ihr wortreich klargemacht, bei dieser unruhigen See könnte man sich im Handumdrehen die Bordwand aufschlitzen, und dann würden sie alle ersaufen und das Gejammer der Hinterbliebenen wäre groß. Marcella hatte ihm versichert, bei ihr gäbe es weder Hinterbliebene noch Gejammer, darauf dürfe er sich verlassen. Doch es war letztlich nicht ihr zu verdanken, sondern einer kleinen rundlichen Frau, die zunächst geschwiegen und dann auch nur einen Satz gesagt hatte. »Alberto, wir schaffen das.« Und sie hatte ihm verschmitzt zugelächelt.

»Wenn du es sagst, Giovanna«, hatte er erwidert, »dann wird es wohl stimmen.«

Die *Kalliope* machte gar nicht erst fest. Die zwei Männer auf der Anlegebrücke hatten die Taue, die man ihnen von Bord zugeworfen hatte, für ein paar Sekunden um die Poller geschlungen, das Boot hielt nur ganz kurz inne. Die kleine Gangway, die auf der Brücke lag, wurde nicht herangeschoben. Man sagte uns, es stünde uns frei, an Land zu springen.

Ein hagerer junger Mann machte den Anfang, ihm folgte die kleine Frau, der wir das Manöver verdankten, dann Marcella, die den Kater Otello an sich presste, danach sprang ich, und zum Schluss ein kauziger Alter mit faltigem Gesicht, der zu viel Schwung hatte und nur von den Männern auf der Brücke vor einem Sturz bewahrt wurde. Die Crew warf ein paar Taschen, eine ganze Menge Kartons und zwei Papiersäcke hinterher, die laut Aufschrift Brot enthielten, und schon lösten sie die Leinen wieder. Die *Kalliope* drehte ab und machte sich davon.

»Puuh«, rief die Frau namens Giovanna. »Immer wieder schön, in aller Ruhe nach Hause zu kommen.«

Sie wurde von einer Jüngeren empfangen, die eine Schubkarre dabeihatte, auf die sie nun einige der Kartons und einen der Säcke packte.

»Ciao, Mama«, sagte sie. »Wollen wir nicht doch auf einen Hubschrauber sparen? Du hättest beinahe die Mole kaputt gemacht.«

Gut zwanzig Leute standen auf dem Anleger, und mir war, als hätten einige von ihnen vorgehabt, an Bord zu gehen. Die Betroffenen zuckten die Schultern und zogen wieder ab. Sie schienen das gewohnt zu sein. Andere sammelten die verbliebenen Kartons auf, auf denen handgeschriebene Namen standen. Offenbar hatten sie sich ihre Einkäufe kommen lassen.

Wir standen noch unschlüssig herum, als ein junger Bursche Marcella ansprach.

»Ciao, schöne Frau, wie geht's? Willst'n Transport?« Er

mochte Anfang zwanzig sein, war klein und braun gebrannt und hatte helle, wache Augen.

»Grüß dich«, erwiderte Marcella und lächelte freundlich. »Was für einen Transport denn?«

»Keine Ahnung. Gepäck? Einkäufe? Wie lange bleibst du diesmal? Bist du wieder bei Olivia?«

»Du machst mir Spaß. Siehst du hier irgendwo Gepäck?« Die anderen Fragen ignorierte sie, was ihn aber nicht störte.

»Könnte ja sein«, meinte er, »dass ich's bloß übersehen habe. Oder ihr kauft noch den Laden leer. Wer ist das? Dein Freund?«

»Du stellst Fragen«, versetzte sie. »Das ist mein Kater.«

Otello hockte wieder auf ihrer Schulter.

»Ich meine den Mann.« Er ließ nicht locker.

»Das ist *mein Mann.*«

Ich stand neben ihr, sodass es sie keine weiten Wege kostete, mir einen Kuss zu geben. Trotz der tosenden Brandung war das Kussgeräusch zu hören, das war ganze Arbeit. Ich kam mir komisch vor.

»Oh, verstehe. Hatte jetzt auch nicht gedacht, dass es dein Vater ist oder dein Sohn. Dann würde er dir ähnlicher sehen. Dein Mann also? Wusste ich nichts von, ehrlich jetzt.«

»Mein Mann, ja. Er wollte schon lange mal mitkommen, aber er hatte immer so viel zu tun. Doch jetzt haben wir hier das Haus, und da hat er sich einen Ruck gegeben. Du wirst schon noch einige Transporte für uns erledigen können, das verspreche ich dir. Heute freilich sind wir ohne alles. Oder mit nichts. Tut mir leid.«

»Da kann man nichts machen«, sagte er. »Wo habt ihr denn das Haus? Wusste ich auch nichts von, echt mal.«

»Ja, ging ziemlich schnell«, antwortete sie ausweichend. »Wir müssen jetzt los. Man sieht sich!«

Sie gab mir unauffällig einen Wink, und so folgte ich ihr. Wir bogen nach links ab und gingen direkt am Strand entlang. Dort standen zwei Maultiere.

»Das sind Nicos Mulis. Damit hätte er bei Bedarf all unsere Koffer nach oben gebracht. Das sind die Inseltaxis. Er ist aber nicht der einzige Taxi-Unternehmer, mittlerweile sind hier, glaube ich, zehn oder zwölf Mulis zugange. Da es keine Straßen gibt, hat niemand ein Auto. Und in die entlegenen Weiler da oben führen nur Treppenpfade aus Vulkangestein. Nico ist nett, aber oft eine kleine Nervensäge. Wäre ich gewillt gewesen, seine Dienste in Anspruch zu nehmen, hätte er mir glattweg meine sieben süßen Schlüpfer hinauftransportiert. Und Otello hätte reiten können.« Sie lachte.

»Was meinst du mit *hinauf*?«, erkundigte ich mich.

»Na, hinauf eben«, erwiderte sie verwundert. »Dorthin, wo unser Haus steht. Hat dir Don Fazio nicht gesagt, wo das ist?«

Dieses Detail hatte er nicht erwähnt, und selbst wenn er eine Adresse genannt hätte, wäre ich nicht schlauer gewesen. Keine Ahnung, wo die hier ihren Corso Vittorio Emanuele II. hatten oder ihre Piazza Garibaldi. Allerdings gab es schon hier unten keine richtigen Straßen, und es war auch nirgendwo ein Schild zu sehen. Am Strand lag ein Dutzend kleiner Fischerboote. Oberhalb stand ein Baum. Die Häuser am Hang waren weiß oder ockerfarben und ziemlich alt.

»Ich weiß nicht mal, wo wir die Schlüssel bekommen.«

»Macht alles nichts«, sagte sie und zwinkerte mir aufmunternd zu. »Dafür hast du ja mich. Du erinnerst dich bestimmt, dass von zwei Läden die Rede war. Der eine gehört Lorenzo Tinto, der andere Cesare Baresi. Beides Männer, deren Wort auf der Insel Gewicht hat. Und wir bekommen unsere Schlüssel bei Cesare. Die kleine Frau auf dem Boot, das war Giovanna, seine Frau. Unser Haus liegt am Passo Cupolidda. Der heißt nicht wirklich so, aber er zweigt vom Hauptweg an einer kleinen Cupola ab, der *Cupolidda*. Eine winzige Kapelle am Wegesrand, mit einer Maria drin und einem Jesus. Ungefähr tausendeinhundert Stufen überm Meer.«

»Was hast du grad gesagt?«

»Maria und Jesus?«

»Nein, das andere.«

»Tausendeinhundert Stufen? Ja, aber das war doch klar. Die wirklich entlegenen Anwesen, die sich für Don Fazios Zwecke eignen, finden sich erst dort oben, unweit der Krater. Du wirst sehen: Es ist schön da. Vollkommen abgelegen. Na ja, eigentlich trifft das auf die ganze Insel zu. Was die offizielle Verwaltung betrifft, so ist sie noch nicht einmal eine selbstständige Gemeinde, sondern gehört zu Lipidone, wo wir heute fast hängen geblieben wären. Die ist dreißig Kilometer entfernt. Der Bürgermeister kommt nur aller fünf Jahre hier vorbei, kurz vor den Wahlen, wenn überhaupt. Und es gibt hier weder Polizisten noch Carabinieri. Der einzige Staatsbeamte war früher der Postbote. Doch die Post ist inzwischen auch ein Privatunternehmen. Das Sagen haben hier ...«

Sie brach ab und kicherte.

»Worüber lachst du?«

»Weil es im Grunde so einfach ist. Kein Mensch braucht hier den Staat und seine Beamten. Die Autoritäten entscheiden, was läuft. Es gibt auf Stranezza praktisch zwei Dutzend Haushalte und ein paar Einzelgänger, aber nur zwei Sippen im herkömmlichen Sinne. Verwandtschaftliche Bündnisse. Man ist verschwägert und kümmert sich umeinander. Und der Kopf der einen Sippe ist Cesare. Ihm hat, soviel ich weiß, Don Fazio das Haus abgekauft, das nun scheinbar uns gehört, und Cesare wird uns die Schlüssel geben. Weißt du eigentlich noch, wie du heißt?«

»Man nennt mich Giovanni Viani«, erwiderte ich brav, »und du bist Marcella Cassani, mein Weib und mir von Rechts wegen untertan.«

»Ja, mein Gebieter.« Sie zog die Nase kraus und zwinkerte mir zu. »Und nun komm! Sonst wird das heute nichts mehr. Ich weiß nicht mal, ob wir da oben überhaupt schon wohnen können.«

NEUNZEHN

In der Abendsonne stiegen wir Schritt für Schritt höher hinauf, über gewundene steinerne Pfade und Treppen, die einer geheimen Logik zu folgen schienen. Nach einer Stunde war das Haus noch immer nicht in Sicht. Das Meer sah zwar noch aufgewühlt aus, aber die Wolken hatten sich verzogen. Ich schwitzte, obwohl wir fast nichts zu tragen hatten, und es fiel mir nicht leicht, dem flotten Tempo zu folgen, das Marcella anschlug. Sie war bester Laune und erzählte ununterbrochen. Wie die Menschen hier klargekommen waren, wie sie gewohnt und was sie angebaut hatten und wo die Vorräte gelagert worden waren. Sie weihte mich ferner in die Geheimnisse des Weinbaus, der Lese und des Kelterns ein. Ich konnte mir das nicht merken, ich hatte größte Mühe, Schritt zu halten, ohne umzuknicken oder zu stolpern. Vorsichtig tastete ich mich von Stein zu Stein. Bisweilen folgte Stufe auf Stufe, dann wieder waren die Absätze zehn, zwölf Meter entfernt, das wechselte ständig. Ab einer gewissen Höhe waren die groben, kantigen Lavabrocken, aus denen Weg und Stufen bestanden, nicht mehr verfugt. Dennoch kippelte nichts. Marcella hatte mir geraten, immer auf den mittleren Stein zu treten und überhaupt jeden Schritt mit Bedacht zu setzen. »Wenn du hier strauchelst«, hatte sie verkündet, »brichst du dir im Nu ein Bein. Und wenn du über die Kante in die Tiefe stolperst, vielleicht gleich das Genick. Oder du stürzt in die Brombeeren oder Kaktusfeigen, was zwar nicht tödlich wäre, aber unvergesslich.«

Einmal vertat sie sich in der Richtung. Wir waren an einer Gabelung nach rechts abgebogen, doch als dann eine kleine Bergkirche in Sicht kam, bemerkte sie ihren Irrtum, und so kehrten wir um und nahmen die andere Abzweigung.

Der Hang war hier besonders steil und zerklüftet. Wie die Kämme riesiger Echsen zogen sich die erstarrten Lavagrate in die Tiefe. Die über die südöstliche Inselflanke verstreuten Häusergruppen lagen nun tief unter uns und sahen klein und fern aus. Es dämmerte bereits, als ein einzelnes Gebäude in Sicht kam, das gut einen Steinwurf oberhalb des Pfades über eine Felskante lugte, ein kleines weißes Haus mit Säulen und Pergola, von dessen Balken Pflanzen herabhingen, vielleicht Wein.

Cesare, der uns in seinem Laden empfangen hatte, zurückhaltend, aber nicht unfreundlich, war der Enkel jenes Winzers, der hier oben vor Jahrzehnten gestorben war: Don Angelo Baresi. Es gebe da oben zwar eine Solaranlage mit Batterie und allem Drum und Dran, hatte Cesare gesagt, als er uns die Schlüssel und eine Taschenlampe aushändigte, doch er bezweifle, dass wir die noch heute Abend in Gang brächten. Wichtig sei, dass wir erst mal zum Haus gelangten und ans Wasser, er hatte uns am Bund den kleinen flachen Schlüssel gezeigt, mit dem wir das Vorhängeschloss an der Zisterne öffnen konnten.

Ein schmaler und extrem steiler Pfad zweigte, so wie er es beschrieben hatte, an einer winzigen Kapelle ab, der Cupolidda, und führte dann dicht an dem Haus vorbei, an *unserem* Haus, wenn ich es recht bedachte und die ganze Sache nicht ein Riesenirrtum war.

Als wir die Terrasse betraten, war mir seltsam zumute. Ich blickte mich um. Das Gebäude war winzig, ein weißer Würfel, kaum mehr als sechs Meter breit und fünf Meter hoch. Doch die Terrasse wirkte überraschend groß.

Cesare hatte angedeutet, dass er die Ruine seines Großvaters vor knapp zwanzig Jahren für einen Künstler, der das Anwesen kaufen wollte, wiederaufgebaut hatte. Der Mann hatte zwar eine gewisse Summe angezahlt, war dann aber plötzlich abgesprungen, sodass Cesare auf den Kosten sitzen blieb. Daraufhin hatte er das Haus aufs Allereinfachste fertiggestellt. Das Dach war neu, die alte Zisterne wieder dicht, eine abschließbare Tür gab es auch. Jedenfalls war er, als Don Fazio anfragte, bereit gewesen, das Haus günstig abzugeben, mit der Option, es zum gleichen Preis zurückzukaufen, wenn der Mann aus Palermo es nicht mehr wollte. Dass der es so rasch weiterveräußert hatte, schien ihn nicht zu irritieren, obwohl die bürokratischen Formalitäten, wie er sagte, oft Monate, manchmal Jahre dauerten. Aber er hatte, wie es aussah, keine Fragen gestellt.

Er habe uns eines dieser großen alten Betten aufgebaut, damit wir fürs Erste etwas hatten, dazu eine Seegrasmatratze und ein paar Decken. Auch habe er einen Kocher und ein paar Vorräte besorgt, das sei alles bezahlt, wir hätten sogar noch was gut. Von Komfort könne keine Rede sein, wir würden nur das Nötigste vorfinden.

Als wir nun die Tür aufschlossen und das letzte Licht des Tages in den Raum fiel, sah ich, dass er nicht übertrieben hatte. Links, wenn man hereinkam, standen zwei lose, mit alten Brettern belegte Böcke, die eine Art Tisch bildeten, mit einer wuchtigen Batterie darauf. Daneben lagen aufgerollte Kabel und ein paar Werkzeuge. An der Wand lehnte eine Platte aus metallen eingefassten Glasfeldern, offenbar das Solarmodul. Rechter Hand erspähte ich ein grob zusammengezimmertes Regal, in dessen unterstem Fach zwei Töpfe und ein Tiegel standen, darüber ein paar Teller und Tassen sowie Schraubgläser mit Mehl, Zucker, Salz, Kaffee und Nudeln, wenn ich mich nicht täuschte. In der Ecke gewahrte ich zwei Gasflaschen, an eine von ihnen war ein Kocher angeschlossen, auf dem ein Päckchen Streichhölzer lag. An Feuer hatten wir mit keiner Silbe gedacht. In der Mitte des Raumes prangte, als einziges echtes Möbelstück, das Bett, das wuchtig und stabil wirkte, es maß mindestens zwei mal zwei Meter. Die Matratze machte einen passablen Eindruck. Unterm Fußende des Bettes entdeckte ich eine blaue Plastikschüssel und einen kleinen Zinkeimer, an dessen Henkel ein Seil befestigt war, außerdem ein faustgroßer Stein mit Loch, ein überdimensionaler Hühnergott, dessen Sinn sich mir nicht erschloss.

»Ah, sehr gut«, sagte Marcella. »Ich hatte mich schon gefragt, wie wir ans Wasser kommen würden. Ohne Wasser geht gar nichts. Wasser ist hier der größte Schatz. Lass uns schauen, wie es um die Zisterne bestellt ist. Hat Cesare gesagt, wo die ist?«

Hatte er nicht, aber wir mussten in der hereinbrechenden Dunkelheit zum Glück nicht lange suchen. Gleich neben dem Haus, auf einem Plateau, das wir von der Terrasse aus über fünf Stufen erreichten, fanden wir den gemauerten Rundsims, der zu einem Brunnen zu gehören schien. Doch auf dieser Insel, das wusste ich von Marcella, gab es kein Grundwasser und folglich auch keine Brunnen. Mit den wannenartigen Flachdächern, hatte sie erzählt, wurde das Regenwasser aufgefangen und in die Zisternen geleitet, unterirdisch angelegte glockenförmige Behälter, die bis zu zwanzigtausend Liter fassten.

Marcella überprüfte das Seil am Eimer. Es war im Abstand von etwa einem halben Meter mit Knoten versehen. Ich zählte acht Knoten.

»Scheint in Ordnung zu sein«, sagte sie. »Wäre blöd, wenn es reißen würde und der Eimer sich auf dem Zisternengrund wiederfände, wo das Zisternenmonster wohnt.«

»Ein Drache?«

»Vermutlich ja«, erwiderte sie, »aber da jeder, der hinabtaucht, gefressen wird, konnte noch keiner erzählen, wie das Monster aussieht. Aber im Ernst: Wenn die Leute hier eine Zisterne säubern, pumpen oder schöpfen sie die vorher komplett leer. Auf dem Grund bildet sich nämlich im Laufe der Zeit eine dicke Schlammschicht aus Asche vom Ätna, Sand von der Sahara und Staub. Der Regen spült das alles vom Dach hinein. Der Schlick setzt sich aber ab, das Wasser selbst ist letztlich sehr sauber. Ich bin gespannt, wie tief unsere Zisterne ist und wie viel Wasser wir haben. Hier, halt mal die Funzel!«

Sie nahm im schwachen Schein von Cesares Taschenlampe das Vorhängeschloss ab, zog eine eiserne Sperrklinke unter dem Griff der hölzernen Abdeckung hervor und hob sie herunter. Der runde Mund der Zisterne war nicht groß, das Loch maß im Durchmesser kaum mehr als vierzig Zentimeter. Ich leuchtete hinein. Das Licht traf auf den Wasserspiegel und verlor sich in der grünlichen Tiefe.

Marcella schob mich zur Seite. Sie hielt das Ende des Seils zusammengerollt in der einen Hand und in der anderen den kleinen Eimer. Dann ließ sie ihn hineinfallen, und genau in dem Moment, als wir ihn auf dem Wasser aufschlagen hörten, riss sie an dem Seil, beugte sich dann hinunter und gab mehr Leine frei. Nach einer Weile hielt sie inne, zog das Seil ein paar Zentimeter zu sich, riss wieder leicht daran. Blubbernd stiegen große Blasen auf. Dann zog sie den Eimer herauf.

»Das Monster ist noch wach«, stellte ich fest.

Marcella lachte.

»Der Trick besteht darin«, sagte sie, »den Eimer mit einer Luftblase in die Tiefe sinken zu lassen. Dank des Steins am Henkel funktioniert das. Ich habe erst gecheckt, wie tief es ist, das spürt man, wenn er unten den Schlick berührt. Dann habe ich den Eimer etwas über den Grund gehoben, denn wir wollen ja unsere Nudeln oder den Kaffee nicht mit Schlammwasser kochen. Zwei, drei Meter unter dem Wasserspiegel ist es bei einer intakten Zisterne nahezu keimfrei. Das hat mit der Dunkelheit zu tun, aber auch mit der Kühle da unten, glaube ich. Leuchte mal in den Eimer!«

Das Wasser war ganz klar, und als ich sah, dass sie sich eine Handvoll herausschöpfte und trank, traute ich mich ebenfalls. Es schmeckte köstlich und war verblüffend kühl.

Dann inspizierte sie das Seil, sie zählte, wie viele Knoten nass geworden waren. »Fünf von acht! Von der Zisternenbrüstung bis zum Grund sind es also etwa vier Meter, und wir haben einen Wasserstand von ungefähr zweieinhalb.« Sie schien kurz nachzudenken, ich sah, wie ihre Lippen sich bewegten. »Das ist gut«, sagte sie schließlich, »das sind, glaube ich, deutlich mehr als zehntausend Liter. Das läuft hier unter Reichtum.« Sie strahlte.

Ich dachte an das Säckchen mit den Diamanten, die ich unter den Dielen meines Zimmers in Palermo versteckt hatte. Die waren jetzt weit weg. Mimi war ähnlich weit entfernt und noch unerreichbarer. Dafür hatte ich nun ein Haus. Und mehr als zehntausend Liter Wasser. Und eine Gefährtin, die den Trick kannte, wie man das gute Wasser so nach oben holte, dass man es unverdünnt trinken konnte. Reichtum war relativ. Es war mir schon schlechter gegangen.

Wir setzten den Kocher in Gang, die Gasflasche schien, dem Gewicht nach, noch ziemlich voll zu sein, und zwanzig Minuten später saßen wir im Schein der Taschenfunzel vor zwei Tellern Spaghetti, die wir, da wir keine Gabeln gefunden hatten, mit den Fingern aßen. Dazu tranken wir frisch geschöpftes Wasser. Als die Nudeln vertilgt waren, zog Marcella das Päckchen Zigaretten hervor, das ich schon ein paarmal bei ihr gesehen hatte, betrachtete es kurz und steckte es dann wieder weg. Otello war nicht mehr zu sehen, er schien das Gelände zu erkunden. Die Spaghetti hatten ihn nicht interessiert, konnte gut sein, dass er gerade den Mäusen dieser Gegend einen stressigen Abend bescherte.

Abermals holte Marcella die Kippen heraus. Und packte sie wieder weg.

»Hast du kein Feuer? Wir haben doch jetzt Streichhölzer«, sagte ich.

»Ich weiß», erwiderte sie, »ich hatte sie ja vorhin selber in der Hand. Aber ich rauche gar nicht. Nicht mehr, genauer gesagt. Ich brauche nur ab und zu den Anblick der Zigaretten, um mich daran zu erinnern. Um mich zu vergewissern, dass ich nicht wieder anfangen will. Man weiß ja nie.«

»Machst du dir keine Sorgen um Otello?«

Sie schüttelte den Kopf.

»Der kommt schon klar«, meinte sie. »Es ist ja nicht so, dass er kastriert wäre. Und ein Kater, dem das Fell juckt, der geht weite Wege.«

Marcella hatte mir beim Aufstieg eine Menge über die Insel und ihre Bewohner erzählt, doch nun schwieg sie. Wir hockten im Dunkeln auf der Mauer zwischen den Säulen, und als sie die Lampe ausknipste, war die Finsternis für einen Augenblick vollkommen. Ein dickes, undurchdringliches Schwarz. Ich hatte das Gefühl, erblindet zu sein.

»Die Dämmerung ist kurz«, sagte Marcella. »Es ist fast sofort Nacht geworden.« Sie lehnte gar nicht weit von mir an der Nachbarsäule, doch ich sah sie nicht. »Es ist egal, ob ich die Augen schließe oder offen lasse. Schwarz. Stell dir vor, das bliebe nun so.«

Doch nach einer Weile gewöhnten wir uns an die Dunkelheit, und tief unter uns machte ich nun vereinzelte Lichter aus. Marcella hatte erzählt, dass seit einigen Jahren ein mit Dieselaggregaten betriebenes kleines Kraftwerk, das man am Westrand des bewohnten Teils der Insel hinter der Klippe errichtet hatte, die hafennahen Häuser mit Strom versorgte.

Am südlichen Horizont funkelten ebenfalls Lichter, und je länger ich in diese Richtung starrte, umso mehr wurden es. Erst dachte ich, es wären Schiffe, doch dafür waren es zu viele.

»Das da hinten ist Sizilien«, sagte Marcella, als hätte sie meine Gedanken gehört. »Bei klarem Wetter wirkt es viel näher, aber selbst jetzt, trotz des Schirokko, sind die Lichter zu erkennen. Faszinierend, oder? Die Küste ist mehr als fünfzig Kilometer entfernt.«

»Was denkst du, wann wir den ersten Auftrag bekommen? Diese Woche noch?«

»Die werden sicherlich ein bisschen abwarten«, meinte sie. »Würden wir, kaum dass wir eingezogen sind, ein Auto herbringen, dürfte das Aufsehen erregen. Hier hat niemand einen Wagen, und es bedarf einer Sondergenehmigung, will man einen auf die Insel bringen, und sei es auch nur für einen Tag. Es gibt ja nur die zwei-, dreihundert Meter Straße vom Anleger am Strand entlang bis zur Generatorstation und zur Mülldeponie, die gleich dahinter liegt. Offiziell lassen sie lediglich den Müllwagen und den Tanklaster mit dem Diesel auf die Insel, und die Pick-ups, die das Gemüse bringen. Die kommen meist dienstags mit dem großen Schiff. Falls das die Insel anläuft.«

»Don Fazio wird schon eine Genehmigung haben, oder? Doch du hast recht. Vermutlich müssen wir ein paar Tage lang die Zeit totschlagen.«

»Tage?« Sie lachte leise. »Drei, vier Wochen mindestens. Aber egal. Jetzt bin ich hundemüde. Da wir nur eine Lampe haben, solltest du mich ins Bett bringen. Denn ich muss jetzt schlafen. Die Schönheit einer Frau leidet unter einem Zuviel an Stress und Lügen und unter einem Zuwenig an Schlaf. Oh, schau mal!«

Ich hatte sie auch gesehen. Eine Sternschnuppe war übers Firmament gezischt, zwei, drei Sekunden lang, dann war es wieder dunkel.

»So ein Mist«, sagte Marcella, und ihre Stimmer war jetzt näher, vermutlich hatte sie sich erhoben. »Ich habe vergessen, mir etwas zu wünschen.«

»Was hättest du dir denn gewünscht?«

»Das sage ich nicht«, erklärte sie entrüstet. »Wenn gleich noch eine kommt, dann habe ich den Wunsch ja noch frei. Und der geht nur in Erfüllung, wenn ihn keiner sonst kennt.«

Es kam aber keine mehr.

Sie knipste die Lampe an und reichte sie mir.

»Oh, leuchtet mir, verehrter Herr«, deklamierte sie mit tiefer Stimme. »Leuchtet mir heim! Denn müde bin ich nun und will mein Haupt ins Kissen sinken lassen … Na ja, das kann ich mir abschminken. Mangels Kissen.«

Wir hatten die Tür des Hauses offen gelassen, um durchzulüften, doch drinnen war es nach wie vor ziemlich warm, und es roch staubig. Es gab kein Fenster, nur links und rechts hoch über der Tür zwei mit Gaze bedeckte Luftlöcher.

Ich postierte die Lampe im Regal zwischen den Vorratsgläsern. Wir breiteten die Decken aus, die nicht erst kürzlich gekauft worden waren. Eine war hell, die andere dunkel, mehr ließ sich im schummrigen Licht nicht ausmachen, zumindest schienen sie nicht zu kratzen.

Marcella hatte sich im Handumdrehen ihrer Kleidung entledigt und rollte sich mit katzenhafter Geschmeidigkeit in die hellere der Decken. Ich schloss die Tür, löschte die Lampe, die ich am Kopfende deponierte, und begab mich, nachdem ich die Jeans abgestreift hatte, ebenfalls zu Bett.

»Schlaf gut, Mann«, raunte sie, ihre Stimme war zum Greifen nah.

»Du auch, Weib«, erwiderte ich. »Aber falls du schnarchst, schläfst du nächste Nacht draußen, das sage ich dir.«

Sie kicherte, als könnte ich das nicht ernst gemeint haben. Ich mochte es, wenn sie kicherte. Dann war es nahezu still. Ich lauschte ihrem Atem. Mir war später, als hätte ich draußen ein Geräusch gehört, ein Rascheln. Na und, dachte ich, es wird hier nicht das letzte Rascheln bleiben.

ZWANZIG

Als ich erwachte, war das Bett neben mir leer. Die Tür stand einen Spalt offen, draußen war es taghell. Durch die Lüftungslöcher malte die Sonne zwei goldige Lichtflecken an die Westwand des Raumes. Wir schienen Besuch zu haben, ich wunderte mich, dass es schon so früh am Morgen jemanden hier herauf verschlagen hatte. Jedenfalls hörte ich Stimmen.

»Gut schaust du aus, Lucia«, sagte die eine Stimme, und sie schien Marcella zu gehören, auch wenn sie anders sprach als sonst. Da schwang diese betonte Freundlichkeit mit, die manche Erwachsene ins Rennen werfen, wenn sie mit Kindern reden. »Wie bist du über den Sommer gekommen? Sind deine Kleinen alle gesund?«

Soweit zu meiner Vermutung. Kinder hatten noch keine Kinder.

»Geht so, geht so«, erwiderte die andere Stimme, ein Piepsen fast, wirklich sehr kindlich, und ich versuchte mir krampfhaft vorzustellen, wie diese Lucia aussah, die schon mehrfache Mutter war, aber herumfiepte wie eine Achtjährige. »Den Großen hat beinahe der Bussard geschnappt, das war unheimlich knapp. Aber er hat nur den Schwanz eingebüßt, und ich hoffe, der wächst nach. Meine beiden Mädchen aber: total süß! Sie haben dieselben Pünktchen am Bauch wie ich und genauso flinke Zungen.«

»Freut mich zu hören«, sagte Marcella. »Und der Vater der Kleinen? Auch wohlauf?«

»Das kann man so nicht sagen«, piepste es mit traurigem Unterton. »Meinen Gustavo hat die Begegnung mit dem Bussard nicht nur den Schwanz gekostet, sondern alles andere auch, also das Leben, um ehrlich zu sein.«

Was für ein Schicksal! Ich war zu so früher Stunde nicht auf so viel Drama gefasst und hätte mich gern rausgehalten. Aber ich musste, wir mir nun bewusst wurde, dringend pinkeln, ich würde nicht umhinkönnen, dort hinauszugehen und mich dann gleich in die Büsche zu schleichen. Eine Toilette im großstädtischen Sinne gab es hier nicht.

Ich schwang die Beine aus dem Bett und schlüpfte in die Sachen, die auf dem Boden lagen. Vorsichtig stieß ich den Türflügel auf. Marcella kauerte auf der Terrasse. Weit und breit war niemand sonst zu sehen.

Sie hatte mich gehört und wandte sich lächelnd um.

»Guten Morgen, Mann«, sagte sie leichthin. »Gut geschlafen? Darf ich dir vorstellen? Lucia!«

Ich sah niemanden.

»Wo?«

Sie lachte und zeigte vor sich. Eine Eidechse, inklusive Schwanz vielleicht zwanzig Zentimeter lang, huschte hurtig hin und her. Sie war graubraun bis olivgrün, hinter dem Kopf hatte sie einen rötlichen Schimmer.

»*Das* ist Lucia? Und sie kann sprechen?«

»Natürlich kann sie sprechen. Allerdings versteht es nicht jeder. Ich bin aber ganz gut als Übersetzerin. Du musst wissen, sie hat kürzlich ihren Mann verloren. Und ihr Sohn seinen Schwanz.«

Sie zog eine zutiefst betrübte Miene, und ich war drauf und dran, es ihr zu glauben. Dann huschte eine andere Eidechse durch mein Blickfeld, sie sah der ersten ähnlich, war vielleicht etwas kräftiger, aber deutlich kürzer. Sie hatte tatsächlich keinen richtigen Schwanz mehr. Nur noch einen Stummel.

»Ja, ich hörte davon«, erwiderte ich höflich. »Schrecklich so etwas. Und das da, ist das der Sohn? Und wo könnte ich hier pinkeln gehen, ohne die reichhaltige Bevölkerung dieser Gegend, mit oder ohne Schwanz, zu verunsichern?«

Ihr Lächeln verriet, dass sie es mir hoch anrechnete. Warum sollte ich auch das schöne Spiel kaputtmachen.

»Yepp. Das ist der Sohn. Ugo heißt er. Kurzer Schwanz, kurzer Name. Und ja, irgendwo da hoch. Hinter einen der Olivenbäume vielleicht?«

Mir war am Vorabend schon aufgefallen, dass das Land rings ums Haus andeutungsweise terrassiert war. Krumme Trockenmauern aus großen und mittleren Lavabrocken zogen sich am Hang entlang, die ebenen Streifen Land, die *Lenza* hießen, Mehrzahl *Lenze*, wie mir Marcella beigebracht hatte, waren mit Wermut, Feigenkakteen und Brombeersträuchern bewachsen. Hier und da wuchs eine Agave, auch Aloe und ein paar Kapernbüsche gab es. Oberhalb des Hauses stand eine Gruppe stämmiger Olivenbäume, deren Zweige weit herunterhingen. Von Lenza zu Lenza führten weder Treppen noch Steige, stattdessen waren in die Mauern hier und da Trittsteine eingelassen, die etwas hervorragten, sodass man Fuß fassen konnte. Nirgendwo war auch nur ein Krümel Zement verwendet worden.

Zufrieden grinsend kehrte ich auf die Terrasse zurück, mit leerer Blase konnte ich viel besser denken. Marcella wuchtete gerade die Gasflasche aus dem Haus, unterm linken Arm hatte sie den Kocher.

»Wo willst du denn damit hin?«

»Hast du dir unsere Zimmerdecke mal angeguckt?«

Hatte ich nicht.

Sie setzte ihre Last ab, und wir gingen zusammen nachschauen. Die beiden wuchtigen Balken hatte ich wahrgenommen, kräftige Stämme, solide wie die unteren Rahen auf Segelschiffen. Sie lagen parallel zur Terrasse und trugen zehn etwas dünnere Balken, die zum Meer zeigten.

»Trave und Traverse heißen die«, sagte Marcella. »Und darüber, diese gelblichen Matten, das ist Schilfrohr. Auf ihnen liegen, das kannst du nicht sehen, flache Steine, und obendrauf ist der Dachmörtel. Darüber befindet sich geteerte Dachpappe, und die wiederum ist mit einem Gazegeflecht bedeckt, das mit einer Gummifarbe gestrichen ist. Aber das ist außen. Innen ist das Schilfrohr unverkleidet, wie du siehst. Und wenn wir hier drin kochen und jeden Abend den Dampf des Nudelwassers aufsteigen lassen, dann fault uns in ein paar Monaten das ganze Zeug weg.«

In ein paar Monaten? Ich hatte nicht vor, hier monatelang zu kochen, weder im Haus noch woanders. Ich wollte das alles so schnell wie möglich hinter mir haben, und zwar lieber heute als morgen. Die Zimmerdecke dieses schiefen, alten Hauses war mir herzlich egal. Doch ich hielt den Mund. Denn sie hatte ja recht. Es war schon etwas Besonderes. Ich erkundigte mich, wo sie stattdessen zu kochen gedachte.

»Links hinterm Haus«, sagte sie, »ein paar Schritte von der Zisterne entfernt, ist eine Art Höhle, ein *pagliaro*, wie sie das hier nennen. Dort stellten sich früher bei schlechtem Wetter die Tiere unter, habe ich mir sagen lassen, vermutlich Schafe oder Ziegen, denn für eine Kuh ist es zu eng da drin. Aber zum Kochen ist Platz genug.«

Sie führte mich zu der winzigen Grotte, in die außer uns beiden wirklich nur noch der Kocher und die Gasflasche passten. Aber es gab einen kleinen Sims, auf den wir das Gerät stellen konnten. Nachdem ich die Spinnweben entfernt hatte, sah das Gelass geräumiger und freundlicher aus. Es war keine Höhle im eigentlichen Sinne, denn die Decke bestand aus einem von Hand geschaffenen, aus Steinen geschichteten Gewölbe, das allerdings stabil wirkte.

»Und jetzt mache ich Kaffee«, verkündete Marcella.

Es war alles noch ungewohnt. Doch die Aussicht auf einen schwarzen, süßen Espresso gefiel mir. Und der Blick übers Meer, mit den anderen Inseln und Sizilien in der Ferne, die glitzernde, nun fast stille Wasserfläche, von der Morgensonne vergoldet, war atemberaubend.

Lucia huschte vor meinen Füßen über die Terrasse.

»Pass auf, Lucia«, rief ich, »ich wäre beinahe auf dich draufgetreten!«

»Ach was«, piepste es, »ich habe dich doch kommen sehen, Mann.« Dann hörte ich hinter mir Marcella kichern. »Ich habe nur übersetzt«, sagte sie, »einfach nur übersetzt.«

Sie flitzte zurück in die Höhle, die Grotte, die Küche, um den Kaffee nicht überkochen zu lassen. Es fing ganz passabel an, fand ich, unser Leben jenseits der Zivilisation.

Später, mit dem Kaffee im Bauch, inspizierten wir Haus und Anwesen gründlicher, wir prüften unser Hab und Gut, und es stellte sich heraus, dass wir zwar, wenn wir es nicht vermasselten, Strom haben würden, doch mit Nahrungsmitteln sah es, von Kaffee und Nudeln abgesehen, eng aus. Immerhin gab es zwei Sorten Pasta und ein Schraubglas voller Mehl. Wenn wir aber nicht schon zum Frühstück Spaghetti mit Penne essen wollten, würden wir nicht umhinkönnen, entweder in der Pampa ringsum nach Früchten zu suchen oder früher oder später hinabzusteigen, um einzukaufen.

»Wir könnten was mit Mehl machen«, schlug Marcella vor.

»Was gibt es denn Schönes mit Mehl?« Ich versuchte, nicht spöttisch zu klingen.

»Aus Mehl könnten wir theoretisch Brot machen«, sinnierte sie, fand aber gleich selbst ein Gegenargument. »Nur eben praktisch nicht. Brot wird gebacken, nicht gekocht oder gebraten, es fehlt uns an der nötigen Hardware in Gestalt eines Backofens. Es gibt Häuser mit Backofen, weißt du? Aber unseres ist keins von denen.«

»Man kann Mehl auch einfach so mit dem Löffel essen«, schlug ich vor.

Sie bewarf mich mit Steinchen.

»Aber wir können Eierkuchen machen, *pannekoeken*, wie die Holländer sagen, nur eben ohne Eier. Wenn wir es geschickt anstellen, sehen sie aus wie Weizentortillas.«

Mein Blick fiel auf den riesigen Feigenkaktus, der unterhalb unserer Terrasse stand. Er trug jede Menge Früchte. Allerdings waren sie von winzigen Stacheln übersät.

Marcella spähte ebenfalls hinunter und fand die Idee toll, uns über die Früchte herzumachen. »Es sind allerdings spezielle Pflück-, Schäl- und Esstechniken erforderlich«, sagte sie, »wenn du nicht furchtbar leiden oder gar ums Leben kommen willst, denn die Stacheln können dich, wenn sie dir im Schlund stecken bleiben, sogar umbringen. Lass uns das später machen, dafür brauchen wir Zeit.«

Zunächst sollten wir, schlug sie vor, die Solaranlage aufbauen und verkabeln, »um die große gelbe Stromkuh zu melken«. Die Sonne wärmte bereits kräftig.

Wir schauten nach, was wir zu diesem Zweck zur Verfügung hatten, und das war im Grunde nicht viel. Unter die Batterie hatte jemand eine Montageanleitung geklemmt. Ich wurde aus dem Technikgebrabbel nicht schlau, aber Marcella meinte, das sei keine große Sache.

Wir lehnten das Modul, das auf der verglasten Vorderseite dunkelgrüne, silbrig geäderte Kristallfelder hatte, an die Mauer hinter der Zisterne. Das zwanzig Meter lange, mit einem schwarzen Gummimantel überzogene Kabel war zweipolig, der Klassiker mit einem blauen und einem braunen Draht, und es fragte sich, welcher nun wohin gehörte.

»Blau an Plus«, sagte Marcella, »das kann man sich gut merken, denn blauen Himmel gibt es bei gutem Wetter, und das ist etwas Positives. Braun an Minus, denn wenn etwas braun ist, dann ist das Scheiße, also negativ. Wir dürfen es nur nicht verwechseln.«

»Wie soll man denn blauen Himmel mit Scheiße verwechseln? Nein, super, das kann man sich gut merken«, lobte ich, und sie grinste geschmeichelt.

Wir schlangen das Kabel auf dem Weg vom Modul zum Haus um einen Balken der Pergola und zogen es dann über den Türsturz, der nicht komplett verputzt war, ins Haus zu den Gerätschaften auf dem Bock neben der Tür. Sie schob die Kabelenden in ein kleines graues Kästchen, das sie wiederum über ein kurzes dickes Kabel mit der Batterie verband. Ein rotes Lämpchen flackerte aufgeregt, und es roch etwas komisch. Schnell zog sie das Kabel wieder von der Batterie und schlug sich mit der flachen Hand gegen die Stirn. »Mist! Plus und Minus verwechselt«, sagte sie und stöhnte. »Weil das kurze Kabel kein Blau und Braun hat, was ja einleuchtet, sondern Rot und Schwarz. Also Rot ist … Rot ist definitiv kein Braun. Rot ist positiv. Kannst du dir das merken? Ich hatte mir gedacht: Rot ist, wenn man Schulden hat und in den Miesen steckt. Schwarz ist Guthaben. Aber das funktioniert hier nicht. Also Rot ist Plus. Oje, hoffentlich habe ich jetzt nicht alles kaputt gemacht.«

Anscheinend war es gerade noch mal gut gegangen, denn nachdem sie nun das rote Kabel am Pluspol der Batterie und das schwarze am Minuspol festgeklemmt hatte, ging ein schönes grünes Lämpchen an dem grauen Kästchen an. Fehlte eigentlich nur ein Gong. Oder eine Stimme, die leise sagte: *»Das haben Sie fein gemacht. Nun ist alles in Ordnung. Wie viel Strom hätten Sie denn gern?«*

»Es scheint hinzuhauen«, sagte Marcella und strahlte. »Jetzt lädt tatsächlich die Sonne die Batterie auf. Wir sind schon Genies, oder?«

»Und wie«, erkundigte ich mich, »kriegen wir dann heute Abend den Strom aus der Batterie in eine Lampe? Haben wir überhaupt eine Lampe?«

Wir hatten. In einer Kiste unter dem Bett fanden wir Kostbarkeiten wie eine vergitterte Sturmlampe, Verlängerungskabel, Verteiler und ein weiteres graues Kästchen, das laut Aufschrift ein Wechselrichter war, mit dem sich angeblich die 12 Volt der Batterie auf sagenhafte 220 Volt hochzüchten ließen.

»Und ich dachte, ein Wechselrichter wäre ein Jurist, der für einen anderen einspringt«, spöttelte ich, »zum Beispiel, wenn dem schlecht wird vom Anblick der Angeklagten oder der Kollegen.«

Marcella ging nicht darauf ein. Sie klemmte, Blau zu Rot und Braun zu Schwarz, das Teil an die Batterie, steckte das Kabel der Lampe in die Steckdose des Wechselrichters und knipste den Schalter an der Seite des Zauberkästchens an.

Der Schalter leuchtete. Die Lampe nicht.

»Vielleicht hat die Lampe einen eigenen Schalter?«

Mit der Elektrizität auf Du und Du, ich erkannte mich kaum wieder. Tatsächlich fand sich am Hals der Lampe ein Knöpfchen. Marcella drückte es. Nichts.

»Wir haben jetzt schon unheimlich viel richtig gemacht«, meinte sie, und ihre Stimme klang ein bisschen ratlos. »Aber irgendwas fehlt noch. Das ist oft so. Irgendeine Kleinigkeit verhindert den Erfolg. Wie bei diesem Paar aus Sardinien, beide unheimlich fruchtbar, ständig geil, alles prima, nur mit dem Schwängern klappte es nicht. Durch Zufall entdeckten sie, dass sie einen banalen, aber entscheidenden Fehler gemacht hatten. Falsch verkabelt sozusagen.« Sie kicherte albern. »Ist ein Witz«, erklärte sie. »Wir Sizilianer machen gern Witze über die Sarden, um von unseren eigenen Schwächen abzulenken. Doch das hilft uns jetzt auch nicht weiter. Gehen wir noch einmal alles durch … Die Sonne scheint«, sinnierte sie, »das Ladedingsbums lädt, das Wechseldingsbums wechselt, falls das Kontrolldingsbums nicht schwindelt. Lampe ist dran. Lampe ist an. Vielleicht ein Wackelkontakt?«

»Oder die Birne ist hin.«

»Es heißt nicht mehr *Birne*«, klärte sie mich auf und musste selber lachen, »es heißt heutzutage *Leuchtmittel*, glaube ich. Aber im Grunde ist es immer noch eine Birne. Vielleicht ist ja wirklich in der Birne der Wurm drin.«

Ich kramte in der Kiste, in der sich unter Kabeln und Klemmen und einigen Teilen, deren Funktion mir vollkommen schleierhaft war, tatsächlich zwei weitere Glühlampen fanden, birnenförmige Leuchtmittel, allerdings mit unterschiedlich großem Gewinde.

»Die Dicke«, sagte Marcella. »Wenn, dann ist es die mit dem dickeren Flansch.«

Ich wusste, was ein Flunsch ist. Das war, wenn jemand eine Schnute zog. Und das Gewinde einer Birne hieß Flansch? Bestimmt hatte sie sich das eben erst ausgedacht: Birnenflansch. Es klang wie ein Dessert mit Alkohol.

Nachdem Marcella die eine Birne raus- und die andere reingeschraubt hatte, fing Letztere sanft an zu glimmen. Das Glimmen wurde stärker, und dann war ein Leuchten im Raum, als hätte sich uns ein Heiliger zugesellt. Wir würden unser nächstes Abendmahl nicht im matten Kegel der Taschenfunzel zu uns nehmen müssen.

»Ach«, sagte Marcella und faltete die Hände wie zum Gebet. »Der Herr sprach: *Es werde Licht!* Und siehe …«

Später luden wir das Handy auf, das Don Fazio uns gegeben hatte, und als hätte es nur darauf gewartet, vermeldete es mit wichtigtuerischem *Plingplong* den Eingang einer Nachricht: »*Ergründet das Ambiente nach Speicherkapazität. In den nächsten zehn Tagen kein Verkehr.*«

Na, wenn er meinte.

Marcella schien nichts dagegen einzuwenden zu haben, dass sich die Ereignisse nicht überstürzen würden. Nachdem sie die Nachricht gelesen hatte, nahm ihr Gesicht diesen verträumten, leicht verpeilten Ausdruck an, den ich schon ein paarmal bei ihr beobachtet hatte. Es dauerte meist nicht lange, manchmal lachte sie plötzlich, doch ich kannte sie noch nicht gut genug, um ihre Miene zweifelsfrei zu deuten. Ich holte tief Luft, um ihr eine Frage zu stellen. Mit einer zackigen, fast schroffen Geste machte sie mir jedoch klar, dass sie im Moment nicht angesprochen werden wollte. Also wartete ich. Sie saß regungslos auf der Steinbank zwischen den Säulen und starrte aufs Meer.

Der Wellengang hatte sich beruhigt. Wenn das so weiterging, würden wir bald eine spiegelglatte See haben. Schwer vorzustellen, dass noch gestern früh haushohe Wellen den Schiffsverkehr lahmgelegt hatten. Von Siricuri her näherte sich ein Schiff, das vor ein paar Minuten hinter dem Kap aufgetaucht war, einer wie ein Hut geformten Landzunge, die den Hafen der Nachbarinsel bei Westwind vor allzu hohen Wellen schützte. Stranezza hatte solch eine natürliche Barriere nicht. Die Gegend an der Anlegebrücke, neben der die Fischerboote fest vertäut auf dem Strand lagen, verdiente im Grunde die Bezeichnung *Hafen* gar nicht, wurde aber, wie Marcella erzählt hatte, dennoch so genannt. Von hier oben sah das alles winzig aus. Eine Spielzeugidylle.

Doch der Schein trog. Marcella hatte mir erzählt, dass die Insel bis vor siebzig Jahren einen düsteren Ruf gehabt hatte. Unter Mussolini waren politische Gegner nach Stranezza verbannt worden. Sie durften sich hier zwar im Prinzip frei bewegen, sie waren nicht eingesperrt, mussten aber tagsüber hart arbeiten, an der Vergrößerung und Vollendung der alten Mole, an der Reparatur der steinernen Treppenwege.

»Was hast du gesagt?«

Ihre Stimme riss mich aus meinen Gedanken.

Sie war plötzlich aus der Erstarrung erwacht, hatte sich zu mir umgedreht und mich so laut angesprochen, dass ich zusammenzuckte.

»Ich habe jetzt nichts gesagt«, erwiderte ich erstaunt. »Ich hatte nur vorhin den Eindruck, dass du in Gedanken warst und nicht gestört ...«

»Ja, ich weiß«, fiel sie mir ins Wort. »Ich habe mich blöd ausgedrückt. Ich meinte: Was wolltest du sagen, als du vorhin beinahe was gesagt hättest?«

Sie lachte.

Sie lachte oft. Nicht, dass mich das störte. Aber ich war gewarnt. Ich hatte noch vor Augen, wie sie in Palermo ausgerastet war, Donna Aurora mit Milch übergossen und den armen Silvio zusammengetreten hatte. Ich war im Bilde, wozu sie imstande war, wenn sie nicht lachte.

»Ich hab's, ehrlich gesagt, vergessen«, erklärte ich.

Sie musterte mich aufmerksam. In ihren Augen tanzten kleine Fünkchen. Das war das Eigentümliche an grünen Augen. Manchmal wirkten sie eher blaugrau, manchmal fast braun. Es hing vom Licht ab, vielleicht auch von der Stimmung.

In diesem Moment knurrte ihr Magen so laut, dass ich mich umschaute, ob sich ein Hund auf die Terrasse geschlichen hatte.

»Wir werden verhungern«, sagte sie und rollte dramatisch die Augen. »Vielleicht ist es an der Zeit, dass ich uns ein paar Kaktusfeigen pflücke und zubereite. Soll übrigens Leute geben, die sie mit Lederhandschuhen ernten und dann mit einem elektrischen Rasierer ... äh ... rasieren. Zumindest ist das einer der Witze, die hier kursieren: Wie isst ein Mailänder eine Kaktusfeige? Die heißen hier übrigens *fico d'india*, was auf ihre karibische, also westindische Herkunft anspielt.«

Manche der Gewächse waren drei, vier Meter hoch, einige lehnten sich, stachligen Gespenstern gleich, über die Mauern.

Die Früchte, die orange aussahen, manche sogar fast weinrot, schienen schwer erreichbar zu sein.

»Wie kommen wir an die Dinger ran?«

»Ich mache das schon«, erwiderte Marcella. Sie stöberte auf dem weitläufigen, zerklüfteten Grundstück herum und fand schließlich in einer Grotte, die unserer Küche ähnelte, aber kleiner war und wohl als Müllplatz gedient hatte, eine alte Blechbüchse. Sie schnappte sich eine der kräftigen Schilfrohrstangen, die hinter der Zisterne lagen, Reste offenbar von einer dieser Matten, die für Schattendächer verwendet wurden. In der Elektrokiste hatte sie ein Stück Bindfaden aufgetan, und damit befestigte sie die Büchse an der Spitze der Stange. Das schien zu halten, obwohl es eine labile Konstruktion war.

Marcella ging nah an eine der Feigenkakteen heran. Auf den dickfleischigen ovalen Blättern, die riesigen Mäuseohren ähnelten, saßen meist fünf bis sieben Früchte. Sie stupste eine der Früchte an, die gab nach und fiel – nicht in die Büchse, sondern in die Tiefe unterhalb der Stützmauer, wo die Brombeeren mannshoch wucherten. Bei der nächsten ging es knapper zu, die Frucht tanzte kurz auf dem Büchsenrand, fiel dann aber auch daneben. Marcella fluchte und verkündete, jetzt entkomme ihr keine mehr, sonst werde sie wütend. Ich nahm an, dass dem fetten Kaktus das egal war. Doch vielleicht lag es auch nicht an der Pflanze, sondern daran, dass sie nun konzentrierter zu Werke ging. Die dritte Kaktusfeige purzelte jedenfalls brav in die Büchse. Marcella holte den Stab ein und ließ die Frucht vor ihre Füße kullern. Dann schnappte sie sich die nächste, und sie hielt Wort: Es entging ihr keine mehr. Als sie zwanzig Stück geerntet hatte, ließ sie es bewenden.

»Das war noch gar nichts«, sagte sie, »denn jetzt kommt das eigentlich Schwierige.«

Sie flitzte ins Haus und kam mit zwei Tellern sowie Messer und Gabel zurück.

Die Früchte sahen köstlich aus, aber auch ein bisschen gefährlich, wie eine Kreuzung aus Handgranate und Igel. Doch das tiefe, fruchtige Orange war der stärkere Eindruck, und mir lief das Wasser im Munde zusammen.

Marcella stach mit der Gabel die erste Kaktusfeige an und fixierte sie. Dann schnitt sie die Enden ab, nahm die Frucht zwischen Daumen und Zeigefinger und säbelte, vorsichtig und in schmalen Streifen, die stachlige Schale ab. Der rötliche Saft lief ihr über die linke Hand und den Unterarm und tropfte auf ihre Schenkel.

Im Handumdrehen hatte sie die ganze Ladung der Schalen und Stacheln entledigt. Dann halbierte sie mit dem Messer die nun nackten eiförmigen Früchte. Sie glänzten verführerisch im Sonnenlicht. Einige waren derart reif und saftig, dass sie unter ihren Fingern fast zergingen. Bei der letzten spritzte es, und Marcella quietschte vor Vergnügen. Dann warf sie das Messer auf die Steinbank und hockte sich auf den Terrassenboden. Ich fragte mich, was sie nun wieder vorhatte. Sie beugte sich vor, als wollte sie ihrem Rücken nach der harten Arbeit eine kleine Gymnastik gönnen. Doch das war es nicht. Sie krümmte sich wie eine Katze, streckte die Zunge heraus und leckte den Saft, mit dem sie sich bekleckert hatte, von ihren Schenkeln und Knien. Dabei ächzte und stöhnte sie, als ob sie sich das Kreuz verrenkt hätte. Doch dann ging ihr Stöhnen in ein Schnurren über, das Geschlecke schien ihr animalisches Vergnügen zu bereiten. Ihre Augen blitzten smaragdgrün, als sie zu mir aufblickte.

Nachdem wir die Früchte verschlungen hatten, was schneller ging, als ein Vaterunser aufzusagen, schob sie mit zwei Holzstücken die Schalen zusammen und warf sie über die Terrassenmauer in die Brombeerbüsche. Meine Finger und Lippen klebten, und ich fühlte mich sauwohl.

EINUNDZWANZIG

Nachdem Marcella entschieden hatte, erst später einkaufen zu gehen, beschloss ich, die Umgebung zu erkunden. Ich fand es gut, dass sie den Weg nachher alleine auf sich nehmen wollte, zu viel Nähe war sowieso nicht gut. Selbst die beste Ehe konnte darunter leiden, wenn beide ständig alles gemeinsam erledigten, und ich war, ehrlich gesagt, auch nicht scharf darauf, die mehr als tausend Stufen hinunter und wieder herauf zu kraxeln.

Während Marcella sich »für kleine Mädchen«, wie sie sagte, in die Büsche schlug, schaute ich mich um. Unser Anwesen erstreckte sich über zehn oder elf ziemlich unregelmäßige Streifen, eine Lenza über der anderen. Die Stützmauern, meist zwei bis drei Meter hoch, wirkten nicht, als würden sie in den nächsten hundert Jahren einstürzen. Ich staunte, dass nicht alles überwuchert war. Offenbar hatte Cesare nach dem Verkauf oder spätestens, als er von unserer Ankunft erfuhr, jemanden heraufgeschickt, die Wildnis zurückzudrängen. Das undurchdringliche Brombeergestrüpp und die bläulich schimmernden, sehr aromatisch duftenden Wermutsträucher wuchsen im Großen und Ganzen nur außerhalb der Grundstücksgrenzen.

Den Unterlagen, die mir Don Fazio überreicht hatte, lag neben dem Kaufvertrag und einem Grundsteuerbescheid ein Auszug aus dem Katasteramt bei, mit Erwähnung aller Vorbesitzer bis hin zu Angelo Baresi, Cesares Großvater, der Anfang der Dreißigerjahre verstorben war. Ich hatte mir den Papierkram genau angesehen. Tatsächlich war dort als aktueller Eigentümer ein gewisser Giovanni Viani eingetragen, nicht aber Marcella Cassani. Es war auch ein Flurplan dabei, der außer den Gebäuden und Terrassen einige markante

Bäume und Felsen verzeichnete, sodass ich nachvollziehen konnte, was theoretisch mir gehörte. Ich fragte mich, wie mir das jemand wieder wegnehmen konnte, wenn ich doch laut Katasteramt der einzige Eigner war. Doch dann sagte ich mir, dass ich mir darüber am wenigsten den Kopf zerbrechen sollte. Falls ich nicht spurte, reichte es, wenn sie mir eine Kugel verpassten und mich hier irgendwo verscharrten. Nach mir würde kein Hahn krähen, ich konnte diese Leute, wenn es so weit kommen sollte, nur darum bitten, es kurz und schmerzlos zu erledigen und Mimi wissen zu lassen, dass sie nicht auf mich zu warten brauchte. Nicht, dass sie sich falsche Hoffnungen machte.

Ich musste grinsen. Es war zu früh für sentimentale Anwandlungen. Auch wenn ich nicht Herr über mein Schicksal war, sollte ich die Dinge fürs Erste so angehen, dass Don Fazio nichts auszusetzen hatte, was auch immer er sich dabei gedacht haben mochte, mich in seine Vasallenschar einzusortieren. Ich fragte mich nur, ob er meinen Beitrag zum Nutzen von Castellammare irgendwann als ausreichend erachten und Mimi freigeben würde. Und damit auch mich selbst. Was würde dann aus meinem Haus hier? Vermutlich würde ich in eine Schenkung einwilligen müssen, oder er ließ seine Beziehungen spielen und den Besitz schlichtweg auf jemand anderen umschreiben. Wo eine Behörde war, fand sich immer ein Weg, sie zu gewissen Entscheidungen zu ermuntern. Er hatte mir erklärt, dass er Gefälligkeiten und das gute alte Wechselspiel von Geben und Nehmen für wirkungsvoller hielt als Gewalt, gleichwohl eine Drohung oder ein Exempel gelegentlich auch ganz effektiv sein konnten. Wer wusste das besser als ich.

Mein neuer Reichtum, mochte er auch vergänglich sein, gefiel mir. Ich zählte sieben Olivenbäume, zwei Kapernsträucher und vier Weinstöcke, außerdem gab es größere Vorkommen an Rosmarin und Thymian, einen riesigen *carrubo*, wie der Johannisbrotbaum hier genannt wurde, zwei schöne

Exemplare der Gattung Bougainvillea, von denen eine violett und die andere dunkelrot blühte, sowie eine wuchernde fleischige Pflanze mit pinkfarbenen Blüten, Spanischer Pfeffer, der großflächig Boden und Mauern bedeckte.

Plötzlich hörte ich Marcella rufen. Ich entdeckte sie auf dem schmalen Pfad, dem Passo Cupolidda, gut fünfzig Meter oberhalb, und sie winkte ungeduldig. Ich schloss das Haus ab, versteckte den Schlüssel unter einem Stein und machte mich auf den Weg zu ihr. Wir hatten vor, die Ruinen beiderseits des Steinpfads zu inspizieren, der sich in östlicher Richtung stufenreich bergan schlängelte. Ich hatte mir die Heckenschere eingesteckt, die ich beim Werkzeug gefunden hatte, und die Taschenlampe, für den Fall, dass wir auf eine Grotte oder einen unterirdischen Gang stoßen sollten, was ideal für Don Fazios Zwecke wäre.

Wir nahmen zunächst ein paar mehr oder weniger verfallene Häuser unterhalb des alten Pfades in Augenschein. Sie schienen schon seit Jahrzehnten nicht mehr bewohnt zu sein. Die Dächer, mit denen die Leute das Regenwasser aufgefangen hatten, um es in die Zisternen zu leiten, waren eingestürzt oder gerissen. Die Balken, die das Konstrukt aus Schilf, Steinen und Mörtel getragen hatten, waren verfault oder heruntergekippt, manche ragten schräg in den Raum wie die Rippen eines riesigen Wals. Die größeren Häuser hatten drei bis vier Gemächer, nebeneinander aufgereihte Würfel, die ausschließlich von der Terrasse her betreten werden konnten, aber nicht miteinander verbunden waren. Jeder Raum hatte nur eine Tür, die zur Terrasse hin, und es gab keine Fenster. Die meisten waren so breit wie tief, jeweils vier bis viereinhalb Meter, schätzte ich, und auch ungefähr so hoch. Selbst wenn der Boden mit Schutt bedeckt oder mit Brombeeren überwuchert war, verlieh dieses kubische Ebenmaß den Räumen etwas Edles.

Eines der Häuser war besonders gut erhalten. Hier gab es zwei große Räume, die an den Rückwänden in Brusthöhe jeweils zwei fast einen halben Meter tiefe, quadratische Nischen hatten.

»Wozu werden die gedient haben? Vielleicht haben sie dort das Geschirr oder ein paar Bücher reingestellt«, sinnierte ich.

Marcella zuckte die Achseln.

»Ich glaube nicht«, sagte sie, »dass die Kinder hier in den Zwanzigerjahren oder gar vor dem Ersten Weltkrieg überhaupt lesen lernten. Ich habe mal gehört, dass man früher in diesen Nischen Saatgetreide eingemauert hat, damit man es, wenn ein strenger Winter kam und die Vorräte zur Neige gingen, nicht auffutterte, und vielleicht auch, um es vor den Mäusen zu schützen.«

Ich klopfte prüfend an den Putz der Rückwand einer der Nischen. Es klang tatsächlich hohl. Marcella lachte und meinte, wenn wir genug Körner fänden, bräuchte sie nachher nicht einkaufen zu gehen.

Der Raum daneben war sehr dunkel, da die Decke noch fast intakt war und das Licht nur durch die Tür eindrang, die schief in den Angeln hing. Meist fehlten sonst die Türen. Vermutlich hatten sich die verbliebenen Insulaner nach und nach in den Häusern der Auswanderer bedient, um das Holz zu verwenden, für eigene Türen oder zum Anfeuern des Backofens. Der Raum ganz links war schmaler und niedriger und hatte allem Anschein nach als Stall gedient. Mir war, als hinge noch immer ein Hauch von Mistgeruch in den Wänden. Ganz rechts befand sich die Küche. Es gab einen gerundeten Backofen, der bis zur Decke reichte und zwei Backlöcher hatte sowie darunter eine Grube für die Feuerung. Seitlich schloss sich ein simpler Kochplatz an. Ich brauchte keine große Fantasie, mir die Brote und die Pizza und die Töpfe mit Nudeln und Tomatensoße vorzustellen. Unwillkürlich knurrte mein Magen.

Weiter östlich stießen wir auf noch ein Gebäude. Obwohl es zum selben Grundstück zu gehören schien, hatten wir es zunächst nicht bemerkt, da es von ausladenden Büschen verdeckt wurde. Es war stark zerfallen, eine Wand war eingestürzt, eine andere stand nur noch zur Hälfte, und das Dach war heruntergebrochen. Unter dem Schutt machte ich ein eigenartiges rechteckiges Becken aus, es sah aus wie eine riesige steinerne Wanne.

»Oh, schau an!« Ich warf Marcella einen stolzen Blick zu. »Hier haben Zyklopen gewohnt«, rief ich. »Und in diesem Becken haben sie gebadet.«

»Du bist vielleicht selber einer«, erwiderte sie und lachte. Sie war neben mich getreten und runzelte die Stirn. »Giovanni der Zyklop. Einäugig und allen anderen haushoch überlegen, auch gedanklich.« Sie kicherte. »Das ist ein *palmento*, eine Art Stampfbecken. Sie haben darin noch weit bis ins vorige Jahrhundert die Reben zerquetscht.«

»Mit den Füßen?«

Ich hatte mal einen Film mit Adriano Celentano gesehen, in dem er singend in einem Becken herumgetanzt war und dabei Weintrauben zerstampft hatte.

»Auch«, meinte sie lakonisch. »Fürs Grobe hatten sie einen Stein, einen Felsbrocken, der an einem dicken Seil, einem Tau, auf die Beeren herabgelassen wurde und sie zerquetschte. Der müsste auch noch hier sein. Die sind zu groß, als dass man sie klauen und woanders verbauen könnte. In den Ruinen der Winzer findest du fast immer einen dieser Brocken. Man erkennt sie an ihrem Loch. Da ist er ja!«

Er war fast einen Meter hoch und sah aus wie eine gewaltige Kartoffel, durch die eine Monsterraupe ein armdickes Loch gefressen hatte.

»Man sieht das nicht mehr, weil alles eingestürzt ist«, sagte Marcella, »aber ich wette, dass über dem Becken früher ein Bogen gemauert war, der den ganzen Raum überspannte. Im Scheitel dieses Bogens war ein Haken mit einer Rolle angebracht, über die das Tau lief, an dem der Stein hing. Das andere Ende des Taus wurde am Zaumzeug eines Esels oder Maultiers festgemacht oder aber von ein paar Männern bedient. Jedenfalls wurde der Stein angehoben und auf die

Trauben herabgelassen, immer wieder. Mit den Füßen besorgten sie dann den Rest. Und in die Grube hier«, sie deutete auf ein brunnenähnliches Loch direkt vor uns, das ich fast übersehen hätte, »ließen sie ein Fass hinab. Dann öffneten sie den Auslauf des Beckens, und der Most lief direkt hinein.«

Sie hatte nicht geflunkert. In der runden Umfassungsmauer entdeckte ich die Trittsteine. Es war sicherlich nicht leicht gewesen, das volle Fass hernach aus dem Loch zu hieven.

»Die mit Most gefüllten Fässer kamen anschließend dort hinüber.« Nebenan war noch ein Raum, und der hatte besonders dicke Wände, ich schätzte sie auf fast einen Meter in der Dicke. Dort reifte also einst der Wein.

»Hochinteressant«, sagte ich spöttisch, »vor allem, wenn man bedenkt, dass kein Tropfen mehr da ist. Stell dir vor, wir hätten hier ein volles Lager entdeckt.« Ich lachte, weil ich mir gut vorstellen konnte, wie das ausgehen würde. »Allerdings taugt das alles nicht für unsere Zwecke. Hier kann man unmöglich irgendwelche Kisten verstecken.«

Sie schlug vor, eine kleine Siesta einzulegen, wogegen ich nichts anzuwenden hatte. Wir stiegen aus den Ruinen und setzten uns auf die Terrasse. Marcella fischte ihr Päckchen Zigaretten, das ich inzwischen schon kannte, aus ihrer Tasche, und schob sich eine der Kippen zwischen die Lippen. Ausdruckslos starrte sie geradeaus, als warte sie auf etwas.

Ich blinzelte gegen die Sonne, die mich blendete, neugierig, was meine Begleiterin im Schilde führte. Doch nichts geschah. Nach einer Weile schüttelte sie den Kopf und steckte die Zigarette wieder weg. Nichtraucherin bei der Pause.

»Ich mache mir nun doch Sorgen um Otello«, sagte sie. »Er war die ganze Nacht weg, und wenn er zurück zum Haus kommt und keiner da ist …«

»Dann dreht er halt noch eine Runde«, sagte ich. Das Tierchen war unser geringstes Problem, das würde schon klarkommen. Allerdings machte ich mich auf Widerspruch gefasst. Schließlich war es *ihr* Kater.

»Ja, du hast wahrscheinlich recht«, sagte sie zu meiner Überraschung. Sie schien milde gestimmt sein. »Wenn ich jetzt extra gucken ginge und er nicht da wäre, würde ich mir komisch vorkommen. Er ist zum Glück sehr selbstständig. Allerdings sollte ich bald hinuntersteigen, um einzukaufen. Nichts gegen die Nudeln, aber ich brauche heute etwas Frisches. Du kannst ja noch ein bisschen weitersuchen. Ich schätze, dass ich in zwei, drei Stunden wieder oben bin. Vielleicht sehe ich Otello unterwegs.«

Sie hatte sich erhoben, sie schien plötzlich entschlossen zu sein, keine weitere Zeit zu vertrödeln, und winkte mir lässig zu. Kurz darauf war sie meinen Blicken entschwunden.

Ich saß noch eine Weile rum und guckte einer kleinen schwarzen Spinne dabei zu, wie sie zwischen zwei Grashalmen ein Netz spann. Sie machte einen pfiffigen Eindruck, vermutlich hatte sie die Flugrouten der Fliegen genau berechnet und war sich sicher, spätestens heute Abend einen guten Fang zu machen. Ich wünschte ihr Glück, dann schaute ich mich auf der Terrasse um. Am hinteren Ende, das stark überwuchert war, entdeckte ich die Öffnungen von zwei Zisternen. Sie waren mit großen Schieferplatten abgedeckt. Wahrscheinlich hatten wir sie deshalb zunächst übersehen.

Ich leuchtete in die erste hinein und staunte: Sie schien riesig zu sein und war reichlich mit Wasser gefüllt. Ich schätzte, dass es vom Loch bis zum Wasserspiegel drei Meter waren, und wenn mich die Lichtbrechung nicht veralberte, stand das Wasser, das im Schein der Leuchte grünlich schimmerte, fast ebenso hoch. Von den Wänden des glockenförmigen Hohlraums hingen ein paar Wurzeln herab. Die zweite Zisterne, direkt neben der Tür zur Küche, war kleiner und leer, sie schien vollkommen trocken zu sein. Ich schätzte ihre Tiefe auf fünf Meter, und am Boden mochte sie einen Durchmesser von reichlich drei Metern haben. Mithilfe eines guten Seils konnte ich hier Dutzende Kisten hinunterlassen und blicksicher einlagern. Mit etwas Zement, Eisen und einem

Vorhängeschloss würde ich der Zisterne die Sicherheitsstufe eins verpassen, für den Fall, dass doch mal jemand in diesen Ruinen herumstöberte.

Ich überlegte. Die ominöse Ware hier unterzubringen, sollte also kein Problem sein. Viel schwieriger würde es werden, die Fracht vorher am Hafen unbemerkt zu entladen und hier heraufzuschaffen. Heuerten wir diesen Nico mit seinen Maultieren dafür an, hatten wir einen Mitwisser. Außerdem würde der Transport Aufsehen erregen. Wie sich Don Fazio das im Detail gedacht hatte, war mir schleierhaft. Doch das konnten wir später klären. Da ich nun das Prinzip begriffen hatte, nach dem diese Gehöfte, inzwischen halb verfallen und überwuchert, vor vielen Jahren angelegt worden waren, suchte ich oberhalb des Pfades nach weiteren, immer mit Blick auf die Zisternen. Oft standen zwei oder drei dieser Häuser nah beieinander, und ich nahm an, dass die Söhne, als sie erwachsen geworden waren, neben dem Haus der Eltern ein eigenes gebaut hatten, ohne Bauplan, doch das Vorbild vor Augen. Alles war an seinem Platz, sie unterschieden sich kaum voneinander. Hier und da waren noch die Reste von hölzernen Einbauten zu erkennen – eine den Raum in ganzer Breite überspannende Galerie, Hochbett oder Stauraum für die Vorräte, denn da oben dürften Getreide und Trockengemüse vor Mäusen sicher gewesen sein.

Alles in allem machte ich gut zwei Dutzend Zisternen ausfindig, von denen etwa die Hälfte sich als Lager zu eignen schien, wenn ich kräftiges Tauwerk auftrieb, um die Kisten abzuseilen. Ich konnte nur hoffen, dass sie durch die runden Öffnungen passten, die meist nur einen Durchmesser von etwa einer Unterarmlänge hatten. Abgedeckt waren die alten Zisternen mit großen Schieferplatten, die unauffällig aussahen, aber nicht mit einem Vorhängeschloss gesichert werden konnten.

In Gedanken versunken kehrte ich zu unserer Terrasse zurück. Mir wurde rasch klar, dass ich vergessen hatte, wo der

Hausschlüssel lag. Ich versuchte mich nicht verrückt zu machen. Wenn es mir nicht sofort einfiel, dann vielleicht später, ich hätte sowieso nicht gewusst, was ich jetzt im Haus sollte. Ich legte mich also auf eine der Steinbänke zwischen den Säulen und schloss die Augen.

Schön wäre es, sinnierte ich im Halbschlaf, wenn Mimi neben mir säße, jetzt oder nachher, wenn ich aufwachte. Sie würde mir erzählen, dass der ganze Stress vorbei war, man sie laufen lassen hatte und wir uns zusammen auf den Weg machen konnten, irgendwohin. Doch dann war ich mein eigener Spaßverderber, denn ich sagte mir, dass das unwahrscheinlich war, zumal Mimi von dieser Insel nichts wissen konnte.

Dann stellte ich mir vor, dass ich in Rom erwachte, in der kleinen Herberge in Trastevere, an jenem Septembernachmittag, der ja nur ein paar Wochen zurücklag und an dem Mimi weggegangen und nicht wiedergekommen war. Diesmal aber würde ich aufwachen, und sie würde neben mir stehen und einen ihrer Sprüche machen, irgendetwas furchtbar Cooles von sich geben und dann aus ihren Sachen steigen und sich an mich schmiegen. Doch es wurde kein Traum daraus, so oft ich auch die Szene variierte. Traurig döste ich vor mich hin.

Plötzlich schreckte ich hoch. Ein Tier war auf meinen Schoß gesprungen. Ich riss die Augen auf. Doch es war nur der Kater.

»Servus Otello«, sagte ich benommen. »Auch wieder im Lande?«

Er musste in eine Rauferei geraten sein, er sah mitgenommen aus. Sein linkes Ohr hatte etwas abbekommen, aber das Blut war getrocknet, der Kampf lag wohl schon eine Weile zurück.

»Hast du dich mit hässlichen Inselkatern um eine bildschöne Inselkatze gekloppt?«

Nicht, dass er geantwortet hätte. Aber mir war, als verdrehte er die Augen, was alles Mögliche bedeuten konnte. Dass er von den Inselkatern keine hohe Meinung hatte? Dass die Inselkatzen die Mühe nicht wert waren? Dass ich falsch lag?

Vielleicht hatte er mich gar nicht verstanden und rollte die Augen, weil ich die falsche Sprache benutzte.

»*Miau, miam, miuff, miopper, miumpel, miumpel, miau*«, machte ich und schämte mich sofort. Wenn man eine Sprache nicht beherrschte, sollte man auch nicht so tun, als ob.

Ich nahm Otello in die Armbeuge und kraulte ihm den Nacken. Er schnurrte. Das klang zufrieden. Auch wenn es nur ein leises Schnurren war, kaum mehr als eine Andeutung, schien es zu bedeuten, dass er die Situation okay fand.

Ich nickte wieder ein.

ZWEIUNDZWANZIG

Ihr seid ja vielleicht zwei Halunken«, sagte jemand. Die Stimme war sehr nahe und klang vertraut. »Ihr macht hier Siesta, während ich mir den Arsch aufreiße!«

Ich riskierte ein Auge und blickte direkt in Marcellas Gesicht, die vor der Bank kniete und uns lächelnd musterte. Also über mich ging ihr Blick eher hinweg, ihre freundliche Miene schien in erster Linie Otello zu gelten, der an meiner Brust eingepennt war. Doch ein paar Krümel ihres Lächelns fielen auch auf mich herunter.

Sie sprang auf die Beine und meinte, wir sollten uns bereit machen, denn in Kürze komme ein *viaggio* an, ein Maultiertransport von Nicos Gnaden. Mir fiel ein, dass ich das Haus noch nicht aufgeschlossen hatte. Es war mir unangenehm, Marcella zu beichten, dass der Schlüssel verschwunden war. Aber was sollte ich machen?

»Der Schlüssel ist weg?« Sie schaute mich an, als hätte ich etwas ganz und gar Unbegreifliches gesagt, zum Beispiel, dass der Mond neuerdings viereckig sei oder die Sonne nur noch violett scheine. »Wie – weg?«

»Nicht richtig weg. Nicht völlig weg. Er ist hier. Irgendwo.«

»Ach so!« Sie klang beruhigt. »Ist er dir aus der Tasche gefallen?«

»Nein«, sagte ich kleinlaut. Ich nahm Otello vorsichtig von meiner Brust und schwang mich auf. »Nein, ich habe ihn nicht verloren. Nur verlegt. Ich habe ihn, bevor wir zu den Ruinen gegangen sind, irgendwo versteckt. Sicherlich fällt mir gleich wieder ein …«

»Irgendwo! Irgendwo versteckt!« Sie lachte schallend. Sie kriegte sich gar nicht wieder ein. Es war bestimmt bis zum Hafen zu hören.

»Otello«, sagte sie dann, sie schnappte immer noch nach Luft. »Otello, jetzt bist du gefragt. Such den Schlüssel!«

»Das ist doch kein Spürhund«, wandte ich ein, doch das ließ sie nicht gelten.

»Otello kann das«, behauptete sie. »Er hat schon mal einen Ring wiedergefunden, den ich verlegt hatte.«

Otello guckte uns an, leicht verpeilt von der Siesta und ein bisschen irritiert. Dann sprang er auf und lief davon, am Kapernbusch vorbei Richtung Olivenbaum, hinter den ich heute Morgen gepinkelt hatte. Ich blickte ihm nach, und dann sah ich den flachen Stein auf dem halben Weg zum Kapernstrauch. Ich war mir nicht ganz sicher, aber ich eilte Otello nach, hob den Stein an, und ja, da lag der Schlüssel. Jetzt erinnerte ich mich auch. Das war nun aber nicht mehr von Belang.

»Ihr seid echt den Eintritt wert«, meinte Marcella und prustete wieder los. »Zirkus Giovanni & Otello! Schatzsuche in der Manege. Vergraben Sie Ihre Schlüssel oder Ihre Sorgen! Wir finden sie für Sie wieder …«

»Heeeho!« Der gellende Ruf kam vom Passo Cupoliddda. Nico bog in den Pfad ein, der zum Haus führte, und eines seiner Maultiere, schwer beladen, tappelte hinter ihm her.

Auf dem mit dürrem Gras bewachsenen Absatz vor der Treppe, die zur Terrasse heraufführte, ließ er das Muli halten. Es gab ein kurzes, zufriedenes *Iiiii-aah* von sich und schickte sich unverzüglich an, seine Maultierblase zu leeren, was gut eine Minute dauerte. Der dicke Strahl tränkte das graubraune Gras. Scharfer Uringeruch machte sich breit.

»Das ist normal«, verkündete Nico. »Auf den Steinstraßen können die nicht. Da ist es ihnen unangenehm. Die strullen immer erst, wenn sie Grünzeug unter den Hufen haben. Kann ich gut verstehen, ehrlich gesagt, denn wenn ich … Ach, dein Mann ist auch da. Das ist aber schön.«

Gut getarnte Ironie, ich wusste so etwas zu schätzen.

Er hob grüßend die Hand und winkte mich strengen Blickes zu sich. Das hatte etwas Putziges, denn vom Alter her hätte er mein Sohn sein können. Aber er meinte es ernst, er wollte, dass ich ihm beim Abladen zur Hand ging.

Mit flinken Griffen löste er das Seil vom Tragegestell des Maultiers und reichte mir den ersten von einem halben Dutzend Kartons. Zwei Körbe mit geflochtenen Henkeln waren auch mitgekommen. Schwer war dieser Karton, ziemlich schwer, ich hoffte, dass Marcella nicht eine Kiste Butter gekauft hatte, denn einen Kühlschrank gab es in unserer Luxusvilla nicht.

Marcella fasste auch mit zu, wir schleppten das Zeug hinauf zur Terrasse, wohingegen Nico sich, während er die Fracht Stück für Stück freigab, darauf beschränkte, übers Wetter zu plaudern, das sich, seiner Ansicht nach, nicht gravierend ändern dürfte, verglichen mit heute. Verglichen mit vorgestern freilich schon. Er hatte vermutlich recht.

Marcella drückte ihm zwei Scheine in die Hand und sagte, wegen der anderen Sache werde sie sich bei ihm melden, sie habe ja seine Nummer.

Er nickte, und zwei Minuten später war er schon wieder hundert Stufen weiter unten auf der sogenannten Straße, er führte das Maultier am Zügel und schien mit ihm zu reden.

Auch ein Muli hatte ein Recht darauf, alles übers Wetter zu erfahren und was sonst noch geschah.

»Ist er nicht süß?« Marcella winkte ihm nach. Er hatte sich tatsächlich noch mal umgedreht und winkte zurück. Fast wäre er vom Weg abgekommen.

»Er mag dich«, sagte ich. »Kennst du ihn schon lange?«

»Als ich das erste Mal hier war«, sagte sie, »war sein Schicksal sozusagen Thema. Nico ist Vollwaise, er lebt bei einem Onkel oder Großcousin. Als er dreizehn war, hat er die Schule abgebrochen, weil ihm keiner die tägliche Fahrt nach Lipidone oder gar einen Internatsplatz bezahlt hätte. Da haben ein paar von den älteren Deutschen, Österreichern und Schweizern, die hier Häuser haben und meistens im Frühling oder Herbst für ein paar Wochen herkommen, Geld gesammelt. Obwohl von den Einheimischen kaum einer was dazugegeben hat, war es eine hübsche Summe. Jedenfalls hat ihm dann eine der wohlmeinenden älteren Damen das Bündel Scheine in die Hand gedrückt und ihm die Grüße der anderen wohlmeinenden Menschen ausgerichtet und gesagt, nun könne er doch noch in Lipidone zur Schule gehen. Hat er aber nicht gemacht, sondern sich von der Kohle die zwei Maultiere gekauft, womit er zum jüngsten Unternehmer der Insel aufstieg. Der lange Mariano, der seine Mulis schon vorher hatte, war von der unerwarteten Konkurrenz nicht begeistert und wollte ihn verdreschen und die Mulis ertränken. Hat er zumindest gesagt. Allerdings haben dann einige einflussreiche Insulaner, namentlich Cesare Baresi und Lorenzo Tinto, ein gemeinsames Machtwort gesprochen, und so blieb ihm die Prügel erspart. Er hatte damals mächtigen Schiss vor Mariano und den anderen Maultierbesitzern, und es war unklar, wie es weitergehen sollte. Olivia, die auch etwas in die Nico-geht-weiter-zur-Schule-Kasse gegeben hatte, redete ihm ins Gewissen, die Sache abzublasen und sich von der Idee und den Mulis zu trennen. Sie stammt aus Rom, ist oft für Wochen hier, sie hat ein Haus auf halber Höhe, in der

Cuntrata Corvo. Ich wohnte, wenn ich auf der Insel war, bei ihr, und so bekam ich das mit. Olivias Ratschläge waren freilich vergebens, Nico gab die Maultiere nicht wieder her. Ich riet ihm, die Flinte nicht ins Korn zu werfen, aber den Bogen nicht zu überspannen. Ich empfahl ihm, anfangs nur dann Transporte zu übernehmen, wenn die anderen nicht konnten oder wollten. Sie würden sich schon an ihn gewöhnen, sagte ich. Denn es ist ja keine Kleinigkeit, neben den beladenen Mulis mitunter mehr als tausend Stufen hinaufzutigern und danach gleich wieder runter. Na ja, langer Rede kurzer Sinn: Allein schon, dass ich ihm Mut gemacht und nicht über die Bedeutung von Schulbildung palavert hatte, verschaffte mir seine tiefe Zuneigung. Als er größer wurde, nahm das mitunter schwierige Ausmaße an, wenn du verstehst, was ich meine. Er vergötterte mich. Und bald schwang auch noch etwas anderes mit. Einmal fragte er, ob ich ihn heiraten würde, und ein paar Wochen später erkundigte er sich, ob ich daran interessiert sei, dass er bei mir fege.«

»Vor deiner Tür?«

»Ist eine Art Gleichnis«, sagte sie und grinste. »Für *fegen* und *ficken* verwendet der sprachgewandte Süditaliener dasselbe Wort: *scopare*. Doch Nico hat mein Nein in beiden Fällen klaglos akzeptiert.«

Sie zuckte die Achseln und gab mir zu verstehen, dass das Thema damit für sie erledigt war.

Wir packten die Kartons aus, und ich fiel von einer Wonne in die nächste. Sie hatte wahrlich großzügig eingekauft: Pfirsiche, Nektarinen und Aprikosen. Weintrauben, Pflaumen und eine Honigmelone. Auberginen, Zucchini und Paprikaschoten. Unmengen von Joghurt und drei Varianten sizilianischen Honigs. Fünf Sorten Käse und zwei Liter Milch. Ich war entzückt, denn ich hatte angesichts der winzigen Läden da unten nicht erwartet, dass sie derartige Schätze anschleppen würde. Kastanienhonig hatte ich lange nicht gehabt, das war eine Delikatesse der speziellen Art.

»Das Obst und Gemüse kam heute frisch mit dem Schiff«, sagte sie, »das ist immer der beste Tag der Woche, um einzukaufen.«

Wir machten uns mehr oder weniger wortlos über das Obst her. Sie nahm meine Gier als Kompliment und blieb selbst auch nichts schuldig, der Saft lief ihr aus den Mundwinkeln, ihre Augen blitzten, und bisweilen stöhnte sie wohlig. Vor allem die Pfirsiche waren der Hammer. Sie hatte nicht gegeizt und fünf Kilo der überreifen Früchte erworben.

Fürs Abendmahl schlug sie ein Gericht aus Auberginen vor, das sie von ihrer Großmutter kenne. Allerdings müsse ich es zubereiten, da sie nicht kochen könne. Sie werde mir aber sagen, was zu tun sei. Ich sparte mir jeglichen Protest, obwohl ich ahnte, dass sie trickste, dass sie lediglich zu faul war, sich an den Kocher zu stellen, und dass sie im Stillen gewettet hatte, damit durchzukommen.

»Gut«, sagte ich, »so machen wir es. Wenn es schiefgeht, können wir es auf deine Oma schieben.«

»Weißt du«, meinte sie später, als wir einander gegenüber auf der Steinbank zwischen den Säulen saßen, »ich habe versucht, Don Fazio anzurufen. Denn es gibt ein paar Dinge, die so, wie er sich das vorstellt, nicht funktionieren werden.«

Ich nickte. Kluges Mädchen. Ich war gespannt, ob sie die gleichen Einwände hatte wie ich.

»Wir kriegen es sicherlich hin«, sagte sie, »den Transporter vom Autodrom in Pergusa nach Materazzo zu kutschieren, und wenn die Papiere okay sind und uns Don Fazio diese Sondergenehmigung für die Insel verschafft, sollte es auch möglich sein, die Karre mit dem Mittagsschiff bis hierher zu bringen. Aber dann ... Den Wagen unbeobachtet auszuladen, ist im Grunde unmöglich. Selbst wenn wir dazu auf den Müllplatz hinter der Generatorstation fahren, wo sie den Strom für die Insel machen, wird immer jemand ein Auge auf uns haben. Wir müssten die Kisten auf Mulis laden, also jemanden wie Nico oder Tonello ins Vertrauen ziehen. Der lange Mariano fällt aus, der kann die Klappe sowieso nicht halten. Nico hat nur zwei Maultiere, Tonello immerhin drei, dennoch müssten die viele Male hier heraufkommen, jedes Mal quer durch das halbe Dorf, das geht einfach nicht.«

»Das stimmt«, meinte ich. »Und was hat Don Fazio dazu gesagt?«

»Nichts. Ich habe ihn nicht erreicht. Und auf die Mailbox wollte ich nicht sprechen. Es hat dann einer aus seinem Gefolge zurückgerufen, ich glaube, dieser Schrank mit der Augenklappe, und der wirkte furchtbar nervös. Was ich wolle, es passe grad ganz und gar nicht, ich könne nicht mit dem Boss sprechen, und überhaupt ... Ich hatte mir überlegt, dass es sinnvoller wäre, würde Don Fazio jemanden mit einem Boot nach Materazzo schicken. Der Hafen dort ist weitläufig und offen, man kommt mit einem Wagen nachts immer irgendwie ran, und dann könnte der Kram aus dem Transporter direkt aufs Boot geladen und hierhergebracht werden. Das Boot könnte in der Mazzina anlegen, das ist ein entlegener Streifen an der Ostseite der Insel, wo man die Fracht wohl unbemerkt löschen könnte. Dort stehen nur ein paar Häuser, die – außer im Hochsommer – unbewohnt sind. Und es führt ein Pfad an der Ostflanke der Insel hier herauf. Wir müssten freilich dafür sorgen, dass Nico und Tonello, falls wir sie einspannen, den Mund halten. Was meinst du?«

Das klang plausibel, aber es ging nur, wenn Don Fazio mitspielte und uns ein Boot nebst Crew besorgte. Ich war nicht sicher, ob er sich darauf einlassen würde, und das sagte ich ihr.

»Er hat die Sache mit dem Haus eingefädelt und uns zwei mit Papieren und einer Legende ausgestattet«, erwiderte sie, »und da soll es an einem Boot scheitern? Das ist eine Sache, bei der er einerseits wenig riskieren, andererseits ein dickes Geschäft machen will. Wir haben ja noch Zeit, wie es scheint. Zur Not fahren wir eben noch mal nach Palermo und klären das dort.«

Sie legte sich ganz schön ins Zeug. Ich nahm ihr allerdings nicht ab, dass sie das alles nur machte, weil man gedroht hatte, ihrem Kater etwas anzutun. Es musste noch andere Gründe geben. Im Grunde wusste ich nichts über sie.

Nach Marcellas großmütterlich autorisierten Anweisungen zauberte ich aus Nudeln, Auberginen und Tomaten ein sizilianisches Gericht, das an Raffinesse kaum zu überbieten war. Dabei war gar nicht viel dazu. Doch Marcella bestand auf Kleinigkeiten, die mir im Traum nicht eingefallen wären. Sie schienen, wenn ich ihr glauben durfte, auch nicht allgemein bekannt zu sein. Die Kombination von Zucker, Knoblauch, Essig und Peperoncino war reizvoll und für mich ungewohnt, und ich stöhnte vor Wohlbehagen. Allerdings musste ich schwören, das Rezept nie weiterzugeben.

»Du darfst das kochen, wann immer du willst«, sagte sie, »aber du darfst nie auch nur andeutungsweise verraten, wie du es gemacht hast. Finde ich heraus, dass du es ausgeplaudert hast, schneide ich dir die Kehle durch und trage dich eigenhändig in die Hölle, das verspreche ich dir. Schwöre! Schwöre bei deiner Ehre, Giovanni Viani, dass ich, Marcella Cassani, dein Weib und deine Spießgesellin, nie das Messer wetzen muss!«

Hatte ich schon erwähnt, dass ich mir manchmal nicht sicher war, was ihren Geisteszustand betraf? Vermutlich war sie vollkommen verrückt, aber raffiniert genug, es die meiste Zeit geheim zu halten.

Als Nachspeise kredenzte sie Sahnejoghurt, in den sie mehrere Löffel Honig gerührt hatte, zu dessen Herstellung sizilianische Bienen den erlesenen Nektar von Feigenkakteenblüten verwendet hatten, falls auf dem Etikett die Wahrheit stand.

»Den streichen manche Sizilianer noch heute ihren schwangeren Frauen auf den Bauch, damit das Kind schön und klug wird«, sagte sie und zwinkerte mir zu.

Wir schafften es vor Einbruch der Dunkelheit, das Geschirr zu spülen und die Vorräte in die zwei Henkelkörbe zu packen, die sie mitgebracht hatte und die nun, für Mäuse unerreichbar, im Haus von der Decke hingen. Die Nacht senkte sich rasch. Obwohl wir die des Morgens reanimierte Lampe an einem Balken der Pergola befestigt hatten und genügend Saft auf der Batterie zu sein schien, ließen wir das Licht vorerst aus.

Wir hockten einander gegenüber, an zwei Säulen gelehnt, wir schauten aufs Meer, das uns dunkel und still zu Füßen lag, in der Ferne von den Bergen Siziliens überragt.

»Bist du da drüben aufgewachsen?«

Meine Frage schwebte über der Terrasse, bis ein Windstoß kam und sie den Hang hinunterblies. Nichts zu sagen, war die einfachste aller Antworten. Ich war mir nicht sicher, ob sie zum Reden aufgelegt war.

»Nein«, erwiderte sie nach einer halben Ewigkeit, als ich die Hoffnung längst aufgegeben hatte. »Nein, ich bin eigentlich überhaupt nicht aufgewachsen. Ich kam mit achtzehn auf die Welt und wurde erst kürzlich erwachsen.«

Ich beschloss, das Thema nicht zu vertiefen.

»Entschuldige«, sagte sie später, »das klang sicher theatralisch. Das will ich eigentlich auch nicht.«

Dann schwieg sie wieder. Es war jetzt stockdunkel. Der schwache Wind trug eine Spur ihres Duftes zu mir, einen vertrauten Hauch von Sandelholz. Hatte sie tatsächlich Parfüm aufgelegt? Oder roch sie einfach so?

Plötzlich erhob sie sich, ich hörte es eher, als dass ich sie sah. Ich nahm an, dass sie ins Haus gehen würde, und fragte mich, ob ich sie mit meiner Frage verstimmt hatte. Doch sie kam zu mir, es waren nur drei, vier Schritte, der Duft wurde stärker, er war nun ganz nah. Sie stand direkt vor mir.

»Ich möchte dir etwas erzählen«, sagte sie, »und ich möchte mich dabei an dich lehnen. Geht das?«

Ich nickte. Dann fiel mir ein, dass sie das gar nicht hatte sehen können. Ich räusperte mich. Doch sie hatte sich schon gesetzt. Ich spürte ihre Schulterblätter an meiner Brust und einen Ellbogen an meinem Bauch. Ihre Haare kitzelten meine Nase. Ohne die Säule wäre ich umgekippt. Die Säule und ich, dachte ich, wir würden das schaffen. Mir war warm.

»Falls ich eine Kindheit hatte«, sagte sie, »so habe ich die irgendwann verloren. Vergessen. Gelöscht. Ist nicht meine Schuld. Ist einfach passiert.«

Dann schwieg sie wieder.

Das Geheimnis des Zuhörens gründete auf Geduld. Wenn man wirklich wissen wollte, wie die Dinge zusammenhingen, musste man warten können. Manchmal riss der Faden beim Erzählen, manchmal wollten sich die passenden Worte nicht finden, manchmal wurden die Bilder so stark, dass es ein paar Minuten des Schweigens brauchte, damit sie sich setzen konnten. Wer sich zum Erzählen entschlossen und begonnen hatte, sich etwas von der Seele zu reden, der war nicht auf Ratschläge und Kommentare aus, und Zwischenfragen störten oft nur den Fluss der Gedanken und Erinnerungen.

Ich wartete.

»Mein Vater ...«, sagte Marcella irgendwann, aber einstweilen wurde noch kein Satz daraus. Otello hatte sich auf ihren Schoß geschlichen, und sie streichelte ihn mit beiden Händen. Ich merkte das an den sachten, sanften Bewegungen ihrer Arme, und ich hörte den Kater leise schnurren.

»Mein Vater«, setzte sie neu an, »der ist früh gestorben. Ich war noch klein und habe kaum eine Erinnerung an ihn. Es war ein Autounfall, hat man mir erzählt, doch ich habe die Details nie erfahren. Er war viel mit dem Wagen unterwegs, manchmal blieb er mehrere Tage weg, er arbeitete als Chauffeur für eine Behörde. Nach seinem Tod schien das Thema tabu zu sein, ich bekam, wenn überhaupt, nur ausweichende Antworten, und irgendwann habe ich nicht mehr gefragt. Wir waren vier Geschwister, ich hatte noch zwei Brüder, einer älter und einer jünger als ich, und eine kleine Schwester, und als ich zwölf oder dreizehn war, zog ein entfernter Verwandter zu uns. Es hieß, er wäre so etwas wie ein Cousin unseres Vaters, aber ich weiß nicht, ob das stimmte oder ob man uns das nur erzählte, damit es uns nicht komisch vorkam, dass plötzlich ein im Grunde fremder Mann bei uns wohnte. Beim Abendessen, daran erinnere ich mich genau, saßen er und Mama einander gegenüber, an den Schmalseiten des Tisches. Meine Brüder hockten an der einen, meine Schwester und ich an der anderen langen Seite. Die beiden Jüngeren neben Mama, wir Großen neben dem Mann, rechts von ihm mein großer Bruder, links von ihm ich. Das habe ich immer noch genau vor mir, und ich werde es auch nie vergessen.«

Sie hielt inne und lauschte in die Dunkelheit. Ich hatte das Rascheln ebenfalls vernommen, ein kleines Tier vielleicht, das noch nicht schlafen konnte, oder eines von denen, die ohnehin erst in der Nacht herauskamen. Sie hatte erzählt, dass es hier auch Ratten gab.

»Manchmal streifte er, wenn er nach dem Käse oder dem Salz griff, mit der Hand meinen Arm«, erzählte sie weiter. »Wie versehentlich. Doch es passierte oft, zu häufig, als dass es Zufall sein konnte. Außerdem lächelte er immer so komisch. Ich sagte nichts. Was sollte ich auch sagen? Bei jedem Abendessen berührte er mich zwei-, dreimal. Zuweilen spreizte er unterm Tisch seine Beine, und ich bekam sein Knie zu spüren. Ich war noch ein Kind, ich hatte keine Ahnung, was das sollte.«

Sie schwieg wieder, den Kopf an meine Schulter gelehnt. Sie hatte leise gesprochen, ohne zu stocken, aber auch ohne besondere Betonung. Es war, als würde sie eine Geschichte wiedergeben, die sie selbst gehört oder gelesen hatte. Es klang nicht so, als hätte das, was da passiert war, etwas mit ihr zu tun. Ihre Stimme hörte sich fast teilnahmslos an, kühl und distanziert. Vielleicht war das ihr Trick, um die Sache überhaupt erzählen zu können.

Wieder verstrich einige Zeit, bis sie weitersprach. Nach und nach erfuhr ich, dass die Mutter und der Mann schließlich heirateten, ohne dass diese Hochzeit groß gefeiert worden wäre, und dass der Stiefvater bald darauf nachts ins Zimmer der Mädchen kam und, als er merkte, dass die kleine Schwester schlief, nicht gleich wieder ging.

Sie redete nun schneller, die Sätze wurden kürzer, doch sie ließ nichts aus. Sie sagte, was er mit seinen Händen gemacht hatte. Sie sagte, was er mit ihren Händen gemacht hatte. Sie sprach über ihre Angst damals, dass das immer so weitergehen und jemand das erfahren könnte. Die Schande, sagte sie, wäre grenzenlos gewesen.

»Die Scham war es schon«, sagte sie. »Ich habe mich für all das unendlich geschämt. Doch ich hatte keine Ahnung, wie ich mich hätte wehren oder schützen können. Er kam zwei- oder dreimal die Woche. Wenn meine kleine Schwester noch wach war, sagte er, dass er nur mal nach uns schauen wollte, denn er habe ein Geräusch gehört. Dann verzog er sich wieder, und manchmal hatte ich dann für diese Nacht Ruhe vor ihm.«

Offenbar wartete er immer, bis die Mutter schlief. Sie wusste nie, ob und wann er kommen würde. Tagsüber graute ihr vor dem Abend. Sie ekelte sich vor sich selbst. Und sie begann, ihre Mutter dafür zu hassen, dass sie so arglos war und nichts bemerkte.

»Es war ein eigenartiger Zwiespalt«, sagte sie, und ihre Stimme klang gepresst. »Einerseits hatte ich panische Furcht davor, sie könnte es herausfinden und würde mich verfluchen und aus dem Haus jagen. Andererseits wünschte ich mir, sie würde ihn erwischen. Auf frischer Tat ertappen. Erkennen, dass das alles ganz alleine seine Schuld war. Und ihn zum Teufel schicken. Doch es kam anders. Mama fand es heraus. Sie kam ins Zimmer, als er an meinem Bett saß, und sie sah, wo er seine Hände hatte. Sie ging einfach wieder hinaus. Sie jagte weder ihn noch mich aus dem Haus, nicht in jener Nacht, nicht am nächsten Tag und nicht an einem anderen. Es war fast, als wäre nichts geschehen. Sie verlor nie ein Wort darüber, nicht zu mir und wohl auch nicht zu ihm.«

Sie räusperte sich heftig, und dann spuckte sie kräftig aus, hinunter auf die Lenza unter uns, die in vollkommene Finsternis getaucht war. »Das einzig Gute war«, sagte sie dann, »dass er nun wegblieb, zumindest für eine Weile. Ich hatte ein paar Wochen Ruhe vor ihm. Beim Essen sprachen wir nicht. Mama nicht. Er nicht. Ich nicht. Nur meine drei Geschwister schwatzten anfangs wie üblich. Doch dann schlug Mama auf den Tisch und schrie, sie sollten schweigen. Sie wussten nicht, was geschehen war, spürten aber das Unheil. Mama wich meinen Blicken aus, wir sprachen auch sonst nur das Nötigste. Die Zeit verging. Ich war froh, dass sie mich nicht verstoßen hatte. Doch ich verstand nicht, warum sie nichts sagte – und vor allem, warum sie ihn nicht zur Hölle gejagt hatte. Hatte er solch eine Macht über sie? Meine Angst legte sich nicht. Dann kam er wieder.« Sie schniefte. »Am nächsten Morgen bin ich abgehauen. Ich bin aus Sizilien weggegangen, mit knapp dreizehn, ich habe mich zu Verwandten im Norden durchgeschlagen, in der Nähe von Turin. Als ich dann erwachsen war, zog ich nach Rom und lebte einige Jahre dort. Eines Tages kehrte ich nach Palermo zurück. Und dann … dann habe ich ihn umgebracht.«

DREIUNDZWANZIG

Wir saßen lange still, sie an meine Brust gelehnt, ich an die Säule, keiner sagte etwas. Ich wusste nicht, wohin mit meinen Händen. Eine falsche Berührung konnte schlimmer sein als ein falsches Wort. Mein linker Arm lag auf der Mauerbrüstung, der rechte hing runter, und in der Hand kribbelte es. Wer sagte mir, was falsch war?

Sie musste meine Unruhe bemerkt haben, denn sie schnappte sich die Hand, die eingeschlafen war, und massierte meine Finger. Ich fragte mich, ob sie mit rechts oder links abgedrückt hatte. Ich hatte beobachtet, dass sie mit links schrieb. Die Zwiebeln hatte sie mit rechts geschnitten. Vielleicht hatte sie die Waffe mit beiden Händen gehalten. Ich nahm an, dass sie ihn erschossen hatte. Gift hätte nicht zu ihr gepasst.

»Zerbrich du dir nicht den Kopf«, sagte sie. Vielleicht konnte sie Gedanken lesen. »Du hast damit nichts zu tun. Ich wäre nicht hier, wenn ich das nicht aushalten würde. Und ich habe nichts gegen Männer, im Allgemeinen zumindest. Ich bin nur wachsam, ich wittere es sofort, wenn mir einer komisch kommen könnte. Was damals passiert ist, bereue ich, und ich sühne das schon lange. Die haben das vertuscht, und seither stehe ich in ihrer Schuld.«

Sie sagte nicht, wen sie damit meinte, wer *die* waren. Doch ich konnte es mir denken.

Als wir dann im Bett lagen, ich mit dem Blick zur Wand, sie in meinem Rücken, Otello am Fußende, kreisten meine Gedanken immer wieder um den einen Satz: *Dann habe ich ihn umgebracht.*

»Was hast du damals empfunden?«

Ich hatte geflüstert, doch an der Art, wie sie tief ausatmete, merkte ich, dass sie mich verstanden hatte.

»Es lässt dir keine Ruhe, hm? Liegst mit einer Mörderin im Bett, allein in einem einsamen Haus in den Bergen …«

Sie lachte leise, aber ausgelassen klang es nicht, auch nicht spöttisch, eher unfroh und bitter. Es gab viele Arten von Lachen, manche setzten dem Weinen eine Tarnkappe auf, andere öffneten dem Wahnsinn ein Fenster, um frische Luft hereinzulassen und die Nerven zu kühlen.

»Hätte ich gewusst, wie leer und banal ich mich danach fühlen würde …«, sagte sie, und ihre Stimme klang kratzig. »Es war keine Genugtuung, falls du das meinst. Da war dieser winzige Moment. Als er die Knarre sah und dann mich erkannte und kapierte, was geschehen würde. Ein Sekundenbruchteil, in dem seine Selbstherrlichkeit zusammenbrach und eine ganz erbärmliche Angst aufflackerte. Das war toll. Das hätte gereicht. Aber dann war es nicht mehr aufzuhalten. Töten ist widerlich. Das hatte ich nicht kommen sehen. Dass es so abscheulich sein würde. Doch vielleicht gehörte das alles zusammen. Es war ein unglaublicher Gestank. Als wäre all das Böse, das in ihm steckte, aus dem Loch in seinem Bauch herausgequollen. Im Grunde roch es nach Scheiße und nach Schießpulver, nach Pisse und nach Öl. Ich wurde das lange nicht wieder los.«

Es hatte etwas Trotziges, dass sie ihren Ekel so auswalzte. Hinter der Härte, die da mitschwang, klapperte das Elend mit den Zähnen.

Ich drehte mich herum. Es war stockdunkel. Ich tastete mit der Hand nach ihrem Kopf und strich ihr übers Haar. Sie lag regungslos da. Dann rückte sie heran.

»Du musst kein Mitleid mit mir haben«, murmelte sie und rieb ihre Nase an meiner Brust. »Ich komme schon zurecht. Immerhin sitze ich nicht im Knast. Ich beneide deine Mimi. Du tust das alles für sie. Ich aber tue das alles nur für mich.«

Ich nahm sie in die Arme und hielt sie fest. Nach einer Weile ging ihr Atem ruhiger. Sie schien eingeschlafen zu sein.

Später ließ ich sie vorsichtig los, drehte mich auf den Rücken. Ich lag die ganze Nacht wach.

Im Morgengrauen schlich ich hinaus. Ich war todmüde. Im Osten, zwischen zwei anderen Inseln, stieg die Sonne blutrot aus dem Meer. Die Luft war ungewöhnlich heiß und trocken. Die Vögel machten ein Heidenspektakel. Unten im Dorf krähte ein Hahn.

Dann stand Marcella in der Tür, reckte sich gähnend und erklärte, sie habe einen Mordshunger. Ich zuckte bei dem Wort zusammen. Dann ging ich in die Küchenhöhle und machte Kaffee.

»Wir haben Schirokko«, rief sie mir nach. »Der Wind

kommt aus Südosten und weht uns den Sand aus der Sahara herüber. Schau dir das Dach an!«

Ich kletterte eine Lenza höher und blickte auf unser Flachdach, das an und für sich weiß war. Der Wüstensand, feinkörnig wie Asche, hatte es mit einem rötlich gelben Film überzogen. Es war kein starker Wind, nur so ein stetiges Wehen.

Ich leckte über meine Lippen. Bitter.

»Na, wie schmeckt die Sahara?«

Marcella lachte. Sie zog die Schuhe aus und stieg, mit einem Besen bewaffnet, aufs Dach. Sie versuchte, den Wüstenstaub herunterzukehren, doch das brachte nichts, das Zeug schien festzukleben.

»Müssen wir halt auf Regen warten«, sagte sie. »Der spült uns das dann in die Zisterne. Auch die Asche, die es manchmal vom Ätna herüberweht. Die ist allerdings dunkelgrau, fast schwarz, und schmeckt noch bitterer. Ist übrigens beides gut für das Trinkwasser.« Sie lachte. »Mineralwasser eben.«

Wir machten uns über die Obstvorräte her, aßen ein paar Joghurtbecher leer und lauschten den Raben, die über unserem Haus kreisten. Es waren sieben oder acht, ich verzählte mich immer wieder und gab es dann auf.

»Das sind Teenager«, meinte Marcella. »Jugendliche, die noch keinen Partner haben. Später fliegen sie nur noch zu zweit. Es heißt, dass sich Rabenpaare, wenn sie sich erst einmal gefunden haben, ein Leben lang treu bleiben. Sobald ihre Kinder flügge sind, bringen ihnen ihre Eltern in ein paar Wochen alles bei, was sie wissen und können müssen, und dann werden sie, wie wir Menschen sagen, *in die Welt geschickt.* Fortgejagt. Sich selbst überlassen. Freigegeben. Man kann es so oder so sehen.«

Die Schar über uns machte nicht den Eindruck, Rabenmutters Fürsorge zu entbehren. Sie übertrafen sich in Sturzflügen, eigenwilligen Rollen und Purzelbäumen, und die Geräusche, die sie machten, hatten wenig mit dem Krächzen zu tun, das man Raben gewöhnlich nachsagte. Es war, als würden sie ein

Wörterbuch der Vogelsprache durchgehen, sie schrien wie die Bussarde, kollerten wie Puten, gurrten wie Tauben, und manchmal schien es sogar, als würden sie einen Wasserhahn nachahmen, das Glucksen und Plätschern klang täuschend echt.

Marcella neigte den Kopf und tat so, als würde sie ihnen zuhören. Plötzlich sprang sie auf, stemmte die Fäuste in die Hüften und wieherte wie ein Pferd. Dann machte sie *Harrrh-harrh* und *Korrrh-korrrh* und *Krulll-krulll.* Schließlich jodelte sie, zumindest versuchte sie es, es war eine Mischung aus Truthahn, Esel und Alpenverein, sie bekam einen roten Kopf, und als ihr die Luft ausging, gab sie auf. Sie sank auf die Steinbank, rang um Atem und schmunzelte dann. Die Raben hatten verblüfft geschwiegen. Nun legten sie wieder los, sie schienen die Anregung dankbar angenommen zu haben.

Später erklärte sie, heute werde sie mir die Krater zeigen. Dort oben in der Nähe der Gipfel lasse sich ermessen, wie belanglos menschliches Tun und Lassen bisweilen sei.

Wenn sie es sagte ...

Wir verschlossen das Haus, sie legte den Schlüssel unter den Stein, schnappte sich Otello und setzte ihn sich auf die linke Schulter. Wir stiegen den Passo Cupolidda hinauf und passierten die Ruinen, die wir am Vortag inspiziert hatten. Ich erzählte von den Zisternen und meinte, dass ich nicht wüsste, wo sonst wir Don Fazios mysteriöse Ware unterbringen könnten.

»Ja«, sagte sie, »wenn wir die Kisten unbemerkt hier herauf bekämen, dann wäre das ein gutes Versteck. Die Insulaner haben die Ruinen schon vor Jahren auf der Suche nach brauchbaren Resten ausgeschlachtet, jetzt stöbert da kaum noch einer herum. Früher haben fast alle hier oben gelebt, heutzutage aber macht sich selten jemand die Mühe des Aufstiegs. Wenn, dann gehen sie hoch in das Bergdorf, das sie wiederhergerichtet haben. Sie bauen dort Tomaten und Wein an. Wir kommen da vorbei.«

Wir erreichten den Weiler nach gut einer halben Stunde. In einer Mulde südöstlich des Gipfelmassivs duckten sich ein paar Häuser, die intakt zu sein schienen. Ringsum lag Lenza neben Lenza, bewachsen mit Mandel-, Aprikosen- und Feigenbäumen, es gab Gemüsebeete, und wo die Senke in den Steilhang überging, zogen sich über ein Dutzend Terrassen mit Reben hin. Sie waren abgeerntet, die Zeit der Lese war vorbei. Niemand schien heute hier zu sein, fast zweitausend Stufen überm Meer. Ein gutes Stück weiter unten sahen wir die kleine Bergkirche. Sie hatte einen spitzen Glockenturm.

»San Nicolo«, sagte Marcella, »die obere und ältere Kirche der Insel. Sie ist seit Jahren verschlossen. Mit etwas Geschick kommt man aufs Dach und von dort zum Glockenturm. Stranezza ist freilich keine Hochburg des Glaubens. Der letzte Pfarrer ist vor über zwanzig Jahren gestorben, und seitdem kommt nur noch ab und zu jemand aus Lipidone oder Messina, für besondere Anlässe wie Taufen und Trauerfeiern und manchmal zu Ostern oder Pfingsten. Das findet alles in der anderen Kirche statt, unten in San Rocco, dem dicken Klotz zweihundert Stufen überm Hafen. Die haben sie erst vor ungefähr fünfzig Jahren gebaut, weil inzwischen fast alle da unten wohnten. Doch es gehen immer weniger hin. Ursprünglich sollte auch San Rocco einen richtigen Campanile bekommen. Doch dann reichte das Geld nicht, und so haben sie nur ein mickriges Türmchen neben die klobige Kirche gestellt, ein Witz von einem Glockenturm. Er reicht nicht mal bis zur Dachrinne.«

Wir stiegen weiter hinauf. Der Pfad wand sich um einen Felsen und führte danach nordwärts zu einem Zwischenplateau. Die Hänge zur Gipfelzone, bis zu der es noch einmal etwa hundert Meter sein mochten, wirkten nicht allzu steil, doch sie waren mit dichtem, dornigem Gestrüpp überzogen. Brombeersträucher wechselten mit Stechginster, dazwischen standen Disteln, Zistrosen und die bläulichen Wermutbüsche.

Rechter Hand kam eine ovale Senke in Sicht, die mit Farn bewachsen und besonders grün war.

»Das ist der Krater«, sagte Marcella und grinste. »Eigentlich ist es nur ein kleiner Nebenkrater. Es gibt fünf oder sechs, doch die sind schwerer zu erkennen. Wenn abenteuerhungrige Touristen hier heraufgeführt werden, die in Lipidone solche Gruppentouren buchen, dann hören sie: *Das ist der Krater.* Na ja, einige dieser Reiseführer behaupten sogar, dass Adriano Celentano gern hierherkommt. Das klingt gut. Nur weiß der vermutlich gar nichts davon. Adriano kennst du, oder? Hat als junger Mann in *Der Widerspenstigen Zähmung* und noch ein paar Filmen mit Ornella Muti gespielt, der besten schlechten Schauspielerin, die Italien je hatte. *Sie* war ein Star der Siebzigerjahre. *Er* ist heute noch Kult, aber vor allem als Sänger. Sind beide steinalt inzwischen. Adriano war, wenn man den Insulanern glauben darf, in Wirklichkeit nie hier.«

Gestern am Rebenstampfbecken hatte ich noch an ihn gedacht, mich aber nicht an den Titel des Films erinnert, in dem er Weintrauben zu Most zertanzte. Und Donna Aurora in Palermo hatte seinen Hit »*Azzurro*« als Klingelton.

Wir zogen weiter, und dann öffnete sich der Blick auf eine gewaltige Senke, die sich nach Westen hinzog und an den Rändern von schroffen, spitzen Felsen eingefasst war. Der Anblick war atemberaubend, eine derart erhabene Landschaft hatte ich hier nicht erwartet. Die Gipfelgruppe überragte die Mulde zwar noch ein gutes Stück, dennoch waren wir hier weit oben. Das Meer lag uns zu Füßen. »Diese Senke«, sagte Marcella, »ist die verbliebene Hälfte eines riesigen Kraters aus der Geburtszeit der Insel vor über fünfzigtausend Jahren. Olivia sagt, dass damals hier kein Meer war und der Vulkan zweitausend Meter oder höher aufragte. Er ist dann explodiert und auseinandergebrochen, und auf den Resten bildeten sich bei späteren Ausbrüchen nach und nach die Gipfel. Die Lava ist immer wieder übergekocht, in Abständen von mehreren Jahrtausenden, und an den Seiten heruntergelaufen. Als das

Mittelmeer in seiner heutigen Ausdehnung entstand, wurden zwei Drittel des Vulkans überspült, sodass nur noch die Spitze als Kegel aus dem Wasser guckte. Und so ist es bis heute. Aber das hier«, sie zeigte in eine gewundene Schlucht, die zu unseren Füßen fast senkrecht zum Meer hinabstürzte, »das ist das Innere des Urkraters, der noch größer war als der Vorläufer des Vesuv. Es geht hier fast sechshundert Meter in die Tiefe, also bis zum Meeresspiegel und dann immer weiter ...«

Ringsum lagen gewaltige Brocken blasigen Gesteins, erstarrter Schaum, graubraun, mit weißen und gelblichen Flechten überzogen. Obwohl es lange nicht geregnet hatte, glitzerte hier und da in den rundlichen Vertiefungen etwas Wasser. Marcella trat einen Schritt vor. Ich war nur zwei Meter von ihr und der Kante entfernt, hinter der es fast senkrecht hinabging. Sie stand direkt am Abgrund und streckte die Arme aus.

»Was tust du?«

»Nichts tue ich. Bleib cool, Mann. Das sieht dramatischer aus als es ist.« Sie bewegte die Arme auf und ab wie ein Raubvogel seine Schwingen, es sah aus, als wollte sie abheben. Dann stieß sie einen Schrei aus, halb Adler, halb Pfau, ein scharfes, schrilles, gellendes Geräusch, das nichts Menschliches an sich hatte.

VIERUNDZWANZIG

Ich dachte ernsthaft, sie würde springen. Oder fliegen, einfach davonfliegen, bald nur noch ein Punkt im strahlenden Blau sein und letztlich verschwinden. Doch sie sprang nicht, und sie flog auch nicht davon. Sie stand da vor mir, in Reichweite fast und zugleich, so schien es mir, am Rande der Welt.

»Glaub mir«, rief sie mir über ihre Schulter hinweg zu, »glaub mir, ich bin keine Mörderin.«

»Komm dort weg«, rief ich zurück. »Du machst mich wahnsinnig.« Ich verstand nicht, wie sie das meinte. Otello, der neben mir im Gras saß, guckte erst mich an, dann zu Marcella hinüber, er schien ebenfalls keinen blassen Schimmer zu haben, was von der Situation zu halten war.

Marcella trat einen halben Schritt zurück. Sie warf mir einen schiefen Blick zu, in dem etwas Trauriges mitschwang. Doch dann blitzte ein belustigter Funken auf, ein Hauch von Spott, der mir schon vertraut war. Vielleicht war sie der Ansicht, dass man so schnell den Verstand nicht verlor. Nicht den Verstand und nicht das Leben.

»Sie haben damals alle Spuren beseitigt«, sagte sie und kam herüber. »Don Fazio hat sich darum gekümmert, dass die Leiche spurlos verschwand.«

Wir setzten uns in das dürre Gras, das in der Sommerhitze braun geworden war. Dann erzählte sie mir, wie ihre Mutter reagiert und die Familie um Hilfe ersucht hatte.

»Sie hatte wohl den Schuss gehört, sie kam aus dem Haus und sah mich und den Mann, der da in seinem Blut lag, ihr zweiter Ehemann. Ich glaube, sie erfasste rasch, dass nichts mehr zu retten war. Sie entschied, dass sie nicht auch noch ihre Tochter verlieren wollte. Auch wenn sie die Szene in einem entscheidenden Detail missverstand, war das rührend. Eine Art später Abbitte, verstehst du? Sie konnte ja nicht wissen, dass ich das gar nicht gewesen war. Meine Schuld war es schließlich dennoch.«

»Ja, was denn nun?« Meine Stimme klang scharf. »*Ich habe ihn umgebracht. Aber ich bin keine Mörderin. Es war meine Schuld. Doch ich bin es nicht gewesen.* Ich frage mich, was ich dir glauben soll. Warum habe ich das Gefühl, dass du mir nur Geschichten auftischst? Mal so, mal so. Du legst dir irgendwas zurecht, und beim Erzählen lauschst du, wie sich das anhört. Ich weiß wirklich nicht, was ich davon halten soll.«

»Du kannst mich mal kreuzweise«, zischte sie und sprang auf. Sie stiefelte, nur einen Schritt vom Abgrund entfernt, zwischen den Disteln herum, zornig wie ein Kind, das gescholten worden war, weil es genascht hatte. Otello hüpfte ihr nach, er folgte ihr, als wollte er Trost spenden oder fragen, was sie auf dem Herzen hatte. Sie brabbelte vor sich hin, vielleicht redete sie auch mit ihm, ich konnte aber nichts verstehen.

»Tut mir leid«, rief ich, »ich wollte dich nicht kränken.«

»Hast du aber!« Sie wandte sich um. Ihre Augen funkelten. Dann breitete sie die Arme aus und ließ sie wieder fallen. Mit gesenktem Kopf kam sie zurück und setzte sich wieder neben mich. Otello sprang in ihren Schoß und forderte mit geschlossenen Augen ihre Hand.

»Du hast im Grunde recht«, sagte sie und kraulte seinen Nacken. »Das hört sich alles seltsam an. Ich habe dir ja auch nur die Hälfte erzählt. Ich habe gesagt, dass ich ihn umgebracht hätte. Das klingt theatralisch, das gebe ich zu. Und es stimmt letztlich auch. Zwar habe nicht ich ihn erschossen, doch ich bin für seinen Tod verantwortlich. Hier, schau her!«

Sie schwang sich abrupt herum, sodass Otello ins Gras plumpste. Sie kniete da, mit dem Rücken zu mir, und streifte T-Shirt und Pullover ab. Sie hatte nichts drunter.

»Siehst du das Symbol?«

Unter dem linken Schulterblatt prangte unübersehbar das Tattoo, das mir schon in dem Hotel in Materazzo aufgefallen war. »Klar sehe ich es. Was bedeutet das?«

»Das ist Sanskrit. Es besagt, dass ich schuldig geworden bin und jemandem etwas schulde. Schön doppeldeutig, oder? Abgestempelt als Kriminelle und als Schuldsklavin. Ich weiß nicht mal, ob das stimmt. Don Fazio hat es jedenfalls behauptet. Ich habe mich damals nicht gewehrt, als er mich zu diesem Tätowierer schleppte. Er hat das Stechen persönlich überwacht. Und er hat bezahlt.«

Die Ironie in ihrer Stimme ließ an Schärfe nichts zu wünschen übrig.

»Du hast mir aber meine Frage nicht beantwortet.«

»Du hast auch gar nicht gefragt. Du hast nur gesagt, dass du nicht weißt, was du mir glauben sollst. Also gut … Als ich nach den Jahren im Piemont und in Rom nach Sizilien zurückkam, habe ich nach dem Mann gesucht, wegen dem ich einst abgehauen war. War nicht schwierig, er lebte immer noch mit meiner Mutter zusammen. Sie waren umgezogen, aber ich musste nicht lange herumfragen. Doch ich habe ihn nicht erschossen. Ich war nur …«

Sie streifte ihre Sachen wieder über und stand dann da, ein paar Schritte vom Abgrund entfernt. Otello konnte sich das offenbar nicht länger mitansehen. Er verkrümelte sich zu den Felsen hinter uns, vielleicht hatte er Hunger, er würde die Eidechsen hier oben, die womöglich noch nie eine Katze gesehen hatten, in Angst und Schrecken versetzen.

Ich wartete indessen, dass Marcella ihren Satz beendete. Doch offenbar konnte ich da lange warten. Ich hatte, fand ich, in den letzten Tagen eine Menge Geduld bewiesen. Ich hatte diese Frau heute Nacht sogar in die Arme genommen, um Trost zu spenden. Diese Situation hatte ich nicht gesucht, das kam alles nur, weil ich Mimi retten wollte. Ich hatte nicht vorgehabt, die Tage und Nächte allein mit einer Frau zu verbringen, die ihre Stimmungen öfter wechselte als eine Biene die Blüte und ansonsten eine Katze auf der Schulter spazieren trug. Und hin und wieder dachte sie sich einen Mord aus. Ich war wütend.

»Einen Mord vorzutäuschen, um Mitleid zu ernten …«, setzte ich an und versuchte, enttäuscht zu klingen. Es gelang mir nicht besonders gut. Vielleicht war ich einfach nicht wütend genug.

»Einen Mord vorzutäuschen, um Mitleid zu ernten …«, spielte sie den Papagei, sie ahmte sogar meinen Tonfall nach. »Du hast rein gar nichts kapiert.«

Sie begann sich in Rage zu reden. In puncto Wut konnte ich bei ihr noch eine Menge lernen.

»Übers Täuschen und Vortäuschen könnte ich mich stundenlang auslassen. Die meisten Frauen tun nämlich ihr ganzes Leben lang nichts anderes, als irgendwas vorzuspiegeln. Den Pfiffigsten unter uns gelingt es, sich irgendwann einzureden, dass sie das gerne tun. Ich will dir jetzt nicht aufzählen, was Frauen alles mit einem Lächeln oder zumindest ohne auszuflippen tun, obwohl sie …«

Sie schnappte nach Luft.

»Und was hat das mir dir zu tun? Ich wollte doch nur wissen«, sagte ich, »wieso du mir diese Geschichte aufgetischt hast. Erst erzählst du mir, du hättest den Typen umgebracht. Dann plötzlich doch nicht. Ja, was denn nun?«

»Ich habe keinen Mord vorgetäuscht. Der Typ ist tot, der ist hinüber, ist Geschichte. Aber ich war das nicht. Ich stand daneben. Ich hatte es mir gewünscht, hundertmal ausgemalt. Doch dann wollte ich ihm eigentlich nur noch einen Schrecken einjagen. Der Freund, den ich überredet hatte, eine Waffe zu besorgen, der hat dann geschossen. Danach drückte er mir die Pistole in die Hand und haute ab. Meine Mama dachte, ich wäre das gewesen, alle dachten das. Und es wäre ja ohne mich auch nicht passiert. Doch ich habe nicht geschossen. Hast du es jetzt verstanden?«

Ich nickte. Gab dazu nicht viel zu sagen. Sie hatte jemanden angestiftet, es sich dann anders überlegt, doch dann war es schon zu spät gewesen. Falls sie sich das nicht wieder nur ausgedacht hatte …

»Ich sage dir noch was«, erklärte sie, »und glaub mir, ich will mich bei dir ganz bestimmt nicht einkratzen: Ich mag dich. Obwohl oder gerade weil du manchmal etwas langsam bist.«

Sie grinste unsicher, und ich fragte mich, worauf sie nun wieder hinauswollte.

Sie redete munter weiter: »Mir gefällt deine Ruhe, deine Unentschlossenheit in den kleinen Dingen, dieses unsichtbare Achselzucken, das besagt: *Okay, wir könnten es so machen. Aber wir könnten es auch anders machen, wenn dir das lieber ist.*

Manchmal mache ich etwas nur deshalb anders, um es anders zu machen. Das hast du beizeiten durchschaut. Und ich mag es sogar, wie sehr du diese Mimi willst, obwohl du nicht mal weißt, ob das gut ausgeht, ob ihr wirklich zusammengehört, ob sie dich liebt. Du weißt ja nicht mal, ob du sie liebst. Aber du hast dir diese Aufgabe gestellt, dich dieser Mission verschrieben, Mimi aus ihrem Schlamassel zu befreien, und die Frage, ob das richtig ist, die stellst du dir nicht. Vielleicht später. Du könntest dich, falls du diese Mimi doch nicht liebst, von ihr erst lossagen, wenn du sie gerettet hast, stimmt's? Das ist toll, das ist wunderschön. Sie passt vielleicht gar nicht zu dir, du bist in diese Sache womöglich nur irgendwie reingestolpert und eigentlich zu nichts verpflichtet. Vielleicht passe ich viel besser zu dir. Aber das interessiert dich nicht. Und das finde ich aufregend. Du gibst ihr echt eine Chance, du lässt dich nicht ablenken, du wirst sie retten oder nicht, und dann wirst du weitersehen. Insofern bin ich überhaupt nicht in Gefahr, ich muss nicht fürchten, dass du mir irgendwie auf die Nüsse gehst, mich blöd anbaggerst oder mich mit Komplimenten vollschleimst. Und weißt du was?« Ich erkannte eine rhetorische Frage, wenn ich sie hörte, also zuckte ich die Achseln. »Seit Jahren war mir ein Mann nicht so nahe. Damit meine ich nicht nur, dass wir das Bett teilen und zusammen kochen.«

Hört, hört, dachte ich. Gekocht hatte nämlich ausschließlich ich. Sie hatte Anweisungen gegeben und ein paar Zwiebeln geschnitten. Aber ich unterbrach sie nicht. Mir war nämlich nach wie vor nicht klar, ob sie etwas im Schilde führte oder einfach nur ihr Herz ausschüttete.

»Du schaust mich an, und ich sehe, dass du mich so akzeptierst, wie ich bin«, erklärte sie, und ich war klug genug, sie nicht über ihren Irrtum aufzuklären. »Der Clou ist: Du willst mich nicht haben. Ganz viele Männer wollten mich schon haben, aber sie haben mich nicht gekriegt. Selbst die, mit denen ich ins Bett gegangen bin, haben mich nicht bekommen. Die habe ich mir genommen. Nachdem ich glaubte, die Sache mit meinem Stiefvater endlich abgeschüttelt zu haben, war mir sehr an Sex gelegen, bei dem *ich* entschied, wo es langging. Na ja, andere Baustelle …«

Sie stand am Abgrund, fuchtelte mit den Armen, und ihre Miene war großes Kino. Es war schön, sie dabei zu beobachten, wie sie die Rede ihres Lebens hielt, sie wirkte jetzt absolut ehrlich. Zumindest schien sie selbst felsenfest zu glauben, was sie da erzählte, auch wenn sie nun den Faden verloren hatte.

Ich erhob mich, sie kam herüber und blieb vor mir stehen. Sie blinzelte gegen die Sonne. Otello schoss heran und strich ihr um die Beine.

»Du findest es also gut«, vergewisserte ich mich, »dass ich nicht scharf auf dich bin? Dass ich dir nicht an die Wäsche will? Ist es das, was du meinst? Glaubst du nicht auch, dass das alles ein bisschen komplizierter ist? Ich bin gerne mit dir zusammen, obwohl du, ehrlich gesagt, einen ganz schönen Knall hast. Und dass ich mit dir nicht vögeln will, heißt ja vielleicht nur, dass ich es mir noch nicht vorgestellt habe, aus welchen Gründen auch immer. Und wenn ich es mir vorstellen würde und die Vorstellung toll fände und du plötzlich mitkriegen würdest, dass der Typ neben dir unruhig wird, was dann?«

»Siehst du?«, versetzte sie. »Genau das meine ich! Du hast gesagt: *mit dir* vögeln. Die Typen, die mich bisher aufs Laken kriegen wollten, die wollten *mich* vögeln. Rein, raus, rein und peng. Du aber könntest dir vorstellen …«

»Jetzt drehst du mir das Wort im Mund um«, protestierte ich. »Ich habe gesagt: Dass ich mit dir *nicht* vögeln will, heißt …«

»Ja, stimmt«, gab sie zu. »Das hast du so gesagt. Aber *wie* du es gesagt hast … Jedenfalls komme ich mit dir ganz gut klar, obwohl oder auch weil …«

Sie verstummte.

»Weil – was?«

»Weil ... gar nichts.«

»Wie?«

»Ach, was weiß ich. Weil wir nichts voneinander wollen. Weil wir einander nichts beweisen wollen. Weil wir diesen beknackten Job für diese Leute in Palermo machen und trotzdem ... achtsam miteinander umgehen, weißt du? Das ist nämlich wichtig im Leben. Dass man, auch wenn man gar nicht müsste, aufmerksam ist. Füreinander.«

»Das klingt wie aus einem Buch von Paulo Coelho«, lästerte ich, doch sie ließ es ins Leere laufen. Oder sie kannte ihn nicht. Sie hatte offenbar beschlossen, mich zu mögen. Ich fand, dass ich das so hinnehmen konnte. Wenn Mimi wüsste, dachte ich, was ich ihretwegen alles aushielt ... Vielleicht hatte sie aber gerade ganz andere Sorgen.

Plötzlich fing es an zu regnen. Buchstäblich aus heiterem Himmel. Die Wolke musste sich klammheimlich angeschlichen haben. Binnen Sekunden waren wir nass bis auf die Haut. Marcella fand das faszinierend, sie rannte herum und stieß wilde Jubelschreie aus, während Otello einen Buckel machte und klagend zu mir aufblickte, ein Kater ohne jedes Verständnis für den Wetterumschwung und den Lärm, den seine Signora veranstaltete. Ich nahm ihn hoch, hielt ihn in den Armen, während ich der Frau hinterherstiefelte, die an der Kraterkante eines uralten Vulkans Freudensprünge vollführte, nur weil Wasser vom Himmel fiel.

Wir brauchten eine ganze Weile, bis wir auf unserem steilen Abstieg das Bergdorf erreichten, denn die Steine waren durch die Nässe mörderisch glatt. Hier hätten wir uns unterstellen können, doch da wir ohnehin keinen trockenen Faden mehr am Leib hatten und froh waren, schon so weit gekommen zu sein, ohne uns die Knochen gebrochen zu haben, setzten wir unseren Weg ohne Verzug fort.

Auf dem Passo Cupolidda glitt ich dann doch aus, es zog mir plötzlich die Beine weg. Fast wäre ich in eine der Ruinen unter dem Pfad gestürzt. Erschrocken riss ich die Arme hoch.

Otello entglitt mir und segelte in hohem Bogen ins Gestrüpp. Ich bekam eine Brombeerranke zu fassen. Erst gab sie nach, doch dann verhakte sie sich, und ich fand im letzten Moment Halt. Ich war dem Absturz knapp entgangen, hatte mir aber die Hände und Unterarme blutig gerissen.

Aus dem dornigen Dickicht drangen die klagenden Rufe des Katers. Marcella, die vorausgeeilt war, hatte bemerkt, dass wir nicht mehr folgten, und kam zurück. Vorsichtig befreiten wir den kleinen Kerl. Auch Marcellas Arme bluteten schließlich. Der Regen malte hellrote Bahnen.

Mit Schrecken sah ich, wie tief ich gefallen wäre, vier Meter mindestens, vermutlich hätte ich mir das Genick gebrochen. Otello weigerte sich danach, von mir getragen zu werden. Nachdem Marcella ihm klargemacht hatte, dass sie ihn nicht hochnehmen werde, trottete er trotzig voran und erreichte noch vor uns die Terrasse. Marcella fischte den Schlüssel unter dem Steinversteck hervor und öffnete die Tür, sodass Otello ins Trockene schlüpfen konnte. Sie selbst blieb draußen, zog sich den klitschnassen Pullover über den Kopf, entledigte sich des T-Shirts, das ihr am Körper klebte, streifte erst die Sandalen, dann die Hosen ab, die den Slip gleich mitrissen. Sie schleuderte die Sachen auf die Bank zwischen den Säulen und hüpfte nackt durch die Pfützen. Sie schlenkerte Arme und Beine. Sie bewegte sich immer schneller.

»Tarantella!«, schrie sie. »Das ist der Tanz der Freude mit dem Wahnsinn! Der Tanz der Lust mit der Verzweiflung! Der Teufel reibt sich schon die Hände. Doch ist die Lust am Leben stark genug, dann geht er leer aus.« Sie lachte wild. »Zum Teufel mit der Verzweiflung!« Die Haare klebten ihr dunkel am Kopf, und die Brustwarzen reckten sich. Es sah aus, als hätten die Brüste Knospen, die in Kürze aufspringen würden. Sie sah wunderschön aus, und sie war völlig außer Rand und Band. Ich fragte mich, wie lange sie das durchhielt.

Inzwischen zuckten Blitze und es donnerte, das Gewitter kam rasch näher. Es zischte und krachte, in den Regen mischten sich Eiskörner. Ich sprang ins Haus und zog mich um und hielt Marcella, als sie unter den harten Hageltreffern quiekend aufgab und ebenfalls hereinkam, das Handtuch entgegen. Die Körner prasselten auf unser Dach, Otello saß mit weit aufgerissenen Augen in der äußersten Ecke, die Tür stand noch offen, und ich sah das Wasser in Bächen über die Terrasse strömen.

»Mir ist kalt«, bekannte Marcella zähneklappernd und presste sich, nass und nackt, wie sie war, fest an mich. Ich schlang das Tuch um sie und rubbelte ihren Rücken und ihre Schultern trocken, auch den Hintern sparte ich nicht aus, und ich beeilte mich nicht. Irgendwann überließ ich ihr das Handtuch. Sie reckte sich auf die Zehenspitzen und hauchte mir einen Kuss auf die Stirn. Dann machte sie sich kichernd auf die Suche nach frischer Wäsche.

Die Grotte mit dem Gaskocher war nicht wasserdicht, und der Weg hin und zurück im strömenden Regen war weit. Ich war froh, aus den nassen Sachen zu sein. Also verschlangen wir ein paar Früchte, wobei sich herausstellte, dass die Vorräte schon wieder zur Neige gingen, und wir verputzten einen kompletten Laib *Pastorella*, einen gelben Schafskäse, den Marcella aus dem Laden von Lorenzo Tinto hatte. Sie meinte, sie könne zwar nicht kochen, was ich nach wie vor für eine dreiste Lüge hielt, doch Käse schneiden, sagte sie, das könne sie prima. Ich erzählte ihr daraufhin von einer Freundin, die nicht backen konnte, aber …

»… aber Kuchen essen«, ergänzte Marcella ungerührt, »das konnte sie gut, stimmt's? Ähnlich wie ich. Jetzt hast du schon wieder so eine Freundin.«

»Du bist keine Freundin«, erklärte ich streng, »du bist meine Scheingemahlin, du bist Zwangsgattin, Mitbewohnerin und was weiß ich noch. Aber meine Freundin bist du nicht.«

»Schade«, sagte sie und zog einen Schmollmund, »doch die Hoffnung stirbt zuletzt.«

Später lagen wir nebeneinander auf dem Bett und lauschten

dem Regen, der auf das dünnhäutige Dach trommelte. Sie griff nach meiner rechten Hand und zählte, ohne hinzusehen, die Finger, indem sie kurz an ihnen zog.

»Ich fasse es nicht«, rief sie, nachdem sie zum dritten Mal am Daumen gezupft hatte. »Elf Finger!«

Es war mir zu blöd, auf diesen Unfug zu antworten oder gar zu widersprechen. Ich wettete, dass sie darauf aus war, eine Art Streit vom Zaun zu brechen, nur um keine Langeweile aufkommen zu lassen.

»Warum hast du mir das nie gesagt? Elf Finger an einer Hand! Das ist ja Wahnsinn! Ich würde es nicht glauben, wenn ich nicht selbst nachgezählt hätte. Du musst unglaublich geschickt sein, denn elf Finger zu koordinieren, das ist gewiss irre schwierig.«

Sie beugte sich über mich, schnappte sich meine Linke und ließ sich wieder auf den Rücken fallen. Abermals zählte sie, diesmal war sie fertig, als sie am Daumen zum zweiten Mal gezogen hatte.

»Nur sechs«, konstatierte sie. »Gut, das ist dann fast normal. Aber es sind insgesamt … elf plus sechs … äh … insgesamt siebzehn Finger. Mich hat noch nie ein Mann mit siebzehn Fingern angefasst. Das muss eine Riesensache sein, könnte ich mir vorstellen. Doch vielleicht will ich mir das gar nicht vorstellen. Vielleicht will ich gar nicht angefasst werden. Fünf Daumen, Mann! Wärest du Daumenlutscher geworden, hättest du eine riesige Auswahl.«

So ging das noch eine ganze Weile weiter. Sie spielte mit meinen Händen und gab den Fingern Namen, als wären sie Puppen, und sie war pfiffig genug, meinem rechten Daumen, der ja in ihrer Fantasie dreifach existierte, drei verschiedene Namen zu verpassen. Ihre Hände waren klein und ihre Finger flink und beweglich, ich ließ das Gezappel und ihre fröhlichen Kommentare über mich ergehen. Vielleicht stimmte es wirklich, dass ihr ein Stück Kindheit geraubt worden war, die nachzuholen ihr einfach nicht gelingen wollte.

»Du hast vorhin die Tarantella getanzt«, sagte ich, »und es sah aus, als würdest du etwas Böses, etwas Dunkles, Bedrohliches wegtanzen. Darum geht es doch dabei, oder?«

»Auch. Vielleicht.«

Sie wirkte plötzlich einsilbig.

»Ich kenne den Ausdruck *Wie von der Tarantel gestochen*«, sagte ich. »Kommt das daher?«

»Quatsch«, erwiderte sie. »Das hat damit nichts zu tun.«

»Nicht?«

»Nein. Also … im Grunde schon. Aber es ist eine Verwechslung, eine doppelte Verwechslung sogar. Seit dem Mittelalter, wenn nicht noch länger, kursiert hier im Süden diese Legende. Man sagt, dass der Biss der Tarantula oder Tarantel furchtbar giftig sei und das Gift nur durch wilde Musik und ekstatisches Tanzen im Blut zersetzt werden könne. Die Tarantel ist eine Wolfsspinne, die vor allem in Apulien vorkommt. Sie kann samt ihren behaarten Beinen handtellergroß werden und sieht furchterregend aus. Doch diese Spinnen stechen nicht, weswegen die Wendung *Wie von der Tarantel gestochen* Unsinn ist. Sie beißen.«

»Aha. Und wieso doppelte Verwechslung?«

»Weil sie zu Unrecht dämonisiert wurde. Ihr Gift ist schwächer als angenommen. Wenn die Tarantel dich beißt, tut das zwar weh und du erschrickst gewaltig, aber es passiert nichts weiter. Es ist der Biss der Schwarzen Witwe, der so gefährlich ist. Die Witwe, die *Malmignatta*, wie sie auch genannt wird, ist viel kleiner, der Hinterleib hat Erbsengröße, mit Beinen misst sie höchsten vier Zentimeter. Sie sieht dunkel aus, fast schwarz, und sie hat dreizehn winzige, meist weiß umrandete rote Flecken. Die Leute wurden bei der Ernte gebissen, auf dem Feld, und sie merkten es zunächst meist gar nicht. Die Wirkung trat erst später ein, am Abend oder am nächsten Tag. Nur wenn man genau hinsah, entdeckte man die Punkte, die winzigen Bisswunden, oft an den Unterarmen und Waden, an den Hand- und Fußgelenken. Die einen sagen, dass die Gebissenen erst apathisch wurden und dann aufdrehten bis zur wilden Ekstase. Andere wollen wissen, dass das Ausrasten von der Angst zu sterben herrührte. Die meisten aber meinen, dass das Schlenkern der Arme und Beine, das Herumspringen bis zur völligen Erschöpfung, schon immer Teil der Heilung war. Sie tanzten sich das Gift aus dem Leib, und sie hörten nicht auf, sie tanzten tagelang, so sagt man, aus blanker Angst, tot umzufallen, falls sie innehielten. Und irgendwann vor über vierhundert Jahren wurde daraus ein Volkstanz, der zwischen Vesuv und Ätna, zwischen Neapel und Palermo, zwischen Taranto und Siracusa so verbreitet ist wie der Walzer bei den Wienern. Doch noch immer schwingt mit, dass man, wenn man die Tarantella tanzt, das Böse, die Verzweiflung, den Tod in Schach halten kann.«

Sie hatte die ganze Zeit, während sie über die Wolfsspinne und die Schwarze Witwe sprach, an meinen Händen herumgezupft, ihre Finger über meine Finger huschen lassen, und nun zwickte sie mich in den linken Ballen. Ich zuckte zusammen. Es hatte nicht sehr wehgetan. Wie der Biss der Schwarzen Witwe. Sie kicherte.

»Was war das eigentlich für ein Kerl, der deinen Stiefvater erschossen hat?«

Es war ein abrupter Themenwechsel, aber da wir einmal am Reden waren …

»Er hieß Valentino«, sagte sie zögernd, »und er war zwei Jahre jünger als ich. Wir waren befreundet, er sah gut aus, wir gingen seit Monaten zusammen aus, ich fand ihn ganz nett, ließ ihn aber nicht … du weißt schon.«

»Ich weiß nicht, was du meinst«, sagte ich.

»Mach's mir doch nicht so schwer! Ich habe ihn nicht rangelassen, klar? Ich hatte so eine Phase, in der … also ich hatte einfach keine Lust auf ihn. Nein, schlimmer noch: Schon die Vorstellung war mir zuwider … Ich wusste nicht, wie ich damit umgehen sollte, denn er wurde immer fordernder, er bedrängte mich und machte eine große Sache draus. Dabei war ich ansonsten gern mit ihm zusammen, und ich glaube, ich hatte ihm ein wenig den Kopf verdreht. Der arme Kerl, er konnte ja nichts dafür. Ich hatte zuvor durchaus Sex gehabt, nichts von Bedeutung zwar, aber ich hatte es hin und wieder geschafft, die blöden Erinnerungen abzustreifen, ich achtete nur sehr darauf, dass ich die Kontrolle behielt, was nicht immer leicht war. Ich war also nicht prüde, verklemmt oder abstinent oder so. Aber mit ihm konnte ich es mir einfach nicht vorstellen, manchmal ist das eben so. Ob es daran lag, dass ich ihn mochte? Ich ließ ihn ein bisschen fummeln, das war okay, und wir knutschten auch, wobei er darin ein echter Schwerstarbeiter war. Oh Mann, manchmal hatte ich das Gefühl, er hielt seine Zunge für eine Art Malerpinsel. Oft fühlte sich das an, als wollte er vorrichten, mir den Mund innen neu auspinseln. Aber das war's dann auch schon fast. Meine Titten hatten es ihm angetan, er liebte es, an ihnen zu ziehen wie an Äpfeln oder Pampelmusen, wenn man sie pflücken will. Aber Brüste pflückt man nicht, die sind dafür nicht gedacht, oder? Ich hielt mich mit Kritik zurück, obwohl ich nicht fand, dass es irgendeinen erotischen Reiz hatte, was er da verzapfte. Es war fern aller Liebeskunst, es war buchstäblich Handwerk. Das Problem: Ich mochte ihn, er war kräftig und temperamentvoll, und ich dachte, das würde sich noch finden. Er hat dann irgendwann ganz unverblümt gefragt, warum ich mich von ihm nicht *vögeln lassen* wolle. Das waren genau seine Worte: *Warum, verdammt, willst du dich nicht von mir vögeln lassen?* Da habe ich ihm die Geschichte vom bösen Stiefvater erzählt. Ich habe ihm auch verraten, dass ich ihn wieder ausfindig gemacht hatte. Ich habe dann so Sachen gesagt wie, dass ich wünschte, er würde bezahlen für das, was er mir einst angetan hatte, dass ich ihn am liebsten umbringen würde, dass ich nichts lieber täte, als ihm eine Kugel in den Wanst zu jagen. So was in der Art. Womit ich nicht gerechnet hatte: Valentino ging darin voll auf. Der nahm das wörtlich. Kannst du dir das vorstellen?«

Ich stellte mir das vor. Ein Sizilianer, Ende zwanzig, im Vollbesitz seiner Kräfte, war nach Monaten übers Knutschen und Grapschen noch immer nicht hinausgelangt. Und dann präsentierte ihm seine Süße den vermeintlichen Grund – einen Mann, der sich einst an ihr vergriffen hatte, vor Jahren, als sie fast noch ein Kind war. Ich brauchte keine große Fantasie, um mir auszumalen, wie es in ihm gerattert hatte. Wenn er ihr zeigte, was in ihm steckte, wenn er dem Kerl seine gerechte Strafe zukommen ließ …

»Valentino wollte die Adresse wissen. Dann besorgte er tatsächlich eine Pistole und schlug vor, dem Mistkerl aufzulauern und ihm einen Schrecken einzujagen, den er sein Leben lang nicht vergessen würde. Ich sollte mitkommen, sagte er, damit der Alte kapierte, worum es ging. Ich sollte meine Rache haben, fand er, und voll auf meine Kosten kommen, der Typ sollte mich nach Valentinos Vorstellung auf Knien um Vergebung bitten. Ich konnte es ihm nicht ausreden, doch ich hatte kein gutes Gefühl ... Wir erwischten meinen Stiefvater spätabends auf dem Heimweg und folgten ihm in den Hof. Sie wohnten am Rande von Palermo, fast schon außerhalb. Als der uns bemerkte, passierte etwas, womit wir nicht gerechnet hatten. Ich glaube nicht, dass er wusste, worum es ging. Vermutlich hat er mich zuerst nicht mal erkannt. Ich denke, er hielt das für einen Überfall. Jedenfalls schnappte er sich einen Knüppel und ging sofort auf Valentino los. Der hatte die Knarre gezogen. Letztlich war ich es, die die Nerven verlor. ›Schieß!‹, brüllte ich. ›Schieß einfach!‹ Ich meinte das aber nicht so, wie er es verstand. In die Luft, vor der Füße, einfach ein bisschen Feuerwerk, damit der Alte Angst bekam, so hatte ich mir das vorgestellt. Vielleicht hätte ich überhaupt die Klappe halten sollen. Valentino drehte völlig durch und jagte ihm das halbe Magazin in den Bauch. Und dann war es so, wie ich es dir schon beschrieben habe. Absolut ekelhaft.«

Sie schwieg, als müsste sie die Erinnerungen, die Bilder sortieren. Schließlich erzählte sie stockend weiter: »Valentino wurde kreideweiß, er starrte auf den Mann vor sich, der eine ganze Weile brauchte, um seine Seele auszuhauchen, und dann übergab sich mein Freund, er kotzte der Leiche direkt vor die Füße. Als nichts mehr kam, drückte er mir, ohne mich anzusehen, die Pistole in die Hand und haute ab. Er rannte einfach davon. Das Verrückte ist: Ich habe ihn nie wiedergesehen. Jedenfalls tauchte dann Mama auf und schrie, als sie begriff, wer da lag und wer da vor ihr stand: ihre eigene Tochter, eine Knarre in der Linken.«

»Wie? Dieser Valentino ist spurlos verschwunden?«

»Spurlos. Mama nahm die Dinge in die Hand. Sie gewann ihre Fassung erstaunlich schnell wieder. Sie telefonierte kurz. Dann kamen zwei Leute, die ich nicht kannte, sie fuhren mit dem Pick-up auf den Hof, und Mama sprach mit ihnen, ohne dass ich mitbekam, was sie sagte und was die Männer erwiderten. Ich saß in einer Ecke, mir war übel, ich zitterte, ich bekam alles nur noch schemenhaft mit. Die holten dann aus ihrem Auto eine Rolle schwarzer Folie. Sie brauchten nicht lange, dann lag da nichts mehr. Sie spritzten den Hof mit einem Schlauch ab, so wie die Fischhändler ihren Standplatz, wenn der Markt zu Ende ist. Bevor sie davonfuhren, sagte der eine, ich solle warten, es komme gleich jemand, der sich um mich kümmern werde. Mama fing dann an zu weinen, sie hielt mich in den Armen und beteuerte, sie habe das alles nicht gewollt, sie sei eine schlechte Mutter gewesen, und nun habe Gott sie bestraft mit dem tödlichen Zorn der eigenen Tochter. Ich sagte ihr, dass ich das nicht war, dass nicht ich geschossen hatte, aber sie hörte gar nicht zu. Dann kam wieder ein Auto. Das war Pino. *U Quetu*, der Mann, der die Ruhe weghat. Den kennst du ja inzwischen auch. Damals begegnete ich ihm zum ersten Mal. Er brachte mich in die Innenstadt, nach Castellammare, in eine Wohnung unweit der Piazza San Domenico, zu einem kauzigen Alten, dem Dottore, Dottor Lucchini, dem Arzt der Familie, wie ich später erfuhr … Und dort erschien Don Fazio, den ich bis dahin noch nie gesehen hatte. Im Gegensatz zu Mama glaubte er mir sofort, dass nicht ich es gewesen war, die geschossen hatte. Das wäre aber egal, meinte er und erklärte mir, die Hauptschuld liege so oder so bei mir. Anstiftung und Beihilfe mindestens. Er wollte haarklein wissen, was sich zugetragen hatte, einst und in dieser Nacht, und ich dachte, dass es nicht schaden könnte, die Untaten meines Stiefvaters etwas auszuschmücken, zumal ich mir nicht sicher war, ob Schlimmeres noch wesentlich schlimmer gewesen wäre. Ich meine, wo sind die Grenzen? Der hatte mich nicht vergewaltigt, wie man so sagt, doch er hatte mir sehr wohl etwas angetan. Ich stellte es so dar, dass Valentino im Reflex geschossen hatte, sozusagen aus Notwehr. Don Fazio meinte trocken, er sei kein Richter und das wäre im Grunde auch gleich, denn es würde, sollte je ermittelt werden, auf gemeinschaftlichen Mord hinauslaufen, ich hinge bis zur Nasenspitze mit drin. Doch er werde dafür sorgen, dass es keine Ermittlungen gäbe. Mein Freund sei freilich eine Gefahr, er könnte reden, und man werde ihn darum weit wegbringen, in den Pizzerien Mitteleuropas gebe es immer Bedarf, selbst in Moskau habe man schon italienische Restaurants. Und ich wurde, wie er es in jener Nacht nannte, *von der Familie adoptiert.* Seither tue ich Dinge, die er mir befiehlt. Zunächst durfte ich monatelang *ausspannen*, ich wurde damals hierher geschickt, wohnte bei Olivia in der Cuntrata Corvo, gleich da unten, das weißt du ja schon. Ab und zu wurde ich zurück nach Palermo beordert, aber immer nur für kurze Zeit, für kleine, oft eher belanglose Aufträge. Sie unterzogen mich einigen Tests und Mutproben. Ab und zu drohten sie. Und nun hat Don Fazio mich verheiratet. Ohne Pfarrer, Kleid und Blumen. Das Haus aber, das hat er auf dich, auf deinen Namen schreiben lassen. Alte Schule, oder? Die Würde der Frau ist unantastbar. Sagt er manchmal. Doch die Bürde des Eigentums möge der Mann tragen.«

FÜNFUNDZWANZIG

Die nächsten Wochen vergingen in unspektakulärem, beinahe harmonischem Gleichklang. Marcella stieg gelegentlich hinunter zum Hafen, kaufte ein, hörte sich um. Manchmal begleitete ich sie, und wir badeten westlich des Kraftwerks hinter der Klippe, das Meer war noch warm. Die Leute grüßten zurückhaltend, Marcella benahm sich ausgesprochen dezent, ließ aber keinen Zweifel daran, dass wir ein Paar waren. Unser Telefon schwieg, es kamen weder Anrufe noch Nachrichten. Anfang November saßen wir abends, im Schein der vom Solar-Akku gespeisten Funzel, lange draußen zwischen den Säulen. Marcella hatte ein sizilianisches Kartenspiel aufgetrieben und mir *Scopa* beigebracht. Das Blatt bestand aus vierzig Karten, es gab Ass und König und Zahlen und vier Spielfarben, wie in den französischen und deutschen Blättern auch, vieles unterschied sich jedoch. Statt Kreuz, Pik, Herz und Karo oder Eichel, Grün, Rot und Schellen hießen die Farben hier *spade* für *Schwerter*, *bastoni* für *Knüppel*, *coppe* für *Kelche* und *denari* für *Münzen*.

Marcella wollte zunächst nicht glauben, dass ich das Spiel nicht kannte. Bis vor ein paar Jahren hatte ich versucht, mit Kartenspielen Geld zu verdienen, Skat, Doppelkopf, Blackjack, Poker. Das hatte mir gelegentlich hübsche Gewinne beschert, öfter aber üblen Stress. Mehr als einmal musste ich die Gegend wechseln, um Gläubigern zu entwischen. Vor einem Jahr waren meine Schulden so hoch gewesen, dass ich mir geschworen hatte, nie wieder zu spielen, zumindest nicht um Geld. Allerdings wusste außer mir niemand von diesem Schwur, und ich merkte, dass ich für den Reiz der Karten nach wie vor empfänglich war. Zwar spielte mich Marcella an den ersten beiden Abenden in Grund und Boden, doch dann hatte ich das Prinzip begriffen. Es gab mehrere Wertungen, die parallel liefen, sodass man einen Hänger in der einen mit einer anderen ausgleichen konnte. Gelang es einem, die *Schöne Sieben* zu erobern, dann war das genauso viel wert wie der viel aufwendigere Kampf um die Mehrzahl der Karten. Im Leben hatte ich bislang nicht allzu viele Stiche gemacht, aber ich erkannte eine *Schöne Sieben*, wenn ich sie sah. Ich war nicht hier, um Punkte zu sammeln, sondern um Mimi zu retten. Mimi Chevalier, meine verloren gegangene Schöne.

Ich hatte aus Brettern und Kanthölzern, die ich hinter der alten Bergkirche im Gebüsch entdeckt hatte, einen wuchtigen Tisch gezimmert. Das Holz stammte von einem Gerüst, das nach der Renovierung des Campanile zwar abgebaut, aber nie abtransportiert worden war.

Tagsüber durchstreifte ich die Gegend oberhalb des Passo Cupolidda auf der Suche nach weiteren Ruinen mit trockenen, geräumigen Zisternen. Die meisten der alten Gehöfte, die noch aus der Zeit stammten, als über achthundert Menschen auf Stranezza lebten, waren schwer zugänglich. Die einstigen Pfade und Wege waren in Jahrzehnten überwuchert und kaum noch zu erkennen, das Gestrüpp aus Brombeeren, Wermut und Stechginster war bisweilen undurchdringlich. Doch allmählich bekam ich ein Auge dafür, die Strukturen unter der dornigen Vegetation zu erahnen, und ich hatte immer die Heckenschere dabei, die ich in der Werkzeugkiste gefunden hatte. Sie war robust, ein ähnliches Monstrum hatte ich in einem Film gesehen, der in Manhattan spielte, in *Little Italy*, das fest in sizilianischer Hand war. Sie amputierten einem Verräter mit der Schere die Zeigefinger, als wären es Makkaroni. Brombeerranken waren wirklich kein Problem.

Marcella beteiligte sich nur selten und dann auch eher lustlos an diesen Streifzügen, die Ruinen schienen sie weniger zu interessieren als die vulkanischen Abgründe an der Rückseite der Insel, zu denen wir oft abends aufbrachen, mit dem Ergebnis, dass wir uns heimwärts im spärlichen Mondlicht mehrmals fast die Knochen brachen. Manchmal, wenn ich von einer Erkundungstour zurückkam, hörte ich sie schon von Weitem schwatzen und kichern. Sie war dann in eine Unterhaltung mit den Eidechsen vertieft, deren Antworten sie wie immer gleich mitsprach, und Otello schaute nicht uninteressiert zu. Anfangs hatten die Eidechsen größten Respekt vor ihm gehabt, doch Marcella wachte mit Strenge darüber, dass er sich nicht an ihnen verging, und nun konnte es schon passieren, dass die kleinen, flinken Racker kichernd um seinen Schwanz herumhuschten. Ich wettete, dass sie kicherten, auch wenn wir mit unserem unterentwickelten Hörsinn das nicht mitbekamen.

Mitunter erzählte mir Marcella, was sie an Neuigkeiten in Erfahrung gebracht hatte, Klatsch und Tratsch aus dem Tierreich, würden Uneingeweihte sagen. In Wirklichkeit war das sehr spannend und amüsanter als das, womit wir in der Menschenwelt konfrontiert waren.

Zum Beispiel hatte es sich zugetragen, dass Ugo, der Sohn von Lucia, in der Eidechsenschule wegen seines, im Vergleich zu den anderen Jungs, arg kurzen Schwanzes gehänselt worden war. »Man sollte nicht denken, dass so etwas unter Tieren vorkommt«, meinte Marcella und hob nachdenklich die Brauen, »aber selbst da gibt es Mobbing. Weil Eidechsen keine Jeans oder Leggings tragen, fällt diese Schwanzgeschichte natürlich allen auf, und es spielt auch keine Rolle, dass Ugo dem Tod haarscharf entronnen ist und der Schwanz wieder nachwächst. Verstehst du? Kommt also Ugo nach Hause und heult sich bei seiner Mama aus. Die macht ihm erst mal Dampf, denn wer jammert, hat eigentlich schon verloren. Doch dann trommelt sie all ihre Cousinen zusammen, dreiunddreißig Eidechsen, und trifft Maßnahmen. Nun pass auf: Sie haben dann, an dieser Mauer hinterm Johannisbrotbaum, dem Ärgsten der Lästerer aufgelauert, Enrico heißt er, und sie haben mit vereinter Kraft einen Stein zum Wackeln gebracht und ihn dann, zack, dem Enrico auf den Schwanz krachen lassen. Jetzt ist dessen Schwanz auch futsch. Hatte Enrico noch Glück: nur der Schwanz. Und nun ist Lucia gespannt, ob es morgen in der Schule ruhiger zugeht. Vermutlich darf Enrico Großmaul zu Hause bleiben, vielleicht aber kreuzt auch sein Vater in der Eidechsenschule auf, Federico Obergroßmaul, und macht ein Fass auf, denn bei solchen Haushalten weiß man nie. Aber es gibt beileibe nicht nur Stress und Missklang. Lucias Tochter Serenella hat heute in Mathe eine Eins bekommen, sie hatten Multiplikation in Kettenrechnungen, und sie hat als Einzige die Textaufgabe gelöst, in der eine Eidechse zum Fleischer kommt und drei Fliegen zu acht Mimpel, fünf Ameisen zu fünf Mimpel und drei Motten zu sechs Mimpel kauft und mit einem Mompel bezahlt. Wie viele Mimpel bringt die Eidechse wieder mit heim? Du weißt sicher die Lösung, oder?«

Ich schaute sie entgeistert an. In meinem früheren Leben als Eidechse musste ich krank gewesen sein, als Kettenrechnungen dran waren.

»Ich habe keine Ahnung«, gestand ich, »wie viele Mimpel ein Mompel sind.«

»Na, das weiß man doch«, behauptete sie. »Das ist Elementarwissen, ohne das eine Eidechse schon als Kind aufgeschmissen wäre. Natürlich siebenundsiebzig! Siebenundsiebzig Mimpel ergeben ein Mompel. Denn so etwas Langweiliges wie das Dezimalsystem haben nur die Menschen.«

Ich überschlug daraufhin die Sache. Siebenundsiebzig minus achtzehn minus fünfundzwanzig minus vierundzwanzig …

»Dann ist die Lösung zehn Mimpel?«

Fragend schaute ich sie an, doch sie schüttelte den Kopf.

»Nein, drei. Gehen ja noch sieben Mimpel Mehrwertsteuer ab.«

Mir war so, als hätte sie sich den ganzen Quatsch erst kurz vorher ausgedacht. Ich stürzte mich auf sie, um sie durchzukitzeln, aber sie entwischte. Kreischend und quiekend flüchtete sie an der Zisterne vorbei, die Mauer hinauf, aufs Dach der Kochgrotte und steckte die Zunge raus. Das Gewölbe hielt, aber es lösten sich ein paar Steine, manchmal hatte sie wirklich Glück.

In den Nächten schlief ich tief und fest, und es störte mich auch nicht, dass Marcella, die meist vor mir einschlummerte, bisweilen leise schnarchte. Ich träumte ab und zu von Mimi, konnte mich aber morgens nie an Einzelheiten erinnern, nur daran, dass sie da gewesen war. Einmal schreckte ich hoch, weil ich das Gefühl hatte, dass das Bett schwankte. Ich tastete nach der Taschenlampe und sah im Schein der Funzel, dass Otello zu unseren Füßen stand und einen Buckel machte. Er sah erschrocken aus.

»Hast du das auch gespürt? Ich glaube, die Erde hat gebebt«, flüsterte Marcella.

Vielleicht hatte sie recht. Wir lauschten in die Nacht. Aber nichts tat sich mehr. Otello kuschelte sich wieder ans Fußende, ich löschte die Lampe, und bald darauf hörte ich wieder das sanfte Schnarchen. Am Morgen hatte ich die Sache fast vergessen.

Dann tat sich etwas. Eines Tages erhielten wir auf dem Handy die Nachricht, auf die wir mehr oder weniger gewartet hatten. Wir sollten uns am Nachmittag in Cesares Laden einfinden, man werde uns dort übers Festnetz anrufen.

»Mein Gott, machen die es spannend!« Marcella rollte die Augen. »Als wäre ein Festnetzanschluss sicherer als ein Funktelefon! Da lachen ja die Hühner!«

Doch letztlich hatten wir keine Wahl, und so gehörten wir zu den ersten Kunden, die nach der Siesta in den Laden schlüpften. Wir mussten uns eine halbe Stunde gedulden, bis der Anruf kam. Wir hatten zwar ausgemacht, dass Marcella rangehen sollte, doch der Anrufer verlangte, wie Cesares Frau uns achselzuckend wissen ließ, ausdrücklich den Herrn Giovanni Viani. Mich irritierte das, denn Don Fazio hatte uns eingeschärft, am Telefon keine Namen zu nennen.

»Pronto?«

»Signor Viani?«

Es war nicht Don Fazio, die Stimme kam mir nicht bekannt vor.

»Ja«, sagte ich zögernd, »genau der.«

»Sie hatten vor zwei Wochen einen größeren Posten Jungpflanzen bestellt, nicht wahr? Olivenbäume, Mandelbäume, Aprikosenbäume. Die Lieferung steht nun bereit. Allerdings gibt es eine Veränderung im Modus. Es war uns nicht möglich, die Sache über Materazzo abzuwickeln, da die Setzlinge diesmal von einer anderen Baumschule kommen. Wir möchten Sie darum bitten, die Lieferung in Palermo abzuholen. Lässt sich das machen? Die Papiere liegen in der Agentur Graziani bereit, wo Sie auch alles Weitere erfahren. Machen Sie sich zwei, drei schöne Tage in Palermo, bringen Sie Ihre Gattin mit, damit sie mal wieder Großstadtluft schnuppern kann.«

Dann nannte er die Adresse, was er sich hätte schenken können. Ich wusste, wo sich die Agentur von Signora Annarita befand. Er meinte noch, es wäre gut, wenn wir morgen, spätestens übermorgen da sein könnten, denn die Bäumchen sollten relativ bald in die Erde kommen. Dann legte er grußlos auf.

»Das war die Baumschule von Castellammare«, sagte ich zu Marcella, nachdem ich zu ihr ans Regal mit den Süßigkeiten getreten war, wo sie geflissentlich Sortiment und Preise bei Biskuits, Bonbons und anderem Naschwerk studierte.

»Die Haferkekse sind hier fast doppelt so teuer wie in Palermo«, verkündete sie. »Die Sandtaler aber, die man anbietet, damit sich der Besuch nicht allzu lange aufhält, sind hier genauso billig wie dort.«

»Fein«, erwiderte ich, »da wissen wir das nun auch. Falls du es nicht schon erraten hast: Wir können morgen deine Lieblingskekse zum halben Preis kaufen, verglichen mit hier. Falls du mitkommen willst. Willst du?«

»Ja, klar. Ich bin dabei«, raunte sie. Giovanna schien, auch wenn sie sich nichts anmerken ließ, die Ohren zu spitzen. »Geht es also endlich los? Aber wieso Palermo? Ich dachte, wir würden an den See fahren?«

»Vielleicht haben sie, der Tarnung wegen, die Routen geändert? Na ja, auch egal«, meinte ich. »Wir folgen einfach den Anweisungen. Ich werde mich hüten, denen zu erklären, wie sie ihren Job machen sollen.«

Ich sah ihrem Blick an, dass sie anderer Ansicht war, und ich hatte das leise Gefühl, dass es in Palermo Ärger geben könnte, wenn sie ihre Besserwisserei nicht in den Griff kriegte. Selbst wenn sie es wirklich besser wusste.

Am Abend überraschte mich Marcella damit, dass sie verkündete, diesmal werde sie das Abendessen kochen, »ganz gleich, wie es ausgeht«, wie sie mit kriegerischer Miene ergänzte. Ich durfte ihr helfen, Berge von Gemüse klein zu schneiden, Auberginen und Stangensellerie, Zucchini und Zwiebeln, Knoblauch und Paprikaschoten, Tomaten, Kapern und Oliven, und zwar genau nach Anweisung, denn klein und klein, klärte sie mich auf, das wäre nicht dasselbe. Sie schleppte außerdem eine ganze Batterie von Zutaten in unsere Kochhöhle: Öl, Essig, Zucker, Salz, Pfeffer, Peperoni und Basilikum. Sie jagte mich weg, als ich zugucken wollte. Das Rezept sei ein altes Familiengeheimnis, das von Frau zu Frau weitergereicht werde, und ich solle mich zum Teufel scheren, bis sie fertig sei, oder mit dem Kater spielen.

Das war schon eine tolle Sache mit der Tradition: Die Mutter hatte zwar ignoriert, dass ihr zweiter Mann die Finger nicht von Marcella ließ, aber das Rezept hatte sie ihr, wie es sich ziemte, bis ins letzte Detail weitergegeben.

Die Caponata, die Marcella nach zwei Stunden harter Höhlenarbeit auftischte, war ein Gedicht. Sie meinte, nach zwei, drei Tagen, gut durchgezogen, wäre sie noch besser, aber so viel Zeit hätten wir nun mal nicht. Sie erzählte, dass dieses Traditionsgericht in jeder Gegend Siziliens ein wenig anders schmeckt. »Bei uns, im Hinterland von Palermo, ist die Sache mit dem Essig und dem Zucker ganz wichtig, die Zunge weiß nicht so recht, ob sie das nun für süß oder sauer halten soll, und es trifft sie fast der Schlag, wenn dann die Schärfe kommt …«

Sie lachte schallend, und ich blickte sie fragend an.

»Das ist nämlich wie bei mir«, erklärte sie. »Du fragst dich, ob ich eher süß oder sauer bin, der fröhliche oder der tragische Typ, und zack – schon hast du die Schärfe am Hals. Hund oder Katze? Irrtum! Vampir!«

Sie fletschte die Zähne und fauchte, dass ich zurückfuhr. Als sie sich anschickte, mir in den Hals zu beißen, packte ich sie an der Gurgel und hielt sie auf Abstand. Erst, als sie röchelte, ließ ich sie los. Sie war nicht ganz dicht, daran bestand kein Zweifel. Ich war mir sicher, sie hätte zugebissen.

Als wir später nebeneinanderlagen, schien die Gefahr vorüber zu sein. Sie hatte sich etwas Neues ausgedacht. Ich merkte das daran, dass sie im Liegen mit den Armen ruderte, als würde sie dirigieren.

»Ich will dir etwas singen«, verkündete sie, »ein sizilianisches Lied über Blumen, die eine Frau für ihren fernen Liebsten gepflanzt hat, und die blühen und blühen und blühen, bis er wiederkommt. Dann aber sind sie binnen weniger Tage verwelkt.«

Sie holte tief Luft und gab sich dann, Dirigentin und Solistin zugleich, das Zeichen zum Einsatz.

»*Sciuri, sciuri, sciuri di tuttu l'annu*«, sang sie, »*l'amuri ca mi dasti ti lu tornu.*«

Es war herzzerreißend, und als ich mich ihr zuwandte, sah ich, dass ihr selber Tränen in den Augen standen.

»Ja, das geht so«, sagte sie nach einer Weile und schniefte, »*fiuri d'amuri mpassulutu*, da waren die Blumen der Liebe verwelkt, und keiner wusste, wer schuld daran war …«

Als ich am Morgen erwachte, lag ihr Kopf auf meiner Brust, und mein T-Shirt war nass. Ihre rechte Hand lag auf meinem

Bauch, die linke hatte sie sich zwischen die Beine geklemmt, und sie lächelte im Schlaf. Vielleicht wurde sie gerade, kurz vorm Erwachen, von einem Traumprinzen geküsst. Ich gönnte es ihr.

SECHSUNDZWANZIG

Hätte das Neun-Uhr-Aliscafo nicht eine Viertelstunde Verspätung gehabt, wäre es uns entwischt. Marcella hatte sich entschieden geweigert, ungesunde Hast walten zu lassen, wie sie es ausdrückte. Eile sei der Feind der Würde. Sie habe noch nie Boot, Bus oder Bahn verpasst, erklärte sie, und sie tat hernach so, als hätte das Aliscafo eigens ihr zuliebe getrödelt.

Gegen Mittag liefen wir in Materazzo ein. Ein Typ, den Marcella mit sicherem Gespür als Schwarztaxifahrer identifiziert und angesprochen hatte, brachte uns vom Hafen zur Bahnstation, die ein paar Kilometer landeinwärts in der Pampa zwischen der Stadt und einer Chemiefabrik lag, deren Schornsteine und Kühltürme die Hügel zwischen der Küste und den schroffen Bergen der Peloritani beherrschten. Der Bahnhof wirkte verlassen, weit und breit war keine Menschenseele zu sehen. Auf dem Vorplatz stand ein alter Imbisswagen, der aber verriegelt war. Auf einer Tafel hatte jemand mit Kreide aufgelistet, was man hier essen und trinken konnte, zumindest theoretisch. Dem Wagen fehlten die Räder, die Achsen ruhten auf grauen Betonblöcken, die vom braunen Gras fast verdeckt wurden.

Ich umrundete das schmucklose Bahnhofsgebäude und schaute nach, ob es überhaupt noch Gleise gab. Doch die Schienen glänzten silbrig grau und machten einen vielbefahrenen Eindruck. Nach einer Stunde kam aus Richtung Messina ein Zug und hielt tatsächlich an. Laut Anzeigetafel wäre er schon vor siebzig Minuten fällig gewesen. Wäre er pünktlich gekommen, hätten wir ihn verpasst. Marcella grinste triumphierend.

Letztendlich erreichten wir Palermo gegen vier am Nachmittag. Wir traten aus dem altehrwürdigen Bahnhofsgebäude, tauchten in das Gewimmel der Via Roma, das ich nach der Stille von Stranezza betäubend fand, und erreichten nach einer guten Viertelstunde die verwinkelten Gassen von Castellammare. Marcella nahm Otello von der Schulter und trug ihn im Arm. Sie kraulte sein Genick. Er schnurrte. Kater müsste man sein.

Die Agentur von Annarita Graziani war geschlossen. Sie hatte sogar die Jalousie vor dem Schaufenster und das Scherengitter vor der Tür herabgelassen. War sie nach der Siesta noch nicht zurück? Ungewöhnlich, denn um diese Zeit hatte sie immer im Café angerufen und ihre Wünsche durchgegeben, und zwar täglich außer sonntags. Doch es war nicht Sonntag.

»Ob sie krank geworden ist?«

»Was weiß denn ich?«, erwiderte Marcella unwirsch. Sie schien sie nicht zu mögen. Oder sie hatte, zurück in ihrer Heimatstadt, einfach schlechte Laune.

»Sie wird schon noch auftauchen«, sagte ich, »schließlich hat man uns herbestellt. Lass uns in das Café gehen, in dem ich gearbeitet habe.«

Doch Marcella weigerte sich, sie lehnte es kategorisch ab, und das konnte ich verstehen. Donna Aurora und Silvio hatten ihr womöglich die Attacke noch nicht verziehen. Außerdem hatte Otello Lokalverbot.

Also ließ ich die beiden vor der *Taverna Azzurra* zurück und ging allein die Via Maccherronai hinauf zu meiner alten Arbeitsstätte. Ich betrat das Café mit gemischten Gefühlen. Cristina stand allein hinterm Tresen, und sie schien sich aufrichtig zu freuen, mich zu sehen. Hinter der Kasse thronte Donna Aurora, bei ihr hielt sich der Jubel in Grenzen. Ich begrüßte erst die Chefin, dann meine kleine spanische Ex-Kollegin.

»Was macht die Liebe?« Ich zwinkerte ihr zu. Ihrem Hund gehe es super, ließ sie mich wissen, und *Liebe*, davon habe sie noch nie gehört, falls das ein Gewürz sei oder ein neues Gemüse, dann komme sie gut ohne aus.

»Ein Heilmittel«, erwiderte ich, »es ist ein Heilmittel. Aber man kann es nicht kaufen und es sich auch nicht verschreiben lassen. Man muss es selber finden und pflücken.«

»Schau an«, meinte sie und schüttelte schmunzelnd ihren Lockenkopf. »Bist du ein Experte für Heilerei geworden? Wo warst du überhaupt die ganze Zeit? Wo hast du gesteckt? Erst bist du verschwunden, dann ist auch Silvio nicht mehr gekommen. Wir haben lauter neue Leute hier, und die Einzige, die es wirklich draufhat, ist Miyu, unsere Südseeprinzessin.«

»Hör auf, so zu reden, Süße«, mischte sich Donna Aurora ein, »und frag nicht nach Dingen, die dich nichts angehen. Giovanni hat halt einen neuen Job. Und einen Silvio hat es hier nie gegeben.«

Ich wunderte mich, es kam überraschend, dass der nette Kerl aus Corleone in Ungnade gefallen sein sollte. Ich warf Donna Aurora einen fragenden Blick zu, doch sie zuckte nur mit den Achseln und zog vor den Lippen einen imaginären Reißverschluss zu. Sizilianer kennen diese Geste. Das Thema war also tabu. Hatte er sich mit der Kasse aus dem Staub gemacht? Oder war er mit der Tochter des Hauses durchgebrannt? Unwahrscheinlich.

Der Padrone betrat das Café, und auch er sah ausgesprochen ernst aus.

»Ich bin vorhin an der Agentur Graziani vorbeigekommen«, sagte ich, nachdem wir einander begrüßt und ein paar Worte gewechselt hatten, die das Wetter, die Gesundheit, die Geschäfte und den üblichen Gang der Dinge betrafen. »Die Jalousie war herabgelassen, alles dicht und fest verschlossen. Ist die Signora krank oder verreist?«

Der Padrone und Donna Aurora wechselten einen unauffälligen Blick, ein eingespieltes Paar, aber ich merkte, dass etwas nicht stimmte.

»Das kannst du nicht wissen«, sagte er zögernd, »aber die Signora Annarita hatte gestern Abend einen Autounfall.«

Er sprach so leise, dass ich ihn kaum verstand, und das war sonst nicht seine Art. Aus seinen Worten ging hervor, dass es sich nicht um eine Bagatelle gehandelt hatte, mit Kratzern am Lack und einem kleinen Schleudertrauma, dem mit einer Halsmanschette beizukommen war. Ihr Wagen war an einer Kreuzung in der Nähe des Teatro Massimo gerammt worden, ins Schleudern geraten und an einen Laternenpfahl geknallt. Ob sie Vorfahrt gehabt hatte, war unklar. Wer auch immer in sie reingebrettert war, hatte es geschafft, sich ungesehen aus dem Staub zu machen, denn es gab, trotz des regen Abendbetriebs auf den Straßen, keinerlei Zeugen. Welch Überraschung aber auch! In Palermo gab es nie Zeugen. Schlecht für die Ermittler. Gut für die durchschnittliche Lebenserwartung.

Auch wenn der Padrone nichts dergleichen sagte, schloss ich, dass der Unfall kein Zufall gewesen war. Eine Frau, die mit dem Boss von Seralcadio verheiratet, doch für den Vize von Castellammare tätig war, lebte gewiss nicht ungefährlich. Zumal Signora Annarita mit Don Fazio, auch wenn er das geleugnet hatte, wohl mehr als nur eine geschäftliche Beziehung verband. Sollte sie wieder mit dem BMW unterwegs gewesen sein, der eigentlich ihm gehörte, konnte sie auch verwechselt worden sein. Angeblich erwischte es bei jedem zwölften Auftragsmord den Falschen, die Killer kannten ihre Opfer selten persönlich.

»Wie steht es um sie?«

»Sie ist mit Blaulicht ins Hospital gebracht worden«, erwiderte er. »Kann gut sein, dass sie an den Maschinen hängt und mit dem Tod kämpft.« Mehr lasse sich im Moment nicht sagen.

»Das ist seltsam«, sagte ich zu ihm, leise, aber doch mit Nachdruck. »Denn ich habe eine Auftrag und sollte mit ihr über die Einzelheiten sprechen.«

Er nickte. Zwar wisse er nicht, worum es gehe, und er wolle es auch gar nicht wissen, aber er habe da einen Brief für mich. Er zog ein Kuvert aus der Innentasche seines Jacketts und reichte es mir.

Während Donna Aurora uns mit vermeintlich ausdruckslosem Blick zusah, machte Cristina große Augen. Ich lächelte ihr zu, als wäre nichts, und bat sie, mir einen schönen Kaffee zu machen.

»Geht aufs Haus«, sagte der Padrone und schnappte sich die Zeitung, während ich den Umschlag aufriss und die Nachricht überflog, die jemand auf einen Zettel geschrieben hatte.

Marcella saß auf der Fensterbank der *Taverna Azzurra*, ein Glas Aperol Spritz neben sich und Otello auf dem Schoß. Sie sah mich erwartungsfroh an, ihre Laune schien sich gebessert zu haben. Ich setzte mich zu ihr und streichelte den Kater. Sie erkundigte sich, wie es weitergehe, und ich erzählte, was ich gehört und gelesen hatte.

»Nun plötzlich doch nach Pergusa?« Sie schüttelte ungläubig den Kopf. »Heute Nacht schon?«

Ich nickte. Wir sollten uns am frühen Abend in der Bar in der Via Amari einfinden, zwischen sechs und sieben, dort würde uns jemand erwarten, um uns zum See zu bringen. Man schien zu wissen, dass wir schon in Palermo waren und rechtzeitig hinfinden würden, und man ging davon aus, dass wir wussten, welcher See gemeint war. Und welche Bar.

Die Bar *Luce del Porto* war die einzige in der Straße, die ich kannte. Keine zwei Stunden nach meinem ersten Besuch dort hatte man mich ins Meer geworfen. Ich hatte Marcella davon erzählt.

»Treffen wir uns dort gegen sechs? Ich müsste nämlich vorher noch etwas erledigen.« Sie schaute mich fragend an.

Ich nickte. Der Vorschlag hätte von mir sein können. Auch ich hatte noch etwas vor.

Pino stand am Tresen und rührte mit dem Löffel in einer Tasse, die längst leer war. *U Quetu*, der Mann ohne Eile. Ich war froh, dass nicht der Typ mit der Augenklappe auf uns wartete, ich hatte keine Lust auf ein weiteres Bad.

Pino hielt sich nicht mit Erklärungen auf, sondern verfrachtete uns und unser Gepäck in seinen altweißen Fiat Croma, der gleich um die Ecke stand, und schon waren wir unterwegs.

Marcella hatte registriert, dass ich nun eine Tasche dabeihatte. Ich staunte immer wieder, wie viel dieser Waffenkram wog. Mein Zimmer war, wie es schien, noch nicht wieder vergeben worden, niemand hatte meine Sachen angerührt. Der Betreiber war nicht da, und auch der Holländer war ausgeflogen. Ich hatte mich ohne Umschweife daranmachen können, die Diele auszuhebeln, unter der das Säckchen mit den Diamanten versteckt war, die man in Marseille vermutlich immer noch vermisste. Die Beretta und die Munition hatte ich ebenfalls eingesteckt. Was Marcella unterdessen erledigt hatte, wusste ich nicht. Ich verkniff es mir, zu fragen.

Pino war guter Dinge, er summte ein Lied und schien nicht damit zu hadern, dass man ihn am Abend noch über Land schickte. Wieder nahm er die A19, und obwohl der alte Fiat zu ächzen begann, wenn die Tachonadel sich zitternd der Hundertzwanzig näherte, hielt er wacker durch. Das war keine Gegend, in der Porsche-Fahrer mit zu kurzen Schwänzen ihr Minderwertigkeitsgefühl zu kompensieren versuchten, indem sie mit hundertachtzig und Lichthupe das gemeine fahrende Volk bedrängten. Es ging entspannt zu, und da Pino nicht der Typ für Smalltalk war, fragte ich ihn rundheraus, ob er Silvio kenne, den Mann aus Corleone.

Er tat zunächst, als hätte er nichts gehört, und starrte geradeaus.

»Du kennst ihn also«, hakte ich nach. »Was ist passiert?«

»Vergiss es«, sagte er. »Ich fahre euch hinauf an den See, basta, das muss reichen.«

»Du darfst wohl nicht darüber reden?«, hakte Marcella nach. »Wenn du den nicht kennst, fresse ich einen Besen.«

»Du bist mal wieder ganz schön frech, Kleine«, erwiderte Pino und zündete sich eine Zigarette an. Mir schien, als huschte ein Schmunzeln über seine schmalen Lippen, als er den Rauch ausstieß. »Wärst du nicht du, würde ich dich jetzt rauswerfen. Ja, ich habe ihn gekannt. Und ich rede grundsätzlich nicht über Leute, die erstens aus Corleone stammen, zweitens mit den Bullen kooperieren und drittens spurlos verschwunden sind.«

Er sagte es so, dass offen blieb, wie das gemeint war. Manchmal war *spurlos verschwunden* nur eine Umschreibung. Die Sache war so oder so gravierend. Sollte Silvio tatsächlich für die Polizei gearbeitet haben, dann war jetzt in Castellammare Feuer unterm Dach.

Ich überlegte, was er über mich wusste, und entschied, dass es ausreichte. Letztlich würde keinen interessieren, wie ich da hineingerutscht war. Ich arbeitete für den Clan von Castellammare. Punkt.

Spurlos verschwunden, das konnte heißen, dass Silvio einfach untergetaucht war oder dass die Behörden ihn versteckten. Oder dass Don Fazio ihn erwischt und *verschwinden lassen* hatte. Ich war mir nicht sicher, ob man heute immer noch Leuten die Füße betonierte und sie dann ins Meer warf. Untertauchen auf die buchstäbliche, die endgültige Art. Vielleicht hatte man das ohnehin nur in Amerika so gemacht. Auf Sizilien war das nicht nötig. Hier gab es so viel Brachland, dass es schier unmöglich war, etwas wiederzufinden, was abseits der Straßen vergraben worden war. Etwas. Silvio war mir nicht unsympathisch gewesen. Ich erinnerte mich, wie gut er sich ausgekannt hatte. Er musste Gründe für sein Tun gehabt haben.

Pino verließ die Autobahn bei Enna, fuhr hinunter nach Pergusa, brachte uns aber nicht bis zum Autodrom, sondern ließ uns an der Hauptstraße raus. Er meinte lakonisch, er habe noch was zu erledigen. »Man sieht sich«, sagte er. »Oder auch nicht.« Alte sizilianische Redensart. Schon war er weg. Mir schien es, als wäre er froh, uns los zu sein.

Als wir vor den riesigen Tribünen standen, die man in die Idylle gewuchtet hatte, fragte ich mich wieder, wer die kranke Idee ausgebrütet haben mochte, um diesen zauberhaften kleinen See einen Betonring zu legen, ihm eine Piste zu verpassen, auf der Leute mit hochgezüchteten Karren um die Wette im Kreis fuhren.

Ich erkannte die drei alten Platanen wieder, hinter denen es zu der Anlegestelle ging. Marcella lief, ohne die Rennstrecke eines Blickes zu würdigen, zum See hinunter, an dessen Ufer einst, wenn die alten Geschichten stimmten, Proserpina in die Unterwelt entführt worden war. Ich folgte ihr.

»Wollen wir nicht nachsehen«, fragte ich, »ob der Transporter da ist?«

»Nein«, meinte sie, »es ist noch zu früh. Wenn wir uns jetzt an den Garagen zu schaffen machen, kann das jeder sehen.«

»Als Don Fazio uns die Stelle gezeigt hat«, wandte ich ein, »war es auch noch hell.«

»Da war ja auch keine Lieferung da«, erwiderte sie. »Sollte jemand auf der Lauer liegen, um zu schauen, wer sich den Transporter holt, wären wir dran.«

Ich fand, dass sich daran auch nach Einbruch der Dunkelheit nicht viel ändern würde. Wenn jemand ein Auge auf die Garagen hatte, würde es so oder so heikel werden. Doch ich sagte nichts.

Wir setzten uns auf den Steg, der mit einem altersschwachen Holzgeländer gesäumt war, und blickten aufs Wasser. In Sichtweite paddelte ein Paar Mandarinenten im Kreis und unterhielt sich angeregt. Leider verstand ich kein Mandarin. Ich wusste genauso wenig, was Marcella durch den Kopf ging. Wahrscheinlich brütete sie eine komplizierte Idee aus. Sie wirkte in sich gekehrt. Otello schien zu schlafen. Der hatte keinen Stress.

»Weißt du«, sagte sie nach einer Weile, »mir kommt das alles seltsam vor. Pino hatte es so eilig, wieder abzuhauen. Erst der mysteriöse Unfall dieser Frau. Dann die Sache, dass dieser Silvio ein V-Mann gewesen sein soll. Schließlich das hier. Erst hieß es Pergusa, dann Palermo, nun wieder Pergusa. Wissen wir eigentlich noch, wer die Fäden in der Hand hält? Was passiert, wenn wir diese Karre nach Materazzo kutschieren? Was, wenn wir es nicht tun?«

»Keine Ahnung«, murmelte ich. »Doch wir können jetzt auch nicht einfach sagen: *Ach nö, wir lassen das lieber.*«

»Warum denn nicht?« Sie schob trotzig die Unterlippe vor. »Man kann von einer Sekunde auf die andere eine neue Sicht haben. Und dann reagiert man eben.«

Ich spürte die Anspannung. In mir sträubte sich alles. Ich wollte nicht hier sein. Ich wollte nichts entscheiden müssen. Ich wollte nichts falsch machen. Das alles tat ich nur, um Mimi freizubekommen. Allerdings war ich mir nicht mehr sicher, ob das überhaupt klappen würde. Wo war sie jetzt? Was geschah mit ihr? Wo steckte dieser verdammte Don Fazio, der sie in seiner Gewalt hatte?

»Ich muss mal pinkeln«, ließ sich Marcella vernehmen. »Kannst du Otello kurz nehmen?«

Klar konnte ich. Dass sie dazu ein Stück gehen wollte, leuchtete mir ein. Doch dass sie ihren Rucksack aufbehielt, fand ich übertrieben. Hatte sie Angst, ich könnte ihn durchwühlen?

Als sie nach gut einer Stunde noch nicht zurück war, wurde ich unruhig, zumal es nun dunkel wurde. Hatte sie sich klammheimlich abgeseilt? Männer gaben vor, Zigaretten zu holen, Frauen gingen austreten.

Ich zählte langsam bis hundert, was rein gar nichts brachte. Schließlich erhob ich mich. Otello passte das nicht. Vielleicht hatte ich ihn aus einem Katzentraum gerissen. Er machte einen Buckel, als ich ihn absetzte, und fauchte ungehalten. Verwöhnter Bursche. Ich schulterte meine Tasche und nahm ihn seufzend auf den Arm.

Hinter den Büschen, die beiderseits der Anlegestelle das Ufer säumten, fand ich Marcella nicht. Hätte mich auch gewundert, wenn sie beim Pinkeln eingeschlafen wäre. Bei ihr wusste man freilich nie. War sie zu den Toiletten bei den Tribünen gegangen? Das passte nicht zu ihr. Ich wettete, sie würde sich lieber in die Natur hocken als auf ein Klo, das von Tausenden frequentiert worden war und stank wie ein toter Mink. So oder so hätte sie längst wieder da sein müssen.

Ich schaute mich bei den Baracken um, blickte unter die Tribünenkonstruktion, ging dann zu der Garagenfront an der Seitenpiste, die Don Fazio weltmännisch *Boxengasse* genannt hatte.

Die Rolltore waren verschlossen, mit einer Ausnahme. Garage Nummer acht stand ein Stück offen. Immerhin. Ich setzte Otello ab und spähte unter den Lamellen hindurch. Viel sah ich nicht, aber als sich meine Augen an das Schummerlicht gewöhnt hatten, war klar: Die Garage war leer. Hier hätte der Transporter stehen sollen.

Irgendwo schepperte etwas. Mir ging auf, dass Otello verschwunden war. Auch das noch!

Ich rief halblaut seinen Namen, doch nichts tat sich. Ich würde jetzt nicht anfangen zu pfeifen. Nach meiner Ansicht kamen Katzen, wenn sie kommen wollten, von allein. Vor allem, wenn es was zu fressen gab. Ich hatte freilich nichts dabei.

Wieder lauschte ich. Mir war, als hätte ich Schritte vernommen. Ich spitzte die Ohren. Nichts. Tiefe Stille. Also tat ich mich hinter den Garagen um. Da es nun rasch immer dunkler wurde, war das nicht ganz ohne. Ich stieß gegen rostige Fässer, die von mannshohem Unkraut umwuchert waren. Dahinter erahnte ich eine Abfallgrube. Ich roch sie mehr, als dass ich sie sah. Willkommen auf dem weltberühmten Autodrom von Pergusa!

Hinter den Fässern raschelte es. Mir sträubten sich die Haare. Gefahr! Stattdessen Auftritt Otello. Schemenhaft. Er maunzte bekümmert.

»He, komm her«, raunte ich erleichtert. »Nicht, dass du noch da reinfällst.«

Kater in der Grube …

Auf Zehenspitzen tastete ich mich zum Ende des Garagentrakts. Otello folgte mir, offenbar bereit, an meiner Seite der Gefahr zu trotzen. Bei den Tribünen sprangen ein paar Scheinwerfer an, was mich für einen Moment in Panik versetzte. Ich wartete. Doch niemand kam. Ich beruhigte mich. Vermutlich eine automatische Schaltung.

Vorsichtig äugte ich um die Mauerecke. Aus den Augenwinkeln nahm ich eine Bewegung wahr. Etwas sauste an meinem Ohr vorbei und traf mich am Arm, hart, schwer, kantig. Der Schlag war wuchtig gewesen, hatte mich aber nicht umgeworfen. Ich unterdrückte einen Schmerzenslaut und starrte auf die Gestalt vor mir.

»Ach du meine Güte«, sagte eine Stimme, die ich kannte. »*Du* bist das?«

SIEBENUNDZWANZIG

Wir saßen wieder am See. Ein schmaler Streifen Licht fiel von den Strahlern bei den Tribünen bis auf den Steg. Ringsum war es ansonsten dunkel. Marcella wirkte überraschend zufrieden. Wie sie mich großzügig wissen ließ, hatte sie dem einzigen Café des Ortes einen Besuch abgestattet und sich dort einen Aperol Spritz gegönnt.

»Ich dachte, du wolltest pinkeln gehen«, sagte ich matt. »Ich hatte nicht damit gerechnet, dass du dafür die halbe Nacht brauchen würdest.«

»Ja, schon«, gab sie zu, »hinter den Büschen wäre es schneller gegangen. Aber ich nahm an, dass die dort mehr Komfort haben, Papier, Waschbecken, diese Dinge halt. Ich habe mich, ehrlich gesagt, nicht getäuscht.« Sie grinste spitzbübisch. »Nur hatte ich nicht damit gerechnet, dass ihr bei meiner Rückkehr verschwunden sein würdet. Ich dachte, man hätte dich geschnappt.«

»Wenn hier jemand verschwunden war, dann ja wohl du. Außerdem hättest du mich beinahe erschlagen.«

»Ja, Mann«, gab sie zu, »viel hat wirklich nicht gefehlt. Jetzt gib aber Frieden, sonst kriegst du nix ab von den Delikatessen. Ich habe nämlich was zu essen mitgebracht.«

Sie entnahm ihrem Rucksack ein Panino, das mit Käse belegt war, brach es durch und reichte mir, nachdem sie die beiden Teile taxiert hatte, die größere Hälfte. Ich war gerührt.

Es wurde rasch kühler. Obwohl wir uns im Tal befanden, lag die Gegend, soweit ich wusste, sechs- bis siebenhundert Meter über dem Meer.

Als wir unser Mahl beendet hatten, rückte Marcella näher. Ich spürte, wie sie fröstelte. Plötzlich schwang sie sich herum, setzte sich auf meinen Schoß und schmiegte sich an mich. Ich spürte ihre Nase und ihren Mund an meinem Hals, die Haare kitzelten mich. Ich wusste nicht genau, wie weit ich von der Kante entfernt saß, wie viel Spielraum war, ich hatte keine Lust, rücklings in den See zu kippen. Mit Mühe stützte ich mich ab. Sie legte die Arme um mich, wir saßen Brust an Brust. Ich strich ihr linkisch über den Rücken. Sie schnurrte.

»Mehr«, murmelte sie, »mehr, mehr, mehr! Nicht schneller, aber fester.«

Sie erschauerte, als ich den Druck meiner Finger verstärkte. Dann presste sie sich an mich und brummte, als wäre sie ein Bärenmädchen. Mir wurde nun auch wärmer.

Im Schilf neben der Anlegestelle gluckste und plätscherte es hin und wieder, die Enten, Taucher und Löffler, die hier wohnten, waren noch nicht zur Ruhe gekommen, nicht zu vergessen die Frösche, die sich nie ganz sicher sein konnten, ob sie die Stunde des Abendmahls überlebten. Von fern war ein kurzes, strenges Schnattern zu hören im Wechsel mit aufgeregtem Tschilpen. Vielleicht hatte eine Entenmutter herausgefunden, dass ihr Jüngster seine Hausaufgaben nicht gemacht hatte, oder er war zu spät vom Spielen heimgekommen, und Mama malte ihm aus, was der Fuchs mit solchen Kindern machte. Das Tschilpen klang ängstlich und ein wenig zerknirscht, fand ich, und das Schnattern rechthaberisch. Vielleicht waren die Enten auch nicht besser als die Menschen. Oder ich verstand sie falsch.

Ich zuckte zusammen, denn ich spürte etwas Feuchtes an meinem Ohr, jemand züngelte in meiner Hörmuschel herum, und ich hatte einen starken Verdacht.

»Bist *du* das?«

Seit Adam im Paradies nachts Eva an die Brust gefasst und sie ihn im Dunkeln genau das gefragt hatte, war dieser Satz ein Klassiker, eine der dümmsten Fragen aller Zeiten, übertroffen höchstens von: *Schläfst du schon?*

»Aber woher denn«, flüsterte sie mir ins Ohr, »wie kommst du denn darauf? Das bin doch nicht ich.«

»Dann ist es ja gut«, erwiderte ich. »Ich dachte schon …«

»Vermutlich ist das deine göttliche Mimi«, wisperte sie und ließ ihre feuchte Zungenspitze tänzeln. »Stell dir das mal vor! Denn das ist doch genau das, was du dir wünschst, oder?«

Ich spürte, dass sie mein Ohrläppchen zwischen die Zähne nahm und behutsam darauf herumbiss. So wie Marcella sich nun in den Hüften wiegte, fragte ich mich, worauf das hinauslaufen sollte. Sie stöhnte leise, keine Ahnung, ob aus Wonne oder aus Versehen. Vielleicht machte sie sich auch über mich lustig. Sanft küsste sie die Flanke meines Halses, und spätestens jetzt konnte ich nicht mehr so tun, als würde mich das nicht persönlich betreffen.

»Hör auf«, knurrte ich. »Du bist nun mal nicht Mimi.«

Die Höflichkeit in Person.

»Ich denke gar nicht daran aufzuhören«, flüsterte sie, und

ich fühlte ihren Atem warm an meinem Hals, »denn ich bin wirklich nicht Mimi.«

»Was willst du denn damit sagen? Das ist nicht witzig, ehrlich«, raunte ich.

»Ich will gar nichts sagen«, erwiderte sie. »Und falls doch, würde ich höchstens sagen, dass nicht falsch sein kann, was schön ist. Und nun sei still!«

Nicht zu reden, sondern etwas zu tun, das war, auch wenn sie es nicht so gemeint hatte, ein guter Tipp. Ich entschied mich zu handeln. Da ich mich mit nur einer Hand abstützte, war mein Manöver nicht ganz ungefährlich. Hätte ich zu wenig Schwung in die Drehung gelegt, wäre ich schon im Ansatz gescheitert und, der Stütze beraubt, rücklings umgesunken. Mit zu viel Schwung wären wir wie zwei Ringer von der Matte gerollt, in diesem Falle von der Anlegestelle, und ins Wasser gefallen. Aber der Impuls war stark genug, um sie herumzuwirbeln, von meinem Schoß zu kippen und auf den Rücken zu drehen. Dass sie dabei mit dem Hinterkopf ziemlich hart auf die Planken schlug, tat mir leid, doch das hatte sich nicht vermeiden lassen. Ich schnappte mir ihre Handgelenke und fixierte sie. Nun saß ich auf ihrem Schoß, und ich konnte im vagen Licht der fernen Strahler sehen, wie sich ihre Augen zu Schlitzen verengten, wie sich ihr Brustkorb heftig hob und senkte, und ich hörte sie nach Luft schnappen.

Ich hätte mich auf ihre Oberschenkel setzen sollen, aber hinterher ist man immer schlauer. So konnte sie sich zwar nicht aufbäumen, mir aber ihre Knie ins Kreuz rammen. Die Attacke kam so plötzlich, dass ich nach vorn kippte und mit meinem Kinn fast ihre Nase zertrümmert hätte. Meine Schuld wäre das nicht gewesen, doch ich rechnete nicht mit Lob und Dank dafür, dass ich mein Gesicht blitzschnell zur Seite gedreht hatte.

Ich hatte erwartet, dass sie schimpfen und sich winden würde, nachdem ich mich wieder hochgestemmt und sie in den Klammergriff bekommen hatte. Doch ihre Augen funkelten eher belustigt als wütend.

»Küss mich«, raunte sie. »Küss mich, starker Mann.« Dazu lachte sie frech und unbekümmert, als hätte nicht ich ihre Handgelenke im Griff, sondern als wäre sie es, die bestimmte, was geschah.

»Vielleicht versohle ich dir den Arsch, Süße«, knurrte ich, »und zwar so, dass du zwei Wochen lang nur auf dem Bauch liegen kannst oder im Stehen schlafen musst. Du missachtest meine Gefühle.«

Sie zappelte und wand sich unter mir. Käme jetzt ein neutraler Beobachter des Wegs, würde er wohl falsche Schlüsse ziehen. Das hier sah gewiss nicht nach dem aus, was es war: Ein Mann, getrennt von der Liebsten, wehrte sich gegen die Avancen einer anderen. Dabei wollte diese andere ihn gar nicht, die wollte nur spielen, die wollte sehen, wie weit sie gehen konnte. Die wollte herausfinden, ob sie es schaffte, dass er sie küsste.

»Wieso sträubst du dich?«, fragte sie. »Warum küsst du mich nicht einfach? Hast du vergessen, wie schön das sein kann? Du ahnst gar nicht, wie unheimlich gut ich küssen kann. Vielleicht aber doch. So, wie du auf mich reagierst ...«

Ich merkte, wie ich errötete, und ich fühlte mich ertappt. Sie sah hinreißend aus, wie sie ohne jede Angst unter mir zuckte und strampelte, mit blitzenden Augen und unverhohlenem Vergnügen. Obwohl sie nicht bekam, was sie angeblich wollte, schien ihr die Sache riesigen Spaß zu machen.

»Geht es denn nicht in dein schönes Köpfchen«, zischte ich, »dass ich das alles hier nur veranstalte, um Mimi freizubekommen?«

»Ja, mein Lieber«, versetzte sie, und plötzlich lag sie ganz still, »das ehrt dich total. Aber soll ich dir mal was sagen?«

»Du sollst mir gar nichts sagen«, erwiderte ich. Mir schwante, dass sie schon wieder etwas im Schilde führte. Ich würde mich nicht einwickeln lassen, ich hatte sie durchschaut. Sie wollte einfach die stärkere, gerissenere, interessantere Frau sein, darauf lief es hinaus, und sie hatte offenbar keinen

Schimmer, dass sie nicht die geringste Chance hatte. Mimi war Mimi.

»Was auch immer du mir sagen willst«, sagte ich, »küssen werde ich dich nicht.«

Obwohl ihr halb geöffneter Mund wunderschön aussah, ihre vollen Lippen im Licht der Strahler verführerisch glänzten, war ich mir, was das betraf, ganz sicher. Ziemlich sicher.

»Ha, ich habe dich durchschaut!« Ihre Stimme hatte einen triumphierenden Unterton. »Du würdest eigentlich gern! Im Grunde fällt es dir höllisch schwer, dich zu beherrschen. Du übst Verzicht, aber eigentlich würdest du gerade furchtbar gern ...«

Blitzschnell beugte ich mich vor, tupfte ihr einen winzigen Kuss auf die Lippen. Dann ließ ich ihre Handgelenke los und rutschte von ihr herunter.

Sie blieb zunächst einfach liegen. Ich saß nun neben ihr, und ich sah aus den Augenwinkeln, dass ein Lächeln ihre Mundwinkel umspielte. Ich erahnte es nur, aber es war zweifellos da, dieses Lächeln. Otello, der zu unseren Füßen saß, keinen Meter entfernt, machte große Augen. Der Kater als Voyeur, ein noch unerforschtes Thema.

Marcella richtete sich auf und rieb ihre Handgelenke.

»Du hast mich geküsst«, sagte sie. »Das ist schön. Ich erzähle es auch nicht weiter. Geht ja nur uns was an.«

Sie war eine unglaubliche Nervensäge. Und sie roch gut. Das gefiel mir, ich fand es okay, dass ich ihren Geruch mochte. Nicht auszudenken, wenn ich sie nicht hätte riechen können, schließlich mussten wir vielleicht noch wochenlang miteinander auskommen.

»Ich habe dir ja noch gar nicht gesagt, was ich dir sagen wollte«, sagte sie. »Mag sein, dass es dir nicht gefallen wird. In der Kurzfassung: Mir ist in Palermo zu Ohren gekommen, dass die Gefangene von Don Fazio nicht länger seine Gefangene ist. Worte wie *Gespielin* oder *Mätresse* sind gefallen.«

Ich versteinerte. Dann sagte ich mir, dass sie das mit Absicht machte, um mich zu verunsichern. Niemals würde Mimi sich mit so einem Typen einlassen, nie und nimmer. Dennoch hatten mich die Worte getroffen.

»Sicherlich nur ein Gerücht«, sinnierte sie. »Da ist selten etwas dran. Und selbst wenn? Das ist das Oslo-Syndrom. Oder Helsinki? Gefangene lassen sich auf ihre Peiniger ein. Wäre nicht die erste Geschichte dieser Art.«

»Stockholm«, knirschte ich.

»Wie – Stockholm?«

»Es heißt nicht Oslo- oder Helsinki-Syndrom«, knurrte ich, »sondern Stockholm.«

»Was du alles weißt!« Sie klatschte in die Hände wie ein Kind im Puppentheater, wenn der Kasper den Teufel austrickst. »Ich bin immer wieder beeindruckt.«

»Woher hast du das eigentlich?«

Ich versuchte, cool zu klingen, schaffte es aber nicht. Ich merkte selbst, wie gepresst meine Stimme wirkte.

»Dass sich deine Mimi mit Don Fazio eingelassen haben soll? Habe ich halt gehört.«

»Quatsch! Du hast dir das ausgedacht.« Die Wut erhob zischend ihr Haupt.

»Habe ich nicht. Ich wollte es dir eigentlich gar nicht erzählen. Aber okay, was soll's? Ich habe mich heut Nachmittag mit meinem jüngeren Bruder getroffen. Der hat mir etwas besorgt. Er weiß ungefähr, was damals passiert ist und dass ich Don Fazio verpflichtet bin. Er kennt ihn flüchtig, wie man ihn in Palermo eben kennt, als den Mann aus dem Provenzano-Clan, der in Castellammare die Strippen zieht. Mein Bruder hat also gehört, dass der sich in letzter Zeit öfter mit einer neuen Flamme gezeigt hat. Schlank, mittelblond, grünäugig, angeblich Französin. Man sagt, er habe sie mit Kleidern und Schmuck überhäuft, sei mit ihr im Cabrio durch die Gegend gegondelt und nobel essen gewesen. In der Oper war er auch mit ihr. Er habe sie im Grunde vorgeführt wie …«

»Schon gut«, sagte ich. »Sei still.«

Sie tat mir den Gefallen, für den Moment zumindest. Ich ließ das sacken. Wie ich es auch drehte und wendete, es klang nicht schön. Und es klang unglaubhaft. Ich entschied, dass sie sich das aus den Fingern gesaugt hatte, um mich zu reizen. Ich schüttelte den Kopf und lächelte kühl.

»Du glaubst mir also nicht.« Sie sagte es leichthin. Nicht erbost, nicht amüsiert. Eine Feststellung. »Gut, ich würde es vielleicht auch nicht glauben. Ich kenne mich ja. Ich würde wissen, dass ich mir manchmal etwas ausdenke. Dummerweise bist du nicht ich. Du kannst also nicht wissen, dass ich ausnahmsweise mal die reine Wahrheit sage.« Sie zuckte die Schultern.

»Ist okay«, sagte ich. »Du hast es versucht. Du bist gut in diesen Dingen. Zum Glück bin ich stärker als du denkst.«

»Stärker?« Sie zuckte wieder die Schultern. »Sturer vielleicht. Aber Dickköpfigkeit ist nicht gleichbedeutend mit Stärke. Ist eher ein Zeichen von Schwäche. Stark wäre, wenn du mit den Achseln zucken und sagen würdest: *Gut. Fickt sie halt mit diesem Macker. Hat ja nichts zu bedeuten. Sie wartet nur auf ihre Chance. Ich liebe sie trotzdem. Ich verzeihe ihr.* Das wäre stark. Allerdings könnte ich das nicht. Für mich wäre das Verrat. Es wäre unwürdig. Und ich würde schwören, ihr entweder die Kehle durchzuschneiden oder sie aus meinem Gedächtnis zu tilgen.«

»Es reicht jetzt«, sagte ich.

Und tatsächlich schwieg sie dann.

Still saßen wir nebeneinander, sie fröstelte und mir war auch nicht besonders warm, und wir starrten auf den See. Dort war überhaupt nichts zu sehen. Aber hinter uns. Hinter uns tat sich plötzlich etwas.

ACHTUNDZWANZIG

Motorräder näherten sich röhrend, dem Getöse und den Lichtern zufolge bog ein gutes Dutzend Maschinen auf die Rennstrecke ein. Es ging zu schnell, als dass ich die Scheinwerfer hätte zählen können. Sie zogen im Pulk an der Tribüne vorbei, für einen Moment war der Lärm ohrenbetäubend, dann schwoll er wieder ab. Es hatte etwas Unwirkliches. Bald darauf hörten und sahen wir sie auf der gegenüberliegenden Seite des Sees.

»Was ist das denn? Ein Nachtrennen?«

»Könnte man fast denken«, meinte Marcella. »Das sind aber keine Rennfahrer, glaube ich, sondern Biker. Eine Rocker-Gang.«

»So was wie die Hell's Angels?« Ich lachte. »Würde ja passen. Wenn man bedenkt, dass Proserpina hier ihren Abgang Richtung Hölle hatte.«

»So lustig ist das nicht«, versetzte sie. »Die Gangs von Catania und Siracusa sind berüchtigt. Sie sollen sich in den letzten Jahren in den Bergen einige Scharmützel geliefert haben. Inzwischen haben sie sich gegen die Palermitaner verbündet. Mein großer Bruder sagt, dass die alten Feindschaften immer wieder hochkochen. Palermo und Catania sind sich von jeher nicht besonders grün. Und das hier ist eher das Terrain der Catanesen.«

»Du meinst, das sind die harten Burschen aus Catania auf Ausflug?«

»Wie hart sie wirklich sind, wird sich zeigen«, sagte sie und grinste.

Die Typen ließen es bei einer Runde bewenden und stellten ihre Maschinen unweit der Tribünen im Halbkreis ab. Wir konnten sie gut sehen, das Ganze spielte sich direkt unter den Strahlern ab. Binnen weniger Minuten hatten sie eine Tonne aufgetrieben, mit Brennholz gefüllt und ein Feuer entfacht. Die Flammen schlugen in den Himmel. Die Burschen packten Flaschen aus. Ich hörte sie dröhnend lachen.

Marcella sagte, sie werde sich die Sache mal aus der Nähe anschauen. Ehe ich etwas einwenden konnte, war sie davongehuscht. Sie blieb in Deckung, aber ganz geheuer war mir ihr Erkundungsgang nicht. Als sie zurückkam, erklärte sie, die seien dem Dialekt nach tatsächlich aus Catania und Umgebung, bis auf einen oder zwei, die von hier zu stammen schienen.

»Der Häuptling der Gang hat Geburtstag. Morgen. Also ab Mitternacht. Ich schätze, das läuft auf ein riesiges Besäufnis hinaus.«

Sie hatten Musik dabei, die sie nun voll aufdrehten. Es lief Speed Metal von Bands, die ich nicht kannte, und der Sound schien aus einer der Maschinen zu kommen. Integrierte Bluetooth-Boxen, vom Handy aus bespielt.

Abgesehen davon, dass es mich amüsiert hätte, würden sie Adriano Celentano hören oder gar Puccini oder Verdi, war der Musikgeschmack der Biker unser geringstes Problem. So, wie sie sich postiert hatten, würden wir ungesehen kaum an ihnen vorbei zur Schranke am Ausgang gelangen. Vor allem aber konnten wir uns abschminken, dass unsere Lieferung heute hier eintreffen würde. Marcella argwöhnte außerdem, die Typen könnten zum See herunterkommen, wenn ihnen die Blase drückte, und uns dann hier entdecken. Wir schlichen also hinter einen Anbau, der nicht so weit weg von der Party war wie die Garagen, sodass wir das Geschehen halbwegs im Blick hatten.

Marcella sollte recht behalten. Nach einer Stunde ekstatischen Zechens setzte reger Pinkelverkehr ein, und einige gingen tatsächlich hinunter zum See. Die meisten peilten die drei Platanen an, die nicht so weit entfernt standen. Ich fragte mich, wie sie bei diesem Tempo bis Mitternacht durchhalten und dem Oberrocker dann noch gratulieren wollten. Der thronte wie ein Buddha zwischen ihnen, sie hatten den mit Abstand Fettesten zum Chef gekürt.

Wir warteten. Einmal scherzte Marcella, sie habe auch Durst und überlege, ob sie die Meute nicht um ein Sixpack für uns bitten solle. Die würden das sicherlich lustig finden, wenn wir zwei uns plötzlich aus dem Dunkeln schälten, um ein bisschen mitzufeiern.

»Vielleicht haben sie ein geheimes Ritual«, mutmaßte Marcella, »einen blutigen Kult, um den Geburtstag ihres Häuptlings zu begehen. Womöglich ist ein Tieropfer geplant, und wenn sie dann Otello sehen …«

»Und wenn sie dich sehen, dann ändern sie den Plan und opfern kein Tier, sondern eine Jungfrau. Bildlich gesprochen.«

Sie lachte heiser und stieß mir ihre Faust in die Rippen, immer wieder. Plötzlich hielt sie inne, sie saß ganz still und schien zu lauschen. Ich fragte mich, was ihr nun wieder durch den Kopf geschossen war. Doch dann zog sie mir das Telefon aus der Tasche, das ich völlig vergessen hatte, und starrte aufs Display. Ich hatte den Ton abgestellt, aber sie musste das Vibrieren mitbekommen haben. Marcella die Hellhörige.

»Abgeblasen«, sagte sie schließlich. »Falls überhaupt vorgesehen war, hier einen Transporter herzuschicken, dann ist das jetzt hinfällig.«

Sie gab mir das Handy zurück. Ich las: »*Lieferung bis auf Weiteres storniert.*«

»Und nun?«

»Was nicht kommt«, meinte sie, »können wir nicht übernehmen. Und *bis auf Weiteres* heißt, dass auch morgen, übermorgen und in drei Tagen nichts läuft. Ich hab's doch geahnt, dass hier was nicht stimmt. Und wir haben nicht mal ein Fahrzeug.« Sie stöhnte. »Wenn du mich fragst, sollten wir warten, bis das Gelage da drüben vorüber ist und sie abhauen oder ins Koma fallen, und dann so schnell wie möglich von hier verschwinden.«

Warten also. Darin war ich nie gut gewesen. Obwohl es kühl geworden war, streckten wir uns aus, wir betteten die Köpfe auf Tasche und Rucksack. Marcella kraulte Otello, und ich blickte in die Sterne. Die Biker hörten inzwischen ältere Sachen, Motörhead, wenn mich die Reibeisenröhre nicht täuschte, die Stimme von Lemmy Kilmister.

Dann muss ich eingeschlafen sein. Denn als ich die Augen öffnete, war Marcella verschwunden. Zumindest lag sie nicht mehr neben mir. Otello war noch da, er schien selig zu schlummern.

Ich richtete mich auf. Ringsum war es still. Kein Motörhead mehr. Kein Lemmy. Kein trunkenes Gelächter. Ich spähte hinüber. Auch das Feuer in der Blechtonne schien erloschen zu sein. Im unromantischen Licht der Scheinwerfer, die immer noch, warum auch immer, den Start- und Zielbereich des Autodroms ausleuchteten, sah ich die schlafende Schar. Hatten die sich wirklich derart die Kante gegeben, dass sie nun auf den Betonplatten in tiefem Schlummer lagen? Die Maschinen standen im Halbkreis ein gutes Stück hinter ihnen, weit genug entfernt, dass die Funken des Feuers ihnen nichts hatten anhaben können.

Doch nicht alle schliefen. Jemand machte sich zwischen den Motorrädern zu schaffen. Ich brauchte eine Weile, bis mir aufging, dass das Marcella war. Was – um alles in der Welt – ritt sie, dort herumzuspazieren?

Ich ging hin.

»Keine Bange, die sind völlig hinüber«, sagte sie, als sie meine besorgte Miene sah.

»Dann lass uns abhauen«, meinte ich, »jetzt, da der Weg frei ist. Du hättest mich wecken können, bevor du losgezogen bist, den Burschen hier den Puls zu fühlen. Was, wenn doch noch einer wach gewesen wäre?«

»Bleib cool«, erwiderte sie. »Ich hatte die Lage jederzeit im Griff. Ja, abhauen, genau das ist mein Plan. Darum geht es ja.«

Ich blickte sie fragend an.

»Ich überlege lediglich«, meinte sie, »ob wir mit einer Maschine oder mit zweien abzischen.«

»Du willst ein Motorrad klauen?«

Ich fasste es nicht. Einem Biker die Maschine wegzunehmen, das war schlimmer, als seine komplette Sippe auszulöschen, von der Mutter vielleicht abgesehen. Man würde uns suchen, finden und umbringen, soviel stand fest.

»Na ja, eigentlich doch besser zwei. Ist nur die Frage, ob du so ein Teil überhaupt fahren kannst.«

Damit war schon geklärt, dass sie selbst es konnte. Und sie schien große Lust darauf zu haben. Sie wischte meine Einwände grinsend weg. Meine Bedenken, dass die aufwachen könnten, wenn wir die Karren starteten, ließen sie kalt.

»Ehe die kapieren, was Sache ist, sind wir auf und davon. Wir sollten uns halt nicht gleich beim Losfahren auf die Fresse legen, das wäre nicht so gut. Aber danach holt uns keiner von der Maschine, nicht heute Nacht.«

Ihr Plan entbehrte nicht einer gewissen Gründlichkeit. Sie hatte den Typen bereits die Telefone aus den Lederjacken gefischt, was für ihre Kaltblütigkeit sprach. Soweit möglich, entfernte sie Akkus und SIM-Karten und warf sie ins Gebüsch hinter den Platanen. Die Geräte selbst ließ sie in die Tonne fallen, die immer noch ziemlich heiß wirkte, es war eine riesige Umweltsauerei. Nachdem sie zwei Maschinen ausgewählt hatte, ließ sie bei den anderen die Luft herunter. Sie benutzte dazu ein Klappmesser, das ich zum ersten Mal bei ihr sah. Ich malte mir aus, wie dumm wir aus der Wäsche gucken würden, sollten die Karren nicht anspringen.

Doch Hermes, der Gott der Reisenden und Schutzpatron der Diebe, war mit uns. Nachdem wir uns passende Helme gesucht und das Gepäck umgehängt hatten, starteten wir die Karren. Alles schien zu klappen. Keine der Alkoholleichen zuckte auch nur, und so gaben wir den Rassepferdchen die Sporen.

Ich ließ sie vornweg fahren, denn ich kannte die Strecke nicht.

Wir hatten noch keinen Kilometer zurückgelegt, als sie stoppte. Ich brachte die Maschine mit Mühe hinter ihr zum Stehen. Sie rief etwas über die Schulter, doch wegen der Motorengeräusche verstand ich kein Wort. Sie riss sich den Helm runter, und ich sah ihren panischen Blick. Ich verstand immer noch nichts, aber ich konnte Lippen lesen. Otello! Wir hatten den Kater vergessen.

Fünf Minuten später war sie zurück. Ich hatte gewartet, fassungslos und steif vor Sorge. Sie war tatsächlich noch einmal mit der Maschine dort reingefahren! Aus dem Ausschnitt ihrer Jacke schaute der Kopf des Katers. Wenn ich es recht bedachte, hatte sie für Otello eine Menge riskiert. Ich versuchte mir vorzustellen, was die mit ihr gemacht hätten.

Nachdem wir auf die Autobahn gebogen waren, gaben wir den Gäulen die Sporen. Otello hatte sich in die Tiefen von Marcellas Jacke zurückgezogen, als gelte für Kater die Helmpflicht nicht. Es war eine Wonne, so durch die Nacht zu sägen.

Doch das Vergnügen währte nicht lange. Im Handumdrehen waren wir in Catania. Marcella hatte entschieden, die Maschinen in der Nähe des Flughafens zu lassen. Wir stellten sie in einem Seitenweg ab und liefen durch das angrenzende Industriegelände zum Terminal, vor dem aus Busse in nahezu alle Städte Sizilien fuhren. Wir nahmen den ersten nach Siracusa. Die Fahrt dauerte nicht länger als eine Stunde und endete am Bahnhof der Hafenstadt. In einer Café-Bar schlürften wir einen Espresso, und dann erklärte Marcella, wir würden nun eine Verwandte aufsuchen.

Die Allee, die wir hinunterliefen, führte direkt nach Ortigia, einer Insel, die durch Brücken mit dem Festland verbunden war und das eigentliche mehr als zweieinhalbtausend Jahre alte Siracusa beherbergte, wie Marcella mir anvertraute.

Der Dom, erzählte sie, sei früher ein griechischer Tempel gewesen, die Christen hätten die Reste einfach überbaut.

Mir war nicht nach Bildung zumute, ich stellte mir die schwer verkaterten Typen am See vor, die nachher, wenn sie erwachten, blutige Rachepläne schmieden würden, und das sagte ich ihr.

»Entspann dich«, meinte sie. »Die haben nichts mitbekommen. Als ich noch mal reingefahren bin, um Otello aufzulesen, hat sich dort nichts gerührt. Die werden denken, dass ihnen die bösen Konkurrenten aus Palermo aufgelauert haben. Die wissen gar nichts. Und sie werden am Vormittag erst mal nach Enna traben, um sich Flickzeug oder frische Reifen zu besorgen.«

Sie kicherte bei der Vorstellung.

»Ich dachte mir«, fuhr sie fort, »dass wir hier weit genug weg sind, um etwas Atem zu schöpfen, aber auch schnell zurück im Geschehen, falls sich mit dem Transport doch noch etwas tun sollte. In der Altstadt, also drüben auf der Insel, wohnt eine Cousine von mir. Donatella ist ein bisschen durchgeknallt, aber wir werden schon klarkommen. Sie ist Musikerin, musst du wissen, sie spielt uraltes Zeug auf uralten Instrumenten, aber das wird sie dir sicherlich alles haarklein selbst erklären. Am besten, du tust so, als würdest du ihr zuhören, dann ist sie schon zufrieden.«

Ich fand es tröstlich, dass wir bald eine Frau treffen würden, die *ein bisschen durchgeknallt* war. Den ganzen Tag mit so einem stinknormalen, langweiligen Menschen wie Marcella zu verbringen, das konnte schon Sehnsucht nach Abwechslung wecken. Ich war ein Glückspilz. Endlich mal jemand Verrücktes.

NEUNUNDZWANZIG

Siracusa gefiel mir auf Anhieb, obwohl ich zunächst gar nicht sagen konnte, was genau den Reiz der Stadt ausmachte. Es herrschte wenig Verkehr. Die Häuser entlang der Allee, die von rosa, weiß und rot blühenden Oleanderbäumen gesäumt war, hatten selten mehr als drei Stockwerke. Cafés, ein paar Läden und Werkstätten, aber kein Kaufhaus und kein Supermarkt. Nachdem wir eine der beiden Brücken zur Insel Ortigia überquert hatten, passierten wir den Fisch-, Obst- und Gemüsemarkt, und beim Anblick der Berge von Weintrauben und Pfirsichen lief mir das Wasser im Munde zusammen. Doch Marcella zog mich weiter.

Hinter den Resten eines Tempels, dessen verbliebene Säulen von himmelhohen Palmen überragt wurden, bogen wir in eine der engen Altstadtgassen. »Das Viertel heißt im Dialekt Spidduta«, erklärte sie mir. »Donatella wohnt im Ronco fünf, einer Sackgasse, die von der Via Tintori abzweigt.«

Schließlich fanden wir die Gasse, die noch enger und verwinkelter war als die vorige. Ich streckte die Arme aus und berührte mit den Händen beide Wände. Der Putz war alt und bröckelte, das Viertel atmete den spröden Charme des Verfalls. Irgendwo ging eine Wasserspülung. Irgendwo plärrte ein Radio. Irgendwo lachte eine Frau. Magere Katzen huschten herum, die meisten hatten ein gelbliches Fell. Otello, der immer noch in Marcella Jacke steckte, machte große Augen. So viele Blondinen hatte er womöglich noch nie gesehen.

Donatella hingegen war alles andere als blond. Als sie auf unser Klopfen hin öffnete, schien sie nicht überrascht zu sein. Wie auch immer, Marcella musste ihr eine Nachricht geschickt haben. Sie tat so, als bemerkte sie nicht, wie ich bei ihrem Anblick die Augen aufriss.

»Da seid ihr ja, ihr zwei«, sagte sie lächelnd und trat zur Seite, um uns hereinzulassen. »Ciao, bella Cella. Ciao, Giovanni. Ich bin Natella!«

Sie wechselte mit Marcella die rituellen Küsschen, anschließend hielt sie auch mir die linke, dann die rechte Wange hin, sie empfing mich mit einer Herzlichkeit, als gehörte ich schon immer dazu. Sie roch leicht nach Mandeln, und sie sah wirklich ungewöhnlich aus. Obwohl sie mit ihren feinen Zügen, der schmalen Nase und den stark geschwungenen Brauen Marcella ähnelte, strahlte sie etwas aus, was ein bisschen außerirdisch wirkte. Ich konnte den Blick nicht von ihr lösen. Natella also.

Es war mir nicht neu, dass Sizilianer ihre Vornamen abkürzten. Aus Marcella wurde *Cella*, aus Donatella *Natella*, nicht zu verwechseln mit dem braunen Brotaufstrich, und ich konnte mich, wollte ich nicht als Spielverderber dastehen, *Vanni* nennen.

»Ich schätze«, sagte sie, »gegen einen Kaffee habt ihr nichts anzuwenden?«

Sie lotste uns in ein Zimmer, das Küche und Wohnraum zugleich zu sein schien. Aufgeräumt hatte sie nicht, ein weiterer Vertrauensbeweis.

»Nun starr sie nicht so an«, raunte mir Marcella zu, »oder hast du noch nie eine Frau mit blauen Haaren gesehen?«

»Du hast zwar erwähnt«, erwiderte ich leise, »dass sie *uralte Musik* spielt, aber nicht, dass du damit Punk meinst.«

Marcella kicherte. Donatella füllte die Schraubkanne mit Wasser und Kaffee und setzte sie aufs Gas.

Es war nicht nur die Farbe. Der azurblaue Schopf stand in unterschiedlich langen Stacheln kreuz und quer nach allen Seiten ab. Asymmetrisch. Dramatisch komponiert. Über dem linken Ohr waren die Haare zwei Finger breit abrasiert und ließen einen roten Bogen erkennen, den sie sich, falls es keine Tätowierung war, auf die Kopfhaut gemalt hatte. Sie trug schwarze Jeans und ein schwarzes Top, und sie bewegte sich grazil und geschmeidig, mit einer natürlichen Lässigkeit, die im aufreizenden Kontrast zu ihrer kühnen, artifiziellen Frisur stand. Sie forderte uns auf, es uns auf der alten Couch bequem zu machen, die an der Wand gegenüber der Kochstelle stand. Sie schob uns einen kleinen Tisch hin, auf den sie eine Schüssel mit Mandelkeksen und ein Tablett mit Espressotassen und einer Zuckerschale stellte, ganz die fürsorgliche Hausfrau, nur dass sie nicht so aussah.

»Wie ich dich kenne, Cella«, sagte sie, nachdem sie den Kaffee kredenzt und sich zwischen uns gesetzt hatte, »steckst du wieder in Schwierigkeiten. Vermutlich hast du jemanden bis aufs Blut gereizt, sodass er dir den Tod geschworen hat und du, so vermute ich, für ein paar Tage untertauchen willst, bis die Wogen sich geglättet haben. Ist kein Problem, Liebes, aber du musst wissen, dass ich nach wie vor nur ein Bett habe, wenn auch ein sehr breites. Falls sich dein Asyl-Ersuchen auf euch beide bezieht, muss dir klar sein, dass sich eine gewisse Nähe nicht vermeiden lassen wird.«

»Das ist kein Problem, denn wir sind praktisch ein Ehepaar.«

»Ihr seid *was*?«

Sie schlug sich auf die Schenkel und lachte sich auf sehenswerte Weise halb tot.

»Cousinchen, du darfst frech werden«, sagte sie, nachdem sie sich etwas beruhigt hatte, »du darfst schlimme Wörter sagen und du darfst fiese Männer fertigmachen, so viele du willst – aber bitte verarsch mich nicht. Das geht nicht gegen dich, Giovanni, aber von allen Lügen, die ich in letzter Zeit gehört habe, ist diese die mit Abstand unglaubwürdigste. Meine süße, böse Cella, du bist sicherlich mit allen Wassern gewaschen und immer für eine Überraschung gut, doch eines bist du mit Gewissheit nicht: *verheiratet.*«

»Doch, sind wir«, sagte Marcella und grinste. »Wir sind gewissermaßen ein Ehepaar. Mann und Frau. Bis dass der Tod uns scheidet … Natürlich ist dein Einwand berechtigt. Eine Ehe im Sinne der heiligen katholischen Kirche ist das nicht, sondern eine zum Schein. Allerdings vermute ich, dass du ein ganz falsches Bild von mir hast. Denn ob du es glaubst oder nicht: Obgleich sich mein Gatte Giovanni nach einer ominösen Dame namens Mimi verzehrt, die aus äußerst komplizierten Gründen derzeit nicht zur Hand ist, und obwohl ich mich mit Freuden daran erinnere, wie wunderbar du küsst, liebe Cousine – wir haben tatsächlich die vergangenen Wochen stets im selben Bett geschlafen, er und ich, und so ganz schlecht war das nicht.«

Ich dachte erst, ich hätte nicht richtig gehört. Auch Donatella brauchte ein bisschen, um hinter den Sinn der Worte zu kommen. »Los, raus mit der Sprache! Ich will wissen, was dahintersteckt«, sagte sie schließlich, und sie schien Widerspruch weder zu dulden noch zu erwarten.

»Du weißt ja, was damals passiert ist«, erwiderte Marcella.

»Ja, das werde ich nie vergessen. Ich fand es großartig und sehr mutig von dir, dass du die alte Geschichte aufgerollt und reinen Tisch gemacht hast. Für deine Mama muss das furchtbar gewesen sein. Zu erfahren, dass der eigene Mann seine Stieftochter … Giovanni weiß von der Sache?«

Marcella nickte, doch ich fing einen Seitenblick auf, der in mir den Verdacht nährte, dass es mehrere Versionen jener Vorfälle gab.

»Jedenfalls bin ich den Leuten, die ihn damals … dazu brachten, aus Palermo zu verschwinden … seither verpflichtet. Ich erledige dies und das für die, und da ich ein paar Aufträge verbockt habe, stehe ich inzwischen noch tiefer in deren Schuld.«

»Ich weiß nicht recht, wovon du sprichst, meine Hübsche, doch vielleicht will ich es auch gar nicht genauer wissen. Du hast mir, als du das letzte Mal hier warst, was ich gewiss nicht vergessen werde, du hast mir dazu nur gesagt, dass du nicht so frei bist, wie du es dir wünschen würdest. Ich ahnte nicht, dass es immer noch mit der alten Geschichte zusammenhängen könnte. Du arbeitest also für eine der Familien?«

Marcella nickte und deutete an, dass wir irgendwelche illegal importierten Teile übernehmen und verstecken sollten, auf einer der Inseln. Sie schien ihrer Cousine wirklich zu vertrauen.

»Ach, Cella«, sagte Donatella und seufzte, »es ist nicht gut, von diesen Leuten abhängig zu sein, doch das weißt du sicherlich selbst. Sie lassen dich ungern wieder vom Haken, gerade weil sie für ihre Geschäfte gern Frauen oder Kinder einspannen, da denen kaum einer zutraut, dass sie kriminell sind.«

»Du würdest von mir nichts Kriminelles erwarten? Du denkst, ich wirke, als könnte ich kein Wässerchen trüben?«

Marcella schob schmollend die Unterlippe vor. Sie war unverbesserlich.

Ihre Cousine lachte und meinte, einen Mord aus Leidenschaft würde sie ihr schon zutrauen, den Schmuggel obskurer Technik eher weniger. Das sei einfach nicht ihr Stil. Ich fragte mich, wie gut die beiden sich kannten, abgesehen davon, dass sie sich mal geküsst hatten. Falls das nicht auch wieder nur ein provokanter Spruch gewesen war.

»Dieselben Leute haben auch Giovanni am Wickel«, hörte ich Marcella sagen, ich traute meinen Ohren nicht. »Sie haben seine Freundin, aber frag nicht, wieso, und um sie freizubekommen, soll er sich um diese Schmuggelsache kümmern. Wie ich hörte, ist er in diesen Dingen kein Neuling.«

Es war erstaunlich, mit welcher Nonchalance sie das ausplauderte.

»Diese Mimi muss eine Art Göttin sein«, sagte sie dann zu Donatella, als wäre ich nicht im Raum. »Jedenfalls ist Giovanni bereit, alles zu tun, damit sie freikommt. Und er hat, wie soll ich es anders sagen, in den Wochen, in denen ich mehr als einmal nackt vor seiner Nase herumgesprungen bin, enorme Stärke bewiesen. Sein Desinteresse an mir ist fast schon beleidigend.«

»So ein Quatsch«, protestierte ich, »darum geht es doch nicht! Wir sind jetzt schon viel länger zusammen, als ich es mit Mimi je war. Desinteresse? Das wüsstest du. Das hätte ich dich spüren lassen. Dann hätten wir nicht eine einzige Nacht unter derselben Decke verbracht. Es ist ja wirklich nur, dass wir nicht miteinander …«

»Heilige Madonna!« Donatella lachte dunkel. »Das klang beinahe wie eine Liebeserklärung.«

»*Es ist wirklich nur*«, echote Marcella, ohne auf ihre Cousine einzugehen, »*dass wir nicht miteinander* … Mein Gott! Du hast es nicht einmal versucht! Wie gerne hätte ich dich in die Schranken gewiesen, dir eine Ohrfeige verpasst oder dich aus dem Bett geworfen. Aber du? Du bist einfach immer nur da und schwärmst von dieser Französin, die dich vermutlich längst vergessen oder sich gar ihrem Entführer an den Hals geworfen hat …«

Sie brach ab und lachte unschön. Ich fand das nicht witzig. Schon deshalb nicht, weil in meinem Inneren eine Stimme raunte, dass das nicht ausgeschlossen war.

Ich entschied, mich nicht aus der Ruhe bringen zu lassen. Es ging ihr gar nicht um mich, sagte ich mir, sondern darum, ihre Macht und Wirkung zu testen. Sie langweilte sich, und da sie spürte, dass ich ihr kein Haar krümmen würde, zündelte sie ganz unbekümmert. Ich wettete im Stillen, dass ich, hätte ich mit ihr geflirtet oder mich weiter vorgewagt, bei ihr auf Granit gebissen hätte. Nichts lag mir ferner. Doch vielleicht sollte ich die Probe aufs Exempel machen?

»Eigentlich«, hörte ich mich zu Donatella sagen, »bin ich vom ersten Moment an auf deine Cousine scharf.« Ich lächelte verschwörerisch und tat so, als wäre Marcella gar nicht da. »Seit ich sie damals in Palermo gesehen habe, auf einem Markt, mit ihrem Kater auf der Schulter, dem sie eine Augenklappe verpasst hatte, überlege ich, wie ich ihr beikommen, sie rumkriegen, ihr an die Wäsche gehen könnte«, ich zwinkerte Donatella zu, »ohne dass der Dritte Weltkrieg ausbrechen würde. Doch dann ergab es sich«, und ich machte nun ein besorgtes Gesicht, »dass die Leute, die mich an der

Angel hatten, ausgerechnet uns beide zu Partnern machten. Die konnten nicht ahnen, dass ich sie schon kannte. Dann hat sie mir von ihrem Stiefvater erzählt, und ich fühlte mich darin bestätigt, dass es besser war, den Ball flach zu halten und freundlich zueinander zu sein. Und siehst du, wie sie es mir dankt?«

»Eh, ich bin hier! Ich kann dich hören«, protestierte Marcella. »Und tu nicht so, als würde diese Mimi keine Rolle spielen!«

Wenn du wüsstest, dachte ich. Ich habe die Frau, von der du da sprichst, erst im Sommer kennengelernt und mit ihr zwar ein paar unglaublich turbulente Wochen erlebt, in denen es, ohne zu übertreiben, um Leben und Tod ging. Aber letztlich hatten wir nur ein paar tolle Tage, und schon war sie wieder weg. Ich kenne sie kaum, und ich habe keine Ahnung, ob ich sie je wiedersehe und, falls doch, was dann aus uns wird.

»Mimi ist Mimi, und du bist du«, sagte ich, »wenn du ein Problem damit hast, dass ich alles tun werde, um sie freizubekommen, tut es mir leid. Aber so liegen die Dinge nun mal. Kann sein, dass wir, wenn das alles vorbei ist, getrennte Wege gehen. Doch eines steht fest: Ich lasse sie nicht hängen.«

»Ich glaube, ich verstehe ihn«, meinte Donatella und wiegte ihr blaues Haupt. »Abgesehen von Gefühlen, die mich nichts angehen, ist das eine Ehrensache. Die Ehre ist ein hohes Gut. Sie darf sich nur nicht verselbstständigen. Außerdem ist es falsch, Frauen zu vergleichen. Jede ist einzigartig. Vielleicht auch jeder Kerl. Aber da kenne ich mich nicht so gut aus.« Sie zwinkerte mir zu.

»Wow«, rief Marcella, und sie zog einen Flunsch wie ein trotziges Kind, »du solltest eine Beratungsstelle aufmachen. Prinzessin Blauhaar, du hast es echt drauf! Ich habe dich immer für alternativ, schräg und ein bisschen verrückt gehalten, aber du stehst mitten im ehrenwerten Leben. Du bist ja fast so normal wie er. Giovanni der Ehrenmann. Donatella die Ehrenmännerversteherin. Ich kriege gleich einen Anfall!«

»Normal«, sinnierte Donatella, »wer weiß schon, was das ist? Manchmal suchen wir die Aufregung, und manchmal sind wir froh, wenn nichts passiert.«

»Du nervst«, erklärte Marcella und sprang auf. »Ich muss jetzt hier mal raus.«

Unsanft fiel die Tür ins Schloss. Donatella zuckte die Achseln. Es schien ihr nicht besonders nahezugehen.

Es war bereits nach zehn. Die Biker würden inzwischen ihre Schäden und Verluste ins Auge gefasst und die ersten Morddrohungen ausgestoßen haben. Wir konnten nur hoffen, dass sie nie herausfanden, wer ihnen das angetan hatte. Ich machte mir im Stillen Vorwürfe, dass ich Marcella diesen Streich nicht ausgeredet hatte. Manchmal dachte ich einfach zu langsam.

Um meine Beklemmung zu überspielen, fragte ich Donatella, wie ihre Band heiße, was für ein Instrument sie spiele und ob das wirklich Punk sei.

Sie warf mir einen überraschten Blick zu, ihre Augen funkelten belustigt.

»Hat *sie* das gesagt? Oder denkst du das wegen meiner Haare? Mein Schopf hat mit der Musik, die ich mache, wenig zu tun. Mit Punk habe ich nichts am Hut. Ich mache Musik aus dem 16. und 17. Jahrhundert, Renaissance und Barock. Ich habe zwar auch Klavier und Orgel gelernt, spiele aber eigentlich nur Cembalo.«

»Ach, *das* meinte sie mit *alter Musik*«, sagte ich und musste lachen. »Sie meinte, du spielst uralte Musik auf uralten Instrumenten. Ich habe das für einen ihrer Witze gehalten. Mein Fehler.«

»Du darfst sie nicht unterschätzen. Sie ist hochintelligent, auch wenn sie es manchmal geschickt verbirgt.«

»Du magst sie sehr, oder?«

»Ich mag intelligente Frauen«, sagte sie ausweichend. »Außerdem kennen wir uns schon seit unserer Kindheit. Später haben wir uns zwar aus den Augen verloren, aber die Vertrautheit ist geblieben. Sie hat es nicht leicht gehabt. Ihr richtiger, ihr leiblicher Vater ist umgekommen, als sie noch ganz klein war. Der war Chauffeur, hat Richter und Staatsanwälte gefahren. Vielleicht war er auch Leibwächter, denn diese Jobs wurden immer umschrieben. Antonio stammte aus Apulien, und man nahm es Marcellas Mutter ziemlich krumm, dass sie einen geheiratet hatte, der kein Sizilianer war und noch dazu für den Staat arbeitete. Meine eigene Mama hat damals den Kontakt zu ihrer Schwester abgebrochen. Das änderte sich, als er bei diesem Anschlag auf den Richter Falcone getötet wurde. Er soll in dem ersten der drei Autos gesessen haben. In einer Kirche in Palermo, in San Domenico, wird er auf der Gedenktafel für die Opfer erwähnt. Marcella weiß das womöglich gar nicht. Oder sie spricht nicht darüber. Sie trägt den Nachnamen der Mutter.«

Kurioserweise habe dann die *Cosa Nostra* die Hinterbliebenen unterstützt, erzählte sie. Marcellas kleine Schwester sei damals unterwegs gewesen. Vielleicht habe man es als eine Art Wiedergutmachung betrachtet, wenn die schwangere Witwe Geld bekam. Vielleicht habe es auch damit zu tun gehabt, dass einige maßgebliche Familien Palermos die Attentate missbilligten.

»Ich kenne mich mit den Details nicht aus«, sagte sie. »Später kam dann die Geschichte mit dem neuen Mann. Marcella behauptet, der wäre mit ihrem Vater verwandt gewesen. Das stimmt aber nicht.« In Wirklichkeit sei er der Typ gewesen, der sich im Auftrag der *Cosa Nostra* um Marcellas Mutter kümmern sollte …

»Hast du ein Cembalo im Haus?«

Ich hatte die Tür klappen hören und fand es besser, das Thema zu wechseln, bevor Marcella hereinkam.

»Nein, leider nicht«, erwiderte Donatella, die das sofort verstanden hatte, »ist zu eng hier.« Sie rieb Daumen und Zeigefinger aneinander, als würde sie Geld zählen. »Es fehlt nicht so sehr an Platz«, erklärte sie, »obwohl ich außer diesem

Zimmer hier, zum Kochen, Essen und Quatschen, nur noch die Schlafkammer habe. Vor allem mangelt es am Geld. So ein Cembalo ist sündhaft teuer, und die Gagen für Alte Musik sind lausig. Nein, ich teile mir ein Instrument mit einem Kollegen, ich kann, gegen Bezahlung, ab und zu bei Alfredo üben. Zweimal die Woche …«

»Würdest du nicht Cembalo spielen«, ließ sich Marcella vernehmen, die sich wieder zu uns gesetzt hatte, als wäre nichts gewesen, »sondern Fagott oder Flöte, könntest du ihm, statt zu bezahlen, was blasen. Aber auf dem Cembalo wäre das Quatsch. Wobei man ihm natürlich auch auf dem Cembalo einen blasen …«

»Cousinchen, halt einfach die Klappe«, fuhr ihr Donatella in die Parade. »Du hast heute nur Schweinereien im Kopf. Vollkommen neben der Spur.«

»Das sind doch keine Schweinereien«, protestierte Marcella, »ich habe noch nie von einer Sau gehört, die einem Eber einen geblasen hätte. Ich glaube, die können das gar nicht. Die wollen das nicht mal. Auch die Missionarsstellung ist bei Schweinen völlig unbekannt. Ich glaube, sie machen es wie die Hunde. Also ist die Hundestellung zugleich auch eine Schweinerei.« Sie kicherte und gab damit ihrer Cousine in gewisser Weise recht.

»Zweimal die Woche, das ist aber zu wenig«, sagte Donatella, als wäre sie nie unterbrochen worden, »deswegen übe ich trocken.«

»Wie denn das?«

»Ich spiele nach Noten, aber ohne Tasten. Also auf dem Tisch. Oder …«

Sie blinzelte, warf einen Seitenblick auf Marcella und nickte dann, hintergründig lächelnd. »Ich habe eine Idee. Vorausgesetzt, du lässt dich darauf ein. Komm mal mit!«

Sie geleitete mich in die Kammer nebenan und sagte, ich solle mein T-Shirt ausziehen und mich aufs Bett legen.

»Lang ausgestreckt. Auf den Bauch. Du kannst dich freilich

auch ganz ausziehen, aber wir wollen es nicht übertreiben. Marcella würde es vielleicht nicht durchstehen, wenn ich Teile einer Scarlatti-Sonate auf deinem nackten Oberschenkel oder gar auf deinem Hintern spielte. Oder Bach. Da kriegt die *Kunst der Fuge* einen völlig neuen Sinn.« Sie lachte.

»Was wird das hier? Wieso soll er sich ausziehen? Bist du jetzt völlig verrückt geworden?«

Marcella war nachgekommen. Die Neugier. Auch Otello wollte sich das Konzert nicht entgehen lassen. Vielleicht rechnete er mit Katzenmusik.

»Das machst du doch nur, um mich zu ärgern«, fügte Marcella hinzu. Es klang kratzbürstig, aber nicht aggressiv.

»Gut, dass du kommst!«, rief Donatella. »Das bringt mich auf eine Idee. Alfredos Clavicembalo, das ich sonst immer spiele, ist einmanualig, hat also nur eine Tastatur. Es gibt aber auch, und zwar schon seit Monteverdis Zeiten, Instrumente mit zwei Manualen, versteht ihr?«

Ich verstand im Grunde Bahnhof, aber sie war sehr überzeugend. Sie würde uns sagen, was zu tun war. Und so geschah es.

Nach einigem Hin und Her und unter Protest, der aber nur symbolisch war, legte sich Marcella schließlich neben mich. Sie hatte ihr T-Shirt abgestreift und sich des cremefarbenen BHs entledigt, den sie heute trug. Wir lagen auf Augenhöhe, unsere Nasenspitzen berührten sich fast. Dass sie lächelte, sah ich an den Fältchen in ihren Augenwinkeln.

»Ich habe es dir ja gesagt«, flüsterte sie, »sie ist nicht ganz dicht. Ich wette, Prinzessin Blauhaar macht das alles nur, um uns zu veralbern.«

Doch da hatte sie sich geirrt. Donatella packte ein paar dicke Bücher auf das Bett, als Notenständer, wie sie verkündete. Dann blätterte sie mit ernster Miene ihre Hefte durch. »Ich spiele das *Allegro* aus Bachs d-Moll-Konzert«, sagte sie schließlich, »was euch aber nicht interessieren muss, ihr könnt die Töne ja sowieso nicht hören.«

Dann legte sie los. Ich war völlig perplex, mit welch rasender Geschwindigkeit ihre Finger über meinen Rücken jagten. Ihr Zugriff war beherzt, aber nicht hart, dazu war der Wirbel, den sie veranstaltete, einfach zu schnell. Nach vielleicht zwanzig Sekunden brach sie ab und fluchte.

»Mist!«, schimpfte sie. »Ich habe statt des B ein H gespielt. Als wäre es a-Moll, versteht ihr? Also, noch mal.«

Und wieder flogen ihre Finger über meinen und Marcellas Rücken. Falls sie diesmal das B erwischte, das vermutlich nur eine halbe Rippenbreite weiter links lag, dann merkte ich das eher daran, dass sie, ohne innezuhalten, durchspielte, offenbar zufrieden mit sich selbst. Sie begann, die Töne leise mitzusingen, und spielte und spielte, und als ich neben mir Marcella verhalten stöhnen hörte, wusste ich, dass ihr Bach auch gefiel, es war die beste Massage, die ich seit Ewigkeiten genossen hatte.

Donatellas Proben zogen sich gut eine Stunde hin. Während sie andere Noten heraussuchte, erzählte sie, dass sie auch ohne Instrument täglich zweimal übe, sonst aber das *Trockentraining*, wie sie es nannte, auf dem nackten Küchentisch zelebriere. Freilich sei es so fast noch besser.

Marcella war eingeschlafen. »Bach wirkt eben auf jeden ein bisschen anders«, meinte Donatella lächelnd. Sie schien nichts dabei zu finden, dass ihre Cousine leise schnarchte.

»Hätte ich eine der wilden Sonaten von Domenico Scarlatti gespielt«, sagte sie, »wäre das nicht passiert. Das ist Rock 'n' Roll, sage ich dir, Speed Metal des 18. Jahrhunderts.«

Sie lachte laut.

Marcella regte sich, hob ihren Kopf und ließ ihn gleich wieder sinken, als sie gewahrte, dass wir beide noch da waren und nichts Seltsames taten.

»Mach weiter, Natella«, murmelte sie, »das war total schön. Ich bleibe hier und werde dein Klavier.«

»Von wegen Klavier!«, korrigierte Donatella mit gespielter Strenge. »Ein Cembalo ist, abgesehen davon, dass es auch

Tasten hat, ganz was anderes. Beim Klavier werden Hämmerchen bedient, die auf Edelstahlsaiten fallen. Beim Cembalo aber zupfen Federkiele Messing- oder Darmsaiten. Klingt vollkommen anders. Spielt sich auch anders. Ich kann gar nicht richtig Klavier spielen.«

»Blablabla«, machte Marcella. »Mach einfach weiter und verschon mich mit deiner Theorie. Kapiere ich sowieso nicht. Aber ich mag deine Hände.«

Donatella ließ sich nicht zweimal bitten. Sie ließ ihre Finger abwechselnd über unsere Rücken flattern, hüpfen, tänzeln, es war die reinste Wonne. Zum Ausklang spielte sie noch etwas sehr Sanftes, Behutsames, Beruhigendes. Noch nie hatte mir Musik, obwohl fast nichts zu hören war, so gut gefallen.

DREISSIG

Donatella musste später noch etwas erledigen, meinte aber, sie hoffe, uns am Abend wiederzusehen. Sie zeigte uns, wo sie den Wohnungsschlüssel zu verstecken pflegte, und wünschte uns einen entspannten Nachmittag.

Marcella sprühte vor Energie und Tatendrang. Sie werde mir Ortigia zeigen, entschied sie, das wahre Siracusa, in dem einst schon die Dichterin Sappho gelebt habe. »Und dieser Mathematiker. Dieser …«

»Archimedes?«

»Genau. Der mit dem Lehrsatz über Dreieck und Hypotenuse minus Wurzel von Omega und das uneheliche Kind eines Kegels mit einer Pyramide. Das war der doch, oder?«

»Kann sein«, lobte ich sie. »Oder vielleicht Pythagoras?«

»Quatsch«, fuhr sie dazwischen, »der doch nicht. Das hier

war Archimedes, und der hat …« Stirnrunzelnd kramte sie in ihrer Tasche und zog ein Telefon hervor, das ich noch nicht bei ihr gesehen hatte. Ich fragte mich, ob sie Archimedes anrufen und ihn nach der Sache mit dem Dreieck fragen wollte. Allerdings hatte sie kein Netz.

»Verdammt! Wenn man schon mal dieses Ding braucht«, schimpfte sie und stampfte mit dem Fuß auf.

Minuten später waren wir unterwegs, und an einem üppigen runden Brunnen, der bezeichnenderweise das Zentrum des Archimedes-Platzes bildete, hatte sie plötzlich Empfang. Unter der Fontäne tummelten sich Skulpturen, die eine Geschichte nachzuspielen schienen, mit Fischen, Pferden, Göttern und einer hübschen jungen Frau, die panisch versuchte, einem hässlichen alten Typen zu entwischen.

Marcella hatte in den Tiefen des Weltwissens rasch gefunden, wonach sie suchte. »Hier: 287 vor Christi in Syrakus geboren … und auch hier gestorben, 212, als die Römer einmarschierten. Er soll sich, in irgendwelche Berechnungen vertieft, für die er Kreise in den Straßenstaub gezeichnet hatte, mit den Legionären angelegt haben. Sie sind durch seine Zeichnungen geschlurft und hätten den komischen Opa vielleicht ignoriert. Aber er blaffte sie an: ›Störet meine Kreise nicht!‹ Da haben sie ihn kurzerhand plattgemacht. Damals war Rom noch eine Republik. Woran man mal wieder sieht, dass die Staatsform schnurzegal ist. Diktaturen, Despotien, Republiken, Demokratien – du kannst sie alle in der Pfeife rauchen. Wenn sie Krieg führen, sterben die Denker so schnell wie die Dummen, oft noch schneller, weil sie sich den Scheiß nicht bieten lassen. Hier: Schriften … *Über das Gleichgewicht ebener Flächen*. Das klingt ziemlich intellektuell. *Die Quadratur der Parabel … Kugel und Zylinder … Spiralen …* Okay, nichts über Dreiecke und Hypotenusen. Vermutlich war das da schon erforscht.«

Sie brabbelte und brabbelte, sie schien noch etwas anderes zu suchen.

»Pythagoras von Samos … Sage ich doch! Der hat dreihundert Jahre früher und ganz woanders gelebt«, triumphierte sie, las dann aber weiter. »Und er hat sich an den Dreiecken abgearbeitet. Na ja, kann nicht jeder alles wissen. Sag mal, was war eigentlich die Frage?« Sie musste selber lachen.

Anschließend gingen wir zum Dom. Otello schien keine Einwände zu haben. Bevor wir die Kathedrale betraten, die auf den Resten eines antiken Tempels und unter Verwendung einiger seiner Säulen erbaut worden war, versteckte Marcella den Kater in ihrer Jacke. Danach setzte sie ihn sich auf die Schulter, es war fast wie an dem Tag, als ich die beiden zum ersten Mal gesehen hatte, damals in Palermo, nur dass Otello keine Augenklappe mehr trug.

Die Stunden verrannen wie im Flug. Marcella setzte alles daran, mich für Siracusa zu begeistern, und sie überschüttete mich mit Geschichten. Ich brachte es nicht übers Herz, ihren Elan zu bremsen, gleichwohl ich mir all die Storys über den Tyrannen Dionysios, seine Gegner und Verbündeten, über die Griechen, Phönizier, Sikuler und Römer ohnehin nicht merken konnte. Berührend aber fand ich die Sage der Arethusa.

»Sie war eine Nymphe«, erzählte Marcella am Springbrunnen, der Arethusas Namen trug und in dessen Becken Enten zwischen Papyrusstängeln gemächlich ihre Runden drehten. »Ihr Vater war ein Titan, und ihre Mutter war Nyx, die Göttin der Nacht und der Dunkelheit. Selbst Zeus soll vor ihr Respekt gehabt haben. Arethusa aber war heiter und verspielt, ging gern auf die Jagd und trieb Sport, ein Hobby, das damals unter Mädchen nicht sehr verbreitet war. Vielleicht hat sie gar für Olympia trainiert. Eines sonnigen Tages wollte sie sich nach einem Lauf abkühlen und hüpfte in den Fluss. Plötzlich war der Flussgott da und wollte ihr an die Wäsche. Im übertragenen Sinne, denn sie war ja schon nackt. Sie kraulte hin und her, aber der Typ war nicht abzuschütteln. In höchster Not rief sie die Göttin Artemis um Hilfe. Nun darf eine Göttin einem Gott, einem Kollegen also, nicht einfach so in die

Quere kommen. Listigerweise schickte sie aber einen dichten Nebel, damit der Flussgott Arethusa aus den Augen verlor. Doch der machte weiter Jagd auf sie. Vielleicht schwamm er nach Gehör. Oder sie roch sehr gut. Es half jedenfalls nichts. Im letzten Moment, der fette Typ grapschte schon lüstern nach ihr, verwandelte Artemis die Kleine in eine Quelle, die einen Bach speist. Jetzt wird es arg mysteriös, denn dieser Bach führte von der Gegend am Olymp unterm Peloponnes und unterm Mittelmeer hindurch bis nach ... bis nach? Na?«

Sie schaute mich erwartungsvoll an. Ich zuckte die Schultern, was mir ein Stirnrunzeln eintrug.

»Na, bis Sizilien, nach Siracusa, auf die Insel Ortigia – hierher!« Sie deutete stolz auf das Wasserbecken zu unseren Füßen, als wäre sie Artemis und das alles ihr Werk.

Später saßen wir auf der hohen Mauer, die die Ostflanke der Insel vor den Wellen schützt. Unter uns brachen sich die Wogen der Brandung an den schroffen Klippen. Marcella hatte ihren Kopf an meine Schulter gelehnt. Ich spürte, dass sie im Moment nichts ausbrütete, sondern Pause machte und Kraft schöpfte. Mir war das ganz recht.

»Wie geht es nun weiter? Ich meine, nach der Aktion heute Nacht können wir uns dort oben erst mal nicht blicken lassen«, sagte ich. »Wir wissen auch nicht, ob die Lieferung wegen der Biker ausgeblieben ist oder ohnehin nicht eingetroffen wäre.«

Mein Telefon war den ganzen Tag über stumm geblieben, was darauf hindeutete, dass man in Palermo nichts Neues wusste. Vielleicht hatten die gerade andere Sorgen.

»Inzwischen«, meinte Marcella, »werden die Biker ihre Karren repariert haben und nach Catania heimgekehrt sein. Wenn die Polizei die beiden Maschinen gecheckt hat, die wir am Flughafen abgestellt haben, weiß man auch, wem sie gehören. Diese Biker sind bunte Hunde und dürften bekannt sein. Aber du hast recht: Es ist unklar, ob und wann dort die Lieferung ankommt. Vielleicht sollten wir einfach auf die Insel zurückkehren.«

Bei dem Gedanken wurde mir ganz warm. Offenbar ein Zeichen von Freude. Auf Stranezza hatte nichts unseren Frieden gestört.

»Schöne Idee«, sagte ich.

»Ja«, erwiderte sie und lächelte, »dort ist alles so einfach. Abgesehen davon, dass du mich nicht leiden kannst. Nicht gut genug.«

»Ich kann dich gut genug leiden«, widersprach ich und setzte eine finstere Miene auf. »Sonst hätte ich dich längst umgebracht und deine Leiche in eine dieser trockenen Zisternen geworfen. Und unter anderen Umständen könnte ich dich vielleicht noch besser leiden. Ist nur die Frage, ob dir das dann überhaupt recht wäre. Mann und Frau, ein trautes Paar. Du siehst schon so aus!«

Sie lachte und meinte, man wisse nie.

Als es dämmerte, ließen wir uns auf den Stufen der sanft geschwungenen Treppe vorm Dom nieder. Die Fassaden der Palazzi gegenüber waren in das warme Licht der versteckt angebrachten Scheinwerfer getaucht. Auch die barocke Schauseite der Kathedrale, mit Säulen und Pilastern und den Statuen der Heiligen, wurde angestrahlt. Die Figur rechts von Maria, die auf einer Wolke von Engeln stand, stelle Lucia dar, erklärte mir Marcella. Aus schwarzen Knopfaugen schien die Frau uns von oben herab zu mustern.

»Wer ist sie?«

»Lucia? Sie ist der Star unter Siziliens weiblichen Heiligen. Eine von uns sozusagen. Sie hat hier in Siracusa gelebt. Ihr Vater soll ein reicher Römer gewesen sein, der allerdings früh starb. Lucias Mutter, die Angst hatte, als Witwe zu verarmen, setzte auf ihr einziges Kapital, die schöne Tochter, und tat alles, sie reich zu verheiraten. Lucia aber war heimlich Christin geworden und wollte Jesu zu Ehren Jungfrau bleiben. Du weißt ja, wie es ist, wenn Mädchen sich was in den Kopf setzen. Als die Mutter, die gerade auf wundersame Weise von einer Krankheit geheilt worden war, von Lucias Bekenntnis erfuhr, packte sie die Reue, und sie machte die Verlobung rückgängig. Der Bräutigam aber drehte durch und schwor Lucia Rache. Er tat ihr zwar persönlich nichts, doch er klagte sie öffentlich an, dem christlichen Glauben anzuhängen, was ihren Tod bedeuten konnte. Solche widerlichen Typen, die sich selber nicht die Hände schmutzig machen, gab es nämlich damals auch schon. Der Richter gab vor, etwas Gnädiges zu tun, indem er sie nicht töten, sondern in ein Bordell bringen lassen wollte.«

»Wollte? Lucia hat das verhindert?«

»Na ja, zu einem hohen Preis. Angeblich waren weder ein Ochsengespann noch tausend Männer in der Lage, sie dorthin zu verfrachten. Glaube kann nicht nur Berge versetzen … Da haben sie ihr alles denkbar Schlimme angetan und ihr am Ende gar die Augen rausgerissen. Deswegen hat die Skulptur da oben diese schwarzen Augenlöcher. Furchtbar, oder? Und auch ziemlich mystisch.«

»Ja, das geht durch und durch. Ich habe das Gefühl, sie würde mich anschauen. Mich durchschauen. Sie wirkt überhaupt nicht blind.«

»Vergiss nicht, dass sie eine Heilige ist. Die weiß Bescheid, das sage ich dir.«

Der Schlüssel lag noch so da, wie wir ihn hingelegt hatten. Von Donatella keine Spur. Marcella zeigte mir, wo die Dusche war. In dem uralten Haus, das in seinem Kern aus dem Mittelalter zu stammen schien, vielleicht gar auf antiken Mauerresten errichtet worden war, gab es viele Ecken und Winkel. Die Toilette befand sich in der Nähe des Eingangs, das winzige Bad hingegen in einer Nische neben der Tür zu Donatellas Schlafgemach.

Das Wasser war kühl, aber nicht eiskalt, natürlich nicht, denn nirgends auf Sizilien kam eiskaltes Wasser aus der Leitung. Ich ließ es auf mich niederregnen, der Wasserdruck hielt sich in Grenzen, ich war schon froh, dass es nicht nur tröpfelte. Ich verzichtete auf Seife, Duschgel oder Schaumbad, ich spülte mir nur den Staub von der Haut, trocknete mich danach flüchtig mit einem großen blauen Badetuch ab, das nach Donatella duftete. Mimi hatte manchmal nach Gras gerochen, nach Wiese.

Als ich mich dann, nachdem ich das Badetuch fallen lassen hatte, aufs Bett sinken ließ, fing ich wieder diesen Hauch von Sandelholz auf, an dem ich Marcella auch erkannt hätte, wäre ich mit Blindheit geschlagen. War ich aber nicht, und da lag sie, sie ruhte auf dem Bauch und präsentierte mir ihren schmalen Rücken und ihren Po, der nicht besonders ausladend war. Das Gegenteil von *ausladend* war nicht dünn oder mager. Das Gegenteil war *einladend*. Und so lag sie da. Als würden der knackige Doppelhügel, die straffen Schenkel, der geschwungen Rücken flüstern: *Na, wie wär's?*

Warum eigentlich nicht?

Sie quittierte es mit einem leisen Seufzer, als ich meinen rechten Daumen zügig ihre Wirbelsäule hinaufwandern und dann langsam wieder heruntergleiten ließ. Ich hockte seitlich neben ihr und beugte mich über sie, sorgsam darauf bedacht, dass mein Kumpel sie nicht streifte, der lässig zwischen meinen Schenkeln baumelte. Ich rückte näher und griff mir ihre Schultern, ließ die Daumen am Rand ihrer Schulterblätter kreisen. Ihre Seufzer gingen über in ein schönes Stöhnen. Ich konnte ihr Entzücken nachvollziehen, das war eine ganz besondere Stelle, auch bei mir. Doch ich war jetzt nicht dran.

Ich verstärkte den Druck, und das Stöhnen wurde unverhohlener, wonniger, genüsslicher. Ich hielt kurz inne. Sie richtete sich halb auf, stützte sich dabei auf ihren rechten Ellbogen und blickte über ihre Schulter, als wollte sie was sagen. Dabei flutschte die rechte Brust aus der Deckung, und ich beobachtete fasziniert, wie sie wippte und schaukelte und dann zur Ruhe kam.

Ich konnte nicht anders, ich musste meine Hand darunterhalten. Sie wölbte sich unwillkürlich, diese Hand, und sah aus wie eine Kelle oder ein Kloßheber, das war eine Hand, die machte, was sie wollte. Marcella auch. Amüsiert blickte sie mir über ihre Schulter in die Augen, ihr Mund verzog sich zu einem koketten Flunsch, und dann legte sie mir einen Kloß in den Heber, sie senkte die weiche Brust, ich spürte ihren brombeergroßen Nippel in meiner Handfläche, und es schien, als wüchse er noch. Das war wahrlich kein Kloß, denn Klöße haben keine Nippel, und mein guter Freund hing auch nicht mehr lässig herab.

Ich war zu benommen, um die Situation seltsam zu finden, ich hockte neben der Frau, die mir zwar gewissermaßen angetraut war, mit der ich aber *nichts hatte*, wie man im Volksmund sagte, ich hatte plötzlich einen Ständer der Extraklasse, hart und hengstig, und gar nicht weit weg war Marcellas Mund. Ihre Lippen öffneten sich und sie tat, als wollte sie nach mir schnappen. Und ich tat das einzig Richtige.

Ich ließ ab von ihrer wundervollen Beere, ich ließ die Brust, nachdem ich ihr zum Abschied einen sanften Händedruck verpasst hatte, ich ließ sie einfach los. Ich kickte Marcellas Ellbogen sanft weg und drückte sie in die Kissen, was sie ächzend geschehen ließ, und dann setzte ich mich rittlings auf sie, ich setzte mich einfach auf ihren Po, wodurch ich nun viel besser an ihren Rücken, ihre Schultern, ihren Hals rankam, und das hatte rein gar nichts mit Sex zu tun, zumal mein Schwanz vornehm in die Höhe stand, also nicht auf den Lenden der Frau herumlümmelte, mit der ich *nichts hatte*. Jetzt konnte ich sie viel besser massieren als vorher, und das tat ich dann auch. Meine Hände wussten, was gut und nötig war, um die Fasern und Muskeln zu entspannen, zu strecken, zu richten, zu durchbluten, all die zarten Stränge, die ich unter der aprikosenweichen Haut spürte.

Ich hörte sie flüstern: »Oijoijoi … Ogottogott …«

Wer hätte das gedacht?

Ich muss dann eingeschlafen sein. Als ich zu mir kam, wusste ich zunächst nicht, wo ich war. In meinen Träumen war ich mal wieder auf dem Meer unterwegs gewesen, ich war geschwommen und geschwommen, ohne dass Land in Sicht kam. Insofern gewahrte ich mit Freuden, dass ich nicht im Wasser lag, nicht einmal in einem Boot, sondern in einem Bett, das aber schwankte wie ein Boot auf mäßig bewegter See.

Ich blinzelte, um die Wetterlage zu peilen. Neben dem Bett stand eine Funzel, die gedämpftes Licht verbreitete. Über der Lampe hing ein Tuch, bordeauxfarben, und im rötlichen Schein gewahrte ich, dass zwischen mir und Marcella, die wie ich auf dem Rücken lag und zu schlafen schien, noch jemand hockte. Ich witterte einen Geruch, der mir nicht völlig fremd war, der dunkle, würzige Duft kam mir vertraut vor.

Ich öffnete das Auge um eine Wimpernbreite mehr. Es war eine Frau, wie ich an den länglichen, spitzen Brüsten erkannte, und ihr Schopf schimmerte bläulich. Was machte bitte schön eine Frau mit bunten Haaren in meinem Bett?

Allmählich dämmerte mir, dass ich nicht in dem alten Haus auf Stranezza lag. Mir ging auf, wer zwischen uns saß und sich nun zu Marcella hinunterbeugte und sie, wenn meine Sinne nicht trogen, sanft auf den Mund küsste.

Fasziniert beobachtete ich, wie sich Marcellas Lippen einen Spalt weit öffneten und ihre Zungenspitze zum Vorschein kam. Sie bewegte sich ein wenig, und ich war mir nicht sicher, ob sie noch im Halbschlaf lag oder schon bei vollem Bewusstsein war, jedenfalls streckte sie suchend eine Hand aus, und als sie Donatellas Schulter ertastete, fasste sie zu. Sie zog sie zu sich herunter, und dann küssten sie einander, behutsam und vorsichtig. Es sah schön aus. Ich lächelte und schloss die Augen wieder, darauf bedacht, ruhig und gleichmäßig Luft zu holen und mir nicht anmerken zu lassen, dass ich wach war und das alles mitbekam. Ich vernahm ein leises Glucksen und Schmatzen, das aber nicht lange währte. Dann war es still, bis auf die Atemzüge.

»Ach, Cousine, was bist du doch für ein schamloses Miststück«, raunte Marcella nach einer Weile und kicherte gedämpft. »Du küsst immer noch so … so blumig, so feenweich.«

»Ich bin ja auch eine Fee«, murmelte Donatella. »Bei Tageslicht fällt das nur nicht so auf, weil ich dann den normalen Menschen ähnle.« Auch sie lachte leise. »Wenn dein Freund uns so sehen würde, hielte er uns bestimmt für lesbisch. Zwei vergnügte Lessies, die warten, bis alles schläft, um dann ihr wahres Ich auszuleben. Dabei mache ich mir gar nichts aus Frauen, also im Prinzip.«

»Ja, denkst du denn, *ich* bin lesbisch? Ich finde es zauberhaft, wie du küsst, und ich mag es, wie du riechst. Mir gefällt dein runder Arsch, und ich liebe deine schmalen Titten, aber ich wüsste nicht, dass mich jemals eine andere Frau gereizt hätte.«

»Ich hab's mal probiert, aus Neugier, weil es mit dir damals so schön war«, sagte Donatella. »Doch ich fand das zu technisch. Als würde ich es mir mit fremden Händen selber machen. Für einen wirklich guten Fick, egal nun, ob mit Mann oder Frau, braucht es aber den Funken, der überspringt, das Prickeln, und das fehlte mir da völlig.« Sie seufzte.

Eine Weile war es still. Marcella schien zu warten, dass ihre Cousine weitersprach. Oder sie war wieder eingeschlafen.

»Als ich euch so liegen sah«, sagte Donatella schließlich, »habe ich, zumindest bei dir, gar nicht ans Vögeln gedacht. Ich hatte nur Lust, dich anzufassen, dich zu kosten sozusagen. Du bist schon was Besonderes, Cousinchen. So etwas wie dich habe ich noch nicht wieder getroffen.«

»Zumindest bei mir? Und bei ihm hast du dir das schon überlegt?« Marcellas Stimme wurde lauter, sie klang ein wenig unwirsch. »Cousine, das gehört sich nicht! Der ist mein!«

»Was sich nicht gehört, hat mich noch nie interessiert. Aber du hast erzählt, dass er dieser Mimi nachtrauert. Sag: Bist du in ihn verliebt? Bist du scharf auf ihn? Du schaust ihn manchmal, wenn du dich unbeobachtet fühlst, ganz seltsam an. Das ist mir ein paarmal aufgefallen. Aufgekratzt. Wehmütig. Als könntest du ihn nicht haben, und als wärst du deswegen traurig.«

Mir stockte der Atem. Ich hatte mich darauf eingestellt, dass die beiden ein wenig knutschen und kuscheln und es sich vielleicht auch gegenseitig machen würden, was mich nicht aus der Bahn geworfen hätte. Aber dass sie anfangen würden zu quatschen, und zwar über mich, das überstieg fast meine Kräfte.

»Er ist manchmal total beschränkt«, ließ sich Marcella vernehmen. »Also, er rafft dann einfach nichts. Er lebt so vor sich hin. Sein Plan ist offenbar, diese Mimi zu retten. Und er tut so, als müsste das Leben bis zur Erfüllung dieser Aufgabe pausieren. Essen und trinken, ja. Aber sonst? Nichts. Dabei hat er eine solche Kraft und einen so feinen Witz. Er lässt das bloß nicht raus.«

Sie lachte leise, und es klang fast ein wenig verschämt.

»Vorhin hat er mich massiert und gestreichelt, das war himmlisch, und mir lief der Honig, aber mach mal was. Es fehlte nur sooo viel …« Vermutlich zeigte sie Donatella mit Daumen und Zeigefinger, wie wenig gefehlt hatte. »Nur sooo viel, und ich hätte es nicht mehr ausgehalten und … Ging natürlich nicht, denn wir tun es ja nicht.«

»Guck mal«, unterbrach Donatella sie. »Er scheint was Schönes zu träumen. Nun guck dir diese Latte an!«

Ich hielt die Augen geschlossen. Mir fiel nichts Besseres ein, als mich weiterhin schlafend zu stellen und mir nichts anmerken zu lassen. Aber mein Schwanz hatte von dieser Entscheidung nichts mitbekommen. Bei Marcellas Worten hatte er sich zügig aufgerichtet. Die Hitze schoss mir bis in die Zehenspitzen und in die Ohrläppchen, die zu glühen schienen. Mein Herz klopfte so heftig, dass die beiden das hören mussten.

»Natella, du Hexe«, wisperte Marcella, »denkst du das Gleiche wie ich?«

Wieder erschrak ich. Hatten sie mitbekommen, dass ich wach war? Gab es Anzeichen, die mich verrieten?

»Ich fürchte, du hast recht«, flüsterte Donatella zurück. »Aber du weißt, dass wir damit Grenzen überschreiten.«

»Der schläft ganz tief«, meinte Marcella. »Und es ist ja eigentlich nichts Schlechtes.«

»Es ist eigentlich was Schönes«, pflichtete ihr Donatella bei. »Gut, dass wir uns da einig sind. Ich habe ja in meinem Leben schon ein paar Schwänze zu Gesicht bekommen«, fügte sie glucksend hinzu, »und das Spektrum ist beträchtlich. Aber das hier ist einer von den prächtigeren. Eigentlich doch ideal. Groß und fest und dennoch nicht bedrohlich. Weil *wir* entscheiden, was passiert. Du meinst also, wenn er schläft, dann schläft er? Tief und fest? Ich meine, *du* bist die Expertin, was das betrifft. Du bist die Frau, die nachts das Bett mit ihm teilt.«

»Ich glaube schon. Er hat einen tiefen Schlaf. Aber ich weiß nicht …«

»Du musst ihn doch so wie jetzt schon gesehen haben, Cousinchen. Und du hast ihn nie angefasst?«

»Das geht dich gar nichts an, Prinzessin Blauhaar. Und wenn … Aber nein, habe ich nicht. Nicht, dass ich mich erinnern würde. Am Anfang war es ja auch anders herum. Ich war skeptisch, als ich diesen Auftrag bekam, ich habe überlegt, wie ich das ausbalanciere und ihn mir von der Pelle halte. Erst als ich seine Rücksichtnahme mitbekommen habe, diese Aufmerksamkeit, die er mir entgegenbringt, ging mir auf, dass er mir gefällt. Seine handfeste Art. Und dann bekam ich Lust auf ihn. Je länger das nun schon geht, umso heftiger ist es. Ich hatte zu viele schlechte Erfahrungen, als dass ich mich irren mag. Ich mache auch jetzt hier keinen Scheiß, Cousinchen.«

»Bist du dir sicher?«

»Stell dir das doch mal andersrum vor! Stell dir vor, wir wären zwei Typen, zwei Kerle, und er wäre eine Frau und hätte sich vertrauensvoll in dieses Bett gelegt. Und wir als Männer würden sie uns vornehmen.«

»Das ginge überhaupt nicht«, stellte Donatella fest. »Aber

er ist nun mal keine Frau. *Wir* sind die Frauen, Honey. Und es wäre ja auch die Frage, *was* genau wir mit ihm …«

»Ja, vielleicht schwebt dir ja was ganz anderes vor als mir. Außerdem sind wir, wie wir schon festgestellt haben, zu zweit. Es hat alles seine Grenzen, nicht wahr?«

Ich wartete, nicht ohne Anspannung, ich harrte der Dinge, die da kommen würden, und ich war mir nicht sicher, ob mir die Aussichten geheuer waren.

Doch zunächst geschah nichts. Ich hatte die Augen geschlossen, konnte also nicht sehen, was sich in ihren Mienen abspielte, doch ich fragte mich, was sie da stumm ausheckten.

Ich hörte die beiden atmen, zumindest war mir so, als würden sie besonders tief Luft holen. Unvermittelt griff sich eine Hand meinen Freund, eine relativ kleine Hand, wie mir schien, das konnte nicht die Cembalistin sein, denn die hatte äußerst lange, schmale Finger, aber gewettet hätte ich darauf nicht. Und dann spürte ich, wenn mir meine Sinne keinen Streich spielten, eine Zungenspitze, die aufwärts tänzelte, und als wäre das nicht schon Nervenkitzel genug, gesellte sich eine zweite Zunge dazu, und die Hand, die sich nun auf meinen Bauch legte und zu meiner Brust wanderte, die war wirklich flink, und ich kam furchtbar durcheinander, als zwei Finger meine linke Brustwarze zu pflücken versuchten, während zwei Zungenspitzen meinem Freund zusetzten. Ich konnte nicht anders, ich ließ ein Stöhnen hören, das jedem Geist in einem Horrorfilm Ehre gemacht hätte. Es war der reinste Wahnsinn, was die zwei da trieben.

Plötzlich ließen die Zungen ab von mir. Ich spürte nur, dass zwei Hände, und wenn ich mich nicht täuschte und die Daumen richtig einordnete, zwei linke Hände, sich gemeinsam an mir auf und ab bewegten, als wollten sie einen Maiskolben fürs Erntedankfest polieren. Ich riskierte ächzend ein Blinzeln und sah, dass die beiden links und rechts von mir knieten. Sie knutschten, wobei sie einander ihre rechten Hände um die Nacken gelegt hatten, und was sie mit ihren linken Händen taten, das wusste ich bereits. Sie wurden nicht schneller, sie behandelten mich mit einer ruhigen Innigkeit, die mich verblüffte und faszinierte. Es war, als würde es ihren Küssen das Unangemessene nehmen, wenn sie dabei meinen Schwanz streichelten, und ich betete innerlich, dass mein Kumpel jetzt nicht zu spucken anfing, denn das hätte den Zauber womöglich zerstört.

Doch das geschah dann auf ganz andere Weise: Die Tür flog auf, ich gewahrte, wie die Cousinen auseinanderfuhren. Sie ließen mich nicht los, noch nicht, es war fast so, als hielten sie sich an mir fest. Sie starrten beide auf die Gestalt, die auf der Schwelle stand, und obwohl ich einen ungünstigen Blickwinkel hatte und mir zudem Donatellas Brüste einen Gutteil der Sicht versperrten, konnte auch ich sehen, dass es eine Frau war, die da stand, eine Frau, mit der ich hier nun ganz und gar nicht gerechnet hatte. Ich sah, wie sie auf ihre unverkennbare Art den Kopf schüttelte. Auch wenn ich mir überhaupt nicht erklären konnte, wieso *sie* dort stand, wie sie freigekommen war und mich hier gefunden hatte, war mir spontan klar, dass die Umstände unseres Wiedersehens eine für mich ungünstige Färbung hatten.

Ich sah, wie Mimi zu ihrer mir bestens bekannten Schultertasche griff und die Beretta zückte, von der ich angenommen hatte, dass sie in meinem Besitz war, und mir schwante nichts Gutes. Was sollte ich sagen? Da schneite die Frau herein, die ich seit Wochen herbeisehnte, und dann sah sie mich in einem Bett liegen, in den Händen zweier nackter Sizilianerinnen. Das war im Grunde unerklärbar.

Mir blieb auch gar keine Zeit für Ausreden. Denn Mimi lud durch und schoss. Zunächst verfehlte sie die blauhaarige Hausherrin knapp, dann Marcella, und der dritte Schuss streifte um Haaresbreite mein linkes Ohr und schlug in die Matratze ein. Von dem Stelldichein dereinst in Rom mit ihrem schäbigen Gatten wusste ich, was für eine gute Schützin sie war. Den hatte sie in ihrer Rache ganz bewusst um Haaresbreite verfehlt, sie hatte ihn gedemütigt, indem sie ihn nicht erschoss, sondern nur in Panik versetzte. Doch heute war ein anderer Tag.

Während ich mich noch fragte, wieso Mimi neuerdings weißblond war und grünliche Haut hatte, legte sie auf mich an, sie zielte auf meine Stirn, und ihre Augen, das fiel mir jetzt erst auf, leuchteten glutrot, sie sah aus wie ein Zombie, eine Untote, und während ich sie anstarrte und aus den Augenwinkeln mitbekam, wie Marcella und Donatella aus dem Bett hechteten, registrierte ich, dass der Zeigefinger sich krümmte. Mimi würde mich erschießen, und zwar genau … jetzt!

Ich schrie. Ich schrie und schrie, und als ich merkte, wie mich jemand rüttelte, während ich immer weiter schrie, ging mir auf, dass ich noch nicht hinüber sein konnte. Tote schrien nicht. Oder doch?

Ich verspürte keinen Schmerz. Aber ich sah auch nichts mehr. Es war stockdunkel. An meiner Schulter rüttelte jemand, und eine Stimme, besorgt, erregt, fast panisch, fragte, was denn los sei. Es war Marcellas Stimme.

»He, he, he«, raunte sie, »alles ist gut. Komm zu dir! Du hast schlecht geträumt, oder?«

»Ich sehe nichts«, murmelte ich. »Ich bin blind. Sie hat mich erschossen. Es tut nicht weh. Aber ich sehe nichts. Ich bin blind.«

»Niemand hat dich erschossen«, sagte Marcella, »und ich glaube auch nicht, dass du erblindet bist. Es ist einfach stockfinster hier drin.«

Sie ließ mich los. Die Matratze wackelte, ich hörte, wie sie sich in der Dunkelheit zu schaffen machte. Sie stieß etwas um, das polternd zu Boden fiel. Sie fluchte, und dann ging flackernd ein Licht an, die Nachttischlampe.

Marcella spähte zu mir herüber, ihre Haare waren zerzaust, und sie blinzelte. Sie wirkte unversehrt, nur verschlafen. Sie hatte nichts an. Ich auch nicht. Alles wie gehabt. Na und? Niemand stand im Zimmer. Keine Mimi. Auch von Donatella war nichts zu sehen. Ich warf wilde Blicke um mich, noch hatte ich mich nicht beruhigt, auch wenn ich nicht erschossen worden war, wer sagte mir denn, dass ich nicht den Verstand verloren hatte? Ich stöhnte.

»Maria, heilige Jungfrau im Himmel«, sagte Marcella. Es war eine Art Stoßgebet. »Liebe Lucia, du Schmerzensgeplagte, mach bitte, dass ihm ein Licht aufgeht.«

»Habe ich geträumt?«

»Das nehme ich an. Du hast geschrien, als würde dich jemand mit glühenden Eisen quälen. Ich hingegen«, erklärte sie, »ich habe von einer Sommerwiese geträumt, wo ich zwischen Blumen lag und den Schmetterlingen zuschaute. Bis dein panisches Geschrei sie verjagt hat.«

Sie sah meinen schuldbewussten Blick und lachte leise.

»Nein, du brauchst kein schlechtes Gewissen zu haben. Ein schlimmer Traum ist ein schlimmer Traum.«

Sie ließ das Licht brennen und legte sich wieder neben mich. Ich drehte mich auf die Seite, immer noch mit pochendem Herzen, und sie schmiegte sich an mich und murmelte, ich solle mir keine Gedanken machen, sie werde aufpassen, dass die bösen Geister mich nun in Ruhe ließen. Ich spürte ihre Brüste an meinen Schultern, und ich spürte ihren warmen Bauch und ihre warmen Arme, und ich spürte ihren Atem an meinem Hals. Sie hatte keine Ahnung, was die Geister anbelangte, sie hatte überhaupt keine Ahnung. Mein Freund reckte sich, entweder schon wieder oder nun wirklich. Aber so wie ich lag, mit dem Rücken zu meiner Scheinfrau, spielte das keine große Rolle. Mir war heiß zwischen den Lenden, aber ich begann mich nun ebenfalls zu beruhigen, was kein Widerspruch war, denn das, was ich jetzt fühlte, war nichts Bedrohliches, nichts Beunruhigendes. Und irgendwann schlief ich wieder ein.

EINUNDDREISSIG

Das Morgenlicht, das in schrägen Streifen durchs Fenster fingerte, ließ Stäubchen tanzen. Ich war allein, als ich erwachte, aber das Laken neben mir war noch warm. Ich schlüpfte in meine Klamotten und schlurfte in die Küche. Als ich die beiden Frauen dort sitzen sah, mit Kaffee und Hörnchen, schoss eine Welle der Verlegenheit in mir hoch. Sie blickten mir entgegen, in ihren Augen lagen weder Argwohn noch Kritik. Ich grüßte brav. Sie winkten mir lächelnd zu. Na dann … Ich griff mir eine Tasse und kredenzte mir aus der Schraubkanne ebenfalls einen Kaffee. Der Duft ließ meine Nasenflügel flattern, meine Laune hob sich. Ich nahm einen Schluck. Schwarze Wonne, bitterer Genuss. Im Überschwang warf ich Marcella einen Handkuss zu. Ich war erleichtert. Alles nur geträumt.

Donatella musste schon vor einiger Zeit aufgestanden sein, sie war fertig angezogen und wirkte, als würde sie gleich aufbrechen, während sich Marcella nur ein Shirt übergeworfen hatte, das ihr kaum über den Hintern reichte.

»Prinzessin Blauhaar muss los«, klärte mich Marcella auf. »Sie war heute Nacht noch auf Achse, vermutlich hatte sie eine Menge Spaß.«

Sie schmunzelte.

Doch Donatella schien keinen Nerv für Geplänkel zu haben. Sie wirkte müde, aber dennoch verwegen, eine Frau, die es faustdick hinter den Ohren hatte. Vielleicht projizierte ich das auch nur. Selbst jetzt im hellen Morgenlicht schaffte ich es nicht, die Bilder der Nacht zu löschen, die in meinem Kopf herumspukten. Die Cousinen hatten mir viel Freude gemacht. Mimi hingegen hatte mich erschossen. Der Doktor wäre ratlos. Ein Fall für den Totengräber.

Je länger ich darüber nachgrübelte, umso beunruhigender fand ich es, dass sich Mimi als Traumfrau meiner entledigt hatte. Angesichts der Szene, für die ich schließlich nichts konnte, war sie einfach ausgerastet, hatte sich in eine Furie verwandelt und dann der Rache blutigen Lauf gelassen. Dass ich, dem schnöden Anschein zum Trotz und von ein paar griffigen Fantasien abgesehen, die Tugend in Person war, ein Sinnbild der Treue, wenn es hart auf hart kam, das war im Traum völlig egal gewesen. Es interessierte, wie mir schien, auch bei Tage niemanden. Nach außen hin gaben Marcella und ich ein echtes Paar ab, mit allem Drum und Dran, und was ich wirklich fühlte und dachte, spielte keine Rolle. Letztlich wusste ich es selber nicht genau.

»Ich war nicht auf dem Abenteuerpfad, falls du das meinst, Cousinchen«, sagte Donatella. »Ich bin spontan mit Freunden nach Catania gefahren, zum Tanzen.«

»Zum Tanzen? Nach Catania?«

Marcella machte kein Hehl aus ihrer Verblüffung.

»Ja, warum denn nicht? Das sind nur fünfzig, sechzig Kilometer, und nachts ist die Autobahn fast frei«, erklärte Donatella. »Wir machen das öfter. Dank der vielen Studenten und Künstler hat Catania ein ganz hübsches Nachtleben. In den Gassen hinterm Theater gibt es jede Menge Clubs und Bars, von denen einige bis morgens geöffnet haben. Wir waren in einer Art Jazzkneipe, und ob du es glaubst oder nicht, Cella, man kann nicht nur Tarantella oder Siciliana tanzen. Erst hat eine Band gespielt, Swing und Cool Jazz, und nach Mitternacht hat jemand Platten aufgelegt.«

»Oh, Süße, nun hau bloß nicht so auf den Putz und stell mich nicht als die Folklore-Oma aus Palermo hin. *Du* bist hier diejenige, die ein Instrument spielt, von dem die meisten annehmen, dass es ausgestorben ist wie der Dodo, der Yeti und der Neandertaler, falls sie überhaupt je von einem Cembalo gehört haben. *Mir* musst du nicht erzählen, dass es auch Pop gibt.«

»Ich sprach von Jazz und nicht von Popmusik. Aber lass uns nicht streiten. Denn es geht um was ganz anderes. Ich habe dort Leute getroffen, die ich eine Weile nicht gesehen hatte, und von denen Dinge erfahren, die euch brennend interessieren dürften.«

»Was du nicht sagst«, fauchte Marcella zurück. Sie schien ein bisschen in Rage zu sein. Vielleicht hatte auch sie nicht besonders geschlafen. »Was denn für Dinge?«

»Catania ist zwar weltläufiger als Siracusa«, erklärte sie, »aber wenn es darauf ankommt, kennt in der Szene doch fast jeder jeden, zumindest unter den Einheimischen.« Sie habe dort ein Paar getroffen. Eigentlich kenne sie nur die Frau näher, eine Geigerin. »Ihr Mann, der ab und zu dabei ist, arbeitet in der Stadtverwaltung, ich glaube, im Bauamt, und er ist weder ein ausgesprochener Bürohengst noch ein Aufreger. Ein netter Ehemann. Dessen Bruder aber, ein Schrank von einem Kerl, ist anders drauf. Der spielt in einer Band Bassgitarre, ziemlich harte Sachen, und er ist bei den *Elephants*.«

»Oh, eine zoologische Vereinigung!« Marcella konnte es nicht lassen. »Dabei dachte ich, auf Sizilien gäbe es keine Elefanten mehr.«

»Hör auf mit dem Gefrotzel, denn das ist ernst!«

Der *Elephants MC*, erklärte Donatella, sei Catanias Bikergang, sinnigerweise benannt nach dem Wappentier der Stadt, befreundet mit dem *Eagles MC* in Siracusa, jedoch verfeindet mit den Rockern in Agrigento und Palermo.

»Ja, ich weiß«, räumte Marcella kleinlaut ein, »ich weiß ganz gut, wer die sind. Und dieser Bruder war in der Jazzkneipe?«

»Nein, Dummerchen«, versetzte Donatella, »der war nur Thema. Der hatte nämlich Geburtstag, und auf der Feier, die aus unerfindlichen Gründen oben bei Enna stattfand …«

»… wurden seiner Karre die Reifen aufgeschlitzt?«

Marcella war nun ganz Ohr.

»Nein, viel schlimmer. Seine Maschine wurde geklaut. Er hat sie zwar inzwischen wieder. Ein Onkel der Brüder ist bei der Polizei, und eine Streife hat die beiden Motorräder, die der Gang abhandengekommen waren, noch am selben Tag entdeckt, was natürlich gleich eine Riesensache war. Man kennt sich halt. Die Maschine einzubüßen, und sei es auch nur für ein paar Stunden, das ist gleichbedeutend mit dem Verlust der Männlichkeit, ein Totalschaden an der Ehre.«

»Ja«, murmelte Marcella, »das kann ich verstehen. Wie ein Seeräuber ohne Schiff. Man wird dann nicht mehr ernst genommen. Aber vermutlich weiß ja keiner, wer die Maschinen geklaut hat, oder?«

»Das kann man so nicht sagen«, meinte Donatella zögernd. »Dieser Onkel ist nicht irgendein Streifenbulle, sondern ein ziemlich hohes Tier im Präsidium. Nachdem er von der Sache Wind bekommen hatte, machte er Druck, und so haben sie alle infrage kommenden Überwachungskameras gecheckt. Es gab ein paar Volltreffer, und nun hat nicht nur die Polizei Catanias recht gute Aufnahmen von dem … äh … Diebespaar. Dank einer Indiskretion, wie sie bei der Polizei einer sizilianischen Großstadt schon mal vorkommen kann, ist die schärfste Aufnahme des Duos in die Hände der betroffenen Biker gelangt.«

»Oh«, machte Marcella.

»Oh, ja«, sagte Donatella. »Heute reicht man da kein Blatt Papier mehr herum, man hat das auf dem Handy, und Minuten später können sich alle, die das noch interessieren könnte, das Bildchen ebenfalls anschauen. Kurz gesagt: Die Gang, die gestern noch etwas durch den Wind war, weiß nun Bescheid, sie sammelt derzeit ihre Kräfte und legt die Kriegsbemalung auf. Ihre Kumpels hier in Siracusa werden als natürliche Verbündete …«

»Schon gut, Prinzessin«, unterbrach Marcella, »ich habe es verstanden. Wer auch immer das gewesen sein sollte – das Urteil ist bereits gesprochen und soll rasch vollstreckt werden. In der Haut der beiden möchte ich nun freilich nicht stecken.«

»Ich auch nicht«, ergänzte Donatella und erhob sich. »Ich

schon gar nicht. Ich möchte mit denen nicht mal verwandt sein. Du etwa?«

Es lief darauf hinaus, dass die liebenswürdige Cembalistin ihre Gäste zwar nicht sofort hinauswarf, uns aber nachdrücklich nahelegte, bis zum Abend das Feld zu räumen. Sie riet uns ferner, nicht gemeinsam durch die Stadt zu ziehen, da die Jungs nach einem Pärchen Ausschau hielten, und sie legte uns nahe, nach unserem Aufbruch aus der Wohnung nicht noch einmal zurückzukehren. Mit den *Eagles* sei nicht gut Kirschen essen, und sie habe keine Lust, sich wegen gewissen durchgeknallten Motorraddieben auch nur einen einzigen ihrer geschickten Finger brechen zu lassen, mit denen sie ihren Lebensunterhalt verdiente.

»Das sehe ich ein«, versicherte Marcella, »und es tut mir schrecklich leid.«

Ich nickte dazu, sagte aber nichts. Denn wenn ich ehrlich war, tat mir vor allem leid, dass wir schon wieder weiterhasten mussten, dass keine Ruhe einzog, dass wir uns letztlich so blöd angestellt hatten. Wir waren nicht nur keinen Schritt weitergekommen, was unseren Auftrag anbelangte, wir hatten es außerdem geschafft, ins Visier zweier Bikergangs zu geraten, die nicht für Humor und freundliche Umgangsformen bekannt waren, wenn ich Donatella richtig verstanden hatte. Nun wetzten sie die Messer, um ihre Ehre wiederherzustellen. Sie kannten unsere Namen nicht, aber sie hatten Fotos.

»Wir hatten Helme auf«, meinte Marcella, als wäre das ein nennenswerter Trost.

Wir schlugen Donatellas Rat, nachdem wir bei ihr ausgecheckt hatten, kühn in den Wind und blieben zusammen. Unterwegs zum Dom, den Marcella ansteuerte, damit wir uns unter die Touristen mischen konnten, reichte sie mir den Kater, der seinen faulen Tag zu haben schien und getragen werden wollte, und dann tat sie etwas, was sie lange nicht getan hatte. Sie zückte das Päckchen Zigaretten, das sie immer noch dabeihatte, und steckte sich eine Kippe zwischen die

Lippen. Sie zündete sie auch diesmal nicht an. Sie behielt sie im Mundwinkel, doch sie rauchte sie nicht. Einmal blieb sie vor einem Schaufenster stehen und betrachtete ihr Spiegelbild, zwei, drei Sekunden lang, dann schüttelte sie energisch den Kopf und verstaute die Zigarette wieder in der Schachtel.

»Ich glaube, ich bin inzwischen tatsächlich Nichtraucherin«, sagte sie mehr zu sich selbst, und sie lächelte.

»Warum wirfst du das Zeug dann nicht weg?«

»Du machst mir Spaß«, sagte sie. »Wenn ich morgen wieder anfinge, dann hätte ich keine. Nein, ist schon okay.«

In einem Café, in dem wir uns einen Cappuccino gönnten, erwartete uns eine weitere Überraschung. Auf dem Tresen lag eine Zeitung, die *Gazzetta del Sud*, und das Foto auf der Titelseite zeigte Don Fazio mit einer Frau, die ich gut kannte. Die Schlagzeile vermeldete in riesigen Lettern: »*Verhaftungswelle in Palermo*«.

»Das ist Mimi, oder?«

Marcella warf mir einen fragenden Blick zu. Mein Schweigen war wohl Antwort genug, denn sie nickte dann. Nett von ihr, nicht nachzuhaken. Feinfühlig.

Ich bestellte mehr Kaffee. Manchmal konnte man nicht munter genug sein.

In dem Artikel wurde lang und breit ausgeführt, dass im Zusammenhang mit dem Anschlag auf die Gattin von Don Vito Acaro sowie mit dem Verschwinden eines Ermittlers, der einer Sondereinheit zur Bekämpfung des Organisierten Verbrechens angehörte, eine Reihe von Verdächtigen festgenommen worden waren, die in Diensten des abgebildeten Emilio Fazio aus dem Provenzano-Clan gestanden hatten, der selbst mit seiner mutmaßlichen Geliebten auf der Flucht sei. Noch kürzlich sei er mit ihr, einer Französin, die mit der Unterwelt von Marseille in Verbindung gebracht werde, in Palermos Teatro Massimo gesehen worden, wo sie einer Aufführung von Puccinis Oper *La Bohème* beigewohnt hatten.

Fazio, der zur jüngeren Generation der *Cosa Nostra* zähle und ein entfernter Verwandter des kürzlich verstorbenen Bernardo Provenzano sei, operiere von Palermos Stadtviertel Castellammare aus und habe nach noch nicht bestätigten Angaben versucht, im illegalen Waffengeschäft und wohl auch im Bereich von Prostitution und Mädchenhandel Fuß zu fassen. Die mit Don Vito Acaro verheiratete Annarita Graziani, die in dem Viertel eine Reiseagentur betrieben hatte, war »*durch Zufall auf Don Fazios Umtriebe aufmerksam geworden*«, wie sie schrieben, und im Begriff gewesen, mit den Ermittlungsbehörden zu kooperieren. Doch dann sei zunächst ihr Kontaktmann verschwunden, ein verdeckter Ermittler, der zum Schein in einem Café des Viertels gearbeitet hatte, und kurz darauf die Signora selbst Opfer eines als Unfall getarnten Anschlags geworden. Sie liege im Koma, man habe sie bislang nicht zu Einzelheiten befragen können. Ungeachtet dessen habe man eine Reihe von Verhaftungen vorgenommen, nach weiteren Verdächtigen werde gesucht, darunter nach Emilio Fazio als mutmaßlichem Kopf der Organisation, seiner Geliebten sowie einigen seiner Kuriere. Ferner habe man in der Nähe von Enna ein Fahrzeug sichergestellt, das eine Lieferung von elektronischen Bauteilen für Waffensysteme barg und offenbar abgestellt, aber nicht abgeholt worden war.

Soweit die Fakten. Unter dem Artikel waren einige der Verhafteten abgebildet. Zwei kannte ich persönlich: den jungen Pippo, der mich ins Meer geworfen hatte, und den Typen mit der Augenklappe. Ohne dass ich sagen konnte, wieso, war ich erleichtert, dass Pino nicht unter jenen war, die man hochgenommen hatte, *u Quetu*, der Ruhige, hatte sich nicht fangen lassen.

»Das ist ein ganz schöner Hammer«, sagte Marcella, und sie sprach ziemlich laut. »*Don Fazios Umtriebe*, wie sie es nennen. Hast du gewusst, dass es bei den Teilen, die wir übernehmen sollten, um Waffen ging?«

»Gewusst habe ich es nicht«, sagte ich leise, »aber mir war

schon klar, dass wir es nicht mit Bohrmaschinen für den Heimwerkerbedarf zu tun haben würden. Die braucht man nicht auf entlegenen Inseln zu verstecken. Und ganz nebenbei: Ich würde an deiner Stelle nicht so rumtrompeten, dass …«

»Ja, du hast recht. Man weiß nie, wer in so einem Café arbeitet.« Sie konnte nicht anders, sie musste kichern und mir zuzwinkern, manchmal führte sie sich auf wie ein Teenager.

»Wenn ich es recht bedenke«, fuhr sie leiser fort, »wird es nun doch ein bisschen eng für uns. Nicht nur, dass Catanias härteste Biker nach uns suchen und sich, dank familiärer Kontakte, der Mithilfe der Polizei erfreuen, nein, jetzt stehen wir auch noch auf der Liste einer hochgradig vernetzten Sondereinheit.«

Ich hatte inzwischen den Kommentar überflogen, der in einer Spalte rechts des Berichtes abgedruckt war.

»Dieser Sondereinheit wird allerdings eher hochgradige Unfähigkeit nachgesagt«, erwiderte ich und las vor: »*Wenn dieser verdeckte Ermittler seit Wochen so nah dran war, wieso musste Annarita Graziani beinahe sterben? Wie kann er einfach verschwinden? Wie konnte Emilio Fazio entkommen?*«

Ich wiegte den Kopf.

»Der gute Silvio gibt allen ganz schön zu denken«, sagte ich. »Ob er noch lebt?«

Nicht zu fassen, dass der Bursche aus Corleone alle an der Nase herumgeführt hatte. Doch vielleicht hatte er nun selbst einen hohen Preis bezahlt.

Marcella seufzte. »Altes sizilianisches Sprichwort: *Wenn du in der Scheiße steckst, ist es egal, ob dich auch noch jemand anpisst oder ob es nur regnet.* Wir beide stecken durchaus drin, ziemlich tief sogar. Oder etwa nicht?«

Sie hatte recht. Es sah nicht gut aus. Die Annahme, dass Don Fazio nicht allein abgetaucht war und er sich vielleicht gar mit Mimi ins Ausland abgesetzt hatte, veränderte meine Lage gravierend.

»Noch hat uns niemand geschnappt«, sagte ich. »Und wir

sind von unserem Auftrag entbunden. Wo keine heiße Ware ist, braucht es auch kein Versteck mehr. Wir sollten uns also einfach vom Acker machen.«

»Ja. Und wohin?«

»Was hältst du davon, wenn wir uns tatsächlich wieder auf die Insel zurückziehen? Jetzt gleich. Das Haus gehört uns doch offiziell, die Papiere sind wasserdicht.«

Sie verdrehte die Augen.

»Das ist genial«, sagte sie und grinste. »Die Idee könnte glatt von mir stammen.«

Nachdem ich Marcella beigepflichtet hatte, dass Bus- und Bahnfahrten ein gewisses Risiko darstellten, fehlten mir die Argumente, als es darum ging, ein Auto zu knacken. Denn natürlich konnten wir keins mieten. Ich lehnte es einerseits rigoros ab, armen Leuten den klapprigen Fiat abzuknöpfen, während sie im Supermarkt ihre Runden drehten, um mit zwanzig Euro einen Wochenendeinkauf zu bewerkstelligen. Es durfte andererseits auch keine dieser hypermodernen Kutschen sein, die man über GPS orten konnte, zumal die neuerdings eine elektronische Wegfahrsperre hatten. Leider engte das unseren Spielraum beträchtlich ein, was mich in Gewissenskonflikte stürzte. Marcella verstand das, und so schlug sie letztlich vor, uns einen Pick-up zu schnappen, einen dieser alten Mazdas oder Mitsubishis, wie Maler, Maurer und andere Handwerker sie benutzten. Gegen Mittag würden die irgendwo einen Happen essen und ein Bier trinken, und dann war die Rostlaube eben weg.

Wir erspähten in der Nähe des Bahnhofs ein passables Modell, einen dunkelroten Toyota, der Zement und Kalk geladen hatte. Die drei Typen, die ausgestiegen waren, verschwanden in einem Bistro um die Ecke und wussten noch nicht, dass sie die Teigtaschen, die sie sich jetzt reinschoben, nachher bitter nötig haben würden, wenn es hieß, den Heimweg zu Fuß anzutreten. Der Fahrer hatte die Tür einfach zugeschlagen, und Marcella meinte, mit etwas Glück würde der

Schlüssel nach guter alter sizilianischer Art noch im Zündschloss stecken.

Zwei Minuten später waren wir unterwegs. Ich schlug vor, Nebenstraßen zu benutzen, die Autobahn erschien mir als zu großes Wagnis, allein schon wegen der Mautstellen. Doch Marcella, die am Steuer saß, lachte darüber.

»Die Strecke bis Catania«, sagte sie, »nennt sich zwar A18, aber das ist keine richtige Autobahn, und sie ist vor allem mautfrei. Über die Nebenstraßen würden wir Tage brauchen. So aber sind wir in reichlich einer Stunde dort, und dann sehen wir weiter.«

Sie wollte es wirklich riskieren. Um nach Materazzo zu gelangen, wo wir an Bord einer Fähre gehen konnten, mussten wir Catania passieren. Mir wurde ganz anders, wenn ich mir vorstellte, dass die Biker uns durch Zufall erspähten, zum Beispiel falls wir, was nicht auszuschließen war, tanken mussten. Sie würden uns massakrieren.

Der Sprit reichte, wir schafften es bis Catania und noch ein Stück weiter. Vermutlich mit den letzten Tropfen Benzin erreichten wir Giardini-Naxos, das sich unterhalb des legendären Städtchens Taormina um die Bucht schmiegte. Marcella stellte die Karre nebst Zement und Kalk vor einem kleinen Supermarkt mitten im Ort ab, und wir gingen zu Fuß zur Bahnstation, die sich ein Stück außerhalb befand. Wir sahen Taormina über uns am Berg kleben. In einem Tabakladen holte Marcella zwei Tickets für den Zug. Sizilien habe vor ein paar Jahren für die Regionalbahn ein einfaches Pauschalsystem eingeführt, erzählte sie, das nach Zonen gestaffelt ist. Mit den Fahrscheinen konnten wir bis Messina fahren, aber auch weiter bis Materazzo. Würde jemand dem Tabakmann ihr Foto zeigen und er sich noch an sie erinnern, wüsste er dennoch nicht, wohin sie gefahren wäre. Mich hatte er gar nicht zu Gesicht bekommen. Wir hätten auch in die entgegengesetzte Richtung reisen können, zurück nach Catania oder Siracusa. Taten wir natürlich nicht, wir entwerteten brav unsere Kärtchen und warteten. Nach zwanzig Minuten kam ein Zug und brachte uns nach Messina, wo wir in einen anderen Richtung Palermo umstiegen, ohne dass auch nur ein Hahn nach uns krähte, ganz zu schweigen von rachelüsternen Bikern. Diese Leute, hatte Marcella behauptet, fuhren niemals Zug.

Es passierte, als wir nicht mehr damit rechneten. Wir stiegen in Materazzo aus, und der Bahnhof, der sich ein gutes Stück außerhalb des Hafenstädtchens befand, lag genauso verlassen wie vor zwei Tagen, als wir nach Palermo weitergefahren waren. Die Schalter in der verwaisten Halle wirkten, als wäre hier seit Jahren keine Fahrkarte mehr verkauft worden. Marcella erinnerte sich, dass eine Buslinie Bahnhof und Hafen miteinander verband. Allerdings war nirgends eine Tafel zu sehen, der wir die Abfahrtszeiten hätten entnehmen können. Vielleicht gab es auch keinen Fahrplan, vielleicht kam einfach ab und zu ein Bus vorbei, vielleicht auch nicht. Manchmal wurde gestreikt. Manchmal ging der Bus kaputt. Manchmal hatte der Busfahrer keine Lust. Letztens hatten wir vom Hafen aus ein Schwarztaxi hierher genommen. Insofern waren wir erfreut, als wir auf dem Vorplatz, wo der Imbisswagen, dem die Räder fehlten, weiter vor sich hin rostete, einen Autofahrer sahen. Er war um die dreißig, er lehnte an seinem Fiat, der mindestens genauso alt war, und blickte uns fragend entgegen. Als wir auf seiner Höhe waren, erkundigte er sich, ob wir in die Stadt wollten. Marcella nickte. Sie handelte fünf Euro pro Nase aus. Sie hatte nicht gesagt, wohin, aber für ihn schien das klar zu sein. Er beharrte darauf, dass wir vorher bezahlten. Als wir einsteigen wollten, stutzte er und musterte uns scharf. Erst dachte ich, es wäre wegen Otello, der auf Marcellas linker Schulter hockte und einen ziemlich hochnäsigen Eindruck machte.

»Kenne ich euch nicht von irgendwoher?«

»Kann schon sein«, meinte Marcella geistesgegenwärtig, während ich in meiner Tasche vorsorglich nach der Beretta tastete. »Wir sind öfter hier. Man sieht sich halt.«

»Nein, nein«, sagte er, und seine Stimme war nun voller Misstrauen, »das ist es nicht. Ich habe euch, bilde ich mir ein, mal im Fernsehen gesehen oder auf einem Foto in einer Zeitung oder so.«

Er machte einen auf pfiffig. Es war so eine Art Bauernschläue, er ließ uns spüren, dass er ein ausgeschlafener Typ war und uns sowieso durchschauen würde. Marcella zögerte. Stiegen wir erst mal ein, würde es schwieriger werden, ihn loszuwerden, falls das nötig sein sollte. Sie warf mir einen Blick zu, und ich verstand, dass sie bereit war, dem Problem auf den Grund zu gehen. »Das kannst du vergessen«, sagte sie mit ruhiger Stimme. »Wir waren noch nie im Fernsehen oder in der Zeitung. Uns, mein Bester, fotografiert man nicht.«

»Doch, doch«, sagte er und zückte ein Handy. »Jetzt weiß ich es auch. Ihr wart auf *Instagram*. Die Bullen haben euch geblitzt, nachdem ihr zwei Bikes …«

Er sprach nicht weiter, sondern starrte mit großen Augen auf die Beretta, die ich nun auf ihn richtete. Ich hasste es, aber es war wirklich besser, sofort zu handeln, als später unter Schmerzen unser Zögern auszubügeln. Allerdings hatte ich noch keinen Plan. Wir mussten ihn daran hindern, Alarm zu schlagen, soviel stand fest. Er war nicht der Typ, der die Bullen rief. Eher einer, der seine Kumpels zusammentrommelte.

»Gib uns dein Telefon«, sagte Marcella entschlossen, »und die Autoschlüssel, falls sie nicht stecken. Wenn du Mist baust, erschießen wir dich. Das hört hier kein Mensch.«

»Oh, Scheiße, verdammte«, japste er. »Was seid ihr denn für welche? Bonnie und Clyde, oder was? Nun macht doch nicht so ein Drama! Ihr habt zwei Bikes geklaut … okay … oder ausgeborgt«, korrigierte er hastig, als er Marcella Blick sah. »Aber was geht mich das an? Das hier ist die Provinz Messina. Was kümmern mich die Schwanzlutscher aus Catania?«

Er trug zu dick auf, er war furchtbar nervös, und ich traute ihm nicht. Der hatte uns erkannt, der würde quatschen, und nun war der Drops gelutscht.

»Halt die Fresse«, herrschte Marcella ihn an, ungehalten, aber noch nicht auf hundertachtzig. Dennoch sprang Otello von ihrer Schulter und besah sich die Gruppe streitender Zweibeiner aus ein paar Schritt Abstand. »Wir kriegen jetzt dein Telefon«, fuhr Marcella fort. »Oder müssen wir erst deine Leiche fleddern? Und was ist mit den Autoschlüsseln?«

»Die stecken, du blöde Fotze! Es reicht jetzt! Ich fahre euch nach Materazzo rein oder wohin ihr wollt. Ich will auch euern beschissenen Zehner nicht mehr haben.«

»Den würdest du auch gar nicht kriegen, du Scheißhaufen«, zischte Marcella.

Oh, oh! Wenn sie beschimpft wurde, verlor meine Gattin rasch die Nerven. Mir schwante nichts Gutes. Sie hob eine Stange auf, die da rumgelegen hatte, oder ein Rohr. Hier lag eine Menge Schrott.

»*Blöde Fotze* sagt man nicht«, sagte sie. »Nicht zu mir.«

Fast ohne auszuholen, zog sie ihm das Eisen über den Schädel. Man hörte ja hin und wieder, dass auch Frauen zur Gewalt neigten, wenngleich Mord und Totschlag nach wie vor männliche Domänen waren. Doch die Gleichberechtigung schritt unaufhaltsam voran. Er sackte wortlos zusammen.

»Hoffentlich hast du ihn nicht umgebracht«, meinte ich halbherzig, denn mein Mitleid hielt sich in Grenzen. Immerhin war nirgendwo Blut zu sehen, es lief ihm nicht aus Mund und Ohren und auch nicht aus einer Platzwunde. Aber das musste nichts besagen. Manche Menschen waren extrem blutarm.

»Habe ihn kaum berührt«, erwiderte Marcella verlegen. Dann filzte sie ihn und förderte das Smartphone zutage, ferner ein Schlüsselbund und eine Brieftasche.

»Luigi Pozzone«, las sie von seinem Ausweis ab. »Luigi, du kleine Ratte, du warst zur falschen Zeit an diesem Ort, und du hast die Schnauze zu weit aufgerissen. Nun kommst du in den Käfig.«

Gesagt, getan.

Er war überraschend leicht für einen erwachsenen Mann, und so bugsierten wir ihn ohne größere Mühe in das Bahnhofsgebäude, wo wir die verwahrlosten Toiletten unverschlossen vorfanden. Wir packten ihn auf die Schüssel in der hintersten Zelle. Es würde eine Weile dauern, bis er zu sich käme, sagte ich mir, lange genug, dass wir ihn nicht doch noch erschießen mussten. Er hatte nicht wie ein Genie gewirkt, doch man sollte niemanden unterschätzen.

Wir umfuhren Materazzo weiträumig für den Fall, dass jemand den Wagen erkannte. Rostige Fiats waren keine Seltenheit, aber man wusste nie. Ein Stück westlich der Stadt stellten wir die Karre am Ende eines Feldweges ab und liefen dann hinunter zum Hafen. Wir hatten Glück. Keine halbe Stunde später ging ein Aliscafo zu den Inseln.

ZWEIUNDDREISSIG

Als wir in Stranezza von Bord des Bootes gingen, fühlte sich das regelrecht nach Heimkehr an. Die Anlegestelle, die Häuser am Hafen, Nico mit seinen Maultieren und Giovanna und Lorenzo von den beiden Läden, die die Brotlieferung abholten, das war alles eigentümlich vertraut. Dabei kam ich erst das zweite Mal hier an.

Mit dem Meer hatte es diesmal keine Probleme gegeben. Es wehte zwar eine steife Brise von Westen her, doch der Wind hatte keine Wellen aufgetürmt, er kräuselte nur die Oberfläche und wirbelte manchmal etwas Gischt auf, alles in allem war es eine ruhige Fahrt gewesen. Kurz vorm Anlegen hatte der Kommandant verkündet, zum Abend hin werde der Wind auffrischen, es könnte einen hübschen kleinen Sturm geben. Wenn die Vorhersagen stimmten, werde ein paar Tage lang nichts fahren, zumindest nicht bis nach Stranezza. Es war derselbe Kapitän wie vor ein paar Wochen, und er hatte uns freundlich lächelnd zugenickt, ein Gruß wie für alte Bekannte.

Mir war es ganz recht, wenn es stürmisch wurde, auch Marcella hatte gelacht und gesagt, dass uns nichts Besseres passieren könnte. Wir deckten uns mit Lebensmitteln ein, Marcella füllte zwei riesige Kartons mit Pasta, Milch, Käse, Obst und Gemüse, sodass wir gut und gern eine Woche ohne Nachschub auskommen würden.

Nico war glücklich, dass Marcella ihm unseren Transport übertrug. Er machte sich unverzüglich mit einem seiner Maultiere auf den Weg, und er beeilte sich in seinem Eifer derart, dass er uns auf halber Höhe schon wieder entgegenkam.

»Hab's alles auf die Terrasse gestellt«, sagte er stolz, und dann tat er so, als wollte er nichts bezahlt haben, aber Marcella steckte ihm die Scheine zu, ohne Widerspruch zu dulden, und am Grinsen sah ich, dass er nichts anderes erwartet hatte.

Wir ließen uns Zeit mit dem Aufstieg, weil Marcella den Kater diesmal zu Fuß gehen ließ. Otello hüpfte vor und neben uns her wie ein kleiner Hund, fast wie ein Dackel oder Zwergpinscher. Ich sprach das nicht aus, denn womöglich hätte es seine Gefühle verletzt. Ich hatte den Aufstieg nicht so beschwerlich in Erinnerung gehabt, schon nach der Hälfte der über tausend Stufen war ich schweißgebadet.

»Ist es wirklich wahr«, fragte Marcella, als nach einer Stunde unser Haus in Sicht kam, »dass wir nur ein paar Tage weg waren? Es kommt mir wie eine Ewigkeit vor.«

»Es hat sich unterdessen allerhand getan«, meinte ich. »In Palermo sind die Karten neu gemischt worden. Und wir haben, statt auftragsgemäß einen Transporter durch die Gegend zu kutschieren, ein paar braven Bikern eine Überraschung bereitet, die sie nie mehr vergessen …«

»Hör schon auf«, fiel sie mir ins Wort. »Das mit den Maschinen war vielleicht kein Geniestreich, aber ich finde, dass wir den Umständen entsprechend noch Glück hatten. Und jetzt sind wir zu Hause.«

Sie versuchte, feierlich zu klingen, ein alter Trick, um eine Diskussion abzuwürgen.

Als wir die Terrasse betraten, hatte ich zum zweiten Mal an diesem Tage dieses behagliche Gefühl des Ankommens, der Heimkehr, auch wenn ich mir da vielleicht etwas vormachte.

»Wenn Don Fazio wirklich untergetaucht ist und verschwunden bleibt«, orakelte Marcella und ließ sich auf die Steinbank zwischen den Säulen fallen, »und er darüber nichts in den Bücher hat, falls er überhaupt über seine Geschäfte Buch geführt haben sollte, dann weiß kein Mensch, dass uns dieses Haus nur pro forma gehört. Dann ist es unser Domizil für immer.«

Otello, der es sich in der Sonne bequem gemacht hatte, um sich vom Aufstieg zu erholen, öffnete ein Auge und blinzelte sie verständnislos an. Er schien Marcella nicht abzunehmen, dass sie sesshaft werden könnte. Doch vielleicht guckte er einfach nur gegen die Sonne, dachte ich, die Sonnenbrille für Katzen war noch nicht erfunden. Giovanni Viani, der Katzenversteher!

Otello schloss die Augen nach einer Weile wieder, sein Mienenspiel wechselte von Desinteresse zu Wohlbehagen, sein Schwanz zuckte im Traum. Wie bei mir, dachte ich, wie bei mir.

Im Handumdrehen schafften wir es, das Solarpanel aufzustellen, das Kabel zu ziehen, die Batterie anzuklemmen, den Dreiflammenkocher und die Gasflasche in die Küchenhöhle zu schleppen, die Bettdecken zum Lüften aufzuhängen, Zwiebeln, Knoblauch, Paprikaschoten, Auberginen und Zucchini klein zu schneiden und das Nudelwasser aufzusetzen. Dann verließ uns für einen Moment der Elan. Wir hockten uns auf die Mauer und lehnten uns an die Säulen, die Gesichter einander zugewandt, Fuß an Fuß, die Säulen hatten dafür genau den richtigen Abstand. Eine Eidechse kam angehuscht. Sie war graugrün und hatte hinter dem Kopf einen rötlichen Schimmer.

»Ciao, meine Süße«, rief Marcella freudig überrascht. »Lucia, du Schöne! Kommst du uns begrüßen? Wie ist es dir denn ergangen?«

»Ach, frag nicht«, antwortete Lucia mit Piepsstimme. »Es waren, ehrlich gesagt, harte Tage ohne euch. Ihr habt ja doch immer mal ein paar Krümel fallen lassen. Aber so habe ich meinen Kindern ein paar neue Tricks beigebracht, wie man Insekten fängt. Mein Sohn Ugo kann das schon ganz gut, zumal ihm der Schwanz wieder schön nachgewachsen ist. Leider ist er zu faul, dieser Bursche. Da fehlt manchmal der Vater, der ihm eine hinter die Ohren verpasst, also sinnbildlich jetzt, denn er hat ja nicht wirklich welche. Aber Serenella, meine Älteste, die ist eifrig dabei. Erst ist es ihr schwergefallen und sie hat die Beute oft knapp verfehlt, doch inzwischen ist sie der Schrecken der Motten und Schmetterlinge – ich kann dir sagen! Bleibt noch Flizzi, die Kleinste, die ja eigentlich Federica heißt, was aber viel zu lang ist, und die hat sich auf Ameisen spezialisiert. Doch wenn ihr nun wieder da seid und ab und zu krümelt, dann ist das wie Sonntag, mit Kuchen und so.«

»Wir werden es bedenken«, erwiderte Marcella sehr ernsthaft und mit ihrer normalen Stimme. »Aber stell dir vor, wir haben deine Namensvetterin gesehen, die Schutzheilige der Armen und der Blinden, der Leuchtkäfer und der Eidechsen. Die habe ich von dir gegrüßt.«

Sie warf mir einen skeptischen Blick zu, wohl um sicherzugehen, dass ich sie nicht verpetzte. Denn das war gelogen. Sie hatte der heiligen Lucia gegenüber nichts dergleichen erwähnt. Es war, wie wenn eine Mutter ihrem Kind weismachte, sie habe mit dem Weihnachtsmann gesprochen.

»Also, ich hätte sie von dir gegrüßt«, korrigierte sie sich vorsichtshalber, »aber die Heilige ist da nur noch als Steinskulptur vorhanden. Die richtige Lucia ist schon vor sehr langer Zeit gestorben. Na ja, eigentlich bist ja jetzt du die richtige Lucia.«

Doch das Tierchen, das in der Eidechsensprache womöglich ganz anders hieß, hatte nicht bis zum Ende zugehört. Es war durch einen Spalt in der Mauer abgezischt, vielleicht, um die Neuigkeit zu verkünden, dass die beiden Zweibeiner wieder da waren, die Krümelmonster, die nicht ganz dicht zu sein schienen, zumindest diese Frau, die so tat, als beherrsche sie den stranezzischen Dialekt des Amphibischen.

Da Marcella unverändert vorgab, nicht kochen zu können, schwang ich mich von der Steinbank, schnappte mir Tiegel und Holzlöffel, Öl, Nudeln, Zwiebeln und Tomaten und begab mich in die Höhle. Sie entkorkte indessen eine Flasche Wein, einen *Nero d'Avola*, und entstaubte die Gläser. Sogar den Tisch deckte sie, ich durfte mich über mangelnden Fleiß meiner Gattin nicht beschweren.

Während ich die Zwiebeln anschwitzte und ablöschte, die Tomaten klein schnitt und achtgab, dass die Nudeln nicht überkochten, dachte ich über meine Gefährtin nach. Ob sie vielleicht doch wusste, dass ihr Vater vor zwanzig Jahren von der *Cosa Nostra* getötet worden war? Ich fragte mich, ob sie, wenn sie es wüsste, für eine Familie arbeiten würde, die zwar nicht direkt schuld daran war, aber letztlich zum selben System gehörte. Ich entschied mich dagegen, schlafenden Hunde zu wecken. Ich kümmerte mich lieber um die Soße, den Tomatensugo, und beschloss, nichts zu überstürzen.

Mit einem Lächeln trug ich das Essen auf.

Später, nachdem wir die Teller abgeleckt hatten und die Gläser erneut füllten, brachte ich die nähere Zukunft zur Sprache. Ich fand es am klügsten, eine Weile gar nichts zu tun und unsichtbar zu bleiben, zumindest für die Welt jenseits dieser entlegenen Insel.

»Hundertprozentig sicher sind wir erst im Paradies«, erwiderte Marcella und lächelte schief, »aber selbst dort, so hört man, ist oft der Teufel los. Aber im Ernst: Nach allem, was passiert ist, können wir uns nicht sicher fühlen, nicht hier in sizilianischen Gewässern. Es ist ein Aufschub, mehr nicht. Wir können von hier oben nicht mal einschätzen, wer da unten an Land geht. Selbst mit einem Fernrohr nicht. Das Schnellboot der Carabinieri würde ich erkennen. Die haben eine Station drüben auf Siricuri und lassen sich einmal im Quartal blicken. Falls es in der Palermo-Sache eine Fahndungsliste gibt, auf der mit etwas Pech auch wir stehen, würden sie unten routinemäßig anfragen, ob gewisse Leute gesehen worden sind. Sie wenden sich dazu vermutlich an Lorenzo und Cesare in den Läden, und die würden nichts sagen. Da die Sache aber von einer Spezialabteilung der Polizei untersucht worden ist, und sich Polizei und Carabinieri gegenseitig nicht ausstehen können …«

»Sollten sie uns wirklich suchen«, sagte ich, »wäre es nur eine Frage der Zeit. Allerdings befürchte ich im Moment eher, dass die Biker aus Catania aufkreuzen. Oder dieser Typ aus Materazzo.«

Mir war schon bewusst, dass da Kritik mitschwang.

»Ach was«, erklärte Marcella. »Also ehrlich, nein, das glaube ich nicht. Ich kann mir nicht vorstellen, dass jemand von denen auf eine Insel kommt, auf der es nicht mal eine Straße gibt. Oder meinst du etwa, dass sie ihre Maschinen einstweilen in Materazzo rumstehen lassen? Nie im Leben! Und der Kerl vom Bahnhof, der ist wahrscheinlich zu blöd, so weit zu denken.«

»Verkenne nie den Zorn derer, die du gedemütigt hast«, sagte ich salbungsvoll und überlegte, aus welchem Teil des Alten Testaments das Zitat stammte. Marcella verdrehte die Augen und holte tief Luft, um mir zu zeigen, wie sehr ihr das Thema auf die Nerven ging. Vielleicht hatte sie recht, die Sache war durch, wir konnten die Uhr nicht zurückdrehen.

»Ich könnte Nico einspannen«, sinnierte sie, »ohne ihn lang und breit einweihen zu müssen. Er ist fast immer am Anleger, wenn ein Boot oder Schiff festmacht. Er könnte ein

Auge auf seltsame Ankömmlinge haben. Schließlich weiß er, wer zur Insel gehört, und die Wandertouristen, die sich jetzt noch hierher verirren, erkennt er auch. Schräge Vögel, die komische Fragen stellen, oder Menschen in Leder und voller Tattoos würden ihm auffallen.«

Ihr schien etwas eingefallen zu sein. Sie zückte das Handy, das sie sich in Palermo besorgt haben musste, und bat mich, ihr auch meins zu geben. Wir hatten sie am Morgen in Siracusa ausgeschaltet und seither nicht mehr angerührt. Sie entnahm die SIM-Karten, warf sie auf die Terrasse. Dann suchte sie einen faustgroßen Stein und begann, die Dinger zu pulverisieren.

»Besser so«, sagte sie und lächelte zufrieden, als fast nichts mehr zu sehen war.

Ein Mann, ein Wort, dachte ich, eine Frau, ein Stein.

»Und welche Nummer willst du Nico dann geben? Unsere bisherigen hast du gerade gelöscht«, sagte ich.

Sie wühlte in ihrer Tasche, bis sie ein kleines Lederbeutelchen fand, das unter anderem als Portemonnaie diente. Dann hielt sie ein winziges Folietütchen in die Höhe.

»Ich habe uns in Palermo, als ich neulich nachmittags allein unterwegs war, zwei nicht registrierte Nummern inklusive Guthaben besorgt«, erklärte sie. Sie bestückte die beiden Telefone mit den neuen SIM-Karten. »Jetzt muss ich nur noch die Nummern zum Freischalten finden, den PIN- und TAN-Code … oder wie die alle heißen.«

Sie zuckte die Schultern und kramte in ihrer Tasche. Die war nicht besonders groß und hatte auch keine hundert Fächer, dennoch fand sie nicht, was sie suchte. Ich nahm sie ihr ab und kippte den kompletten Inhalt unter ihrem Protest auf die geflieste Steinbank. Seufzend rührte sie zwischen all den Kleinigkeiten herum, die sie mit sich führte, bis ihr der winzige Zettel mit den Nummern in die Hände fiel, den sie praktischerweise zusammengeknüllt hatte.

Der Unterschied zwischen uns bestand darin, dass ich zwar

gut im Taschen-Auskippen war, aber an so etwas Wesentliches wie die Tarnung unserer Telefoniererei gar nicht gedacht hatte.

Sie strich den Zettel glatt und tippte und wischte dann eine Weile auf beiden Telefonen herum. Schließlich stieß sie einen triumphierenden Schrei aus und verkündete, nun hätten wir jeder hundert Gesprächsminuten und vier Gigabyte Datenvolumen, was auch immer das bedeute.

DREIUNDDREISSIG

Am späten Nachmittag bekamen wir Besuch. Kein Geringerer als Cesare Baresi erwies uns die Ehre, der Mann, der den größeren und älteren der beiden Läden am Hafen hatte, der Enkel jenes Winzers, dessen kleines Anwesen sich jetzt in unserem Besitz befand, mehr oder weniger. Cesare war schon weit über sechzig, doch noch immer eine stattliche Erscheinung. Sein voller schlohweißer Schopf kontrastierte prächtig mit den buschigen schwarzen Brauen, unter denen hellwache graue Augen funkelten, gerahmt von winzigen Fältchen, die man bekommt, wenn man viel im gleißenden Sonnenlicht arbeitet und oft lacht.

Mir war aufgefallen, dass ausgelassener, lauter Frohsinn unter den Insulanern eher selten zu sein schien. Aber einige von ihnen hatten einen trockenen Humor, eine hintergründig verschmitzte Art. Hier ein kleiner Scherz, dort ein Augenzwinkern, doch alles in allem sprachen sie Klartext. Und sie verabscheuten Hektik.

Cesare lehnte dankend ab, als Marcella anbot, einen Kaffee zu machen. Er kam nicht sofort zur Sache, tat so, als wäre er zufällig in der Gegend gewesen, schaute sich unauffällig um.

Dennoch war mir klar, dass er die vielen Stufen nicht heraufgestiegen war, um ein paar Höflichkeiten auszutauschen. Zunächst erkundigte er sich nach unserem Befinden, wollte wissen, ob wir mit Wasser und Strom klarkamen, ob wir ausreichend Gas zum Kochen hatten, ob irgendwas zu tun war, worum er sich kümmern könnte.

Was das betraf, ging es uns bestens. Unsere Probleme waren komplexerer Natur, doch das mussten wir ihm nicht auf die Nase binden. Immerhin hatte er mit Don Fazio Geschäfte gemacht, und ich hatte keine Ahnung, ob der Hauskauf eine einmalige Sache gewesen war oder die beiden schon länger und auch weiterhin in Kontakt standen.

Marcella ließ sich, falls ihr Ähnliches durch den Kopf ging, nichts anmerken. Sie gab die nette junge Frau, die sie vielleicht sogar geworden wäre, hätte ihr Leben einen anderen Verlauf genommen. »Wir sind so froh«, sagte sie, »dass wir dieses wunderschöne Haus haben und auf diesem traumhaften Fleckchen Erde sitzen können. Selbst die Eidechsen mögen uns.«

»Das ist gut«, erwiderte er und lächelte mild. »Mein Großvater Angelo hat hier seinen Wein gemacht, und er soll sehr gern heraufgekommen sein. Er wohnte eigentlich auf halber Höhe in der Cuntrata Concha, doch nach einem fürchterlichen Streit mit Nunziata, meiner Großmutter, ist er, wie man mir erzählt hat, ganz hier heraufgezogen. Da war er schon über siebzig. Und er ist auch hier gestorben, noch vorm Weltkrieg, im Jahr einunddreißig, ich war noch gar nicht auf der Welt. Doch lassen wir die alten Geschichten. Ich wollte euch bitten, eine Einladung zum Essen anzunehmen.«

»Oh, das ist aber freundlich«, sagte Marcella und strahlte übers ganze Gesicht. Ich als ihr Gatte nickte beifällig, überließ das Reden aber ihr. »An wann hast du denn gedacht?«

Ich konnte mich nur schwer daran gewöhnen, alle Insulaner zu duzen, auch die älteren, obwohl das üblich war.

»An heute, wenn es euch recht ist, an heute. Ich hätte es euch unten schon gesagt, aber ihr seid mir bei eurer Ankunft durch die Lappen gegangen. Ich war nicht im Laden, und als mir Giovanna erzählte, dass ihr zurück auf der Insel seid, ward ihr schon den Berg hoch.«

»Und da sind Sie … da bist du extra heraufgestiegen?«

Ich machte kein Hehl aus meiner Verwunderung. Schließlich hätte er uns die Botschaft durch einen der jungen Burschen zukommen lassen können. Es sei denn …

Es sei denn, es duldete keinen Aufschub und keiner sonst sollte davon wissen.

»Ach, was«, erklärte er leichthin, »ich musste ohnehin nach einem unserer Häuser in Sciaratieddu sehen. Wollte wissen, ob nach dem Regen neulich alles in Ordnung ist. Ob die Dächer noch dicht sind, weiß man ja erst, wenn starker Regen kommt. Jedenfalls würde ich mich freuen, euch gegen acht zu sehen. Giovanna hat zwar nicht verraten, was sie kochen wird, aber daran, dass ich seit Jahrzehnten bei ihr esse, seht ihr, dass es ganz gut sein muss. Ihr braucht nichts mitzubringen. Wir sollten uns einfach ein wenig besser kennenlernen.«

»Besser kennenlernen?«

Kaum dass Cesare gegangen war, wiederholte Marcella nachdenklich seine Worte.

Wir schauten ihm nach, wie er langsam den Pfad hinunterstieg, sorgsam jeden Schritt setzend, immer gewahr, dass einer der Steine wacklig sein und kippen könnte. Die Inselbewohner bewegten sich fast alle so, vor allem, wenn sie in die Berge stiegen, sie gingen in dieser ruhigen, bedächtigen Art, ohne Hast und mit dieser wachen Aufmerksamkeit, ein Auge für den Weg und ein Auge für die Landschaft ringsum. Niemand von ihnen lief hier eilig oder mit Tunnelblick durch die Gegend wie gewisse Touristen, die es manchmal in kleinen Gruppen in die höheren Lagen verschlug und die überhaupt nicht mitbekamen, dass direkt über dem holprigen Steinweg nach Sciaratieddu, der im Inseljargon als Straße galt, jemand wohnte. Doch das konnte uns nur recht sein. Solange wir nicht auf einer der Steinbänke saßen oder neben den Säulen standen und über die Brüstung schauten, konnte man uns von da unten nicht sehen.

»Ich frage mich, was er im Schilde führt«, sagte Marcella.

»Wenn er uns nur etwas mitteilen wollte, hätte er das sofort tun können, hier oben, ohne weitere Zeugen«, erwiderte ich.

»Vielleicht will Cesare herausfinden«, meint sie, »und zwar in unverfänglicher Atmosphäre beim Essen, wie eng wir mit Don Fazio verbandelt sind. Er hat ihm ein Haus verkauft, das nun offenkundig uns gehört. Da stellt man sich schon ein paar Fragen, oder? Es ist nicht auszuschließen, dass er wissen will, was unser Aufenthalt für die Insel bedeutet. Wir können nur mutmaßen, wie der Hauskauf abgelaufen ist, wir wissen nicht, was Don Fazio ihm erzählt hat und inwieweit Cesare Einblick in dessen Geschäfte hat. Generell sind die Leute von Stranezza sehr darauf bedacht, dass alles in Ruhe seinen Gang geht. Und Cesare Baresi gehört zu denen, die hier das Sagen haben. Er hat auch mehr zu verlieren als andere.«

»Was willst du damit sagen?«

»Was ich sagen will? Dass Cesare uns womöglich nur auf den Zahn fühlen will, ob wir Ärger machen könnten.«

»Und? Machen wir Ärger?«

»Wir nicht«, sagte Marcella und lachte, »aber womöglich ziehen wir den Ärger an. Das müssen wir ihm freilich nicht auf die Nase binden.«

»Warum eigentlich nicht?«

Es war nur so ein Gedanke, aber mir schoss plötzlich durch den Kopf, dass Cesare uns vielleicht schützen könnte, falls Leute hier aufkreuzten, die uns an den Kragen wollten. Dazu müssten wir ihm aber reinen Wein einschenken. Das sagte ich Marcella, und zu meiner Überraschung gab sie mir recht, sie meinte nur, dass wir es vorsichtig anstellen und nicht zu viel verraten sollten.

Als es Abend wurde, färbte sich der Himmel flammend rot, und die Wolken, die in faserigen Bändern und Schlieren über die fernen Berge Siziliens zogen, changierten zunächst von Rosa zu Violett und nahmen schließlich diesen noblen Ton zwischen Mauve und Blaugrau an, der nach und nach in tiefdunklem Grau verklang. Ein grandioses Schauspiel.

Während sich Marcella wusch und für das Essen schick machte, erledigte ich etwas nicht minder Wichtiges. Ich vergrub den kleinen Beutel, den ich aus Palermo mitgebracht hatte, zwischen dem Rosmarinbusch, der ein Stück oberhalb des Hauses wuchs, und einer Agave, die unsere Grundstücksgrenze markierte. Ich hoffte, ich würde mir die Stelle merken. Die Diamanten waren ein Vermögen wert, und dass sie nicht mir gehörten, sah man ihnen nicht an. Ich redete mir das zumindest ein.

Wir gingen einen anderen Weg als sonst. Marcella zeigte mir einen Pfad, der hinter Sciaratieddu steil und im Zickzack an der Südwestflanke der Insel hinunter zum Meer führte. Wir kamen an der von Cesare erwähnten Cuntrata Concha vorbei, einem Weiler, der sich malerisch in eine Senke schmiegte. Im unteren Teil verwandelte sich der Pfad in einen gut ausgebauten Treppenweg, der in der Nähe des kleinen Kraftwerkes in die Uferstraße mündete. Der Vorteil dieser Route war, dass sie nicht an den Läden und der Anlegestelle vorüberführte, uns also kaum jemand sah.

Das Haus von Cesare Baresi lag ein wenig abseits. Der weitläufige Garten verlieh dem Anwesen, soweit ich das im Dämmerlicht beurteilen konnte, etwas Gediegenes, eine dezente Pracht, die zugleich etwas Wildes, Verwunschenes, Märchenhaftes an sich hatte, was an den Palmen liegen mochte, den stämmigen Kakteen und den dichten, rot, rosa und weiß blühenden Oleanderbüschen, die das Haus vor Blicken verbargen.

Cesare war einer der wenigen, die noch nach alter Art Trockenmauern und Säulen zu bauen wussten. Er war tagsüber fast immer mit zwei, drei Arbeitern an einer Baustelle zugange. Abends stand er oft noch bis gegen acht im Laden hinterm Tresen. Wer ihn nicht kannte, der würde als Eigner dieses Grundstücks einen wohlhabenden Geschäftsmann vermuten. Zumindest schien er ein gutes Händchen zu haben. Marcella hatte mir erzählt, dass er mit dem Wiederaufbau alter Häuser, die zu Ruinen zerfallen waren, und ihrem Verkauf an gut betuchte Landsleute, aber auch an Deutsche und Schweizer, eine Menge Geld gemacht haben dürfte, das er größtenteils in neue Projekte steckte. Er hatte verwilderte Gegenden urbar gemacht und Oliven- und Obstbäume, Bananenstauden und Kapernsträucher gepflanzt, die erst in einigen Jahren Erträge abwerfen würden. Hintergrund des Drehs mit den Ruinen war ein Gesetz, das schon vor Jahrzehnten verabschiedet worden war, um den Verfall der alten Dörfer aufzuhalten. Marcella hatte auf dem Weg zum Meer versucht, mir das zu erklären, aber sie wusste auch nicht alle Details. Der Brauch an sich, der kurz *usucapione* genannt wurde, was so viel wie *Ersitzung* bedeutete, ging angeblich schon auf die Antike zurück. Die Sache lief im Prinzip so ab, dass jemand Anspruch auf ein verlassenes, verwaistes, verfallendes Gebäude und den dazu gehörenden Grund erheben konnte und dieses Ansinnen bei der zuständigen Behörde, in diesem Falle beim Katasteramt der Provinz Messina, vermerken ließ. Es gab in Italien Heerscharen von Notaren, hatte Marcella seufzend erzählt, die sich darauf spezialisiert hatten, die nötigen Formalitäten zu erledigen. Dieser Antrag, letztlich nichts weiter als eine Reservierung auf etwas, das von anderen vergessen oder aufgegeben worden war, schlief dann seinen Dornröschenschlaf, und man brauchte viel Geduld. Erst wenn sich binnen zwanzig Jahren kein rechtmäßiger Erbe gemeldet hatte und auch sonst keine begründeten Bedenken aufgekommen waren, gingen Gebäude und Gelände an den über, der sie sich *ersessen* hatte. Er wurde dann im Katasteramt unwiderruflich als neuer Eigentümer registriert. Von ein paar Gebühren und Steuern und den Notarkosten abgesehen, war das gratis. In manchen Fällen ließ sich das auch nach nur zehn Jahren abwickeln, hatte Marcella erzählt, wenn glaubwürdig und mittels Zeugen oder Gutachten bewiesen werden konnte, dass keine Einsprüche zu erwarten waren, das hing aber, wenn ich es richtig verstanden hatte, auch von der Art und vom Zustand der Immobilie ab. Bei einer Bruchbude oder Ruine in unwirtlicher, einsamer Lage ging es logischerweise schneller als bei einem Filetstück mitten im Ort. Man musste nur die richtigen Objekte finden und dann Geduld haben und hoffen, dass keiner der potenziellen Erben irgendwo in Australien oder Amerika davon Wind bekam, falls überhaupt noch jemand von denen lebte und Ambitionen hegte. Marcella hatte von Fällen gehört, in denen kurz vor Ablauf der zwanzig Jahre doch noch jemand aufgetaucht war, der die Pläne durchkreuzt hatte. Meist aber hatten sich die Auswanderer oder deren Nachkommen, die bereits in Melbourne, Buenos Aires oder Brooklyn geboren waren und oft nicht einmal mehr Italienisch sprachen, von ihren Wurzeln entfremdet, und es war ihnen egal, was auf jener fernen, armen Insel im Mittelmeer geschah. Es gab Geschichten darüber, dass so ein potenzieller Erbe, um die offiziellen Formalitäten zu umgehen, die sich im Streitfall hinziehen und dann doch recht teuer werden konnten, sich mit einer symbolischen Abfindung zufriedengab. Aber die Gefahr, dass jemand plötzlich in die alte Heimat kam und Stress machte, bestand immer. Vor allem in den Zwanzigerjahren und nach dem Zweiten Weltkrieg waren die Bewohner des Archipels zu Tausenden ausgewandert. Die Einwohnerzahl von Stranezza, der entlegensten der sieben Inseln des Archipels, war von dereinst fast tausend auf weniger als hundert geschrumpft. Die Menschen hatten hier noch Anfang des 20. Jahrhunderts äußerst beengt gelebt. Fünf, sechs Kinder, hatte Marcella erzählt, waren, trotz der hohen Sterblichkeit im Säuglingsalter, keine Seltenheit. Oft lebten zehn, zwölf Menschen aus drei Generationen in einem Haus, das aus nicht mehr als zwei

Zimmern, einer Küche und einem Stall bestand. Nachdem die Anwesen verlassen worden waren, verfielen sie nach und nach. In den oberen Lagen der Insel betraf das über hundert Häuser. Und Cesare Baresi war einer von denen, die sich systematisch um dieses Erbe gekümmert hatten.

Wir liefen durch den Garten hinauf zu Cesares Haus. Das war kein Palazzo, auch wenn es ziemlich groß war, es wirkte von außen einfach und zweckmäßig. Marcella wusste, dass die Baresis sich erst vor etwa dreißig Jahren am Meer angesiedelt hatten. Cesare hatte vermutlich einen jener Speicher ausgebaut, in denen früher die Fischer ihre Gerätschaften verwahrten. Neubauten oder kühne Erweiterungen waren lange verboten gewesen. Es war vorgekommen, hatte Marcella erzählt, dass Anbauten oder komplette Häuser wieder abgerissen werden mussten. Aber es gab auch Fälle, bei denen kein Hahn nach einer Genehmigung gekräht hatte. Der Staat hatte niemanden auf der Insel, es gab hier weder Polizei noch Carabinieri. Und wenn jemand hergeschickt wurde, dann hielt der sich nie lange auf. Dagegen hatte auf Stranezza keiner etwas einzuwenden. Im Gegenteil, das sollte möglichst immer so bleiben.

VIERUNDDREISSIG

Cesare Baresi trat aus dem Haus, noch ehe wir hatten klopfen können, er begrüßte uns lächelnd und geleitete uns in ein geräumiges Zimmer, das als Salon oder Speiseraum zu fungieren schien. An den Wänden hingen zwei farbenprächtige Bilder, großformatige naive Malerei, wie mir schien. Ansonsten standen da eine Truhe, eine Anrichte, ein rechteckiger Tisch und sechs Stühle, und das war's auch schon.

Das eine Gemälde zeigte einen Vulkan, dessen grauer Rauch sich hell vom tiefblauen Himmel abhob. An der Flanke des rauchenden Kegels strömte Lava herab, rot wie Ketchup, und ergoss sich ins Meer, das von einem gleichmäßigen Blaugrün war, und es stieg, wo die flüssige Glut das Wasser erreichte, weißer Dampf auf. Am Strand stand ein einsamer Mann, der etwas steif und ungelenk wirkte. Sein zitronengelbes Hemd übertrumpfte als Blickfang sogar die Sonne. Die hatte der Künstler in fettem Buttergelb rechts oben in den Himmel gemalt und ihr eine Stupsnase und schöne Wimpern spendiert, die den gesenkten Sonnenblick verschatteten. Der Mann im Zitronenhemd starrte auf die Lava, in einer Mischung aus Sorge und Erstaunen. Marcella lobte die Bilder überschwänglich und fragte Cesare, woher er sie habe.

»Oh, danke«, erwiderte er und lächelte. »Die habe ich selbst gemalt, als junger Mann. Auch Gedichte habe ich damals geschrieben. Doch die zeige ich euch lieber nicht.«

Auf dem anderen Gemälde schoben Fischer ihre Boote ins Meer, das unruhig wirkte und ins Violette spielte, der Himmel leuchtete in einem dramatischen Abendrot, und im Vordergrund stand eine junge Frau, die mit starrer Miene den Männern hinterherschaute. Vielleicht hatte sie Angst, dass etwas passierte, falls der Wind weiter auffrischte. Oder sie hatte sich mit einem der Fischer gestritten und überlegte, ob sie noch etwas rufen sollte, ein Schimpfwort oder eine Entschuldigung.

Cesare forderte uns auf, Platz zu nehmen, sein Stuhl stand am Kopfende der Tafel, und er wollte uns links und rechts neben sich haben.

Seine Frau Giovanna brachte die Antipasti, gedünstete Auberginen- und Zucchini-Scheiben und fingerlange in Panade gebratene Fische, vermutlich Sardellen. Cesare hob das Glas, brachte einen Trinkspruch auf unser aller Gesundheit aus, und wir nahmen einen Schluck von dem weißen *Corvo*, den er eingeschenkt hatte. Ich sah, dass sich Cesare die winzigen Fische komplett in den Mund schob, mit Kopf und Schwanz und Gräten, und tat es ihm nach. Sie waren knusprig und schmeckten köstlich.

Zunächst aßen wir schweigend. Giovanna hatte flinke, wache Augen, denen nichts, was am Tisch vor sich ging, zu entgehen schien. Sie war deutlich kleiner als Cesare, aber nicht weniger präsent als er. In ihrem Blick schimmerte etwas Gutmütiges, Verschmitztes, doch schaute man genauer hin, spürte man die enorme Willenskraft, die sie ausstrahlte.

Als Marcella nach der Tochter des Hauses fragte, erklärte Giovanna, die sei »auf Tour« und besuche Freunde in Messina. Sie gehe dort zum Zahnarzt und vermutlich auch ins Kino und Schuhe kaufen, womit Stranezza leider nicht dienen könne.

Als ersten Hauptgang gab es Spaghetti mit einer Tunke aus Tomaten, Zwiebeln, Knoblauch, Kapern und Oliven, einer aromatischen Soße, die Marcella ein paar dekorative rote Spritzer auf ihrem weißen T-Shirt bescherte.

»Tomate macht keine Rotweinflecken«, sagte sie verlegen, was Giovanna mit einem dunklen Lacher quittierte. Dann verschwand sie in der Küche, um die Fische für den zweiten Gang zu braten. Ich hatte angenommen, dass Cesare nun zur Sprache bringen würde, was ihm auf dem Herzen lag, dass er uns fragte, was wir in nächster Zukunft vorhatten, aber zunächst geschah nichts dergleichen. Stattdessen fragte er, ob wir die Geschichte von Salvatore und Rosalba kannten.

Marcella hatte mich schon in einige amüsante Anekdoten eingeweiht, die auf der Insel seit Jahren kursierten, aber von dieser Story hatte auch sie noch nie gehört.

»Das ist kein Wunder«, meinte Cesare, denn die Sache habe sich bereits in den Fünfzigern ereignet, als er noch Kind war, ein Junge von zwölf, dreizehn Jahren.

»Ich erinnere mich nicht mehr, wann genau das war«, meinte er. »Jedenfalls lange bevor wir Strom bekamen. Wir hatten damals weder Radio noch Fernsehen, sodass wir von den Dingen in der Welt da draußen so gut wie nichts erfuhren. Dafür war alles, was auf der Insel passierte, sofort herum,

Neuigkeiten und Gerüchte verbreiteten sich schnell, und jede Episode, die halbwegs von Belang war, wurde hunderte Male erzählt. Es gab im Grunde keine Geheimnisse, sodass auch alle wussten, dass der Fischer Salvatore, der in der Cuntrata Fabbru wohnte, wo es früher eine Schmiede gab und später die neue Kirche gebaut wurde, dass dieser Bursche in Rosalba verliebt war, die mit ihrer Mutter und ihrer Tante oben in Sciaratieddu lebte, zehn Minuten von dem Haus entfernt, in dem ihr jetzt wohnt. Rosalba hinkte leicht, da sie sich als Kind ein Bein gebrochen hatte, das nicht gut verheilt war. Aber sie hatte ein hübsches Gesicht und war, wenn man Salvatore Glauben schenken konnte, eine tolle Partie, denn sie würde einen kleinen Weinberg und einen größeren, überaus ertragreichen Olivenhain erben, auch der Garten war nicht übel. Salvatore hingegen war zwar kräftig, aber im Grunde ein armer Schlucker, der noch bei seinen Eltern lebte, in einem Haus, das schon für zwei Menschen ziemlich klein gewesen wäre. Er hatte nicht einmal ein eigenes Zimmer und auch sonst nicht viel zu bieten. Wenn er Rosalba heiratete und bei ihr einzog, erzählte er herum, würde er sich in jeder Hinsicht verbessern. Das betonte er ständig, die anderen konnten das schon nicht mehr hören. Denn Salvatores Wunsch war die eine Seite, die Wirklichkeit sah anders aus.«

»Ich schätze, der Vater der Braut spielte nicht mit?«

Marcella hing an Cesares Lippen, die Geschichte schien sie sehr zu interessieren.

»Rosalbas Vater war nicht das Problem«, fuhr Cesare fort, »denn der lebte damals schon nicht mehr. Er war, wie sieben andere Männer der Insel, nicht aus dem Krieg zurückgekehrt. Auch Rosalbas Mutter war vermutlich nicht die Hürde. Immacolata galt als kränklich und menschenscheu, hätte aber wohl nichts gegen Salvatore einzuwenden gehabt. Doch da war noch die Tante, die Schwester von Rosalbas Vater. Sie hieß eigentlich Tereza, wurde aber von allen nur *Zaza* genannt. Die hatte, soweit ich zurückdenken kann, immer ein

Holzbein gehabt, ich habe als Kind nicht groß darüber nachgedacht, aber in meiner Naivität ging ich davon aus, dass sie schon mit dem Holzbein auf die Welt gekommen war. Sie verließ Haus oder Terrasse im Grunde nie, und allein sie bestimmte, was dort zu geschehen oder zu unterbleiben hatte.«

»Und diese Zaza hatte entschieden, dass Rosalba etwas Besseres als den Fischer Salvatore verdiente«, mutmaßte Marcella, und Cesare nickte.

»Es war nicht so«, fuhr er fort, »dass er unter den Männern, die in Betracht gekommen wären, einen Konkurrenten hatte. Es gab mehr Frauen als Männer auf der Insel, und niemand von denen, die noch ledig waren, schien um Rosalba zu buhlen – sei es wegen des Hinkebeins, sei es wegen der häuslichen Umstände, in die man einheiraten würde. Zaza galt als furchtbarer Drache, als unzufriedene, herrschsüchtige alte Jungfer, der man es nie recht machen konnte. Sie würde Rosalbas Gatten, da waren sich alle außer Salvatore einig, die Hölle auf Erden bereiten.«

Marcella grinste wissend. Mir schien, dass ihr das vertraut vorkam. Vielleicht hatte es in ihrer weitläufigen Sippschaft auch so eine Zaza gegeben.

»Allerdings sah es so aus, als würde Salvatore diese Hölle erspart bleiben, ob ihm das passte oder nicht. Zaza war nämlich der Ansicht, dass alsbald oder irgendwann ein schmucker Graf oder ein steinreicher Industrieller sich auf die Insel und in das Bergdorf verirren, in Liebe zu Rosalba entbrennen und um ihre Hand anhalten würde. Den meisten war klar, dass die Alte nicht ganz dicht war, und Rosalba tat ihnen leid, denn nach dem Stand der Dinge würde sie gar keinen abbekommen. Einen derart dummen Grafen konnte sich niemand vorstellen. Salvatore war schon zweimal abgewiesen worden, und beim zweiten Mal hatte ihm Zaza mit barschen Worten beschieden, er brauche nicht wiederzukommen.«

»Aber er gab nicht auf, schätze ich mal«, sagte Marcella, und ihre Augen blitzten.

»Salvatore war nicht bereit, das hinzunehmen, er verkündete, er werde sich damit keinesfalls abfinden. Er war der festen Überzeugung, dass Rosalba ihn würde haben wollen … wenn sie gefragt wurde. Und ihm ging auf, dass er eigentlich nicht ihre Tante, sondern sie selbst fragen sollte. Freilich wusste er, dass die Dinge so nicht liefen, und so grübelte er, wie er Zaza zum Einlenken bewegen könnte. Eines Freitags im Spätfrühling trank er sich Mut an, sehr viel Mut, um genau zu sein. Er hatte vormittags begonnen, und am frühen Abend war er dann dermaßen mutig, dass er seine Axt holte und sich auf den Weg hinauf nach Sciaratieddu machte, um noch einmal nachdrücklich um Rosalbas Hand anzuhalten.«

»Mit der Axt?«

Marcella war ganz und gar gefangen, sie guckte wie ein Kind im Kaspertheater, wenn der Teufel Böses im Schilde führt, und Gretel, die Großmutter und andere brave Leute es nicht merken.

»Ja, mit der Axt«, bekräftigte Cesare. »Die hat er mit hinaufgenommen. Er brauchte aber, da er beileibe nicht mehr nüchtern war und mehrmals eine Pause einlegte, ziemlich lange für die mehr als tausend Stufen am Friedhof vorbei hinauf nach Sciaratieddu. Ob jemand vorausgeeilt war, um die Frauen zu warnen, oder ob sie ihn einfach kommen sahen, das vermochte hinterher keiner zu sagen. Ich kann mir gut vorstellen, wie er hochroten Gesichtes den steilen Treppenpfad hinaufkraxelte, die Axt in der Hand. Jedenfalls befahl Zaza ihrer Schwägerin und deren Tochter, ins Haus zu gehen, und dann verriegelten sie die Türen und verhielten sich still. Die Türen waren damals zweigeteilt und aus sehr dicken Brettern. Man konnte die obere Hälfte öffnen oder aber beide Teile. Die Häuser hatten keine Fenster, das ist ja bei den meisten heute auch noch so. Aber viele Türen sind inzwischen verglast, sodass etwas Licht hereinfällt. Das gab es damals kaum und schon gar nicht oben in Sciaratieddu. Salvatore stand also auf der Terrasse, sah keine der Frauen und rief nach Rosalba. Er beteuerte lauthals mit vom Wein gestärkter Stimme, dass er sie gernhabe, im Grunde sogar liebe und heiraten wolle. Keine Antwort. Die Frauen verhielten sich mucksmäuschenstill. Salvatore rief lauter, er verkündete, dass er lange darüber nachgedacht habe und dass er keine andere wolle und dass er ohne sie nicht leben könne und ohne sie nicht wieder hinuntersteigen werde.«

Marcella kicherte.

»*Ohne dich steige ich nicht wieder hinunter*«, sagte sie mit tiefer Stimme. »Tolle Liebeserklärung! Verzeih mir, Cesare, dass ich dich immer wieder unterbreche. Ich bin eine schlechte Zuhörerin. Aber es ist so spannend.«

Er zwinkerte ihr zu. »Es war wohl mehr ein Versprechen als eine Drohung«, fuhr er fort, »aber es muss eindeutig geklungen haben. Dabei war er sich nicht einmal sicher, ob sie sich wirklich im Haus versteckten. Man sagt, er habe sich dann auf die Bank zwischen den Säulen gesetzt, direkt vor die Tür, hinter der er die Frauen vermutete, die Axt zu seinen Füßen, und habe immer wieder nach Rosalba gerufen, zunehmend ungeduldig und unwirsch. Er war nüchtern ein ziemlich braver Kerl, aber wenn er einen gezwitschert hatte, äußerte sich ein gewisser Hang zu Trotz und Jähzorn. Doch vielleicht hätte er sich irgendwann getrollt, wäre nicht Rosalba von einer Niesattacke übermannt worden. Sie nieste heftig, angeblich dreimal, aber keiner weiß es wirklich. Falls er das Niesen überhört haben sollte, wie er später schwor, das Gekeife von Rosalbas Tante entging ihm nicht. Zaza konnte sich nämlich nicht beherrschen und beschimpfte ihre Nichte mit lautem Gekreisch als dumme Ziege. Da rastete Salvatore aus. Er brüllte mit einer Donnerstimme, die ihm keiner zugetraut hätte, er werde ihr zeigen, wer eine Ziege sei, eine alte, hässliche Geiß mit Holzbein, sie solle sofort Rosalba herauslassen, sonst geschehe ein Unglück. Wieder muss offen bleiben, was geschehen wäre, hätte Zaza Rosalba gehen lassen. Oder hätte sie einfach den Mund gehalten. Stattdessen erläuterte sie in ihrer garstigen Art und mit krächzender Stimme, dass Salvatore kein Mann sei, dass zwischen seinen Beinen nur eine verfaulte Möhre hänge und Rosalba etwas Besseres verdient habe und auch bekommen werde, einen Grafen oder Millionär oder beides auf einmal, und wenn nicht, dann zumindest einen richtigen Mann und nicht so einen stinkenden Wicht, mittellos und schwachköpfig und so erbarmungswürdig anzuschauen wie Salvatore. Das war dann zu viel des Bösen. Salvatore griff sich die Axt und …«

»Schluss mit den Schauergeschichten«, rief Giovanna, die hereingekommen war und eine Platte mit gebratenen Fischen auf den Tisch stellte. »Jetzt wird gegessen. Goldbrassen darf man nicht kalt werden lassen.«

Cesare lächelte und schwieg folgsam. Er hatte eine zweite Flasche Wein geöffnet, einen *Chardonnay* diesmal, und schenkte wortlos ein.

Die Fische waren ein Gedicht, doch ich sah Marcella an, dass sie lieber sofort gewusst hätte, wie es mit Salvatore und Rosalba weitergegangen war. Sie aß schnell, fast hastig, und einmal hätte sie sich beinahe an einer Gräte verschluckt. Ich lobte Fisch und Köchin, doch Giovanna winkte ab und meinte bescheiden, der habe sich quasi selber gebraten. Nur wenden habe sie ihn müssen, dazu sei er dann doch zu faul gewesen, wie sie grinsend hinzufügte. An Witz war in diesem Hause, wie mir schien, kein Mangel, auch wenn er nicht immer sofort auffiel.

»Wie ging denn nun die Geschichte aus?«

Marcella rutschte unruhig auf ihrem Stuhl hin und her.

»Nicht gut«, meinte Cesare lakonisch, »gar nicht gut. Die Sache nahm kein gutes Ende. Aber das erzähle ich erst nach dem Dessert.« Zur Krönung des Mahls gebe es Granita Limone, und er nehme an, dass wir auch einen Kaffee nicht ausschlagen würden.

Ich sah Marcella an, dass sie sogar auf die Leckerei verzichtet hätte, wenn das die Erzählung beschleunigt hätte. Sie wirkte wie ein kleines Mädchen, das sich schon seit dem Nachmittag auf die Märchenstunde vorm Einschlafen freute, auch wenn sie eigentlich nicht ins Bett wollte. Dabei schien das wirklich so passiert zu sein, wenn auch vor Jahrzehnten. Über uns und die Gegenwart hatte Cesare noch kein Wort verloren.

Giovanna räumte schließlich ab, mit einem Lächeln in den Mundwinkeln, als sie mit dem Tellerstapel in den Händen den Raum verließ, sie schien die Geschichte gut zu kennen.

»Wie war das nun?«, hakte Marcella ungeduldig nach. »Wie ging es weiter?«

»Salvatore war eigentlich kein Dummkopf«, nahm Cesare den Faden wieder auf, gemächlich, es war klar, dass er sich nicht drängen lassen würde. »Aber der Hellste unter der Sonne war er auch wieder nicht. Er begann mit der Axt auf die Tür einzuschlagen, mit der stumpfen Seite zunächst, wohl in der Hoffnung, sie aus den Angeln zu hauen. Das war freilich müßig, denn diese alten Türen aus Steineiche oder Kastanie gehen immer nach außen auf, was bei Sturm wichtig ist. Außerdem hatte Zaza den Sperrbalken vorgelegt, mit dem sich die Tür fest an Schwelle und Sturz heranziehen lässt, sodass kein Spiel bleibt und bei Unwetter das Wasser nicht eindringen kann. Als die Schläge, von ein paar Kerben abgesehen, keine Wirkung erzielten, drehte er die Axt um und hackte nun wie von Sinnen auf die Bohlen ein. Die Kerben waren tiefer, doch die Tür hielt immer noch stand. Hätte er einfach weitergewütet, wäre sie irgendwann zersplittert. Doch in seiner Wut und Ungeduld fasste er keinen klaren Gedanken. Er beschloss, Zaza zu zwingen, die Tür selbst aufzumachen.«

»Ja, wie denn das? War doch klar, dass sie stur bleibt, oder?« Marcella fieberte dem Finale entgegen.

»Du hast recht, freiwillig hätte sie die Tür nicht geöffnet. Die Räume sind nicht miteinander verbunden, haben keine Fenster, nur jeweils eine Tür zur Terrasse hin. Salvatore beschloss also, die Frauen auszuräuchern, sodass sie, um nicht zu ersticken, die Tür aufreißen mussten. Das war zumindest sein Plan.«

»Oh mein Gott! Er hat Feuer gelegt? Aber seine Rosalba war doch auch da drin!« Marcella erschauerte voller Mitgefühl. Sie hatte die Augen weit aufgerissen.

»Genau. Er fand in einer Grotte hinterm Haus Reisig aus getrocknetem Strauchwerk, das die Frauen sonst zum Anfeuern des Backofens verwendeten. Das schichtete er vor der Schwelle auf und zündete es an.«

Marcella knabberte vor Aufregung an den Fingernägeln, und Cesare versuchte, sich nicht anmerken zu lassen, wie sehr er die Situation genoss. Er überraschte mich, denn wenn ich ihn bisher getroffen hatte, war er eher wortkarg gewesen.

»Das Reisig brannte gut«, fuhr Cesare fort, »doch ein paar der Zweige, die er ins Feuer warf, müssen noch grün gewesen sein. Rauch bildete sich, starker, beißender Qualm, der unter der Tür hindurch ins Haus kroch. Drinnen entspann sich ein Streit zwischen den Schwägerinnen. Rosalbas Mutter Immacolata wollte die Tür öffnen. Zaza weigerte sich stur. Trotz ihres Holzbeins war sie offenbar die Stärkere, und Rosalba fehlte der Mut, sich einzumischen. Die Tür blieb zu. Nach einer Weile hörte Salvatore hinter der Tür nur noch wildes Husten und Röcheln, und er geriet in Panik. Er brüllte, sie sollten den Unsinn lassen und herauskommen. Dann kippte er einen Eimer Zisternenwasser auf das brennende Gesträuch, das davon zunächst nur noch stärker qualmte. Er holte mehr Wasser, und schließlich gelang es ihm, den Brand zu löschen. Die kokelnden Reste schob er mit Händen und Füßen zur Mitte der Terrasse, weg von der Tür, hinter der es still geworden war. Er nahm wieder die Axt und hackte auf die Tür ein, immer auf dieselbe Stelle. Dann war drinnen ein dumpfes Geräusch zu hören, gefolgt von einem schrillen Schrei. Kurz darauf flog die Tür auf, und um ein Haar hätte er seiner Rosalba, die herausgetaumelt kam, mit der Axt den Schädel gespalten. Der Hieb ging zum Glück ins Leere. Rosalba stürzte dennoch zu Boden, hustend und röchelnd sank sie auf die Terrasse. Salvatore hatte die Geistesgegenwart, ins Haus zu eilen und die beiden älteren Frauen, erst Immacolata, dann Zaza, herauszutragen. Beide waren bewusstlos.«

Cesare hielt inne und ließ den Blick von Marcella zu mir und wieder zurück zu ihr wandern. Sie starrte ihn mit weit aufgerissenen Augen an.

»Und?«

»Für Rosalbas Mutter kam jede Hilfe zu spät. Nachher konnte niemand sagen, ob Immacolata an einer Rauchvergiftung gestorben war oder einen Herzanfall erlitten hatte, man hat sich nicht die Mühe gemacht, ihre Leiche nach Messina zu bringen und sie obduzieren zu lassen. Ihre Schwägerin Zaza lebte noch eine Woche. Ihr hatte Rosalba die Bratpfanne über den Schädel gezogen, weil sie die Tür partout nicht hatte öffnen wollen, und letztlich starb die Alte an den Folgen dieses Schlages. Man schaffte Rosalbas Tante am nächsten Tag mit dem Boot nach Lipidone ins Hospital. Rasch war abzusehen, dass sie nicht wieder auf die Beine kommen würde. Das Holzbein jetzt mitgerechnet …«

Wieder dieser Inselhumor.

»Eine Woche später tauchten die Carabinieri auf und befragten Rosalba, Salvatore und die Nachbarn. Letztlich waren die Geschichten, die sie zu hören bekamen, derart haarsträubend und widersprachen einander so sehr, dass sie kein Wort glaubten und Salvatore mitnahmen. In der Haft hat er dann nicht nur gestanden, das Feuer gelegt zu haben, sondern er behauptete auch, dass er es war, der Zaza eins über den Schädel gegeben hatte. Angeblich, nachdem sie herausgekommen war. Warum er sich noch stärker belastete, ist schwer zu sagen, vielleicht wollte er Rosalba ein letztes Mal was Gutes tun und jede Schuld von ihr nehmen. Die Carabinieri hakten nicht nach, sie überstellten ihn dem Gericht in Messina. Ein Vierteljahr später wurde er wegen Totschlags in besonders schwerem Fall und wegen Brandstiftung mit Todesfolge zu acht Jahren Haft verurteilt, und man brachte ihn ins Gefängnis von Noto im Süden Siziliens. Unter nie geklärten

Umständen kam er dort ein paar Monate später um. Rosalba lebte noch eine Weile allein in dem Haus in Sciaratieddu, verlor dann aber nach und nach ihren Verstand. Sie wurde, nachdem sie von Salvatores Tod erfahren hatte, dabei beobachtet, wie sie eines Sommernachmittags hinaufstieg zu den Kratern, nur halb bekleidet und mit zerzaustem Haar, und sie hatte die Bratpfanne dabei, den riesigen runden Tiegel, mit dem sie Zaza erschlagen hatte. Sie soll geschrien haben, sie bringe jeden um, der ihr zu nahe komme. Keiner hielt sie auf. Sie wurde nie wieder gesehen.«

FÜNFUNDDREISSIG

Wir saßen stumm am Tisch. Marcella schniefte und holte tief Luft, als wollte sie etwas sagen, schwieg dann aber doch. Cesare füllte drei zierliche Kristallgläser mit hausgemachtem Limoncello, einem Zitronenlikör. Er erhob sein Glas für einen Trinkspruch.

»Lasst uns darauf trinken«, sagte er mit tiefer Stimme, »dass wir gut miteinander auskommen. Lasst uns auf die Gesundheit trinken und darauf, dass wir allesamt nichts Unüberlegtes tun wollen, vor allem nie etwas, das andere in Not und Verderben stürzen kann. Die Geschichte von Salvatore, auch wenn sie über sechzig Jahre alt ist, zeigt uns, dass man nicht alles haben kann, was man will, und dass es mitunter tödlich ausgeht, wenn man sich einfach zu nehmen versucht, was man haben möchte. Mit etwas Geist und Geduld hätte Salvatore Rosalba vielleicht doch noch erobern können, nicht wahr? Jeder auf der Insel hätte es verstanden, wenn er die garstige Zaza irgendwie hinters Licht geführt hätte, um

Rosalba zu bekommen. Selbst eine Entführung wäre ihm verziehen worden, es wäre nicht der erste Handstreich dieser Art gewesen. Also – auf die Klugheit und Besonnenheit!«

Wir stießen mit ihm an. Das gelblich trübe Gesöff schmeckte süß und sauer und bitter zugleich. Und hochprozentig. Mir war kurz so, als bekäme mein Gehirn eine Gänsehaut.

»Ihr werdet euch sicherlich längst gefragt haben«, nahm Cesare wieder das Wort, »ob ich einen besonderen Anlass hatte, euch zum Essen einzuladen. Nun, ich empfange gern Gäste, und ich brauche dafür nicht unbedingt einen Grund. Das gilt auch für euch. Nichtsdestotrotz habe ich euch etwas zu sagen.«

»Du willst, dass wir die Insel verlassen?«

Marcella blickte ihn forschend an.

Cesare lächelte andeutungsweise und schüttelte dann den Kopf.

»Ich bin heute angerufen worden«, fuhr er fort, »von einem Mann, dessen Name nichts zur Sache tut. Ich kenne ihn nicht persönlich, aber ich wusste von ihm. Nennen wir ihn *den Maestro*. Das heißt freilich nicht, dass er ein Dirigent wäre, zumindest nicht im klassischen Sinne. Er hat sich nach euch erkundigt und wollte wissen, ob ihr wieder auf der Insel seid. Das habe ich weder verneint noch bestätigt. Für den Fall, dass ihr auftaucht, hat er dann gesagt, wäre es gut, euch drei, vier Dinge auszurichten.«

Er machte eine Pause, vielleicht um uns die Chance zu geben, uns zu sammeln.

»Cesare«, nutzte Marcella die Lücke, »ich wüsste herzlich gern, wofür du uns hältst, was du über uns weißt und denkst und mit wem du im Bunde bist.«

»Deine direkte Art ehrt dich, meine Schöne«, erwiderte er in aller Ruhe. Er war nicht der Typ, der die Stimme hob, wenn ihm etwas gegen den Strich ging. Aber er runzelte die Stirn. Er schien nicht geneigt zu sein, sich in die Karten gucken zu lassen. »In einem Punkte kann ich euch beruhigen», meinte er. »Ich will euch nichts Böses. Und ich habe mit Palermo, auch wenn ich dort einige Leute kenne, so gut wie nichts zu schaffen. Was ich weiß und denke? Darüber ist sich nicht einmal meine eigene Frau im Klaren.«

Er schmunzelte, als wollte er andeuten, dass es wenig Sinn hatte, ihn zu bedrängen. Er würde sagen, was er sagen wollte, kein Wort mehr.

»Ich will offen sein, was diese eine Sache betrifft«, meinte er. »Als damals ein gewisser Emilio Fazio hier aufkreuzte, um ein kleines Haus zu kaufen, ahnte ich, mit wem ich es zu tun hatte, auch wenn ich mir nicht ganz sicher war, was seine Stellung in Palermo betraf und ob er in der eigenen Verwandtschaft volles Vertrauen genoss. Wie ich hörte, ist sein Onkel Vincenzo, den sie Don Enzo nennen und der lange Zeit das Sagen hatte, inzwischen sehr krank. Er sitzt wohl im Rollstuhl und hört kaum noch etwas, und so laufen die Dinge zunehmend an ihm vorbei. Wir bekommen davon hier fast nichts mit. Palermo ist weit weg. Oft sind es nur Gerüchte oder alte Geschichten, die sich festsetzen. Über Don Enzos Bruder Arduccio, den Vater von Emilio Fazio, ist jedenfalls viel gemunkelt worden. Er war, wie man hört, ein harter Hund. Es hieß, dass er Leute, die sich als unzuverlässig herausstellten oder in die eigene Tasche wirtschafteten, ohne mit der Wimper zu zucken über die Klinge springen ließ. Doch das ist lange her. Der ist vor gut zehn Jahren gestorben, unter nie geklärten, mysteriösen Umständen. Kann gut sein, dass dahinter Angehörige von Leuten steckten, die er verschwinden lassen hatte. Wer weiß das schon. Rache ist ein Tier mit nachwachsenden Zähnen. Ich hatte und habe mit diesen Männern nichts zu schaffen. Gleichwohl ist es gut, über sie Bescheid zu wissen. Also dachte ich mir gleich, dass dieser Fazio, als er hier auf Stranezza ein Haus kaufen wollte, nicht auf eine Sommerfrische aus war. Als er mir später erklärte, er werde das Haus einem jungen Paar überschreiben, dem er einen Gefallen schulde, war mir sofort klar, dass es damit etwas Besonderes auf sich hatte, zumal er unbedingt etwas Entlegenes haben wollte …«

»Hat er mich namentlich erwähnt?«, fragte Marcella. »Mich kanntest du ja schon, ich war oft …«

»… zu Gast bei Olivia Cosenza in der Cuntrata Corvo. Aber ja, Liebes, natürlich wusste ich, wer du bist. Und ja, er hat das erwähnt. Was ich nicht glaube, ist … Nun, das tut eigentlich nichts zur Sache. Ihr seid ein hübsches Paar. Ein interessantes Paar. Aber vielleicht seid ihr gar kein Paar. Doch ihr müsst euch nicht erklären …« Er hob die Hand und machte eine abwehrende Geste, denn Marcella hatte schon Luft geholt, um zu widersprechen. »Es ist ein kleines, altes, schlichtes Haus, das wisst ihr ja. Nichts Prachtvolles, wie man es jemandem überlässt, dem man etwas schuldet. Das Haus meines Großvaters ist allenfalls eine Zuflucht, ein Unterschlupf, ein Posten in den Bergen. Ich sagte mir, dass er vielleicht jemanden aus der Schusslinie nehmen wollte. Falls ihm noch etwas anderes vorschwebte, er weiterreichende Pläne hatte, so war es gut möglich, dass er, wie viele Großstädter, falschen Vorstellungen nachhing. Die meisten dieser mehr oder weniger modernen Geschäftsleute in Palermo, Catania oder auch in Neapel haben keinen blassen Schimmer, wie es hier ist, wie es wirklich ist. Es gibt Traumtänzer, die sich einbilden, sie könnten, weil auf Stranezza weder Polizei noch Carabinieri stationiert sind, heiße Ware zwischenparken, und keiner würde es merken. Absurd, aber manche denken so. Weil wir hier auf der Insel keine Straßen haben, also auch nicht Auto fahren, folgern sie womöglich, dass wir Rot und Grün nicht unterscheiden können und auch sonst nichts merken. Albern, nicht wahr? Darum hatten wir auch ein Auge darauf, was ihr beiden anstellt. Hättet ihr also«, er lachte, sprach aber gleich weiter, »hättet ihr versucht, zehn Panzer an Land zu bringen oder auch nur ein paar Kisten mit Sturmgewehren, dann hätten wir euch nicht nur ein bisschen auf die Finger geklopft.« Er zwinkerte uns zu. »Bei Drogen genauso. Doch was das betrifft, scheint ihr sauber zu sein. Oder ihr habt selbst herausgefunden, dass es nicht funktionieren würde, und die Sache abgebrochen oder einschlafen lassen. Ich bin mir sicher, dass Don Fazio etwas mit euch vorhatte, doch vielleicht seid ihr klüger als er … als er dachte. Und vielleicht kam euch dabei die große Razzia in Palermo gerade recht, von der mir der Maestro erzählt hat.«

Er brach ab und schwieg.

»Du wolltest uns«, sagte ich nach einer Weile, »drei, vier Dinge wissen lassen im Auftrag dieses …«

»Jaja, das habe ich nicht vergessen. Also hört: Der Maestro hat die entscheidenden Sätze im Dialekt gesagt, und es klang ziemlich kryptisch: *U figghiu fu falcuni e a rinulla massigghiana sunnu partitu a megghiu ariu.* Das bedeutet sinngemäß: *Der Sohn des Falken und die Schwalbe aus Marseille sind dorthin geflogen, wo die Luft besser ist.*«

Ich schluckte. Für mich war das kein großes Rätsel. *Die Schwalbe* also … Na ja, vielleicht passte das zu Mimi. Schwalben waren schnell. Wenn schlechtes Wetter kam, flogen sie tief, sozusagen unter dem Radar. Und ich kannte auch das Sprichwort: *Eine Schwalbe macht noch keinen Sommer.*

»Ich weiß, wer in dieser Geschichte aus Marseille ist«, hörte ich mich sagen. »Doch ich habe keine Ahnung, wo die Luft besser ist. Besser als in Palermo? Das kann überall sein. Auf den Inseln. In den Bergen. Draußen auf dem Meer. Vielleicht sind sie mit seiner Yacht ausgelaufen.«

»Der Maestro hat angedeutet, dass du die Schwalbe gut kennst oder kanntest, Giovanni. Er hat auch gesagt, dass manche dachten, man habe sie in Castellammare in einen Käfig gesperrt. Dem war wohl nicht so. Und was die *bessere Luft* betrifft, so ist das ein Wortspiel. Denn *gute Luft*, im Dialekt *bonu ariu*, steht auch für Buenos Aires, und wenn jemand dorthin fliegt, wo die Luft besser ist, dann kann damit Argentiniens Hauptstadt gemeint sein.«

Er ließ die Worte wirken. Argentinien also. Mir fiel vor

Schreck nichts ein, was weiter weg gewesen wäre, von der Antarktis und dem Mond mal abgesehen.

»Der Maestro meinte dann«, fuhr Cesare nach einer Weile fort, »dass man sich in Palermo derweil darum kümmere, dass das Leben weitergehe. Man habe die *Familienangelegenheiten* im Blick und sei dabei, die Papiere durchzusehen. Der Reißwolf frisst sich satt. Es gebe nichts, was euch mit dem Sohn des Falken im Zusammenhang bringe. Solltet ihr über Dokumente verfügen, die euch als Eigentümer eines Hauses ausweisen, bestünde kein Grund, deren Gültigkeit anzuzweifeln. Im Gegenzug erwarte man, dass ihr schweigt.«

»Worüber?« Marcella hatte bis jetzt aufmerksam zugehört. »Hat er gesagt, worüber wir schweigen sollen?«

»Ich denke, er ist davon ausgegangen, dass ihr das wisst. Wenn nicht, dann ist das auch nicht schlimm. Schweigen ist im Grunde leicht. Man sagt einfach nichts. Das ist alles. Letztlich keine große Sache.«

Mir war schwindlig. Ich versuchte, einen klaren Gedanken zu fassen und zu ermessen, was der Kern der Botschaft war. Sie betraf Mimi und Marcella und mich. Aber was hieß das?

Als wir am Haus ankamen, war es fast Mitternacht. Wir hatten für den steilen, steinigen Anstieg gut eine Stunde gebraucht, Zeit genug, über alles nachzudenken. Darüber, dass mir jetzt ein Anwesen gehörte, das ich mit einer Frau bewohnte, die ich nicht ausgewählt hatte. Dass die andere Frau, die ich gesucht hatte, verschwunden war und wohl für immer verschwunden bleiben würde. Dass ich nichts zu befürchten hatte, wenn ich das alles so hinnahm.

Marcella hatte sich noch entschlossen, Cesare in gewisse Dinge einzuweihen, sie hatte den Coup mit den Motorrädern erwähnt und die Episode am Bahnhof von Materazzo. Er hatte ungläubig und auch ein wenig ungehalten den Kopf geschüttelt und letztlich gemurmelt, dass ihm das eigentlich nicht schmecke, aber man werde sehen. Auf die Insel verirre sich selten jemand, und wer zielgerichtet suche, der falle auf. Er hatte letztlich versprochen, ein Auge auf Ankömmlinge zu haben, und uns geraten, die Insel vorerst nicht zu verlassen. Meine Gedanken kreisten fiebrig um Mimi: Hatte ich mich in ihr so maßlos getäuscht? War sie mit Don Fazio durchgebrannt? Oder war es nur ein Trick von ihr? Oder stimmte es am Ende gar nicht? Ich wusste keine Antwort. Und ich konnte auch niemanden fragen.

Vor dem Einschlafen schmiegte sich Marcella an meinen Rücken, und sie schnappte sich meine Hand, die sie dann auch nicht mehr losließ.

Ich erwachte von Otellos Maunzen, der mich aus einem eigenartigen Traum riss. Der Kater hatte die Nacht draußen verbracht, ich gesellte mich zu ihm auf die Terrasse. Der östliche Himmel hatte sich bereits orange gefärbt, mit pastellenen Schattierungen von Rosa bis Violett, doch es dauerte noch eine ganze Weile, bis sich die Sonne als roter Feuerball zwischen den Inseln aus dem Meer erhob. Der glatte Wasserspiegel begann geheimnisvoll zu glitzern, ein Zauber, der nur ein paar Minuten anhielt, dann wurde das Licht gleißend, die Helligkeit blendete den Kater, der irritiert blinzelte. Ich setzte meine Sonnenbrille auf und schickte mich an, Kaffee zu machen.

In meinem Traum hatten Marcella und ich in der alten Bergkirche geheiratet. Cesare war der Priester gewesen, und Marcella hatte auf einem Schwur bestanden. Ich hatte schwören müssen, für sie zu sorgen, sie zu beschützen und ihr treu zur Seite zu stehen für den Rest ihres Lebens, ansonsten solle mich der Teufel holen. Dabei war mein Blick auf eine der Bodenfliesen der Kirche gefallen, in die ein Totenkopf eingeritzt war, der zu grinsen schien. Dann war ich aufgewacht.

Irgendwie hatte ich erwartet, dass Mimi in dem Traum auftauchte. Um die Zeremonie zu verhindern. Um die Braut zu erschießen. Oder mich. Wäre ja nichts Neues gewesen. Aber nichts dergleichen war geschehen. Ich stellte mir vor, wie sie in Buenos Aires mit Don Fazio Tango tanzte. Der konnte das bestimmt und Mimi sowieso. Mir war bitter zumute, doch ich schüttelte mich. Ich schüttelte das ab.

Unten im Dorf krähte energisch ein Hahn, dem ein anderer, mit dünnerer Stimme, halbherzig und schwachbrüstig antwortete, vermutlich dachten sich die Hühner ihr Teil. Als ich mir den Kaffee einschenkte, maunzte Otello wieder und warf mir vorwurfsvolle Blicke zu. Ich bat um Verzeihung und goss ihm etwas Milch auf einen Teller, die er in Sekundenbruchteilen wegschleckte. Wieder schaute er mich an.

»Mäuse habe ich keine«, sagte ich. »Darum musst du dich selber kümmern.«

Doch er wollte lediglich mehr Milch. Ich bediente ihn und setzte mir eine zweite Kanne auf. Als ich mit dem frischen Kaffee aus der Höhle zurückkam, stand Marcella vor mir, nackt wie Eva in den guten Tagen vorm Sündenfall, und strahlte mich an.

»Ist der für mich?« Sie blickte nicht ohne Gier auf die Espressokanne.

Ich schüttelte grinsend den Kopf.

»Hast du das gerochen? Nein, ich kann dir nichts abgeben. Es sei denn, du wäschst dich rasch und ziehst dein schickes Kleid an.«

»Ja, mein Gebieter«, sagte sie schmollend. Sie schöpfte einen Eimer voll aus der Zisterne, füllte die Waschschüssel und wusch sich, indem sie das Wasser mit gewölbten Händen über Schultern, Brüste, Bauch und Schenkel verteilte. Sie prustete und quietschte, das Wasser war kalt. Ich streifte Hose und T-Shirt ab und beteiligte mich an der Zeremonie. Mir schoss durch den Kopf, dass es vermutlich nicht viele Orte in Europa gab, an denen man sich im November nackt auf der Terrasse waschen konnte, ohne zu frieren oder gegen irgendein Gebot oder Gesetz zu verstoßen. Doch dann dachte ich, dass mir das übrige Europa und eigentlich die ganze Welt im Moment den Buckel runterrutschen konnten, inklusive Südamerika.

Wir zogen uns was über. Dann tranken wir den Kaffee.

»Was meinst du, wer dieser Maestro ist, der Cesare angerufen hat? Und glaubst du wirklich, dass wir nun Ruhe haben?«

»Das ist jemand, der im Hintergrund bleibt«, sagte ich zögernd, »einer, der über Don Fazios Geschäfte Bescheid weiß, aber von der Razzia verschont geblieben ist. Oder aber …«

Ich stockte, denn der Gedanke erschien mir im ersten Moment ungeheuerlich.

»Oder aber – was?« Ich hörte die Ungeduld in Marcellas Stimme.

»Oder es ist jemand von der Polizei, einer relativ weit oben im Apparat, einer, der kein Interesse hat, Staub aufzuwirbeln, einer, der weiß, dass fast immer, wenn man einen von denen hochnimmt, ein anderer an dessen Stelle tritt. Einer, der das große Ganze sieht und auf Balance aus ist.«

»Klingt erst mal unwahrscheinlich«, sagte Marcella und wiegte den Kopf, als wehrte sie sich gegen diese Vorstellung. »Cesare wirkt nicht wie einer, der von der Polizei angerufen wird. Aber je länger ich drüber nachdenke – ganz abwegig ist es nicht. Vielleicht hat einer aus diesen Kreisen Don Fazio sogar gewarnt, ihm einen Tipp gegeben, damit er abhauen konnte. Man kann in Sizilien nie ausschließen, dass einer von Don Fazios Schlag ein paar Politiker und Polizisten auf seiner Lohnliste hat. Selbst wenn bei der Aktion unabhängige Ermittler aus Rom am Werke gewesen sein sollten, mussten sie letztlich doch mit Leuten vor Ort kooperieren. Und so wurden womöglich ein paar Bauern geopfert, die den Mund halten werden und mangels Beweisen nach geraumer Zeit wieder rauskommen. So ähnlich läuft es fast immer …« Sie runzelte die Stirn. »Wir werden es nicht herausfinden, fürchte ich, zumindest nicht jetzt. So oder so können wir nur hoffen, dass dieser Maestro wirklich so gut informiert ist, wie Cesare tat, und wir unsere Ruhe haben.«

»Garantien gibt es sowieso nicht«, sagte ich.

Marcella setzte noch mal Kaffee auf, wir hockten uns dann mit den Tassen zwischen die Säulen und blickten aufs Meer hinunter. Es war nicht mehr so glatt wie bei Sonnenaufgang, hier und da bildeten sich erste Schaumkronen. Vielleicht würde auch heute kein Boot kommen.

»Ich frage mich, ob Cesare ahnt, wie gut du diese Frau wirklich kennst«, sagte Marcella unvermittelt.

»Was für eine Frau denn?«

»Nun tu nicht so! Mimi natürlich. Es geht mich zwar nichts an, aber ich würde gerne wissen, ob du nun vorhast, hier auszuharren und Gras über die Sache wachsen zu lassen, oder ob es passieren kann, dass du Hals über Kopf nach Buenos Aires aufbrichst.«

»Ja«, räumte ich knurrend ein, »es wäre nett von mir, wenn ich dich das vorher wissen ließe. Aber was hat das mit Cesare zu tun?«

»Ganz einfach«, erwiderte sie, »denn ich denke, dass Cesare dieses Detail hätte verschweigen können. Hat er aber nicht. Sollte er also wissen, dass sie deine Geliebte war und dass du überhaupt nur ihretwegen in Don Fazios Kreise geraten bist, dann rechnet er vielleicht mit einer Reaktion. Oder er ist tatsächlich nur der Übermittler der Botschaft, und es sind die Leute in Palermo, die dich provozieren wollen. Die erwarten, dass du unverzüglich die Insel verlässt – um nach ihr zu suchen. Hast du schon mal darüber nachgedacht, dass die Sache mit Buenos Aires vielleicht gar nicht stimmt?«

Diese Frau machte mich wahnsinnig. Erst versuchte sie tagelang, mir einzureden, dass Mimi mich längst abgeschrieben und sich mit Don Fazio eingelassen hatte, aus der Not heraus oder aus Berechnung, und nun, da es fast so aussah, als hätte sie recht gehabt, erklärte sie plötzlich, dass es vielleicht doch ganz anders war. Das Blöde daran war nicht, dass sie Zweifel streute. Damit konnte ich umgehen, denn sie schuldete Mimi rein gar nichts. Das Schlimme war vielmehr, dass ich mir meiner selbst nicht sicher war. Ich vermisste Mimi. Das war ein so schlichter wie klarer Gedanke. Doch wenn ich überlegte, was genau ich vermisste, wurde ich unsicher. Ihre freche Spontaneität und ihre Verletzlichkeit. Ich hatte Szenen vor Augen, erinnerte mich an besondere Momente. Wie sie mir aus ihrem Leben erzählt hatte. Wie unbändig sie sich freute, als sie ihre Tochter wiedertraf, die man ihr weggenommen hatte und von der ich nicht wusste, wo sie jetzt steckte. Wie wir zu dritt, nachdem wir einem Sonderkommando der Polizei entwischt waren, in eine Bar gingen, mitten in Marseille, Mimi, Annie und ich, und ich spürte, wie die beiden Barkeeper sie bewunderten. Es gab diese Augenblicke, in denen sie leuchtete und strahlte. Als sie sich in einem Schmuckladen in den Bergen in den Morion verliebte, jenen geheimnisvollen dunklen Stein, den sie fortan um den Hals trug. Oder als wir in Saint-Rémy nach Spuren von Vincent van Gogh suchten und über die Mauer dieser Anstalt kletterten.

»Habe ich dir eigentlich erzählt, dass Mimi Chevalier weitläufig mit Vincent van Gogh verwandt ist?«

»Mit van Gogh? Mit diesem Maler? Und das glaubst du?«

Das schien sie zu interessieren. Sie witterte die Chance, Mimi als Lügnerin hinzustellen, und schnappte sofort zu. Aber da musste ich sie enttäuschen.

»Nein, nein, mach dich nicht lustig«, sagte ich. »Das stimmt wirklich. Wenn du ihren Onkel gesehen hättest … Der sieht aus, als wäre er einem dieser berühmten Selbstporträts entstiegen.«

»Ist doch Quatsch«, erklärte Marcella. »Ich kenne mich damit zwar nicht groß aus, bin mir aber sicher, dass der Maler van Gogh keine Kinder hatte.«

»Die Chevaliers in Marseille sind auch keine direkten Nachfahren. Sie stammen von einem Bruder der Mutter Vincents ab, wenn ich es richtig behalten habe. Sein Onkel hatte jedenfalls Kinder. Genau genommen, sind die Großeltern von Vincent van Gogh die gemeinsamen Ahnen.«

»Sagt sie.« Marcella wirkte immer noch trotzig. Es schien ihr nicht zu passen, dass ich Mimi wie eine Prominente behandelte. »Du hast den Onkel gesehen? Und der sah wie dieser Maler aus? Das kann doch Zufall sein. Viele Rothaarige ähneln einander. Und dann haben die Chevaliers sich eben diese Geschichte ausgedacht. Du weißt doch nicht einmal, ob der Mann, den du gesehen hast, wirklich ihr Onkel ist. Vielleicht bin ich ja eine Nachfahrin von Giuseppe Garibaldi? Ach, pfeif drauf! Meinetwegen ist deine Mimi mit Vincent van Gogh verwandt. Ein Grund mehr«, sagte sie, und ihre Stimme klang nun regelrecht bissig, »sie auf gar keinen Fall ziehen zu lassen. So eine Berühmtheit muss man festhalten. Doch zurück zu meiner Frage: Glaubst du die Sache mit Argentinien? Und hast du vor, sie dort zu suchen?«

»Weißt du was? Wenn *du* verschwinden würdest, einfach so, spurlos, von einem Moment auf den anderen, dann würde ich dich auch vermissen. Ich wüsste gar nicht, was ich anfangen sollte ohne diese Frau, die mir von früh bis spät auf die Nerven geht.«

Sie kicherte. Ihre Stimmungsumschwünge faszinierten mich. Eben noch hatte sie furchtbar schlechte Laune gehabt, und plötzlich lachte sie. Blitzschnell war sie auf den Beinen, sie sprang auf mich zu und setzte alles daran, mich zu kitzeln. Ich wehrte mich, darauf bedacht, sie mir vom Leibe zu halten, ohne ihr wehzutun. Das war gar nicht so leicht. Im Handumdrehen konnte das in eine kleine Schlägerei ausarten. Das Thema war erst mal vertagt.

Ich schnappte mir ihre Handgelenke, sie versuchte sich loszureißen. Ich saß noch immer auf der Bank, die Brüstung drückte mir ins Kreuz, dahinter ging es vier Meter in die Tiefe. Also sprang ich auf, hakelte mit dem Fuß nach ihrer Wade, um ihr ein Bein zu stellen. Doch sie hatte das vorausgesehen, sie ließ sich rücklings fallen, und ich stürzte über sie. Sie versuchte, unter mir zur Seite zu gleiten, aber ich hielt sie fest und gab auch nicht klein bei, als sie mir ein Knie in die Seite rammte.

Der Kampf schien sie zu erregen. Ihre Augen blitzten. Unter dem dünnen Stoff des T-Shirts zeichneten sich ihre Brustwarzen ab, die sich vorgewagt hatten wie zwei Kinder, die ihre Nasen durch die Gardinen steckten, um nichts von dem zu verpassen, was draußen abging. Ich war abgelenkt und bekam nun das andere Knie ab, das sie mir in die Lenden rammte. Sie war eine respektable Kämpferin.

Ich rang nicht mit der gleichen Leidenschaft wie sie, außerdem war ich ein paar Jahre älter. Dennoch schien ich stärker zu sein. Mit entschlossenen Griffen zwang ich sie auf den Rücken, setzte mich auf ihre Oberschenkel und hielt ihre Hände fest, über sie gebeugt wie ein Vampir über sein Opfer. Ich hätte ihr jetzt meine Zähne in den Hals schlagen können, um ihr das Blut auszusaugen. Doch ich war kein Vampir. Dank gefälschter Papiere war ich ihr Mann, und die Szene passte in jedes Lehrbuch über häusliche Gewalt.

»Au, au, au«, jammerte sie, »du tust mir weh!« Sie ließ ein Schluchzen hören, gleich würden ihr die Tränen kommen.

Erschrocken ließ ich ihre Handgelenke los und hob den Hintern, um die Last zu lindern. Das war ein Fehler. Grinsend richtete sie sich auf und verpasste mir ansatzlos einen Kinnhaken. Es knirschte. Ich hörte die Engel singen. Sie hatte aufgeschrien und starrte auf ihre Fingerknöchel, das Gesicht schmerzverzerrt. Vermutlich hatte sie sich selber mindestens genauso wehgetan wie mir.

»Oh, verdammt«, stieß sie hervor, »du hast ein Kinn aus Eisen.«

»Ja«, knurrte ich, »das ist das Schöne an Gewalt, manchmal rächt sie sich sofort. Für deine Linke brauchst du einen Waffenschein. Hättest du meine Nase getroffen, wäre die jetzt Matsch.«

»Hör bloß auf«, japste sie. »Das wollte ich nicht. Ich glaube, ich habe mir die Hand gebrochen.«

Ich sprang auf und huschte ins Haus. Als ich mit einem Handtuch auftauchte, das ich mit dem Wasser aus der Schüssel, in der wir uns vorhin gewaschen hatten, anfeuchtete, atmete sie auf.

»Ich dachte schon«, ächzte sie, »du kämst mit der Säge. Giovanni Amputator ...«

Ich wickelte ihr das nasse Handtuch um die Faust, und sie stöhnte abermals.

»Du hast dich austricksen lassen«, sagte sie mit gepresster Stimme. »Du hast gedacht, ich würde heulen, und dann hast du losgelassen. So kannst du nicht gewinnen.«

»Ich wollte auch nicht gewinnen. Ich wollte dich nur daran hindern ...«

Ich verstummte, denn ich sah, dass sie schon wieder grinste. »Miststück«, sagte ich milde. »Verdammtes sizilianisches Miststück.« Und dann beugte ich mich über sie und biss ihr ins linke Ohr. Ganz leicht nur, doch so sanft, dass sie nicht aufgeschrien hätte, auch wieder nicht. Und da ich schon mal in der Gegend war, verpasste ich der Muschel einen erstklassigen Zungenschlag.

Marcella ließ ein dunkles Knurren hören. Ich löste mich von ihr und sprang auf. »Frieden!«, rief ich.

»Vergiss es«, erwiderte sie und stöhnte. »Zwischen Mann und Frau gibt es keinen Frieden. Allenfalls Waffenruhe. Dazu wäre ich jetzt bereit. Doch bilde dir bloß nichts darauf ein. Die Schlacht ist noch lange nicht geschlagen.«

Nach einer Weile ließ der Schmerz in meinem Kinn nach. Marcellas Fingerknöchel waren geschwollen, aber sie tat so, als wäre sie darüber erhaben, als wäre das weiter nichts. Sie wollte sich auf gar keinen Fall eine Blöße geben.

SECHSUNDDREISSIG

In den nächsten drei Tagen war hohe See. Eine steife Brise, die von heftigen Böen durchsetzt war, hatte das Meer derart aufgewühlt, dass der Verkehr ruhte und sich kein einziges Boot in Stranezza blicken ließ. Ab und zu jagten Wolken vorüber, so tief, dass einige von ihnen die Gipfel streiften. Die kurzen Schauer, die sie mit sich brachten, wechselten mit gleißendem Sonnenschein. Das Wetter gab sich launisch, es konnte binnen Minuten umschlagen. Die Wolkengeschwader zogen meist von Nordwesten heran, sodass wir sie erst sahen, wenn sie über den Gipfel hinweg waren, denn unser Haus blickte nach Südosten.

Wir rodeten, um die Zeit totzuschlagen, zwei Tage lang Wermutsträucher, die sich rings ums Haus breitgemacht hatten. Ihr blaugrünes Blattwerk roch aromatisch und trotz des strengen Grundtons nicht unangenehm. Die Hauptwurzel ging oft tief ins Erdreich, und wir hatten bei jedem der schulterhohen Büsche hart zu kämpfen.

Am dritten Tag beruhigte sich das Wetter. Wir saßen zwischen den Säulen und faulenzten, als die Glocken der unteren Kirche zu läuten begannen.

»Es ist, glaube ich, Sonntag«, sagte Marcella. »Vielleicht ein besonderer Sonntag, jedenfalls rufen die Glocken die Gläubigen zur Messe.«

Sie schmunzelte.

»Was findest du daran lustig?«

»Du müsstest das sehen«, sagte sie, »denn von den Insulanern lässt sich nur eine Handvoll bei den Gottesdiensten blicken.«

»Die anderen gehen da nicht hin?«

»Nein«, erwiderte Marcella, »die ignorieren das einfach. Der kleine Nico hat mir erzählt, dass die meisten Bewohner von Stranezza in ihrem Inselleben genau zweimal Gott begegnen. Bei der Taufe, woran sie sich aber später nicht erinnern, weil sie da noch Säuglinge waren. Und dann erst wieder, wenn sie gestorben sind, worüber sie den anderen auch nichts mehr erzählen können. Darum, hat Nico gesagt, weiß keiner von ihnen, wie Gott so ist. Und es interessiert sie auch nicht besonders. Sie stellen ihn nicht etwa infrage, aber sie halten es mit ihm wie mit dem Sindaco in Lipidone, der theoretisch auch ihr Bürgermeister ist, sich aber nie blicken lässt, oder wie mit dem Ministerpräsidenten im noch ferneren Rom, der vielleicht gar nicht weiß, dass es eine Insel namens Stranezza gibt – sie lassen ihn schulterzuckend machen.«

»Und du? Bittest du Gott gelegentlich um Beistand? Ich habe dich noch nie beten sehen. Wie stehst du zu ihm?«

»Ach, Gott …«, sagte sie und schwieg. Es war, als versuche sie sich zu erinnern. »Für mich ist Gott ungefähr so wirklich wie die Zahnfee, die meine Milchzähne geholt hat, oder wie der heilige Nikolaus. Als mein Stiefvater diese Sachen mit mir gemacht hat, da hatte Gott seine Chance, und er hat sie verstreichen lassen. Er hätte einen Blitz schicken und ein klares Zeichen setzen können, das den Scheißkerl davon abgebracht hätte, seine Gelüste an mir abzuarbeiten. Doch nichts dergleichen geschah. Gott saß derweil wahrscheinlich vor der Kiste und guckte eine dieser Serien, in denen die Guten immer gewinnen und die nicht ganz so Guten zumindest geläutert werden.«

»Nimm es nicht persönlich«, sagte ich, stand auf und reckte mich. »Du schaffst das auch ohne Gottes Hilfe.« Und dann beugte ich mich zu ihr und küsste sie sanft auf ihren fein geschwungenen Mund. Sie war für die Dauer eines Wimpernschlags völlig verdutzt, überspielte ihre Überraschung aber geschwind, öffnete ihre Lippen ganz leicht und ließ mich ihre Zunge spüren.

Ich hatte mir nichts dabei gedacht, eine Aufwallung von

Zuneigung, keine Ahnung, was mich geritten hatte, jedenfalls hatte ich keinen Plan, ich wusste nicht, wie ich mich wieder von ihr lösen konnte, ohne schroff zu wirken oder sie vor den Kopf zu stoßen, denn das lag mir fern. Also ließ ich sie züngeln, ohne meine Lippen zusammenzupressen, und ich spürte ihren weichen Mund auf meinem, an und für sich eine wunderschöne Erfindung. Sie hatte sich erhoben, ohne auch nur eine Sekunde von mir abzulassen, sie schmiegte sich im Schatten der Säule an mich, es war ein Kuss wie ein Regenbogen in den Bergen, es war ungewiss, wo er endete und wann die feinen Farben verblassen würden. Ich genoss den Augenblick, und mir war, als mischte sich in den leisen Duft von Sandelholz und Mango, der von ihr ausging, noch etwas anderes, etwas Herberes, ein dunkler Hauch von Kastanienhonig.

Meine Gedanken drifteten davon. Ob die Griechen der Antike einst auch so dagestanden und gezüngelt hatten? Plato oder Sappho? Hatten die Liebespaare von Athen und Sparta, von Delphi und Lesbos platonische, sapphische und dionysische Küsse getauscht, und wenn ja, was hatten sie gefühlt? Oder später, Jesus von Nazareth und Maria aus Magdala, hatten sie sich das gegönnt oder zumindest gewusst, dass es so etwas gab, um dann in bewusster Keuschheit darauf zu verzichten? Die Begrüßung mit Wangenkuss, doppelt oder dreifach, die war seit Ewigkeiten verbürgt, das war eine uralte Tradition, und wenn sie in der Bibel den Kuss des Judas erwähnten, wussten alle, wovon die Rede war, vom Besonderen im Banalen, vom Verrat im Alltäglichen. Doch schwieg das Buch der Bücher sich darüber aus, wie es seit König Salomos hoch erotischem Lied auf die Liebe weitergegangen war.

»Rote Bänder sind deine Lippen; lieblich ist dein Mund … Träfe ich dich dann draußen, ich würde dich küssen; niemand dürfte mich deshalb verachten … Von deinen Lippen, Braut, tropft Honig; Milch und Honig ist unter deiner Zunge.«

Hier vor den Säulen war die Zeit indes nicht stehen geblieben, ich hörte uns heftig atmen, und unsere Zungen tanzten geschmeidig miteinander, die Lippen waren nass und weich, und wir hielten uns fest. Ich hatte ihre Oberarme umklammert und sie nach meiner Hüfte gefasst, und sie lehnte sich gegen mich, dass ich ihre Brüste spürte, viel hatten wir nicht an, und als ich mich schließlich sanft von ihr löste, Mund von Mund, Kinn und Lippen glänzend nass, ließen wir uns nicht gleich gänzlich aus den Händen.

Ich sagte nichts, denn in solchen Momenten verzapften die Menschen den größten Unfug, und das hatten wir wirklich nicht nötig, obwohl ich ihr gern mitgeteilt hätte, dass sie vielleicht nicht kochen konnte, ihre Sonntagsküsse aber galaktisch schmeckten. Es passierte Ehepaaren nicht alle Tage, dass schon am Vormittag die Sicherungen raussprangen und die Knie weich wurden. Ich wollte das nicht zerreden.

»Weißt du was?«

Sie war, was den Zauber betraf, offenbar anderer Ansicht.

»Was? Ich weiß gar nichts.«

»Wenn man solche Lippen hat wie du und derart weggetreten küssen kann, dann ist es widersinnig, das für eine aufzusparen, die vielleicht längt in Buenos Aires ist, in der Pampa oder in Patagonien, wo die Pinguine sich die Füße mit Eiswürfeln waschen.«

»Hör bloß auf«, sagte ich unwirsch. »Ich will kein Wort darüber hören. Falls du meinst, ich hätte nun ein schlechtes Gewissen – das kannst du vergessen. Keine Silbe mehr! Lass uns auf den Gipfel steigen. Ich brauche jetzt Bewegung.«

»Sì signore«, sagte sie und lachte befreit auf. »Auch wenn du ein eiskalter Mistkerl bist, so will ich doch jetzt gern mit dir ein wenig durch die Wildnis streifen.«

Wir hatten immer noch die Hände beieinander, und nun beugte sie sich vor, reckte sich auf die Zehenspitzen und biss mir kräftig ins linke Ohrläppchen. Ich schrie auf und stieß sie weg. Zumindest hatte ich das vor. Doch sie schien damit gerechnet zu haben und hielt sich mit aller Kraft fest. Sie biss noch einmal zu, diesmal nur ganz leicht, sie hatte noch was gutgehabt, und dann ließ sie mich los, mit einem schalkhaften Lachen. Sie schien bester Laune zu sein.

Wir machten uns auf den Weg zu den Kratern. Mit etwas Glück würde der Vulkan auch heute nicht ausbrechen. Doch man konnte sich nie sicher sein.

Otello hatte sich uns angeschlossen. Ob aus Tatendrang oder Langeweile, das wusste er allein. Manchmal fragte ich mich, welchen Motiven Katzen folgten, ob sie überhaupt Gründe brauchten oder einfach nur taten, was ihnen in den Sinn kam. Vielleicht war Otello neugierig, wie es mit uns weiterging. Er ließ uns nicht aus den Augen.

Wir nahmen einen anderen Weg als sonst, wir kämpften uns über den Steilhang westlich des Hauses allmählich höher, stiegen durch einen verwilderten Olivenhain, in dem die uralten Ölbäume zwischen Wermut und Feigenkakteen, Brombeeren und Disteln ums Überleben kämpften. Die Terrassierung war noch zu erahnen, doch viele der Stützmauern waren im Laufe der Zeit weggerutscht oder eingestürzt.

Nach etwa einer halben Stunde erreichten wir ein kleines Plateau, das oberhalb von Sciaratieddu lag und einst, wie mir Marcella erzählte, als gemeinschaftlicher Gemüsegarten der Insulaner gedient hatte, die hier Linsen, Hirse und Erbsen angebaut hatten. Wahrscheinlich waren Immacolata, Zaza und Rosalba die letzten Einheimischen gewesen, die hier oben gewohnt hatten. Inzwischen war der verlassene und fast verfallene Weiler zwar teilweise wiederaufgebaut worden, doch die Mitteleuropäer, die hier Häuser gekauft hatten, Schweizer vor allem, ließen sich nur zwei-, dreimal im Jahr blicken. Derzeit war niemand da.

Das Plateau, das sich halbkreisförmig an den Steilhang schmiegte, war nicht sehr breit. In der Mitte ragte ein riesiger Steinhaufen auf, der mir wie die Reste einer jener Pyramiden vorkam, die vor Jahrtausenden am Nil errichtet worden waren. Über uns kreisten schwarze Vögel, zwei Raben, deren Schreie wie Gelächter klangen.

»Schau an, eine Kultstätte«, sagte ich. »Vielleicht war das hier ein Vorposten der Pharaonen?«

Marcella lachte und meinte, ich solle nicht überall Religion hineininterpretieren, wo Menschen Steine auftürmten.

»Landwirtschaft«, sagte sie. »Man wollte die Steine von den Feldern weghaben. Und irgendwo mussten die schließlich hin.«

Den nährstoffreichen Boden der alten Gemüseschanze hatten sich nun die Brombeeren erobert, die dornigen Büsche bildeten ein Dickicht, das undurchdringlich wirkte und über die ganze Breite reichte, ein Paradies für kleine Tiere, die überall herumhuschten und -flatterten.

Wir kraxelten über einen Steinrücken und fanden oberhalb des Plateaus einen Pfad, der serpentinenartig gipfelwärts zu führen schien. Wir kamen nun zügiger voran. Otello scheuchte eine Schlange auf, eine der meterlangen schwarzen Zornnattern. Sie strafte ihren Namen Lügen und verschwand dezent im Dickicht, ohne sich mit uns anzulegen.

»Ihr Biss ist nicht giftig«, ließ Marcella mich wissen, »nur ziemlich schmerzhaft. Zum Glück sind sie aber sehr scheu.«

Ich fragte mich, was ich ohne sie anfangen würde, ohne die kluge Frau an meiner Seite.

Keine Stunde später erreichten wir die Gipfelzone mit den Kratern, die seit fast zwanzigtausend Jahren schliefen, falls meine Begleiterin richtig informiert war.

»Als in der Eiszeit Mittel- und Nordeuropa von einer dicken Gletscherschicht bedeckt waren«, sagte sie, »lag der Wasserspiegel des Mittelmeers vermutlich Hunderte Meter tiefer als jetzt. Das musst du dir mal vorstellen: Korsika und Sardinien waren eine gemeinsame Insel, Malta gehörte zu Sizilien, und sie alle da drüben«, sie deutete nach Südosten, wo sich im Dunst Siricuri, Bolina, Lipidone und Vulcano abzeichneten, »waren die Gipfel eines einzigen Eilands. Später, in der Antike und im Mittelalter, vermutete man hier irgendwo den Eingang zur Hölle.«

Ich versuchte mir die Menschen vorzustellen, die am Rande

des urzeitlichen Mittelmeeres gelebt hatten. In Höhlen von Südfrankreich hatten sich ihre Spuren gefunden, auch Bilder von Jagdszenen. Ab wann wohl so etwas wie eine Hölle in den Vorstellungen aufgetaucht war?

»Als Sizilien noch mit Afrika verbunden war«, sagte Marcella, »lebten da sogar Elefanten. Später auch noch, aber die waren dann viel kleiner. Nachdem Sizilien zur Insel geworden war, konnten die Isolierten sich natürlich nur noch untereinander fortpflanzen, und es passierte etwas Putziges. Binnen zehn- bis zwanzigtausend Jahren veränderten sie sich dermaßen, dass die Wissenschaft rückblickend vom *Sizilianischen Zwergelefanten* spricht. Sie waren, bevor sie ausstarben, nicht mal mehr einen Meter hoch und wogen nur etwa hundertsiebzig Kilo. Da gibt es heute Schweine, die größer und schwerer sind.«

»Du bindest mir doch einen Bären auf«, protestierte ich.

»Nein, einen Elefanten«, erwiderte sie lachend. »Glaub mir, das stimmt! Die Gerippe aus der Eiszeit, die man auf Sizilien und Malta gefunden hat, waren einander sehr ähnlich, und die waren wirklich so klein. In Siracusa habe ich so ein Elefäntchen als Skelett im Museum gesehen, und das war kein Kind. Man nimmt an, dass die allmähliche Verkleinerung dem Inselleben geschuldet war. Evolution auf engem Raum. Weniger Feinde und weniger Nahrung. Solange Löwen und dergleichen sie bedrohten, war ihre Größe ein Vorteil, die Körpermasse zwang sie aber, unheimlich viel zu fressen. Auf Sardinien gab es Säbelzahnkatzen, die wiederum von Tieren abstammten, die über eine Landbrücke vom europäischen Festland dorthin gelangt sein mussten. Die wurden im Verlauf von ein paar tausend Jahren auch immer kleiner.«

»Und irgendwann sind ihnen die Säbelzähne ausgefallen? Vielleicht sind das die Ahnen Otellos«, sagte ich, ohne eine Miene zu verziehen, denn warum sollte es nicht so gewesen sein?

»Du spinnst«, entgegnete sie. »Die sind genauso ausgestorben wie die Zwergelefanten. Die Katzen, von denen Otello und auch alle anderen europäischen Hausmiezen abstammen, sind eine Mischung aus ihren ägyptischen und türkischen Vorfahren. In Ägypten genossen die Katzen hohes Ansehen, weil sie die Mäuse in Schach hielten und somit die Getreidevorräte schützten. Manche sagen, dass dieser Katzentyp, der ein ausgeprägt dreieckiges Gesicht hatte und besonders schlank war, später mit Getreideschiffen nach Rom gelangt ist und sich von dort über Mitteleuropa ausbreitete und sich mit den etwas runderen Katzen vermischte, die aus Anatolien über den Bosporus und den Balkan eingewandert waren. Glaub mir, über Miezen weiß ich Bescheid. Ich habe zwar weder Dante noch Umberto Eco gelesen, aber alles über Katzen.«

Otello interessierte das überhaupt nicht. In der riesigen Senke vor uns, die kaum noch als Krater zu erkennen war, da sich in Tausenden von Jahren eine dicke Schicht Erde gebildet hatte, die nun mit Stechginster, Brombeeren, Disteln, Wolfsmilch und Farn bewachsen war, hatten Wildkaninchen Löcher gegraben, und der Kater hatte ein paar von ihnen aufgestöbert. Ich wusste, dass Katzen mitunter nicht davor zurückschreckten, sich ein junges Karnickel zu schnappen, hatte allerdings Otello noch nicht dabei beobachtet. Vielleicht spielte er nur Fangen.

Marcella eilte ihm hinterher, sie entschwand meinen Blicken. Plötzlich hörte ich sie aufschreien und fluchen. Vielleicht hatte sie sich an den Dornen gerissen.

Ich lief ihr nach. Da lag sie, eigenartig verkrümmt, und ihre Beine waren weg. Einfach verschwunden. Als ich näherkam, sah ich, dass sie bis zum Bauch in einem Loch steckte.

»Oh, eine Dame ohne Unterleib«, witzelte ich. Und biss mir auf die Zunge.

Sie blickte mit schmerzverzerrtem Gesicht zu mir auf. »Hilf mir raus«, sagte sie mit kläglicher Stimme. »Bitte!«

Unter ihr musste die Decke eines Kaninchenbaus von beachtlichen Ausmaßen eingebrochen sein.

»Hast du Grund? Kannst du dich mit den Füßen da unten abstützen?«

Sie nickte zaghaft, meinte aber, das gehe nur mit halber Kraft. »Ich habe mir den rechten Fuß verknackst. Ich muss beim Sturz auf einen Stein geprallt sein, der da unten liegt. Dabei bin ich umgeknickt. Es tut höllisch weh. Zieh mich raus!«

Leichter gesagt als getan. Sehen konnte ich nichts, denn sie füllte die Einbruchstelle völlig aus. Ich kniete mich hinter sie, schob meine Arme unter ihren Achseln hindurch und verschränkte vor ihrem Kinn die Hände. Sie klammerte sich fest, und ich versuchte sie mit einem Ruck zu befreien.

Zunächst rührte sich gar nichts. Sie steckte fest wie ein Weinkorken in einer alten Flasche. Ich bat sie, sich auf mein Kommando mit ihrem unversehrten Fuß kräftig abzustoßen. Dann ging ich in die Hocke, umklammerte sie noch fester, rief: »Jetzt!« und richtete mich auf.

Diesmal schafften wir es. Der Korken gab nach, und ich hoffte inständig, dass nicht noch mehr einbrach. Zum Glück waren wir hier nicht am Abgrund.

Sie saß dann am Rande des ovalen Lochs. Schließlich brachte sie ihre Beine zum Vorschein, erst das linke, dann das mit dem lädierten Fuß, an dem der Schuh fehlte, der noch in der Höhle liegen musste. Als ich ihren Knöchel betastete, schrie sie auf.

»Vielleicht verstaucht oder gezerrt«, sagte ich. »Also ich glaube nicht, dass da was gebrochen ist.« In Wahrheit hatte ich keinen Schimmer. »Verstauchungen tun oft mehr weh als Brüche«, tröstete ich sie.

»Gib dir keine Mühe«, ächzte sie, »ich erkenne den guten Willen. Ich wäre dir jedoch sehr verbunden, wenn du meinen Schuh da rausholen könntest. Doch pass auf, dass du nicht auch noch ...«

Überlegen lächelte ich. Als wäre ich schon mal irgendwo eingebrochen!

Ich legte mich flach auf den Bauch und spähte in die Tiefe.

Doch da ich mit meinen Schultern das Loch versperrte, sah ich im Grunde gar nichts.

»Blöderweise habe ich mein Handy nicht mit«, sagte ich und richtete mich auf.

»Du sollst auch nicht telefonieren mit meinem Schuh. Du sollst ihn rausholen«, erwiderte sie und stöhnte.

»Schon klar«, meinte ich. »Mir geht es um die Taschenlampe. Diese Dinger haben doch eine Taschenlampenfunktion. Ich sehe nämlich nichts da unten.«

»Sag das doch gleich, ich habe meins dabei.«

Sie fischte ihr Telefon aus der Hosentasche, aktivierte das Licht und reichte es mir.

Wieder beugte ich mich hinunter. Jetzt sah ich den Schuh, und ich sah auch den Stein, an dem sie umgeknickt war. Nur dass es gar kein Stein war. Steine hatten weder Augenhöhlen noch Zähne. Das da war ein Totenschädel. Und das war noch nicht alles. Da unten, direkt neben Marcellas Schuh, lag ein mehr oder weniger vollständiges Skelett.

SIEBENUNDDREISSIG

Marcella merkte sofort, dass etwas nicht stimmte. Sie versuchte, aufzustehen. Fast schaffte sie es, doch als sie den rechten Fuß belasten wollte, maunzte sie vor Schmerz. Die Sache schien schlimmer zu sein als gedacht. Stöhnend sank sie wieder auf die Knie.

»Was ist denn da unten?« Sie ächzte. »Ich meine, außer meinem Schuh. Was hast du entdeckt? Du guckst, als hättest du einen Geist gesehen.«

Damit lag sie nicht ganz falsch.

»Da unten liegt ein Gerippe«, verkündete ich und kniff nachdenklich ein Auge zu. »Du bist nicht auf einem runden Stein umgeknickt, sondern auf einem Schädel.«

Sie starrte mich ungläubig an. Dann robbte sie auf Händen und Knien heran, ließ sich das Telefon geben und leuchtete hinunter.

»Oh Mann«, meinte sie schließlich, »das ist echt ein Skelett. Nur ...« Sie leuchtete abermals in die Grube. »Es ist nicht groß«, murmelte sie dann, »und das Becken wirkt ziemlich breit. Ich vermute, dass wir es mit den Überresten einer Frau zu tun haben. Aber ... wie kommt das Gerippe hierher?«

Ich zuckte die Schultern. Wir konnten es schlecht fragen.

»Bestimmt ein Verbrechen«, orakelte sie. »Jemand hat das Opfer hier heraufgelockt, ermordet und dann an Ort und Stelle vergraben.«

Ich nickte, denn das kam mir schlüssig vor. Würde ich meine Scheingattin loswerden wollen, könnte ich mir keinen besseren Plan vorstellen.

»Hätte es nicht jemandem auffallen müssen«, sinnierte ich, »wenn zwei Leute sich zum Gipfel aufmachen und nur einer wieder herunterkommt?«

»Nicht unbedingt«, erwiderte sie. »Niemand achtet auf so etwas, nicht bei Touristen.«

Auch war nicht klar, wann sich das vermeintliche Verbrechen abgespielt haben sollte. Das konnte fünf Jahre her sein, aber auch zehn oder zwanzig. Vermutlich brauchten die Ameisen und andere kleine Racker hier nicht lange, um alles bis auf die Knochen wegzuputzen.

»Wäre es eine Frau von der Insel«, sagte Marcella, »dann wüsste man das hier. Es käme höchstens eine in Betracht, von der alle annahmen, dass sie ausgewandert ist.«

»So könnte es vielleicht gewesen sein. Oder ... Ist nicht dereinst tatsächlich jemand verschwunden?«

»Du meinst ... Rosalba? Das ist doch aber mehr als sechzig Jahre her!«

»Weiß Gott, wie alt diese Knochen sind.«

»Das müsste man sehen«, sagte Marcella, die plötzlich ganz aufgeregt war. »Cesare hat gesagt, dass sie hinkte, weil sie sich mal ein Bein gebrochen hatte.«

»Hat Cesare erwähnt«, fragte ich, »welches Bein das war?«

»Nein, nur dass sie deswegen hinkte. So oder so, man sieht so was. Wenn du meinen Schuh rausholst, wirf einen Blick auf die Knochen.«

Sie versprach, mich an den Schenkeln festzuhalten, während ich kopfüber in das Loch tauchte. Sie werde mich danach wieder rausziehen.

Ich hätte überlegen sollen, ob sie überhaupt stark genug dafür war, doch ich war so überdreht, dass ich keinen Gedanken daran verschwendete. Ich bat sie abermals um ihr Telefon und ließ mich dann, nachdem ich die Lampe aktiviert hatte, kopfüber in das enge Loch gleiten. Ich streckte die Linke aus und stützte mich auf dem Boden ab. Es roch eigenwillig. Ich musste mich beeilen, denn all mein Gewicht ruhte nun auf der linken Hand. Mein Blick strich über den Brustkorb des Gerippes, und ich fragte mich, wieso keine Reste von Kleidung zu sehen waren.

Die Antwort war schlicht: Wenn Rosalba, falls es sich tatsächlich um ihre Gebeine handelte, ausschließlich Baumwolle und andere Naturfasern getragen hatte, waren die Sachen von den Kleintieren und Mikroorganismen komplett verspeist worden.

Dann sah ich eine dünne Kette, und es hing ein schwärzliches dünnes Kreuz daran, vermutlich Silber. Als ich daran zog, begann der Schädel im Schein der Handyfunzel gespenstisch zu wackeln. Ich ächzte, machte mir aber klar, dass das kein grausiger Spuk war, sondern damit zu tun hatte, dass die Halswirbel noch ineinandersteckten. Also riss ich heftiger an der Kette. Der Kopf hüpfte eine Handbreit zur Seite und kam neben Marcellas Schuh zur Ruhe. Es sah aus, als würde der Schädel grinsen. Ich ermahnte mich, die Nerven zu behalten, legte das Telefon kurz ab, um mich mit beiden Händen abstützen zu können, und tastete nach links, wo ich die Beinknochen vermutete. Dann holte ich das Handy nach.

Die Oberschenkelknochen lagen nebeneinander, und sie kamen mir makellos vor. Ich beäugte die Schien- und Wadenbeine. Beim linken Schienbein wurde ich fündig. Der Knochen wies in der Mitte eine deutliche Verdickung auf, und er war nicht gerade. Die beiden Teile waren offenbar nicht bündig, sondern leicht versetzt zusammengewachsen. Wir hatten jemanden mit einer schief verheilten Schienbeinfraktur entdeckt.

»Ich glaube, es ist Rosalba«, rief ich hinauf. »Ich schnappe mir jetzt deinen Schuh, und dann kannst du mich rausziehen!«

»Was hast du gesagt? Das klingt total dumpf. Ich kann dich nicht verstehen.«

»Rosalba«, brüllte ich. »Es ist wahrscheinlich Rosalba!«

»Ich verstehe kein Wort!«

Mir war das schleierhaft, denn ich hörte sie ausgezeichnet. Ich entschied aber, die Ruhe zu bewahren.

Nachdem ich mir den Schuh gegriffen hatte, drehte ich den Kopf zur Seite in der Hoffnung, dass das günstig für die Akustik war, und brüllte, sie könne mich nun rausziehen.

Diesmal schien sie mich verstanden zu haben. Ich spürte, wie sie an meinen Waden zerrte. Allerdings tat sich nichts. Sie versuchte es abermals, sie schien sich wirklich Mühe zu geben. Aber ohne Erfolg.

»Es geht nicht«, rief sie. »Tut mir echt leid.«

Mir schwante, dass ich zu schwer für sie war. Sie würde es nicht schaffen. Es war nicht zu fassen: Ich steckte kopfüber in einem Karnickelbau, hatte Blickkontakt zum Schädel einer Frau, die vermutlich in den Fünfzigerjahren des vorigen Jahrhunderts verschieden war, und ich hielt in meiner rechten Hand den Schuh einer Frau, die noch lebte und da oben hockte, mit lädiertem Knöchel und außerstande, mir herauszuhelfen. Das war schon komisch. Doch ich lachte nicht.

Es verstrichen ein paar Minuten, in denen ich überlegte, wie lange ich ohne ernste gesundheitliche Folgen in diesem Loch verbringen konnte, kopfüber und den Tod vor Augen. All mein Blut schien mir ins Hirn gelaufen zu sein, es war so eng in meinem Schädel, dass ich keinen klaren Gedanken fassen konnte, in meinen Schläfen pochte es, und die Füße begannen einzuschlafen. Da ich mit meiner Hüfte das Loch verstopfte, würde wohl auch bald die Luft knapp werden. Ich verfügte nicht über die Gabe, mit den Füßen zu atmen.

Offenbar war Marcella derselbe Gedanke gekommen, denn sie hatte mir inzwischen die Schuhe und Strümpfe abgestreift. Ob sie es, sollte ich ohnmächtig werden, mit einer Mund-zu-Fuß-Beatmung versuchen würde? Immerhin massierte sie nun meine Zehen, und mit leisem Kribbeln kehrte das Gefühl zurück. Um Hilfe telefonieren konnte sie nicht, denn das Handy hatte ich. In der Kraterregion war freilich sowieso kein Empfang. Hier oben konnte man das Telefon allenfalls als Fotoapparat benutzen. Oder als Taschenlampe.

»Geht es noch?«, erkundigte sich Marcella mitfühlend.

Ich wackelte zustimmend mit den Zehen, es hatte keinen Sinn, Pessimismus zu verbreiten. Mir ging es, verglichen mit ihr, noch richtig gut. Ich hing nur kopfüber in einem Erdloch und hatte mir nichts gebrochen oder verstaucht. Vermutlich litt sie hingegen starke Schmerzen. Außerdem machte sie sich gewiss Vorwürfe, weil sie mich dazu gedrängt hatte, mich Hals über Kopf in diese blöde Lage zu begeben. Sie hatte meinen Intellekt überschätzt, so sah es aus. Ich hätte aber auch selber darauf kommen müssen, dass das so nichts werden konnte.

»Es tut mir wirklich unheimlich leid«, erklärte Marcella. Ich spürte, dass sie sich mächtig ins Zeug legte, meine Füße zu massieren. Es hatte schon etwas von einer Liebkosung, und einmal war mir so, als hätte sie meine nackte Wade geküsst. In meinem Kopf pochte es. Plötzlich begann sie, ihre Fingerspitzen über meine Fußsohlen gleiten zu lassen. An den Hacken und den Ballen merkte ich es kaum, der dicken

Hornhaut wegen, die sich im Sommer gebildet hatte, doch in der Wölbung dazwischen kitzelte es fürchterlich. Gegen meinen Willen musste ich lachen, es war die Hölle, ich prustete und kicherte und würde die kostbare Restluft in dem Kaninchenbau nun sicherlich ganz schnell wegatmen. Ich wand mich und strampelte und versuchte, ihre Hände abzuschütteln, doch sie ließ nicht von mir ab. Dann merkte ich, wie mir Erde ins Genick rieselte. Bald kamen größere Brocken gepurzelt. Wahrscheinlich hatte ich mit meinem Gezappel den Rand des Lochs mürbe gemacht. Ich stützte mich mit beiden Händen ab, beugte die Arme und drückte sie wieder durch, was sauschwer, aber nicht unmöglich war. Ich wiederholte das Ganze und ergänzte das Auf und Ab mit einer Art Charleston. Wie ein Wilder ließ ich die Waden fliegen, zucken, zappeln. Dann versuchte ich, die Hüften kreisen zu lassen, als wäre ich zu den lateinamerikanischen Tänzen übergegangen, Samba, Rumba, Cha-Cha-Cha, ich kannte mich da nicht gut aus, aber es musste etwas in dieser Art sein.

Marcella hatte es inzwischen aufgegeben, meine Fußsohlen zu kitzeln, und nun hörte ich sie lachen. Vielleicht war es mit ihren Schmerzen doch nicht so schlimm, ein tröstlicher Gedanke. Immer mehr Erde rieselte und bröckelte auf mich hernieder, bis ich plötzlich genügend Spielraum verspürte, den Hintern durch das Loch zu ziehen. Ich krümmte mich wie eine Made, dann rollte ich mich ab, wobei ich mit der Schulter auf den Brustkorb knallte, nicht auf meinen eigenen, sondern auf den des Skeletts. Beinahe hätte ich mich entschuldigt.

Ich war drin! Allerdings hatte ich so viel Dreck ins Gesicht bekommen, dass ich kaum etwas sah, als ich in der Grube im Kreis herumkroch. Immerhin war sie geräumiger als gedacht. Mit etwas Mühe kam ich auf die Knie, dann richtete ich mich vorsichtig auf, peilte dabei die helle Stelle an, die ich durch meine verklebten Lider wahrnahm, und dann …

»He! Willkommen in der Oberwelt«, sagte Marcella vernehmlich, mit unüberhörbar vergnügtem Unterton. Ich blickte blinzelnd in ihre funkelnden Augen, die ganz nah waren. Marcella beugte sich vor und gab mir einen kecken Kuss auf die Nasenspitze. »Du schmeckst erdig, oh Fürst der Unterwelt«, sagte sie feierlich. »Aber hast du vielleicht meinen Schuh und auch mein Telefon dabei?«

So ist das manchmal. Wer über Undank sich beschwert, hat noch immer seine Zeit vergeudet. Seufzend tauchte ich wieder ab.

Nachdem ich mit dem Handy ein Foto von dem Schädel gemacht hatte, steckte ich die Kette einschließlich des Kreuzes ein und reichte Marcella ihr Hab und Gut hinauf. Dann schwang ich mich aus dem Loch, dessen Rand dabei weiter einbrach.

»Du siehst aus wie ein Grubenarbeiter«, meinte sie. »Doch unser Wasser sollten wir nicht verschwenden, nicht für so was Eitles wie ein sauberes Gesicht.«

Sie hatte recht. Es würde, das wussten wir beide, ein langer und beschwerlicher Heimweg werden.

Wie vermutet, hatte das Telefon kein Signal, wir hockten im Funkloch und konnten niemanden um Hilfe bitten. Es hätte ohnehin an die zwei Stunden gedauert, bis Nico oder ein anderer hier heraufgekraxelt wäre, mit einem Muli im Schlepptau, einem Reittier, das meiner Begleiterin jetzt freilich sehr zupass gekommen wäre.

Ich suchte ein Exemplar der *ferula*, wie das dem Fenchel ähnelnde Eisenkraut hier hieß. Die getrockneten, verholzten Strünke dienten den Hirten seit Jahrhunderten als Stöcke, sie waren dicker als Schilfrohr und härter und stabiler als sie aussahen.

Ich half Marcella auf die Füße. Der Plan war, dass sie sich rechts mit dem Stock abstützte und links an meiner Schulter festhielt. Ich legte ihr dem Arm um die Hüfte wie ein Tangotänzer. Doch an Tanzen war nicht zu denken. An Laufen auch nicht. Als sie den Fuß belastete, schrie sie auf.

Wir brauchten eine Idee.

In England hatte ich mal einen Dreibeinlauf erlebt, und es durften nur Paare teilnehmen, die *etwas miteinander hatten*, wie es hieß, die *miteinander gingen*, was ich damals als typisch englisch empfunden hatte. Für den Gag wurden das rechte Bein des Mannes und das linke der Frau mit elastischem Mull aneinandergebunden. Man stabilisierte das gemeinsame Mittelbein mit einem Stock oder einer Latte. Dadurch konnten die betreffenden Knie nicht gebeugt werden, was erheblich dazu beitrug, dass sich die Zuschauer vor Lachen fast in die Hose machten. Es war ein unglaubliches Gehopse und Gehumpel gewesen.

Ich erklärte Marcella meinen Einfall. Wir würden so ihr verletztes Bein schonen. Und ich müsste sie nicht tragen. Auf einem ebenen Weg wäre es kein Problem gewesen, sie auf die Schulter zu nehmen, doch wenn ich hier im Steilhang stolperte und sie abwarf, konnte sie sich den Hals brechen oder mit dem Schädel auf einen Stein schlagen und mich sofort zum Witwer machen. Zum Scheinwitwer.

»Fliegen müssten man können.« Marcella seufzte. »Na gut, wir versuchen das. Aber vorher musst du Otello finden.«

Auch das noch! Mit ihm hatte das ganze Theater angefangen. Wäre sie ihm nicht hinterhergerannt, hätte sie nicht die Totenruhe von Rosalba oder wem auch immer gestört, und wir könnten jetzt auf dem Gipfel hocken und die Aussicht genießen. Doch so standen die Dinge nicht.

Also ließ ich sie neben dem Loch mit dem Skelett sitzen und machte mich auf die Suche.

Wir waren über die Südwestflanke in die Kratermulde gelangt, die sich über etwa hundert Meter nach Nordosten hinzog und bis zu den Zwillingsgipfeln leicht anstieg. Die beiden Spitzen waren fast gleich hoch. Auf der einen hatte man aus kopfgroßen Lavabrocken eine Gipfelpyramide errichtet.

Ich passte auf, dass ich nicht in den Brombeersträuchern hängen blieb und in keines der Kaninchenlöcher trat. Diese

Gruben lauerten überall, aber die meisten schienen nicht so tief zu sein wie jene, in die Marcella geraten war. Ich rief nach Otello, ich pfiff, ich machte Lockgeräusche: »Miez, Miez, Miez!« Ich als Kater würde auf so etwas auch nicht reagieren.

Letztlich erklomm ich die Gipfelpyramide, die den Hauptkrater um zwanzig, dreißig Meter überragte. Von hier aus waren auch die meisten anderen Inseln des Archipels zu sehen. Am nächsten lag Siricuri, dahinter reihten sich in einem nach Süden schwingenden Bogen Bolina, Lipidone und Vulcano. Weiter links, am östlichen Rand der Inselgruppe, ragte Stromboli aus dem Meer. Von der Spitze stieg Rauch auf. Stromboli schlief nie. Aller zwanzig, dreißig Minuten, so hatte mir Marcella erzählt, schleuderte der Inselvulkan glühende Steine und Asche in die Höhe. Als hätte er Husten mit Auswurf, mal mehr, mal weniger, aber unheilbar.

Das Meer hatte sich beruhigt. Von Siricuri her nahte das Mittagsschiff, das einige Tage nicht gekommen war. Die Insulaner dürfte das freuen, dachte ich. Sie konnten endlich wieder frisches Obst und Gemüse kaufen. Mich beunruhigte das Schiff eher. Falls jemand nach uns suchte, konnte er an Bord sein. Ich stellte mir ein Rudel Biker vor, harte Burschen, die an der Reling lehnten und Ausschau hielten. Nicht, dass ich gewinkt hätte.

Ich hörte ein leises Maunzen und schaute mich forschend um. Zwischen den Zistrosen, die rund um die Gipfelspitze in kargen Büschen wuchsen, entdeckte ich Otello, der zerzaust, aber nicht unzufrieden aussah.

»Na, du Schlawiner«, sagte ich. »Kommst du mit? Marcella hat sich schon Sorgen gemacht.«

Mir war klar, dass ich ihn zu nichts zwingen konnte. Katzen, hieß es, waren gegen Argumente immun. Befehle und Verbote missachteten sie und taten nur, was sie tun wollten. Vielleicht weckte es seine Neugier, wenn ich ihn ignorierte und zielstrebig hinabstieg.

Tatsächlich folgte er mir, zögernd zwar, aber er kam letztlich mit. Marcella winkte, als sie uns erblickte. Sie lag da, zwischen den Sträuchern, hingestreckt wie ein krankes Reh. »Oh, wie schön, dass ihr beide wieder da seid«, sagte sie erleichtert und erschöpft zugleich. »Nun können wir die Sache mit dem Dreibeinlauf probieren. Ich will hier weg. Vorhin hat mich auch noch etwas gestochen oder gebissen. Ich habe für heute den Kanal echt voll«, ächzte sie und verdrehte die Augen.

Wie sich herausstellte, trug sie unter ihrer Baumwollhose Leggings, und sie schlug vor, da wir weder Seil noch Gürtel dabeihatten, unsere Beine damit aneinanderzubinden. Zum Glück war die Hose ziemlich weit. Bei hautengen Jeans hätten wir ein Problem gehabt. Ich gab höllisch acht, ihren Knöchel nicht zu malträtieren, als ich mich anschickte, ihr das gute Stück abzustreifen. Sie hatte sich auf den Rücken gedreht und kooperativ erst den Po, dann die Beine gehoben. Im Handumdrehen hatte ich es geschafft.

Bei den Leggings ging es nicht so schnell. Die klebten an ihren Schenkeln wie eine zweite Haut. Leider passte ich nicht auf, und weil ich mit halb geschlossenen Augen hantierte, darauf konzentriert, ihr keine neuen Schmerzen zuzufügen, merkte ich erst, als es schon zu spät war, dass ich ihren Slip mit erwischt hatte. Sie hatte es auch nicht sofort mitbekommen, doch als sie ihren Hintern wieder senkte, entfuhr ihr ein überraschtes »Oooh«.

Ich sah, was ich angerichtet hatte, und hielt inne. Ich musste mich entscheiden, ob ich ihr weiterhin die Leggings abstreifen sollte, mit oder ohne Höschen, oder ob ich ihr erst mal den weißen Winzling wieder hochzog. Es war kompliziert.

Sie grinste schalkhaft und spreizte die Beine, was mir einen Blick auf ihre Spalte bescherte.

Keine Frau sah wie die andere aus, ganz egal, wohin man schaute. Wer anderes behauptete, hatte keine Ahnung. Marcellas Schamlippen, die einen prächtigen Eindruck machten, wenn ich ehrlich war, sah ich in dieser Deutlichkeit zum ersten Mal. Die beiden äußeren schimmerten rosig, die zarten

Falten der inneren Lippen aber spielten ins Violette, ein Farbton, der mich faszinierte, an dieser Stelle und auch sonst.

»Schön, oder?«

Ihre Stimme riss mich aus der Betrachtung, und ich entschuldigte mich spontan.

»Du musst doch dafür nicht um Verzeihung bitten«, sagte sie belustigt. »Im Gegenteil, ich finde es toll, mit welchem Wohlgefallen du meine Muschi musterst. Wie eine Blume. Oder wie den Eingang zu einer Schatzkammer. Du hättest dich sehen sollen. Mit so viel Sympathie hast du mir bislang noch nicht mal in die Augen geschaut …« Sie kicherte. »War ein Scherz. Und schade, dass wir kein Grufti-Paar sind, denn das wäre der perfekte Moment, im Beisein eines Gerippes ausgelassen zu vögeln.«

Ich unterdrückte ein Grinsen und fummelte ihr Schlüpferchen aus dem Hosenboden der Leggings.

»Heb deine Schatzkammer«, sagte ich trocken, und da sie folgsam ihren Unterleib lupfte, gelang es mir ohne weitere Komplikation, ihr das Höschen wieder über den Po zu streifen, wobei ich staunte, wie zart sich die Haut anfühlte. Sie war fein und weich. Dann entledigte ich sie, mit mehr Geschick nun, endgültig ihrer Leggings.

Bevor ich unsere Beine aneinanderband, riss ich ringsum ein paar Sträucher und Farne aus und deckte damit notdürftig die Grube mit dem Skelett ab.

Wen auch immer Cesare hier heraufschicken würde, wenn wir ihn einweihten, er sollte die Stelle rasch finden. Ich knotete daher mein Taschentuch an einen Zweig. Manchmal wurde ich gefragt, wieso ich statt Papier- noch Stofftaschentücher verwendete. Von nun an konnte ich sagen, dass das praktisch war, wenn man in den Bergen eine Grabstätte markieren wollte.

Während ich das Tuch festband, gewahrte ich im Gestrüpp, keine Armlänge entfernt, eine Spinne. Es schien, als musterte sie mich. Sie war nicht besonders groß, einschließlich der dünnen schwarzen Beine kaum länger als die Kuppe meines Daumens, aber sie war auffallend schön, denn sie hatte auf ihrem kugelrunden pechschwarzen Hinterleib lauter feuerrote Flecken. Irgendetwas zuckte in meinem Unterbewusstsein. Doch ich hatte keine Muße um nachzudenken. Es war Zeit für den Abstieg.

ACHTUNDDREISSIG

Der Stock, den ich zwischen uns gebunden hatte, drückte zwar, doch alles in allem erwies sich die Konstruktion zunächst als brauchbar. Viel blöder fand ich, dass Marcella links von mir ging. Das ließ sich nicht ändern, denn es hatte nun mal ihren rechten Knöchel erwischt. Wann immer ich in meinem wechselvollen Leben Arm in Arm mit einer Frau herumspaziert war, hatte ich darauf geachtet, dass sie rechts von mir lief. Die Situation jetzt kam mir falsch und verkehrt vor und verunsicherte mich mehr, als ich erwartet hatte. Unglaublich, welche Macht die Gewohnheit hatte. Wir kamen äußerst langsam voran, und wir mussten oft innehalten, weil der von Pflanzen überwucherte Pfad mit der gelegentlichen Andeutung von Steinstufen äußerst schmal war, manchmal zu schmal, zumindest für ein Paar, das sich buchstäblich nicht voneinander lösen konnte. Bisweilen tasteten wir uns seitlich weiter, ich voran, damit ich Marcella, sollte sie stolpern, auffangen konnte. Es wirkte wie ein langsamer Schreittanz, es sah seltsam aus, aber es funktionierte.

Als wir gut die Hälfte des Steilhangs hinunter zum einstigen Gemüseplateau bewältigt hatten, löste sich die Bandage. Marcella strauchelte, und beim Versuch, sie vorm Hinfallen zu bewahren, packte ich so kräftig zu, dass sie aufschrie. Sie schimpfte, ich sei ein Grobian, ich hätte ihr fast den Arm abgerissen, sie sei nicht aus Holz, falls ich das denken sollte. Ich war sauer, schließlich hatte ich nur helfen wollen.

»Es tut mir leid«, knurrte ich, »doch ich bin guter Hoffnung, dass wir den Arm nicht amputieren müssen.«

Daraufhin kniff sie mich heftig, sie erwischte, gewollt oder nicht, meine linke Brustwarze, die sensiblere von beiden, und als ich mit einer forschen Geste ihre Hand wegschlug, verloren wir beide das Gleichgewicht und kippten rücklings in den Stechginster. Wenige Schritte weiter, und wir wären mehrere Meter in die Tiefe gestürzt und hätten uns das Genick gebrochen. So aber fielen wir nur ins Gestrüpp. Marcella schaffte es, das verletzte Bein beim Sturz in die Höhe zu recken und so vor weiterem Unheil zu bewahren.

Wir brauchten eine halbe Ewigkeit, bis wir, aus Dutzenden Kratzern blutend, wieder auf dem Pfad waren. Dass Marcella kein Theater machte, sondern nur ein paar Sprüche riss, erleichterte die Sache kolossal. Sie erkundigte sich, ob ich, wenn sie bei unserem Abgang den Kopf eingebüßt hätte, bereit gewesen wäre, meinen zur Transplantation freizugeben. Dann könnte sie endlich mal die Welt mit meinen Augen sehen und würde vielleicht kapieren, wie ich tickte.

»Es ist nie zu spät, den Partner zu mögen«, sagte sie. »Aber es kommt auf die Art der Zubereitung an. Alter Kannibalinnenwitz.« Diesmal übernahm sie die Binderei, sie zog den Knoten so straff, dass sich das Blut in meiner Wade staute. Dann humpelten wir weiter zu Tale.

Die nächste Rast legten wir planmäßig ein, und Marcella nutzte die Pause und den Umstand, dass wir wieder Netz hatten, um Cesare anzurufen. Sie wirkte jetzt eigentümlich fahrig, und ich sah, dass sie zitterte. So hatte ich sie noch nicht erlebt. Auf ihrer Stirn standen Schweißperlen. Die Anstrengung. Der Stress. Die Schmerzen. Alles in allem hielt sie sich wacker.

Ich beobachtete, dass weit, weit unter uns das Schiff im Begriff war, anzulegen. Es hatte gewendet und schob sich nun rücklings auf die Landungsbrücke zu, die stählerne Mole, die von unserer Stelle aus aber nicht zu sehen war.

Marcella hatte Cesare erreicht und schilderte ihm, was geschehen war und was wir entdeckt hatten. Sie hielt inne, lauschte stirnrunzelnd, ich merkte, dass sie mit Fragen traktiert wurde. Als echte Sizilianerin hatte sie ihre Rede mit raumgreifenden Gesten der freien Hand illustriert, gerade so, als könnte Cesare sie sehen, und nun schnitt sie wilde Grimassen.

»Es sieht so aus, als wäre das Gerippe eine Frau gewesen«, sagte sie. »Wie? … Nein, keine Ahnung, aber wir haben die Knochen inspiziert. Die Gute hat sich ein Bein gebrochen. Also noch zu Lebzeiten … Wie? … Könnte doch sein, oder? … Nein, gar nichts. Nicht ein Faden. Als wäre sie nackt vergraben worden. Nur ein Kreuz … Was? Ich verstehe dich sehr schlecht. Es ist so laut bei dir … Ja, ein Kreuz eben. An einer Kette. Silber. Die Kette hat sie um den Hals gehabt. Der Kopf ist leider abgegangen, als Giovanni … Ja? Ja! Wir haben ein Foto gemacht. Soll ich es dir schicken? Ich … Wie? Ich habe dich wieder nicht … Es ist so laut dort. Ich … Oh …«

Marcella runzelte die Stirn und wartete. Dann nickte sie heftig, sagte noch, dass an dem Busch über der Grube ein Taschenbuch festgebunden sei, beendete das Gespräch und schickte das Foto, das ich aufgenommen hatte.

Kurz darauf klingelte das Telefon wieder. Erst nickte sie, wobei sogar ein Lächeln um ihre Mundwinkel huschte. Doch dann wurde sie ernst und machte große Augen. Sie wirkte erschrocken. Ohne ein Wort legte sie auf.

»Was ist los? Du guckst, als hättest du schlechte Neuigkeiten«, sagte ich. »Was ist denn passiert?«

»Cesare ist am Hafen«, sagte sie. »Soviel er weiß, hat Rosalba immer ein Kreuz getragen. Das trifft aber auf fast alle Frauen ihrer Generation zu. Er muss erst einen der Alten fragen, ob sich jemand an etwas Genaueres erinnert. Er wird seinen Schwager Tonello mit den Maultieren hinaufschicken, um die Gebeine zu bergen. Man will nicht die Carabinieri belästigen, sondern die Sache intern regeln, was auch immer das heißen mag.«

»Und warum bist du so erschrocken?«

»Er meint, dass wir im Moment ein größeres Problem haben als die Leiche einer Frau, die inzwischen über neunzig wäre, würde sie noch leben. Mit dem Schiff sind ein Dutzend Biker angekommen, sagt er, die mit ihren Maschinen an Land wollen. Die Burschen aus Catania. Die *Elephants.* Die komplette Gang, wie es scheint. Dass auf Stranezza Fahrzeuge verboten sind, interessiert die nicht. Sie haben erklärt, dass sie ihre Motorräder nicht an Bord lassen, während sie tun, was zu tun sei. Und sie haben gesagt, was das ist: Sie wollen Rache.«

Es war mir egal, ob die ihre Karren am Strand abstellten oder an Bord ließen. Sie würden rasch kapieren, dass sie mit ihnen nicht die Insel abklappern, sondern allenfalls am Meer ein bisschen hin und her knattern konnten, ohne uns damit auch nur einen Höhenmeter näher zu kommen. Hier oben waren wir für Biker unerreichbar. Außer, wenn sie zu Fuß gingen.

»Hör mal«, sagte Marcella und hielt lauschend den Kopf schräg. Ich vernahm es auch, das ferne Röhren und Knattern von Motoren. Sie waren, wie es schien, an Land gegangen.

Kurz darauf sprang das Handy an, das in Marcellas Schoß lag.

»Nico«, rief sie und stellte den Lautsprecher an, damit ich mithören konnte.

Mit aufgeregter Stimme teilte uns der Bursche mit, was wir in groben Zügen schon wussten, aber er konnte mit ein paar zusätzlichen Einzelheiten dienen, die die Sache noch schlimmer machten.

»Eine Horde Rocker«, rief er. Wir hörten die Maschinen nun auch durchs Telefon. »Sie zeigen Fotos von zwei Leuten mit Helmen rum, wie sie selber auch welche haben, und sie wollen wissen, wo die wohnen. Man sieht nicht viel. Aber Mariano, dieser Arsch, so lang wie dumm, hat euch erkannt und diesen Leuten erzählt, dass ihr am Passo Cupolidda ein Haus habt. Was ja stimmt, aber diese Typen einen feuchten Dreck angeht. Meine Güte! Hat Mariano dann auch eingesehen, als Cesare ihn zur Sau gemacht hat. War aber schon zu spät. Die kommen jetzt hoch. Also … in Bälde. Jedenfalls besser, ihr verkrümelt euch. Kann sein, dass die das nicht finden, aber wenn doch … Die haben erklärt, dass sie euch umbringen werden und wir uns nicht einmischen dürfen. Es sei ein Ehrenhandel. Mariano ist so ein Idiot!«

Dieser Ansicht war ich auch. Doch das half uns nicht weiter. Wenn es mehrere Möglichkeiten gab, wie eine Sache ausging, und es nicht mehr bei dir selbst lag, den Ausgang zu beeinflussen, und eine dieser Möglichkeiten die Katastrophe war, dann würde sich schon jemand finden, der dafür sorgte, dass sie tatsächlich eintrat. Kurz gesagt: Was schiefgehen kann, wird auch schiefgehen. Murphys Gesetz.

»Ach, Mann«, sagte Marcella, nachdem sie das Telefonat beendet hatte, und sie wirkte ziemlich kleinlaut. »Hätte ich geahnt, dass die tatsächlich so einen Blut-und-Ehre-Hokuspokus abziehen, hätte ich mich niemals an den Karren vergriffen. Das ist ja wie im Wilden Westen, wo Pferdediebe einfach gelyncht werden durften, während Mörder wenigstens vor Gericht kamen. Was machen wir denn nun?«

Sie griff sich an den Bauch und verzog das Gesicht. Sie sah aus, als wäre ihr schlecht.

Ich zuckte die Achseln. So ratlos hatte ich sie noch nie erlebt. Einerseits klang das, was sich da zusammenbraute, furchtbar ernst, und wir konnten davon ausgehen, dass der Zorn der Biker nicht gespielt war. Andererseits vermutete ich, dass die meisten dieser Burschen nicht halb so hart waren, wie sie taten. Die einzigen Schmerzen, die viele von ihnen bislang auszuhalten hatten, gingen auf das Konto ihres Tätowierers. Vielleicht war auch der eine oder andere schon mal gestürzt und hatte sich dabei wehgetan. Womöglich hatten sie Erfahrungen mit Rangeleien und Schubsereien bei einem Wirtshausstreit. Doch dass bei denen ständig die Fäuste flogen und sie knallharte, durchtrainierte Nahkämpfer waren, das gehörte ins Reich der Mythen.

Ich weihte Marcella in meine Überlegungen ein, doch sie teilte meinen Optimismus nicht.

»Das würde ich gern glauben«, meinte sie zaghaft, »aber du kannst da auch völlig falsch liegen. Ich habe gehört, dass die ständig in der Fitnessbude rumhängen, Gewichte stemmen und Präparate fressen, um ihre Muckis zu vergrößern. In einem aber könntest du recht haben: Zu Fuß ist mit denen nicht viel los. Die laufen eigentlich nie. Wenn es jedoch um Rache geht …«

Vielleicht wäre es vernünftig gewesen, hätten wir uns hier oben versteckt. Es war unwahrscheinlich, dass sie uns in dieser Wildnis aufstöberten, jenseits der befestigten Wege. Diesen halb zugewachsenen Bergpfad, über den wir aufgestiegen waren und den wir uns nun Schritt für Schritt wieder hinuntertasteten, kannten vermutlich nicht mal alle Insulaner, zumindest bei den Jüngeren hatte ich da meine Zweifel. Doch Marcella war verletzt, und im Haus hatten wir Verbandszeug und Salbe. Außerdem hatte sich der Himmel zugezogen, die blaugrauen Wolken hingen tief, und es konnte jederzeit anfangen zu regnen. Wenn ich ehrlich war, dann dachte ich auch an die Beretta, die unter der Matratze unseres Bettes lag. Sollten die Typen bis zu unserem Haus gelangen und uns dort vorfinden, dann hatten wir, obwohl zwei gegen zwölf, dank der Pistole nicht ganz so schlechte Karten. Marcella war zu sehr mitgenommen, als dass sie sich meinem Vorschlag widersetzt hätte, sie schien starke Schmerzen zu haben. Außerdem klagte sie über Übelkeit.

»Mach, was du willst«, sagte sie zähneknirschend. »Mein sehnlichster Wunsch ist es, mich auszustrecken und das verdammte Bein hochzulegen und nicht mehr weiterwanken zu müssen. Wenn du mich jetzt in unser Bett zaubern würdest, wärst du für mich der größte Magier aller Zeiten.«

Ich grinste finster. Wenn ich nachher ihren Knöchel versorgt hatte, konnte ich Marcella immer noch zu einer der Ruinen in der Nähe unseres Hauses schleppen.

Wir stolperten weiter bergab, Schritt für Schritt, immer auf der Hut, nicht umzuknicken oder wegzurutschen. Otello schien die Anspannung zu spüren, er hielt sich ganz in unserer Nähe. Ich hoffte, er würde uns nicht zwischen die Beine geraten.

Als der Knoten abermals nachgab, hatten wir fast schon Sciaratieddu erreicht, und ich entschied, Marcella von hier aus zu tragen. »Du bist zwar eine der leichtesten Frauen, die ich kenne«, sagte ich und schmunzelte, »aber ich traue mich nicht, dich auf die Schultern zu nehmen. Sollte ich stolpern, könntest du dir beim Sturz den Schädel einschlagen. Ich nehme dich Huckepack. Du musst dich gut festhalten, und wenn deine Schenkel meinen Händen entgleiten, dann fängst du dich mit deinem gesunden linken Bein ab, wir machen eine kleine Pause, und dann geht es weiter. Einverstanden?«

»Du scheinst zwar doch kein Magier zu sein«, sagte sie, »aber wenigstens bist du ein Mann der Tat. Ich werde mich an deinen Hals klammern und meine Schenkel um deine Lenden schlingen. Du musst nicht eilen. Hauptsache, du stürzt nicht.«

Sie war doch schwerer als gedacht, und ihre Schenkel fühlten sich heiß an. Ab und zu gab ich ihr mit einem Röcheln zu verstehen, dass sie im Begriff war, mir mit den Armen die Luft abzuschnüren. Wir legten zwei kurze Pausen ein und eine lange, als wir die Cupolidda erreichten. Von hier aus war das Haus schon zu sehen, es war nur noch ein Katzensprung.

Soweit sich das von hier überblicken ließ, lag alles still und verlassen. Auch am Steilhang war niemand zu sehen, weder Tonello, den Cesare mit seinen Mulis hatte zum Krater schicken wollen, noch eine Gruppe wandernder Biker, unterwegs zu einem Sühnemord. Doch es führten verschiedene Wege herauf. Der östlichste Pfad war der bequemste, und der war von hier aus nicht zu sehen. Sollten sie den genommen haben, würden sie erst in unser Blickfeld kommen, wenn sie nur noch etwa zwei- bis dreihundert Meter entfernt waren.

Ich klatschte in die Hände und animierte Marcella, indem ich ihr den Rücken zudrehte, sich ein letztes Mal symbolisch in den Sattel zu schwingen.

Als wir schließlich die Terrasse erreichten, war ich erschöpft und nassgeschwitzt. Ich schloss die Tür auf und schleppte Marcella ins Haus, wo ich sie behutsam aufs Bett legte. Zumindest hatte ich das vorgehabt. Doch sie rutschte mir aus den Armen und plumpste mit einem erschrockenen Schrei auf die Matratze.

Vorsichtig streifte ich ihr rechtes Hosenbein hoch und rieb Wade und Knöchel mit einer arnikahaltigen Salbe ein, die Marcella in weiser Voraussicht besorgt hatte. Dann legte ich ihr einen Verband an. Sie seufzte erleichtert und lächelte matt, das erste Mal seit Stunden. Otello hopste aufs Bett und kuschelte sich an ihre Brust. Das schien beiden zu behagen.

Ich ließ sie in Ruhe, doch kurz darauf rief sie mich und sagte, ihr sei schlecht, sie habe komische Krämpfe im Bauch. Jetzt tue ihr auch noch das gesunde Bein weh, das linke, und zwar an der Wade, wo sie gestochen oder gebissen worden war, als ich Otello suchte. Sie hatte wieder riesige Schweißperlen auf der Stirn, und sie war leichenblass.

Als ich mir die Stelle anschaute, entdeckte ich zwei winzige rote Punkte, um die sich ein rosiger Kreis gebildet hatte.

»Eine Schlange hast du dort nicht gesehen, oder?«

»Du spinnst wohl! Das hätte ich doch mitgekriegt«, versetzte sie. »Nein, es war nichts weiter. Eine Mücke oder Bremse oder so, dachte ich.«

Plötzlich fiel mir etwas ein, und mir fuhr ein kalter Schauer übers Rückgrat. Sie merkte es sofort.

»Was ist los?«

»Ich habe dort …«, sagte ich zögernd. »Ich habe dort oben

eine Spinne gesehen, eine kleine schwarze Spinne … mit roten Punkten.«

»Oh, Scheiße«, ächzte sie, »eine *Malmignatta*. Die Schwarze Witwe. Dann … dann muss ich jetzt Tarantella tanzen. Wenn ich nicht tanze, sterbe ich. Aber ich kann nicht tanzen. Nicht mit dem kaputten Bein.«

Ihr entfuhr ein Schluchzer, dass mir ganz elend wurde. Heilige Mutter Maria, jetzt war wirklich Feuer in der Kirche.

»Keiner stirbt hier«, sagte ich und kniete mich neben ihre Füße. Mit aller Kraft saugte ich an der Wade und spuckte aus. Saugte, spuckte, saugte, spuckte. In mir brandete Panik auf. Vielleicht war einst auch Rosalba gebissen worden? Vielleicht hatte sie versucht, sich das Gift aus dem Leibe zu tanzen? Womöglich war sie dabei dort eingebrochen …

Ich gab Marcella eine Schmerz- und eine Schlaftablette und versprach ihr, dass ich nachher, wenn ich die anderen Probleme im Griff hatte, mit ihr tanzen würde. Wir würden dreibeinig eine Tarantella hinlegen, versprach ich ihr, und dem Gift der Schwarzen Witwe keine Chance lassen.

Sie lächelte schwach, Schweißtropfen auf Stirn und Nase, dann schloss sie die Augen. Gut so, sagte ich mir. Doch vielleicht, dachte ich dann, war Schlafen auch grundverkehrt? Hätte ich einst nicht Theologie studiert, sondern was Vernünftiges, Medizin zum Beispiel, vielleicht könnte ich jetzt das Richtige tun. Die Beretta fand ich, wo ich sie zurückgelassen hatte, auch die Magazine lagen parat. Wir hatten genügend Patronen, um ein Dutzend Bösewichte ein paar Minuten in Schach zu halten, doch viel zu wenig, falls es hart auf hart kam. Ich war Mimi dankbar, dass sie mir beigebracht hatte, die Pistole zügig auseinanderzunehmen und wieder zusammenzusetzen. Eine Schusswaffe war am nützlichsten, wenn sie die einzige weit und breit war. Denn der noble Sinn einer Knarre bestand nicht im Töten, sondern darin, als Abschreckung zu dienen und somit Gewalt zu verhindern. Dennoch sollte sie für alle Fälle in Schuss sein.

Nachdem ich die Beretta gereinigt und geladen hatte, kletterte ich aufs Dach und ließ den Blick schweifen. Nichts. Also stieg ich wieder herunter und lehnte mich an eine Säule. Ich wartete. Ab und zu schaute ich nach Marcella, trocknete ihre Stirn. Ihre Arme und Beine zuckten im Schlaf, als wäre sie in ihren Träumen in heftige Kämpfe verwickelt.

Ich bezog abermals meinen Posten.

Soweit ich die Bergflanke überblicken konnte, tat sich immer noch nichts. Ich hatte mir ein hellgraues T-Shirt übergeworfen, sodass ich optisch mit dem Weiß der gekalkten Säulen und der Hauswand nahezu verschmolz. Die Tür hatte ich offen gelassen. Es begann zu regnen, ganz leicht nur, es fielen lediglich ein paar Tropfen, für mich kein Grund, mich unterzustellen.

Plötzlich zitterte die Säule, an der ich lehnte. Ich erschrak. Mir schien es, als hätte die ganze Terrasse geschwankt. Die Balken der Pergola knarrten und ächzten.

»Hast du das gemerkt?«, rief Marcella, die aufgewacht sein musste. Sie klang ängstlich, ich hörte, dass in ihrer Stimme Panik mitschwang, etwas, an das ich mich bei ihr überhaupt nicht erinnern konnte.

»Was soll ich gemerkt haben?«

So zu tun, als wäre nichts, war eine bewährte Taktik, jedwede Paranoia im Keim zu ersticken. Aber sie ging nicht immer auf.

»Es war, als würde das Bett schwimmen«, rief sie mit belegter Stimme. »Doch so ein Bett schwimmt eigentlich nicht.«

»Nein«, rief ich zurück, »Betten schwimmen nicht. Außer, wenn das Zimmer unter Wasser steht.«

Ich ging hinein zu ihr, setzte mich auf die Bettkante und nahm ihre Hand. Sie schaute mich mit weit aufgerissenen Augen an. Ihre Hände zitterten.

»Tut das Bein sehr weh?«

Sie schüttelte den Kopf.

»Das war ein Erdstoß«, sagte sie. »So etwas kommt hier hin

und wieder vor. Da fallen dann Gläser und Tassen aus den Regalen. Deswegen haben die alten Leute noch Leisten vor die Regalbretter genagelt. Damit das nicht passiert. Zumindest nicht bei so kleinen Beben.«

Ich nickte. Davon hatte ich schon gehört.

»Wenn dem ersten Stoß ein stärkerer zweiter folgt«, sagte sie, »dann gibt es manchmal einen noch heftigeren dritten. Das hat mir Olivia gesagt. Und beim vierten stürzt das Haus ein.«

Ich starrte sie entgeistert an.

»Das war ein Scherz«, sagte sie und grinste matt. »Keiner weiß, wann ein so starkes Beben kommt. Die sagen das nur, damit keiner durchdreht. Sie meinen damit, dass man nach dem ersten Stoß noch abwarten kann und meist auch nach dem zweiten Beben genügend Zeit hat, ins Freie zu gelangen. Draußen kann nicht viel passieren.«

In diesem Augenblick wankte der Boden erneut. Es war, als würde das ganze Haus mit der Hüfte wackeln. Marcella stieß einen Schrei aus, hielt sich aber sofort die Hand vor den Mund, als schämte sie sich für ihren Schrecken. Es dauerte drei, vier Atemzüge lang, und es war deutlich stärker als beim ersten Mal. Die Erde bebte, daran gab es nichts zu rütteln.

Ich schnappte sie mir, ich trug Marcella auf meinen Armen über die Schwelle, wie in Filmen der Bräutigam die Braut, nur in die andere Richtung. Ich schleppte sie hinaus und legte sie auf die Steinbank zwischen den Säulen. Hier waren wir sicherer, hier konnte uns nicht das Dach auf den Kopf fallen, sondern allenfalls ein Balken der Pergola, und hier hatten wir im Blick, was ringsum geschah.

Ich schaute mir aber zunächst ihre Beine an. Der verletzte Knöchel war geschwollen. Der andere Unterschenkel war rund um die Stelle, wo sie gebissen worden war, stark gerötet. Ab und zu zuckte der Wadenmuskel.

»Wenn mich eine Schwarze Witwe erwischt hat«, sagte sie leise, »dann können diese Krämpfe davon stammen, auch die

Bauchschmerzen. Ich muss tanzen! Ich muss das raustanzen! Sonst sterbe ich am dreizehnten Tag.«

»Ach so«, sagte ich. »Erst am dreizehnten Tag? Dann haben wir ja noch etwas Zeit zusammen.«

Sie kniff mich, aber nicht so heftig, wie ich es von ihr gewohnt war. Kein gutes Zeichen.

»Wenn wir den Angriff der Elefanten und das Erdbeben überleben, dann tanzen wir«, versprach ich ihr. »Selbst wenn das Haus einstürzt. Wir werden nachher tanzen.«

In den nächsten Minuten blieb es ruhig. Vereinzelt fielen große Tropfen, doch es wurde immer noch kein richtiger Regen daraus. Es war ja nicht so, sagte ich mir, dass bei einem Beben der Himmel undicht wurde. Die Erdstöße und das Wetter hatten nichts miteinander zu tun. Ich war froh, dass wir Tageslicht hatten und nicht in der Nacht davon überrascht worden waren, aber das tief hängende Grau der Wolken, die nur knapp über die Gipfel der Insel strichen, verstärkte die eigenartig düstere, bedrohliche Atmosphäre.

Otello wirkte zappelig, er war ziemlich durch den Wind und warf, was sonst nicht seine Art war, nervöse Blicke nach allen Seiten. Als ihm Marcella die Hand hinhielt, während ich ihren Rücken und den Hals mit Kissen polsterte, die ich rasch aus dem Haus geholt hatte, sprang er auf ihre Brust und schmiegte sich in die Armbeuge. Das schien ihn zu beruhigen. Kluger Kater.

Plötzlich spitzte er die Ohren. Und kurz darauf hörte ich es auch: Stimmen. Sie kamen von dem Weg, der unterhalb unseres Hauses von San Bartolo nach Sciaratieddu führte. Von Osten her, nur noch reichlich hundert Meter entfernt, nahte ein seltsamer Trupp. Nicht, dass sie Sensen und Mistgabeln schwangen, aber die Schar erinnerte mich an eine Szene, die ich mal im Kino gesehen hatte, in einem Film über den Bauernkrieg zu Luthers Zeiten. Eine Horde finsterer Gestalten, bewaffnet mit Knüppeln, Dreschflegeln und anderem improvisierten Kampfgerät, hatte sich auf den Weg gemacht, die Burg ihres Lehnsherrn zu stürmen, ihn über die Burgmauer zu werfen, seine Frau zu schänden und den Bergfried in Flammen aufgehen zu lassen. Ich erinnerte mich nicht mehr, ob es ihnen gelungen war. Die Meute da unten wirkte noch bedrohlicher, obwohl sie kleiner war als der Haufen im Film und sie langsamer vorankam. Aber sie war echt.

Auch an der Bergflanke oberhalb des Hauses tat sich etwas. Es begann mit einem unheimlichen Grummeln und Grollen. Mir stellten sich die Nackenhaare auf. Aus dem Lavagrat, der sich unweit unseres Hauses hangabwärts zog, hatten sich Steinbrocken gelöst, die nun zu Tale rollten und sprangen – direkt auf die Gruppe zu, die Männer in Leder, die inzwischen auch bemerkt hatten, dass da etwas Bedrohlich auf sie zuraste. Sie blieben stehen. Nach meinem Dafürhalten ein Fehler.

Ich nahm das alles wie in Zeitlupe wahr, doch im Grunde ging es ganz schnell. Die rollenden, springenden Brocken änderten mehrfach ihre Richtung, sie waren unberechenbar wie Kanonenkugeln in einer Seeschlacht, Aufsetzer, Querschläger und Abpraller, das ganze Programm, und es war nicht auszuschließen, dass es den einen oder anderen der harten Burschen von der uralten Straße fegen würde. Hätten sie sofort, beim ersten Anzeichen des Steinschlags, die Flucht nach vorn angetreten, wären sie diesem Sperrfeuer der Naturgewalten vielleicht entgangen. Doch dazu war es nun schon zu spät. In quasi letzter Sekunde brüllte einer von ihnen etwas, woraufhin sich alle auf den Boden warfen und an der Mauer, die den Weg zum Berg hin flankierte, Schutz suchten. Dadurch konnte ich die Männer nun selbst nicht mehr sehen, aber ich wurde Zeuge, wie ein größerer Brocken über die Stelle hinwegschoss und nur ein paar Meter weiter unten einen Ginsterbusch niederwalzte. Dann ebbte das Getöse ab, das Grollen und Rumpeln wurde leiser, die vom Beben ausgelöste Lawine schien an Kraft zu verlieren.

Nach und nach kamen die Männer wieder aus ihrer Deckung, sie erhoben sich oder kletterten zurück auf den Weg, wobei sie ängstliche Blicke um sich warfen. Sie hatten unser Haus durchaus im Blick, doch sie schienen noch nicht zu wissen, wie nah sie ihrem Ziel waren. Das Beben und der Steinschlag hatten uns Aufschub beschert, doch ich argwöhnte, dass der Trupp nicht aufgeben würde.

Nur einer der Kerle trug kein Leder, sondern einen stinknormalen Anorak. Marcella, die mit zitternden Händen und schweißnasser Stirn, Otello im Arm, neben mir kauerte und über die Brüstung spähte, hatte ihn ebenfalls erkannt. »Das ist der Kerl vom Bahnhof«, murmelte sie, »der Typ aus Materazzo, dem wir das Auto abgenommen haben. Luigi Pozzone, nicht wahr?«

Ich zuckte die Achseln. Seinen Namen hatte ich fast schon vergessen, nicht aber seine verschlagene Visage. Wir konnten es drehen und wenden, wie wir wollten. Es rächte sich, dass wir ihn gegen uns aufgebracht hatten. Vielleicht war er es gewesen, der sich die Sache mit den Inseln zusammengereimt und die ganze Truppe hierhergeführt hatte.

Jetzt berieten sie sich. Ich sah, dass sie sich Zigaretten ansteckten und eine Flasche herumgehen ließen, sie hatten an alles gedacht für den Fall, dass einige der Mut verließ. Falls sie Waffen dabeihatten, trugen sie die zumindest nicht offen. Noch schienen sie nicht zu wissen, wo wir steckten. Der Typ im Anorak gestikulierte heftig. Er schien ganz wild darauf zu sein, die Sache durchzuziehen, er wirkte versessener und unversöhnlicher als die harten Burschen. Vielleicht wollte er beweisen, dass mit Luigi Pozzone zu rechnen war, auch wenn er keine schwere Maschine sein Eigen nannte.

»Bevor ich sterbe, muss ich dir noch etwas gestehen«, ließ sich Marcella vernehmen. »Aber versprich mir, dass du es mir nicht übel nimmst.« Sie hatte sich auf den Boden der Terrasse gesetzt und starrte auf ihr gerötetes linkes Bein.

»Was soll ich dir nicht übel nehmen? Dass du mir etwas verraten willst? Oder dass du es mir erst jetzt erzählst? Oder die Sache an sich? Ich kann dir nichts versprechen.«

»Das dachte ich mir«, erwiderte sie und seufzte.

Ich behielt unsere Gegner im Auge, fragte mich aber auch, was für eine Katze sie nun wieder aus dem Sack lassen würde. Da unten war, wie es schien, noch keine Entscheidung gefallen. Fehlte noch, dass ich, abgelenkt von Marcellas Beichte, den Angriff der Racheengel verpasste und wir von ihnen überrascht wurden.

»Also, ich hätte dir das sagen sollen«, fuhr sie fort.

»Was denn?«

»Na das, was ich dir verschwiegen habe …«

»Du bist gar keine Frau? Du bist nicht von hier? Eine Außerirdische? Ein Nachtfalter vom Rande des Universum, der sich als Sizilianerin getarnt hat? Du bist von einem anderen Stern, nicht wahr? Diese Marcella Cassani hat es nie gegeben … Ist es das, was du mir sagen willst?«

Ein Scherz wirkte manchmal Wunder.

Da unten stritten sie nun heftiger, sie konnten sich offenbar nicht einigen, ob die Strafexpedition fortgesetzt oder vertagt werden sollte.

»Mach keine blöden Witze«, sagte sie, »denn so schlimm ist das gar nicht, was ich dir verklickern will. Eigentlich im Gegenteil.«

»Ja, und?«

Ich sah keinen Grund, freundlich zu tun. Ich hatte die Nase voll davon, dass mir alle immer irgendwelche Geschichten auftischten. Nur die Aussicht, dass sie womöglich in Kürze am Biss der Schwarzen Witwe sterben würde, hielt mich im Zaum. Nachsicht mit einer Todgeweihten, ich wusste, was sich gehörte.

»Dieser Don Fazio ist schwul«, sagte sie rasch. »Das wusste ich die ganze Zeit. Und deine Mimi ist auch nicht mit ihm nach Argentinien durchgebrannt. Es ist ihr irgendwie gelungen abzuhauen. Das wiederum weiß ich erst seit Kurzem.«

Ich starrte sie an. Ich muss derart belämmert aus der Wäsche geguckt haben, dass sie zu lachen begann. Gequält zwar, aber sie lachte. Ich fand das nicht lustig. Sie hatte mich für dumm verkauft, und das machte mich furchtbar wütend. Vielleicht brachte mich auch ihr Lachen so in Rage.

»Du bist …«, brüllte ich. »Du bist eine …« Ich suchte nach Worten. »Du bist so eine unglaubliche …«

Ich sah, wie die Typen da unten die Köpfe wandten. Mir war sofort klar, was nun geschehen würde. Ich hatte es verbockt. Fluchend griff ich mir die Beretta und lud durch. Mit einem eigentümlichen Geräusch glitt die Patrone in die Kammer.

NEUNUNDDREISSIG

Der Erdstoß, der Sekunden später die Insel durchschüttelte, der dritte inzwischen, war der mit Abstand stärkste. Die Terrasse schien samt Säulen und Haus ein paar Zentimeter in die Höhe zu hüpfen. Ich spürte die Bewegung in den Knien, und ich hörte das Ächzen und Knirschen der Balken, ein Geräusch, das mir durch und durch ging.

Dann war Stille. Das Haus stand da, als wäre nichts gewesen. Auch die Säulen waren stehen geblieben, die Pergola hatte gehalten. Die Balken, die auf den Säulenköpfen lagen und sie miteinander verbanden, hatten gezittert und geknarrt, aber nicht nachgegeben. Über die Terrasse aber zog sich, parallel zur Hausfront und zur Brüstung mit den Steinbänken, nun auf ganzer Breite ein Riss. Er war sechs, sieben Meter lang und zum Teil fingerbreit. Der war eben noch nicht da gewesen.

Und das war noch nicht alles. Weiter oben, ich sah es mit Entsetzen, hatte sich ein Koloss in Bewegung gesetzt, ein Fels von gut anderthalb Metern Durchmesser, und nichts konnte ihn aufhalten. Einmal wurde er kurz gebremst, doch dann gab die Trockenmauer nach, er rutschte auf die nächste Lenza und kippte noch eine weiter und kam abermals ins Rollen. Das Geräusch, das er verursachte, klang martialisch, dumpf und trocken, und ich hörte, wie er kleinere Steine, die unter ihn gerieten, knirschend zermahlte.

Und es ging weiter. Oberhalb des Passo Cupolidda, in der Gegend, die ich nach trockenen Zisternen durchstreift hatte, gewahrte ich weitere Brocken, die in Fahrt gekommen waren und immer schneller wurden. Einige der Felsen waren so gewaltig, dass sie unser Haus zermalmt hätten, stünde es ein paar Meter weiter östlich. Wie schon beim vorigen Mal flogen auch wieder kopfgroße Steine durch die Gegend. Die alten Götter feierten Party, und sie sparten nicht mit titanischem Konfetti.

Marcella starrte mich mit vor Schreck geweiteten Augen an. Erst jetzt bemerkte ich, dass ich die Pistole, gedankenabwesend, auf sie gerichtet hielt. Ich senkte die Waffe, kopfschüttelnd, ich wusste auch nicht, was ich jetzt tun konnte.

Die Männer da unten waren in weit größerer Panik. Sie hatten nicht begriffen, dass sie unterhalb des Hauses relativ sicher gewesen wären. Sie rannten Hals über Kopf zurück nach Osten, wo sie hergekommen waren, in Richtung der alten Kirche. Nicht alle schafften es. Ich sah, wie zwei von ihnen getroffen und regelrecht von den Beinen geschossen wurden. Sie brachen im Steinhagel zusammen und blieben regungslos liegen. Kurz darauf erwischte es noch einen.

»Fehlt nur noch, dass der Vulkan ausbricht«, sagte Marcella. Ihre Stimme hatte einen gespenstischen Klang, hohl und fahl, und sie starrte mich immer noch an.

Wieder war das Beben nach wenigen Sekunden vorüber gewesen, wieder legte sich auch der Steinschlag nach ein paar Minuten.

Wie durch ein Wunder waren wir abermals verschont worden. Cesares Vorfahr hatte das Haus dereinst offenbar an einer besonderen Stelle errichtet.

Ich kletterte am Haus vorbei ein Stück den Hang hoch und warf einen Blick auf unser Dach. Es war feucht von dem leichten Regen, der nun eingesetzt hatte, aber es schien intakt zu sein. Ich stieg wieder herunter und schaute in die Zisterne, ich leuchtete die Wände ab, und auch dort fiel mir nichts Ungewöhnliches auf. Der Wasserspiegel war unverändert. Als ich dann die Kochhöhle inspizierte, sah ich, dass sich zwei, drei Steine aus dem Gewölbe der Grotte gelöst hatten. Einer hatte den Wasserkessel erwischt und ihm eine Delle verpasst. Auch der Kocher hatte einen Treffer abbekommen.

Ich hastete zurück zu Marcella, die nach wie vor auf der Bank zwischen den Säulen saß. Der Regen, der rasch stärker geworden war, schien ihr nichts auszumachen. Sie hatte die Straße im Blick. Der Stelle, wo die Steinlawine die kriegerische Schar erwischt hatte, näherten sich ein Mann und drei Mulis. Ich erkannte Tonello. Vermutlich war der in Cesares Auftrag unterwegs, um das Gerippe zu holen. Jetzt konnte er stattdessen den Rettungsengel für die drei Typen spielen, die es aus den Socken gehauen hatte. Suchend schaute er sich um. Offenbar fühlte er sich überfordert.

Ich eilte zu ihm. Dabei ging mir auf, wie nah uns die Burschen schon gewesen waren. Die Urgewalten hatten uns in letzter Sekunde beigestanden.

»Ihr habt Rosalba gefunden?«

Er grinste, die Geschichte über ihr Verschwinden, die uns Cesare erzählt hatte, schien zur Inselfolklore zu gehören und allgemein bekannt zu sein.

»So ein Schlammassel«, fuhr er fort und wirkte nun ganz ernst. »Vermutlich habt ihr ihren Geist aufgeweckt, und nun bebt die Insel.«

Er erzählte, dass er tatsächlich unterwegs gewesen war, um sich dieser Sache zu widmen, doch es war ihm deutlich anzusehen, welches Unbehagen ihm Cesares Auftrag bereitet hatte. Er war froh, dass er die Prioritäten neu setzen konnte. »Wir müssen jetzt erst mal die Verletzten runterbringen. Die anderen sind wie die Verrückten durch Vadduni gerast. Einer von ihnen, der Boss der Truppe, glaube ich, ist noch da unten im Dorf gestürzt und hat sich den Schädel aufgeschlagen. Jesus Maria, die hatten es echt auf euch abgesehen. Zum Glück hat Rosalbas Geist die Erde beben lassen.«

Ich widersprach ihm nicht. Wir verfrachteten die drei Bewusstlosen auf die Mulis. Falls sie sich die Schädel angeknackst oder Gehirnerschütterungen zugezogen hatten, war das ein Wagnis. Doch ehe Hubschrauber auf der Insel und Sanitäter mit Tragen hier oben eintreffen würden, konnten ihnen so und so die Lichter für immer ausgehen. Die drei atmeten noch, und abgesehen von ein paar Schrammen, die ein bisschen bluteten, war ihnen nichts weiter anzusehen. Es waren zwei der Biker und das Sackgesicht aus Materazzo. Tonello verschnürte die Versehrten so, dass sie nicht runterfallen konnten, und dann machte er sich auf den Rückweg. Ich kehrte zurück zu Marcella.

Die hatte telefoniert und steckte das Handy gerade weg, als ich die Terrasse betrat. Sie hockte auf dem Boden, ein Häufchen Elend. Ihre Hände zitterten.

»Dir geht's nicht gut, oder?« Meine Frage klang hohl.

»Mir geht's prächtig«, knurrte sie. »Reine Nervensache.« Sie versuchte ein Grinsen, aber es misslang. »Cesare hat angerufen«, sagte sie. »Er war sehr besorgt. Wollte wissen, ob das Haus noch steht. Und ob die Typen uns erwischt haben. Das Beben hat alle überrascht, und es kann auch keiner sagen, ob das schon alles war. Auch unten im Dorf haben einige was abgekriegt. Aus Lipidone kommt tatsächlich ein Helikopter, um die Verletzten auszufliegen. Ansonsten werden alle, die nicht hier wohnen, aufgefordert, die Insel zu verlassen. Das Schiff, das schon fast wieder in Siricuri war, wurde angewiesen, noch mal zurückzukommen und alle Fremden mitzunehmen, auch die unverletzten Biker, über die man in Lipidone sehr aufgebracht ist. Die hätten mit ihren Maschinen gar nicht an Land kommen dürfen.«

»Und wie wollen die durchsetzen, dass die alle wieder abzischen?«

Ich war mir nicht sicher, ob die Typen abzogen, ohne ihre Rache gehabt zu haben.

»Die Carabinieri sind schon unterwegs«, sagte sie. »Der Maresciallo von Siricuri kommt mit dem Boot und ein paar Leuten rüber, um die Sache zu überwachen. Cesare meint, der sei normalerweise ganz umgänglich, könne aber auch hart durchgreifen.«

»Na prima! Sollten die Carabinieri von uns Wind bekommen, hätten wir die Freude, gemeinsam mit den Kumpels aus Catania an Bord zu gehen. Bestimmt eine interessante Erfahrung.«

»Sei nicht so pessimistisch! Wir sind hier Hauseigentümer. Außerdem will Cesare darauf achten, dass dieser Aspekt nicht zur Sprache kommt«, meinte sie.

»Ja«, erwiderte ich trocken, »nachdem es ihm schon gelungen ist, die Burschen am Aufstieg zu hindern. Aber okay …«

Ich sah, wie sich ihr Gesicht verfinsterte, und hob die Hände.

»Wir bleiben wachsam und warten ab. Zumindest ich. Mir geht es gut. Aber was ist mit dir? Du brauchst einen Arzt! Willst du nicht mit dem Sanitätshubschrauber mitfliegen? Nico könnte dich mit seinen Mulis runterbringen.«

»So wie die halb toten Biker? Ich bleibe hier«, entschied sie kategorisch. »Das ist nicht so schlimm. Ich werde es dir beweisen und jetzt tanzen.«

Ächzend erhob sie sich. Sie stützte sich auf meine Schulter und machte ein paar Schritte, wobei sie versuchte, das rechte Bein nicht zu belasten. Sie verzog zwar das Gesicht, es schien also noch wehzutun, doch vielleicht war wirklich nichts gebrochen.

»Mach mir zwei Stöcke!«, sagte sie barsch. »Ich muss tanzen. Ich tanze jetzt die einbeinige Tarantella. Das gebissene Bein taugt zum Hüpfen allemal.«

Ich säbelte in einem Affenzahn zwei Äste von dem Olivenbaum hinterm Haus. Die Säge taugte nichts, und ich war kein besonders geübter Säger, dennoch war ich mit den beiden Krücken schneller zurück, als der Hase im Märchen vom Igel bis zur Igelin braucht.

»Ich bin schon da«, sagte ich. »Und du willst jetzt wirklich tanzen, ja? Du hast nicht mal Musik.«

»Da kann man mal sehen, wie ahnungslos du bist«, konterte sie. »Natürlich habe ich Musik. Du kannst sie nur nicht hören.«

»Ich habe Hunger«, japste Marcella, als sie nach einer Stunde wilden Zappelns schweißüberströmt innehielt. »Wollen wir was Schönes kochen?«

Wir wollten.

Nachdem ich sie trocken gerubbelt und sie auf die Steinbank zwischen den Säulen verfrachtet hatte, sichtete ich unsere Vorräte. Unterdessen war unten am Hafen der Rettungshubschrauber gelandet und zügig wieder abgeflogen. Auch das Schnellboot der Carabinieri, zu erkennen an der Staatsflagge, die an der Antenne flatterte, war eingetroffen, und das Schiff, das nun schon zum zweiten Mal an diesem Tage Stranezza anlief, war nicht mehr weit entfernt.

Um sie abzulenken, verdonnerte ich Marcella, die nicht mehr ganz so bleich und hinfällig wirkte, zum Zwiebeln- und Kräuterschneiden, und sie machte sich beflissen daran, die Salbei- und Rosmarinblätter, die ich gepflückt hatte, zu zerkleinern und zwei Zwiebeln aus unserem Vorratskorb in Ringe zu zerlegen. Bei der Kräuterernte hatte ich das Versteck der Diamanten überprüft, die Stelle war intakt, das Beben und der Steinschlag hatten meinem Schatz nichts anhaben können.

Unterdessen brachte ich auf dem zum Glück nur leicht lädierten Gaskocher das Wasser zum Sprudeln, und während die Nudeln ihre elf heißen Minuten hatten, richtete ich mit den Zwiebelringen, den Kräutern und Tomatenstücken aus der Büchse eine Schnellsoße her. Zuletzt zerquetschte ich fünf Knoblauchzehen. Keine halbe Stunde war vergangen, seit Marcella übers Kochen sinniert hatte, als ich die Teller füllte und Käse darüber rieb.

Seit die unversehrten Biker Hals über Kopf geflüchtet waren und Tonello die Verletzten mit seinen Mulis abtransportiert hatte, waren wir, was die Überwachung des Weges anbetraf, nachlässig gewesen. Wer sollte auch kommen? Wenn wir Glück hatten, machten die Carabinieri den Typen inzwischen Beine. Das Schiff war kurz davor, von Neuem anzulegen. Ich spürte, dass auch von Marcella die Anspannung abzufallen begann. Sie aß mit Heißhunger und erklärte verschmitzten Blickes, sie habe im Verlauf der letzten Wochen zwar nur wenige Qualitäten an mir entdeckt, aber meine Fähigkeit, im Handumdrehen aus ein paar Resten ein derart schmackhaftes Mahl zuzubereiten, beeindrucke sie schon, gleichwohl ich beim Würzen noch Reserven hätte.

Ich bückte mich und hob einen Stein auf, der zu meinen Füßen lag, kaum größer als eine Eichel. Er war unterm Tischbein hervorgerutscht, unter das ich ihn vor zwei Tagen geschoben hatte, damit der Tisch nicht mehr kippelte. Ich zielte und warf. Der Stein platschte in die Soße auf Marcellas Teller, die mir womöglich ein wenig zu dünn geraten war. Über Marcellas Gesicht und T-Shirt verteilten sich Myriaden rötlicher Punkte.

Sie legte die Gabel weg und starrte mich erbost an.

»Tomatensoße macht keine Rotweinflecken«, sagte ich, »und Sommersprossen stehen dir ausgesprochen gut. Du siehst total sexy aus mit schlecht gewürzter Soße im Gesicht.«

Sie atmete tief durch, dann griff sie mit spitzen Fingern nach dem Stein. Sie hielt ihn und ließ etwas Soße abtropfen, offenbar, um die Verluste in Grenzen zu halten. Dann warf sie ihn mit einer linkischen Bewegung in Richtung meines Tellers. Er fiel aber nicht ins Essen, sondern schlug auf dem Tellerrand auf. Es gab ein knackendes Geräusch, und dann hatte der Teller einen Sprung.

Ich verdrehte die Augen, sagte aber nichts. Schließlich hatte ich angefangen.

»Du hast ja nicht alle Teller im Schrank«, sagte sie, »und jetzt hör bloß auf.«

»Was das Erdbeben nicht geschafft hat«, erwiderte ich unbeirrt, »das gelingt todsicher einer Frau, die versucht, Steinchen zu werfen. Ihr könnt es einfach nicht.«

»Da wäre ich mir nicht so sicher«, sagte eine Stimme schräg hinter mir, von der Terrasse her.

Ich fuhr herum.

Die Gestalt, die dort stand, holte aus, und dann flog ein weiterer Stein durch die Luft. Es waren schätzungsweise fünf, sechs Meter, und er landete genau in meinem Essen. Doch das war es nicht, was mir die Sprache verschlug. Ich kannte die Werferin, ich kannte sie gut. Ich wähnte sie am anderen Ende der Welt.

»Du bist Mimi, oder?«

Marcella war von der schnellen Sorte. Sie beugte sich vor und fischte den Stein aus der Soße. Doch sie warf ihn nirgendwohin, sondern betrachtete ihn nachdenklich, nachdem sie ihn abgeleckt hatte, und legten ihn dann neben ihren Teller. Es war ein Diamant.

»So sieht's aus«, sagte unser Gast und schaute sich lächelnd um. »Eure Terrasse hat einen Riss. Aber das Haus steht. Sieht gut aus. Ist noch etwas zu essen da? Ich bezahle bar.«

Sie hielt einen Beutel hoch. Er kam mir bekannt vor. Einen, der genauso aussah, hatte ich hinterm Rosmarin vergraben.

»Tja«, meinte Marcella, »was für zwei reicht, das reicht auch für drei. Schau ihn dir an, denn ob du es glaubst oder nicht: Der Kerl hat sich für diesen Moment aufgespart.«

EPILOG

Die nächsten Wochen sollten die aufregendsten meines Lebens werden. Doch das ist eine andere Geschichte. Mimi ist hier, und es ist wie ein Wunder. Im Chaos der Razzia in Palermo war sie ihren Bewachern entkommen. Sie meinte, Don Fazio sei, wie andere auch, spurlos verschwunden, was auch immer das bedeutete. Sie erreichte die Insel mit demselben Schiff wie die Biker und hörte, wie der lange Mariano denen erzählte, wo man uns findet. Sie fand uns schneller als die, hielt sich aber versteckt. Sie hat ein Händchen für den richtigen Moment. Dass sie die Diamanten entdeckt hat, ist mir immer noch unheimlich. Vielleicht wittert sie Reichtum.

Marcella geht es besser. Mimi sagte ihr gleich, sie solle sich keine Sorgen machen, amputieren könne man immer noch. Marcella lachte, die beiden schienen einander sofort zu mögen. Das überraschte mich. Es war, als kannten sie sich längst.

Jetzt tanzen sie zusammen Tarantella, Marcella mit Krücken und verbundenem Knöchel, Mimi mit Strohhut, ansonsten tragen sie nichts, denn heute ist Waschtag.

Mimi hat Nachricht von ihrer Tochter, der es gut geht. Marcella weiß jetzt, wie ihr Vater gestorben ist. Doch im Moment tanzen sie, und ich hänge die Wäsche auf. Tarantella ist Frauensache.

Vor ein paar Tagen wurden unten auf dem Friedhof die Gebeine von Rosalba feierlich bestattet, sie hat nun ein eigenes Fach in der Gräberwand, im Gedenkregal der Insel, nur drei Meter von Salvatore entfernt, der sie einst haben wollte. Direkt neben ihm war nichts mehr frei. Woran sie gestorben ist, wird ein Geheimnis bleiben. Vielleicht am Biss der Schwarzen Witwe. Oder an gebrochenem Herzen. Der Sensenmann stellt keine Totenscheine aus.

Ob wir Ruhe haben werden vor der *Cosa Nostra* und den Ermittlern, vor der Rache der Biker und den Urgewalten der Natur? Eher unwahrscheinlich. Irgendwas ist immer. Wir sollten uns nicht in Sicherheit wiegen. Vielleicht bleiben uns ein paar Wochen, um tief durchzuatmen. Wir sind noch lange nicht am Ende.

Ich schaue Mimi und Marcella zu, der Entkommenen und der Genesenden. Ob ihr Tanz der Heilung dient oder dazu, eine Geschichte zu erzählen oder auch nur den Schweiß auf der bloßen Haut zu spüren, das mag offen bleiben. Ich genieße ihre Gegenwart in vollen Zügen. Obwohl das Bett, das wir uns nachts teilen, nicht schmal ist, geht es ganz schön eng zu. Hände und Lippen im Überfluss. Seelen, die in einer uralten Sprache singen. Du sollst deine Nächsten lieben wie dich selbst.

ENDE

NACHBEMERKUNG

Die Handlung und die handelnden Personen sind der Fantasie entsprungen. Ähnlichkeiten mit lebenden Menschen und realen Vorfällen sind nur der Beweis dafür, dass die Wirklichkeit, die Möglichkeit und die Imagination einander durchdringen und umschlingen. Manche der genannten Orte und Schauplätze gibt es, und einige historische Begebenheiten haben sich so, wie sie in diesem Buch geschildert werden, oder so ähnlich tatsächlich zugetragen. Andere Stätten sind erfunden oder Vorbildern nachempfunden, mit allem Spielraum, den die Vorstellungskraft sich in ihren besten Momenten freischlägt.

Mein Dank gilt allen, die mir geholfen, mich ermutigt und inspiriert haben, jenen auch, ohne deren Geschichten und Informationen dieses Buch so nicht hätte entstehen können. Und manchmal gibt die pure Präsenz eines Wesens der Geschichte einen Dreh.

Insbesondere danke ich Katharina Salomo und Jörg Hausmann, Martina Catalfalmo, Sabina Chukurova und Silvana Bonaccorso, Eva Menner und Eva-Maria Stark, Ettore Baratta und Carlo Palermo, Andrea Camilleri und Roberto Saviano, William Shakespeare und dem Kater Vivaldi.

DER AUTOR

In seinem Stammbaum finden sich eine Sägemüllerin und ein Lokführer, Pfarrer, Kaufleute, Tischler, Schauspieler und eine Versicherungsagentin, doch *Jens-Uwe Sommerschuh* schreibt. Über Tiere und Menschen, über Kunst und Musik, über Sinn und Unsinn des Lebens – Artikel, Geschichten, Bücher.

In Nordhausen am Harz geboren, lebt er heute abwechselnd in Dresden und auf der Mittelmeerinsel Alicudi.

Vom Autor ebenfalls bei *salomo publishing* erschienen:

MIMI (978-3-943450-44-6)
CARCASSONNE (978-3-941757-87-5)

DAS ERSTE BUCH VIVALDI (978-3-943451-29-0)
DAS ZWEITE BUCH VIVALDI (978-3-943451-33-7)
DAS DRITTE BUCH VIVALDI (978-3-943451-37-5)